HUGO VON HOFMANNSTHAL

GESAMMELTE WERKE

IN ZEHN EINZELBÄNDEN

FISCHER TASCHENBUCH VERLAG

HUGO VON HOFMANNSTHAL

DRAMEN VI

BALLETTE
PANTOMIMEN
BEARBEITUNGEN
ÜBERSETZUNGEN

FISCHER TASCHENBUCH VERLAG

Herausgegeben von Bernd Schoeller
in Beratung mit Rudolf Hirsch

Fischer Taschenbuch Verlag
April 1979
Ungekürzte, neu geordnete,
um einige Texte erweiterte Ausgabe der 15 Bände
H. v. H. Gesammelte Werke in Einzelausgaben,
herausgegeben von Herbert Steiner
S. Fischer Verlag GmbH, Frankfurt am Main

Umschlagentwurf: Jan Buchholz/Reni Hinsch
Satzherstellung: Otto Gutfreund & Sohn, Darmstadt
Druck und Bindung: Clausen & Bosse, Leck
Papier: Scheufelen, Lenningen
Printed in Germany
1980-ISBN-3-596-22164-1

DRAMEN VI

BALLETTE · PANTOMIMEN
BEARBEITUNGEN · ÜBERSETZUNGEN

INHALT DER ZEHN BÄNDE

GEDICHTE
DRAMEN I
1891–1898

DRAMEN II
1892–1905

DRAMEN III
1893–1927

DRAMEN IV
Lustspiele

DRAMEN V
Operndichtungen

DRAMEN VI
Ballette · Pantomimen
Bearbeitungen · Übersetzungen

ERZÄHLUNGEN
ERFUNDENE GESPRÄCHE UND BRIEFE
REISEN

REDEN UND AUFSÄTZE I
1891–1913

REDEN UND AUFSÄTZE II
1914–1924

REDEN UND AUFSÄTZE III
1925–1929
AUFZEICHNUNGEN

INHALT

BALLETTE UND PANTOMIMEN

BEARBEITUNGEN UND ÜBERSETZUNGEN

BALLETTE UND PANTOMIMEN

DER TRIUMPH DER ZEIT

EIN BALLETT

ERSTER AUFZUG / DAS GLÄSERNE HERZ

Der Park eines vornehmen Hauses in Wien, »auf der Landstraße«. Rechts ein Gartenpavillon im Geschmack der theresianischen Zeit, mit einer Terrasse, von der Stufen in den Park herabführen. Rechts vorne, an die Mauer des Pavillons geschmiegt, eine gestutzte Laube. – Den Hintergrund bildet die Parkmauer, mit Efeu bekleidet. Darin, mehr rechts, ein hohes eisernes Gittertor mit vergoldetem Wappen. In der Mitte aus der Mauer eine künstliche Grotte, darin eine Nymphe mit einer Urne ruht: davor ein kleiner Teich mit geschwungener Steinrampe. Links hört die Mauer auf und es beginnt eine gewölbte Allee aus gestutzten Kastanien, die ihre Zweige oben ineinander verschränken; diese verläuft schräg nach rückwärts.
Links seitwärts ist ein Boskett, davor ein kleiner Rasenhügel, auf dem ein mit Stroh und Bast umhüllter Rosenstrauch.
Links vorne ist die kleine Gärtnerswohnung, ein Häuschen, ganz mit Ranken überwachsen, mit zwei reinlichen kleinen Fenstern, vor der Tür ein Tisch mit Stühlen und ein grünes Fliedergesträuch.
Es ist gegen Abend im frühen Frühling. Alles Laub ist vom hellsten Grün. Durch das Gittertor sieht man über die Straße und einen hellgrünen Anger, in der Ferne ärmliche Häuser und dahinter die smaragdgrün funkelnden Kuppeln der Karlskirche.

Der GÄRTNER kommt aus seinem Haus, tritt zum Rosenstock, löst den Bast und das Stroh ab; die Rose streckt ihre Zweige wie Arme in die linde, helle Luft.
Der GÄRTNER geht sogleich an den Teich, klettert rückwärts auf den Steinrand zur Grotte und schließt die Urne auf; das Wasser quillt entbunden hervor und rauscht in den Teich hinab. Motiv der entfesselten Rose, des entfesselten Wassers, indes der GÄRTNER wieder nach vorne geht.

Die GÄRTNERSFRAU ist indes mit einer Gießkanne aus dem Hause getreten, geht an den Teich, der Mann füllt ihr die Gießkanne aus dem Teich.
Die FRAU kommt nach vorne und begießt die Fliedersträuche, die sich sogleich mit lila Blüten bedecken.
Der GÄRTNER gräbt in dem Rasenhügel ein längliches Beet aus. Motiv des seligen, leichten Fließens, Verfließens der Zeit.
Das ALTE WEIB hat vorsichtig spähend das Gittertor aufgemacht und humpelt herein. Sie trägt einen zu kurzen, uralten Rock von geblümter, verschossener Seide und ist oben ganz in ein schwarzes Tuch gewickelt, das bis über die Stirn und Wangen vorgezogen ist. Sie hat einen häßlichen Mund mit großen, schiefen Zähnen. Sie humpelt schnell zu einem kleinen, runden Fenster, das unter der Terrasse ist, und klopft daran.
Der GÄRTNER tritt zu seiner Frau, zeigt ihr die Alte, mit wehmütigem Spott hindeutend:

Siehst du, so fließt, verfließt die Zeit! so wirst du auch einmal aussehen.

GÄRTNERSFRAU ist gekränkt.
Der GÄRTNER faßt sie liebreich an:

Nein, für mich bleibst du immer gleich, immer jung, jung, jung.

Eine altmodische, feine Tanzmusik schwebt vorüber, sie umfassen einander und tanzen ein paar Takte.
Dann greift er zu seinem Spaten, sie nimmt die Gießkanne und geht ins Haus.
Die ALTE hat abermals geklopft und klopft nun ein drittes Mal mit knochigen Fingern an die Scheibe.
Der NEGER tut das kleine runde Fenster auf.
Die ALTE höchst eindringlich:

Die Tänzerin, die junge, leichte, mit den blühenden Wangen, die drinnen schön geschmückt sitzt, drinnen sitzt und trinkt, die soll kommen, es ist ein Brief für sie da.

Der NEGER schlägt das Fenster zu.
Die ALTE holt unter ihrem schwarzen Tuch den Liebesbrief hervor. Wie sie ihn emporhebt, scheinen die Bäume ihr jun-

ges Laub zu rühren, die Fliederblüten leuchten stärker, das Wasser rauscht lebendiger aus der Urne.

Die TÄNZERIN tritt aus dem Pavillon auf die Terrasse. Sie ist sehr schön gekleidet, im antiken Geschmack des Empire, mit bloßen Armen und goldenen, durchbrochenen Halbhandschuhen. Sie sieht den Brief gleich, spielt aber die Unbefangene. Geht schlendernd schief über die Bühne gegen den Teich, die ALTE ihr nach. Mit einer verwunderten Miene faßt sie endlich die ALTE ins Auge und läßt sich den Brief reichen. Im Augenblick läuft die ALTE ans Gittertor und winkt, sogleich ist der DICHTER da, schiebt die Alte zur Seite und kommt, plötzlich mutlos werdend, auf die TÄNZERIN zu, welche die Hand mit dem Briefe sinken läßt.

Der DICHTER steht einen Augenblick wie betäubt, dann sagt er ihr:

Du bist das Schönste auf der Welt, schöner als diese Blüten, lieblicher als das rauschende Wasser und die kleinen Schmetterlinge, schöner als diese Nymphe, schöner als die Sonne!

Indes er das sagt und sie ihn über die Schulter ansieht, kommen beide nach vorne.

Inzwischen ist rückwärts der HARFNER eingetreten, mit weitem Mantel und langem, weißem Bart, und bald hinter ihm das MÄDCHEN in einem hellen, ärmlichen Kleidchen, ein Kopftuch über dem aschblonden Haar. Der HARFNER steht ruhig, wie arme Leute, die gewohnt sind zu warten; das MÄDCHEN hinter ihm, wohl herinnen, aber an die Tür gedrückt, daß sie gleich hinausschlüpfen könnte.

Noch hat die TÄNZERIN dem DICHTER keine Antwort gegeben. Da kommen einer, zwei, drei Bediente auf die Terrasse herausgelaufen, gleich darauf erscheint an der Tür des Pavillons, gemessen vortretend, der GRAF. Er trägt Kniestrümpfe, auch ein weißes Jabot ist sichtbar, doch ist er ganz in einen sehr schönen, dunkelblauen Mantel gehüllt. Er trägt einen Stock, sein Kopf ist alt, doch geistreich und gebietend. Er tritt vor und fragt mit verachtungsvollem, nachlässigem Wesen:

Was bedeutet das? warum steht man vom Tisch auf? was tut man hier?

Die TÄNZERIN mit großer Sicherheit:

Langweilige Frage! Wie Sie sehen, tanze ich zur Harfe, die dieser Alte sehr angenehm zu spielen weiß! Das ist alles.

Der HARFNER beginnt sogleich eine altertümliche Gavotte zu spielen.

Die TÄNZERIN tanzt. Ihre Verneigungen, ihre Blicke verteilt sie immer zwischen dem GRAFEN, der rechts auf den Stufen, und dem DICHTER, der links steht und kein Auge von ihr verwendet.

Der GRAF mustert verwundert diese fremden Erscheinungen.

Die ALTE zieht durch fortwährende Knickse seine Aufmerksamkeit auf sich.

Der GRAF, mit dem Stock auf die Alte weisend, zum HAUSHOFMEISTER, der hinter ihm steht:

Ah, die kenne ich ja, das ist eine sehr achtungswerte Person.

Er läßt ihr eine Börse reichen.

Er reicht nun der TÄNZERIN die Hand, um sie hineinzuführen. Sie wendet den Kopf nach dem DICHTER um, der langsam, mit zurückgewandtem Gesicht, dem Ausgang zugeht.

Hinter dem MÄDCHEN ist das Kind AMOR hereingeschlüpft. Er trägt nur einen Schurz aus Goldstoff und hat kleine Flügel.

Indem der Dichter dem Tor zugeht, weicht das MÄDCHEN, mit den Blicken immer an ihm hängend, zur Seite nach links gegen den Teich. AMOR trippelt immer hinter ihr, dicht an sie geschmiegt. Im Augenblick, wo der DICHTER am Tor ist, wendet sich die TÄNZERIN gegen den GRAFEN herum und nimmt seine Hand; er führt sie die Stufen hinauf in den Pavillon.

Der HAUSHOFMEISTER, der NEGER, die BEDIENTEN, LEIBJÄGER, LÄUFER machen auf der Treppe Spalier, öffnen die Flügeltüren, folgen dann nach.

Die GÄRTNERSLEUTE, schon früher auf der Schwelle ihres Hauses sichtbar, treten nun heraus, gehen auf den HARFNER zu, laden ihn ein, zu ihnen zu kommen.

Der DICHTER ist draußen am Gitter stehengeblieben, starrt unverwandt herein. Nun kommt er wieder herein.

Das MÄDCHEN breitet halb die Arme aus, tut ihm einen Schritt entgegen.

Der DICHTER beachtet sie nicht, läuft an die Stiege, läuft nach vorne rechts, steigt auf die Steinbank in der Laube und sucht durch das Grün in die Fenster des Pavillons zu spähen.

Die GÄRTNERSLEUTE, vorn an ihrem Haus, geben dem HARFNER zu essen und zu trinken.

Das ALTE WEIB umkreist das MÄDCHEN, das langsam, ängstlich, wie mit geschlossenen Füßen näher kommt, indem AMOR vor ihr herläuft, sich umguckt, wieder zu ihr springt und ihr zeigt:

Dort ist er, dort in der Laube! wir wollen zu ihm!

Das ALTE WEIB tritt ihr in den Weg:

Komm mit mir, weg von hier. Komm nur. Schau, ich gebe dir Gold, einen Beutel voll Gold.

Das MÄDCHEN:

Ich will kein Gold. Zu ihm will ich, muß ich!

Das ALTE WEIB:

Du wirst schöne Kleider haben, schönen Schmuck. Wie die drinnen wirst du werden, eine schöne Tänzerin. Alle werden sich um dich drängen, nach deinen Händen haschen, sie zu küssen.

Das MÄDCHEN:

Aber er!

Die ALTE:

Du bist nicht gescheit. An ihm wirst du vorbeigehen und tun, als erkenntest du ihn gar nicht.

Das MÄDCHEN tritt von ihr weg:

Nein, nein. Davon will ich nichts wissen. Ich war doch so glücklich mit ihm, so unbeschreiblich glücklich! Der Duft der Blumen, die Schönheit des Himmels, die süße Erhabenheit des Abendläutens, der Glanz der Sonne, alles kam von ihm! Jetzt habe ich nichts, gar nichts. Mich friert. Es ist finster um mich.

AMOR, des Wartens müde, zupft sie am Rock:

Komm!

Das ALTE WEIB läßt mit einer Grimasse von ihr ab, humpelt zum Tor hinaus.

Indessen spielt der HARFNER den Gärtnersleuten eine altmodische Tanzweise, zu der sie tanzen. Es fängt zu dämmern an.
Das MÄDCHEN wagt nicht, in die Laube zu treten, drückt sich in eine aus Buchs geschnittene Nische daneben.
AMOR zeigt ihr die Tanzenden drüben:
Die sind glücklich!
Das MÄDCHEN nickt schmerzlich.
Die GÄRTNERSFRAU macht sich sanft von ihrem MANN los, zeigt: sie hat keinen Atem mehr.
Der GÄRTNER küßt sie auf die Wangen, dann geht sie ins Haus.
Der GÄRTNER bleibt, den Kopf aufgestützt, sitzen und hört dem HARFNER zu, der immer weiterspielt, aber wehmütige und geheimnisvolle Weisen. Nun ist völlig Dämmerung.
Der DICHTER steigt von der Steinbank herunter.
AMOR zu dem Mädchen, mit kindisch fieberhafter Lebhaftigkeit:
Nun wird er zu dir zurückkommen, nun!
Über der Parkmauer rückwärts, hinter den Kastanien, geht der Mond auf.
Der DICHTER, verstört von vergeblichem Verlangen, den Kopf tief hängend, tritt aus der Laube, will fort, will sich nicht mehr umsehen, dieses Haus nicht mehr sehen.
Wie er in die Mitte kommt, trifft ihn zwischen Zweigen hindurch der volle Strahl des Mondes.
Indessen hat der GÄRTNER den HARFNER ins Gärtnerhaus geführt, worin sich ein kleines Fenster erleuchtet.
Der DICHTER streckt die Hand wie abwehrend gegen den Mond, aufquellendes Weinen schüttelt ihn, und er wirft sich ins Gras, den Kopf in den finsteren Boden einwühlend.
Das MÄDCHEN steht in sprachlosem Schmerz, AMOR ängstlich lautlos neben ihr, beide im Schatten.
Die Nachtluft des Frühlings bewegt ahnungsvoll die Zweige, geheimnisvoll rauscht das Wasser, aus dem kleinen Hause wehen Akkorde der Harfe, und über dem allen herrscht, nun zum zweitenmal auftretend, das große Motiv des Fließens, Verfließens der Zeit.
Da hebt ein TRITON sein schilfiges, triefendes Haupt aus dem Teich und setzt das Muschelhorn an die Lippen.

Der DICHTER, auf ein Knie erhoben, lauscht.
Der TRITON bläst stärker und süßer.
Der DICHTER tut ein paar Schritte, wie ein Träumender.
AMOR mit leichtgläubiger Freude:
Jetzt kommt er zu uns, jetzt, jetzt!
Er zerrt das MÄDCHEN einen Schritt nach vorne, ins Licht.
Der DICHTER sieht sie, hebt die Hand gegen sie wie gegen ein ärgerliches Blendwerk, und wendet sich mit in die Luft geworfenen Armen nach rückwärts, dem Mond, dem blinkenden Teich, dem süßen Hornruf entgegen. Dann tritt er an den vordersten Fliederbusch, umschlingt mit beiden Armen die blühenden Zweige und drückt die Blütendolden an Brust und Gesicht, und biegt sich wieder zurück, trunken die Luft einatmend.
Das MÄDCHEN steht blaß und bebend im Dunkel.
Die steinerne NYMPHE in der Grotte regt den Kopf, breitet die Arme aus.
Der DICHTER erblickt dies; trunkener, läßt er sich an den Stufen zur Terrasse auf die Knie nieder und streckt verlangend die Arme empor.
In diesem Augenblick tritt eine Wolke vor den Mond, und aus einem erleuchteten Fenster des ersten Stockwerks fällt der Schatten einer Gestalt.
Der DICHTER aufspringend:
Es ist ihr Schatten! und hier liegt er, vor meinen Füßen, auf dem Rasen!
Bückt sich, ihn zu küssen.
Der SCHATTEN, eine graue, fast körperlose Schleiergestalt, springt empor und umtanzt ihn.
Der DICHTER sucht ihn mit den Lippen, den Händen zu haschen, der SCHATTEN entgleitet ihm aber auf einmal ins Dunkel.
Im gleichen Augenblick ist auch keine Gestalt mehr am erleuchteten Fenster zu erblicken.
Der DICHTER, verwirrt, dreht sich heftig um, der TRITON taucht unter, die NYMPHE erstarrt wieder zu Stein. Es ist totenstill.
Dann tritt der Mond wieder hervor und übergießt den Platz

mit hellem Glanz. Aus der Gärtnerswohnung tönt leises Harfenspiel. Der DICHTER blickt ratlos um sich:

Sie ist fort vom Fenster droben!

Er hat nichts, sie anzulocken, nichts, nichts, leere Hände!

Das MÄDCHEN, bebend, zwischen Licht und Dunkel an der Nische stehend, beugt sich zu AMOR nieder und scheint ihm mit einer Bewegung, als griffe sie in ihre Brust, einen Gegenstand zu geben, der leuchtet wie ein blasser Rubin.

AMOR trippelt auf den Dichter zu, in beiden Händen trägt er hoch das gläserne Herz des Mädchens, das Herz leuchtet immer stärker.

Das MÄDCHEN wankt, ist bleich wie der Tod, hält sich an der Laube fest, um aufrecht zu bleiben.

AMOR zupft den Dichter:

Da nimm das!

Der DICHTER nimmt gedankenlos verwundert das Herz.

AMOR springt zum Gebüsch, holt ein dürres Zweiglein unten hervor, zeigt dem Dichter:

Man kann darauf spielen, so!

Er schlägt dreimal auf das Herz, es gibt jedesmal einen feinen, bebenden Ton. Dann gibt er dem Dichter auch das Zweiglein, läuft zum Mädchen zurück.

Der DICHTER tut einen Schlag auf das Herz, es klingt sanft und voll, die NYMPHE regt sich, der TRITON hebt sich horchend aus dem Wasser, die Büsche neigen sich lauschend vor, die Tür auf der Terrasse springt auf.

Der DICHTER spielt auf dem Herzen mit kleinen, bebenden, ungeduldigen Schlägen eine Art Melodie. Durch die offene Tür tritt aus einem finstern Zimmer die TÄNZERIN hervor.

Der DICHTER tut sieben kleine Schläge nacheinander.

Die TÄNZERIN tut, wie mit willenlosen Gliedern, doch mit leuchtenden Augen, sieben Schritte auf ihn zu, auf jeden Schlag einen. Beim letzten steht sie vor ihm. Sie ist bezaubert von dem, was er in seinen Händen hält, von dieser funkelnden Blume oder diesem tönenden Juwel. Sie fängt an, vor dem Herzen zu tanzen, einen leidenschaftlich hingebenden Tanz, bald vor seine Füße gebeugt, bald mit emporgereckten Armen ihn wild umkreisend.

Der DICHTER spielt unaufhörlich, fieberhaft auf dem tönenden Herzen, bald vor ihr zurückweichend, bald sie nach vorne lockend, sich weidend an der Gewalt, die ihm über sie und jede Bewegung ihres Leibes gegeben ist.

Das MÄDCHEN, der erschreckte AMOR an ihr hängend, tritt völlig ins Licht, die Augen immerfort auf die beiden geheftet. Bei den ersten Tönen deutet sie mit schwachem Lächeln hin:

Wie schön er auf meinem Herzen spielt!

Wie die Töne aber immer wilder werden, pressen sich ihre Lippen schmerzlich zusammen, sie drückt beide Hände auf die Brust. Da die beiden Trunkenen mit ihrem Spiel und Tanz nach rechts vorne kommen, weicht sie ihnen angstvoll aus und schiebt sich – immer die Augen auf ihn geheftet – mit angstvoll vorgestreckten Händen in die Mitte, endlich auf die linke Seite, wo sie sich an den Fliederbusch wankend anklammert.

Der HARFNER tritt leise aus dem Häuschen. Sie versperrt ihm den Weg; er wartet. Im nächsten Augenblick, da er sie wanken sieht, tritt er hinter sie. In diesem Augenblick zerbricht das Herz in der Hand des DICHTERS in tausend leuchtende Splitter. Das MÄDCHEN mit offenem, bleichem Mund, die Hand auf die Brust gepreßt, die strahlenden Augen noch immer auf den Dichter geheftet, sinkt lautlos um.

Der HARFNER fängt sie in seinen Armen auf. Er bettet ihren Kopf auf seinen Knien und schlägt seinen großen dunklen Mantel über sie und sich selber.

AMOR verkriecht sich zu ihren Füßen unter den Mantel.

Der DICHTER steht einen Augenblick mit leeren Händen da und umgeben von unheimlicher Stille, da die Zaubermusik, die dem Herzen entströmt war, jäh abreißt.

Die TÄNZERIN steht einen Augenblick wie erstarrt, dann wirft sie sich, mit geschlossenen Augen, indem ihr Haar sich auflöst, ihm in die Arme.

Der DICHTER küßt sie heftig, sogleich aber überfällt ihn Angst, er macht sich von ihr los, will die Splitter auflesen.

Die TÄNZERIN umschlingt ihn, hält ihm die Hände.

Der DICHTER:

Dort hinter meinem Rücken ist das Schreckliche!

Die TÄNZERIN:

Mich sollst du ansehen, mich! Ich gehöre dir!

Der DICHTER:

Zwischen uns auf dem Boden, überall, rings um mich liegen die blutroten Splitter und glühen auf mich wie Augen!

Die TÄNZERIN:

Komm, ich will deine Augen einhüllen, daß du nichts davon siehst.

Sie nimmt ihr offenes Haar und windet es um seinen Kopf wie einen Schleier, so daß er nur gebückt, an ihrer Seite, wie ein Blinder gehen kann. So gehen sie beide, Schritt für Schritt, ans Tor und hinaus. Das Gittertor fällt hinter ihnen zu. Der Mond ist indessen verschwunden, es ist tiefe Nacht.

Nun lüftet der HARFNER seinen Mantel und will die Leblose wegtragen, AMOR helfend neben ihm. Da laufen zwei BEDIENTE auf die Terrasse hinaus, eilen die Stufen hinab, jeder einen großen Armleuchter in der Hand; suchend, die Leuchter erhoben, dringen sie ins Dunkel, der eine gegen den Teich, der andere wendet sich rechts nach vorne, leuchtet in die leere Laube.

Der HARFNER hat sich sogleich wieder hinter dem Flieder auf die Bank geborgen und deckt sich, die Tote und das Kind mit seinem Mantel.

Mehr BEDIENTE kommen auf die Terrasse, der Saal dahinter erleuchtet sich; einige mit Schüsseln und Krügen, mehre mit Lichtern; Läufer mit Fackeln.

Der GRAF steht an der erleuchteten Schwelle und sieht ungeduldig hinaus. Einige mit Leuchtern und Fackeln folgen den ersten und durchlaufen suchend den Park, so daß da und dort ein unstetes Licht hinfällt.

Der GRAF, von einer dichten Gruppe umgeben, steigt von der Terrasse hinunter.

Ein LÄUFER, mit der Fackel voraus, erleuchtet die stille Gruppe vor dem Gärtnerhaus, die der große Mantel fast völlig verhüllt. Der LÄUFER winkt den Grafen und das Gefolge herbei.

Der GRAF, die DIENERSCHAFT nähern sich. Zwei Bediente stellen, der eine seine Schüssel, der andere eine Karaffe auf den Boden und nähern sich augendienerisch eifrig der schweigenden Gruppe.

Der GRAF nähert sich, umgeben von einem nach links offenen Halbkreis von Lichtern und neugierigen Gesichtern.

Die zwei BEDIENTEN fassen den Mantel an, und indem der LÄUFER ihnen mit der Fackel leuchtet, reißen sie den Mantel weg und enthüllen den in steinerner Ruhe dasitzenden Greis, das Mädchen, wie eingeschlafen, den Kopf auf seinen Knien, unter ihnen kauernd das goldfunkelnde Kind.

Alle haben mit einem Ruck ihre Lichter gehoben und starren auf die Erscheinung hin.

Der GRAF fährt zusammen, erblaßt, winkt heftig, den Mantel wieder hinzubreiten, die Fackel zu entfernen. Es geschieht eilig.

Der GRAF zieht, schaudernd, den eigenen Mantel fester um die Schultern. Er geht tiefernst ins Haus zurück. Die Dienerschaft steht flüsternd beieinander. Sie wissen nicht, was sie aus der Sache machen sollen. Erst wie der GRAF schon auf der Terrasse ist, drehen sich alle um, wollen ihm voranleuchten, die Flügeltüren aufmachen, und so läuft der ganze Trupp, die Lichter in den Händen, ihm nach und verschwindet im Pavillon, der, nachdem sich die Türen geschlossen haben, totenstill und finster liegen bleibt.

Nun erhebt sich der HARFNER, nimmt die Tote wie ein Kind in seine Arme und trägt sie unter den Rosenstrauch, wo der Gärtner ein längliches Beet, gerade so groß wie ein Grab, aufgegraben. Dort legt er sie hinein, und AMOR, kindisch geschäftig, bedeckt gleich ihren Leib mit Stücken ausgestochenen Rasens, der sogleich über ihr als ein lebendiger Sarg zu verwachsen scheint.

Der HARFNER hängt seine Harfe um und wendet sich zum Gehen, AMOR schleicht leise neben ihm, zum Tor hinaus. Die Musik begleitet geheimnisvoll die Tritte der beiden, die auf ewig von hier fortgehen, dann, wie das Gitter hinter ihnen zugefallen ist, erhebt sich aus dem Orchester mit voller Gewalt das Motiv des Fließens, Verfließens der Zeit, alle anderen Motive der Liebe und des Todes, der blühenden, verblühenden Rose, des rauschenden, verrauschenden Wassers klingen noch einmal an und weichen wieder jenem ohne Heftigkeit äußerst gewaltigen Hauptmotiv.

Der Vorhang fällt.

ZWEITER AUFZUG / DAS ZWISCHENSPIEL: DIE STUNDEN

Gefilde des Parnaß, offner Hügel, rechts Bergesabhang und beginnender Wald, im Poussin'schen Stil.
Den lieblichen begrünten Hügel krönt eine Kuppe von Basalt, ganz überwuchert von dunklem und von goldenem Efeu; hier entspringt einer dunklen Wölbung ein murmelndes Wasser, das gegen vorne strebt, dann in einer umbuschten Rinne gegen links hügelabwärts abbiegt.
Zwischen den Basalten wurzeln Bäume, einige den Silberpappeln ähnlich, die ein leichtes helles Blattwerk, wie Gefieder, gegen den hellen Himmel wiegen, andere mit schweren Wipfeln, dunkel wie Zypressen. Der üppige Efeu wuchert nach links hinüber, füllt eine kleine Mulde ganz mit seinem tiefgrünen und goldenen Glanz und klimmt empor an einem mächtigen steinernen Trimphbogen von unmeßbarem Alter, zu dem von vorne gewaltige Stufen emporführen, während kleines verwittertes Stufenwerk zwischen Efeuranken auch an ihm empor, hinauf auf die bemooste Plattform führt. Und auch das Tor steht gegen freien unendlich fernen Himmel, so daß das Auge hinter alledem jähe Abhänge und tief unten hingebreitet die Gefilde der Sterblichen ahnt.
Zur Rechten steigt ein sanfter Abhang nach erhabeneren Gefilden zu. Hier bilden schöne leichtwipfelige Bäume einen lockeren Halbkreis: nur zwei mächtige in der Mitte treten weiter auseinander und bilden wie die Mündung eines geheimnisvollen Bergweges.
Auf diesem Hügel wohnen die STUNDEN, sie schlummern, träumen, spielen und warten auf das Zeichen, durch das erhabene Tor zu den irdischen Menschen hinabzusteigen. Es sind leichtschreitende schöne Wesen, deren Gestalten einander ähnlich sind; sie tragen leichte, flutende Gewänder, die ihnen um die Schultern flattern können wie Flügel und wieder schwer und prunkend nachschleppen können wie der Saum eines kaiserlichen Kleides.

Jede Stunde umspielt ein kleiner Trupp von helläugigen bekränzten, fast nackten Kindern, drei, vier oder fünf; diese Kleinen sind die AUGENBLICKE.

Der Vorhang hebt sich, und aus der Introduktion erhebt sich das Hauptmotiv des geheimnisvollen unaufhaltsamen Fließens der Zeit, in seiner reinsten, verklärtesten Form.
In den Büschen, an den Bäumen, im Vordergrunde und überall sind schlummernde STUNDEN gelagert, in die Falten ihrer Gewänder geschmiegt die schlummernden AUGENBLICKE.
Im Vordergrunde tanzen drei weißgekleidete STUNDEN, mit blondem, braunem und schwarzem Haar, einen Reigen. Ihre AUGENBLICKE tanzen, einander bei den Händen haltend, einen äußeren Kreis. Dann tanzen die STUNDEN wieder auseinander, sich wiegend, die Hände im Nacken verschränkt, eine jede von ihren AUGENBLICKEN umkreist.
Im Hintergrunde rechts, außerhalb des Halbkreises von Bäumen, zwischen dem Gezweige, wie hinter einem Schleier sichtbar, tanzen sieben andere, rosig und gelb, einen gleichen Reigen. Die drei weißen vorne reichen sich wieder die Hände und schreiten in einer doppelten Kette, indem die Kette der Kinder sich zwischen ihnen durchwindet.
Da entblüht dem Auf- und Abschwellen des Motives im Orchester ein kurzes, eindringliches, gleichsam rufendes Motiv, das ZEICHEN. Alle, auch die bis jetzt geschlummert haben, horchen auf. – Die BLONDE unter den drei tanzenden Stunden reckt ihre beiden Arme gegen Himmel, ihre Gefährtinnen treten vor ihr zurück, und alle sehen auf diese ein. Sie kreuzt die Arme über der Brust und schreitet langsam auf das erhabene Tor zu, die drei Augenblicke, die zu ihr gehören, einander die kleinen Hände reichend, vor ihr her.
Ihre Gefährtinnen, und alle die im Gras liegen, und alle aus dem Hintergrund, zwischen den Bäumen hervortretend, winken mit den schönen, nackten Armen der einen nach, die geht, um hinabzusteigen.
Wie sie unter dem Torbogen ist, zeichnet sich ihre Gestalt, indem sie nochmals die Arme feierlich emporhebt, gegen die blaue Luft des unendlichen Raumes ab. Dann sieht man, daß

sie jenseits des Tores auf Stufen zu den Gefilden der Sterblichen hinabsteigen, denn es verschwinden zuerst die voranschreitenden Augenblicke, dann die Gestalt der Stunde bis an die Hüften, bis an die Schultern, zuletzt der Kopf.

Nun erheben sich viele, die gelagert waren, und in der ganzen Breite des Vordergrundes tanzen zwei Ketten gegeneinander, verschränken die Hände zu lebendigen Lauben, zu einem lebendigen Irrgarten, in welchem die Augenblicke einander suchen, einander haschen und mit glühenden Wangen umherjagen.

Da ertönt von neuem das ZEICHEN: die Tanzenden weichen nach links und rechts aus und geben den Blick auf die Mitte, auf Quell und Bäume frei. Hier liegt im tiefen Moos, im Schatten eines überhängenden Basaltblocks, die TRÄGE STUNDE. Sie hat ein rundes Gesicht mit hellen Augen und eine plumpere Gestalt als die andern. Ihre Augenblicke, vier träge Kleine mit runden Köpfen und dicken Armen, dehnen sich neben ihr im Moos.

Alle schauen auf die träge Stunde, der das Zeichen gegolten hat. Sie hebt sich langsam von dem weichen Lager; mißmutig, augenreibend stehen auch die Kleinen auf.

Alle Stunden und Augenblicke klatschen aufmunternd in die Hände.

Die TRÄGE STUNDE schürzt ihr Gewand, um die Reise anzutreten; sie tut ein paar Schritte, dann fällt ihr ein, daß sie durstig ist; sie kehrt zur Quelle zurück und beugt sich hin, um zu trinken; die vier Augenblicke haben sich, des Wartens müde, gleich wieder ins Gras gesetzt, und zweien sind sogleich die Augen zugefallen.

Die anderen Stunden und Augenblicke klatschen wieder, ungeduldig, in die Hände.

Da kommt von rechts und rückwärts zwischen den Bäumen die BEFLÜGELTE STUNDE hervorgestürmt: sie schwingt einen Thyrsus in der Hand, ihre Gewänder fliegen, die hastenden Augenblicke können mit ihr nicht Schritt halten. Sie scheint mehr zu fliegen als zu laufen; an der Quelle vorbei, über den Efeu hin, die Stufen empor, scheint sie sich durch den Triumphbogen gleichsam zu den Irdischen hinabzustürzen.

Die TRÄGE ist nun mit dem Trinken fertig, sieht sich verschlafen um.

Alle STUNDEN und AUGENBLICKE lachen hell auf und beginnen einen neuen, munteren Tanz, in dem sie ihre Gewänder schwingen wie Flügel.

Die TRÄGE STUNDE ist es zufrieden und legt sich weiter rückwärts im Gebüsch aufs neue schlafen.

In den allgemeinen Tanz schmettern mächtige Fanfaren des von rechts her aus dem Gebirge herannahenden Triumphzuges.

Die STUNDEN und AUGENBLICKE lassen sich in zwei dichten Reihen im äußersten Vordergrund, längs der Rampe, auf ihre Knie nieder, die Arme huldigend ausgebreitet, und erwarten das Herannahen des Zuges.

Zwischen den beiden mächtigen Bäumen im Mittelgrunde rechts treten die VIER HEROLDE hervor, aus silbernen Posaunen gewaltig schmetternd. Zwei tragen goldene Harnische mit Arm- und Beinschienen, darunter das römische kurze Gewand aus Purpur: diese beiden haben bloße Köpfe und lange blonde Locken. Die beiden anderen sind nur mit einem Schurz und einem Pantherfell bekleidet: sie haben krauses, schwarzes Haar, und Blumenkränze auf. Sie schreiten alle vier dicht nebeneinander: jeder stützt die Posaune mit der Linken und hat den rechten Arm um den Nacken des nächsten gelegt; der zuäußerst rechts geht, hält die Rechte über der Hüfte eingestemmt.

Sie umschreiten die Bühne in einem Halbkreis: an der Quelle vorbei, gegen das Tor empor.

Ihnen folgen etwa dreißig Gestalten: es mögen die JAHRE sein, die zwischen der Handlung des ersten und des dritten Bildes verfließen.

Sie schreiten gemessen hinter den Posaunen her, immer einige Schritte hintereinander, in dieser Folge:
drei bacchantische Jünglinge, Weinlaub im Haar,
ein Wanderer mit Hut und Stab,
ein Verlarvter in einem dunkelroten Mantel,
zwei Jünglinge, zusammen in einen schlichten Mantel gehüllt, ein Blumengewinde um beide geschlungen,

ein Blinder, am Stabe tastend, über ihm vor ihm her eine funkelnde Sternenkrone schwebend,
drei ernste Männer, mit ehernem Mund, in sich versunken schreitend, die Arme über der Brust,
ein dunkler gewappneter König,
ein goldroter gewappneter König,
ein weißer König mit einem Spiegel,
ein barfüßiger Fischer,
drei völlig Verhüllte, einander an der Hand leitend,
ein Weiser, in einen blauen Mantel gehüllt, vor ihm ein Kind, eine blaue Kugel mit goldenen Sternen tragend, und noch andere.

Darauf der goldene Wagen, von vier gewaltigen Bekränzten gezogen: in der goldenen Muschel ruhend eine riesige Gestalt, mit einer violetten Finsternis von schleirigen Geweben völlig umhüllt: ihren Kopf umgeben Sterne, durch die Schleier funkelnd. Die Gestalt scheint zu schlafen und scheint doch nicht völlig bewußtlos: es ist die Haltung einer in sich selbst Versunkenen.

Die HEROLDE treten zu beiden Seiten an die Pfeiler des Triumphbogens, je ein geharnischter und ein bekränzter am linken und am rechten Pfeiler, und lassen ihre Posaunen ruhen.

Die Gestalten der JAHRE lagern sich im Halbkreis links und rechts von der basaltenen Kuppe.

Der WAGEN wird von den vier bis in eine kleine Mulde neben der Quelle gezogen: dort, in der Mitte, bleibt die ZEIT in ihm ruhen; die VIER lagern sich vor dem Wagen, eine Felsenstufe tiefer. Sogleich lagern sich auch die STUNDEN und AUGENBLICKE, den nach vorne geöffneten Halbkreis ergänzend, zur Linken und Rechten, nur drei von ihnen, in hellgelben Gewändern, bleiben in der Mitte stehen.

Nun stoßen die HEROLDE in ihre Posaunen, und es beginnen die Spiele der STUNDEN.

Die drei in hellgelben Gewändern schreiten, die Köpfe zusammensteckend und miteinander flüsternd, nach rechts und verschwinden einen Augenblick im Gebüsch. Sogleich treten sie wieder hervor: die vorderste trägt tanzend in den hocherhobenen Händen in einem Schilfkorb ein kleines KIND, die beiden anderen umtanzen sie übermütig. Sie umtanzen die Bühne und kehren zu dem Gebüsch rechts vorne zurück. Hier stellen sie den Korb mit dem Kinde ins Gras und knien, das Kind mit heller Freude unverwandt betrachtend, davor nieder. Eine weiße Hirschkuh steckt ihren Kopf aus dem Gebüsch und betrachtet das Kind mit großen sanften Augen; Bienen umschwirren es, Schmetterlinge gaukeln über dem Korb hin und her.

Die drei Stunden gleiten auf den Knien dem Korb immer näher und verbergen ihn endlich mit ihren zusammengedrängten Gestalten. Sie springen auf: da ist Korb und Kind verschwunden. Sie springen zurück und klatschen in die Hände: da springt aus dem Gebüsch der KNABE hervor. Ein hellgelber Schmetterling gaukelt über ihm: er will ihn haschen und muß sich immer um sich selbst drehen, so tanzt er über die Bühne. Auf einmal sind es zwei, drei Schmetterlinge, dann ein ganzer Schwarm, der schaukelnd, kreisend seinen Weg nach links und rückwärts nimmt.

Sogleich springen hinter den Knaben die AUGENBLICKE, und wie der Schmetterling hat auch er nun einen Schwarm von Gefährten hinter sich. Die Schmetterlinge gleiten gegen das Tor empor, die Kinder nach, die Schmetterlinge steigen in die Luft und schweben über der Plattform des Triumphbogens: die Kinder klimmen an dem kleinen Stufenwerk des rechten Pfeilers, ja an den Efeuranken empor, wie sie aber oben ankommen, verlieren sich die Schmetterlinge nach links hin in den Wipfeln. Die Kinder scheinen auf der andern Seite hinabzuklettern, auf einmal sind sie alle verschwunden.

Im nächsten Augenblick aber stürmt schon links ganz vorne zwischen Büschen den Hügel emporklimmend der JÜNGLING hervor: er hat ein lockiges Haupt, das leichte Gewand der Hirten und eine Schleuder in der Hand. Er steht einen Augenblick wie atemlos vor innerem Drang und unschlüssig, wohin sich wenden. Eine Stunde tanzt ihm mit offenen Armen entgegen; er hascht nach ihr, sie entgleitet ihm, und eine zweite kommt herangetanzt; mit dieser das gleiche Spiel, es tanzt die dritte, dann die vierte hinzu; immer mehr und mehr

drehen sich um ihn im Kreis. Dann fliegt der Kreis auseinander, und sie verstecken sich, eine hinter der anderen, eine lange Reihe. Die erste fliegt auf ihn zu, umschlingt ihn flüchtig, hat sich ihm gleich entwunden und schon ist die zweite in seinen Armen und so fort. Die letzte aber faßt er fest, hebt sie empor und trägt sie dem Gebüsch zur Rechten zu. Da fliegen alle hinter ihm her, hängen sich an ihn wie ein flügelschlagender Schwarm. Er ist einen Augenblick verdeckt und schon nicht mehr da. Der Schwarm teilt sich, mit feierlicher Stille zu beiden Seiten zurücktretend, und durch zwei Reihen von sich Neigenden tritt der MANN hervor, leicht gewappnet, mit Beinschienen und Helm, wie der Nachdenkliche auf dem Grabmal der Mediceer, aber mit einem kurzen Bart wie der Kaiser Hadrian. Er hält einen Stab auf die rechte Hüfte gestützt und schreitet ernst und gebietend zu gewaltigen, feierlichen Takten. In der Mitte angekommen, wirft er einen großen Blick über das ganze Gefilde und läßt sich auf einem Steine nieder, das nachdenkliche Haupt mit gesenkten Wimpern auf die linke Hand gestützt, sein Angesicht vom Helm beschattet, der vielen Gestalten kaum achtend.
Paarweise schreiten die Stunden auf ihn zu und neigen sich vor ihm bis zur Erde. Ein gewaltiges Licht, wie wenn die Sonne zwischen Wolken sich durchkämpft, fällt von oben auf ihn und wird von seinem Helm und Brustharnisch mit goldrotem Gefunkel zurückgeworfen. In dem von ihm ausgehenden Scheine, wie vor einer feurigen Statue, tanzen drei der Stunden, ihre flutenden Gewänder in Feuerschein getaucht. Die anderen Stunden umstehen mit bestrahlten Gesichtern den Saum des Feuerkreises. Die drei tanzenden überflutet immer goldigeres Licht: goldenes Geschmeide scheint an ihren Leibern, ihren Gewändern herabzugleiten, Wolken von Purpur und Gold fluten an ihnen hernieder, endlich werden sie ganz zu Flammen, zu großen tanzenden Flammen. Da heben die anderen alle ihre Gewänder und umkreisen den Flammenschein, daß die Röte durch sie durchschimmert. Im nächsten Augenblick geht das Licht in blasses bläuliches Mondlicht über, der Kreis tut sich auf, die tanzenden Flammen sind zusammengesunken und erloschen, der gewapp-

nete Mann ist fort, und auf dem Stein sitzt der GREIS; silbriges Licht spielt auf seinem langen weißen Bart, auf seinen bebenden Händen. Er trägt ein braunes Gewand: sein Kopf ist uralt, doch seine Augen funkeln.
Eine STUNDE schwebt auf ihn zu und tanzt sanft und feierlich vor ihm. Er erhebt sich mühsam, schwankt. Die Stunde ergreift seinen Arm, stützt ihn und führt ihn: er will nach rechts in den Vordergrund, an das Gebüsch hin, unter dem das Kind im Korb lag. Dort läßt sie ihn nieder: ein starker Wind bricht aus dem Gebüsch hervor, und der Bart des Greises weht; tiefe Finsternis und blaue Helligkeit wechselt um ihn; seine Lippen murmeln; vor ihm im wechselnden Licht tanzt die Stunde, ihr Gewand wirft der Sturm hin und her und überflutet es mit Finsternis und Mondglanz. Nachtschmetterlinge umkreisen den Kopf des Alten; ein Schwarm von wilden Bienen hängt summend über ihm; die weiße Hindin streckt ihren Kopf aus dem Gebüsch und schmiegt sich an seine Seite. Der Sturm und die schwankende Finsternis vergehen, das Gewand der tanzenden Stunde strahlt tiefblau wie der nächtige Himmel und ist besät mit goldenen Sternen bis herab an den Saum. Die Augen des Greises funkeln den Sternen entgegen, er hebt sich, will auf die schöne Gestalt zu und sinkt an ihr hin. Ihr Gewand überflutet ihn wie eine gestirnte Welle – im nächsten Augenblick liegt über allem ringsum goldig helles Licht, der Greis ist verschwunden, die Stunde steht da in weißem Gewande, vielen anderen gleichend; sie schüttelt sich und springt in die Mitte, andere tanzen zu ihr und ergreifen ihre Hände, wieder dreht sich der Reigen, zerfällt dann in sieben sich drehende Kreise. In der Mitte dieser Kreise aber tanzt für sich selber die SELIGE STUNDE, sie und ihre Augenblicke mit Rosen bekränzt, auf ihrer Schulter eine weiße Taube. Ihr einsames, trunkenes Dahintanzen ist so schön, daß alle andern nach ihr hinblicken, endlich im Anschauen verloren einander loslassen und sich zur Rechten und Linken verteilen. Von der Schulter der SELIGEN STUNDE hebt sich die Taube und umflattert eine Weile schmeichelnd den Kopf der Tanzenden. Die Taube steigt trunkenen Fluges immer höher, auf einmal tut sie ein paar zuckende Flügelschläge, über-

schlägt sich in der Luft und stürzt zu Boden. Die SELIGE STUNDE und ihr AUGENBLICK sind tanzend in den Büschen zur Linken noch sichtbar, verschwinden bald darauf, ohne der in ihrem Rücken herabgestürzten Taube zu achten. Da tritt von rechts die TRAUERNDE STUNDE auf, in schwarzem Gewande, Zypressen um das Haupt, drei trauernde Kinder mit ernsten grünen Zweigen schreiten neben ihr. Sie schreiten auf die tote Taube zu: die Augenblicke knien nieder und reichen der Stunde den kleinen Leichnam empor, die ihn tiefernst betrachtet. Dann schreitet die Stunde, den Leichnam in Händen, auf den Hintergrund zu; einer ihrer Augenblicke schreitet gesenkten Hauptes voran, die beiden anderen folgen. Den kleinen Zug umschweben die Takte eines Trauermarsches: sie schicken sich an, den Leichnam unter Busch und Fels zu begraben.

Da tritt, blendend im goldenen Harnisch, von funkelnden Kindern die Purpurschleppe getragen, oben zwischen den Bäumen die ERHABENE STUNDE hervor, mit gebietenden Schritten zu den TRAUERNDEN herabsteigend. Sie winkt ihnen, einzuhalten. Die TRAUERNDEN heben unwillig den schwermütigen Blick. Die ERHABENE STUNDE ergreift gebieterisch den kleinen Leichnam, der, von ihr emporgehoben, sogleich erglüht. Die schimmernde Taube hocherhoben, tut die ERHABENE mit ihren Schleppträgern drei Schritte nach vorne zu. Sie steht nun in der Mitte, – die SELIGE ist zur Linken tanzend völlig verschwunden, die TRAUERNDE hat sich zwischen den Stämmen der zwei gewaltigsten dunklen Bäume im Hintergrunde verloren.

Die ERHABENE hält triumphierend die leuchtende Taube empor, von der nun auf einmal alles Licht allein ausgeht. Mit erhobenem Haupt läßt die ERHABENE ihren Blick umherschweifen, als suchte sie im grenzenlosen Raum den Platz, um ein Wunder zu wirken. Fester packt sie den leuchtenden Leib und wirft ihn mit einem Schwunge, gegen den Hintergrund sich wendend, durch den Wipfel des erhabensten dunklen Baumes gegen den Himmel empor. Alle wenden sich, dem Wurf nachzuschauen. Die gelagerten STUNDEN, die JAHRE, die VIER vor dem Wagen der Zeit wenden ihre Köpfe. Auf einmal deuten alle mit ausgestrecktem Arm nach oben: über dem mittelsten Baum, wo das tiefblaue Gewölb des Himmels auf dem schwarzen Wipfel aufruht, ist die Taube als ein strahlendes Sternbild erschienen. Man ahnt, sie ist draußen im unendlich Weiten, doch scheint ihr aus funkelnden Punkten gebildeter Umriß auf dem Gewipfel ruhig zu sitzen, wie zuweilen das Sternbild des Wagens auf dem Rand eines nächtlichen Berges aufzuruhen scheint. Im nächsten Augenblick ist es wieder licht und hat die ERHABENE STUNDE mit feierlichen Schritten den Bergweg rechts hinanzuschreiten begonnen. Nun treten die mit den Posaunen vom Tor herab, die Wagenführer erheben sich, und indem der Zug sich ordnen und unter dem gewaltigen Auftreten des Hauptmotives sich in Bewegung setzen will,

ist der Vorhang gefallen.

DRITTER AUFZUG / STUNDE DER ERINNERUNG

Ein geräumiges Zimmer im Geschmack der Fünfzigerjahre. Rechts ein Fenster auf die Straße. Im Hintergrund, mehr rechts, eine vergitterte Glastüre, auf einen Vorgarten hinausführend. Von der Tür tritt man ins Zimmer herab, zwei Holzstufen. Auch beim Fenster eine Stufe. In der linken rückwärtigen Ecke ein Alkoven mit grünen Vorhängen, darin ein Bett. Links eine Türe ins Zimmer der Tochter. Auch rechts vorne eine Tür.
Gegen Abend, im Herbst. Es ist draußen noch halbhell, aber im Zimmer brennt eine Lampe.

Der ALTE MANN sitzt an einem Tisch in der Mitte des Zimmers und liest.
Die MAGD räumt rückwärts einen gedeckten Tisch ab, geht dann ab, durch die Tür rechts vorn.
Die TOCHTER sitzt am Fenster und stickt. Sie hat dunkles Haar und sehr dunkle feuchte Augen.
Der ALTE MANN schlägt das Buch zu und schiebt es mit einer müden Gebärde von sich. Er nimmt die Augengläser ab und putzt sie mit einem kleinen Seidentuch.
Die TOCHTER sieht von ihrer Arbeit auf.
Der ALTE MANN lächelt ihr zu.
Die TOCHTER kommt zu ihm:
Willst du nicht mehr lesen?
Der ALTE MANN:
Nein, es strengt mich an. Ich bin alt, meine Augen sind alt.
Eine kleine traurige Pause: das Motiv der verfließenden Zeit klingt an.
Die TOCHTER streichelt ihm die Stirn:
Es ist hier zu finster zum Lesen. Ich will für dich tanzen. Soll ich?
Der ALTE MANN nickt:
Nun ist es draußen fast völlig dunkel.

Die TOCHTER tanzt eine Gavotte, mit lautlosen Schritten, mit tiefen Verneigungen, da klopft es auf einmal an der Tür. Sie hält inne.

Der ALTE MANN:

Wie schade! wie schade!

Er ist sehr unwillig.

Die MAGD läßt durch die Tür rechts einen JUNGEN MANN eintreten. Es ist der Bewerber. Er bringt einige Zeitungsblätter und ein paar Rosen. Begrüßung. Höflichkeiten. Sie bieten ihm einen Platz an. Ein stockendes Gespräch. Die TOCHTER geht nach rückwärts, die Rosen in ein Glas zu tun.

Der BEWERBER, ihr nachschauend, zum Vater:

Wie reizend sie ist.

Der VATER ist sehr kühl.

Der BEWERBER:

Sie geht nicht, sie schwebt.

Der VATER verzieht keine Miene.

Die TOCHTER kommt wieder nach vorne, stellt das Glas mit den Rosen auf den Tisch, setzt sich wieder zu ihrer Arbeit. Ein verlegenes Schweigen.

Der BEWERBER steht endlich entschlossen auf: er bittet den Vater um ihre Hand. Er liebt sie seit langem. Er wird sie auf Händen tragen.

Der VATER weist ihn auf die Tochter hin. Es hänge von ihr allein ab.

Die TOCHTER ist aufgestanden, um zu antworten.

Der VATER sieht mit angstvoller Spannung auf sie hin.

Die TOCHTER verneigt sich, lehnt entschieden ab.

Der BEWERBER bittet, beschwört.

Die TOCHTER bittet ihn, den Gedanken aufzugeben.

Das Gesicht des VATERS verklärt sich.

Der BEWERBER zieht sich zurück.

VATER und TOCHTER allein. Er geht auf sie zu, will ihr die Hand küssen. Sie beugt sich herab, küßt seine Hand. Er sagt ihr, daß er unbeschreiblich froh ist.

Ob sie aber nicht vorschnell abgelehnt habe? Ob ihr nicht doch lieber gewesen wäre, in das Haus des jungen Mannes zu ziehen, in das hübsche Haus des reichen Bewerbers?

Die TOCHTER schüttelt den Kopf.

Der ALTE MANN:

Ob es ihr nicht zu öd werden würde, hier, mit dem Vater, die eintönigen gleichen Tage?

Die TOCHTER verneint wieder und wieder, mit einem seltsamen verträumten Ausdruck der Augen.

Die Uhr auf der Kommode schlägt neun.

Die TOCHTER:

Es ist Schlafenszeit.

Sie geht nach rückwärts, nimmt aus dem Glasschrank einen schönen gläsernen Pokal und füllt ihn aus einer Karaffe mit Wein; gießt aus einem Kännchen heißes Wasser dazu, tut aus einer Dose Gewürze hinein.

Der ALTE MANN hat indessen an dem Fenster den Laden geschlossen.

Draußen ist Mond. Der Wind bewegt die Bäume.

Die TOCHTER bringt den schönen gefüllten Pokal nach vorn. Sie trägt ihn in erhobenen Händen und geht langsam. Sie lächelt dem Vater zu. Sie stellt den Pokal auf den Tisch.

Der ALTE MANN will die Glastür verschließen.

Die TOCHTER läuft schnell hin, hält ihn ab:

Das laß mich machen. Geh dort hin. Koste deinen Glühwein. Heute ist er besonders gut.

Sie drängt ihn sanft gegen vorn.

Der ALTE MANN kommt an den Tisch, hebt mit beiden Händen, die ein wenig zittern, den Pokal und kostet den Wein. Dann geht er, die Hände auf dem Rücken, gegen die Kommode. Die TOCHTER, an der Glastür, hat den Riegel geräuschvoll vorgeschoben und gleich wieder lautlos zurückgezogen. Sie sieht sich verstohlen nach dem VATER um, der indessen seine Augengläser in der Kommode verwahrt. Wie sie sich versichert hat, daß er nicht hersieht, winkt sie durch die obere Glasscheibe an der Tür hinaus: ein dreimaliges heftiges Abwinken, wie: Warte noch, zeig dich noch nicht! Sie sieht sich wieder verstohlen um, dann kommt sie unbefangen nach vorn.

Der ALTE MANN:

Hast du die Tür verriegelt?

Die TOCHTER:

Ja, fest verriegelt. Gute Nacht, Vater.

Sie neigt sich, daß er sie auf die Stirn küssen kann. Sie geht in ihr Zimmer links.

Der ALTE MANN, allein, geht zur Kommode, zieht die Uhr auf. Auf einmal hört man, wie vor dem Fenster und halbverloren im Wind, eine Harfe klingen. Der ALTE MANN horcht, eine Erinnerung überfällt ihn. Eine Weile hängt er ihr nach, dann schüttelt er den Kopf:

Das ist ja längst vergangen, längst vorbei.

Er geht an den Tisch und will trinken. In diesem Augenblick brennt die Lampe ganz herab. Er will sie aufdrehen, da erlischt sie ganz. Dafür entströmt aber sogleich dem Pokal ein sanfter Schein. Verwundert hält er ihn vor sich, stellt ihn endlich auf den Tisch, tritt zurück. Der Schein erhellt sich und erleuchtet schwach das Zimmer. Und auf einmal ist, von der Seite des Alkovens her, das MÄDCHEN aus dem ersten Aufzug hereingeglitten. Vielmehr eine blaß leuchtende Erscheinung, dem Mädchen gleich, scheinbar aus einer ähnlichen Materie wie der leuchtende gläserne Pokal. In ihrer unverkennbaren Haltung, den Kopf ein wenig zwischen den Schultern, den Oberleib ein wenig vorgebeugt, kommt sie auf den Tisch zugeglitten. Der ALTE MANN tritt, die Hände halb abwehrend erhoben, hinter sich. Sie steht nun am Tisch, lächelt ihm zu. Dann hebt sie den Pokal an ihre Lippen, nippt daran, dem Alten zutrinkend; stellt den Pokal wieder hin, ist schon wieder zurückgeglitten und irgendwo, wie von der Mauer aufgesogen, spurlos verschwunden. Dem ALTEN sind die Hände neben dem Leib herabgesunken, seine Unterlippe hängt schlaff herab, die Augen starr auf den einen Fleck gerichtet, steht er lange entgeistert da; indes schlägt die Uhr, draußen heult der Wind; er regt sich nicht. Endlich kommt er zur Besinnung, betastet mit den Händen sein Gesicht, sagt sich:

Es war ein Augentrug, etwas Fieberhaftes.

Fühlt sich den Puls. Schüttelt den Kopf, will sich gewaltsam zur Besinnung bringen. Sieht mit Grauen auf den leuchtenden Pokal, greift nach der Lampe: in diesem Augenblick erlischt auch der Pokal, und die Lampe leuchtet wieder hell. Alles ist wie früher. Der ALTE nimmt nun die Lampe, sie nach dem Alkoven zu tragen, um zu Bett zu gehen. In diesem Moment springt, von einer unsichtbaren Hand oder von einem Windstoß aufgedrückt, die in den Garten führende vergitterte Glastür fast völlig geräuschlos auf, und vor dem Luftzug verlischt die Lampe. Von draußen fällt ein sehr schwaches, unsicheres Licht herein. Und im gleichen Augenblick tritt, im Nachtgewand, mit aufgelöstem Haar und bloßen Armen, die TOCHTER aus ihrer Tür, mit unendlicher Vorsicht, leise, leise die Tür aufdrückend, mit angehaltenem Atem, bemüht, mit den Augen das Dunkel zu durchdringen.

Der ALTE steht rückwärts, ziemlich nah dem Alkoven, noch näher einem großen dunklen Kleiderschrank: er hält die erloschene Lampe in einer Hand und streckt die andere, starr vor Staunen, gegen die weiße, nun gegen die Mitte gleitende Gestalt aus. Er scheint nicht gleich zu begreifen, daß es nicht das Wesen von früher, sondern seine Tochter ist. Sie tut mit angehaltenem Atem und mit der äußersten Vorsicht, um nirgends ein Geräusch zu machen, einen Schritt nach dem andern, und so dreht er rückwärts den Kopf, ihr mit den Augen zu folgen. Nun ist, in der Tür, im wechselnden Mondlicht der unruhigen bewölkten Nacht, die dunkle Gestalt des heimlichen GELIEBTEN der Tochter sichtbar geworden. Er hält die Klinke, daß der Wind nicht an der Tür rütteln soll, und beugt sich ins Zimmer hinein, mit den Augen bemüht, das Dunkel zu durchdringen. Nun ist sie bis hinüber gelangt, und lautlos sich ausstreckend, kann sie mit den Fingerspitzen seine Hand, die sich ihr entgegenstreckt, berühren. Da ist mit verzerrtem Gesicht und keuchendem Atem, die Lampe in zitternden Händen hocherhoben, der ALTE bis an den Tisch vorgesprungen. Hier besinnt er sich und stellt die Lampe heftig nieder, daß sie klirrt. Die BEIDEN an der Tür zucken zusammen; es ist im Zimmer so dunkel, daß sie nicht gleich sehen können, was geschehen ist. Indes hat der ALTE mit heftig zitternden Händen die Lampe angezündet. Die BEIDEN stehen ohne Regung, er oben in der Tür, sie unter ihm im Zimmer. Der ALTE MANN geht schleifenden Schrittes auf sie zu: seine Lippen bewegen sich krampfhaft, er weiß nicht, was er sagen soll. Dicht vor ihnen bleibt er stehen und starrt ihnen ins Gesicht. Dann geht er wieder von ihnen weg, dreht den Kopf weg und drückt die Hände vor die Augen: er will es nicht sehen, will es nicht glauben; er will es von sich wegschütteln wie eine Spinne.

Die TOCHTER, die Augen auf den Vater geheftet, totenblaß, ist, wie bewußtlos ausweichend, von dem Geliebten weg nach rechts vorn getreten, drückt ihr Gesicht in den Fenstervorhang. Der GELIEBTE, ein junger Mann, nicht überjung, in einen Mantel gehüllt, versucht, etwas zu sagen, die Hände beschwichtigend vorgestreckt.

Der ALTE MANN ringt die Hände, richtet sich dann wieder auf; sieht, daß sie nicht mehr beisammen stehen; stellt sich vor den Geliebten, die Tochter mit keinem Blick streifend.

Der ALTE MANN, zum Geliebten:

Wie ein Dieb handelst du! Du bist ein Dieb! Bei der Nacht schleichst du dich ein, einem alten Mann das einzige zu stehlen, was er hat! Du Dieb!

Er zittert heftig, es würgt ihn, er wankt, rafft sich aber wieder zusammen und hebt die Faust drohend nahe bis an das Gesicht des andern.

In diesem Augenblick tut die TOCHTER, bebend vor Erregung, einen Schritt auf die beiden zu. In dieser Bewegung von ihr liegt solche verzweifelte Entschlossenheit, ihr zusammengepreßter Mund und ihre aufgerissenen Augen haben solche Gewalt, daß der ALTE einen Schritt nach rückwärts tut und mit herabgesunkenen Händen schwer atmend dasteht.

Die TOCHTER, vor den Vater hintretend:

Mit ihm hast du nicht zu sprechen! Sprich zu mir! Ich hab es gewollt, ich hab ihn gerufen, ich liebe ihn. Ja, ich bin seine Geliebte, ihm gehöre ich, nicht dir!

Jetzt geht ihr leidenschaftliches Geständnis mehr und mehr aus der bloßen beredten Gebärde in einen Tanz über, indem sie, mehr dem Geliebten zugewendet, ihm zu sagen scheint:

Dir gehör ich, ich bin dein Ding, sieh, ich neige mich vor dir bis an den Boden, sieh, für dich reck ich mich wieder empor, blühe für dich empor, für dich löse ich mein Haar, vor dir weich ich zurück, um wieder zu dir zurückzukehren, um mich dir an die Brust zu werfen! Um dich herum will ich kreisen, will die ganze Luft um dich her mit mir erfüllen...

Ihr Tanz ist ein immer glühenderes Sich-Hingeben.

Der ALTE MANN klammert sich taumelnd an den Tisch. Wie sie innehält und totenblaß, mit geschlossenen Augen, zwischen den beiden dasteht und dann wieder die Augen aufschlägt, zeigt er ihr sein weißes Haar, sein verzerrtes Gesicht, das in diesen Minuten um Jahre gealtert scheint. Sie blickt kalt und fremd auf ihn, dann wirft sie sich dem Geliebten zu und drängt ihn gegen die offene Tür:

Fort! Ich will fort mit dir!

Der ALTE MANN sinkt in einen Stuhl am Tisch und schließt die Augen.

Der GELIEBTE nimmt seinen Mantel ab und hüllt sie ein.

Sie, zärtlich besorgt, fühlt seinen Rock an:

Dein Gewand ist leicht, es ist eine kalte Nacht, du wirst frieren.

Der GELIEBTE will mit ihr fort.

Sie, schon oben in der Tür stehend, zögert noch, sieht im ganzen Zimmer umher, suchend. Ihr Blick fällt auf den Pokal mit dem Glühwein, und ihr Gesicht leuchtet auf. Sie bedeutet dem Geliebten:

Warten, warte!

steigt hinab und geht leise auf den Tisch zu.

Der ALTE MANN, der mit dem Rücken gegen die Tür im Sessel liegt, schlägt die Augen auf, wie sie von rückwärts her ganz nahe zu ihm gekommen ist. Sein Gesicht erleuchtet sich; er staunt mit einem veränderten Ausdruck vor sich hin, als wollte er sagen:

Sie kommt zu mir zurück! Es wird alles nur ein böser Traum gewesen sein, nur ein Alp! Gleich wird sie bei mir sein! Sie wird mir den Becher reichen!

Er stellt sich schlafend, damit sie leise, leise zu ihm kommt. Mit halbgeschlossenen Augen sieht er nach ihrer Hand, die nun den Pokal ergreift. Seine Lippen bewegen sich schon mit kindischer Begier:

Jetzt wird sie mir zu trinken geben.

Da hebt sie den Pokal auf und trägt ihn weg, er sieht nicht, wohin. Der Ausdruck seines Gesichtes wechselt fürchterlich. Er wendet sich im Sessel um, erblickt sie, die den Pokal in erhobenen Händen dem Geliebten zuträgt, auf den ihre Blicke geheftet sind.

Der ALTE MANN springt auf. Wie sie die Stufen hinansteigt, den Pokal an die Lippen des Geliebten hält, hat er sie erreicht, hebt beide Fäuste gegen sie und sinkt in diesem Augenblick an ihr hin, im Fallen ihren Arm streifend, daß der Pokal ihr aus der Hand fällt, ins Zimmer hinabrollt und, wie er über die Stufen fällt, in tausend Scherben zerbricht. Indem stürzen die beiden zur Tür hinaus, den Mantel um sich schlagend, aneinandergepreßt. Die Lampe ist verloschen, an der offenen Tür rüttelt der nächtliche Sturm.

Der ALTE MANN richtet sich auf; an der offenen Tür knieend, wo der Wind sein Haar zerrüttet, ist er zuerst wie betäubt und sieht irr umher. Allmählich kommt er zu sich und starrt ins Zimmer herab, sein Auge ist blöde, seine Zähne knirschen. Auf den Knien kriecht er die Stufen hinab, als hätte er verlernt, aufrecht zu gehen. Nun ist er auf den Fleck gekommen, wo die Scherben liegen. Und diese fangen an zu glühen und wie Augen auf ihn zu schauen. Er setzt sich mitten unter ihnen nieder und fängt an, wie ein Irrer, mit den glühenden Scherben zu reden.

Ihr da,

sagt er ihnen,

ihr Scherben! Ihr liegt da am Boden, ihr seid Kehricht, ekelhafter Kehricht! Selbst der Fuß scheut sich, auf euch zu treten! So bin ich auch: zerbrochen haben sie mich, in Scherben zerschlagen und meine Scherben hier herabgekehrt. Ich bin Kehricht, ein Haufen Scherben bin ich. Ich will mich mit euch vermischen!

Und er wälzt sich zwischen den funkelnden Scherben, wühlt seine Glieder wie im Wahnsinn am Boden hin.

Da hat draußen das Toben des Sturmes nachgelassen; aber auch der Mond ist völlig verschwunden, es herrscht ein schweres totes Dunkel. Und aus diesem, wie aus der Ferne zuerst, dann aber näher, stärker, ein unsäglich gewaltiges Heranschreiten. Es ist wie der Schritt des Schicksals. Und so steht auf einmal, leuchtend, gewappnet, herrlich, die purpurne Schleppe von schönen Kindern getragen, die ERHABENE STUNDE in der Tür, den Arm gebietend ausgestreckt. Sogleich springen die AUGENBLICKE ins Zimmer hinein, und unter ihnen, noch schöner, leuchtender als sie, ist das KIND AMOR. Die Kinder eilen auf den alten Mann zu, umspielen ihn, streicheln ihn, richten ihn auf. Flink haben sie die glühenden Scherben gesammelt, die sich zauberhaft vereinen, und sogleich hält AMOR ein glühendes gläsernes Herz empor, dem ein schöner Schein und ein süßer Klang entströmen. Er schwingt das Herz in der Luft, da verwandelt es sich in eine Fackel, die schwankenden Schein bis an die Decke des Zimmers wirft. Indessen er, die Fackel schwingend, den ganzen traurigen Raum mit Glanz bestreut, haben die AUGENBLICKE den alten Mann schmeichelnd aufgerichtet, und wie sie seine Augen, sein Haar, seinen Leib berühren, scheint er erquickt, ja verjüngt und steht nicht mehr gebückt. Da lassen sie ihn in der Mitte des Zimmers stehen und eilen nach rückwärts, an den Alkoven. Zwei von ihnen klimmen die grünen Vorhänge empor, der dritte macht sich unten zu schaffen, AMOR leuchtet ihnen. Blitzschnell sind die beiden oben, machen den Betthimmel los und werfen die grünen Vorhänge herab. Diese aber, im Niederfallen, verwandeln sich in üppige Ranken von tiefgrünem Efeu. Und die kahle Wand des Zimmers, dort, wo sie die Vorhänge und Draperien losgerissen haben, erscheint unter dem Schein der Fackel als die efeuberankte Außenmauer eines Turmes, aus verwitterten Steinen gefügt. Und in dieser Mauer zeigt sich ein uraltes eisernes Pförtchen, springt auf und läßt die ersten Stufen einer Wendeltreppe sehen, die in der Mauer aufwärts zu führen scheint. Indessen sind die AUGENBLICKE an den Efeuranken herabgeglitten, alle drei eilen sie zu dem großen dunklen Schrank, zerren einen dunkelgrünen Reisemantel hervor und werfen ihn dem alten Mann um die Schultern. Dann führen sie ihn, voraus- und wieder zurückspringend, unter heftigen fröhlichen Gebärden, an das Pförtchen; AMOR leuchtet voraus, sie steigen die Wendeltreppe empor, hinter ihnen fällt die Tür zu.

Indessen hat das ganze Zimmer zu versinken begonnen, und zugleich löst sich oben die Decke von der rückwärtigen Wand, so daß hier ein Spalt entsteht, durch den Mondlicht hereinbricht. Und nun werden oben, in diesem Spalt, der sich erweitert, auf der geborstenen Mauer schreitend wie auf dem Zinnenweg einer Schloßruine, von links nach rechts und dabei aufwärtsschreitend, die AUGENBLICKE und der ALTE MANN sichtbar und AMOR voranleuchtend. Von Mondwolken umschwebt nehmen sie ihren Weg über Dächer und Firste in die Ferne. Das Zimmer ist tiefer und tiefer gesunken, dichte Wolken sind hereingebrochen, durch die das Mondlicht nur mehr mit mattem Schein durchsickert. Im Versinken ist die ERHABENE STUNDE wie auf einer dunklen Klippe langsam mit hinabgesunken, noch mit leuchtendem Arm zu den Aufwärtswandernden emporwinkend. Nun haben Wolken, vielmehr dichter blaßschimmernder Nachtnebel alles verschlungen, und nur die Musik läßt das Aufwärtssteigen in selige Höhen ahnen. ---
Die Wolken lichten sich, der monddurchsickerte Nebel zerteilt sich und enthüllt, im vollen Mondesglanz, ein antikes Gestade. Es ist ein felsiger Strand, von draußen rollen die leuchtenden Wogen unablässig mit ewigem Rauschen herein. Zur Linken erhebt sich ein weißmarmorner Tempel, zur Hälfte verfallen; an ihn schmiegt sich eine kleine Hütte, ganz von Schlingpflanzen umsponnen. Dabei ein Gärtchen mit hohen blühenden Malven. Vor den Tempelstufen ein alter schöner Ziehbrunnen aus Marmor und Erz. Zur Rechten mündet ein Pfad, der von unten zu diesem Felsgestade heraufzuführen scheint. Ehe sich der Nebelduft noch ganz verzogen, läuft ein Trupp FAUNE über die Bühne und verschwindet in dem Gehölz von Feigen und Lorbeer, das hinter dem Tempel anhebt; einzelne von ihnen spähen am Hause hin, schnüffeln zwischen den Säulen des Tempels, glotzen den Brunnen hinab, folgen dann den andern. Nun liegt alles im Glanz; das Meer scheint stärker hinaufzurauschen, anzuschwellen. Da heben sich zwischen den Klippen des Strandes da und dort NYMPHEN empor; ihr Gewand ist feucht und flutend; sie blicken sehnsüchtig nach dem Meer hinab. An-

dere gleiten von links zwischen den Bäumen, den Säulen hervor; eine hebt sich aus dem Brunnen und sitzt in feuchtem Glanz auf dem Brunnenrand. Sie spähen und lauschen nach dem Meer zu. Da kommt auf dem leuchtenden Rücken der vordersten Woge ein TRITON herangetragen. Von seinem schilfichten Kopf trieft Wasser und Mondglanz an ihm herab. Er hebt das Horn an den Mund und bläst einen seltsamen sehnsuchterregenden Ton. Delphine umspielen ihn, die NYMPHEN sind an den Rand des Gestades vorgeglitten und lauschen hinab. Die Woge aber, zurückflutend, trägt den Triton und die Delphine nach rückwärts, und sie tauchen unter. Die NYMPHEN haben einander die Hände gereicht, und in einer langen Kette, mit lautlosen Füßen hinter sich tretend, vom Meer weg, ahmen sie das Zurückweichen der Woge nach. Sie weichen bis fast an den vorderen Rand der Bühne. Hier halten sie inne und werfen die Arme empor; gleich aber reichen sie sich wieder die Hände und stürmen nun dem Strand zu, wie die fröhlich herbeirauschende Woge. Und nun rauscht auch eine neue Woge von draußen heran und trägt auf ihrem langgestreckten Rücken eine ganze Kette von Gestalten: schilfbekränzte TRITONEN, deren Hörner überaus schön ertönen, Delphine, auf denen KNABEN reiten, mit zackigen Korallen gekrönt, alles zu einer Kette vereint durch dichte Gewinde von funkelnden Quallen und anderen leuchtenden, wimmelnd gedrängten Meerestieren. Dies alles naht sich dem Strande, naht sich den Nymphen und entgleitet wieder. Die NYMPHEN haben, sich neigend, sehnsüchtig die Arme ausgebreitet: nun reichen sie sich wieder die Hände und gleiten ihrerseits vom Rande zurück. Wieder naht rauschend die große Woge, beladen mit den hörnerspielenden TRITONEN, den fabelhaften Tieren und den funkelnden Meeresschätzen; und die NYMPHEN werfen sich der Woge entgegen. Da flammt ein fremder Lichtschein von rechts herein und nähert sich. AMOR kommt den Felspfad emporgeklommen, hoch die Fackel schwingend. Vor ihrem Schein ducken sich die NYMPHEN geblendet zwischens Gestein, hinter die Bäume. AMOR, koboldhaft wild, springt von Klippe zu Klippe. Er scheint nach rückwärts hinab den Gefährten, die seinem Lauf nicht folgen können, zu winken. – Indessen ist der Mond erblichen, und der ganze Himmel steht in fahlem Schein, vor Sonnenaufgang. Draußen sind die TRITONE und ihr Gefolge untergetaucht. AMOR, auf der höchsten Strandklippe stehend, schleudert im Übermut seine Fackel hinter sich ins Meer. Und die Fackel entzündet das Meer: aus dem feurigen Schein hebt sich eine goldschäumende Woge und trägt auf ihrem Rücken die TRITONEN, die jetzt perlenbekränzte NEREIDEN in den Armen halten, die Delphine mit den gekrönten KNABEN und vielerlei Getier, von Gold und feurigem Schaum funkelnd. Dahinter aber, dieses Prächtige noch übertäubend, gebiert das Meer in wundervollem Farbenspiel die Sonne. Indem sich diese langsam hebt, versinken die Meereserscheinungen. Wie der Strahl der Sonne den Tempel, Hain und Hütte trifft, tritt aus der niedrigen Tür der Hütte die verschönte Gestalt des GÄRTNERS aus dem ersten Aufzug, es ist ein schöner Greis, er trägt einen blaßgelben Mantel und ein Untergewand von blauem Leinen, Bastschuhe an den Füßen; an seinem Gürtel hängt ein Pfropfmesser. Er tritt hervor und begrüßt mit ausgebreiteten Armen das Licht der Sonne. Tritt dann zum Brunnen und windet den vollen Eimer herauf. Indes tritt die GÄRTNERSFRAU zu ihm, gleichermaßen verklärt, in einem faltigen Gewand von blassem Violett. Sie erblickt das fremde Kind: AMOR, der ihnen entgegen von der Klippe leuchtend herabsteigt. Der GÄRTNER reicht der GÄRTNERSFRAU die Hand, und sie gehen dem Kinde entgegen, vor seiner leuchtenden kleinen Gestalt sich neigend. Im gleichen Augenblick sind, den Felspfad rechts herauf, die AUGENBLICKE und, in ihrem Geleit, der ALTE MANN aufgetreten. Er aber scheint verjüngt, gleicht schon fast mehr dem »JUNGEN MANN« des ersten Aufzuges. Seine Augen glänzen, sein Haar ist schöner, von dunklem Braun, und schön umfließt ihn der grüne Mantel. Sein Tritt ist leicht, er geht, den Kopf jugendlich erhoben, die leuchtende Morgenluft begierig einatmend.

AMOR zu den beiden Alten, auf den Herankommenden hinweisend:

Er ists, für den ihr hier diesen Tempel behütet. Öffnet ihm.

GÄRTNER und GÄRTNERSFRAU heben sich die Tempelstufen empor, öffnen das schwere Tor des inneren Heiligtums: die Türflügel, innen von strahlend blauer Farbe, lassen eine leichte, in schleirige Gewebe verhüllte helle Gestalt ans Licht, die leicht und feierlich die Stufen herabschreitet.
GÄRTNER und GÄRTNERSFRAU treten zur Seite.
AMOR und die AUGENBLICKE führen ihn herbei, der zögert und staunt.
Die GESTALT, in ihren scheuen kleinen Schritten, dem schüchternen Spiel ihrer Arme, in allem das »MÄDCHEN« des ersten Aufzugs, scheint im Licht, im Leben noch wie verloren. Sie sieht den Geliebten an, schwankt aber unsicher wieder zur Seite. Die Sonne blendet sie, und sie bedeckt ihr Gesicht. Sie wird gleich müde und läßt sich auf einen Stein hin, zu ruhen. Wie aber der GELIEBTE ihr nahe kommt, rafft sie sich scheu wieder auf und weicht mit vorgestreckten Armen reizend zurück. Ihr Tanz ist ein süßes Wanken und Taumeln, die lange im Grabe Verschlossene, trunken und schwach vor Leben und Glück. Die KINDER wollen die beiden zusammenführen, sie aber entzieht sich und läuft den Strand empor, klimmt leicht die Klippen hinan. Der GELIEBTE ihr nach; schon ist er ihr nah. Vom Meer her hebt sich ein starker Wind und löst die Schleier, in die sie gehüllt ist. Das Gewebe umflattert sie, selig erkennt er ihre Züge, hascht nach den Schleiern, die sich blähen wie Segel. Da kommt ein starker Windstoß und ergreift die ganze taumelnde leichte Gestalt und weht sie ins Meer hinab. Er steht am Rande, ihr Gewand ist ihm in der Hand geblieben und weht um ihn, leuchtend wie der Regenbogen. Da eilen die KINDER hinauf, wie Hunde hinter dem Wild, zeigen sie ihm: ihr nach, ihr nach! Er stürzt sich in trunkenem Schwung von der Klippe nieder, die KLEINEN mit ihm, hinab in das leuchtende Meer.
Sogleich versinkt der Strand, von oben durchleuchtete Meeresflut scheint hereinzustürzen, erfüllt die Bühne, von riesigen Gewächsen durchrankt; von rückwärts her aber gleitet schon ein neuer Strand heran, das Wasser weicht, und nur zur Rechten bleibt der Spiegel einer kleinen Bucht liegen. Die ganze Bühne ist ein steil ansteigendes, üppiges Waldesdik-

kicht; gewaltige Steineichen, auch Ahorn, alles emporddrängend; Luftwurzeln, Ranken klimmen hinab und hinan. Die Sonne scheint dahinter zu stehen und bricht nur in Funken von Topas durch das Dickicht. Hier leben liebliche DRYADEN; ihre Gewänder haben das Grün junger Blätter: sie tanzen in der Lichtung. Über ihnen kreisen in der Luft große Vögel von funkelndem Gefieder, wiegen sich in den Wipfeln, lassen sich bis zu den Tanzenden nieder und schweben wieder empor. Die DRYADEN verwenden den Blick nicht von diesen Vögeln; ihr ganzer Tanz ist ein süßes Haschen nach diesen, ein verlangendes Heranlocken. Sie werfen ihr langes aufgelöstes Haar empor, um die gaukelnden Vögel darein zu verstricken; sie recken sich, die Emporsteigenden schmeichelnd zu fassen; sie lassen sich zu Boden fallen und stellen sich tot, wie Käfer tun, und wenn dann die Vögel bis an den Boden niederkreisen, suchen sie sie mit den Armen zu umschlingen.

In dieses Spiel dringt ein fremder zarter Ton, und es tritt von rechts her, spielend, der alte HARFENSPIELER auf, hinter ihm das MÄDCHEN. Er scheint sie mit den Klängen der Harfe sanft nach sich zu ziehen. Sie möchte zögern, möchte den Geliebten erwarten und muß doch dem Alten nach. Aber es ist in dem allen nichts Angstvolles, sondern ein lieblich sich vollziehender Zauber. Sie ist nun der Hüllen ledig und trägt ein leichtes Gewand, von dem, wie sie in Schatten tritt, ein Schein ausgeht. Bei dem Herannahen der beiden sind die DRYADEN ins Dickicht geschlüpft, die Vögel in den Wipfeln verschwunden.

Der ALTE schreitet hinan, und vor den Klängen der Harfe teilt sich das Gezweige und gibt einen schmalen aufsteigenden Pfad frei, den sie betreten.

Kaum sind sie verschwunden und hat der Harfenklang im Dickicht sich verloren, so sind die DRYADEN wieder da, und wie sie lockend sich bewegen, rauscht von oben der Schwarm bunter Vögel nieder. Im Augenblick sieht man die DRYADEN ins Gebüsch eilen und sieht sie, im Dickicht, von JÜNGLINGEN umschlungen. Vorne aber eilen drei hin und her, denen der Geliebte noch ausgeblieben ist, spähen rechts hinab ins Wasser, suchen angstvoll. Da hebt aus dem Röhricht des Ufers ein schöner Schwan den Hals. Die eine der DRYADEN eilt zu ihm, neigt sich nieder, und wie sie ihn umschlingt, hält auch sie einen schönen JÜNGLING in den Armen, und bald verbirgt das Röhricht diese beiden. Zu den zwei andern Dryaden aber senkt sich aus der Luft ein großer farbenglühender Paradiesvogel. Jede will ihn mit Blick und Mund an sich ziehen, er aber wiegt sich zwischen den zwei Eifersüchtigen in der Luft. Endlich aber läßt er sich zu der einen hinab, streift mit den Flügeln ihren Nacken, ihre Schultern. Die andere entfernt sich und wirft sich, vor Zorn und Beschämung weinend, auf den Boden. Da hebt sich der Vogel hoch in die Luft und stößt nun mit einem Schwung zu der Weinenden nieder. Sie richtet sich auf, und indem der Vogel vor ihr hergaukelt, verschwinden sie zwischen den Zweigen. Die andere hat sich zornig ins Dickicht geworfen.

Da plätschert es rechts im Weiher. Sogleich sind die DRYADEN alle verschwunden, die JÜNGLINGE aber, nun wieder schimmernde Vögel, rauschen empor in die Wipfel.

Vom Uferrand klimmen, als wären sie schwimmend gelandet, AMOR und die andern KINDER empor, hurtig wie Hunde auf einer Fährte. Sogleich haben sie, die Augen am Boden und auch die Luft einziehend, den Weg erkannt, den der Harfner mit dem Mädchen genommen hat. Und AMOR, das Dickicht anspringend, hinter ihm die andern, winken ihm, der hinter ihnen vom Ufer emporklimmt: Hierher! hier hinauf!

Er gleicht nun völlig dem JUNGEN MANN des ersten Aufzuges, nur schöner, verklärt. Auch sein Gewand ist ein anderes geworden. Den Mantel hat er, schwimmend, verloren. Was er trägt, ist ein ideales Gewand von schimmerndem Linnen, Sandalen an den Füßen, ein goldenes Band im Haar. Vor dem Andrängen der KINDER tut sich wieder jener ansteigende Pfad auf, und er eilt empor, die Geliebte ahnend. Die Vögel aber stürzen von allen Seiten über seinen Pfad zusammen und begleiten ihn, eine rauschende funkelnde Wolke über seinem Haupt.

Nun steht die Sonne tief, leuchtet den aufgeschlossenen Pfad hernieder und durchdringt mit rötlich glühenden Strahlen den Wald, das ganze Dickicht enthüllend, Höhlen und

Schlüfte, ja durch die Stämme der Bäume durchscheinend, so daß in jedem Baume die ihn bewohnende DRYADE schlummernd oder wachend sichtbar wird.
Indessen hat die Bühne zu versinken begonnen, es bleiben nur mehr die Wipfel der Bäume, über diesen Wolken im Abendrot, dichter und dichter. Diese aber fliegen schnell auseinander und enthüllen einen herrlichen Bergesgipfel. Hier ragen aus einem Gestein wie Alabaster Zinken und schroffe Wände empor, dazwischen gähnen tiefe Klüfte, in denen, ihren jähen Absturz zu verbergen, die rosigen lichten Abendwolken lagern bleiben. So bilden die Wolken den Boden der Bühne, und alles, was nun beschrieben wird, ragt daraus empor. Zur Linken vorne ist eine kleine Felsenplatte, auf der der HARFNER mit seiner Harfe haust. Die Harfe, die er früher tragen konnte, ist nun übermächtig groß und steht vor ihm. Sein tiefblauer Mantel fließt bis an den Rand des Abgrundes nieder. Mit begeisterter Miene spielt er unablässig. Fast die ganze linke Seite und einen Teil des Hintergrundes nimmt eine wundervolle Felswand ein, in deren leuchtendes Gestein die schönsten Laubengänge gebrochen sind, in mehreren Stockwerken übereinander. In der Mitte dieses in den Fels gegrabenen Gebäudes führt eine offene Wendeltreppe mit durchbrochenem Gehäuse aus Gold und weißem Stein herab auf einen Altan. Von diesem aus ist eine weiße steinerne Brücke über den Abgrund nach rechts hinübergeworfen, nach einer leuchtenden, mit Blumen bewachsenen Klippe, die etwa von rückwärts auf einem jähen Pfad zu erklimmen sein mag.
In den übereinanderlaufenden Laubengängen, deren jeder aus dem geheimnisvoll leuchtenden Bergesinnern in gewölbten Toren austritt, bewegen sich im Reigen die Gestalten glücklich Liebender. Ihre Menge scheint unerschöpflich, die Seligkeit ihrer Mienen gleicht dem unbeschreiblichen Reichtum ihrer Gewänder. Zuweilen schreiten ruhige flüsternde Paare den Gang hin und verlieren sich wieder ins dunkle Gewölbe, zuweilen stürmen ganze Scharen, von schönen funkelnden Herolden im Laufe geführt, die Lauben entlang, die Treppe empor, und verlieren sich tanzend in der obersten Galerie, es ist eine unaufhörliche frohe Bewegung.

Nun kommen rechts rückwärts, hinter der beglänzten Klippe, strahlende kleine Wolken aufgeflogen, die überschwebend hangenbleiben. Ihnen nach kommt der Schwarm der großen Vögel emporgestiegen und umflattert die Klippe. Jetzt bleiben auf den steinernen Balkonen die Vorüberhastenden und Tanzenden stehen und blicken den Ankommenden entgegen. Es werden ihrer immer mehr, die sich an den Brüstungen herabbeugen, mit schönen nackten Armen winken, Rosengewinde losreißen und in den Wolkenabgrund sinken lassen, indessen die wundervollen Vögel bis zu ihnen emporkreisen.

In diesen Jubel hinein betreten die AUGENBLICKE, dem VERKLÄRTEN voranschwebend, und gleich er selbst die schöne Klippe. Und sogleich erleuchtet sich die goldene Wendeltreppe und fängt zu klingen an; in ihr steigt strahlend das MÄDCHEN herab und tritt unten auf den Altan, nur mehr durch die Brücke von ihm getrennt. Indessen haben AMOR und die AUGENBLICKE sich jeder von einem der großen ab und zu schwebenden Vögel von ihrer Klippe hinübertragen lassen zu dem HARFNER, in dessen Mantel sie sich fröhlich lagern. Wie ER von der Klippe her, das MÄDCHEN vom Altan her die weiße, über den Abgrund gespannte Brücke betreten, fängt diese zu leuchten an, und der Brückenbogen ist nichts als ein Gewinde aus schönen, ineinanderverflochtenen lebenden Gestalten, die eine wundervoll leuchtende Atmosphäre umgibt und über dem Abgrund hält.

Zugleich haben die Dryaden mit fliegendem Haar eine Klippe rechts erklommen und strecken die Arme nach den selig kreisenden Vögeln, indessen sich rückwärts aus goldenen Nebeln, die eine endlose leuchtende Meeresferne zu verhüllen scheinen, eine mächtige Springflut lautlos hebt und hebt, auf ihrem Rücken die TRITONEN und NEREIDEN, die gekrönten KNABEN, die wunderbaren Tiere und die Schätze des Meeres tragend, anschwellend und absinkend, bald in Nebelduft gehüllt, bald in vollem goldenem Licht.

Das MÄDCHEN und der GELIEBTE sind auf der lebendig erglühenden Brücke aufeinander zugeeilt, und wie er vor ihr, sie umfassend, hinsinkt, fällt ihr Haar über ihn, beider Gesicht verhüllend.

In diesem höchsten Augenblick hat sich links vorne das folgende vollzogen: neben dem HARFNER ist plötzlich die hohe Gestalt der ERHABENEN STUNDE erschienen, ihn mit einer gebietenden Bewegung zur Seite weisend. Und nun spielt die erhabene Stunde selbst auf der Harfe, welche noch viel wunderbarer tönt und wie Feuer glüht. Die KINDER umtanzen wie trunken die Harfe. Der ALTE ist seitwärts der Harfe, verklärt lauschend, in die Knie gesunken.

Von der Macht dieses Harfenspiels fangen die Felsen an zu beben und zu dröhnen. Die Liebenden auf den Balkonen, die Dryaden auf den Klippen sind, als wollten sie sich unter der unerträglichen Gewalt dieser Töne hinabwerfen in den leuchtenden Abgrund. Die Vögel kreisen wilder, die Wolken glühen und schwellen hinan, rückwärts hebt sich die gewaltige Woge wie flüssiges Feuer, als wollte sie hereinstürzen. Ein höchster Glanz verschlingt die einzelnen Gestalten, da tönt aus höchster Höhe, aus unbegreiflicher Ferne, das ZEICHEN, dem die Stunden gehorchen, und schon verschlingt eine Dunkelheit das Herrliche, noch regen sich da, dort, Gestalten, wie Zunder im Herd, dann ist alles verschwunden, die Brücke verschwunden, die leuchtenden Galerien verschwunden, fort alle Nymphen, Vögel, Wolken, der alte Harfner verschwunden; über einem gestaltlosen dunklen Abgrund ragt die einzige Klippe links vorne, auf der die Gestalt der STUNDE, von dem Dunkel sich abhebend wie ein glühendes Standbild aus Erz, der funkelnden Harfe die letzten verhallenden Töne entreißt, die feurigen KINDER zu ihren Füßen. Und nun verschlingt das Dunkel, wie mit einem gewaltigen Ansprung, auch diese Gestalten. Aber noch einmal zucken sie auf von eigenem Licht, wie eine verlöschende Lampe.

Da ist der Vorhang gefallen.

DER SCHÜLER

PANTOMIME IN EINEM AUFZUG

»Scaramuccio non parla e dice gran cose.«

Personen

EIN GELEHRTER ALCHIMIST
TAUBE, seine Tochter
DER SCHÜLER
DER STROLCH
DIE ALTE BLINDE MAGD

Das Zimmer des Alchimisten

Ein niedriges fensterloses gewölbtes Zimmer. Rechts rückwärts ein Alkoven mit einem Bett. Links rückwärts Tür in die Hausflur. Links und rechts vorne je eine kleine Tür: das Zimmer links bewohnt der Schüler, das rechts die Tochter. An der Rückwand ein großer alter Schrank. An der linken Wand eine Pendeluhr. Sonst kahle Mauern. Im Zimmer nur das Nötigste. Alles dürftig, einem Gefängnisse ähnlicher als einem Wohnraum. In der Mitte steht ein Tisch, auf diesem eine Lampe, ein metallenes Schreibzeug und viele Bücher; auch neben dem Tisch auf dem Boden liegen große in Schweinsleder gebundene Folianten. Es ist im Winter, abends. Im Hausflur anfänglich, wenn die Tür aufgeht, noch dämmrig hell. Hierinnen völlig dunkel; es brennt die Lampe.

Der MEISTER in einem dürftigen Stuhl mit niedriger Lehne, am Tisch, versunken in das Buch, das vor ihm aufgeschlagen ist. Die Lampe wirft ihren Schein auf das Buch, auf seine vor innerer Erregung sich rastlos bewegenden mageren Hände. Der Schatten seiner Gestalt liegt hinter seinem Stuhl. Das Zimmer ist spärlich erleuchtet. Er murmelt, er wiegt den Kopf hin und her. Greift nach einem anderen Buch, scheint zu vergleichen was dort geschrieben steht, mit dem was vor ihm aufgeschlagen liegt. Greift erregt nach einem dritten. Findet abermals Übereinstimmung: seine Augen leuchten, triumphierend wiegt er den Oberleib, betrachtet zärtlich die drei Bücher und weidet sich an den Zeichen, die ihm aufgeschlossen sind. Er sagt:

Die drei enthalten das gleiche. Ich hab es gefunden, mir hat sichs geoffenbart. Nun bin ich groß. Nun bin ich imstande, Odem des Lebens über meine Lippen zu blasen. Meinem Schatten, der hinter mir kauert, der hier hinter meinem Stuhl liegt und lauert, dem vermag ich Leben einzublasen. Hier steht es geschrieben. So will ich tun.

Dreht die Lampe ab, die verlischt. Er steht auf. Hebt seine linke Hand über sich und betrachtet inbrünstig den Ring, den er am Zeigefinger trägt. Von dem Ring geht ein blasser Schein aus, der allein die Szene erleuchtet. Er hält die Hand so über sein emporstarrendes Gesicht, als wollte er die magischen Kräfte, die aus dem Ringe strömen, von oben herab sich eingießen.

Auf einmal durchläuft ihn ein Schauder, er reckt beide Arme von sich. Der blasse Schein hat sich im ganzen Raum verbreitet und geht nicht mehr von dem Ring aus. Der Tisch, der Stuhl wirft keinen Schatten. Der Meister wendet, mit ausgebreiteten Armen, das Gesicht gegen die kahle Wand links vorne. Er bebt: er fühlt, es ist vollzogen; er fühlt, hinter ihm im Zimmer ist n o c h e t w a s L e b e n d e s. – Hinter ihm an der kahlen Wand zur Rechten, mehr rückwärts, steht sein SCHATTEN: eine graue Gestalt, ihm gleichend, die Gesichtszüge undeutlich, beschattet von Kappe und Bart; in der gleichen Haltung. Wie der Meister die Arme sinken läßt, sinken auch der Gestalt die Arme an den Leib.

Der MEISTER, lautlos, dreht den Kopf, dreht das Weiße des Auges, den A n d e r n zu sehen. Mit Schaudern betrachtet er ihn zuerst, aber seine Augen funkeln vor Stolz, seine Nüstern blähen sich. Er winkt dem Schatten, näher zu kommen.

Der SCHATTEN gehorcht, schwerfällig, täppisch, wie ungewohnt der irdischen Atmosphäre, doch lautlos.

Der MEISTER:

Steh!

Der SCHATTEN steht.

Der MEISTER:

Knie nieder!

Der SCHATTEN kniet. Seine Augen sind leer, wie die einer Statue.

Der MEISTER bläht sich vor Stolz:

Ich bin kein Mensch mehr, seit ich dieses getan habe.

Er tut die Schritte eines vor Freude Tanzenden. Hält gleich inne, vor dem Schatten.

Küß mir die Füße!

Der SCHATTEN tut es.

Der MEISTER betrachtet von oben die auf seine Füße niedergebeugte Gestalt und genießt den Augenblick unendlich.

Da öffnet sich die Tür rechts, und TAUBE tritt aus ihrer Kammer.

Der SCHATTEN verschwindet.

Der MEISTER nagt zornig an seiner Lippe, doch sogleich lächelt er wieder.

TAUBE, zu ihm:

Vater, was tust du so im Dunkeln? Weh, du wirst dir den Kopf verwirren mit Grübeln und Lesen. Mit wem hast du geredet, du warst doch ganz allein? Weh, Vater, mir grauts vor dir!

Sie zündet die Lampe wieder an.

Der MEISTER bewundert, wie das Licht auf sie fällt, ihre Schönheit:

Du bist mein schönes Kind! die schönen Hände, wie fein zugespitzte Finger! die schönen Haare, ein ganzes Vlies, sich darein zu hüllen, wenn es draußen kalt ist!

Ein Windstoß rüttelt an den Türen.

Schaudernd vor Kälte, mit roten Händen, ist von draußen der SCHÜLER eingetreten und sieht gierig auf das schöne Mädchen, auf die schönen Hände, das rabenschwarze Haar, mit dem der Vater schmeichelnd spielt. Er hat unter jedem Arm ein Buch.

Der MEISTER:

Schüler, was wollt Ihr?

Der SCHÜLER, zusammenfahrend, als hätte man ihn ertappt, präsentiert übereifrig die beiden Bücher, in denen er studiert hat:

Hier, in dem einen Buch, ist eine Stelle, die kann ich nicht begreifen. Die beiden Bücher stimmen nicht überein.

Der MEISTER:

Zeigt her.

Der SCHÜLER blättert mühsam mit den erstarrten Fingern, die er anhaucht; blickt zwischendurch verlangend nach Taube.

Der MEISTER nimmt ihm ungeduldig das Buch aus der Hand:

Wie, das begreift Ihr nicht?

Schüttelt ironisch den Kopf. Halb zu Taube gewendet:

Er begreift das nicht. Ein schwacher Kopf!

TAUBE lacht über den Schüler.

SCHÜLER deutet mit verzweifelten Armbewegungen an:

Es ist ganz unbegreiflich. Niemand kann es verstehen!

Der MEISTER:

So ist das zu verstehen. Seht her!

Er legt die beiden Bücher vor sich und den Schüler hin auf den Tisch.

Das,

er deutet mit der rechten Hand auf das links vor ihm liegende Buch,

bezieht sich auf jenes!

Hier deutet er mit seiner Linken auf das rechts vor ihm liegende Buch.

Und das hier,

er blättert mit der Rechten in dem linken Buch nach vorwärts,

erklärt sich durch dieses,

er schlägt mit der Linken in dem rechten Buch eine Stelle auf,

und somit stimmen die beiden vollkommen überein. Begreift Ihr nun?

SCHÜLER gibt Zeichen seines Verständnisses und seiner Devotion.

MEISTER wendet sich ab.

SCHÜLER geht nach einer Verneigung zögernd gegen die Ausgangstür. Bleibt, schon die Klinke in der Hand, wieder stehen, den Blick auf Taube geheftet.

MEISTER, ohne ihn zu achten, sieht Taube bewundernd an:

Tanz, mein Kind. Tanz für deinen Vater.

Er wiegt sich in den Hüften.

TAUBE, unwillig:

Wie soll ich tanzen? Mein Haar ist ungekämmt.

MEISTER:

Tu mir es zulieb. Tanz ein wenig.

TAUBE:

Wie kann ich tanzen? Ich hab die zerrissenen Hausschuhe an.

Will gehen.

MEISTER stampft zornig mit dem Fuß, hält gebietend die linke Hand mit dem Ring gegen Taube.
TAUBES Gesicht verklärt sich, sie wiegt sich in den Hüften, setzt die Füße im Tanz, spielt mit ihrem aufgelösten Haar wie mit einem Schleier.
Der SCHÜLER, an der Tür, krümmt sich vor Entzücken.
MEISTER:
Nun ist es genug.
TAUBE steht, wie zu sich gekommen, purpurrot, mit gesenkten Augen, stark atmend.
Der SCHÜLER, an der Tür, verschlingt sie mit den Blicken.
MEISTER:
Nein geh, mein Kind, ruh dich aus.
TAUBE schwankt wie aufgelöst in ihre Kammer.
SCHÜLER kann sich nicht länger bezwingen. Legt seine Bücher auf den Boden. Stürzt auf den Meister zu. Alle Muskeln seines blassen Gesichtes arbeiten. Hebt flehend seine Hände gegen den Meister auf:
Laßt mich den Ring tragen. Diesen Ring leihet mir, ihn nur eine Stunde zu tragen, den zauberkräftigen Ring, da an Eurem Finger!
MEISTER:
Was fällt Euch ein, Schüler?
SCHÜLER:
Seine Zaubergewalt ausüben! nur eine Stunde lang laßt mich sie ausüben!
MEISTER:
Schüler, wo habt Ihr Euere Bücher? Ihr müßt noch viel lernen. Geht. Solche Gedanken gebt auf.
SCHÜLER:
Alle diese Bücher hier, und diese hier, und jene dort sind dem Herzen tot, nähren nur das Hirn. Im Hirn sammeln sich Wünsche, Begierden, Träume, zum Herzen strömt kein Lustgefühl, nie überschwellendes Glück zum Herzen! Das Herz verdorrt mir! Lasset mich den Ring tragen! Ich fleh Euch an, ich küsse Euer Gewand, ich küsse Eure Füße!
MEISTER schüttelt ihn von sich, geht unwillig ab:
Lest Eure Bücher.

Tritt in den Alkoven.

SCHÜLER, allein, liegt auf dem Boden. Sein Gesicht verwandelt sich fürchterlich in Wut und Ohnmacht:

Den Ring! den Ring!

Geschlossenen Auges glaubt er ihn schon am Finger zu fühlen, öffnet wieder die Augen und sieht den Finger nackt. Indem ist TAUBE wieder eingetreten, verstohlen um sich blikkend. Sieht niemand im Zimmer, eilt an den Tisch zum Schreibzeug.

SCHÜLER richtet sich auf.

TAUBE erschrickt.

SCHÜLER streckt bittend die Hände aus.

TAUBE:

Ach, Ihr seid es nur! Ihr habt mich erschreckt, lästiger Mensch!

Sie greift nach dem Schreibzeug.

SCHÜLER starrt auf ihre Hände.

TAUBE, an dem Federkiel kauend:

Werdet Ihr nicht weggehen?

Da er sich nicht regt, zuckt sie die Achseln und fängt an zu schreiben.

SCHÜLER, mit glühenden Augen:

Wem schreibt Ihr da?

TAUBE, zornig:

Zudringlicher Mensch!

SCHÜLER nimmt ihr das Blatt Papier weg, küßt es inbrünstig.

TAUBE zuckt die Achseln, lacht.

SCHÜLER tritt zurück, blaß.

TAUBE kritzelt einen Brief hin:

Schüler, wollt Ihr diesen Brief bestellen an die Adresse, die darauf geschrieben ist, wollt Ihr? da ist ein Groschen für Eure Mühe.

SCHÜLER liest die Aufschrift, zerknittert wütend den Brief, wirft ihr Brief und Groschen vor die Füße:

Ich liebe dich, ich, mich verlangts nach dir, mich!

TAUBE:

Ihr? Ihr – mich? Narr!

SCHÜLER:

Warum nicht mich? Warum nicht mich?

Heftet auf sie Blicke unsäglicher Bitternis.

TAUBE:

Euer Haar ist widrig. Eure Augen haben so rote Ränder. Eure Hände sind zu schmutzig.

SCHÜLER zerrt wütend an seinem Haar, nagt wütend an seinen Fingern.

TAUBE lacht ihn aus:

Eure Gestalt ist mir zu häßlich!

Läuft weg, in ihre Kammer, nimmt das Schreibzeug mit.

SCHÜLER, totenblaß, aufgerichtet:

Den Ring haben! dann die Hand emporrecken und dich in der Gewalt haben! Dich tanzen lassen, dich knien lassen, dich vor meinen Füßen hinsinken lassen. Dann langsam langsam dich aufheben, in meine Arme dich nehmen, dich die sich hingibt!

Er muß die Augen schließen, Schauder des Entzückens überlaufen ihn. Er besinnt sich:

Nichts, von alledem. Nackt der Finger, ohnmächtig der Kopf, verachtet, verschmäht das Herz! Ein Schand und Spott mein ganzer Leib!

Indessen tritt der STROLCH vom Hausflur herein: ein großer Kerl mit wüstem Gesicht, rotem Bart, schlauen Augen. Tritt leise auf, späht umher.

SCHÜLER steht, an seinen bittern Gedanken würgend, rechts vorne im Schatten.

STROLCH macht sich am großen Schrank zu schaffen, probiert einen Dietrich.

SCHÜLER wendet sich, sieht ihn, springt hin.

STROLCH stellt sich, ein Messer in der Faust. Sie sehen Aug in Aug. Sooft der Schüler die Hände erhebt, Gebärde des Schreiens, sooft macht der Strolch Miene, zuzustoßen.

SCHÜLER:

Ich will mit dir reden.

STROLCH senkt das Messer.

SCHÜLER:

Was hier liegt und steht, ist nichts wert. Da drinnen, im Alkoven, da hat er eine Truhe voll Goldstücken.

STROLCH springt vor Freude:
Die wollen wir ausleeren und Halbpart machen!
SCHÜLER:
Den Schlüssel aber trägt er immer in der Tasche.
STROLCH, enttäuscht, läßt den Kopf hängen.
Beide beobachten einander lauernd, indem sie sich voneinander entfernen.
STROLCH, nach längerem Zögern:
Man muß ihn erstechen und ihm dann die Taschen ausleeren.
Zwinkert den Schüler an.
SCHÜLER schaudert.
STROLCH pfeift verdrießlich.
SCHÜLER nähert sich ihm:
Du mußt es tun. Ich will mir die Augen zuhalten, die Ohren verstopfen.
STROLCH:
Ist er alt?
SCHÜLER:
Alt, mit grauem Bart. Er geht gebückt, mit dem Stock, schleifenden Fußes. Er hat kurzen Atem und hustet oft.
STROLCH lacht:
Den nehm ich auf mich. Wir nehmen ihm den Schlüssel aus der Tasche und teilen alles!
SCHÜLER, mit einer Gebärde des Ekels:
Von den Goldstücken will ich keines, ich will nichts als einen Ring, den er am Zeigefinger der Linken trägt. Den beding ich mir aus.
Handschlag.
STROLCH:
Und wo solls geschehen?
SCHÜLER:
Ich verberg dich hier im Schrank. Wenn einer schleifend und hustend vorbeigeht, so ist ers. Wir lassen ihn fortgehen. Indessen werden alle andern schlafen. Wenn wir ihn aber zurückkommen hören, dann mußt du auf ihn, draußen im Flur, und mußt es tun, hier außen vor dieser Tür.
STROLCH nickt, will in den Schrank.

SCHÜLER:

Merk noch. Ich kratze dreimal an der Wand, da sei bereit, faß dein Messer. Dann schließ ich dir auf, und du auf ihn!

STROLCH steigt in den Schrank.

SCHÜLER versperrt von außen. Sieht sich um, ob niemand es gesehen hat. Horcht nach dem Alkoven hin:

Niemand regt sich.

Sein Gesicht verzieht sich in boshafter Freude. Er wirft noch einen verlangenden Blick auf die Tür rechts. Will hin. Bezwingt sich:

Noch nicht, noch nicht. Meine Zeit kommt!

Sieht nach der Pendeluhr. Hört im Alkoven ein Geräusch. Nimmt eine unbefangene Miene an und geht links ab, die Tür hinter sich schließend.

Der MEISTER, aus dem Alkoven, angezogen, um zum Abendgottesdienst zu gehen. Stößt mit dem Stock dreimal auf den Boden.

Die ALTE BLINDE MAGD kommt durch die rückwärtige Tür herein.

MEISTER heißt sie neben der Tür niedersitzen, bis er wieder nach Hause kommt. Geht an die Tür zu Taubes Kammer, horcht. Sein Gesicht strahlt von Zärtlichkeit:

Sie schläft!

Geht ab durch die Ausgangstür.

Die MAGD sitzt regungslos an der Tür.

TAUBE tritt lautlos aus ihrer Kammer. Geht auf den Zehenspitzen näher, wartet, bis die Magd einschläft. Horcht mit angehaltenem Atem:

Nun schläft sie.

Verschwindet im Alkoven, kommt gleich wieder, in einem Mantel des Meisters, einen falschen Bart vor dem Gesicht, die Kappe auf. Sie ahmt, auf einen Stock gestützt, den mühsamen schleifenden Gang des Alten nach, hüstelt, stößt mit dem Stock heftig auf den Boden wie einer, der mit unsicheren Händen sich schwer stützt.

Die MAGD hebt den Kopf, wie Blinde horchen.

TAUBE geht an den Tisch, hüstelt. Blättert geräuschvoll in einem großen Buch.

Die MAGD steht auf. Sie meint, der Meister ist schon wieder nach Hause gekommen. Geht aber, noch zweifelnd, auf Taube zu, rührt mit tastend vorgestreckten Händen den Bart an. Verneigt sich, zieht sich zurück.

TAUBE, allein, schließt das Buch; man sieht, sie hat unter dem Mantel einen Brief in der Hand. Geht langsam, schleifenden Schrittes, auf den Stock gestützt, hinaus.

Indessen schlägt es neun Uhr.

SCHÜLER streckt den Kopf bei seiner Tür heraus. Seine Augen funkeln. Er sieht im ganzen Raum umher. Malt sich aus:

Ich werde den herauslassen, er wird dem Alten nach, wird ihn würgen! Der Alte wird flüchten, wird schreien. Ah! der Glockenzug!

Läuft hin, knüpft den Glockenzug empor, daß man ihn nicht erreichen kann.

Mit hervorgequollenen Augen wird er daliegen, mit starren Augen wird er auf mich schauen. Immer wird sein Blick auf mir sein.

Das Grauen schüttelt ihn.

Nein, ich will es nicht tun. Ich lasse ihn im Schrank eingesperrt und flüchte. Aber sie!

Heftet einen langen Blick auf die Tür zu Taubes Zimmer.

Was soll ich tun? Ich will würfeln. Sechs ist Leben, eins ist Tod.

Würfelt.

Eins.

Nochmals.

Wieder eins!

Nochmals.

Wieder eins.

Ihn schaudert.

Noch ein Zeichen will ich abwarten.

Sieht in schauerlicher Erwartung um sich.

Plötzlich bleibt die Pendeluhr stehen.

In seinem Gesicht bricht dämonische Freude hervor.

Ich vollstrecke nur sein Schicksal. Und sie wird mir gehören!

Draußen ein Hüsteln, ein schleifender Schritt, ein Stock, der auf den Boden stößt.

SCHÜLER kratzt mit den Nägeln an der Wand links, zittert dabei.
Der Herankommende draußen näher.
SCHÜLER öffnet mit abgewandtem Gesicht den Schrank, stürzt dann nach vorne, drückt das Gesicht an die Wand, hält sich die Ohren zu.
STROLCH ist sogleich herausgesprungen.
Eine kleine Stille.
STROLCH, an der Tür rückwärts:
Es ist geschehen.
SCHÜLER dreht sich um, kreidebleich, lehnt mit dem Rücken an der Mauer.
STROLCH, tritt ihm dicht unter die Augen:
Es ist geschehen, komm.
Sie sehen einander in die Augen. Allmählich bemächtigt sich des Schülers das Triumphgefühl. Er heftet glühende Blicke auf die Tür rechts, streichelt den Strolch, zieht ihn ins Zimmer.
Alles ist unser!
Sie werfen die Arme und Beine in die Luft und tanzen wild gegeneinander wie zwei Teufel. Halten plötzlich starr, mit eingezogenem Atem, inne, sehen sich in die Augen und tanzen noch einmal. Dann verständigen sie sich mit einem Blick und laufen zur Tür hinaus. Sogleich kommen sie wieder herein und bringen den Ermordeten getragen, mit Mantel und Pelzkappe. Sie setzen ihn in den Lehnstuhl an den Tisch.
STROLCH:
Nun schaff mir den Schlüssel!
SCHÜLER:
Zurück, zuerst mir den Ring!
Greift nach der herabhängenden linken Hand des Toten. Meint, eine Halluzination spiegle ihm vor, daß es ihre Hand ist.
Ihre, die doch drinnen schläft!
Zwingt sich, über seine eigene Täuschung zu lachen.
STROLCH:
Beeil dich!
SCHÜLER greift nochmals hin:
Die Hand ist ohne Ring.

Kreidebleich vor Wut:

Du hast den Ring abgezogen!

STROLCH:

Schwindler, nimm dich in acht!

SCHÜLER ergreift abermals die Hand, läßt sie wieder sinken. Rückt die Lampe näher zum Gesicht des Toten. Fährt taumelnd zurück; stürzt zur Türe rechts, trommelt daran. Die Tür geht auf, das Zimmer ist leer. Er begreift.

Der STROLCH hat sein Messer weggelegt, die Taschen der Toten zu untersuchen.

SCHÜLER fährt auf das Messer hin, ergreift es, bedroht, sinnlos vor Wut, den Strolch damit; der fährt auf, der Schüler mit den Augen des Wahnsinns drohend hinter ihm her, jagt ihn zur Tür hinaus. Beide verschwinden.

Eine kleine Stille. Wie einer der ruhig liest, sitzt die TOTE in dem Lehnstuhl, den Kopf vornübergebeugt auf das Buch, das die Lampe friedlich beleuchtet.

Von draußen ein schleifender Schritt, ein Hüsteln, ein Stockstoßen.

Der MEISTER kommt zur Tür herein. Sieht die Gestalt im Lehnstuhl, seine Gestalt in seinem Stuhl sitzend; erbleicht, begreift sogleich: es ist sein Schatten, dem eine höhere Gewalt Odem des Lebens eingeblasen. Hebt Blick und Arme dankerfüllt gegen Himmel. Verneigt sich vor dem Phantom und umschreitet es mit feierlichem Tanzschritt dreimal. Verneigt sich wieder. Die Gestalt scheint, vertieft in das heilige Buch, seiner nicht zu achten, und er verschwindet ehrfurchtsvoll in den Alkoven, den stummen Leser zurücklassend.

Vorhang.

DAS FREMDE MÄDCHEN

I

Als der Vorhang zum erstenmal aufging, saßen zweie miteinander da an einem schön erleuchteten kleinen Tisch und speisten, ein reicher junger Mann und seine Freundin. Kellner liefen, und rote verschnürte Zigeuner spielten laute Musik. Wo die beiden saßen, war alles Glanz, Reichtum, Wohlleben und Herrlichkeit, aber sie sahen beide gleichgültig und beinahe traurig drein, namentlich der junge Mann schien freudlos, unzufrieden wie es die Reichen oft zu sein pflegen. Die Kellner, die Musiker, die sich mühten, ihn mit Speisen und Musik zu bedienen, hatten für sein Auge alle die gleichen, unlebendigen, häßlichen Maskenköpfe, das ärgert ihn und er sieht seitwärts von seinem Tisch ins Dunkel der Straße hinein; wie man in ein Aquarium hineinsieht, in ein anderes Leben, sieht er auf die traurigen und bösen Gestalten, die sich dort hin und her schieben und auf die Pracht herüberstarren, in der er drin sitzt. Schon will er den kalten gleichgültigen Blick wieder abwenden, da ist es als unternähmen einige auf der Straße etwas, um ihn gerade auf sie hinsehen zu machen; als hätten sie ihm etwas zu zeigen, als versuchten sie auch da draußen, in irgendeiner Weise ihm zu dienen oder Zerstreuung zu bieten. Es ist ihrer ein ganzer Klumpen, der sich auf dem Straßenpflaster beisammenhält: ein altes Weib, ein Buckliger, ein Einarmiger, einer, der nur ein Auge hat, und ein junger frecher Großer mit einer Kappe. Gespannt schauen sie alle auf ihn herüber, jetzt springen sie zur Seite, es ist als hätten sie für ihn etwas auf den Boden gelegt, ein Paket, nein einen Körper, ein menschliches Wesen, ein junges halbwüchsiges Mädchen. Mager und dürftig sieht sie aus, ihr Haar hängt über die Schultern, sie hebt, auf den Knien liegend, die Hände gegen den schönen erleuchteten Tisch hin, – ist es angelernt, eine Bettlergebärde, oder wirklich eine stumme angstvolle Bitte? Der junge Mann steht auf, ihm ist als finge da etwas an, wie er es noch nie erlebt hat – er kann auch ruhig aufstehn, denn seine Geliebte sieht nicht auf ihn, sie hat den scharlachroten Geiger zu sich hergewinkt und läßt sich von ihm die süßen und gemeinen Melodien ins Ohr spielen, und die Kellner bedienen sie mit Hingebung. Da ballt sich der Klumpen von häßlichen Gestalten wieder zusammen und sie verdecken das Mädchen, dann springen sie auseinander, aber das Mädchen ist auch weg, leer der Fleck auf dem Straßenpflaster. Der junge Mann hat sich gesetzt, man bedient ihn, das Diner geht weiter, manchmal wirft er einen suchenden, fast gequälten Blick hinaus ins Dunkel, da ist das fremde Mädchen auf einmal wieder da. Diesmal steht sie aufrecht, sie geht auf ihn zu, langsam wie schleifend setzt sie die Füße, sie trägt einen Korb mit Veilchen, es ist als würde sie von rückwärts geschoben. Da sieht sie der junge Mann und steht hastig auf, er meint sie will auf ihn zu, er ihr entgegen, da wird sie wie an Schnüren ins Dunkel zurückgezogen, er steht, starrt ins Finstere. Seine Geliebte ist auch aufgestanden, man meint er will fortfahren, die Launen der Reichen sind unberechenbar, schnell reicht man ihm seinen Mantel, seinen Hut, er achtet auf niemand und nichts, da schleift aus dem Dunkel etwas um die Ecke, macht sich an ihn heran, das ist die widerliche Alte, dahinter der mit dem verbundenen Auge und der andere Krüppel. Nun weiß der junge Reiche wie es gemeint ist, er ist gewohnt, es findet sich für alles ein Wegweiser, eine Kuppelei, eine Verbindung, er gibt ein paar Goldstücke hin, die Alte nimmt und geht sogleich voraus, die zwei Krüppel umwedeln die schöne Dame, was bleibt ihr übrig, sie muß nach.

II

Nun sind sie in einer bösen Spelunke, da steht, damit es einen Anschein hat, ein Bar-Tisch mit ein paar Flaschen, und da sitzt der junge Mann und seine Freundin, und die Gauner umlauern beide recht häßlich, aber ihn kümmert das nicht, sein Blick ist starr auf einen schmutzigen geflickten Vorhang gerichtet, dort soll das fremde Mädchen hervorkommen, um dessen willen ist er hergekommen, und streut noch etwas Gold um sich, da machen die Krüppel widerliche Produktionen und Tänze, als wollten sie ihn hinhalten, dann endlich kommt das Mädchen hervor und tanzt für ihn. Da ist er zufrieden und weidet die Augen an ihren rührenden dürftigen Gliedern und genießt überschwenglich den Zauber ihres Geheimnisses unter diesen abscheulichen Menschen in dieser Spelunke und das Seltsame, Abwesende in ihren Augen. Er könnte sie immerfort so tanzen sehen, aber sie wird schwach und bleich, eine Ohnmacht wandelt sie an, da packt das alte Weib sie derb und gibt ihr schnell aus einer Flasche Fusel zu trinken, da kann sie wieder weiter und wirft ihre Glieder sehnlicher als zuvor, aber immer in der unbegreiflichsten Unschuld; aber wie ihr Tanz am rührendsten ist, da zerrt die Alte sie hinter den Vorhang und läßt es zu Ende sein. Das ist dem jungen Mann zu schnell und er will nach und zu dem Mädchen sprechen und ihre Augen in der Nähe sehen, ihm ist er weiß selbst nicht wie. Da haben die Leute den Vorhang zur Seite gezogen, aber das Mädchen ist verschwunden, da ist nichts als eine Tür in der Mauer, zu der führen ein paar Stufen hinab, die mag zu einer noch schlimmeren Höhle führen, einem Schlupfwinkel dieses Gesindels, da haben sie das Mädchen weggebracht. Er will nach, und was da noch sein möge bekümmert ihn nicht; die Gauner werfen einander hinter seinem Rücken Blicke zu, die sagen unzweideutig: »Nun haben wir den«, und auf die Ohrringe und Fingerringe seiner schönen Freundin fallen gleichfalls solche Blicke. Diese ist starr vor Angst und Widerwillen dagesessen die Zeit über, nun, wie sie sieht, er will dort hinein, ist sie auf und will es nicht leiden und hält sich an ihn mit jämmerlicher Angst in ihren Augen, da gibt er es auf und da geben es die Gauner auch auf mit giftigen Blicken, für heute wenigstens, denn sie haben gespürt: da ist noch etwas zu machen mit diesem Fisch und diesem Köder. Da sind sie plötzlich alle lautlos abgezogen, nur die Alte ist noch da, falsch und widerlich demütig, aber die Freundin ist schon an der Tür; von außen kommt der Luftzug von der Straße, da bückt er sich noch einmal, da sieht er die Flasche stehn, daraus man das fremde Geschöpf mit Fusel getränkt hat, und da liegt auch ein Stück dünner aber fester Rebschnur auf der Erde, wo kommt das her? Das sieht er an, als ob es etwas Besonderes wäre und steckt es dann ein, ganz mechanisch, und dann geht er auch aus der Spelunke heraus und wirft der Alten noch ein Geldstück zu, die scheinheilig dasteht, mit der Branntweinflasche in Händen.

III

Nun sind sie zu Hause in dem eigenen Hause des reichen Mannes, oder es ist wohl die Wohnung seiner Freundin, da ist sie bequem, halb ausgekleidet und trägt einen wunderschönen Überwurf, und dann kommt er herein, hat einen Hausmantel an aus dunklem Samt, darunter aber noch die weiße Weste. Da möchte die Freundin ihn vergessen machen und selbst vergessen, was ihr als eine kleine sinnlose, unangenehme Begebenheit erscheint, daß sie heute abend um eines fremden Bettelmädchens willen eine Stunde in dieser wüsten Spelunke verbracht haben, aber sie fühlt, er hat es noch nicht vergessen; da spinnt sich zwischen beiden die gewohnte Vertraulichkeit an, aber er ist doch benommen, irgendwohin gespannt, und sie fühlt es und kann nicht Herr darüber werden. Da ist sie zärtlich zu ihm, aber halb auch scheu vor etwas in ihm, das sie nicht aufschließen kann, und er sitzt so da, ist bei ihr und auch nicht bei ihr; da greift er ganz mechanisch in die Westentasche, vielleicht will er nach einer Zigarette greifen, aber er zieht das kleine Stück Rebschnur hervor, das er dort in der Spelunke zu sich gesteckt hat. Da fühlt sie, wie fest das andere in seinen Gedanken sitzt, und ist noch zärtlicher und anschmiegender und nimmt seine Hand und windet ihm sanft das Stückchen Schnur aus der Hand und legt es wohin, und das läßt er auch geschehen, aber in seinen Gedanken ist nichts als das fremde Mädchen; da steht sie auch leibhaftig vor ihm als wäre sie aus der Wand herausgegangen und windet sich an ihm vorbei und hat die Arme mit einem ebensolchen Stück dünner aber starker Schnur auf den Rücken geschnürt. Die Freundin aber sieht nichts von der Erscheinung, denn diese ist ja nur aus der erhitzten Einbildungskraft des Mannes herausgetreten, aber für ihn ist sie leibhaftig und er starrt ihr nach und weidet in verworrenen Gefühlen von Angst und Entzükken sein Auge an ihr bis sie wieder verschwindet, als hätte die andere Wand des Zimmers sie aufgeschluckt. Da ist eine Stille zwischen dem Mann, für den nichts auf der Welt mehr wichtig ist als diese Gestalt, und zwischen der Freundin, die angstvoll auf ihn hinstarrt, und in diese Stille hinein kommt ein kleines, ganz diskretes Pochen an der Tür, und da tritt der Diener ein und ist ganz verlegen, daß er zu dieser Stunde jemand anmelden muß, aber da ist auch schon die Alte da, das kupplerische alte Weib aus der Spelunke, und schlüpft zwischen dem Türpfosten und dem Diener durch und schleift auf den reichen Mann zu und zeigt ihm etwas, reicht ihm etwas, einen Schlüssel, da weiß er, das ist der Schlüssel zu des Mädchens Kammer, da kennt er gar keine Besinnung, zieht nur schnell eine Lade auf, da nimmt er einen Revolver heraus, steckt ihn zu sich, schiebt die Alte vor sich hin, an dem Diener vorbei, ehe die Freundin begreift, was da vorgeht. Da ist er draußen und sperrt von draußen die Tür zu, da will die Freundin ihm nach, der Diener auch, rütteln an der Klinke, werfen sich gegen die Tür, alles umsonst, da hat er einen großen Vorsprung, da müssen sie sich bescheiden, daß sie ihm nicht nachkönnen und daß ihn niemand davon abbringen wird, den Weg zu gehen, den die Alte ihn führt.

IV

Da ist ein häßlicher, böser Winkel einer großen Stadt, Häuser auf Abbruch, alle wie ausgestorben, eines ist halb demoliert und man sieht noch in die Zimmer hinein, und die zerfetzten Tapeten hängen von den Mauern. In der Mitte zwischen den Häusern führt ein Gäßchen steil hinauf mit Stufen, und oben ziemlich ferne ist dann eine ordentliche, beleuchtete Straße, hier unten aber ist es ganz dunkel. Da kommt von der Seite durch irgendeinen Durchgang die Alte, und der reiche Mann hinter ihr, in seinen Samtmantel gewickelt und mit bloßem Kopf, so wie er vom Hause fortgelaufen war. Da waren schon vorher an Kellerfenstern und hinter Schutthaufen die Gauner sichtbar, und zuvorderst der starke junge Kerl mit der Kappe und dem tätowierten Arm und haben einander zugewinkt und zugepfiffen und sind wieder verschwunden. Da klopft die Alte an eine Haustür, und da zeigt sich ihnen Licht, und sie will in der Tür stehenbleiben und den jungen Herrn vor sich eintreten lassen, aber da stutzt er doch und bleibt außen stehen und hat den Revolver unter dem Samtmantel in der Hand. Da gibt es die Alte auf und läßt ihn draußen und geht hinein, und er wartet, da geht die Tür wieder auf, und sie schicken das Mädchen heraus, damit sie den Fremden hereinbringt. Da sieht das Mädchen den Fremden in dem bißchen Licht, das durch die Tür herausfällt, und erkennt, wer es ist, und will nicht, macht sich starr. Anstatt daß sie ihn zu sich winkte, wehrt sie ihn ab und gibt ihm zu verstehen, er müsse von ihr ablassen und von ihr fortgehen. Da packen Fäuste sie hinterrücks und reißen sie hinein, und die Tür fällt zu. Da verläßt ihn sein bißchen Vorsicht, und er klopft an die Tür und will nach, da öffnen sie ihm halb die Tür, er hinein, und eh er den Revolver in die Höhe kriegt, ist drin die Lampe umgestürzt, und sie haben sich auf ihn geworfen in der Hausflur. Da ist niemand zu sehen, wie er dumpf hinschlägt, als draußen der Bucklige, der macht die Mauer und paßt auf, ob niemand vorüberkommt. Da bringen sie den jungen Herrn gleich wieder zur Tür heraus, aber ausgeraubt, mit einem Knebel im Mund und gebundenen Händen und Füßen, und laden ihn ab in einer Ecke, wie ein Totes, und wollen sich fortmachen. Da kommt von irgendwo, aus einem Mauerspalt oder Kellerloch, das Mädchen hervorgekrochen, huscht hin zu dem Regungslosen, da hat es einer noch gesehen, und sie sind gleich bös hinter ihr her, sie vor ihnen davon wie ein Wiesel, ins Haus, verkriecht sich, da pfeift einer gellend den Warnungspfiff, also sind Schutzleute in der Nähe oder Arbeiter auf der Straße, denn es fängt schon an zu tagen. Im Nu sind die Gauner davon, alles liegt da wie ausgestorben. Da kommt nach einer Weile das Mädchen aus einem Kellerloch hervor, kriecht auf den Gebundenen zu, auf Händen und Füßen, ganz verstohlen wie ein Tier, bis sie fühlt, es lauert niemand. Da richtet sie sich bei dem Gebundenen auf, sieht ihn an mit Angst und Zärtlichkeit, berührt leise sein Gesicht, beißt die Stricke durch an seinen Gelenken und bringt ihn ins Leben mit Berühren und Streicheln und Aufrichten. Da kommt er ins Leben mit halbstarren Gliedern noch und wüstem Kopf, und da sind sie einander gegenüber an der Erde, und sie ist da wie eine Frau, nicht mehr wie ein Kind, und schüttet eine überschwengliche Zärtlichkeit über ihn aus und da stehen sie beide auf ihren Füßen und er will auf sie zu, da wird sie totenbleich und schwankt und fällt ihm vor den Füßen zusammen. Da kniet er bei ihr und kann nicht fassen, wie das alles so jäh nacheinander kommen kann und rührt sie an und spürt, sie ist nicht ohnmächtig, sondern da liegt eine Tote, und sitzt da, wie betäubt. Da ist es beinahe Tag und oben auf der Straße sind Leute vorübergekommen, Arbeiter und auch Frauen, und etliche schauen herunter, was der Herr da macht mit der Frauensperson, die starr auf dem Boden liegt. Da kommen ihrer ein paar herunter und sehen nach was da ist, und bücken sich scharf auf die Frau und gehen ganz erschrocken und mißtrauisch zurück und schauen verdächtig auf den, der da allein ist mit der frischen Leiche, und behalten ihn im Auge, gehen aber bis an den Straßenrand zurück, da bleibt er an der Mauer stehen mit seinem Abenteuer und seiner Geheimnisvollen und allem was er erlebt hat, und der innere Frost schüttelt ihn ein wenig an der Mauer hin und her und die anderen Leute schauen auf ihn, und das tote Mädchen liegt ganz ruhig und schön in der Mitte auf den Steinen und weiß von nichts mehr.

AMOR UND PSYCHE

I

Man ist in einer geheimnisvollen Welt, aber in einer freudigen. Das Gemach ist schön, von glänzender Dämmerung erfüllt. Die Geräte sind spärlich, aber edel. So erleuchtet, so zugerichtet möchte wohl der Palast sein, den Amor einer sterblichen Geliebten in die Einöde gezaubert hat, daß er dort sie Nacht für Nacht besuche, ihres Besitzes sich freue, aber freilich immer unsichtbar, immer von Schleiern der Nacht umwoben: diese Schleier nicht zu lüften, gebietet ein strenges, oft wiederholtes Wort. Die verhängnisvolle Lampe steht da, ein schönes, unschuldiges Gerät. Auf Stufen erhebt sich ein Altar, dem Offenen zu, wo die kühle Nachtluft eindringt. Ist es aber ein Altar oder ist es ein hochgebautes Lager der Liebe? Der Liebende ist ein Gott, schwingt sich allnächtlich aus der Luft hernieder; die ihn besitzt, muß ihn zugleich anbeten: so ist es wohl beides in einem.
Psyche wartet und schmückt sich; ist schon geschmückt und wartet noch immer. So gehen ihre Tage hin. Ihr Blick haftet auf der Lampe, unwillkürlich, und gleich wieder wendet sie sich ab, gibt sie sich dem süßen Spiel der Erwartung hin, meint, Amor, den Geliebten, schon zu fühlen, schon ihn zu haben. Sie läuft zum Altar, dort spürt sie ihn nahe: aber jähe Angst vor dem Wunder seines Kommens, ein Grausen beinahe, treibt sie wieder fort, nach vorne. Zitternd bleibt sie stehen. Niemals gewöhnt ein Sterbliches gänzlich die Wunder. Da schlägt auf dem Altar eine Flamme auf, und die Flamme ist Gegenwart des Gottes, und wie sie verlischt, steht er auch da, Knabe, Gott, Geliebter, aber verhüllt, unsichtbar dem Auge der irdischen Freundin. Sie fühlt ihn, wittert ihn, sucht ihn: »Wo bist du? wo?« Er steigt die Stufen herunter, schattenhaft, kinderhaft. Psyche steht und zittert, da ist er ihr ganz nahe. Die eine ihrer Hände fühlt ihn vorüberstreifen, die andere – es ist, als flöge ein lebendes und zuckendes Etwas um sie herum. Er gleitet hinter ihr weg, die Dunkelheit, die ihn

einhüllt, scheint ihn auf Flügeln zu tragen, er umkreist die Geliebte, spielt an ihr hin, wie Schmetterlinge streifen sie aneinander hin, Wange an Wange: da streckt sie den Mund nach ihm, und sein Kuß trifft sie aus dem Dunkel hervor, durch den Schleier der Nacht hindurch. Er entschlüpft ihr, sie wirft sich ihm nach und verfehlt ihn dennoch; sie zittert vor Enttäuschung, vor Sehnsucht, wendet sich endlich zweifelnd, sehnend zur Lampe in einem langen Blick. Die Lampe scheint sich ihr entgegenzuregen, ein schönes, nicht länger unschuldsvolles Gerät. Tanzend entschlüpft Psyche dem Geliebten, fängt tanzend seinen Kopf, er entzieht sich ihr wieder, aufs neue fängt sie ihn ein, faßt seine Locken, zieht das geliebte Haupt der Lampe näher, hebt schon die Hand, nach dem Licht zu greifen – da fühlt sie ihre Gelenke von der Hand des Gottes umklammert, spürt die Drohung, die unerbittliche Gewalt, das Verhängnis, zitternd geht ihre kleine Hand von der Lampe weg, gebieterisch gotthaft geht des Gottes Hand empor in warnender Gebärde – die Hand sieht Psyche nicht, aber wie sollte Psyche die Warnung nicht fühlen: Götter sind geborene Herrscher, niemals gewaltiger, als wenn sie befehlen, wenn sie verbieten.

Das Drohende, Warnende aus dem Dunkel erschreckt sie bis ins Innerste der Seele. Angst wandelt sie an, tiefe Traurigkeit. »Wer bist du? Wer?« Da gleitet er hinter sie, zärtlich, unwiderstehlich. Sie dreht sich ihm zu, öffnet sich ihm ganz, wirft sich in seine Arme. Sie sind auf dem Lager, neigen sich gegeneinander, küssen, sinken hin, schlummern.

Psyche ist es, die bald erwacht; kindhaft arglos schläft der Gott, das Haupt auf seinem Arm. Sie windet sich auf, vom Lager fort, zur Lampe hin, halb unbewußt; stürzt sich hin, ins Verbotene, wie eine Mänade; küßt die Lampe, leuchtet ihn an: er hebt sich, ein unendlicher Blick, eine verzweifelnde Drehung des Hauptes, die Flamme loht auf, der Gott ist verschwunden, die Lampe fällt. Psyches Herz krampft sich zusammen, so fällt sie dahin wie tot. Könnte sie tot sein, ihr wäre wohl, aber unendliche Strafe, unendliche Prüfung ist ihr verhängt.

II

Hier ist die Unterwelt und fahles Licht, nicht Nacht, nicht Tag, Schatten gelagert wie Gewürm und Psyche unter ihnen, aufrecht, starr, ein Schatten ihrer selbst. Könnte sie tot sein, dürfte sie verlöschen, ihr wäre wohl, aber sie muß leben, muß leiden, grenzenlos. – Alles ist hier die Kraft der Tänzerin, ein unermeßliches Leiden zu malen, ein rasendes Fortwollen aus sich selber, unbedingte Verzweiflung. Die Schatten werden mehr, heben sich vom Boden, scheinen zu lauern, anzuschwellen; es ist, als lebten sie vom gräßlichen Leid der einen, die ihresgleichen nicht ist und doch unter sie gebannt. Schatten drehen sich, Schatten engen sie ein, finstere Qual außen wie innen. Ist außen und innen das Gleiche? der arme Kopf hält es nicht mehr auseinander: ein angstgejagtes Hinauswollen aus diesem Höllenkreis, ein Vorstürzen – dann krümmt sie sich, wirft sich hinauf, als wollte sie sich aus sich selber herauswerfen, krümmt sich wie eine Raupe, sinkt gekrümmt an den Boden, die Schatten wachsen, steigen – Psyches verkrampfte Glieder lösen sich, wie Flügel schließen sich ihre Arme, sie liegt friedlich: wie eine Erlöste, nicht wie eine Besiegte.

III

Psyche liegt und glänzt, als wäre sie von Glas; glorreich, kein gequälter Halbschatten, nicht im Totenschmuck. Die Prüfung ist bestanden. Stufen führen empor zur Schwelle der Götter, führen in ein goldenes Licht, das schwebt und blitzt. Amor ist plötzlich da: es ist, als hätte er lange gesucht, endlich gefunden. Er weiß es plötzlich, wer da liegt. Es durchfährt ihn, und er wird starr. Unendliches Leid, Erstarrtsein, Totsein: er will es nicht sehen. Kindlichgotthaft stutzt er, schreckt wie ein junges Tier, wendet sich ab. Aber es ist die Geliebte, – knabenhaft mutig verkämpft er die Scheu, neigt sich, kauert bei Psyche, löst ihr die starren Hände, sieht sie wieder an, zum erstenmal. Er schaudert vor der Starrnis, bäumt sich auf, klagt die Götter an, wie ein verwöhntes Kind. Seine Hände beben zurück vor dem Unlebenden. Aber alles in ihm will, daß sie lebe; seine Finger, göttlich, verstehen zu beleben; die Hände, die Augen, er schüttet sich aus über die Geliebte, preßt die vielgeliebten Hände an sein Herz; sie bleiben, sinken nicht hinab – auch der Kopf kommt empor, leise, blumenhaft, sinkt wieder – sie ist erwacht. Noch ahnungslos bewegt sie sich auf, sieht sich um nach ihm, der da bei ihr ist – es ist ein lächelndes Erkennen, Nichterkennen – allmählich, endlich ein ganzes Lebendigwerden, sie steht auf, die Füße treten vor, es ist, als träten sie ein Paradies – und treten sie nicht die Schwelle zur Seligkeit? Amor weicht zurück, breitet die Arme wie Flügel, sie zu empfangen; sie geht – beflügelt auch sie –, legt sich an ihn, sie wiegen sich hinaus in die Ewigkeit, verschwinden.

ZU ›AMOR UND PSYCHE‹

AMOR UND PSYCHE. EINE ROMANTISCHE OPER
(auf der Reise, Starnberg, Juni 1909)

Die Götter im Exil in einem Bergdorf von Armenien (Beschreibung der Araratlandschaft in einem Aufsatz von Ular, Neue Rundschau, 1909, 1. Halbjahr; über Armenien), an der Stätte des alten Kolchis?
Venus, abergläubisch, eine gealterte Montespan, proponiert etwa ein Kindesopfer, da ja auch dem neuen Gott Menschenopfer gebracht würden. Auf Psyche die Strafe oder Buße gelegt, daß sie fürchtet, ihre Liebe zu vergeuden, wo immer sie der Neigung ihrer zärtlichen Seele folgt, sei es gegen Wolken, Tiere oder gegen den Unbekannten (den verkleidet herumschweifenden Bacchos): kurz eines der Paradoxen des Daseins auf sie gelegt. Amor ist verschollen, man weiß nicht, ob er nicht etwa mit jenen andern, dunkel gewandigen, die singen und Glocken läuten, sich irgend eingelassen hat.
Die Götter untereinander, gleichsam unsicher befangen sich erkennend, vom Zweifel angenagt, doch im tiefsten eine Stille tragend: wo sie wissen, sie sind die einzig seienden. So leben die *Mächte* im Dasein.
Die Probe für Psyche: wo du für ihn zu sterben vermagst – so ist er's gewesen, der Rechte. (nämlich: wo du zu glauben vermagst, dort ist das Leben) worauf sie sich hingibt, stirbt, triumphiert und den Göttern einen Augenblick der Verklärung schenkt.

JOSEPHSLEGENDE

Unsrem Freunde
Sergei von Diaghilew

Die Verfasser
H. K.
H. H.

Die uralten legendären Stoffe sind in doppeltem Sinne unerschöpflich: nach innen zu enthalten sie das Menschliche Gleichbleibende in einer Verdichtung, die den Jahrtausenden widersteht und jedem neuen Geschlecht durch frische unberührte Bruchflächen ergiebig wird, nach außen hin setzen sie die Phantasie der Welt unabhängig in Bewegung, so dieser vom ägyptischen Joseph, an welchem, nach so vielen Musikern, Malern und Dichtern, auch Goethe nicht unberührt vorübergegangen ist.
Habe ich durch das Ergreifen eines solchen Stoffes, durch den Einfall, ihn in der Art von Cartons des Veronese zu behandeln und ihn so in ein noch freieres Gebiet der Phantasie hinüberzuspielen, den Anstoß gegeben, daß die Kunst von Richard Strauss sich mit der von Leon Bakst begegnen und beiden das wundervolle Instrument des von Sergei Diaghilew geschaffenen Kunstkörpers dienstbar wird und in dieser Dienstbarkeit herrschend hervortritt, so werde ich mich des Hervorgerufenen bleibend freuen.
An der Entwicklung der poetischen und mimischen Motive hat mein Freund Graf Kessler den überwiegenden Anteil, wovon die nachfolgende Niederschrift des choreographischen Ganzen, von seiner Hand herrührend, Zeugnis gibt.

Hofmannsthal

Die Handlung der Josephslegende

Der Inhalt des »Joseph« ist der Gegensatz und Kampf zwischen zwei Welten. Der Kontrast reicht vom Kostüm bis in das innerste, durch Gebärden und Musik sich offenbarende Seelenleben der Figuren.
Die eine Welt, die des Potiphar, ist emporgekommen und hat

allen Reichtum, alle Macht, Schönheit, Lebenskunst in sich aufgesammelt; aber diese Elemente haben sich infolge ihrer Fülle aneinander so abgeschliffen, so gesättigt, daß kaum noch irgendwelche Reize oder Spannungen in einer solchen Welt möglich sind; sie ist prunkhaft, üppig, schwül, voll von seltsamen Düften und Geschöpfen wie ein tropischer Garten, aber ohne Geheimnis, in sich ausgeglichen, klassisch, hart, schwer, eine Welt, in der selbst noch die Luft mit Goldstaub geladen scheint. Was an ihr dem Zuschauer aufzufallen hat, ist ihr Goldreichtum und die Größe und Grazie ihrer Gesten.

Die andere Welt ist die des Joseph. Er kommt aus der Wüste, ein Hirtenknabe, der Sohn eines Fürsten. Er ist anmutig, wild und herb. Seine Gestalt ist kindlich und frisch; nichts an ihr darf süß oder weich wirken: sie schmeckt, wenn man sich so ausdrücken darf, wie ein nicht ganz reifer Apfel; er ist im Alter, wo die Stimme umkippt, das ist seine eigentliche Note.
Und weil er noch halb ein Kind ist, ein adliges Kind, hängt er an den Sitten seines Volkes; er trägt noch »die Farben seines Hauses«. Insofern ist er fromm. Aber seine Frömmigkeit ist nicht christlich, nicht asketisch und intellektuell, wie die des Jochanaan. Denn die Sitte, die in ihm lebendig ist, ist die Hirtensitte; sie kommt aus der hellen, freien Wüste und ist nichts als die natürliche Haltung einer ganz in Sonne getränkten, vom Wüstenwind in Spannung gehaltenen, vom weiten Schweifen durch die endlose Ebene sehnig und stark gewordenen Geistigkeit und Leiblichkeit.
Doch diese Kraft sammelt sich in Joseph zum Heldentum: sie beschwingt seine Phantasie, daß sie sich mit Bildern füllt; sie stählt seinen Glauben, daß er feste Ziele greift; sie gibt ihm leichte Füße, die ihn aus der Enge forttragen; sie spannt ihn, bis er über sein Volk hinausfliegt. Das innerste Motiv dieser Figur ist das Springen, Fliegen, Schweben, bald im Tanz, bald im Traum, bald in einer intimen Verquickung von Phantasie und Bewegung. Joseph ist ein Tänzer und ein Träumer. Doch sein Traum und sein Tanz haben nichts Weichliches oder Schwüles; beide sind im Gegenteil nur Formen seiner Kraft, die ihn hinausträgt aus dem Bereich seiner Kameraden in eine

Welt, die das Abbild seines eigenen Wesens ist; eine Welt, wo alles stark und leicht, blütenhaft und frisch, voll gegenseitiger Überraschungen und Reize ist, wo eine aus dem Überschuß an Kraft geborene Heiterkeit die Dinge in ein schattenloses Licht hüllt, eine Welt aber, die in ihrer Abgeschiedenheit geheimnisvoll und ernst, fast geisterhaft wie ein auf Bergeshöhen fernes Paradies wirkt.

Diese drei Stufen seines Wesens bringt Josephs Tanz zum Ausdruck: er zeigt ihn zuerst als adligen, in der Sitte seines Volkes glücklichen Knaben, dann als kraftbeschwingten Helden, dann als Entdecker oder Schöpfer einer neuen, fernen, lichten Welt.

Im letzten seiner Tänze schildert er vorahnend in Verzückung diese Welt, seine künftige, die er sich als Jüngling und Held erobern wird, ganz klar; sonst schimmert sie nur verschleiert durch seine noch halb kindliche Figur hindurch. Dieses Durchschimmern der einen durch die andere Seele ist sein Zauber: sein Reiz besteht, wie der jedes Knaben, in der Zukunft, die er in sich trägt. Doch aus Joseph strahlt seine Welt, die in ihm wird, oft wie ein kaum verhülltes Licht hervor; sie umgibt ihn mit einer besonderen Atmosphäre, er schwimmt, wo er auch steht, in einer fremdartigen, überirdischen Helligkeit.

Am geheimnisvollsten wird das Durchschimmern jener fernen Welt durch seine Gestalt im Augenblick, wo er vor Potiphars Weib den Mantel fallen läßt. Er zeigt sich ihr ganz, was er war und was er sein wird, in mystischer Doppelheit. Mystisch: denn, wie das Künftige aus dem Früheren werden wird – werdend schon jetzt ist –, bleibt verborgen, ja unergründlich. Das Heldentum, das die Wandlung begleitet, erscheint hier, wo die zwei Gestalten gleichzeitig ineinander da sind, wie eine Maske, die Tieferes, Unfaßbares, ein Mysterium einhüllt. Joseph wird in diesem Augenblick zu einer mystischen Figur. Aber seine Mystik ist nicht die des Parsifal. Sein Geheimnis ist das des Wachsens und Werdens, seine Heiligkeit die des Schaffens und des Gebärens, seine Vollkommenheit die der Dinge, die noch nicht gewesen sind. Er ist ein Frühlingsgott, unnahbar, ungreifbar, undurchdringlich in seiner Fruchtbarkeit. Nichts erschüttert, nichts trübt seine Heiterkeit. Er kennt als Gott weder Mitleid noch Sehnsucht. Ganz dem Wunder des Blühens hingegeben, leuchtet sein Fleisch im Augenblick, wo er es enthüllt, wie Alpenschnee in einer Sternennacht.

Die beiden Gesichter Josephs, das kindliche und das künftige, wechseln im Laufe der Handlung beständig mit einander ab; bald zeigt sich nur das eine, bald scheinen beide, stark oder schwach, durch einander durch. Als man ihn schlafend hereinträgt, ist der Abglanz seines Traumes auf ihm blendend; doch nur einen Augenblick: dann schwindet dieser überweltliche Schein, und sein erster Tanz ist der eines unschuldigen reinen Kindes, wie sein letzter ausschließlich seine künftige Welt ausdrückt. Einen Augenblick wird er dann wieder Kind; bis der geheimnisvolle Schein leise und wachsend wiederkehrt, als er, ganz in sich versonnen, am Hochsitz der Frau des Potiphar gegenübertritt. –

Diese Frau war bisher in Macht, Schönheit, Sättigung königlich wie in einen Panzer eingeschlossen. Sie fühlt nichts, liebt nichts, lebt nichts. Nichts hat für sie Geschmack oder Reiz. Auch sie ist ohne Sehnsucht, ohne Mitleid, aber innen tot wie ein dunkler, kalter See, den kein Lichtstrahl je erwärmt. Sie bewegt sich nicht: wunschlos verharrt sie starr unter ihrem Golde wie ein Idol.

Zum ersten Mal, da Joseph tanzt, fühlt sie einen Reiz. In einer Welt, die ohne Geheimnis ist, ist an ihm für sie alles ein Geheimnis: seine Frische, seine Leichtigkeit, die wilde Anmut seiner Bewegungen, der Ernst seiner Phantasie, der Lichtschein einer fremden Welt, der von ihm ausgeht. Als sie ihn heranruft, will sie in ihn hineinsehen, ihn ergründen, ihn besitzen; sie begehrt seine Welt, sein Geheimnis, ihn mit Leidenschaft, weil nichts sonst für sie Reiz oder Wert hat.

So läßt sie ihn nach der Tafel, wie einen kostbaren, bereits gesicherten Besitz, in ihrer Schatzkammer. Da erscheinen, als Joseph allein ist, noch einmal nach einander gesondert seine zwei Gestalten: in seinem Beten das Kind, gleich darauf in seinem Traum die künftige, göttliche Region, der er zuwächst. Als Potiphars Frau an sein Bett zurückkehrt, sieht sie ihn im Glanze seines Traumes noch heller und geheimnisvoller strahlen als am Hochsitz. Zuerst steigert das ihre Leidenschaft; dann erschrickt sie und versucht, den Glanz dieser fremden Welt vor sich auszulöschen. Sie ahnt jetzt, daß sie sein Geheimnis nicht enträtseln kann. Und als er die Augen aufschlägt, sinkt sie, wie vor einer Gottheit, vor ihm nieder; sucht darauf diesem Überirdischen zu entfliehen; kehrt zurück, weil sie sich einen Augenblick ein anderes Verhältnis zu ihm vortäuscht: als Mutter, die das geheimnisvoll Wachsende im Herzen bergen könnte. Dann aber überwältigt sie ihre Leidenschaft. – Als Joseph ihre Lippen fühlt, wird er im Erwachen zuerst wieder ganz ein Kind; ja seine Kindlichkeit kommt in diesem Augenblick so stark wie nie zum Ausbruch. Er springt heftig und erschrocken auf, weil er ein noch nicht mit dem Weibe zusammengekommener Knabe ist und reflexartig Scheu vor der Frau hat; dann weil er an die tiefverschleierten keuschen Mädchen seines Stammes denkt, an die ehrwürdigen und heiligen Sitten, wenn der Mann sich ihnen nähert, an die patriarchalische Reinheit des Hirtenlebens; schließlich weil er edel ist, und als adliger Knabe die plötzliche physische Berührung wie etwas Gemeines, wie eine Beschmutzung empfindet. Auch die Sinnlichkeit erwacht: er weiß nicht; er möchte wissen. – Doch er hat in sich ein eigenes Geheimnis. Seine künftige Welt tritt wieder, zuerst schattenhaft, dann durch den Kontrast zur Laszivität der Frau mit äußerster Gewalt in ihn ein. Seine zwei Gesichter ringen miteinander. Als das noch jenseitige, künftige sich zu derselben Kraft verdichtet hat wie das kindliche, als beide wunderbar mächtig und wunderbar gleich an Glut dastehen, zeigt er sich. In diesem Augenblicke sieht das Weib, daß sie das, was sie begehrt, nie besitzen kann, weil sie etwas Ungreifbares greifen will: ein Geheimnis, das sich nicht ergründen, ein Göttliches, das sich nicht fassen läßt. Für sie hat, in ihrer Übersättigung, nur das Göttliche noch Wert; doch das Göttliche in einem Wesen ist gerade das, was keine Leidenschaft erobern kann.

Und nun beginnt ihr Untergang. Sie geht zu Grunde, weil sie den Gott, den sie nicht besitzen kann, zu zerstören sucht. Denn das Göttliche läßt sich ebensowenig zerstören wie besitzen. Der Gott, der in sie eingedrungen ist, Joseph in seiner mystischen Doppelheit, Joseph in seinem visionären Blühen, erniedrigt sie vor sich, peitscht ihre Leidenschaften, läßt ihre bösen Triebe emporwuchern im Glanze seiner Strahlen zu Dämonen, bricht ihre Seele, vernichtet sie. Er tut nichts, bewegt sich nicht, will nichts als Blühen; aber alles, was in ihm geheimnisvoll, jenseitig, göttlich ist, treibt sie ins Verderben. Er handelt nicht, er wirkt. – Wobei zu bemerken ist, daß das Handeln vielleicht im Widerspruch steht zu unserem Begriff des Göttlichen (nichts ist menschlicher als eine Handlung) und es daher fraglich ist, inwiefern ein Gott auf der Bühne überhaupt handeln kann, ohne seinen göttlichen Charakter zu verlieren. – Deshalb muß Joseph in allem, was auf den Augenblick seiner mystischen Nacktheit folgt, nur in sich gekehrte Spannung sein. Seine Gebärde, als er das Weib abwehrt, ist ein Symbol, ein mächtiges und strenges Zeichen. Nachher bleibt er gebärdenlos.

In ihr erwacht, vor seiner geheimnisvoll göttlichen Entrücktheit, von den bösen Gefühlen zuerst die Scham, dann der Haß, dann in wildem Jähzorn das wahnsinnige Verlangen, ihn zu töten. Als er ihren Angriff abschlägt, überwältigen sie das Gefühl ihrer Schwäche und die Scham: sie verbirgt vor ihm ihr Antlitz. Aber vor den Dienern reckt sie sich noch einmal auf zu königlicher Höhe: sie erteilt den Befehl, ihn festzunehmen. Doch die Spannung ist zu stark: sie bricht bei der ersten Berührung wie eine Nachtwandlerin ohnmächtig in den Armen ihrer Sklavin zusammen: man fühlt, daß die Grundvesten ihres Wesens erschüttert sind; sie ringt jetzt um ihr Leben. In der Schwüle ihres Fiebers steigen die dunklen Triebe, aus dem Grunde ihrer Seele Furcht, Lüge, Aberglaube auf; verdichten sich, nehmen Gestalt an, werden sichtbar in dem Schwall von Weibern, die aus allen Winkeln des Palastes hervorkommen: der Hexentanz ist die Ausstrahlung ihres Fiebers.

Als sie noch halb bewußtlos den Mantel in ihren Händen

fühlt, ruft er ihr zuerst nur Joseph in seiner Anmut, Frische, Unschuld vor die Augen: das Bild bezaubert sie noch einmal; dann dringt es ihr schneidend ins Herz, sie erwacht, und Scham, Zorn, Rachedurst, Furcht kehren wie nach einer Windstille doppelt stark zurück. Wie Dämonen peitschen sie alle in derselben Richtung vor sich her: sie vermag nur noch eins zu denken, eins zu wollen: Joseph vernichten, ihn nicht mehr sehen, sein Bild vergessen, ihn auslöschen, ihn vernichten. Die Geschlossenheit ihrer Leidenschaften macht sie äußerlich wieder kühl. Berechnend, eisig, königlich gibt sie sich der Lüge hin. Sie bietet Potiphar ihren Mund und erhebt die Anklage. Dann wird sie von der Macht der inneren Bewegung einen Augenblick noch über den Bereich der Leidenschaft hinausgetragen: sie zerreißt den Mantel, ist befreit. Joseph zieht sie wieder in ihr Selbst herab durch das Wunder seiner Entrücktheit. Als er vor dem Feuerbecken nichts fürchtet, nichts zu fühlen scheint, bannt sie das Geheimnis dieser Ruhe wie früher das seiner Anmut, seiner Fremdheit. Jetzt genügt es ihr nicht mehr, ihn zu vernichten, sie muß ihn leiden sehen, will ihm wehetun; die Folter soll ihr sein Geheimnis liefern, seine Qualen ihr eine Brücke in ihn hineinbauen, wie vordem seine Sinne. Er reizt sie wieder ebenso stark wie als er tanzte, aber schmerzlich, wie ein Stachel, wie ein Alb, wie eine offene Wunde. Sie betrachtet ihn, als ob nur sein Blut einen Durst in ihr stillen könnte. Mit der Grausamkeit vermischt steigt die Begierde wieder auf. Doch gleichzeitig fühlt sie ihre Ohnmacht; Angst schüttelt sie, sie ist erschöpft, innerlich zerfleischt, verblutet. Eine große Mattigkeit sinkt auf sie herab. Je heller Joseph blüht, um so dunkler wird ihre Welt. Als Josephs Welt im Erzengel visionär greifbar ihr vor Augen tritt, macht sie noch einmal eine hoffnungslose kindliche Gebärde, um der Erscheinung dorthin zu folgen. Dann bleibt ihr nichts als der Tod.

Harry Graf Kessler

Personenverzeichnis

POTIPHAR
POTIPHARS WEIB
Deren Lieblingssklavin
Potiphars Gäste
Potiphars Hausmeister
Potiphars Diener, Leibwachen und Sklavinnen
Ein Sheik
Dessen acht Begleiter
Sein junger Diener
Drei Verschleierte
Drei Unverschleierte
Dienerinnen der Verschleierten
Zwei Aufseher
Sulamith, eine Tänzerin
Sechs Boxer
Deren Begleiter
JOSEPH, ein fünfzehnjähriger Hirtenknabe
Sechs Knaben, seine Spielkameraden
Henkersknechte des Potiphar
Ein männlicher ganz in Gold gewappneter ERZENGEL

Die Bühne ist während des kurzen Vorspiels durch einen seidenen reich gemusterten Vorhang verhüllt, der bei Anfang der Handlung nach rechts emporgerafft wird.
Dekoration und Kostüme der Legende sind durchweg in der Art des Paolo Veronese, folgen also in Stil und Mode der Zeit um 1530. Die Ägypter tragen venezianisches Kostüm, Joseph und die Händler, die ihn zu Potiphar bringen, orientalisches des sechzehnten Jahrhunderts.
Die Bühne stellt eine mächtige *Säulenhalle im Stile des Palladio* dar. Säulen und Wände sind aus hellem grünlichem Gold. Ihr Boden ist mit Fliesen aus farbigen kostbaren Marmorarten ausgelegt. Hinten läuft eine erhöhte ebenfalls goldene Loggia durch, die rückwärts offen ist und einen Ausblick auf Gärten mit Wasserkünsten und entfernte Palastflügel darbietet; ihre

Öffnungen bleiben jedoch während des Gastmahls nach hinten verhängt durch einen mächtigen flandrischen Teppich, der das Irdische Paradies darstellt: Verdüren belebt durch allerlei fremdländisches Getier. Die Loggia hat keine Brüstung, sondern ist zwischen den Säulen bis zum Fußboden offen, so daß man die auf ihr durchkommenden Personen in ganzer Figur bis zu den Füßen sieht. Zu der Loggia führt rechts eine Freitreppe. Über den Fußboden der Loggia hängt ein orientalischer Teppich bis in den Saal herunter.

Links und rechts vorn führen hohe Säulenportale in das Innere des Palastes.

Auf der Bühne vor der Loggia sind zwei Tafeln im rechten Winkel zu einander aufgestellt: die hintere ist ziemlich lang und läuft parallel zur Stützmauer der Loggia; sie ist um zwei Stufen erhöht. Die vordere ist kurz und stößt links im rechten Winkel an die erstere an; sie steht als Hochsitz auf drei Stufen.

Auf den Tafeln reich ziseliertes Gold- und Silbergerät, hohe geschliffene Kristallkannen mit leuchtenden roten und weißen Weinen, Schalen, in denen Granatäpfel, Pfirsiche, Trauben von ungewöhnlicher Größe gehäuft liegen; goldene Teller und Kristallgläser vor den Gästen.

Die Gäste, je sechs Männer und Frauen, im pompösesten venezianischen Kostüm, sitzen an der Rückseite der hinteren Tafel, halb verdeckt von Goldgeschirr, Kristall und Früchten.

An der vorderen Tafel links auf dem Hochsitz POTIPHAR und SEINE FRAU; diese in einem tief ausgeschnittenen Kleide von Goldbrokat, über das lange Perlenstränge herabhängen. Im Haar trägt sie ebenfalls Perlenstränge. Ihr zu Füßen, vorn auf der untersten Stufe des Hochsitzes, eine junge Sklavin.

Die Tafeln werden von acht Negersklaven in einem halborientalischen Kostüm von Rosa und Gold und mit Federbüschen aus weißen und rosa Federn bedient.

Hinter dem Hochsitz, im Winkel links unterhalb der Loggia, Potiphars Leibwache, riesenhafte Mulatten in schwarzem, mit Gold eingelegtem Toledaner Harnisch mit schwarzen Federbüschen und goldenen Hellebarden. Sie tragen außerdem Peitschen mit kurzen goldenen Stielen.

SZENE I

Beim Hochraffen des Vorhangs steht in der Mitte der Bühne ein weißbärtiger Orientale, ein Sheik, in fließenden orientalischen Gewändern, und empfängt in der einen Schale einer silbernen Waage, die er in der Rechten hält, Goldstaub, den ein blonder, weißer Diener, im silbernen Wamse und mit einer Goldkette um den Hals, aus einem goldgestickten Ledersack ausschüttet.

Acht jüngere, aber ebenfalls bärtige Orientalen, die die Begleitung des Sheiks bilden, stehen hinter ihm. Ein junger unbärtiger Orientale ist oben auf der Loggia und beugt sich herab, den Sheik anblickend, als ob er auf einen Befehl warte.

Drei junge Mulatten, Sklaven des Potiphar, in einer halborientalischen Livree aus Silber und Grün, die, bis auf die Farben, der der Tafeldiener ganz ähnlich ist, sind damit beschäftigt, eben gekaufte Kostbarkeiten zum Hochsitz hinzutragen: der erste in einer großen Schale mit einem hohen Fuß einen Haufen von Edelsteinen und Geschmeiden; der zweite einen mächtigen, auf dem Boden nachschleppenden Teppich; der dritte zwei weiße Windhunde an goldenen Ketten. Jeder von ihnen tritt an den Hochsitz heran, kniet vor Potiphars Weib nieder, berührt mit der Stirn den Erdboden und bietet ihr die von ihm gebrachten Kostbarkeiten dar.

POTIPHARS WEIB sitzt starr aufgerichtet da. Sie regt sich nicht. Ihre Haltung drückt eisigen Hochmut und eine brütende, fast leidenschaftliche Langeweile aus. Sie beachtet die drei Sklaven, die an sie herantreten, mit keinem Blick. Der erste stellt die Schale mit Geschmeiden neben ihr auf die oberste Stufe des Hochsitzes; der zweite breitet den Teppich auf dessen beiden untersten Stufen neben der jungen Sklavin aus; der dritte stellt sich mit den zwei Windhunden dahinter auf.

Der Goldstaub rinnt währenddessen, im Lichte glitzernd, in die Schale des Sheiks. Als die Zahlung beendet ist, verbeugt sich der Sheik vor Potiphar und scheint zu warten.

SZENE II

Potiphar macht eine herrisch-gnädige Befehlsgebärde; der Sheik richtet sich auf, wendet sich gegen seinen jungen Begleiter auf der Loggia und hebt den Arm.
Der junge Mann sieht nach links, winkt, und auf die Loggia kommt ein Zug von drei Sänften heraus, die je vier kupferbraune orientalische Sklaven tragen. Auf jeder Sänfte ruhen zwei Frauen in orientalischem Kostüm, die eine verschleiert, die andere unverschleiert; die Unverschleierten bedecken sich das Gesicht mit den Händen. Hinter den Sänften folgen zu Fuß Dienerinnen, in einem ähnlichen Kostüm wie die Unverschleierten auf den Sänften. Den Abschluß des Zuges bilden zwei hochaufgeschossene Aufseher.
Der Zug bewegt sich langsam auf der Loggia nach rechts, bis die vorderste Sänfte die Treppe erreicht. Dann werden die Sänften hingestellt, die Frauen steigen ab und kommen scheu und zögernd wie ein Rudel Wild mit ihren Dienerinnen die Treppe herunter, von hinten durch die beiden Aufseher gedrängt und gestoßen.
Wie eine Herde erreichen sie die Mitte des Saales. Hier stehen sie einen Augenblick eng zusammengedrängt da; dann treten, während die Dienerinnen niederhocken, die sechs Frauen, die auf Sänften ruhten, vor, die Unverschleierten, die bis dahin noch die Hände vors Gesicht gehalten haben, nehmen diese plötzlich fort, und es beginnt der *Tanz der Frauen:* ein *Hochzeitstanz.* Er stellt in symbolischen Gebärden dar, wie der Bräutigam in der Brautnacht die Braut entschleiert.

Erste Tanzfigur

Eine jede von den Unverschleierten fängt an, um ihre verschleierte Begleiterin langsam herumzutanzen, indem sie weit vorgebeugt, mit vorgestreckten Händen leise und katzenhaft um sie herumschleicht. Die Verschleierten stehen währenddem mumienhaft unbeweglich da.

Zweite Tanzfigur

Die Bewegungen der Hände der Unverschleierten gehen allmählich in *Gebärden des Entschleierns* über. Sie decken *die Füße* der Frauen auf. Im Augenblicke, wo dieses geschieht, beginnen die Verschleierten, sich in den Hüften zu wiegen. Dann schlagen die Unverschleierten die Schleier wieder zu und die Verschleierten stehen regungslos still.

Dritte Tanzfigur

Die Unverschleierten schleichen wieder um die Verschleierten katzenhaft herum. Bald beginnen sie, mit lasziven Gebärden langsam *den Oberkörper,* Brüste und Bauch der Verschleierten zu enthüllen. Die Verschleierten wiegen sich wieder, aber langsamer und wollüstiger als bei der zweiten Tanzfigur. Allmählich mischen sich jetzt die anderen Dienerinnen in den Tanz, indem sie mit leichten, durchsichtigen Schleiern um die drei Mittelgruppen herumschweben und die entblößten Brüste der Verschleierten mit ihren Schleiern zu verhüllen suchen. Plötzlich schlagen die Unverschleierten die Schleier über die Verschleierten zu; die Verschleierten stehen wieder ganz still, auch die Dienerinnen hören auf zu tanzen.

Vierte Tanzfigur

Wieder schleichen die Unverschleierten katzenhaft um die Verschleierten herum. Dann entschleiern sie mit äußerst langsamen wollüstigen Gebärden *das Gesicht* der Verschleierten. Diese wiegen sich währenddessen in einem ganz langsamen, die tiefste Wollust ausdrückenden Rhythmus. Die Dienerinnen tanzen von Anfang an in diesem Tanz wieder mit. Jedoch plötzlich löst sich aus ihrer Mitte eine Tänzerin, die allein, während die anderen allmählich aufhören, den Tanz der glühendsten Liebessehnsucht, den *Tanz der Sulamith,* tanzt. Sobald der Einzeltanz zu Ende ist, ziehen die Unverschleierten die Schleier über das Gesicht der Verschleierten schnell zu und knien vor ihnen, ihr Gesicht mit den Händen bedeckend, nieder.

Der Sheik verbeugt sich vor Potiphar. Dieser schickt drei Mulatten hin, um die Frauen in Besitz zu nehmen. Jeder Mulatte tritt an eine von den Verschleierten heran, packt sie beim Arme und führt sie zum Hochsitz; die Unverschleierten und die Dienerinnen folgen tief gebeugten Hauptes.

Am Hochsitz knien sämtliche Frauen nieder. Die Verschleierte, die dem Hochsitz am nächsten ist, reckt mit einer demütigen aber edlen Gebärde die Hand aus und berührt damit, wie schutzflehend, die Hand der Frau des Potiphar. Kurz und leicht, aber hart, wie man eine Fliege abwehrt, schlägt diese ihr mit dem flachen Handrücken ins Gesicht, worauf sie sofort wieder in ihre eisige Starre verfällt.

Die Frauen erheben sich und werden von den Mulatten links ins Innere des Palastes abgeführt.

SZENE III

Inzwischen hat der Sheik wieder dem jungen Orientalen auf der Loggia zugewinkt, und oben erscheint ein Zug von Männern: voran *sechs türkische Faustkämpfer* mit nacktem Oberkörper, kleinem eng anliegendem Turban und buntem Atlasschurz, dahinter eine größere Anzahl türkisch gekleideter Trainierer, Masseure, Sekundanten, Begleiter aller Art; auch einzelne kleine Jungen sind dabei, die als Diener mitwirken. Diese Begleitung macht einen unordentlichen, ziemlich wüsten, zerlumpten Eindruck.

Der Zug kommt die Treppe herunter und teilt sich unten in zwei Teile. Drei Faustkämpfer treten rechts, drei links; auch ihre Begleiter teilen sich in zwei Parteien und setzen sich, die einen um die Faustkämpfer rechts, die anderen links im Kreise auf der Erde à la turque herum.

Erste Tanzfigur

Die Faustkämpfer beginnen, sich zu recken und zu strecken; sie machen heftige gymnastische Bewegungen, die zugleich den Zweck haben, sie innerlich aufzuregen und in Stimmung zu bringen. Es sind sehr eckige, ungelenke rasche Arm- und Beinbewegungen, Fußtritte, Ausfälle, die das Draufschlagen auf den Gegner mimisch darstellen. Die Boxer gehen unter dem Einfluß dieser Bewegungen und der Zurufe und Ermunterungen ihrer Begleiter allmählich in eine Art von Raserei und Ekstase über. Sie rollen die Augen, machen immer wildere, groteskere Gebärden.

Zweite Tanzfigur

Als ihre Aufregung den Höhepunkt erreicht zu haben scheint, öffnen sich die beiden Kreise, die Begleiter treten oder rutschen nach rechts und links auseinander und lassen die Bahn für die Kämpfer frei. Diese gehen langsam, mit schweren, schleichenden, aber wuterfüllten Schritten, wie Raubtiere, aufeinander zu, mehrmals schleicht ein jeder um seinen Gegner herum, indem er ihn mit Haß anglotzt.

Dritte Tanzfigur

Plötzlich stürzt jeder Faustkämpfer auf seinen Gegner los und schlägt auf ihn ein. Rasch steigt scheinbar bei den Kämpfern die Wut. Wie Rasende hauen sie einander. Aber trotzdem sind *bis hierhin alle Bewegungen bloß mimisch und durchweg rhythmisch;* keine Unordnung ist zu verspüren.
Allmählich jedoch wird aus dem Schein Wirklichkeit. Die Kämpfer wollen sich im Ernst totschlagen. Einzelne, dann alle Begleiter stehen auf, um die Rasenden zu trennen. Aber ihre Wut ist so groß, daß sie ineinander wie tolle Hunde verbissen nicht zu trennen sind. Die Gäste, die schon während des bloß gemimten Faustkampfes durch die Echtheit des Scheins getäuscht unruhig geworden sind, erheben sich, zwei oder drei von ihnen eilen hinzu, um den Begleitern beizustehen.

Vierte Tanzfigur

Da gibt Potiphar ein Zeichen; und seine *Gewappneten* schreiten ein. Sie gehen hinter der Tafel nach rechts vorbei, treten bis zum Knäuel der Kämpfer vor, erheben ihre Peitschen und lassen sie in großen Kreisen über ihren Köpfen schwirren. Dieses geschieht im Takt, wie ein eingeübtes Manöver, sieht aber furchtbar und grausam aus.
Alles weicht sofort von den Boxern zurück, die noch immer

weiterkämpfen und jetzt allein mit den Gewappneten in der Mitte des Saales zurückbleiben.

Die junge Sklavin, die auf den Stufen des Hochsitzes liegt, wendet sich ängstlich und mitleidsvoll zu Potiphars Weib und scheint sie anzuflehen, daß sie die Grausamkeiten der Gewappneten mäßige.

Potiphars Weib, die während der ganzen Szene starr und teilnahmslos dagesessen hat, regt sich aber auch jetzt nicht; kalt und ganz in sich versunken fühlt sie kein fremdes Leid.

Die Mulatten lassen ihre Peitschen zwei- oder dreimal über den Köpfen der Boxer schwirren, dann holen sie weit aus zum Hiebe. In diesem Augenblick fallen alle sechs Boxer gleichzeitig in die Knie, um sich zu ducken vor den Peitschen.

Jetzt wird ein jeder von ihnen von einem Mulatten gepackt, der ihm mit der Peitsche die Arme hinter dem Rücken zusammenbindet, ihn am Nacken faßt und nach links in den Palast abführt. Wie ein Relieffries bewegen sich die sechs Gruppen von Faustkämpfern und Gewappneten ganz gleichmäßig hintereinander mit schweren, langsamen Schritten in den Palast hinein, die Boxer mit stierartig vorgebeugten Köpfen.

SZENE IV

Der Sheik verneigt sich wieder und winkt dann noch einmal nach oben.
Jetzt erscheint auf der Loggia, von zwei braunen Sklaven getragen, eine goldene Hängematte. Sie wird langsam und behutsam über die Loggia und die Treppe heruntergetragen. Hinter ihr schreiten paarweise zwei junge Harfner mit kleinen goldenen Harfen, zwei Flötenspieler mit Doppelflöten und zwei Knaben mit Zimbeln einher.
In der Mitte des Saales wird die Hängematte auf die Erde gelegt. Sowie sie den Boden berührt, öffnet sie sich, und man sieht in ihr wie in einer Blume ruhend, in tiefem Schlafe JOSEPH, eingewickelt in einen goldblauen, sonnenfarbenen seidenen Hirtenmantel. Der Knabe lächelt im Schlafe.
Der Sheik tritt an ihn heran, beugt sich über ihn, weckt ihn, nimmt ihn bei der Hand und läßt ihn aufstehen. Der Mantel bleibt in der Matte liegen; der Knabe steht in einem kurzen weißen Ziegenfell da und blickt sich verwundert, aber keineswegs erschrocken, sondern hoheitsvoll um, als ob ihn höhere Mächte schützten. Ein unsichtbarer Glorienschein umschwebt sein Haupt.
Die Harfner und Flötenspieler und Knaben mit Zimbeln setzen sich neben die Hängematte auf die Erde, und Joseph fängt zu ihrem Spiele langsam und wie in mystischer Ekstase zu tanzen an.

Erste Tanzfigur

Drückt die *Unschuld und Naivität des Hirtenknaben Joseph* aus: Die Bewegungen stellen dar, wie der fromme Hirtenknabe vor das Antlitz seines Gottes tritt und ihm nacheinander alle seine Gliedmaßen, Haupt, Brust, Hände, Füße zeigt, daß sie rein sind. Er scheint zu Gott zu sprechen: »Herr, sieh: mein

Leib und mein Herz sind vor dir unschuldig«. Die Bewegungen sind langsam und etwas zögernd, wie die eines ahnungsvollen, frommen, etwas schüchternen Kindes.

Zweite Tanzfigur (Zwischenfigur)

Joseph macht *vier Sprünge nach den vier Windrichtungen* und steckt damit gewissermaßen den Raum ab, in dem sich die nächste Tanzfigur abspielen soll.

Dritte Tanzfigur

Drückt das *Suchen und Ringen nach Gott* aus, dazwischen einzelne Momente der Verzweiflung.
Diese Figur besteht in der Hauptsache aus hohen Sprüngen (so wie David vor der Bundeslade »springt«); als ob Joseph suchte in den Himmel zu springen. Aber seine Sprünge haben etwas Schweres, Erdgebundenes, und er fällt auch ein- oder zweimal hin, wie einer, der sein Ziel verfehlt hat. Der Charakter des Rhythmus ist schwer und unregelmäßig; aber nicht im mindesten hysterisch oder krankhaft. Das Gottsuchen Josephs ist das eines gesunden, normalen, kindlichen Gemütes.
Zeitweise tanzen zu Anfang dieser Figur Josephs Spielgenossen, die Knaben mit Musikinstrumenten, mit.

Vierte Tanzfigur

Joseph hat Gott gefunden; seine Bewegungen sind jetzt eine Verherrlichung Gottes. Sie unterscheiden sich von denen der vorhergehenden Figur durch ihre Leichtigkeit. Joseph springt jetzt mit »leichten Füßen«. Er scheint zu fliegen. Ohne Anstrengung macht er hohe beschwingte Sprünge, die die sublimste Heiterkeit ausdrücken; das göttliche Lachen scheint in ihm verkörpert.

Nachdem er die höchste Leichtigkeit und Freude ausgedrückt hat, steht er plötzlich still und ist in kindlich bescheidener Haltung wieder ganz ein einfacher Hirtenknabe.
Während des Tanzes geben alle Gäste durch Vorbeugen über den Tisch und ihr Mienenspiel ihr stärkstes Erstaunen und ihre Bewunderung kund. Ein junger Mann, der dritte Gast von der Ecke rechts, vergräbt plötzlich unter Schluchzen seinen Kopf in seine Hände, wobei eine Schale mit Früchten vor ihm umstürzt, und die Früchte weithin über den Tisch rollen.
POTIPHARS WEIB geht während des Tanzes allmählich aus ihrer Starre in Anteilnahme, dann in leidenschaftliches Erstaunen und Bewundern über: eine neue Gefühlswelt offenbart sich ihr. Sie sitzt wie gebannt, atemlos, mit glühenden Augen, weit vorgestreckt da.

SZENE V

Nachdem Joseph aufgehört hat, gibt Potiphar ein Zeichen, und die zwei Mulatten, die die Frauen fortführten, treten vor, gehen an Joseph heran und legen ihm die Hände auf die Schultern, um von ihm Besitz zu nehmen. Zugleich geht der in Silber gekleidete Hofmeister zum Sheik und fängt an, ihm, wie zu Anfang, Goldstaub in die Waagschale zu gießen. Dieses Ausgießen des Goldstaubes dauert während der ganzen kurzen Szene zwischen Joseph und Potiphars Frau an.

SZENE VI

Potiphars Frau fährt im Augenblick, wo die zwei Mulatten Joseph berühren, wie aus einem Traum zusammen; sie schaudert, richtet sich auf ihrem Sitze grade auf, hebt aus der Schale mit kostbaren Geschmeiden, die der Sklave zu Anfang auf die oberste Stufe des Hochsitzes gestellt hat, ein Halsband empor und winkt dem Joseph, heranzutreten.
Die beiden Mulatten weichen auf diesen Wink von Joseph zurück. Aber Joseph selbst bemerkt oder beachtet die Gebärde der Herrin nicht.
Da schickt diese ihre junge Sklavin, um ihn heranzuholen. Diese schiebt sich schamhaft, mit geschlossenen Füßen, auf Joseph zu. Joseph, von ihr berührt, wendet sich freundlich und ernst um und folgt ihr zum Hochsitz.
Potiphars Frau, die noch immer das Halsband hochhält, läßt es, als Joseph an den Hochsitz herantritt, langsam sinken und betrachtet ihn lange gespannt, still und ernst, als ob sie in das Geheimnis seines Wesens einzudringen suche. Dann hängt sie ihm das Halsband mit der Rechten um, während sie die Linke einen Augenblick auf seinen bloßen Nacken legt.
Sofort darauf wendet sie sich mit einer kurzen, fast schroffen Bewegung von ihm ab und blickt ihn bis zu ihrem Abgang nicht wieder an.
Joseph tritt, nachdem sich die Herrin abgewendet hat, zurück, und Potiphar winkt zur Aufhebung der Tafel.

SZENE VII

Im Augenblick, wo Potiphar das Zeichen zum Beschluß des Festes gibt, ziehen Diener auf der Loggia oben den großen flandrischen Teppich zurück; und man sieht hinten durch die Loggia hinaus ins Freie: ein einzelner Wasserstrahl von einer Wasserkunst steigt von der tiefstehenden Sonne beleuchtet in den klar durchsichtigen venezianischen Himmel. Dann setzt sich der *Zug der Gäste* mit Potiphar und seiner Frau an der Spitze in Bewegung, schreitet quer über die Bühne und die Freitreppe hinauf und geht *rechts* aus der Loggia ab. Joseph steht vorn zwischen Zug und Publikum und wendet dem Zuge das Gesicht zu. Er verbeugt sich aber nicht, wie der Sheik und seine Begleiter, sondern bleibt fest aber bescheiden aufrecht. Potiphars Frau sieht im Vorbeischreiten von Joseph fort. Der Sheik und seine Begleiter schließen sich, mit einem kleinen Zwischenraum, dem Zuge der Gäste an, gehen aber über die Loggia nach *links* ab.
Sobald der letzte der Gäste die Treppe beschritten hat, stürzen die Diener Potiphars, die während des Zuges unbeweglich dagestanden haben, auf die Tafeln zu, decken diese eilig und ungeschickt mit vielem Gepolter ab und tragen Geschirr und Tafeln links in den Palast hinein, wobei der eine und der andere Schalen, goldene Teller, Früchte fallenläßt und hastig wieder aufrafft.
Der Abend bricht herein. Joseph bleibt einen Augenblick ganz allein auf der Bühne.

SZENE VIII

Sobald er allein ist, kniet Joseph, der Loggia zugewendet, nieder und betet. Während er in dieser Stellung ist, wird es *Nacht.* Der Mond scheint in die Halle; große Säulenschatten wechseln in ihr mit Streifen hellen Mondlichts ab; im Himmel werden einzelne Sterne sichtbar. Von rechts kommen auf die Loggia zwei der in Grün und Silber gekleideten Diener mit Fackeln, raffen den großen orientalischen Teppich, der in den Saal herabhängt, an einer Schnur empor; und hinter dem Teppich zeigt sich in dem Unterbau der Loggia eine *kellerartige Kammer,* die von oben durch eine unsichtbare Luke erleuchtet ist. Durch die Luke scheint der Mond in die Kammer. In diesem kleinen Raum, der als Aufbewahrungsort für Tafelgerät und Kostbarkeiten dient, sieht man links reihenweise aufgestelltes Silbergeschirr; an der Rückwand stehen auf einem Bord große Schalen mit Früchten, rechts im Mondschein ist eine niedrige, weiß bezogene Schlafstatt.
Der eine von den Dienern kommt, die Fackel hochhaltend und Josephs gelben Rock im Arm, die Freitreppe herunter, klopft Joseph, der noch immer kniet und betet, auf die Schulter, geht in die Kammer, wirft den bunten Mantel auf die Schlafstatt und winkt Joseph, einzutreten und sich dort niederzulegen.
Joseph, der aufgestanden ist, geht, ohne den Diener anzusehen, hinein, legt sich auf das Bett, wickelt sich in seinen Mantel und schläft.
Während dieser ganzen Zeit hat der zweite Diener mit der Fackel, auf eine Säulenbasis mit einem Knie aufgestützt, hinuntergeleuchtet. Beide Diener gehen jetzt ab; man sieht auf der Bühne nur den vom Mond beleuchteten, schlafenden Joseph. In den Fernen des Palastes einzelne Lichter. Die Musik schildert *Josephs Traum,* in dem er einen Engel sieht, der schützend an sein Bett tritt.

SZENE IX

Da tut sich die Tür rechts im Portal auf und Potiphars Frau, in einem weißen, fließenden Gewande, die Perlenstränge noch im Haar, schleicht herein. In der Hand hält sie eine antike Lampe.
Sie tritt an das Bett Josephs, leuchtet ihm einen Augenblick ins Gesicht und legt dann die linke Hand auf seinen entblößten Hals, an derselben Stelle, wo sie ihn beim Umlegen des Halsbandes berührt hat. Beim Berühren schaudert sie und löscht schnell die Lampe, wie um die Unschuld des Knaben nicht zu sehen.
Sie reckt sich auf und bleibt einen Augenblick wie aus Eis, hart und grade, im Mondschein stehen.
In diesem Augenblick erwacht Joseph, schlägt die Augen auf, blickt die Frau, die einer Erscheinung gleicht, ernst und still an; dann faltet er die Hände gegen sie, wie gegen einen freundlichen Schutzengel.
Sie sinkt in die Knie, löst ihr Haar aus den Perlensträngen und vergräbt darin, wie anbetend, ihr Gesicht zu den Füßen Josephs. Sofort faßt sie sich aber wieder, schnellt auf, will fliehen, blickt sich um, kehrt zurück, um dem noch immer regungslos mit offnen Augen sie Anblickenden die Haare fast mütterlich zu streicheln; sie beugt sich über ihn, berührt mit ihrem Mund seine Lippen.
Da löst sich Josephs Starre; er springt auf, rafft schauernd seinen Mantel um sich, läuft an ihr vorbei aus der Kammer heraus, kauert nieder und verhüllt den Kopf im Mantel.
Die Frau nähert sich, beugt sich zu ihm nieder, will ihn aufheben, streichelt ihm mit der Hand den Kopf.
Einen Augenblick verharrt Joseph währenddem noch am Boden; dann erhebt er sich und steht, ganz grade, immer noch mit verhülltem Kopf, neben ihr.
Sie legt beide Arme um ihn, drückt ihn immer leidenschaftlicher an sich und nestelt am Mantel, um Joseph das Gesicht zu

entblößen, wobei sie Bewegungen macht, die in ihrer lasziven Leidenschaft an die der Unverschleierten im Tanz zu Anfang des Stückes anklingen.

Joseph steht zuerst regungslos da, dann geht sein Körper allmählich in ein immer heftigeres Zittern über. Plötzlich hört das Zittern auf, er macht sich mit einem einzigen ruhigen Schritt seitwärts von ihr frei, wobei er den Mantel, den er bis dahin vor das Gesicht gehalten hat, sinken läßt, blickt die Frau an und streckt mit einer großen verächtlichen Gebärde die linke Hand gegen sie aus. Nackt von der Schulter bis zur Hüfte steht er vor ihr. Sie sinkt, wie geblendet von seiner Nacktheit, in die Knie, kriecht an ihn heran und wiederholt jetzt in einer gesteigerten Bedeutung die Gebärde des Haarausbreitens über seine Füße: jetzt ist sie die Sünderin, die um Verzeihung fleht.
Vergeblich: er beugt sich nicht nieder zu ihr; herb und knabenhaft unerbittlich bleibt er regungslos stehen, die linke Hand über ihren Kopf ausgestreckt.
Da reckt sie sich plötzlich vor ihm empor, blickt ihn einen Augenblick voll Haß und Verachtung an und stürzt dann auf ihn zu, um ihn zu erwürgen, so wie sie vorhin jäh die Lampe löschte. Sie packt mit beiden Händen seinen Hals; Joseph faßt ihre Arme, um sich freizumachen, dann zwingt er sie mit einer ruhigen Bewegung, ohne Anstrengung, rückwärts in die Knie. Sie versucht, auf den Boden blickend, ihr Gesicht vor ihm zu verbergen.

SZENE X

In diesem Augenblick kommen rasch und aufgeregt, wie wenn sie ein Geräusch gehört hätten, zwei Diener mit Fackeln von links auf die Loggia heraus, leuchten herunter, erblicken Joseph mit der Herrin und eilen herab, um diese zu befreien. Potiphars Weib erhebt sich leidenschaftlich, weist auf Joseph mit einer königlichen großen Gebärde hin, befiehlt, ihn festzunehmen. Ihr Gesicht drückt tödlichen Haß und wilde Erregung aus.
Der eine Diener packt Joseph von hinten und hält ihm die Hände hinter dem Rücken fest; der andere läuft rechts in den Palast hinein.
Gleich darauf kommt eilig von rechts aus dem Palastportal die junge Sklavin, die zu Anfang auf den Stufen des Hochsitzes saß, und läuft mit erhobenen Händen auf ihre Herrin zu, die bis dahin noch immer, den Arm zum Befehl ausgesteckt, königlich aufrecht steht. Im Augenblick, wo die Sklavin sie berührt, sinkt sie ihr mit geschlossenen Augen, ohnmächtig in die Arme. Die junge Dienerin stützt sie mit einem Arm, blickt ihr besorgt ins Gesicht und streichelt ihr sanft, wie ein Kind der kranken Mutter, Stirn und Wangen.
Jetzt stürzen, ebenfalls von rechts, zahlreiche andere Sklavinnen wie ein aufgescheuchtes Rudel Wild herbei. Auf der Loggia, auf allen Galerien und bis auf die Zinnen des Palastes erscheinen in wilder Hast, in dunkle fliegende Schleier gehüllt, mit Lichtern und Fackeln, Weiber und weibliches Palastgesinde. Aber nur einen Augenblick: blitzartig, wie ein gräßlicher Traum. Dann drängt die ganze Weiberschar über die Freitreppe und durch das rechte Seitenportal in den Saal und bemüht sich um Potiphars Weib, in orientalischer Art fast hündisch wehklagend.

Erste Tanzfigur

Die Klagegebärden der Weiber, bei denen sie sich in einer Kreisbewegung um die Herrin herumschieben, ergeben eine Art von *roh rhythmischem Tanz*. Jede von den Sklavinnen macht in dem Augenblick, da sie zwischen Potiphars Weib und Joseph vorbeikommt, eine abergläubische Abwehrbewegung mit den Armen gegen Joseph hin. Die eine läuft einmal schnell auf Joseph zu und scheint ihm ins Gesicht zu spucken; dann läuft sie wieder zu Potiphars Weib zurück und verschwindet im Schwall der anderen Frauen.

Zweite Tanzfifgur

Beide Tanzfiguren zusammen müssen mit der Schnelligkeit eines Traumes vorüberrauschen. Der *Rhythmus* der Klagegebärden, der zuerst roh und unregelmäßig war, *befestigt* sich und geht allmählich in ganz regelmäßige, von allen Weibern gleichmäßig ausgeführte, wie Beschwörungen aussehende Gebärden über, die den Eindruck wie von einer schwarzen Magie machen. Diese Bewegungen haben etwas unheimlich Huschendes, wie von Fledermäusen, dabei aber Gewaltsames.
Schließlich steigern sich die Gebärden zu einem *orientalischen Hexentanz* von hysterischer Wildheit wie von tanzenden Derwischen.
Währenddessen hält die *junge Sklavin* noch immer POTIPHARS WEIB in den Armen und blickt ihr, von allem ungerührt, was um sie vorgeht, nur immer liebevoll ins blasse, ohnmächtige, leicht zurückgebeugte Antlitz.
JOSEPH steht bewegungslos und allmählich wie in eine Ekstase emporgezogen da.

SZENE XI

Plötzlich tritt eine dumpfe Stille ein. POTIPHAR erscheint am linken Palastportal. Fackelträger und Gewappnete begleiten ihn. Mit einem Schlage liegen die Weiber mit dem Antlitz gegen Potiphar auf der Erde. Nur die junge Sklavin bleibt aufrecht, Potiphars Weib im Arme.

Potiphar weist die Gewappneten an, Joseph festzunehmen. Diener schleppen schwere Ketten heran. Die Gewappneten legen sie Joseph um Füße und Hände. Joseph regt sich nicht: er steht mit den Ketten beladen, weiß und nackt, vor Potiphar.

SZENE XII

Jetzt führt die junge Sklavin Potiphars Weib, die noch immer ohnmächtig in ihren Armen liegt, zu Potiphar hin.
Potiphar wendet sich seinem Weibe gütig und besorgt zu.
Im selben Augenblick kommt eine von den Sklavinnen, die vorher den Hexentanz aufgeführt haben, eilig und hündisch demütig mit dem von der Erde aufgelesenen Mantel Josephs und überreicht ihn der Frau des Potiphar.
Diese hält den Mantel einen Augenblick wie geistesabwesend in den Händen, sieht ihn dann tief in Gedanken versunken an, wie wenn eine liebe Erinnerung in ihr aufstiege. Plötzlich zerbricht sie in sich mit Gewalt das Gefühl, richtet sich auf, steht grade und hart wie durch und durch aus Stein da; dann beugt sie sich nach links und hält Potiphar lächelnd mit geschlossenen Augen ihren Mund zum Kusse hin. Die Bewegung hat etwas Einschmeichelndes und Falsches aber durchaus Großes, wie von einer Tigerin.
Potiphar blickt einen Augenblick sie, dann Joseph an; dann beugt er sich langsam zu ihr nieder, wie um ihr mit den Lippen die Stirn zu berühren.
Sie entzieht sich ihm, leicht schaudernd, mit einer fast unmerklichen Kopfbewegung: jetzt lächelt sie nicht mehr; ihr Gesicht ist im Gegenteil von Schmerz entstellt, sie fährt Potiphar wie liebkosend mit der Linken über die Schulter, packt dann seinen Arm und weist, ohne die Augen zu öffnen, aber mit steigender Leidenschaft, dreimal auf Joseph hin. Potiphar stampft wütend mit dem linken Fuß auf, wendet sich halb nach links rückwärts und gibt ein Zeichen in den Palast hinein.
Potiphars Weib schlägt, im Augenblick wo er sich abwendet, die Augen auf, blickt Joseph mit glühendem, schmerzlichem Hasse an, hebt dann mit einer fast irrsinnig leidenschaftlichen Gebärde *Josephs Mantel* in beiden Händen hoch, reißt ihn in zwei Stücke und wirft ihn von sich. Einen Augenblick steht sie wie durch die Gewalt selbst ihrer Leidenschaft befreit da.

SZENE XIII

In diesem Augenblick kommen aus dem Palast mehrere Henkersknechte, große halbnackte Mulatten in kurzen scharlachroten Kitteln, und tragen ein mächtiges, *glutrot lohendes Feuerbecken* herein, das sie ganz vorne auf der Bühne zwischen Potiphar und Joseph aufstellen. Die Glut des Feuers wird sofort zum Mittelpunkt des Nachtstückes auf der Bühne und übergießt Potiphars Weib, die getragen von höchster Leidenschaft über sich selbst hinausgewachsen ist, wie mit Blut und Höllenfeuer. – Dann packen zwei Henkersknechte Joseph und wenden ihn mit dem Gesicht gegen Potiphar, andere tragen Zangen herbei, die ins Feuer gesteckt und hin und hergedreht werden.

Im Augenblick, wo die beiden Henkersknechte Joseph fassen, schaudert Potiphars Weib zusammen, der Moment ihrer leidenschaftlichen Selbstbefreiung ist vorüber; Joseph gewinnt von neuem Gewalt über sie.
Joseph wirft, als die Knechte ihn Potiphar zuwenden, auf das Weib einen kurzen hoheitsvollen Blick, dann steht er, während die Vorbereitungen zur Tortur fortschreiten, wie in einen fernen Traum emporgezogen, nach oben blickend da.
Potiphars Weib sieht ihm jetzt mit leidenschaftlicher Aufmerksamkeit ins Gesicht. Sie scheint wie bei ihrem ersten Gegenübertreten in seiner Seele lesen zu wollen. Ihr Gefühl geht allmählich von der Raserei des Hasses wieder in eine zuerst widerwillige, dann fassungslose Bewunderung, dann in Begehrlichkeit, dann in Furcht über. Die Furcht und schließlich das Entsetzen gewinnen das Übergewicht.
Gleichzeitig geht allmählich sehr geheimnisvoll der Feuerschein auf Josephs Gesicht in ein *weißeres Licht* über, das auf ihm wie ein Abglanz des Himmels ruht. Dieses Licht wächst langsam an; Joseph scheint sich ihm auf den Fußspitzen entgegenzuheben. Schließlich schwimmt sein ganzer Leib wie

der eines seligen Märtyrers in himmlischer Helligkeit. Immer mehr verblaßt währenddessen das Feuer im Feuerbecken. Plötzlich flammt die Glut des Feuers noch einmal hoch empor und verlischt dann gänzlich. Im selben Augenblick leuchtet im Himmel hinter der Säulenhalle *ein Stern* auf; ein Strahl geht von ihm aus und schneidet grell in die nur noch von einzelnen Fackeln erhellte Nacht in der Halle ein, trifft Joseph und beleuchtet ihn blendend hell, während die Gruppe um Potiphar in schwachem, rötlichem Fackelschein dasteht.

SZENE XIV

Rasch erweitert sich der Strahl, der vom Sterne ausgeht, so, daß sein Licht zwischen den vordersten Säulen der Loggia links einen Schleier bildet. Hinter diesem Lichtschleier und durch ihn hindurch, als ob er auf dem Lichtstrahl niederglitte, erscheint jetzt, in energisch schnellem Fluge herankommend, *ein ganz in Gold gewappneter Erzengel.* Seine Erscheinung ist übermenschlich groß und erhaben, und durchaus männlich heldenhaft.

Er durchquert gleichsam fliegend die Loggia, ohne sie mit den Füßen zu berühren, schwebt bis vor Joseph herunter, berührt ihn mit dem rechten Zeigefinger. Im selben Augenblick fallen die Ketten von Joseph ab, der Engel nimmt Joseph bei der Linken und führt ihn, wie Gabriel den jungen Tobias, gegen die Freitreppe zu.

Das Weib des Potiphar, auf dessen Gesicht während dieser Vorgänge sich immer tiefer Entsetzen und Zerknirschung abgemalt haben, streckt beide Arme krampfhaft vor, als ob sie dem Engel und Joseph folgen wollte; dann nimmt sie rasch ihre Perlenstränge ab und erwürgt sich, indem sie sie um den Hals zuzieht. Tot fällt sie in die Arme ihrer Weiber zurück.

Ihre junge Lieblingssklavin beugt sich über sie, blickt ihr in die Augen und wirft sich leidenschaftlich, mit dem Mund ihren Mund berührend, über sie.

Die andern Weiber heben noch einmal einen Augenblick, nach der Art orientalischer Klageweiber, wild die Arme. Dann nimmt die älteste und häßlichste von den Frauen ihren schwarzen Schleier ab und wirft ihn mit einer dämonisch wirkenden Gebärde Potiphars Weib über das Gesicht. Die anderen Frauen wickeln sie ganz hinein, heben sie auf und tragen sie, vier von ihnen rechts, vier links, nach rechts gegen das rechte Palastportal zu. Die Lieblingssklavin hält im Schreiten den Kopf von Potiphars Frau und beugt sich weit über sie nach vorne nieder. Potiphar weicht entsetzt langsam nach links zurück. In dem Augenblick, wo der Zug mit der Leiche von Potiphars Weib sich in Bewegung setzt, sind Joseph und der Engel oben auf der Loggia angelangt. Sie schreiten, während der Leichenzug sich über die Bühne nach rechts bewegt, nach links über die Loggia dem Freien zu. Der Himmel erhellt sich morgendlich; und zwischen rosigen Wolken zeigen sich in ihm junge Engel, die auf Musikinstrumenten spielen. Joseph und der Erzengel schreiten weiter und verschwinden hinter der Loggia ins Freie.

TILL EULENSPIEGEL

Zwei Eulenspiegelthemen. Tills Maske und seine Seele.
Till Eulenspiegels Entrata. – Wochenmarkt um ihn. Kreischen. Er jagt durch sie hin. Er reißt aus. Fort ist er. In einem Mausloch versteckt.
Als Pastor verkleidet trieft er von Moral und Salbung.
Till als Mädchenjäger, bald liebeglühender Freier. Werbung. Ein Korb. Er fährt wütend ab. Schwört Rache an der Menschheit. Philiströse Professoren. Disputation (babylonische Sprachverwirrung). Till tänzelt, einen Gassenhauer pfeifend, davon.
Wiederholung – Steigerung – Verflechtung aller Motive.

TAUGENICHTS

ERSTER AKT

I. Vor einem Jagdschlößchen im Wienerwald. Mondnacht und früher Morgen vor der Auerhahnbalz. Schlößchen erleuchtet. Alter Jäger heraus, auf Socken horcht. Jägerbursch zu ihm, leise: Ja er balzt, ein schöner großer Hahn. Alter Jäger ins Haus melden, junger hinter einen Baum. Taugenichts kommt aus dem Wald, freut sich über die mondhelle Lichtung, das erleuchtete Haus. Setzt die Geige an. Die Gräfin am Balkon. T. tut einen feinen Geigenstrich. Sie horcht. Jägerbursch springt vor, alter Jäger ist in der Tür: sie lauschen. Taugenichts versteckt sich. Der junge: dort hinten balzts! Der alte: da vorn rührt sich auch was. T. verhält sich still. Graf, Gräfin, der Förster und die Zofe als Jägersbursch aus dem Haus, an T's Versteck vorbei; in der Richtung auf den Hahn, alle schleichend, anspringend. Alter Jäger: leise! leise! (steht auf der Schwelle) Wie die Gräfin am Busch vorbei kommt: spielt T. leise leise, immer weiter. Zofe (zur Gräfin) – jetzt stehen sie –. Da ist einer! Die vorderen: weiter! sie springen weiter. Der alte Jäger ins Haus, drinnen löschen die Lichter aus. Jäger macht die Laden zu. T. spielt gefühlvoll. Geräusch macht ihn wach. Jäger wütend, verweist ihn zur Ruhe. Morgen erhellt sich. T. spielt ein lustiges Stückel tanzt ab, wandert weiter.

II. Hof bei der Birn. Kinder. Anna bügelt. T. von seinem Fenster, versucht sie zu sehen. Alter Harfenist, Schirm über den Augen. T. begleitet ihn auf der Geige. Anna schließlich in den Hof, T. auch. –

II.

Dorfplatz. Estrade für die Herrschaften. Musikanten.
Tisch der Honoratioren. Transparent. Die Burschen und Mädchen, getrennt, Herrschaften kommen, Taugenichts im Gefolge Zeremonien. T. erkennt Anna, will sich ihr nähern. Anna verneigt sich, tritt weg.
Herrschaften hinübergeleitet, T. hinüber. Eröffnen des Tanzes: 2 Paare, Gräfin an ihren Platz geführt, Graf zu Anna. Tanz der Männer u Frauen, worunter auch Graf u Anna. Diese treten erhitzt zur Seite, Tanz geht stärker weiter. Schluß des Tanzes (1te Hälfte), Aufbruch der Herrschaften. Die Buben und Mädeln trinken. T. bietet Anna zum Trinken. Sie weigert sich. T. geht trotzig weg. Anna ihm nach. T. dreht sich lustig um. Die 4 Bursche hinter Anna her. Anna gibt ihnen die Hände zu dem Tanz.

Hinten zeitweise Leute mit Kartons eilig die Treppe hinauf. Anna und T. fröhlich verliebt. Zofe auf der Stiege: erkennt T. winkt ihm. Er: wo hab ich die gesehen? Harfenist ab. Anna und T.: ernsteres Spiel. Die Gräfin mit der Zofe im Fenster: die Zofe wirft was herunter. T. verloren in den Anblick der Gräfin, entzückt, geigt für sie. Anna geht bügeln, sieht nicht wie die Zofe jetzt T. herbeiwinkt. Anna kämpft mit sich: bügeln oder sehen wo er ist.

III. Die Gräfin beim Ankleiden. Eine spanische Wand. Viele Schachteln. Der Graf läßt sich melden. Kokette Szene. Währenddem mehr Schachteln gebracht. Auch leere Koffer, ungepackt. Jungfer holt T. Er entzückt über die Gräfin. Er schüchtern, hascht nach einem Band, will bei der Toilette helfen. Der Graf zurück: man läßt T. in einen Kasten treten, in dem viele schöne Kleider hängen. Instinktiv wird er eingeschlossen. Graf verzweifelt über die vielen Einkäufe. Beschwichtigende Musik aus dem Kasten. Interesse des Grafen.

Graf setzt sich um die Musik zu genießen. Kasten verstummt. Graf will ans Schloß: man hält ihn ab. Zofe durch Klopfen macht die Musik wieder spielen u.s.f. Schließlich Taugenichts herausgelassen, spielt Graf und Gräfin zwischen den Schachteln zum Tanz, indessen Zofe packt. Anna mit Wäsche; giebt Wäsche ab: es ist kein Platz, sieht die Tanzenden, sieht T. –

Anna wieder ab. T. dem Gefolge der Herrschaften attachiert

DIE BIENE

1. Studierzimmer. Der Mann, die Frau. Kinder hinweggeschafft, damit sie nicht stören. Die Biene in der Luft, zudringlich. Die Diener herbeigerufen, welche sie fangen sollen, vergeblich. Das Summen verstummt, sie scheint verjagt. Alle ab, außer dem Schreibenden. Neues Summen. Er auf, hascht. Zwischen Schleiern einer Falte des Vorhangs für einen Augenblick das Mädchen (Biene) sichtbar, – gleich wieder verschwunden. Er allein, bezaubert, nachdenklich.

2. Flußufer, gegen Abend, viele Spaziergänger, viele Boote in der Ferne. Farbige Wolken. Rhythmisches Auf und Nieder der Lustwandelnden. Die Biene dazwischen, streift den Mann. Die Frau angstvoll. Immer weniger Menschen, zuletzt eine einzige Gruppe: diese, im Vorüberschweifen, für den Mann lustvoll, für die Frau drohend. Der Mann nach, – wo er das Mädchen zu erkennen glaubt. Die Frau allein zurückbleibend: Ahnung drohenden Geschicks baldigen Todes.

3. Nachts. Das eheliche Schlafzimmer. Aus dem Nebenzimmer Weinen eines Kindes. Die Frau auf, dorthin. Feines Klingen, Annäherung. Eine Wand sich öffnend. Winzige Boten mit Windlichtern, aus dem dunklen, hie und da glitzernden Schacht hervor, ans Bett, ihn abzuholen. Er richtet sich auf, unentschlossen. Stärkste Lockung. Die Frau tritt ein, mit dem Licht, der Spuk verfliegt.

4. Das Studierzimmer. Der Schreibende allein. Besuch der Biene: übermütiges Erstaunen über menschliche Geräte. Ein unablässiges Anrühren, wieder Wegzucken. Ein zitternder Kuß. Die Frau herein, verscheucht den Gast.

5. Der Mann im Hof hinterm Haus. Der alte Baum, epheubewachsen, mit mächtiger Höhlung. Bienengesumm in ihm,

der Mann entzückt. Die Diener, ihn holen, er abwinkend. Kleine dienende Geister aus dem Baum, ihn abzuholen: bringen ein Zeichen von dem Mädchen (duftendes). Er hinein, verstohlen fort. Diener haben's gesehen. Die Frau herbei, angstvoll, versteht. Wirft sich vor dem Baum auf die Erde, Stirn auf dem Boden, vergeblich.

6. Glückliches Leben im Bienenhaus. Kleines Gemach, alle Wände durchsichtig, Licht, gedämpftes, wie durch Honig, überall. Keine Geräte. Ein Lager von duftenden Kräutern. Durchscheinende Krüge voll Honig. Liebesleben, bezaubernd tierhaft; teilt ihn mit den Gefährtinnen. Kleine Schreie der Tanzenden, Orgie.

7. Die Frau. im Hof, vor dem Baum. Heißt die Diener, die Kinder ins Haus zurückzuführen. Geschieht. Sie unterbrichts, verzögerts immer wieder. Kleine Rufe der Kinder, monoton, wie ein Vogelruf. Sie allein an dem Baum, lehnt sich an. Bringt das Gift hervor. Stopft sich die Ohren, den Ruf der Kinder nicht zu hören. Atmet den giftigen Hauch in sich, sinkt hin. Die Diener finden sie erstarren.

8. Im Bienenhaus. Leise Entfremdung. Er ist wo anders.

9. Der Geist der Frau abends bei den Kindern, bringt sie zu Bett. Ein Sichtbarwerden der Liebeskraft aus ihr: holt Blüten aus der Luft, läßt Wasser aus der Wand hervorquellen den Kindern zur Freude (etwa so oder anderes)

10. Bienen. Das Mattwerden, Frieren, Erstarren. Ansteckend auch auf ihn. Sich aneinander-drängen. Abschied. Er allein, unstillbares Frieren.

11. Im Haus. Er tritt ein, – den Kindern fremd, den Dienern unheimlich. Auch im Haus kalt. Bronzeurnen mit glühender Kohle. Die Frau kommt. Ihn sieht sie nicht. Er hinaus, nimmt Feuer mit, eine Axt.

12. Der Hof. Hier muß der Geist der Frau vorbei, auf dem Rückweg. Er zündet den Baum an (dies alles andeutungsweise, nicht realistisch). In der Glut die Frau belebt, lächelt ihn an. Glöckchen (Hahnenschrei ähnlich), sie muß fort. Er ihr nach.

13. Begräbnisstätte. Auf Stufen (angenommen Plattform hoch über der Erde). Steinboden. Kleiner steinerner Sarg gegen freien Himmel. Die Frau schwebt herauf, verschwindet im Sarg. Der Mann hinterher – der Sarg ist verschlossen. Verzweiflung. Die Bienen von allen Seiten, langsam, unheimlich, vermummte Mörderinnen, Rachetanz, – Hervortreten der Frau. Liebeskraft. Der Steinboden blumenbedeckt, – Hinsinken der Bienen, – Vereinigung.

DIE GRÜNE FLÖTE

BALLETTPANTOMIME

Personen

FAY YEN, die Prinzessin
WU, der Zauberer im Lande U
HO, des Zauberers Schwester
SING LING, der Prinz
Die Göttin des Flusses
Die sechs gefangenen Prinzessinnen
Die sechs gefangenen Prinzen
Die Diener des Zauberers

Die Handlung spielt im Märchenlande U, in einer idealen Landschaft. Die Dekorationen und Kostüme sind nach Art der chinesischen Lackarbeit ganz in Schwarz und Gold gehalten. *Ouvertüre*

ERSTES BILD

In feierlichem Zuge führt die Hexe Ho eine Schar von gefangenen Prinzen und Prinzessinnen herbei. Den Zug eröffnet ein Sklave mit einem glöckchenbehangenen Schirme. Ihm folgen Schwarze mit Sichelschwertern, dann die Hexe, die an goldenen Ketten ihre Opfer in Fesseln hält, und zum Schlusse wieder Schwarze mit Schwertern. *Marsch*

Nachdem der Zug an seinem Ziele angelangt ist, hebt sich auf ein Zeichen der Hexe Ho der Fondvorhang, wodurch der Schrein sichtbar wird, in welchem ihr Bruder, der Zauberer Wu, ruht. Die Hexe verrichtet vorerst ein Gebet vor dem Heiligtum und läßt dieses hierauf von den Sklaven öffnen. Der Zauberer Wu zeigt sich in Gestalt einer Pagode. Die Hexe begrüßt ihren Bruder mit Räucherwerk und anbetenden Gebärden und bringt schließlich sein Haupt durch eine Berührung in nickende Bewegung. Dies ist das Zeichen zum Ensembletanz.

Die Hexe entfesselt hierauf die Gefangenen, welche einen Huldigungstanz zu Ehren des Zauberers beginnen, und verstrickt während des Tanzes alle in ein goldenes Netz, aus dem sie sich nicht zu befreien vermögen. Hierauf entfernt sie sich und führt an einem goldenen Faden noch eine Gefangene: die Prinzessin Fay Yen, herbei, welche verzweifelnd um Befreiung fleht. Ihre Fesseln werden gelöst, sie drückt ihre Freude darüber in einem stürmischen Tanze aus und erweckt durch ihre Jugend und Schönheit das begehrliche Interesse des Zauberers. Allein ihre Befreiung war nur scheinbar; *Ensembletanz*

sie erkennt aufs neue ihre unentrinnbare Gefangenschaft und sinkt enttäuscht und ermattet zusammen.
Die Hexe Ho raubt hierauf durch ihre Zauberkunst den Gefangenen die Kraft aus ihren Armen und Beinen, so daß sie gelähmt zu Boden sinken. Die ihren Opfern entzogene Muskelkraft überträgt sie sodann auf ihren Bruder, der dadurch zu einem vielarmigen und vielbeinigen Ungeheuer wird, seinen Sitz verläßt und sich langsam und unheimlich der entsetzten Prinzessin nähert. Vergeblich ist ihre Flucht, der Zauberer springt ihr in wilden Sätzen nach, er erreicht sie, faßt sie und läßt sie von den Sklaven in seinem erst jetzt sichtbar werdenden Schloß einkerkern.

ZWEITES BILD

Die Tee-zeremonie

Nachdem die Beute in Sicherheit, bringen die Sklaven kleine goldene Schalen, aus denen in feierlicher Zeremonie Tee getrunken wird.
Da ertönt auf einmal aus der Ferne eine Flöte, deren Weise dem Zauberer, seiner Schwester und seiner Dienerschaft zitternde Furcht einjagt, in den Gefangenen aber sehnsüchtige Hoffnung erweckt. Als das Flötenspiel geendet, nimmt die Zeremonie ihren Fortgang, indem die Zauberwesen einen leidenschaftlich-grotesken Tanz aufführen. Da ertönt zum zweitenmal die Flöte und bewirkt die gleichen Empfindungen wie vorhin, worauf unter wildem Tanzen die Gefangenen in Käfige versperrt werden. Zur Bewachung lagern sich der Zauberer und seine Sippe davor.

Tanz der Nacht-lichter

Begleitet von einem kurzen Reigen der Nachtlichtchen sinkt über alle Nacht und Schlaf hernieder.

DRITTES BILD

Verwandlung Da ertönt wieder die Flöte und lockt mit ihrem Spiel die Prinzessin aus ihrem Gefängnis. Über das schlafende Ungeheuer springend kommt sie vor, während sich das Schloß samt den bösen Zauberern in Wolken hüllt. Vor Freude über die gelungene Flucht bricht die Prinzessin in einen Tanz aus. Da erklingt aufs neue das Flötenspiel, und von ihm angezogen entfernt sie sich suchend.

Aber schon ist ihre Flucht entdeckt. Die Hexe folgt ihrer Spur und will ihr nachsetzen. Allein das erneute Ertönen der Flöte hindert sie daran, indem es sie mit Zaubermacht zu Boden zwingt.

VIERTES BILD

Verwandlung
Die Flußlandschaft

Die Gegend verwandelt sich in eine lieblicheLandschaft, durch die die Flußgöttin einen schimmernden Fluß schickt. Vom vergeblichen Suchen nach dem Flötenspieler ermüdet, kommt die Prinzessin zurück und sinkt traurig am Flusse nieder. Die ganze Landschaft trauert mit ihr und tröstend breitet ein Baum seine Zweige über sie.

Da kommt Sing-Ling, der Prinz. Er bläst die grüne Flöte aus Jade und ahnt nicht die Zaubermacht seines Spieles, das Freude in der ganzen Natur erweckt und die Prinzessin zu beglücktem Aufhorchen zwingt.

Da erblicken sich beide, und die Liebe erwacht in ihnen. Sie beugen sich über den trennenden Fluß, allein er ist zu breit, um eine Berührung ihrer Hände zu gestatten. Sie suchen einen Übergang. Umsonst! Mit seinem Flötenspiel sucht der Prinz sodann die Unerreichbare zu trösten, worauf beide einen leidenschaftlichen Tanz beginnen.

Nach dem Tanze suchen sie aufs neue über den Fluß hinweg sich mit den Händen zu erhaschen. Da strecken ihnen die Bäume hilfreich ihre Äste entgegen, und an diese geklammert berühren ihre weit vorgestreckten Hände mit den Fingerspitzen einander.

Aber das Aufhören des wundertätigen Flötenspiels hat die böse Macht der Hexe wieder erstarken lassen. Sie schleicht heran, fängt die Prinzessin mit einer Schlinge ein und zieht sie gewaltsam fort.

Der erschrockene Prinz wirft in seiner Verzweiflung die Flöte in den Fluß und faßt den Entschluß, seinem Leben durch einen Sprung in die Flut ein Ende zu bereiten. Da taucht die Flußgöttin empor und zeigt ihm in ihrem Spiegel sein schmerzverzerrtes Gesicht. Sie gibt ihm seine Flöte wieder, die er an die Lippen führt und durch deren sanfte Töne er seinem Seelenleide Linderung verschafft. Schließlich hebt sie ein Schiff aus den Wellen, auf welchem der Prinz in die Ferne segelt.

FÜNFTES BILD

Verwandlung

Der Morgen bricht an, und die Käfige mit ihrer Bewachung werden wieder sichtbar. Das Ungeheuer Wu erwacht und entdeckt alsbald die Flucht der Prinzessin. Er ruft die Sklaven und die Gefangenen herbei und hält strenges Strafgericht.

Die Erzählung und der Freudentanz

Endlich kommt die Hexe Ho mit der eingefangenen Prinzessin herbei und erzählt mit Gebärden den Hergang von deren Flucht: wie das Flötenspiel sie gelockt, wie sie vor Freude tanzte, wie sie am Ufer des Flusses weinte. Wie dann der Prinz kam, und wie sie selbst schließlich der Entflohenen habhaft wurde.

Der Zauberer Wu sprengt aus Zorn seine Gestalt als Ungeheuer und wirbt in einfach menschlichem Gewande um die Gunst der Prinzessin. Da das Werben vergeblich, beginnt er zu drohen, wird aber durch den Liebreiz der Prinzessin rasch entwaffnet. Schließlich trachtet er, sie durch die Entfaltung seiner Macht zu gewinnen, indem er ein furchtbares Gewitter heraufbeschwört. Unter Sturm, Blitz und Donner entführt er sein Opfer in die Wolken.

SECHSTES BILD

Verwandlung Da kommt, von der Flußgöttin geführt, Sing-Ling, der Prinz, und es beginnt ein heißer Kampf zwischen diesem und dem Zauberreich des Wu. Der Zauberer trachtet zunächst, den Prinzen in einem riesigen Spinnennetz zu fangen, wobei dieser seine wundertätige Flöte verliert, die von der Hexe in den Fluß geworfen wird. Das böse Geschwisterpaar beginnt einen Freudentanz über den vermeintlichen Sieg, worauf der Prinz, dem sein gütiges Geschick ein Schwert in die Hände spielt, wieder Herr des Kampfes wird und seine Feinde bedroht.

Schwertertanz In einen Vogel verwandelt schlägt ihm jedoch der Zauberer das Schwert aus der Hand, und die Hexe verstrickt den Wehrlosen in ihre Netze. Allein mit Riesenkraft befreit sich der Prinz aus der Umgarnung und stürmt auf die Hexe ein.

SIEBENTES BILD

Der Zauberer, jetzt in Gestalt eines Drachens, kommt ihr zu Hilfe und bringt den Prinzen in die höchste Gefahr. Die Flußgöttin reicht ihm jedoch die Flöte wieder, vor deren edler Weise der böse Drachen flüchtet.

Verwandlung. Die Drachenhöhle

Siegreich verfolgt jetzt der flötenspielende Prinz den Feind durch sein Reich und gelangt hiebei in die Goldgrotte.

ACHTES BILD

Verwandlung. Die Goldgrotte

Das unablässige Flötenspiel setzt der bösen Macht ein Ende, und der Zauberer verendet in Flammengestalt. Unversehrt durchs Feuer schreitend dringt der Prinz noch tiefer in sein Reich ein.

Als die herbeikommende Hexe ihren Bruder tot auffindet, geht auch ihr Dasein vor Entsetzen zu Ende, worauf das ganze Zauberreich versinkt.

Es fällt ein Vorhang. Der Schmetterlingstanz

Aber noch sind die Opfer des Zauberers nicht erlöst. In einen Schmetterling verwandelt ist die Prinzessin Fay Yen, in Glockenblumen verwandelt sind die übrigen.

NEUNTES BILD

Das wunderwirkende Spiel der Flöte entzaubert jedoch bald die Prinzen und Prinzessinnen, welche sich beglückt erkennen. Nur Fay Yen kann der Prinz unter der befreiten Schar nicht auffinden, da sie im Hintergrund wie leblos auf einem Felsen ruht. Aber da erönt die Flötenweise, und langsam erwacht die Prinzessin zu neuem Leben. Sie erkennt den Prinzen, und beglückt sinken sich beide in die Arme.

Der Vorhang hebt sich

Nach glücklich überstandenen Leiden schlingen alle einen freudigen Reigen und preisen die Macht der Musik, welche das Edle und Gute im Kampfe gegen alle bösen Widrigkeiten zum Siege geführt hat.

Der Schlußtanz

ZU ›DIE GRÜNE FLÖTE‹

VORSPIEL

SCHWESTER *streichelt den alten kranken Hund* Ja freilich, Ami, ja freilich.

NIKLAS *kramt und sucht* Da sind sie nicht! Da sind sie auch nicht! Ich finde sie nicht!

SCHWESTER Was sucht er denn? Was wird denn das wieder sein? Was gibts denn da wieder für eine Herumhetzerei?

NIKLAS Hast Du sie vertan? Hast Du ein Federbett für Deinen alten Flohbeutel daraus gemacht? Für Deinen amanti caressanti da?

SCHWESTER Was sucht er denn? Ich seh ihn reden. Was ist verloren?

NIKLAS Die Kostüme! Die Kiste mit den türkisch-chinesischen Kostümen für die Figuren. Die Kiste!

SCHWESTER *versteht endlich* Dort steht die Kiste!

NIKLAS *brüllt* Nicht die, nicht die, Himmelkreuzdonnerwetter! Die andere Kiste, die mit den alten Kostümen!

SCHWESTER Nicht schreien mit mir, ich bin nicht taub.

NIKLAS Du bist nicht taub?

SCHWESTER Du bist schwerhörig, nach Deinem Vater. Mein Vater war mit 76 Jahren noch nicht schwerhörig.

NIKLAS Du bist nicht taub?

SCHWESTER Du bist taub. Du bist stocktaub. Deswegen schreist du soviel. Meinst Du, ich sehe nicht an Deinem Mund, daß Du schreist? Welche Kostüme suchst Du?

NIKLAS *brummt, sucht, findet eine alte Kiste mit chinesischen Kostümen*

SCHWESTER *zum Hund* Schreien und zanken. Wir zanken nicht miteinander, gelt Ami? Du siehst mir auf den Mund und weißt schon meine Gedanken.
Sieht hin
Die sind nicht mehr zu brauchen. Seit zwanzig Jahren haben wir die nicht in Gebrauch gehabt. Die sind von Mäusen zerfressen, die sind ausrangiert.

NIKLAS Werden von heute an wieder einrangiert. Ich bringe Sonntag nachmittag chinesisches Ballett mit Verwandlungen.

SCHWESTER Was bringt er?

NIKLAS Chinesisches Ballett.
Zieht ein altes Textbuch hervor
»Die grüne Flöte«. Ein Zauberer mit sechs Armen und sechs Beinen, eine Prinzessin, ein Prinz, der auf der Flöte spielt, eine Flußnymphe – natürlich chinesisch – ein Fluß aus fließendem Wasser.

SCHWESTER Wo nimmst Du fließendes Wasser her?

NIKLAS Ich? Habe ich nicht ein Feuerballett gebracht, wo den Figuren das Feuer beim Maule und Ohren herausgespritzt ist?

SCHWESTER Damals hat der Fundus noch anders ausgesehen.

NIKLAS Maul halten! Der Fundus ist ein Schundus. Aber ich bin immer noch der alte Niklas, ich bringe chinesisches Ballett zu Sylvester, das steht fest. Wo ist das Archiv?

SCHWESTER *versteht nicht*

NIKLAS Wo das Archiv ist, frage ich. Mein Personal hat mir zu antworten. Die Noten! Das musikalische Material! Ja, mir scheint gar; Bestie, satanische, Flohbeutel, infernalischer, verlauster, einquartiert auf meine Noten!
Schmeißt den Hund heraus
Da! Mozart alla turca, Mozart Rondo, Mozart Arie!
Gibt dem Hund jedesmal einen Tritt, der Hund heult, Schwester trägt ihn weg
Das sind nicht alle. Es müssen noch mehr Mozartnoten da sein! Mozart und Salieri, das waren zwei göttliche Compositeurs. Aber der Salieri war der größere. Das ist eine Musik, die geht den Figuren ins Blut. Liegen nicht da welche?
Findet Noten unter einem Verschlag, legt sie auf den Tisch, kriecht hinein, verschwindet

DER JUNGE MANN *ist eingetreten, räuspert sich* Ist hier jemand? Niemand zu Haus?

SCHWESTER Hier ist kein Eingang.

DER JUNGE MANN Papa Niklas hat mich gebeten, gegen Abend vorzusprechen. Er will mich engagieren.

SCHWESTER *sieht ihn an, versteht nicht*

DER JUNGE MANN Ist er nicht da, der alte Hexenmeister, der Herr Prinzipal, der Herr Direktor, der Chef? Ich bin jede Titulatur gewöhnt. Mein letzter Friseur war der Damenfriseur Herr Budischowsky, das ist ein verfluchter Kerl, der versteht mehr als Brot essen. Ich habe mich selbstredend nur mit Ondulieren abgegeben, das Auskämmen und Toupieren überlasse ich minderen Kräften. Das Geschäft war in einer Passage und da ist der alte Niklas öfter vorbeigegangen und hat durch ein Milchglasfenster, in das er mit dem Fingernagel ein Loch gekratzt hatte, seine Observationen gemacht. Was ist natürlicher, als daß meine elegante Hand geschweige denn seine Aufmerksamkeit zu erwekken in der Veranlassung war.

NIKLAS *steht schon seit einer Weile hinter ihm und fixiert ihn*

DER JUNGE MANN *fährt zusammen*

NIKLAS *kehrt den Rücken und geht ab*

DER JUNGE MANN O ha! Das sind profose Manieren. Das gefällt mir weniger.

SCHWESTER Er hat es nicht gern, wenn ihm eins unerwartet vor die Augen kommt.

DER JUNGE MANN *leise* So ein bißchen menschenscheu, was? Ein bißchen sonderbar? Hab schon gehört.

Laut

Ich bin mir natürlich auch noch ganz und gar nicht klar, ob es mir convenieren wird. Was mich hier interessieren würde, wäre, daß es etwas zu sehen gibt. Habe mir das Ganze offengestanden, etwas brillanter vorgestellt. Wie gesagt, meine Hand ist fein, aber wuchtig. Das ist eine Qualität, die ihren Marktwert hat. Ich habe bei einem ersten Uhrmacher conditioniert, aber das ist mir zu penible. Nur um Himmelswillen keine Erbsenklauberei für einen Mann meines Schlages. Ich bin was Besseres gewöhnt. Ich kenne die Welt.

SCHWESTER *vor sich hin wie wenn sie zu dem Hund spräche* Holztragen, Feueranzünden, Wassertragen, Haus kehren, den Hund hüten, achten auf seine Gesundheit! Die Ohren müssen ihm mit lauem Wasser ausgewaschen werden, das

Essen muß ihm vorgekaut werden: er hat keine Zähne mehr im rosenfarbenen Mäulchen. Lassen Sie Ihre Hände anschauen.

DER JUNGE MANN Meine Hand ist klein aber wuchtig. Das ist stadtbekannt. Ringe stehen Männer selten – mir stehen sie, das haben mir schon Gräfinnen und Schauspielerinnen gesagt.

NIKLAS *steht wieder da. Er sieht ihm starr auf den Mund und ahmt die Mundbewegungen des Redenden nach. Plötzlich* Lump! Komödiant! Weiberknecht! Mit solchen Diebshänden, du Gauner, stiehlst Du Deinem leiblichen Bruder das Weib aus dem Bett! Brichst die Kasse auf! Gib das Stemmeisen her! Gib den Nachschlüssel heraus!

DER JUNGE MANN Was sollen das für Sprüche sein?

SCHWESTER Es geht nicht auf Sie. Er hat viel Unglück in der Familie gehabt. Er hat von seinem leiblichen Neffen eine Niedertracht erlebt.

NIKLAS Halts Maul!
Ruhig
Ich habe ihn herbestellt.

DER JUNGE MANN Es ist natürlich noch garnicht gesagt, daß es mir convenieren wird. Das Renommée Ihrer Marionetten ist mir soweit bekannt. Die ganze Sache würde mich immerhin interessieren. Ich habe Genie fürs Arrangement: Südfrüchte, Spielwaren, Damenwäsche, die lassen Sie mich arrangieren. Wachsfiguren, Panoptikum sagen mir nichts. Mörder, das Ungeborene in Spiritus, Präparate, das sind Scheußlichkeiten und überdies kennt das jedes Kind. Wenn ich so etwas unter die Hände zu kriegen die Veranlassung hätte, geschweige denn!, ich würde einen Harem arrangieren, blaßrosa Beleuchtung! Möbel aus rotem Plüsch etc. Der heranwachsende Mensch will etwas zu sehen haben. Ich war schon mit dreizehn nicht zu halten, wenn es etwas zu sehen gab.

NIKLAS *vor sich, behaglich* Gaunerhände.

DER JUNGE MANN Besonders die Damen, das ist eine Schaulust ohne Grenzen. Lassen Sie bloß heute die Hinrichtungen wieder öffentlich sein. Ewig schade! Dafür könnte ich mich interessieren.

NIKLAS Sie sind in einer Passage, in der Portierswohnung geboren.

DER JUNGE MANN *erstaunt* Woher wissen Sie das?

NIKLAS Das sehe ich Ihren angewachsenen Ohren an.

DER JUNGE MANN Man sollte es nicht für möglich halten. Es stimmt.

NIKLAS Ich weiß Ihren Lebenslauf.

DER JUNGE MANN Woher, wenn ich fragen darf?

NIKLAS Sie waren Lehrling bei einem Hutmacher, wurden wegen Hausdieberei an die Luft gesetzt. Dann waren Sie Austräger in einer Maskenleihanstalt. Dann bei einer Leichenbestattung, dann Agent für Taschenuhren in liederlichen Häusern.

DER JUNGE MANN Na, Papa Niklas, Sie müssen ja recht gute Verbindungen haben. Gar so menschenscheu sind Sie nicht.

NIKLAS Dazwischen wollten Sie Komödiant werden, waren aber zu feig, sich auf die Bühne zu stellen, wurden Bedienter in einem adeligen Haus, haben das Küchenmädchen wissentlich falsch des Diebstahls beschuldigt, um sich beim Kammerdiener einzuschmeicheln, der Sie durchschaute und hinauswarf. Sie sind diebisch, lügnerisch, angeberisch, ein Spion, und haben kein Glück. Seit vierzehn Tagen haben Sie nichts Warmes in den Magen bekommen.

DER JUNGE MANN *schon zugleich mit Niklas letzten Worten* Das sind Manieren, die ich nicht gewohnt bin. Geschweige denn! Das verbitte ich mir mit Rosenwasser. Ich empfehle mich.

NIKLAS Maul halten! Dableiben! Ihre Hände gefallen mir. Ich nehme Sie auf.

DER JUNGE MANN Ah so! Sehr gut!

Lacht, legt den Hut ab

Also heraus mit den Puppen, alter Zauberer. Ich bin begierig.

NIKLAS *reißt das Tuch von der am Boden liegenden Figur, Casperl*

DER JUNGE MANN O ha! Da hätten wir ja einen Betriebsunfall. Inwiefern kann ich mich nützlich machen. Als Schirurg oder Intrimist?

NIKLAS *zur Schwester* Suchen, suchen. Ich will in fünf Minuten das ganze Notenmaterial sehen. Wer sucht, der findet. Keine Müdigkeit vorschützen. Ich füttere mein Personal nicht umsonst.

DER JUNGE MANN *beugt sich über die Puppe. Die Puppe stöhnt leise. Der junge Mann tritt zurück*

NIKLAS *reißt hinten am Vorhang, der pfeifend auffährt, vier weitere Puppen enthüllt: Esmeralda – Nonne, Prince charmant, Tirolerin*

DER JUNGE MANN *fährt zusammen, wendet sich um* Die Figuren sind erstklassig. Mein Kompliment! Es fehlt ihnen nichts als die Sprache.

NIKLAS Was fehlt ihnen?

DER JUNGE MANN Zur Vollkommenheit nichts als die Sprache.

SCHWESTER *vor sich* Redet sich um seinen Kopf!?

NIKLAS *weiß vor Wut* Sprache? Ich verstehe, Sprache! Ihnen fehlt an meinen Figuren die Sprache.
Diese
auf den Mund zeigend
Diese Bestialität da, die fehlt ihnen? Das was da herauskommt, das ist in meinen Augen das Letzte auf der Welt.

SCHWESTER *beruhigt den Hund* Keine Angst, Ami, der Herr Niklas ist zornig auf die Menschen, auf das Hündchen ist der Herr Niklas nicht zornig, beileib.

DER JUNGE MANN Sie werden mir zugestehen, daß die menschliche Natur in der Sprache ihre Vollkommenheit findet.

NIKLAS Die menschliche Natur? Ein Dreck ist die menschliche Natur.
Er faßt die Figur an
Anfangen!

DER JUNGE MANN Meine Hand ist klein aber wuchtig. Kann ich behilflich sein?

NIKLAS *hat mit einem Ruck die Figur auf die Beine gestellt*

CASPERL *steht unbeholfen und kläglich da*

NIKLAS *herrscht die Schwester an* Suchen!

SCHWESTER *sucht*

NIKLAS *hat einem Werkzeugkistchen eine längliche Metallwalze entnommen* Walze! Einführen! Zwischen die Schulterblätter.

DER JUNGE MANN Ich? Dem Herrn da? Zwischen die Schulterblätter?

NIKLAS Da, unter dem Scharnier. Da, einlegen! Zart, der Führungsschiene folgen, zart, zart, das ist kein Schießprügel, das ist eine Kunstfigur! Spüren, wenn es einschnappt! Eine sechzehntel Drehung zuviel und der Mechanismus ist hin.

DER JUNGE MANN *hat die Walze eingeschoben*

NIKLAS *nickt befriedigt*

CASPERL *belebt sich und nimmt eine fröhliche Haltung an*

DER JUNGE MANN *tritt erstaunt zurück* Sie werden mir nicht sagen, daß diese Walze aus Metall mit winzigen Einkerbungen es ist, die Ihren Figuren das täuschende Ansehen des Lebens einhaucht?

NIKLAS *grimmig* Ich werde Ihnen gar nichts sagen.

CASPERL *spaziert munter herum, nähert sich geckenhaft der Schwester: er benimmt sich wie ein junger Mensch, der mit einem hübschen Ladenmädchen anbandeln will*

NIKLAS *nur mit der Puppe Casperl beschäftigt, die ihm eine von ihm gehaßte Person vorzuspiegeln scheint* Gefällt Dir das Weiberl? Gratuliere! Wetty heißt sie! Schreib ein Brieferl, praktiziers unters Kopfkissen, praktiziers unters Strumpfband! Stiehl dem leibhaftigen Bruder die Frau aus dem Bett! Stiehl! Stiehl, wo dus findest! Stiehl das Blaue vom Himmel herunter, du Verführer, du Einschleicher, du Giftmischer, du Schuft, du Hund!
Er läuft auf Casperl zu, als ob er ihn erwürgen wollte

SCHWESTER Aufhalten! Er vergreift sich an ihm! Abstellen die Figur! Die Walze heraus! Schnell!

DER JUNGE MANN *zieht der Figur schnell und geschickt von hinten die Walze heraus*

CASPERL *steht ganz starr*

DER JUNGE MANN Aber Sie haben ihn doch selbst – er kann doch nichts dafür.

SCHWESTER Der Bruder hat viel Ärger in der Familie gehabt.

NIKLAS *kommt allmählich zu sich, grimmig* Andere Walze! *Er sucht aus dem Kistchen eine kürzere, dickere Walze, reicht sie dem jungen Mann. Der junge Mann führt die neue Walze der Figur ein –*

NIKLAS So, du Hund!

CASPERL *nimmt ein melancholisches Ansehen an, sieht sich angstvoll um*

NIKLAS Der hat eine Hand, eine Hand wie der Prinz Schnudi. Eine Geburtshelferhand hat der! Der stiehlt ja den Gehängten vom Galgen herunter.

CASPERL *will sich scheu an der Wand fortschleichen*

DER JUNGE MANN Sie werden mir nicht sagen, daß das bloße Auswechseln der Walze – geschweige denn –

NIKLAS Ich werde Ihnen gar nichts sagen.

DER JUNGE MANN Wieso passen alle? Sie sind doch verschieden. Das ist sonderbar.

CASPERL *hat versucht, sich dem Ausgang zu nähern*

NIKLAS *zum jungen Mann* Maul halten! Wegabschneiden! Zurückjagen!
Er läuft hinüber und vertritt Casper den Weg

CASPERL *flüchtet angstvoll querüber*

DER JUNGE MANN Das scheint aber jetzt seine wahre Natur zu sein?

NIKLAS *grimmig* Wahre Natur?

DER JUNGE MANN Es gibt doch immerhin einen Kern, ein gewisses Etwas.

NIKLAS *grimmig* Walze! Walze!

CASPERL *versucht, seitwärts empor zu klettern, reißt einen Vorhang auf, der Nachthimmel sieht herein hoch oben, wie durch ein Fenster. Er kann nicht hinaus, sinkt zurück, stöhnt. Der kranke Hund heult auf*

NIKLAS *reißt den Vorhang zu, ergreift eine Peitsche, jagt die Figur weg*

CASPERL *geht unsäglich traurig langsam querüber nach vorne*

NIKLAS *ihm nach in seinem Rücken* Da schaut ihn an! Das besoffene Elend, der melancholische Ritter, das Gespenst auf der Bastei, der Schwindsuchtskandidat aus dem »Müller und sein Kind«. O du melancholische Natur, o du tiefes

Gemüt! Lügner, Schwindler, heraus die Natur! Heraus das Gemüt! Heraus die Walze! Walze! Walze!

Er versucht die Walze heraus zu ziehen, es gelingt ihm nicht, Casperl windet sich zu seinen Füßen

Meine Hände sind beim Teufel! Herausziehen die Walze.

DER JUNGE MANN *zieht die Walze schnell und geschickt heraus. Die Figur fällt zusammen*

NIKLAS *gibt ihr einen Fußtritt, wirft ein Tuch auf sie*

SCHWESTER *mit einem Bündel Noten*

NIKLAS *reißt ihr die Noten aus der Hand* Mozart! Weigl, Salieri, Mozart. Hinsetzen!

SCHWESTER *setzt sich ans Pianino*

CASPERL *zuckt leise*

NIKLAS *bei ihm, grimmig* Was steht zu Befehl? Suchst du das Stemmeisen, mit dem Du die Schreibtischlade aufbrechen willst, wo Dein Bruder den sauer vom Mund abgesparten Notgroschen verwahrt hat?

CASPERL *erstarrt völlig*

NIKLAS Mozart! Daraus wird die Musik zusammengestellt. Vorwärts hoppla!

SCHWESTER *fängt an zu spielen. Die Figuren im Verschlag regen sich*

NIKLAS *hilft Esmeralda vom Postament steigen*

DER JUNGE MANN Ah, das laß ich mir gefallen, das ist eine Nummer. Da sieht man doch wie und wo.

ESMERALDA *tanzt nach vorne, munter, kokett*

PRINCE CHARMANT *ist ebenfalls vom Postament gestiegen. Pas de deux*

SCHWESTER *hält im Spielen inne. Die Figuren erstarren*

NIKLAS Weiter, faules Aas, weiter!

SCHWESTER Meine Gichtknoten!

NIKLAS *haut mit der Hetzpeitsche um sich* Weiter sag ich! Wofür füttere ich mein Personal?

SCHWESTER *spielt. Figuren tanzen*

NIKLAS *verzehrt Esmeralda mit den Blicken, schaut dann grimmig auf den Prinzen, der vor seinem Blick weicht, wie ein gefangener Vogel*

DER JUNGE MANN Sie schrauben ihm ja die Seele aus dem Leibe.

PRINZ *hält inne wie entseelt*

ESMERALDA *bleibt in einer koketten Pose stehen*

SCHWESTER *hat aufgehört*

DER JUNGE MANN Ich würde dem Mädchen mit Vergnügen etwas zwischen die Schulterblätter einlegen.

NIKLAS Maul halten! Warten!

SCHWESTER *fängt ein anderes Musikstück an*

NIKLAS Liebesszene. Mondscheinlandschaft. In der Mitte ein Fluß. Die Prinzessin auf dem einen Ufer, der Prinz auf dem anderen. Hierher den Fluß. Vorwärts, Maulaff!

DER JUNGE MANN Wo, was?

NIKLAS *brüllt* Ein Fluß trennt die Liebenden! Das will mein Faktotum werden! Steht da und glotzt! Ein Brett her. Einen Streifen Leinwand her. Einen Kreidenstrich her! Den Fluß will ich sehen, der die zwei Liebenden auseinander hält. Um fünf rote Heller Phantasie, wenn ich bitten darf.

DER JUNGE MANN *begreift, markiert den Fluß*

NIKLAS Aushalten!

SCHWESTER *hält inne*

NIKLAS *mit zwei Walzen* Walze! Gefühlvolle Walze!

Er legt Esmeralda um, schiebt ihr die Walze ein, der junge Mann dem Prinzen. Beide Figuren verwandelt, knieen mit sehnsüchtigen Blicken auf dem Boden

SCHWESTER *will zu spielen anfangen*

NIKLAS Aushalten! Warten!

Holt eine dritte Walze

Dem da die Walze einlegen. Schnell!

DER JUNGE MANN *legt dem Casperl die neue Walze ein*

CASPERL *steht da mit wachsbleichem Gesicht*

NIKLAS *wirft ihm einen schwarzen Mantel um* So, Burscherl, so! Da wird Deine wahre Natur wieder ein neues Gesicht zeigen!

Zur Schwester

Adagio! Takt, Canaille, Takt!

Schwester spielt, Niklas mit, Puppen agieren die Liebesszene

DER JUNGE MANN *klatscht wie besessen in die Hände* Bravo! Da capo!

SCHWESTER *spielt von neuem*

CASPERL *verschlingt mit glühenden Blicken das Schauspiel. Sein Haar ist unheimlich emporgesträubt*

NIKLAS *wird ihn gewahr. Plötzlich grimmig, wie man einen Truthahn neckt* Giz, giz! Wie er sie hält! Giz, giz! Wie sie ihn küßt! Reiß auseinander! Beiß in den Hals!

CASPERL *umkreist wie ein böser Vogel die beiden Liebenden*

NIKLAS Fang sie ein! Arm und Bein! Mußt sie packen! Mußt sie knacken!

DER JUNGE MANN Nein, sind das Figuren! Meinen Respekt! Das ist eine Nummer. Man möchte es nicht für möglich halten.

SCHWESTER *hämmert toll aufs Klavier*

NIKLAS Fremde Arme! Fangen von weiten! Fremde Beine! Du kannst reiten!

CASPERL *mit gesträubtem Haar springt dem jungen Mann auf den Rücken. Hetzjagd. Die Liebenden flüchten, Casperl hinter ihnen drein, der junge Mann bleibt liegen*

DER JUNGE MANN *klaubt sich zusammen, sucht seinen Hut, einen abgerissenen Knopf* Das geht übern Spaß! Sie werden mir Schmerzensgeld zahlen! Ich bin nicht Ihr Affe! Ihre Maschinerien können mir den Buckel hinauf kriechen. Geschweige denn! Ich kündige. Ich verlange meine sofortige Entlassung.

NIKLAS *ruft nach hinten* Vorwärts! Chinesisches Ballett! Pavillon, schwarz und gold. Schwarze Bäume, goldne Früchte, goldnes Wasser, schwarze Brücke.

SCHWESTER *läuft nach hinten, hantiert wie besessen*

NIKLAS *kommandiert* Lichter anstecken! Ans Pult Herr Kapellmeister!

Hier Inhalt erzählen. Die Bühne fängt an, sich zu drehen

DER JUNGE MANN Was ist denn das? Was wird denn da? Was geschieht denn? Wo bin ich denn da?

NIKLAS Beim alten Niklas.

DER JUNGE MANN *taumelt* Wer sind denn die?

NIKLAS Bäume sind das! Steine sind das! Ich mache alles aus Menschenfleisch.

DER JUNGE MANN Himmelherrgott! So was hab ich noch nicht gesehen. So was stampfen Sie aus der alten Flohkiste,

Sie Hexenmeister? A, das ist ein kurioser Kerl. A, der ist nicht von Pappe. Herrgott, nehmen Sie mich mit. Ich will auch dort hinüber. Ich trete mein Engagement an.

NIKLAS Vorwärts! Kulissenschieben, Lichter anstecken! Walzen einlegen!

ERSTES SZENARIUM

1. TEIL

Ankunft des Zauberers und seines Gefolges
Der Zauberer wird ausgepackt.
Die 6 Frauen kreisen um den Zauberer (ganz kurz)
Tanz einer Dame mit einem Herrn. pas de deux.
Der Zauberer zaubert dem Herren die Arme weg. (Moment)
Die Prinzessin und der Zauberer (Moment)
Tanz 3 Damen und 3 Herren: pas de six
Der Zauberer zaubert den Herren die Beine weg (Moment)
Der Zauberer verfolgt die Prinzessin und trägt sie ins Haus.
Alle gehen Schlafen. Nachtruhe.

(Dauer des 1. Teils 20–25 Minuten.)

2. TEIL (lyrisch)

Man hört die Flöte. Die Prinzessin flüchtet leise aus dem Hause.
Die Prinzessin in der Landschaft. (lyrischer Monolog)
Der Prinz tritt auf, spielt die Flöte.
Prinz u. Prinzessin, durch den Fluß getrennt. (lyrisches Duo)
Die Hexe kommt der Prinzessin nach, fängt sie und führt sie nach Hause. (dramatisches Moment)
Der Prinz allein, spielt die Flöte. Die Bäume sind gerührt, die Flußgöttin weint, die Fische hören zu.
Die Hexe kommt, lockt den Prinzen über den Fluß.
Der Prinz fällt ins Wasser, ertrinkt. (dramat. Moment)
Die Flußgöttin betrauert den Prinzen. (lyrischer Schluß)

(Dauer 20–25 Minuten.)

3. TEIL

Der Zauberer wacht auf, weckt die Prinzessin und die übrigen.
Großer Werbungstanz des Zauberers, er verwandelt sich, wird Drache, Adler, Feuerflamme.
Die Hexe kommt, bringt den ertrunkenen Prinzen.
(Moment)
Der Prinz erwacht, die Prinzessin liebt ihn. (lyrischer Moment)
Kampf des Zauberers mit dem Prinzen, der Prinz spielt die Flöte, der Zauberer wird schwach und kraftlos, die Hexe bringt ihn fort.
Finale: Pas de deux und Pas de douze.

(Dauer 20–25 Minuten.)

DIE SCHÄFERINNEN

SZENARIUM FÜR EIN BALLETT ALS EINLAGE IN MOLIÈRES ›GRÄFIN VON ESCARBAGNAS‹

Personen

2 Schäferinnen
2 Hirten
2 Seeräuber
2 Wilde

a) Die Schäferinnen (oder Nymphen, kurz hübsche junge Mädchen) sind da, tanzen einen Reigen, der ihr Vergnügen an sich selbst ausdrückt
b) 2 Hirten (von Damen getanzt) hüpfen herein, bringen den Schäferinnen ihre Huldigung dar, werden gut aufgenommen. A quatre
c) 2 Seeräuber springen herein – die Hirten flüchten. Die Schäferinnen lassen sich die weit energischeren Huldigungen der Seeräuber gefallen. A quatre.
d) Die Seeräuber treten zur Seite, die Schäferinnen, à deux, wiederholen den Tanz, der ihre Befriedigung über sich selbst ausdrückt.
e) Die Seeräuber packen die Mädchen, schleppen sie anderswo hin (durch Platzwechsel ausgedrückt), lagern sich in ihren Schooss. Von hinten kommen zwei Wilde angeschlichen. Die Seeräuber verbergen sich.
f) Die Schäferinnen lassen sich die sehr temperamentvollen Huldigungen der Wilden gefallen, trinken mit ihnen aus Cocosschalen, berauschendes Getränk. Sie lagern.
g) Die Situation ermutigt erst die Seeräuber, dann die Hirten sich anzunähern. Jede Schäferin ist gerne bereit, mit dreien zu tanzen. Ensemble.
h) Die Männer zur Seite zwischen ihnen durch wiederholen die Tänzerinnen ihr Tänzchen unschuldiger Selbstgenügsamkeit.

PRIMA BALLERINA

EIN TAG AUS DEM LEBEN EINER TÄNZERIN

I

Der helle Vormittag kann nicht in das Zimmer, in dem Virginie noch immer von ihrem großen Erfolge von gestern abend träumt. Die Vorhänge sind dicht geschlossen, und eine Zofe wacht ängstlich über den Schlaf ihrer kleinen Herrin. Die ersten Boten des Triumphes treffen ein: Blumen und Karten. Schon steckt auch der erste Besucher den Kopf durch die Tür: es ist der Schauspieler Theophil, der seine Ungeduld, die Geliebte zu sehen, nicht mehr bezwingen kann. Immer mürrisch, verbittert, beschämt, sich selbst verspottend, mit dem ausgesprochenen Talent, allen im Wege zu stehen, macht der arme Theophil in seinem großen, altmodischen, keineswegs eleganten Radmantel eine etwas komische Figur, komisch-traurig, und darum vielleicht liebt Virginie aus dem ganzen Dutzend ihrer zumeist lebenslustigen Anbeter gerade ihn.

Jetzt bringt ihn die kleine Zofe mit Mühe und unter Hinweisen auf den Schlaf der Geliebten, der nicht gestört werden dürfe, aus dem Zimmer. Sie vertröstet ihn auf später. Aber die Tänzerin scheint durch das Geräusch endlich doch erwacht zu sein, sie reckt und streckt sich, öffnet die Bettvorhänge, lacht, wirft kaum einen flüchtigen Blick auf Blumen und Karten, springt aus dem Bett und steht – während die Zofe alle Vorhänge öffnet – vergnügt in der hellen Sonne.

Theophil steckt von neuem den Kopf herein. Als er sieht, daß Virginie aufgestanden ist, schleicht er sich hinter sie und legt plötzlich seine Hände auf ihre Augen. Sie weiß nicht, wer es ist; er wird sofort traurig, dann lachen sie, jagen sich, Theophil wirft die kleine Zofe heraus und küßt die Geliebte. Aber schon werden sie wieder gestört, die Zofe springt herein und meldet Besuch. Theophil wird rasch hinter den Bettvorhängen versteckt, Virginie begibt sich hinter den Wandschirm, der vor die Waschtoilette gestellt wurde, und die Zofe öffnet dem alten Herrn.

Der trippelt herein. Er ist der vollkommene Typ des Ballett-habitués, klein, fett, elegant, immer vergnügt, gutmütig und unsagbar harmlos. Die zierlichen kokett gebundenen Paketchen mit Besorgungen und Überraschungen für Virginie, die er bringt, sind Legion. Er sucht seine kleine Freundin, bekommt einen Wasserspritzer über den Wandschirm, ist glücklich, ladet seine Paketchen ab und begrüßt umständlich und respektvoll Virginie, die jetzt erfrischt und munter hinter dem Schirm aufgetaucht ist. Ein Frühstückstisch wird hereingetragen, und die kleine Tänzerin frühstückt mit ihrem Gönner. Man erblickt Theophils verzweifeltes und ungeduldiges Gesicht zwischen den Vorhangfalten. Nun bekommt das Onkelchen eine Menge neuer Kommissionen ins Ohr geflüstert und wird gnädig verabschiedet. Theophil fliegt aus dem Vorhang hervor, aber schon naht eine neue Störung. Der Friseur erscheint und will sein großes Werk beginnen. Theophil muß sich fügen, Virginie wird frisiert, man bringt ihr Zeitungen, sie durchfliegt die Kritiken vom gestrigen Abend. Es klopft, klopft wiederholt, und herein tritt unter vielen ekkigen Verbeugungen, befangen und errötend, ein blutjunges Bürschchen, der Student.

Er war gestern in der Vorstellung, ist hingerissen, verliebt bis über beide Ohren und ganz aus dem Gleichgewicht gebracht. In seiner Hand befindet sich, noch in der Papierhülle, ein Bukett. Virginie nimmt lächelnd die Blumen, fordert ihn zum Sitzen auf. Jetzt will Theophil aufspringen und wütend das Lokal verlassen, aber ein Blick von Virginie hält ihn fest. Der Student erzählt vom gestrigen Abend, gerät in Ekstase, versucht Virginiens Tanz zu kopieren, bittet um ihr Autogramm auf einer Photographie, schwingt, als er es erhält, das Bild beseligt in der Luft. Virginie hat unterdessen ihre Aufmerksamkeit zwischen dem Studenten, dem Handspiegel, in dem sie ihr Haar betrachtet, dem Friseur und Theophil geteilt. Der springt jetzt von seinem Stuhl auf und geht, ohne sich halten zu lassen; er ist über die Koketterie der Geliebten empört. Auch der Friseur ist nun fertig und empfiehlt sich, selbst dem Studenten wird klar, daß er sich verabschieden müsse, er entfernt sich zögernd. Virginie wird von ihrer Zofe völlig angekleidet und macht sich zum Ausgehen bereit.

Aber ein letztes Hindernis taucht auf. Gleich hinter einem Piccolo, der die Karte überbringt, stürzt eine eigenartige Gestalt, gefolgt von Dienerschaft, ins Zimmer. Es ist ein reicher Mexikaner, der die seltsamsten Sitten aus seiner Heimat mit herübergebracht hat. Gestern hat er Virginie im Theater gesehen und sich natürlich ebenfalls sofort in sie verliebt. Jetzt geht er, wie es seine Art ist, unbekümmert auf sein Ziel los. Er hat die Gewohnheit, als eine Art Schmerzensgeld, allen Leuten, ohne auch nur hinzusehen, aus seinen unergründlichen Taschen Geld vor die Füße zu streuen. Auf seinen Pfiff räumen die Diener das Zimmer aus, er legt Banknoten auf ein Tischchen und fordert Virginie auf, für ihn zu tanzen. Virginie ist zuerst maßlos erstaunt, lacht, dann weist sie ihm die Tür, will endlich, als er nicht zu verstehen scheint, selber gehen. Auf des Mexikaners Wink schließen seine Diener die Tür, er bekommt eine Art Tobsuchtsanfall, macht ihr eine rasende Liebeserklärung, wirft ihr seine Brieftasche, sein Geld, seine Diamanten vor die Füße. Zuletzt zieht er ein großes Messer und will sich erstechen, sie fällt ihm in den Arm, und nun endlich, halb gerührt und halb belustigt, macht sie sich bereit, seinen Wunsch zu erfüllen und vor ihm zu tanzen. In diesem Augenblick öffnet Theophil, der es draußen vor Ungeduld nicht mehr ausgehalten hat, die Tür. Er ist starr. Virginie will die Herren bekannt machen. Der Mexikaner schiebt seinen Nebenbuhler einfach beiseite und streut ihm gewohnheitsmäßig Geld vor die Füße. Jetzt will sich Theophil auf ihn stürzen, der Mexikaner ist auch zum Messerkampf sogleich bereit, nimmt aber selbst in dieser Situation die Zigarre, die er nie ausgehen läßt, nicht aus dem Mund. Virginie wirft sich zwischen sie, um Theophil zu schützen, flüstert ihm allerhand süße Worte ins Ohr und drängt ihn sanft zur Tür hinaus. Dann atmet sie erleichtert auf. Nun verlangt aber der Mexikaner ungeduldig seinen Tanz, und Virginie erfüllt endlich seinen Wunsch und tanzt sich alle Erregung vom Herzen. Der Mexikaner wird immer aufgeregter, wirft einen seiner Diener nach dem andern zur Tür heraus, umfaßt Virginie, hebt sie hoch, stolpert, gerät immer mehr in Ekstase und tanzt zuletzt, ganz hingerissen, in seiner komischen Weise mit.

II

Spätnachmittag. Ballettprobe, die noch kurz vor Aufführungsbeginn angesetzt ist. Die Balletteusen üben unter Leitung ihres Meisters. Alle Typen, die mit dem Bühnenleben verknüpft zu sein scheinen – der ewig zu spät kommende, immer Witze erzählende, mit allen auf Duzfuß stehende Kapellmeister, der affektierte, immer tänzelnde Maître de danse, die schwatzhaften Choristinnen, die Habitués, welche die schönen Künste und die schönen Mädchenbeine verehren – treten in Erscheinung. Das ganze Probenleben mit seinen Wiederholungen, Verwirrungen, komischen Auftritten zieht vorüber. Während die Probe fortschreitet, taucht Theophil auf, er sucht natürlich Virginie. Alle betrachten ihn halb belustigt, und eben will er sich schon entmutigt wieder davonschleichen, als er in der Tür mit dem ganz unter Paketchen verschwindenden alten Herrn zusammenstößt, an dessen Arm die Tänzerin hängt. Das Onkelchen wendet sich gleich seinen vielen Freundinnen zu und verteilt Bonbons. Unterdessen hat zwischen Virginie und Theophil eine stumme Auseinandersetzung stattgefunden, in die zu allem Unglück der Student mit einem Lorbeerkranz, so groß wie ein Wagenrad, hereinplatzt. Jetzt stürzt der tödlich beleidigte Theophil davon, Virginie sieht ihm betrübt nach und läuft in ihre Garderobe. Die Probe geht weiter, diesmal unter Mitwirkung der in ihrem Ballett eben wieder erschienenen Prima Ballerina. Kaum ist der Tanz vorüber, mahnt auch schon das erste, schrille Glockenzeichen an den Beginn der Vorstellung, alles stiebt auseinander und stürzt davon: auf die Bühne, in die Garderoben, ins Orchester. Theophil erscheint von neuem, sein Ungestüm tut ihm leid und er macht ein versöhnliches Gesicht – trotzdem er seine beiden Rivalen, den Studenten und den alten Herrn, in den nun leergewordenen Räumen noch immer antrifft. Fern von der Bühne her ertönt leise die Musik einer Oper, die gespielt wird. Die drei wandeln feindselig aneinander vorüber, auf und ab. Wenn sie ihre Promenade am Spiegel vorbeiführt, bleiben sie einen Augenblick stehen: der Alte probiert ein paar jugendliche Blicke, der Student anscheinend eine kleine Ansprache; nur Theophils Augen schauen mit Bitterkeit in das Glas, er sieht schmerzlich auf seine häßlichen Kleider, seine unschöne Gestalt, sein leiddurchfurchtes Gesicht und wendet den Kopf müde nach der Tür Virginiens, vergegenwärtigt sich das Bild der leichten, anmutigen, heiteren Tänzerin, um zu seinem eigenen traurigen Spiegelbild ohne Hoffnung zurückzukehren. Der Student klopft jetzt zaghaft an Virginiens Garderobentür, wird aber von der heraustretenden Zofe abgewiesen. Jetzt seufzt Theophil tief und macht sich zum Weggehen bereit. In diesem Augenblick aber tritt Virginie, durch das Mädchen von seiner Rückkehr unterrichtet, hastig aus ihrer Garderobe und stürzt auf ihn zu. Er erschrickt tief, steht bleich und atemlos, will ihr ein letztes Wort sagen. Sie versucht, ihn zu umarmen, er wehrt ihr, sie versucht zu lächeln, ihre Tränen zu verbergen, endlich fängt sie, auf einen Stuhl niedersinkend, bitterlich zu weinen an. Er geht zu ihr und legt mit großer Zartheit seine Hand auf ihren Arm. Als sie zu ihm aufsieht, glaubt er seine Rettung nur noch in der Flucht finden zu können. Sie eilt ihm nach, umfängt ihn, küßt ihn. Kurz entschlossen öffnet sie die Tür ihrer Garderobe, der Widerstrebende hat gerade noch Zeit, auf den eben wieder erscheinenden alten Herrn zu deuten, und sie schließt, über den dummen Eifersüchtigen lachend, hinter ihnen beiden die Garderobentür ab.

Die Opernmusik in der Ferne endigt rauschend, Applaus wird hörbar, kostümierte, erhitzte Sänger gehen vorüber, der Student schleppt seinen Kranz herbei, die Balletteusen tauchen auf mit Schmetterlingsflügeln, schon fertig für das folgende Ballett. Zuletzt erscheint der Mexikaner im Frack, kostbare Steine trägt ein Diener hinter ihm her. Er sucht aufgeregt Virginie, fragt alle und bekommt keine Antwort, trotzdem er wie stets Geld um sich her streut. Er wird immer wilder und ungeduldiger, öffnet alle Türen und kommt endlich an die verschlossene Garderobe der Prima Ballerina. Er rüttelt daran, nimmt plötzlich einen kurzen Anlauf und springt mit einem Hechtsprung durch die Glasscheibe der Tür in die Garderobe. Ein dringendes Klingelzeichen ertönt. Die Ballettratten eilen davon, der Inspizient kommt atemlos, Virginie erscheint in der Garderobentür, der Inspizient macht eine verzweifelte Gebärde, Virginie läuft mit ihm schnell ab auf die Bühne, der Mexikaner folgt ihr auf dem Fuße. Von fernher setzt rauschende Ballettmusik ein. Theophil erscheint in der Garderobentür, hüllt sich traurig in seinen Radmantel und geht ihnen langsam auf die Bühne nach...

Es wird ein Ballett der alten Schule »Harlekin und Schmetterling« gegeben, wie es der Geschmack vor fünfzig Jahren geliebt hat und wie es unsere Mütter und Großmütter mit Vergnügen sahen. Zwischen den Kulissen, die einen Garten darstellen, stehen die Habitués mit Operngläsern, schläft ein Feuerwehrmann, taucht der Inspizient mit der Partitur auf. Die kleinen Balletteusen flattern als Schmetterlinge auf der Bühne von Blume zu Blume, plötzlich ist Harlekin zwischen ihnen, der die Entweichenden mit einem goldenen Netz zu fangen trachtet. Doch all dies ist eigentlich nur das Vorspiel, denn Harlekin wartet in Wahrheit auf den schönsten Schmetterling, der jetzt in Gestalt der Prima Ballerina hereinflattert. Der leichte Falter entkommt ihm, und eine aufregende Jagd beginnt, in deren Verlauf der schöne Schmetterling Harlekin in einen von Blumen verdeckten See lockt, in dessen Fluten er mit wehklagend aufgehobenen Armen versinkt. Jetzt dreht sich der errettete Falter jubelnd im Kreise und drückt die Freude seiner Befreiung in einem leidenschaftlichen, sich immer steigernden Schlußtanz aus, der alle akademischen Einschnürungen von sich abschüttelt und ganz Natur wird, die ihre Regeln einzig sich selber setzt. Stürmischer Beifall belohnt Virginie, als im Augenblick der höchsten Tanzhingabe der Vorhang fällt. Beseligt, erhitzt, berauscht läßt sie sich in die Arme Theophils gleiten, der schon während des Tanzes in die Kulisse getreten ist und manchen Blick von ihr zugeworfen erhalten hatte. Sie muß sich immer wieder vor dem in Begeisterung tobenden Publikum verneigen; auch Harlekin, die Ballettratten, Kapellmeister und Tanzmeister können den

Dank des Hauses entgegennehmen. Alle drängen sich nun um Virginie und beglückwünschen sie, einzelne treten noch an das Guckloch im Vorhang und sehen in das sich langsam leerende Haus. Dann stiebt alles auseinander in die Garderoben. Die Bühne wird verdunkelt. Theophil hält Virginie in seinen Armen, auch er ist nun fortgerissen und glücklich. Aber in jedem Augenblick werden sie gestört, Arbeiter tragen Dekorationsstücke vorüber, der Feuerwehrmann stolpert mit einer Laterne über die Szene; endlich erscheint auch das Onkelchen, gratuliert galant, will ein Geschenk überreichen, ladet Virginie zum Souper ein, was sie in aller Eile auch annimmt. Nun taucht der Student auf, überreicht den Lorbeerkranz, will seine kleine Rede halten, wird aber von Virginie auch schnell in das bekannte Restaurant gebeten. In dem Augenblick, in dem sie sich endlich wieder dem immer noch wartenden Theophil zuwenden will, stürmt der Mexikaner, gefolgt von einem ganzen Troß von Dienern und Kellnern, mitten durch den Vorhang auf die Bühne. Er benimmt sich in seiner wilden Art, fällt in eine Versenkung, stolpert über Dekorationen, wird mit einer Kulisse hochgezogen, jetzt fordert er die Tänzerin auf, sogleich diesen ungemütlichen Raum zu verlassen und mit ihm zu soupieren. Als sie unter Hinweis auf ihr Ballettkleidchen ablehnt, reißt er kurz entschlossen Theophils großen Radmantel von dessen Schultern, bezahlt ihn sogleich und verschwindet, wie er gekommen ist, Virginie auf den Armen tragend, mit seinem Gefolge durch den Vorhang. Theophil steht einsam und ohne sich zu regen im Dämmerlicht der halb aufgeräumten Bühne. Von rückwärts kommt eilig ein Kellner, der ihm seinen Mantel wiederbringt und eine Botschaft Virginiens ins Ohr flüstert. Er nickt, nimmt den vergessenen Ruhmeskranz auf den Rücken und trägt mit ihm geduldig das Kreuz seiner Liebe von dannen.

III

In einer Droschke fährt der Mexikaner mit seiner hübschen Beute zum bekannten Restaurant X., dessen helleuchtende Lichter schon von weitem in der nachtdunklen Straße sichtbar sind. An den Fenstern der ersten Etage schweben schattenhafte Paare im Tanz vorüber. Unten sieht man durch vier große Glasfenster in vier Séparées, die durch einen Vorhang vom dahinter liegenden Hauptsaal getrennt sind. Vier Kellner decken die Tischchen. Heitere Gruppen mit zum Teil maskierten Damen betreten das Restaurant durch den Haupteingang und verschwinden im Innern, einzelne wiegen sich schon auf der Straße zu den heraustönenden lustigen Weisen. Der Wagen hält vor dem Portal, der Portier öffnet den Schlag, und der Mexikaner – der vorher dem Kutscher bedeutet hat, er solle warten – betritt mit Virginie das Restaurant. Sie begeben sich in das erste Séparée. Der Kellner beginnt zu servieren, und der Mexikaner mischt alles in einer kannibalischen Weise durcheinander. Der Kapellmeister erscheint, verneigt sich, fragt nach den Wünschen; Virginie, die die Brieftasche des Mexikaners erhalten hat, um die Musiker zu belohnen, benutzt die Gelegenheit, um schnell zum Eingang zu entwischen und nach Theophil Ausschau zu halten. Statt seiner kommt der alte Herr, atemlos, er hat sich verspätet, entschuldigt sich und ist gerührt über Virginiens Sorge. Er mißversteht einen Blick Virginiens und bestellt den verschlafenen Kutscher für die Heimfahrt, läßt sich dann von ihr in das zweite Kabinett führen, bestellt und beginnt mit der Tänzerin zu soupieren, während nebenan der wegen Virginiens Ausbleiben sehr ungeduldige Mexikaner weiterißt. Wieder erscheint der Kapellmeister, diesmal beim Onkelchen, und Virginie benutzt von neuem den Vorwand, den Musikern Geld zu bringen, um zum Eingang zu eilen und Theophil zu erwarten. Nun naht der Student, sehr fesch und unternehmend; er begrüßt die Tänzerin galant, mißversteht aber auch

Virginiens nach Theophil spähenden Blick und bestellt ebenfalls die Droschke für später.
Jetzt erscheinen sie im dritten Séparée. Der Student ist nun doch etwas ängstlich und betrachtet erschrocken die Preise auf der vom Kellner gereichten Karte. Wieder kommt der Kapellmeister. Es wird serviert, gleichzeitig erhalten auch die beiden Herren in den Nebenräumen ihre Speisen und essen, jeder auf seine Art, einsam und ungeduldig. Jetzt taucht unten der langerwartete Theophil mit dem Lorbeerkranz auf, er starrt nach den Fenstern, überschaut die Situation und steht verzweifelt. Virginie hat ihn entdeckt und läuft zum Erstaunen des Studenten heraus. Die drei verlassenen Herren essen weiter. Unten umarmt Virginie ihren Theophil stürmisch und zieht den sich umsonst Sträubenden ins Restaurant; gleich darauf erscheinen sie im vierten Kabinett. Dann bittet sie ihn, einen Augenblick zu warten, zieht lächelnd eine schwarze Halbmaske hervor, bindet sie um und verschwindet, steckt aber im nächsten Augenblick schon ihren Kopf zum Kabinett des Studenten herein, bittet auch ihn lachend um fünf Minuten Geduld und wiederholt gleich darauf das Spiel bei Onkelchen und bei dem Mexikaner. Aber die allgemeine Ungeduld ist bis zum Siedepunkt gestiegen und äußert sich bei den Herren in Aufspringen, die Uhr Ziehen, im Raum Hin- und Herlaufen. Die Äußerungen der Unruhe werden immer bedrohlicher; sie laufen zum Fenster, spähen durch die Vorhänge in den Saal, gießen ein Glas Sekt herunter, läuten den Kellnern, die befragt die Achseln zucken, steigen endlich auf Stühle, um über die niedrigen Wände in die Nebenräume hineinzusehen. Der Mexikaner stürzt erregt in das Kabinett des alten Herrn, fragt nach Virginie, trinkt in aller Eile mit ihm Brüderschaft und zieht ihn in das Séparée des Studenten, der auch nichts weiß, aber in der Zwischenzeit fleißig dem Wein zugesprochen hat und daher einem eiligen Brüderschaftstrinken zu dreien geneigt erscheint. Alle stürmen nun in das Kabinett, in dem Theophil in höchster Ungeduld die Geliebte erwartet. Da er sie kommen glaubt, stürzt er dem als ersten eintretenden Mexikaner in die Arme. Wütend prallen sie auseinander, und jetzt rasen alle vier auf der Suche nach Virginie durch den Saal, über die Treppen zum Eingang

hinaus und die Straße entlang. Aber die Gesuchte erscheint gerade im Kabinett des Mexikaners, eine Freundin an der Hand, die ihr ähnlich, ebenso wie sie gekleidet ist und auch eine Halbmaske trägt; sie drückt die Hilfsbereite auf ihren Stuhl und setzt ebensolche Stellvertreterinnen in die Séparées des Onkelchens und des Studenten. Sie selber läßt sich in dem Kabinett, wo Theophil gewartet hat, erschöpft in einen Sessel fallen. Der Mexikaner kommt von seiner Jagd zurück, sieht Virginie im Fenster seines Séparées, rast hinein, umarmt sie oder vielmehr die Freundin, will die Maske abreißen, stößt aber auf Widerstand und läßt nun die Vorhänge am Fenster niedersausen. Atemlos kommt auch Onkelchen zurück, ist außer sich vor Freude, Virginie in *seinem* Kabinett zu sehen, trippelt herauf, küßt ihr die Hand, versucht ebenso erfolglos wie der andere die Maske zu lüften und schließt nun auch die Vorhänge. Auch der zurückkehrende Student sieht Virginie in seinem Fenster, droht mit dem Finger, läuft hinein, tanzt schwankend mit der vermeintlichen Virginie herum und läßt dann gleichfalls die Vorhänge am Fenster herunter. Zuletzt kommt Theophil langsam und hoffnungslos, Virginie klopft von innen ans Glas, er blickt auf, erkennt sie und taumelt glückselig hinein. Virginie springt ihm entgegen, umarmt ihn und läßt jetzt selber den Fenstervorhang niedergleiten.

Eine Stunde später ist die Tanzstimmung im ganzen Hause allgemein. Der große Saal schwirrt vor Leben, hundert Paare halten sich in den Armen und schweben im Walzertakt: jüngere und ältere Herren, maskierte und unmaskierte Damen. Champagnerpfropfen knallen. Mitten im Wirbel tanzen die vier Verehrer der Prima Ballerina mit den drei falschen und der einen echten Virginie, die sich zärtlich an Theophil schmiegt. Sie verlieren im Gewühl ihre Damen und suchen sie lange vergeblich; endlich finden sich die Paare wieder zusammen. Erhitzt, noch im Tanzschritt verlassen Virginie und Theophil das Haus und steigen in die noch immer wartende Droschke. Und während drinnen die Lust auf ihren Höhepunkt gestiegen ist und der sanfte Walzer sich in einen wilden, rasenden Cancan verwandelt hat, fahren die beiden Liebenden im verschwiegenen Wagen nach allen Abenteuern des Tages beseligt und ruhig heim.

DIVERTISSEMENT

Spieldauer 30 bis 40 Minuten.
Ohne Kostüm (d. h. Kostüm der Gegenwart, mit Ausnahme einiger Phantasiekostüme). – Keine Dekoration. Alles vor einem grauen Vorhang, so wie der Carnaval von Schumann. (Dadurch leichte Beweglichkeit des Ganzen: man könnte ein Gastspielensemble bilden, es herumschicken.)
Absicht (entsprechend dem Wunsch des Komponisten): Gelegenheit, für wirkliche Tänze: pas de deux, pas de quatre und kleine Ensembles, sowohl heiteren wie elegischen als grotesken Tanzcharakters.
Der geistige Inhalt des Ganzen, wodurch es zur poetischen Einheit zusammengehalten wird: es stellt die innere Welt des Knaben dar, des ganz jungen Menschen (etwa 15 Jahre), und zwar sowohl die Welt der Wirklichkeit, die ihn noch schlecht behandelt, ihm Kränkungen zufügt usf., und damit gemischt die Welt der Phantasie (der Lektüre), die ihn tröstet. –
Figuren:

Der Knabe (Hauptfigur)	Das junge Mädchen
Der junge Mann,	deren Verehrer
Die junge Frau	Deren Mann

das sind die Figuren der Wirklichkeit.
Ferner die Figuren der Phantasie: Robinson und sein Freitag, Schillers Räuber (5 oder 6 Grotesktänzer in schwarzen Mänteln), Briseïs, die schöne Sklavin des Achilles, und ihre Mit-Sklavinnen, eine kleine Schar von reizenden Mädchen.
Die Handlung einfach sich abrollend in kleinen, scharf voneinander abgehobenen Tanzszenen, wie Schumanns Carnaval, ungefähr wie folgt:
Der Knabe allein. Robinson und Freitag umtanzen ihn. Aber sie verlocken ihn nicht mehr.
Der Knabe und das junge Mädchen, sie kokettiert mit ihm, läßt ihn aber stehen und fliegt ihrem um fünf Jahre älteren Verehrer zu: Walzer à trois.

Die junge Frau kokettiert auch mit ihm – kokettiert aber zugleich auch mit dem Verehrer des jungen Mädchens, den sie diesem abspenstig macht. – Solo des eifersüchtigen Ehemannes. – Der Ehemann tröstet das junge Mädchen. Der Knabe ist Zeuge dieser entsetzlichen, für ihn fast unbegreiflichen Kreuzungen.

Dazwischen immer flüchtet seine Phantasie zu Schillers »Räubern« und der Ilias: zu der schönen Briseïs.

Die Räuber umgeben ihn, tragen den vor Liebesgram Entschlummerten über die Bühne: grotesker Trauermarsch.

Szene mit Briseïs und ihren Gefährtinnen: elegisch, valse noble.

Die einzelnen Szenen kurz, scharf charakterisiert, jede ein Musikstück für sich: etwa 7 bis 9 moments musicaux, jede zu 4 bis 5 Minuten.

Die Figuren scharf charakterisiert: Der Knabe – Pierrot, der Freund des jungen Mädchens – Harlekin, der Ehemann Sganarelle.

DIE RUINEN VON ATHEN

EIN FESTSPIEL MIT TÄNZEN UND CHÖREN

Musik unter teilweiser Benutzung des Balletts
»Die Geschöpfe des Prometheus«
von
Ludwig van Beethoven
neu herausgegeben und bearbeitet von
Hugo von Hofmannsthal
und
Richard Strauss

Personenverzeichnis

EINE ALTE GRIECHIN
DIE GRÖSSERE TOCHTER
DIE KLEINERE TOCHTER
EIN ALTER GRIECHE
DER FREMDE
PALLAS ATHENE

Derwische, Janitscharen, Faune und Nymphen, Hirten und Hirtinnen, Priester und Priesterinnen, Chöre von Jünglingen und Mädchen

OUVERTÜRE »Die Geschöpfe des Prometheus«

NR. I CHOR *bei geschlossenem Vorhang*

Trümmer der herrlichen Welt – erwachet,
ein Ruf ertönt!
Geschwunden sind die Jahre der Rache –
er ist versöhnt:
Der Zeitengeist, er ist versöhnt!

Der Vorhang hebt sich. – Ein kleiner Platz in Athen wird sichtbar. Dürftige Häuser; da und dort sind Trümmer von Säulen, ja von Statuen eingebaut. Ein Minarett dahinter. Im Hintergrunde die Akropolis in ihrem Zustand von 1800 als mittelalterliche Festung mit dem Halbmond darüber.
Eine Alte, ihren Spinnrocken in der Hand, sitzt auf der Schwelle eines niedrigen Hauses. Ihr gegenüber Kinder, eine Matte flechtend. Ein schönes Mädchen, sitzend, bietet Früchte feil, die auf ein paar Brettern ausgelegt sind. Ein älterer Mann stampft Reis in einem Mörser. Seitwärts verzehrt ein Bettler seine dürftige Mahlzeit. – Die jüngere Schwester der Verkäuferin tritt aus dem Haus hinter der alten Spinnenden hervor, sieht sich um, tritt zur Schwester hin.

DIE KLEINERE Wo bleibt heute der Fremde? Die Sonne ist schon unten und er nicht da. Wunderts dich nicht?

DIE GRÖSSERE *nachdenklich* Was das für ein Mensch ist. – Er kommt daher und steht und starrt.

DIE KLEINERE Auf dich!

DIE GRÖSSERE Lüg nicht. Auf die Mauer dorthin. Auf die zerbrochenen Steine. – Er sieht, was nicht da ist.

DIE ALTE Was für ein Mensch! Nicht alt und nicht jung. Nicht gesund und nicht krank, – kauft nichts – will nichts, sagt nichts; steht da und schaut.

DER MANN Wer kanns wissen! Ein Deutscher! Wer versteht Leute, die von so weit her sind.

DIE GRÖSSERE Es müssen gute Leute sein. – Er sieht sanft aus.

DIE ALTE Sie sollen einen Unglauben haben, noch ärger als die Katholischen. Es heißt, sie wissen nichts vom Erlöser, nichts von der Jungfrau, nichts von den Heiligen! – Da! grüßet den Pascha!

Steht auf

Verneigt euch vor dem Pascha!

Neigt sich mehrmals.

Ein älterer vornehmer Türke geht würdevoll vorüber, achtet ihrer nicht.

Die Alte, sich wieder setzend, seufzt.

Das größere Mädchen und der Mann singen:

NR. 2 DUETT

DER MANN

Ohne Verschulden
Knechtschaft dulden,
harte Not!
Unserer Tage
öde Plage
um das bißchen liebe Brot!

DIE GRÖSSERE

Von den Zweigen
winkt der Feigen
süße Frucht
nicht dem Knechte,
der sie pflegte,
nur dem Herren, dem er flucht!

DIE GRÖSSERE, DER MANN

Hingegeben wilden Horden,
tiefgebeugt in ihrer Hand!
Ach, was ist aus uns geworden,
armes, armes Vaterland!

Nach dem Gesang der beiden horcht die Alte nach hinten.

DIE ALTE Weh, da kommen die! Die Satanssöhne! Hinein mit euch! – So ist es und so bleibts. Das ist unsere Heimsuchung!

Die beiden Mädchen schlüpfen schnell ins Haus. Ein Trupp Janitscharen marschiert quer über den Platz, allerlei Volk, Kinder und Bettler mit dem Gewehrkolben vor sich hertreibend.

NR. 3 MARCIA ALLA TURCA

Der Mann indessen trägt die paar Körbe mit Gemüse ins Haus; die Mädchen kommen wieder hervor und holen ihre Früchte. Die Größere und der Mann singen:

NR. 4 DUETT

DIE GRÖSSERE, DER MANN

Hingegeben wilden Horden,
tiefgebeugt in ihrer Hand!
Ach, was ist aus uns geworden,
armes, armes Vaterland!

Der Fremde ist unter ihrem Singen leise aus einer engen Gasse hervorgetreten. Das jüngere Mädchen macht der Größeren Zeichen, sowie sie ihn gewahr wird. Der Fremde blickt auf die Mädchen hin. – Die Alte tritt dazwischen, schiebt die Mädchen ins Haus. – Es fängt an zu dämmern. – Der Mann ist fort, der Bettler gleichfalls.

Der Fremde ist höchst einfach gekleidet, um die Schultern hängt ihm ein dunkler Reisemantel. – Er blickt um sich – hinauf zur Akropolis, sein Auge beseelt sich. Da gewahrt er, er ist nicht allein. Erschrocken, in sich selber erstaunt, mit einer Gebärde des Grausens verbirgt er sich hinter einer Säule. Denn es sind Derwische, tanzende und singende, aus einem seitlichen Gebäude hervorgetreten.

DIE DERWISCHE *singen:*

NR. 5 CHOR

Du hast in deines Ärmels Falten
den Mond getragen, ihn gespalten.
Kaaba! Kaaba! Kaaba! Kaaba!
Mahomet! Mahomet!
Du hast den strahlenden Borack bestiegen,
zum siebenten Himmel aufzufliegen.
Großer Prophet! Großer Prophet!
Kaaba! Kaaba! Kaaba! Kaaba!

Sie vollführen ihren Tanz und verschwinden wieder dorthin, von wo sie gekommen sind. Der Fremde tritt wieder hervor, sich scheu vergewissernd, ob er allein. – Das Abendlicht fällt von oben voll herein und umspielt die Trümmer mit Leben.

DER FREMDE *spricht:*

NR. 6 MELODRAM
Einlage von Richard Strauss

Hinauf zu deiner Burg, meine Göttin! – Empfängst du mich mit dem ganzen Licht deines Abends? Lässest du mich mein Antlitz spiegeln in deinem goldenen Schild, – daß ich mir selber entschwinde und schön und unverwelklich werde vor dir – einer von den deinigen?
Oder soll ich hier unten an deines Abends Schatten mich stillen, göttliche Herrin, der ich ein Kind des Abends bin und zu später Stunde den heiligen Jugendpfad der Welt betrete – scheu, wie die nachgeborene Waise, demütig unterm Abendstern, daß er mir die Herrlichen zusammenführe, die Götter der Erde, die der grausame Morgen mit rosigen Händen mir immer wieder zerstückelt – – –

DER FREMDE *singt:*

NR. 7 ARIE

Willst, Göttin, du den höchsten Wunsch gewähren,
den dieses Herz dir stumm entgegenträgt,
oh, so erwecke, erwecke an deinen Altären
ein göttlich Leben, das um mich im Tanz sich regt!
Ich sei in ihres Reigens Mitte,
sei ihnen gesellt – gesellt ihrem Kreis!
gesellt ihrem Kreis!
sei ihnen gesellt!

Es wird dunkel. Der Vorhang fällt.

NR. 8–15 BALLETT

Griechische Tänze zur Beethovenschen Ballettmusik »Die Geschöpfe des Prometheus«. Choreographie von Heinrich Kröller.

Langsam aus dem Dunkel erscheint ein mondbeglänzter altgriechischer Hain. Wie Silhouetten gegen den südlichen Nachthimmel stehen Statuen griechischer Götter.
Der Fremde tritt auf. Seine Sehnsucht ist verwirklicht, er sieht sich zurückversetzt ins alte Griechenland. Er läßt sich auf einen Stein nieder und genießt schwärmerisch Natur und Kunst. Da belebt sich vor seinem träumenden Auge der Hain:
Eine Reliefgruppe tanzender Bacchantinnen, leise lockend, dann eine Schar harfenspielender und reigentanzender Mädchen in ruhig plastischen Gruppen und Bewegungen. In seinen Träumen sieht sich der Fremde selbst verwandelt als junger Grieche und schreitet den Reigen mit.
Nach einem fröhlichen Knabentanz verschwinden alle im Dunkel des Hains. Der Fremde sieht weiter ein Liebes-Tanzduett zwischen einem Jüngling und einer Bacchantin, das durch als Faune verkleidete junge Burschen unterbrochen wird. (Spottanz der Faune.) Dann wird durch einen bacchantischen Aufzug der ganze Hain belebt. Ein Jüngling tanzt einen Kriegertanz, ein Kampfspiel zweier Männer folgt, an das sich eine Bacchanale anschließt. Währenddes-

sen ist der Fremde aus seinen Träumen erwacht, er sieht nun alles als Wirklichkeit.
Liebliche Mädchen fordern ihn auf, am Bacchanale teilzunehmen, und wollen ihn mit Weinlaub bekränzen. Er lehnt sanft ab. Nicht diese dionysische Lust ist seine Sehnsucht, er strebt Höheres, Idealeres zu erschauen. Wie von diesem Gedanken geführt, erscheinen würdige Priester aus dem nachfolgenden feierlichen Zug und führen ihn aus dem Trubel des noch weitertollenden Bacchanals hinweg. Der Hain verschwindet im Dunkel.

NR. 16 MARSCH UND CHOR

Die Schleier heben sich langsam. – Allmählich erfüllt die Szene rosiger Schein; im Hintergrund erhellt sich in magischer Beleuchtung die Akropolis in der ursprünglichen Form, mächtige Stufen führen zur Höhe.
Hinter der Szene:

CHOR DER JUNGFRAUEN, CHOR DER PRIESTER Schmückt die Altäre!

Auf dem Theater:

EINIGE STIMMEN Sie sind geschmückt!

CHOR DER JUNGFRAUEN, CHOR DER PRIESTER Streut Weihrauch!

EINIGE STIMMEN Er ist gestreut!

CHOR DER JUNGFRAUEN, CHOR DER PRIESTER Pflücket Rosen!

EINIGE STIMMEN Sie sind gepflückt!

CHOR DER JUNGFRAUEN, CHOR DER PRIESTER Harret der Kommenden!

EINIGE STIMMEN Wir harren der Kommenden!

CHOR DER JUNGFRAUEN, CHOR DER PRIESTER Seid bereit!

EINIGE STIMMEN Wir sind bereit! Wir harren der Kommenden! Wir sind bereit!

ZU ›DIE RUINEN VON ATHEN‹

EIN FESTSPIEL MIT TÄNZEN UND CHÖREN NEU EINGERICHTET – MUSIK VON BEETHOVEN

Bei herabgelassenem Vorhang ertönt ein Chor: er beschwört die Trümmer einer erhabenen Vorwelt zu neuem Leben.
Der Vorhang hebt sich. Ein kleiner Platz in Athen wird sichtbar. Dürftige Häuser; da und dort sind Trümmer von Säulen, ja von Statuen eingebaut. Ein Minarett dahinter. Im Hintergrund die Akropolis in ihrem Zustand von 1800, als mittelalterliches Bollwerk, mit dem Halbmond darüber.
Eine Alte, den Spinnrocken in der Hand, sitzt auf der Schwelle ihres niedrigen Hauses. Zwei Mädchen bieten Früchte feil, ärmlich auf Brettern ausgelegt, ein Mann stampft Reis in einem Mörser; seitwärts verzehrt ein Bettler seine dürftige Mahlzeit.
Vor einem alten Türken, der quer über den Marktplatz geht, verneigen sich alle untertänig. Es ist ein trauriges, eingeschränktes, fremder Gewalt unterworfenes Dasein, umschwebt von der Ahnung einer hohen Abkunft, einer fernen, strahlenden Vergangenheit. Dies drückt das Lied aus, das der Mann und das schöne Mädchen zusammen singen.
Ein Trupp Janitscharen unter kriegerischer Musik marschiert querüber. Scheu halten die Singenden inne, erst als die wilden Soldaten in der nächsten Quergasse verschwunden sind, wagt sich ihre Trauer wieder in Tönen hervor.
Aus einem Seitengäßchen indessen ist der Fremdling, der deutsche Künstler, hervorgetreten, von dem zwischen den Griechenmädchen mit ein paar Worten die Rede war. Er ist höchst einfach gekleidet, ein dunkler Reisemantel hängt ihm um die Schultern; sein Schritt ist scheu und melancholisch. Er blickt um sich, hinauf zur Akropolis, die im Schein der sinkenden Sonne strahlt. Sein Auge beseelt sich, eine geistige Schönheit verbreitet sich auf seinem Gesicht. Da gewahrt er, er sei nicht allein. Erschrocken, mit einer Gebärde des Grausens vor der Annäherung, die ihm die geheime Abendfeier stört, birgt er sich hinter einem zertrümmerten Säulen-

stumpf. Denn es sind Derwische, tanzende und singende, aus einem seitlichen Gebäude hervorgeschritten. Mißtönend seinem empfindlichen Ohr, fanatisch stark, schallt ihr Gesang an den Mauern, Verherrlichung ihres Propheten Mahomet. Zu seinem scharfen Rhythmus vollführen sie ihren Tanz, ihre Leiber drehen sich unheimlich, ihre Gewänder fliegen – wie ein Wirbelsturm verschwinden sie wieder dorthin, von wo sie gekommen sind.

Indessen sind auch die Mädchen davon, der Grieche, die alte Frau, der Bettler. Der Fremde tritt wieder auf den dämmernden Platz hinaus, scheu sich vergewissernd, ob er nun allein. Das strahlende Abendlicht fällt von oben herab und umspielt auch noch den letzten Winkel mit Leben. Alle Schatten werden durchsichtig in dieser zauberischen Luft, und dem Deutschen löst eine unstillbare Sehnsucht die Lippen zu einer Rede, halb Elegie, halb Gebet. Was er verlangt, ist schlechthin das Unerreichliche: denn die sehnsüchtigsten und geheimsten Wünsche sind ohne Grenzen. Daß er das Herrliche wahrnehme mit wachen Sinnen, ungebrochen, nicht einzelne Trümmer, sondern das Ganze; daß es sich um ihn zum Reigen schließe, ein göttlich Leben reiner Gestalten sich um ihn im Tanze rege, er in ihres Reigens Mitte, nicht aber als ein Zuschauer, sondern einer ihresgleichen, erscheine, »gesellt ihrem Kreis«: in einem solchen überkühnen Wunschgebet ist sogar noch Höheres notwendig inbegriffen, und die Worte, die er als ein Halbentrückter beschwörend ausspricht, offenbaren es: Verwandlung seines leiblichen Selbst, wie die mächtigsten Götter an ihren Lieblingen üben: daß er in einem verzauberten Leibe außen so schön erscheine wie innen, als ein Halbgott unter Halbgöttern weile und wandle; an Spielen teilhabe, in denen die unschuldige, halb tierhafte Anmut der Natur sich mit der höchsten wissenden Schönheit der Götter begegnet; daß er der reinsten, herrlichen Göttin Pallas Athene, der Herrin der geistigen Welt, auf solchem Wege sich annähere, nach Vorbereitungen, Erhöhungen ihr in wunderbarer Weise als ein Auserwählter zugeführt werde. Stufenweise vollzieht sich das Erbetete, kraft der Gewalt, die aus dem Inneren aufs Äußere wirkt. Vor unseren Augen wandelt sich der halbtraurige enge Schauplatz in den heiligen, lebenbergenden Hain. Der schweren, dumpfen, allzu irdischen Gestalt, in der der Künstler, kein Jüngling mehr, vom fernen Deutschland sich an diese Stätte der Sehnsucht herangetragen, entledigen ihn Geisterhände wie einer unwürdigen Verkleidung.

Unter Hirten und Waldgöttern ist er der Schönste, der menschlich Freie, mit dem Zeichen der Auserwählung auf der hellen Stirn. Was immer sie mit ihm beginnen, alles deutet auf seine Hoheit hin, alles erscheint nur wie Vorbereitung auf eine noch höhere Feier. Der Fels wird zur glatten Marmorstufe, der dämmernde Hain zur strahlenden Halle. Man mag bei diesem Anblick an die säulengetragenen Feierhallen denken, durch die man den eigentlichen Tempelbezirk der Akropolis betrat; – bei dem, was sich nun vollzieht, an den Weihezug der Panathenäen – oder an benachbarte feierliche geheimnisvolle Versammlungen, bei denen ein auserwähltes Volk seinen Göttern sich selber darbot – den Anblick ihrer höchsten Geheimnisse als höchste Schau in sich nahm. Männliche und weibliche Chöre ordnen sich zu beiden Seiten der Halle. »Seid ihr geschmückt?« rufen sie einander zu. »Wir sind geschmückt«, tönt es zurück. – »Seid ihr bereit?« – »Wir sind bereit.« Auf den Rhythmen eines feierlichen Marsches, der höchste Erfüllung, ein seliges Genügen ohne Sehnsucht ausdrückt, nahen sich zwei Züge, hell und prunkvoll jeder; jeder geleitet eine auserwählte Gestalt. Es kann nicht anders sein, als daß sie Bräutigam und Braut einander entgegenführen; daß hier ein unausdrückbares Ereignis in dem Bilde einer heiligen Vermählung vorgeführt werde. Als Braut erscheint die Göttin selber, als Bräutigam jenes sehnsüchtigen Pilgers verwandelte Gestalt. Möge, wen Anklänge erfreuen, an Fausts Vermählung mit dem Phantom Helena denken. Hier wie dort waltet der Drang, was über jeden Sinn ist, allen Sinnen darzubieten: klassisch-romantische Phantasmagorie; dort ist höchste Dichterkraft an der Herrschaft, hier eine heroisch gesänftigte Musik, jenem dichterischen Aufschwung nicht unebenbürtig.

Beethoven schrieb »Die Ruinen von Athen« 1812 zur Eröffnung des Theaters in Pest. Die Unterlage war ein Festspiel des damals üblichen allegorischen Stils aus der Feder Kotzebues. Es endigte mit einer Huldigung: dem Schwur »alter ungarischer Treue« an Kaiser Franz. Der Grundgedanke war der: Minerva und die Musen finden in dem erniedrigten, Derwischen und Janitscharen preisgegebenen Athen keine Stätte, wohl aber in anderen, ehemals barbarischen Ländern; als ein solcher Zufluchtsort der Musen ist eben dies neuerrichtete Pester Theater anzusehen. Durch Beethovens Mitwirkung wird aus dieser platten Allegorie etwas wie Wahrheit. Er vermochte nicht anders zu komponieren, als indem er durch den unzulänglichen Text hindurch den tiefsten Gehalt ergriff und ihm sich unbedingt hingab. So entstand hier, da sich sein Geist mit dem Idealbild der Antike berührte, ein wunderbares »klassizistisches« Werk – reiner vielleicht, als die gleiche Annäherung an das Maß und selige Selbstgenügen der Antike den großen Dichtern derselben Zeit, unvergleichbar kraftvoller, als sie den bildenden Künstlern der Epoche gelang.

Wollte man die herrlichen Musikstücke und Chöre der Schaubühne, für die sie doch bestimmt waren, wiedergewinnen, aus der festlichsten Musik, die wir besitzen, die Spiegelung eines Festes und selber ein Fest, auch dem Augensinn, wieder herstellen, so stand ungezwungen in der Mitte die Gestalt jenes reinsten Philhellenen, des deutschen Künstlers um die Wende vom achtzehnten zum neunzehnten Jahrhundert. An einen Bestimmten, an Goethe, an Hölderlin, hier zu denken, hat keinen Sinn. Ein höheres Deutsches, ihnen allen gemeinsam, ist in der Gestalt des ungenannten gefährtenlosen Wanderers, des schweifenden, sehnsüchtigen, schöpferischen Einsamen verkörpert.

Die Musik zu den »Geschöpfen des Prometheus« einzubeziehen, erschien möglich, weil sie, obwohl aus einer anderen Lebensepoche Beethovens stammend, doch die gleiche Neigung zum Antikisch-Paradiesischen zeigt.

Die notwendige dramaturgische Einrichtung und Umgestaltung des Festspiels wurde Hugo von Hofmannsthal übertragen. Hierbei gebot die Ehrfurcht, an allen von Beethoven komponierten Stellen des alten Textes diesen fast unberührt zu lassen. Die Begleitung des Melodrams wurde von Richard Strauss aus Beethovenschen Motiven hergestellt. Die Gestaltung der Bühne und aller das Auge angehenden Elemente des Festspiels waren Alfred Roller anheimgegeben, alles Mimische dem Ballettmeister Heinrich Kröller in Gemeinschaft mit dem die Regie führenden Oberregisseur Turnau.

Für die Aufführung des Festspiels, seit Jahren geplant, ergab sich durch die großzügige Veranstaltung eines Theater- und Musikfestes seitens der Gemeinde Wien die erwünschte Gelegenheit.

ACHILLES AUF SKYROS

BALLETT IN EINEM AUFZUG

Personenverzeichnis

ACHILLES, verborgen unter den Töchtern des Königs von Skyros
DIE DREIZEHN TÖCHTER des Königs von Skyros
DREI ALTE WEIBER, ihre Hüterinnen
ODYSSEUS
SIEBEN SEINER GEFÄHRTEN, alle als Kaufleute verkleidet
NYMPHE
DRYAS
TRITON

GANG DER HANDLUNG

Die Ouvertüre größtenteils bei offenem Vorhang, aber nur schwach erhellter Bühne. Nach den ersten Takten hebt sich der Vorhang. Im sanften Halblicht einer wolkigen Mondnacht die Liebenden (Achilles und Deidamia) inmitten der Bühne liegend, einander umschlungen haltend, unter einer Art von niedrigem Gezelt aus ein paar in die Erde gesteckten Zweigen und Deidamias Obergewand. Dahinter zur Rechten das Meer, zur Linken die gelbe Bergstadt auf einer Klippe. Zuunterst, schwarz, das Tor der Stadt. In die Ouvertüre verflochten ein leiser Gesang, als Stimmführer Dryas, links zwischen Bäumen Triton, der sich ans Ufer hebt, Nymphe aus einem Erdspalt heraus. Mit dem Ende der Ouvertüre wird es Tag. Die Liebenden sind eingeschlafen. Das niedrige Gezelt bedeckt sie fast völlig.

ERSTER AUFTRITT

Das Stadttor öffnet sich, hervor die drei Alten, spähend, dann die Mädchen paarweise. Die Alten spähen die Gegend aus, die Mädchen laufen vor, sechs stellen sich mit aufgelöstem Haar so, daß sie eine Wand zwischen den Alten und dem Liebespaar bilden. Sechs andere wecken durch Klatschen die Schlafenden. Dann bilden alle eine Grotte, durch die Deidamia und Achilles, beide in Weiberkleider gehüllt – denn Achilles ist auf Befehl seiner Mutter, um der Teilnahme am Trojanischen Krieg entzogen zu werden, unter die Töchter des Königs von Skyros gemischt –, hervorschlüpfen.
Die drei Alten setzen sich zusammen auf einen flachen Stein und sonnen sich, nachdem sie den Mädchen durch ein Zeichen die Freiheit gegeben haben. Sie spielen. Achilles durch Wildheit wird auffällig. Zieht eine am Haar nieder. Diese, weinend, flüchtet zu Deidamia. Achilles reuig zu ihren Füßen. Die Alten auf, mahnend. Achilles nun mit Absicht doppelt weibisch. Von der Meerseite her ein Fremder sich annähernd. Dunkle Silhouette gegen das Meer, wie Sindbad der Seefahrer. Die Alten sichten den Fremden, geben ein Warnungszeichen.

ZWEITER AUFTRITT

Alle nach allen Seiten verbergen sich. Die Alten zuvorderst. Der Fremde, dem Anschein nach ein Kaufmann, nähert sich mit gespielter Unbefangenheit, als glaube er sich allein. Erblickt die Quelle, begrüßt sie, tränkt sich, genießt der Waldesstille, des Vogelgesanges. Eines Kindes, der jüngsten Prinzessin, Lachen hinter einem Felsen hervor entzückt ihn. Er zieht einen Käfig unterm Mantel hervor, worin ein glänzender Vogel, stellt ihn hin. Spricht zu diesem, in Kehllauten einer fremden Sprache singend; der Vogel antwortet singend. Odysseus ehrerbietig, als wäre der Vogel ein Prinz. Das jüngste Mädchen hinter dem Felsen hervor, nicht zu halten, zu ihm hingezogen wie an Drähten, mit zuckenden Gliedern. Der Kaufmann ehrerbietig, macht ihr den Käfig zum Geschenk. Einen schönen Teppich dazu, den er um den Leib gewunden trug und auf den er den Käfig stellt. Nun die Alten hervor, nehmen die Geschenke an sich, ziehen die Kinder weg. Der Fremde begrüßt sie mit größter Ehrerbietung. Die Alten tanzen, die Begrüßung zu erwidern. Zwei Gefährten herangewinkt, mit eingemachten Früchten, Sorbet und Fächern. Die Alten unter Zeremoniell nehmen Platz. Die Mädchen, neugierig, kommen hervor. Odysseus klatscht in die Hände: drei Musikanten sind auf einmal da, Pfeife, Flöte, Dudelsack oder ähnliches. Der eine mit Schmuck, der andere ganz behängt, sowie er den Mantel abwirft, mit metallenen Spiegeln. Die Mädchen einander schmückend. Odysseus bemüht, jeder ins Gesicht zu sehen. Sie umtanzen den Spiegel. Achilles am reizendsten. Deidamia hält sich abseits.

DRITTER AUFTRITT

Nun auf Odysseus' Zeichen drei Männer von rechts, die einen Schrein getragen bringen. Geheimnisvolle, fast drohende Musik. Odysseus öffnet den Schrein, der innen leuchtet. Darin eingehüllt ein Stock oder Stab. Er nimmt verschiedene der Hüllen ab, nur ein flirrendes Schleiergewebe bleibt noch zurück. Deidamia, magisch angezogen von weiblicher Neugier, ist nun ganz herangekommen. Jede Abhebung einer Hülle erfolgt auf ihr Gebot. Die Musik wird drohender. Die Mädchen ängstigen sich. Mit Achilles ziehen sie sich nach links zurück, winken Deidamia, zu ihnen zu kommen. Deidamia, mit brennendem Auge, verlangt, das Verhüllte zu sehen. Odysseus enthüllt es: es ist ein langes, leicht gekrümmtes Schwert. Er schwingt es blitzend, sausend über seinem Kopf. Die Alten fallen zur Erde. Der Vogel stößt verzweifelte Schreie aus. Die Mädchen flüchten hurtig, verschwinden hinter den Felsen. Achilles, die Haare fliegend, mit einem Satz, stürzt auf das Schwert zu, will es an sich reißen. Odysseus nur zum Schein, ihn wilder zu machen, läßt nicht los. Sie ringen um das Schwert, das beide am Griff halten. Die vorgeblichen Kaufleute, alle, werfen die Mäntel ab, stehen blauschimmernd gewaffnet da, schließen den Kreis. Achilles, dem im Ringen die weiblichen Gewänder abgefallen sind, nackt bis auf einen Schurz, stürzt aus dem Kreis, das Schwert schwingend. Deidamia will sich an ihn hängen, er stößt sie fort, kennt sie nicht mehr. Er tanzt mit dem Schwert, mit glühenden Augen, furchtbar. Der Tanz geht bis zum Ausdruck der Selbsttötung, als des sublimiertesten Mordes, höchstem Gebrauch der Waffe. Völlig streng und sakral.

VIERTER AUFTRITT

Jetzt, während Deidamia vor ihm niederfällt, seine Füße umschlingen will, haben die Männer aus dem Felsenengpaß, der hinten querüber läuft und in das Stadttor mündet, den Wagen herangebracht. Man sieht die Pferde und den zweirädrigen Wagen nur zwischen den Felsen. Jetzt, die Mäntel übers Gesicht, tun sie, als wollten sie ihr von hinten her helfen, Achilles zu überwältigen. So ergreift ihn Odysseus von hinten und trägt ihn mit sich auf den Wagen. Die andern stoßen Deidamia zurück. Man sieht, wie Odysseus mit dem Knaben, der das Schwert schwingt, auf dem Wagen steht, die Pferde ziehen an, die Gewappneten laufen hinter dem Wagen drein, sogleich ist alles verschwunden.

FÜNFTER AUFTRITT

Deidamia fällt zusammen. Die jüngste Schwester kommt schüchtern zwischen den Felsen von links hervor. Sie trägt auf dem Kopf den Käfig mit dem Vogel, sucht die Regungslose zu erwecken, zu erheitern. Nimmt den Käfig vom Kopf, öffnet, läßt den Vogel auf ihre Hand, will ihn der Schwester schenken. Der Vogel singt – und ein Vogelchor aus den Wipfeln fällt ein. Der Vogel schwingt sich auf. Die kleine Schwester kauert zu den Füßen der Regungslosen.

Vorhang

PANTOMIMEN ZU
›DAS GROSSE WELTTHEATER‹

[AXT-PANTOMIME]

Die Pantomime im Großen Welttheater soll den geistigen
Vorgang in der Seele des Bettlers, der zwischen dem Axthe-
ben und dem Sinken-lassen des erhobenen Armes liegt, in der
Form versinnlichen, daß er blitzschnell in einer filmartig vor-
überfliegenden Bilderfolge alles vor sich sieht, was eintreten
würde, wenn er in diesem Augenblick seinen Gedanken zur
Tat werden läßt.
So wie er die Axt fallen läßt und die Weisheit niederschlägt,
wird er auch gewahr, daß er nicht mehr allein ist: er hat zahl-
reiche, wild aussehende Gefährten. Enterbte und Ausgesto-
ßene, die unter dem unablässigen Läuten der Sturmglocken
und dem Heulen der Fabriksirenen die Bühne überschwem-
men. Sogleich ist der König überwältigt und gebunden, die
Garden, die sich um ihn gesammelt hatten sind überwältigt,
mit den Toten wird höllischer Spott getrieben – zahlreiche
Gebundene werden vor dem Bettler, dem »Führer«, vorbei-
getrieben. Plötzlich sind die Häuser nicht mehr das unnah-
bare Heim, die Burg der Besitzenden, – alle Türen sind ausge-
hängt, alles flutet überall aus und ein und auf der Gasse tafelt
alles miteinander. Der »Reiche« des Stückes hat seine Gestalt
verwandelt, verändert und doch erkennbar, ist er jetzt der
Geldgeber der Revolution geworden, er durchsetzt den gan-
zen Verkehr mit wertlosen Bankzetteln – wofür er sich alle
Werte als »Sicherungen« in seine Keller schaffen läßt – auch
die K r o n e, ebenso wie er die in neuer Gestalt auftauchende
»Schönheit« in seine Gewalt zu bringen weiß. Zugleich weiß
er das Ohr des Führers zu gewinnen; auf seinen Rat erfolgt die
Hinrichtung des Königs – um den Weg zur Versöhnung zu
im Innern schrankenlos zu raffen. Er ist die »praktisch« ge-
im Innern schrankenlos zu raffen. Er ist die »practisch« ge-
wordene Revolution – der Bettler wird zur immer düstereren
Gestalt, je mehr er erkennt, welches Zerrbild des »dritten
Reiches« um ihn entstanden ist – schließlich ist er genötigt,

der Truggewalt des Geldes und der Schlauheit wieder die harte Gewalt der Arme und der Waffen entgegenzusetzen – aber unter den ihm nunmehr Entgegenstehenden sind viele Gute, Edle – plötzlich gewahrt er den Reichen mit seinen Helfershelfern auf seiner Seite, unter denen auf der anderen Seite, als ihre Führerin, steht wieder die Weisheit ihm entgegen – ihn umgibt ein Karree von Matrosen, Negern, Chinesen mit Maschinengewehren – jene haben nur die betend emporgestreckten Hände – es erneuert sich die Situation – das streitkolbenartige Szepter in seiner Hand verwandelt sich in die Axt – diesmal aber läßt er den Arm sinken…

[CHRISTIANUS DER WIRT]

Offener Platz in einer Hafenstadt. Im Hintergrund Ausblick auf den Hafen. Links der große Gasthof, rechts unter andern Häusern das Amtshaus mit einem Balkon.
Links vor dem Gasthaus der Wirt mit einigen Kartenspielenden. Etliche Maultiertreiber, Postknechte ausruhend. Wirtsmutter bedienend. Rechts vom Hafen her Tragen von Körben und Kisten in ein großes Lagerhaus. Aufziehen im Kran in die oberen Speicher. Im Hintergrund Galeerensklaven gefesselt vorbei. Aufseher mit der Peitsche. Viel Leben auf dem Platz, vielleicht eine kleine Estrade mit Quacksalber, wandernde Händler, Zigeuner, lungerndes Volk u.s.f. Viele Bettler und Krüppel.
Wirt beim Kartenspiel launisch wild. Plötzliches Aufhören. Befaßt sich mit armen Leuten Krüppeln, Galeerensträflinge vorbei. Wirt läßt sie laben durch den dicken Hausknecht. Aufseher will es nicht leiden, Wirt begütigt ihn jovial. Die Schöne auf dem Balkon zuerst mit ihrem Vater, später sieht man diesen unten aus dem Wirtshaus treten, hinübergehen zum Lagerhaus, wo er von vielen begrüßt wird. Die Schöne bleibt allein auf dem Balkon, betrachtet die Spieler. Wirt, wie vom Blitz getroffen. Die Schöne winkt einer Dienerin, die aus dem Zimmer zu ihr tritt, ihr zu sagen wer der Mann sei. Wirt ruft seine Mutter herbei, zeigt ihr das Mädchen, das sofort verschwindet. Wirt wieder zu den ungeduldigen Mitspielern zurück. Mädchen verstohlen wieder auf den Balkon, wirft dem Wirt eine Blume zu. Wirt wirft den Spieltisch um wie in trance durch die Blume. Edelmann indessen anreitend auf der Landstraße mit zwei Dienern. Vater ihm entgegen. Begrüßung. Vater läßt den Edelmann etwas von seinen Waren sehen: Straußenfedern, Pelze. Bietet ihm etwas an. Schickt jemanden die Tochter holen (Edelmann ist indessen abgesessen). Mutter und Halbbruder des Wirts begrüßen die vornehmen Gäste. Tochter nun unter Vorantritt der Diener aus

dem Haus. Der Wirt steht wie eine Bildsäule. Die Schöne löst eine Granatblüte von ihrer Brust, wirft sie dem Wirt geschickt zu. Er steht starr ohne ein Glied zu regen.
Mutter sieht sich um: wo bleibt der Wirt. Halbbruder versucht ihn hinzuziehen. Tochter verstohlen wirft eine dritte Blume auf den Boden, läßt sich zögernd vom Vater dem Edelmann näher führen. Jeder Knix vom Wirt begleitet mit einem Schlag auf den Tisch. Zigeuner stutzen. Maultierknechte lockern ihre Messer, ein, zwei drei Knixe. Lastträger halten inne. Zigeuner nähern sich. Edelmann wirft einen hochmütigen Blick hin ohne zu wissen was die Unruhe bedeutet. Man braucht Stühle für die Hauptpersonen. Mutter holt einen Stuhl für den Edelmann, wischt ihn ab. Halbbruder für den Reichen. Ein Stuhl fehlt für die Schöne. Edelmann winkt, indem er seinen Stuhl dem Mädchen anbietet, die zögert Platz zu nehmen. Zeremoniell. Wirt hat sich schwer auf einen Stuhl fallen lassen. Bedienter hin, reißt den Stuhl weg. Wirt taumelt, allgemeine Spannung. Wirt wird die dritte, auf dem Boden liegende Blume gewahr. Bemächtigt sich ihrer sehr geschickt und unauffällig indem er ein Bettlerkind streichelt oder ähnlich. Edelmann erhebt sich, küßt dem Mädchen die Hand, das aufsteht. Vater erhebt sich gleichfalls. Wirt kehrt jäh den Rücken, winkt Zigeuner heran. Nimmt ein Mädchen auf den Schoß, ihr die drei Blumen. Zigeunerinnen tanzen für ihn. Edelmann, Vater und Tochter haben sich indessen zeremoniös wieder gesetzt. Wirtsmutter serviert ihnen Getränke. Die Schöne sieht plötzlich den Wirt und die Gruppe bei ihm. Die Schöne springt jäh auf. Sehr zornig. Edelmann gleichfalls. Das Mädchen: ich habe drei Blumen hier verloren. Die Zigeunerin dort scheint sie gefunden zu haben. Das ist eine Frechheit. Edelmann ⟨zu⟩ seinen zwei Bedienten: schafft die Blumen wieder. Bediente hin, etwas zaghaft. Wirt versteht. Nimmt der Zigeunerin die Blumen, eine vom Ohr, eine von der Lippe, eine vom Mund, wirft sie den Bedienten hin. Die Bedienten fangen sie. Wirt jäh wirft aus der Hosentasche einen Haufen Silbermünzen gegen die Bedienten. Zigeuner, Bettler fahren auf das Geld los, werfen die Bedienten hin. Edelmann zieht den Degen, bahnt sich mit

flacher Klinge einen Weg durch die Menge. Die Bedienten reichen ihm die Blumen, er schlägt ihnen mit flacher Klinge über den Rücken, steckt dann ein und überreicht die drei Granatblüten der starr und bleich dastehenden Schönen. Sie empfängt die Blumen ohne einen Blick auf den Edelmann. Läßt die Blumen vor sich in den Staub fallen und zertritt sie wie einen Wurm. Des Edelmanns Maultiere indessen vorgeführt. Zeremoniöser Abschied, das Mädchen dabei wie geistesabwesend. Edelmann abreitend. Mädchen und Vater ins Haus zurück. Unten der Wirt mit den Zigeunern immer wilder.

ZWISCHENAKT

Welt zu den Bühnenmeistern: Richtet die Hochzeit, eine festliche Tafel. Ja, gerade hier vor dem Wirtshaus. So haben sie es angeordnet. Die Braut selbst hat es so wollen. Die Menschen sind launisch.

II. BILD

Glocken. Hochzeitstafel gerichtet. Hochzeitszug herein, auch die Verwandten des Edelmannes. Wirtsmutter, Halbbruder und dicker Knecht um den Tisch beschäftigt. Wirt befaßt sich mit den Armen, kümmert sich nicht um die Hochzeit. Hochzeitsgesellschaft nimmt Platz. Die Braut blaß und voll Sorgen. Zornig auf die Bedienung, zornig auf die Speisen. Wirft eine Schüssel zurück. Hochzeitsgesellschaft steht auf. Wirt ruft nun die Armen zu Tisch setzt sich unter sie. Pferde der vornehmen Gäste werden vorbereitet. Edelmann sehr böse Diener wirft des Wirtes Sessel um. Wirt und Edelmann stehen gegeneinander. Haltung der Schönen: sie begünstigt ein Unrecht. Widersacher tätig dazwischen. Tod sichtbar (leiser Totentanz). Der Todtschlag. Allgemeiner Schrecken. Vater ab die Polizei zu holen. Zieht die Tochter mit sich. Der Wirt vor der Leiche des jungen Mannes auf der Erde liegend. Furchtbare Erkenntnis. Innere Umwandlung. Demütigt sich vor den Verwandten, verschenkt all sein Hab und Gut. Durcheinander an Bettelmönche, Bettler, Zigeuner u.s.f. Die Leiche feierlich weggetragen von Kuttenmännern (Beerdigungs-brüderschaft). Der Wirt behält von allem Hausrat nur sein Leichenhemd, das er anzieht nachdem er Rock, ja Strümpfe und Schuhe verschenkt hat. Die Schöne kommt zurück eilt zu der Mutter, zu warnen. Sie suchen ihn zur Flucht zu bestimmen, vergeblich. Sturmglocken. Der Vater mit den Polizeigewaltigen und Schergen heran, den Wirt mit Stricken zu binden. Indessen haben sich einige mit den im Haus befindlichen Gewehren bewaffnet, andere mit Mistgabeln, Hirtenspießen u.s.f. Getümmel bei dem einige wenige auch fallen, das heißt von dem zwischen ihnen springenden Tod weggezogen werden. Die Schöne verbirgt sich im Haus. Die Empörer bauen eine Barrikade oder ähnliches. Die Sturmglocke tönt weiter. Ein Zug Galeerensträflinge kommt vorbei. Die Empörer überfallen die Aufseher, brechen die Ketten. Ein Weinfaß herausgerollt ein offenes Feuer um das man lagert. Offener Aufruhr.

ZWISCHENAKT

Freude des Widersachers. Der Tod macht sich auf große Arbeit gefaßt.

III. BILD

Der Platz vom lodernden Feuer erleuchtet. Alle Fensterläden geschlossen. Empörer bringen einen Zug gebundener Geiseln. Empörer, auch Weiber tanzen einen Reigen um diese gebundenen Feinde. Verhöhnen sie. Der Wirt im tödtlichen Schrecken. Die Schöne zu ihm: Entfliehen wir! Der Wirt horcht auf eine gräßliche Musik, ganz entgeistert. Die Musik jählings näher. Großer Totentanz. Der Wirt entwaffnet den Haufen Bewaffneter, der ihm zunächst. Die Waffen in die Zisterne. Die Geiseln löst er vom Strick, verbirgt sie im Keller seines Wirtshauses. Soldaten herein, legen ihre Waffen nieder. Beide Parteien trinken miteinander. Das Feuer ist ausgebrannt. Die Sturmglocken schweigen. Wirt im weißen Hemd legt sich zur Ruhe. Die Schöne zu seinen Füßen. Er weist sie ein wenig weiter von ihm zu liegen. Zeigt ihr das Gespenst des Erschlagenen, das zwischen ihnen steht. Indessen hat hinten der Verräter, geleitet vom Widersacher etliche mit Messern ins Wirtshaus geführt. Indessen ist der Wirt eingeschlafen. Der Verräter (Halbbruder) führt Mörder mit blutigen Händen aus dem Wirtshaus. Hilft ihnen in einem Pferdeeimer sich die Hände vom Blut rein waschen. Sie schlüpfen weg. Die Schöne ist wach, sieht es, schleicht zur Kellerluke, wird fast ohnmächtig, weckt den Wirt. Indessen hört dieser schon wieder den dumpfen Trommelrhythmus des nahenden Todes. Der Tod führt ein Schiff herbei. Aus diesem steigen Bewaffnete, so wie Personen des weltlichen und geistlichen Gerichtes. Die Fenster von bewaffneten Soldaten besetzt und gleich wieder leer, gleich wieder besetzt, gespenstisch. Wirt und Schöne allein wach sehen es. Erwachen der Empörer: wo sind die Waffen! Wollen den Wirt in die Zisterne stürzen. Steigende Panik. Gouverneur mit zwei Trompetern auf dem Balkon des Amtshauses. Empörer verkriechen sich. Platz fast leer. Wirt mit einer weißen Fahne oder grünem Zweig bietet sich der Gewalt des Gouverneurs an. Gouverneur mit Herolden und Trompetern aus dem Amtshaus heraus. Zum Wirt: versammle die Deinen! Wirt weht mit dem Zweig. Alle herein. Gewehre aus allen Fenstern gestreckt. Waffenlose Hände emporgereckt. Der Wirt im Namen aller, küßt auf den Knien Kreuz und Stab. Weiter offener Kreis um ihn. Atemlose Stille. Der Verräter indessen führt eine Patrouille in den Keller. Die Schöne bemerkt es. Ihre Angst, ihr Versuch ihn abzuhalten. Mittlerweile haben sich die waffenlosen Empörer dicht um den Wirt gesammelt um Begnadigung flehend. Patrouille aus dem Wirtshaus heraus trägt die toten Geiseln hervor. Von einer andern Seite Patrouille mit den Mördern gebunden. Der Wirt zwischen beiden Gruppen. Gouverneur: Dein Haus (das Haus war früher vom Dämon gezeichnet). Henker mit Strick hinter den Mördern. Wirt will den Strick für alle um den Hals nehmen. Viele aus der Menge plötzlich von Soldaten gepackt. Alle haben blutige Hände. Hinten die Ketten geschmiedet, rhythmisch. Wirt geht auf die Verhafteten los. Alle haben strahlend weiße Hände. Gouverneur läßt den Wirt zurücktreten, die Verhafteten einen Schritt vorführen. Alle haben blutige Hände. Gouverneur: vollstrecke das Gericht! Schmiede Du das letzte Kettenglied! Die Verhafteten indessen alle in die lange Kette eingeschmiedet. Wirt weigert sich. Gouverneur winkt dem Profosen, der dem Wirt das weiße Hemd abreißt, ihm ein scharlachrotes überwirft. Der Wirt abgeführt.

ZWISCHENAKT

Wehe welch verworrenes Gespinst. Hartes Schicksal. Arme Menschen. Stimme: Hier oben wird es entwirrt!

LETZTES BILD

Das Schafott in der Mitte errichtet. Zeremoniell. Der letzte Gang. Begegnung mit der Mutter. Stimme von oben: es ist genug! Harret alle ruhig des Urteiles! Engel herabsteigend. Auserwählung des besten Schauspielers.

[GOTT ALLEIN KENNT DIE HERZEN]

I. UND II. BILD

Bauernhaus an der Landstraße gelegen. Links vom Zuschauer behagliches Bauernhaus (der Vater ist zugleich der Dorfrichter). Rechts ein großer Schuppen. Hinten Felder (es können auch Mauern sein wie in Süditalien oder eine hohe Agavenhecke (Hecke aus Feigenkaktus), so daß man nur durch einen türartigen Durchbruch draußen das helle Feld erblickt). Zigeuner rasten mit Erlaubnis des Dorfrichters in der Nähe des Hauses, vielleicht sieht man den mit einer Plache gedeckten Wagen und manchmal die Zigeuner-Urmutter und Säuglinge unter der Plache hervorschauen.
Sohn vor dem Haus, sehr junger Bursch, neugierig, vergißt seine Arbeit. Vater vorbei, gibt ihm einen Verweis. Sohn macht sich wieder an eine Arbeit, horcht wieder auf Vogelgesang. Zigeunerknabe kommt von links rückwärts, meldet etwas. Zigeuner-Vater und dessen jüngerer Sohn (der ältere Sohn, ein starker struppiger Kerl wird gleich darauf als Wilddieb erscheinen), etablieren eine winzige Feldschmiede, schlagen Feuer aus dem Stein, legen trockenes Holz unter. Eine Flamme schlägt auf. Der Sohn sieht allem sehr interessiert zu. Sogleich kommt von links der junge Edelmann zu Fuß, hinter ihm sein Bedienter, das sehr krumm gewordene Pferd führend. Der Edelmann ist wirklich vornehm, aber sehr arm, zerschlissener Mantel, sehr abgenützter Hut (ein leichter Anklang an Don Quichote und Sancho Pansa, sie reisen entweder beide auf einem Pferd, der Bediente hinter den Packtaschen des Sattels sitzend, das wäre ganz reizvoll, dann später beim Abreisen, oder auch der Herr reitet das Pferd, das jetzt krumm ist und der Bediente einen Maulesel). Zigeuner bieten sich eifrigst an den Beschlag zu kurieren und das Pferd herzustellen. Aber sie wollen Bezahlung im voraus. Bedienter knüpft ein Tuch auf, das er unterm Gürtel trägt: es sind nur ein paar Kupfermünzen drin. Das ist zu wenig. Parlamentiert mit dem Herrn. Dieser hat nur ein winziges Beutelchen, darin

zwei Goldmünzen. Die müssen aufgespart werden. Nach langem Herumsuchen findet sich noch eine kleine Silbermünze und der Handel wird abgeschlossen. Die Zigeuner gehen eifrig an die Arbeit. Sohn macht sich dabei zu tun. Mutter erscheint auf der Schwelle, mahnt sanft den Sohn, er solle doch die Arbeit nicht vernachlässigen. Es ist eine leichte Arbeit an den Bienenstöcken. Sohn gehorcht. Er ist mit den Bienen sehr vertraut, entzückt über ihr Schwärmen. Plötzlich kommt von rechts her, sehr schnell, sehr aufgeregt, die junge Zigeunerin gelaufen, die Schöne. Sie sieht halb aus wie ein Zigeunerbub, mit nackten Beinen, nur schöne Ohrgehänge hat sie. Sie ist ganz behängt mit toten, in der Schlinge gefangenen Vögeln, Krammetsvögeln, Drosseln und anderen. Sie bringt nicht eine mimische Erzählung vor, sondern gibt mimisch ein sehr heftiges Alarmsignal. Die Zigeuner packen blitzschnell ihre Feldschmiede zusammen, hinein damit in den Wagen. Die Zigeuner schwingen sich auf den Wagen und sind schon verschwunden. Die junge Zigeunerin hat blitzschnell die Schlingen mit den erhängten Vögeln von sich abgewickelt und die Vögel anscheinend irgendwo versteckt. Der Blick, den der Edelmann auf sie heftet, zeigt ihr, daß sie von diesem nichts zu fürchten hat. Sie wirft sich auf den Boden, horcht. Hört Pferdegetrappel ganz in der Nähe. Deutet dem Edelmann flehend, er solle sie nicht verraten und ist blitzschnell verschwunden. (Man gewahrt hier oder schon früher, daß ein halbwüchsiger Zigeunerbub statt mitzuflüchten, offenbar als Kundschafter, im Wipfel eines der Obstbäume verborgen zurückgeblieben ist.)
Gouverneur und Frau zu Pferde von rechts. Hinter ihnen ein Reitknecht. Am Sattel angebracht bei jedem von ihnen eine Schußwaffe: Escopette (d. i. eine Art Vogelflinte, ein kurzes Gewehr, dessen Lauf vorne bei der Mündung sich weitet, wie die Mündung einer Trompete). Hinter den Reitern ein paar Bauern zu Fuß. Diese bringen einen Wilddieb nachgeschleppt, ganz mit Fesseln umschnürt. Es ist ein struppiger starker Zigeuner, der Bruder des schönen Mädchens. Der Dorfrichter (der Vater) wird herbeigeholt. Der Wilddieb ihm übergeben. Er läßt die Scheune aufmachen, den Wilddieb in-

nen in einer recht qualvollen Stellung mit den Händen nach oben darin anbinden. Der Sohn betrachtet es mit Schrecken und Mitleid. Edelmann indessen begrüßt mit vornehmer Devotion die Gouverneurin und mit Anstand den Gouverneur. Gouverneurin nickt, fast ohne ihn anzusehen. Gouverneur grüßt kurz. (Sie trägt ein Reitkleid und einen Hut mit einer weißen Feder.) Edelmann wie vom Blitz getroffen von ihrer großen Schönheit. Ihr Gesicht ganz undurchdringlich. Gouverneur im Sattel bleibend, hat sein Pferd etwas nach hinten geschoben, redet mit dem Dorfrichter, der mit abgezogenem Hut dasteht. (Etwas früher das Folgende: zwei von den Bauern haben doch die junge Zigeunerin erwischt, bringen sie geschleppt. Man kann ihr nichts nachweisen, sie hat nichts bei sich, der Wilddieb dagegen muß durch ein in der Schlinge gefangenes Wild, vielleicht Rehkitz, gekennzeichnet sein. Leibesvisitation an der jungen Zigeunerin, für sie ein Anlaß sehr viel Grazie und Frechheit zu entwickeln. Sie hat dabei immer eine Jasminblüte zwischen den Lippen. Man findet nichts an ihr und läßt sie wieder laufen. Die Gouverneurin sieht über das Ganze hinweg, wie über leere Luft. Diese Episode ist einen Augenblick früher, jetzt kommt: der Gouverneur a parte mit dem Dorfrichter, die Gouverneurin etwas isoliert, mitten vorne. Der Edelmann stehend, Hut in der Hand, aber in respektvoller Distanz. Die Mutter auf der Schwelle ihres Hauses.)

Die Gouverneurin winkt mit dem Kinn gegen die Zisterne hin. Der Sohn und der Edelmann erraten fast gleichzeitig: sie will einen Trunk Wasser. Sohn bedeutet der Mutter: Bring ein Glas, einen Becher. Mutter versteht nicht, Sohn läuft selbst. Edelmann, schnell zur Zisterne hin. Diese ist mit einem schweren Steindeckel verschlossen. Er will ihn heben, kanns nicht, zieht seinen Dolch, will damit etwas den Steindeckel heben, bricht seinen Dolch, behält einen Stumpf in der Hand. Indessen der Sohn aus dem Haus mit einem Glas zur Zisterne, hilft dem Edelmann den Deckel drehen, läßt schnell den Eimer hinunter. Der Edelmann füllt aus dem Eimer das Glas. Zieht schnell seine Handschuhe an. Ergreift seinen Hut mit der Linken, wirft über die behandschuhte Rechte ein kleines Seidentüchlein und serviert auf diesem der Dame das Glas. Vor ihr angekommen, beugt er tief ein Knie, dann richtet er sich auf, reicht ihr das Glas hinauf. Sie nimmts entgegen mit ganz unbewegtem Gesicht wie von einem Diener. Indessen die Mutter heran, dieser gibt sie das Glas zurück. Gouverneur wendet sein Pferd gegen seine Frau, zieht den Hut vor ihr: wir reiten. Sie nickt. Bedienter hat das Pferd des Edelmanns aus dem Weg geführt. Gouverneur und Gouverneurin reiten fort. Reitknecht hinter ihnen. Gouverneur rückt sehr kurz den Hut gegen den Edelmann.

Edelmann ganz benommen von der Herrlichkeit der Begegnung. Sein Diener wartet auf ihn, richtet indessen Steigbügel u.s.f. Edelmann erlebt indessen Sekunde für Sekunde der Begegnung wieder, wie er am Brunnen war, wie er das Glas brachte, wie sie es nahm, wie sie trank. Er muß das Glas haben! Der Mutter nach, die auf der Schwelle steht, mit ihrer Schürze das Glas abwischt. Er muß das Glas haben! Die Mutter gibt es nicht gerne her, das einzige Trinkglas im Haus, sonst nur Zinnbecher. Er muß es haben! Gibt unbedingt einen seiner zwei Dukaten dafür zum Entsetzen des Bedienten. Er bekommt es, betrachtet es entzückt. Auf einmal durchzuckt ihn, daß er ein Narr ist. Daß ja nur er etwas erlebt hat. Die vollkommen unberührte Miene der schönen Frau kommt ihm zurück, wie sie ihn keines Blickes würdigte, wie sie sogar der Bäuerin und nicht ihm das Glas zurückgab. Welch ein Narr bin ich! Welch ein sinnloser Träumer! Er schmettert das Glas auf den Boden. Reißt sich zusammen, will fortreiten. Der Bediente hat indessen in der Packtasche des Pferdes die Krammetsvögel entdeckt, welche die Zigeunerin dort versteckt hat. Zeigt die erwünschte Beute seinem Herrn. Da hängt auch die Jasminblüte. Eine solche wie sie zwischen den Lippen gehabt hat. Edelmann nimmt die Blüte, sieht sie mit einem eigentümlichen Lächeln an. Wirft sie weg, hebt sie wieder auf, steckt sie zu sich, sitzt auf, reitet ab.

Sohn jetzt als Wächter des Gefangenen, der ihm leid tut. Sieht durch eine Spalte der Scheune, lehnt seine Mistgabel hin: soll man dem armen Kerl nicht einen Trunk Wasser bringen. Aber Vorsicht: der Vater ist in der Nähe und ist sehr streng.

Eine Vogelstimme vom Baum macht ihn stutzig, der eine andere Vogelstimme antwortet. Das sind keine echten Vogelstimmen. Er entdeckt den kleinen Zigeuner im Baum. Die Antwortende ist die junge Zigeunerin, die sich jetzt aus einem Haufen grünen Mais hervorwühlt und sich nun daran macht, diesen Wächter des Gefangenen herumzukriegen.

I. BILD (SCHLUSS)

Das Bitten der Zigeunerin hat zuerst etwas Schmeichelndes, sinnlich Bezauberndes. Hier kommt die Naivität des Sohnes an den Tag. Sie lacht ihn aus, dann bietet sie ihm eines ihrer Ohrgehänge mit einem falschen Dukaten daran. Das macht ihm keinen Eindruck, aber der Gefangene, so elend Gebundene tut ihm leid, das spürt man. Hier setzt sie den Hebel an und es gelingt. Er macht sich daran, die mit einem schweren Balken verriegelte Tür vorsichtig aufzumachen. Sie gibt ihm schnell ein Messer, damit er die Riemen durchschneiden kann. Er läßt den Gefangenen heraus, der taumelt, sogleich hinschlägt. Sogleich hat den Liegenden die junge Zigeunerin ganz mit grünem Mais bedeckt und umschnürt ihn leicht wie ein großes Maisbündel, das auf den Markt soll. Denn der Vater oder ein Knecht kann jeden Augenblick da sein. Indem bringt der Zigeunerbub einen kleinen Esel dahergeführt, den er schnell wo aus dem Stall gestohlen hat. Entsetzen des Sohnes, daß der Esel, der dem Vater gehört, gebraucht werden soll. Sie schmeichelt ihms ab, daß er seinen Widerstand aufgibt, gibt ihm dafür das eine Ohrgehänge. Nun hilft er selbst das Bündel, worin der Wilddieb, quer auf den Esel legen, hinter dem Bündel schwingt sich die Zigeunerin auf das Tier, indem sie sich den Anschein gibt eine alte Bäuerin zu sein. Der Bub auf ihren Wink ist wieder blitzschnell auf dem Baum.
Indes hat es leise zu dämmern angefangen. Indem der Sohn die Tür zum Schuppen wieder zumacht, steht plötzlich vom Feld gekommen der Alte da (der Bub vom Baum hat ein scharfes Warnungssignal gegeben wie ein Häher). Der Vater versteht sofort was geschehen ist, steht sehr bös da. Indem

zwei Knechte, kommen gelaufen: einer unserer Esel ist gestohlen. Dort übers Feld galoppiert er! Sohn, beschämt aber unschuldig hält das Ohrgehänge hin, das er für den Esel eingetauscht hat. Die Wut des Vaters über so viel Dummheit und Leichtfertigkeit, furchtbar im Wachsen. Er umklammert mit der Rechten den starken Knotenstock. Die Knechte fürchten sich, laufen, holen die Bäuerin (die Mutter). Die Mutter von hinten auf den Vater zu in großer Angst, winkt dem Sohn, nur nicht zu antworten, sich nicht zu regen. Vater hebt den schweren Stock, Sohn fällt auf die Knie, hält die Arme vors Gesicht. Mutter hängt sich von hinten an den Bauern. In diesem Augenblick die Glocken des Angelus (Abendläuten). Jetzt packt die Mutter den Vater am Arm, zwingt ihn auf die Glocken zu hören. Der Vater reißt sich zusammen, nimmt die Kappe vom Kopf, wendet sich gegen den Bildstock. Mutter entwindet ihm leise den Stock, wirft ihn hinter sich. Vater und Mutter knien vor den Bildstock nieder, beten das Ave Maria. Der Sohn bleibt auf den Knien in seiner Stellung. Nach dem kurzen Gebet setzt der Vater mit einem Ruck seine Mütze wieder auf, geht mit starken Schritten auf den Sohn los. Die Mutter fällt ihm in den erhobenen Arm: Es ist mein Kind, es ist unser Kind! Der Vater: Aus dem Haus mit dem Tunichtgut! Fort vom Hof, aus meinen Augen für immer! Geht mit starken Schritten ins Haus. Mutter deutet dem Sohn sich ganz ruhig zu verhalten, versteckt auf sie zu warten. Geht auch ins Haus, kommt gleich wieder (eine Spielpause ist hier nötig. Der Sohn fängt an sich ins Unwiderrufliche zu schicken. Mit den Augen Abschied vom Vaterhaus zu nehmen, von den Obstbäumen, von den Bienenstökken; hier wäre ein zottiger alter Haushund gut, von dem er besonders zärtlich Abschied nimmt). Die Mutter kommt wieder, bringt einen kleinen Leinensack zum Umhängen, darin ein Laib Brot. Reichts dem Sohn, machts Kreuz über das Brot. Der Sohn empfängts auf den Knien, küßt es, hängt den Sack um mit dem Brot. Mutter muß schnell wieder ins Haus. Gibt dem Sohn noch hastig einen kleinen Geldbeutel. Sohn allein, sieht ihr nach. Er sieht den Stock im Gras liegen, bückt sich: soll er ihn nehmen als Wanderstock? Nein, diesen

Stock nicht (er sieht ihn traurig an). Er lehnt den Stock des Vaters, des Dorfrichters, ehrerbietig an die Wand der Scheune. Der Zigeunerbub winkt: gehen wir. Der Sohn macht einen Schritt dann: noch nicht, gleich. Er umschleicht noch einmal das Haus, sieht durchs Fenster. Indessen ist der Mond aufgegangen. Der Zigeunerbub pfeift leise. Sie huschen beide weg.

NEUER ANFANG DES BILDES:
GROSSER PLATZ EINER HAFENSTADT

Junge Edelleute sehr elegant mit großen Federhüten, sitzen auf einer Steinbalustrade unter den Fenstern des Hauses mit den Kurtisanen. Ein Aufwärter serviert ihnen Schokolade aus einem Zuckerbäckerladen im Seitengäßchen. Abseits von diesen Herren, aber sie grüßend, sitzt unser junger Edelmann, ziemlich melancholisch. Sein Diener hinter ihm. Der Aufwärter bietet auch ihm Getränke an. Er weist ab, er ist gar nicht bei Geld. Aus einem Seitengäßchen taucht eine Alte auf, späht herum, als suchte sie wen. Faßt den Bedienten des Edelmanns ins Auge, läßt sich von ihm seinen Herrn zeigen, nickt, überreicht dem Bedienten ihren großen Korb. Der Bediente versteht nicht was das bedeutet. Da ist die Alte schon im Gedräng verschwunden. Der Edelmann von seinem erhöhten Platz: was soll das, was treibst Du da? Der Bediente: was weiß ich? Man schenkt uns diesen Korb. Der Herr: laß mich in Ruh. Wickelt sich mürrisch in seinen Mantel. Der Diener fängt an den hübschen Korb zu inspizieren. Er zieht daraus hervor ein Paar sehr schöne Stulphandschuhe, hält sie seinem Herrn hin, riecht dazu, sie sind wunderbar parfümiert. Solche Handschuhe gehören augenscheinlich nicht für mich, sondern für Euer Gnaden. Legt sie dem Edelmann hin. Dann ein sehr schöner großer Hut mit weißer Feder. Der Edelmann, mit einem Griff, setzt sich den schönen Hut auf, wirft seinen abgetragenen Hut dem Diener hin, der sofort diesen Hut aufsetzt, seine schmutzige Kappe in die Gosse wirft. Dann in dem Korb liegt ein wunderbarer Mantel. Der Edelmann steht auf, wirft seinen häßlichen Mantel herab,

schlägt den neuen Mantel um (Spiel des Dieners wie früher, nur daß er seinen alten Mantel zusammenrollt und in den Korb stopft). Edelmann indessen zieht die schönen Handschuhe an, wirft seine schlechten Handschuhe dem Diener vor die Füße. Der Diener: Da ist noch etwas im Korb: Zwei Gegenstände! Reicht dem Edelmann mit der Linken eine dicke Börse, mit der Rechten einen prächtigen Dolch in der Scheide, an höchst kostbarem Gehänge. Der Edelmann hängt schnell seinen Dolch vom Gürtel ab und befestigt den neuen. Der Diener, der nur ein Küchenmesser im Gürtel hat, tut dieses in den Korb und hängt sich den Dolch seines Herrn an den Gürtel, wobei er ihn allerdings herauszieht wehmütig betrachtet (es ist ein Stumpf) und uns die Situation des ersten Bildes ins Gedächtnis ruft. Über das Gesicht des Edelmannes zuckt eine Erinnerung. Er nimmt den Hut ab, betrachtet die weiße Feder. Er ahnt wer die Geberin sein könnte. Er ist in diesem Augenblick wie ein Entrückter.
Wenn jetzt die Zigeunergruppe mit dem Sohn ankommt, so dürfen sie glaube ich nicht zu Schiff ankommen, da wir sie ja im ersten Bild gesehen haben und es von dort dem Jagdrevier des Gouverneurs zur Hafenstadt nicht so weit sein kann, daß man die Reise zu Schiff macht, das würde leicht verwirren.

BILD III

Der Hauptplatz einer Hafenstadt, mit dem Durchblick durch Arkaden, auf den von Segelschiffen wimmelnden Hafen, an einem Sommertag gegen Abend. In der Ferne liegen Galeeren vor Anker.
Beim Aufgehen des Vorhangs ist alles Freude, Munterkeit, wimmelndes Leben. Die Fenster der Häuser, die Balkone, ja noch die Dachluken sind besetzt mit geputzten Frauen und Mädchen. Auf einem großen Balkon gewahrt man adelige Damen, über ihnen ihre Töchter, Kinder und Halbkinder. Zuoberst aus den Dachfenstern gucken Zofen. Ein anderes Haus zeigt hübsche geputzte Bürgersfrauen. Eines ist voller Kurtisanen, zwischen ihnen die Goya'schen Fratzen uralter

Kupplerinnen, Schoßhündchen, Papageien, ein paar Mulattinnen, eine Negerin. Ein einziges Haus an der linken Seite zeigt seine finstere Fassade mit leeren Fenstern. Niedrige Steinpfosten, zwischen denen Ketten hängen, halten den Raum vor diesem Hause von allem Gedränge frei. Eine Schildwache in Callot'schem Stil mit geschulterter Partisane geht davor auf und ab. Es ist der Palast des Gouverneurs.
Auf einem erhöhten Steinrand, der hie und da dicht an den Häusern hinläuft, bewegen sich junge Edelleute, begrüßen einander, stellen einander Freunde vor. Den Platz selber aber erfüllt eine dichte Menge fast nur aus Männern bestehend – Bürgerssöhne, aber noch mehr Fremde, Soldaten von den Kriegsschiffen, mit enormen Stoßdegen, Maultiertreiber aus dem Gebirg mit Messern in dem schönen Gürtel, Matrosen, die in Gruppen einander unter den Arm gefaßt halten, Halbblütige, Neger, westindische Eingeborene. Den Rhythmus ihrer Bewegung regelt eine starke schmetternde Musik, die von einem unsichtbaren Teil des Platzes herschallt und zu der sie mehr tanzen als schreiten, wobei sich die Bewegungsrichtungen kreuzen, wie zwei Ströme im gleichen Bette.
Im Hafen entsteigen mittlerweile einem Boot mit bunten geflickten Segeln die Zigeuner und in ihrem Gefolge der jüngere Sohn aus dem Bauernhaus. (Wir nennen ihn fortan kurzwegs »den Sohn«.) Sie kommen durch den großen Schwibbogen, auf dem das mittelste Haus aufgebaut ist, auf den Platz, die junge Zigeunerin stürmt ihnen voran und ist auf einmal in der Mitte des Platzes und ein Kreis um sie frei; Fässer von irgendwo herangerollt, Bretter daraufgelegt, eine kleine Tanzbühne hergestellt, die Männer ringsum, dichtgedrängt, der junge Edelmann zuvorderst. Die junge Zigeunerin tanzt, sie streut ihre Blicke, die Glieder für alle hin. Die Damen wiegen sich mit ihr auf dem Balkon, die Bürgersfrauen biegen sich aus den Fenstern, die Kurtisanen winken: komm zu uns, rhythmisch wenn der Tanz es fordert, schreien die Zigeuner jauchzend auf. Die Frauen mit ihnen, erst einige, dann alle. Man wirft der Tänzerin Blumen, Konfekt, Tücher, Armbänder zu (die Zigeuner um sie fangen alles auf) – da ertönen die Glocken des Angelus domini – mit einem Mal ist

der Platz verändert, die Damen sind jäh aufgestanden und haben sich in die Zimmer zurückgezogen, die Kupplerinnen reißen hastig ihre Zöglinge ins Innere des Hauses, an allen Fenstern schließen sich dunkle Läden, der volle Platz ist plötzlich leer, nur der junge Edelmann und ein paar seiner Freunde stehen noch um die Tänzerin, die erschrocken in einer reizenden Pose innehält und das von ihren Schultern gefallene Hemd mit einer Hand hinaufnimmt. Die Zigeuner, Böses ahnend, stürmen verstört, wie wilde Pferde in einem Pferch dahin und dorthin, der junge Edelmann hebt die Zigeunerin von den Brettern hinunter und trägt sie schnell fort. Einer seiner Freunde hat eine Art von Kellertür in einem der Häuser geöffnet, dorthin verschwinden sie rasch, stufenab, die Zigeuner schlüpfen nach, nur der Sohn, über alles erstaunt, ist zu spät gekommen. Die Tür hat sich geschlossen. Betroffen starrt er auf die kleine Bühne. Sie ist umgestürzt. Ein Haufen leerer geborstener Fässer und alte Bretter. Den Platz aber fängt, indessen die strengen Töne der Abendglocken weiter klingen, ein Leben anderer Art zu erfüllen an. Aus Kellerluken, aus winzigen, kaum zwei Ellen breiten Seitengäßchen sind Bettler herausgekommen: ein Rudel winzig kleiner alter zusammengekrümmter Frauen, ein Haufen Krüppel auf Stelzbeinen und Krücken (pittoresk wie jene Figuren, deren Körper aus Elfenbein und deren Lumpen aus Buchsholz geschnitten sind). Von der Seite aus dem Dämmer schiebt sich die Prozession der Blinden herein. Vorne als sehender Führer ein ganz kleines Kind, das hat am Rücken eine Art von Griff aus Holz oder Leder, daran hält sich der erste Blinde, ein alter hagerer Riese mit der Rechten, den linken Arm streckt er nach rückwärts und umklammert den nackten Arm des zweiten Blinden, der wieder seinen linken nach rückwärts hält und den Arm des dritten umschlingt, so rückt die Kolonne langsam vor gegen den Gouverneurs-Palast und parallel auch das Häuflein der Alten und der Krüppel.
Indessen ist aus dem Gäßchen, das links hinter dem Palast des Gouverneurs auf den Platz einmündet, dessen Gefolge sichtbar geworden: der Gouverneur mit seiner Frau kommt von der Abendandacht zurück. Das Tor des Palastes öffnet sich:

Diener mit Kerzenleuchtern werden sichtbar. Die Schildwache am Tor nimmt Stellung. Der Zug nähert sich sehr langsam, ebenso langsam rücken die Bettler gegen die den Raum vor dem Palast sperrenden Ketten vor.

Der Zug: zwei Lakaien, alter Haushofmeister, Almosenier – Abstand – Page das Gebetbuch des Gouverneurs tragend, der Gouverneur (Page ihm rückwärts und seitwärts trägt seinen Stock). Die Sänfte, worin die Frau des Gouverneurs, Page seitwärts derselben mit einem kleinen Gebetbuch, Almosenier und Leibarzt hinter der Sänfte (alle diese Figuren in Schwarz), Arkebusiere oder Polizeisoldaten schließen den Zug. Der Zug hält so, daß die Sänfte in der Höhe der Torstufen, Haushofmeister und vordere Lakaien ins Haus. Träger stellen die Sänfte nieder. Gouverneur nimmt den Hut ab, tritt zu der Sänfte. Page hat die Sänfte geöffnet. Gouverneur reicht seiner Frau die Hand, die aus der Sänfte steigt. (Nicht auf der dem Haus, sondern dem Platz zugewandten Seite.) Wie der Fuß der Dame die Erde betritt, bedeckt sich der Gouverneur und nimmt seinen Stock, den ihm der Page unter Kniebeugen überreicht.

Die alten Weiber haben als erste Gruppe die Kette erreicht, werfen sich vor der Gouverneurin nieder, verehren sie wie eine Heilige, küssen den Saum ihres Kleides. Die Krüppel drängen auch heran, wobei eine Alte niedergestoßen wird, ein Krüppel kommt zu Fall. Die Blinden stehen etwas zurück, weil das Kind erschreckt stehen geblieben ist. Der Sohn, hinter der Gruppe der alten Weiber, magisch angezogen von der Erscheinung der Gouverneurin, Haushofmeister und zwei Diener aus dem Haus präsentieren einen großen Korb mit Broten und Weinfläschchen. Einen Korb mit reinem Linnen. Haushofmeister überreicht einen Geldbeutel. Gouverneurin ergreift ehrfürchtig ein Brot, bekreuzigt es, überreicht es einer der Greisinnen. Sie greift in den Beutel, wirft Silbermünzen in den Haufen. Der Sohn entzückt, reißt seinen Beutel hervor, wirft gleichfalls eine Münze unter die Bettler. Die Blinden in höchster Unruhe, aber nicht ihre Kette lösend, stoßen das Kind vorwärts. Die Diener mit dem Brot und dem Linnen sind über die niedrige Kette getreten, schreiten jetzt in der Richtung auf das winzige Seitengäßchen rechts vorne. Der Haufen der Bettler, alten Weiber, Krüppel, trippelt und schlürft ihnen nach. Die Blinden in höchster Aufregung wollen ihnen nach. Ihre Kette verwirrt sich, einer von ihnen stürzt, sie wollen ihm aufhelfen, der Sohn stürzt hin, die Gefallenen aufrichten, die Blinden spüren, es ist ein Fremder unter ihnen, schlagen auf ihn ein. Der Sohn muß mit den Händen im Nacken seinen Kopf schützen. Indessen sind zwei oder drei von den alten Weibern, ein oder zwei von den Krüppeln ganz ekstatisch von der hohen Beschützerin nicht gewichen. Einer, ein junger Mensch, hängt dabei über die Kette. Der Gouverneur, ohne ihn eines Blickes zu würdigen, treibt ihn mit einem kleinen Schlag seines Stockes zurück wie einen Hund (die Sänfte ist indessen weg, das Gefolge steht wartend). Der Gouverneur nimmt den Hut ab, hält Hut und Stock in der Linken, reicht die Rechte seiner Frau (das Führen der Dame erfolgt mit hochgehaltenen Händen. Die beiden Hände in Scheitelhöhe des Herren oder noch höher), und führt sie ins Haus, dann verneigt er sich vor ihr und tritt wieder heraus. Auf seinen Wink geht nun das ganze Gefolge hinter ihm ins Haus, nur eine Anzahl Sbirren bleibt an der Mauer des Palastes stehen zu seiner Verfügung. Der Gouverneur hat sich bedeckt. Vor einem Wink seines Stockes gehen die paar Bettler weit zurück und geben den Platz frei. Der Sohn mit ihnen. Man hört einen Taktschritt, aber schleppend, traurig, dazu ein Klingen von blechernen Glöckchen. Quer über den Markt kommt ein Zug von Galeerensklaven in drei Abteilungen, jede zu etwa fünfzehn bis zwanzig Mann. Sie tragen ärmliche Zwilchgewänder, groß auf dem Rücken in rot die Königskrone, darunter eine Nummer. Bei einigen ist das Gewand in Fetzen und man sieht die gleiche Königskrone und die Nummer auf dem nackten Rücken eingebrannt. Sie sind abteilungsweise aneinander gekettet, gehen zu zwei und zwei. Der linke vorderste trägt auf seiner unförmlichen papierenen Mütze die Bezeichnung der Abteilung als Diebe, Aufrührer, Räuber. Vor und hinter jeder Abteilung ein Aufseher, Kerle wie Metzger mit einer Peitsche und Pistolen im Gürtel. Langsam defilieren die Abteilungen vor dem Gouverneur. Die drei vorderen Aufseher jeder Abteilung stellen sich vor dem Gouverneur Habacht (die Beine weit auseinander, ein halber Meter zwischen den Fersen) und erweisen Ehrenbezeigungen, ziehen aus dem Gürtel jeder seine Abteilungsliste und überreichen sie dem Gouverneur, der einen Blick darauf wirft und die Kopfzahl der Abteilung vergleicht. Der Sohn, vom ersten Anblick solchen menschlichen Schicksals wie hypnotisiert. Sein Anstarren geht in eine Art von Hypnose über. Er folgt der langsam marschierenden Abteilung seitlich, indem er die Hände auf dem Rücken die Haltung der Gebundenen mitmacht. Als einer der Sträflinge stürzt und unter der gehobenen Peitsche des Aufsehers von den andern jäh aufgerissen wird, taumelt auch er unwillkürlich, kommt dadurch zu sich und streckt die gefaltenen Hände in Verzweiflung zum Himmel, dann wie der Zug vorbei ist, zu dem Gouverneur, der ihn nicht beachtet, über ihn hinwegsieht und ins Haus hineingeht, dessen Tür sich nun schließt. Der Sohn starrt auf die Tür, immer mit flehend erhobenen Händen, starrt nach oben auf den Balkon, sein Gesicht verändert sich, oben ist die Frau des Gouverneurs herausgetreten. Nun streckt er die Hände zu ihr auf, nicht mehr verzweifelt, sondern voller Hoffnung. Weist in der Richtung des schon verschwundenen Zuges, sie solle sehen und helfen. Indessen ruht der Blick der Gouverneurin auf etwas anderem. Gegenüber, ganz im Dunkel, sind lautlos der Edelmann, die Zigeunerin, die drei Zigeuner aus der Kellerluke hervorgekommen, drücken sich im tiefsten Dunkel an der Wand hin, gegen den Hafen zu flüchten. Die alten Weiber und Bettler sind inzwischen dem Sohn nahe gekommen, heben die Hände zu ihrer Beschützerin, der Heiligen.

Die Sbirren nach Abtreten des Gouverneurs, dienstfrei, sind an die vorderste Ecke des Gouverneur-Palastes gegangen, fast ins Proszenium, hocken dort miteinander. Die Frau dort oben (sie trägt nun nicht mehr das Hofkleid, sondern ein weißes, fließendes Gewand) biegt sich vor, ihre Augen blitzen, sie ist wie ein Jäger, der seine Hunde auf ein Wild hetzt. Sie beugt sich weit über: wo sind die Sbirren? Pfeift schrill auf einem silbernen Pfeifchen. Die Sbirren springen hervor, mit einer

Gebärde ihres weißen Armes wirft sie sie auf die Spur der Geflohenen, dann tritt sie in das Zimmer zurück. Der Sohn starrt empor und wartet. Abermals Glöckchen, abermals der schleppende Taktschritt. Eine neue kleine Abteilung von Galeerensklaven zieht den gleichen Weg. Von hinten her bringen Sbirren zwei der Zigeuner geschleppt. Die Abteilung macht Halt. Der Aufseher am Ende des Zuges nimmt aus einem Sack, den er am Gürtel trägt, zwei schmutzige Sträflingsgewänder, reißt den Zigeunern ihre Kleider ab, steckt sie in die Gewänder, schmiedet sie an das hinterste Paar, der Zug setzt sich in Bewegung, die zwei neuen wollen sich entgegenstemmen, werden mitgerissen. Der Sohn voll Mitleid trippelt neben ihnen her, ein paar Schritt, er kann doch nicht fort von diesem Haus, diesem Balkon. Er kehrt wieder zurück, kauert sich hin, blickt empor.

BILD IV

SCHLAFZIMMER IM PALAST DES GOUVERNEURS

Links die Eingangstür, hinten links Alkoven, worin Ehebett. Rechts vom Alkoven kleine Seitentür in ein Ankleidekabinett, durch einen Wandschirm aus Korduanleder verstellt. In der Mitte der Rückwand eingelassen ein Rahmen, in diesem: Maria und Johannes (stehend) und Maria Magdalena (kniend). Zu Füßen des Kreuzes drei lebensgroße bemalte, mit wirklichen Stoffen bekleidete Holzstatuen. Von dem Gekreuzigten erblickt man nur die Füße. Vor diesem Bildwerk ein Betschemel, das Bildwerk durch einen Vorhang verschließbar. Rechts offene Tür auf den Balkon, durch ein Eisengitter verschließbar, das aber jetzt offen steht. Im Vordergrunde ein kleiner Tisch, ohne allen Prunk, ja mit entschiedener Strenge, gedeckt für zwei Personen.
Die Tür von außen geöffnet. Diener mit Leuchter, Haushofmeister (mit Degen). Alter Kammerdiener, zwei junge Diener. Alles in Schwarz. Gouverneur herein, läßt seiner Frau den Vortritt. Beide im Hauskleid. Sie nehmen Platz. Kurze sehr einfache Mahlzeit, schweigend. Haushofmeister mit ge-

zogenem Degen, rechts hinter dem Gouverneur; Diener servieren. Unten die Glöckchen eines neuen Sträflingszuges, Gouverneur horcht aufmerksam streng.
Tür auf. Ein Sbirre herein mit einem schriftlichen Rapport. Gouverneur auf, auf den Balkon. Frau sieht vor sich hin. Gouverneur zurück, reicht der Frau die Hand. Sie steht auf. Tisch weggetragen. Gouverneur überfliegt den Rapport. Sbirre ab mit dem Rapport. Alte Kammerfrau ist eingetreten, durch die kleine Tür ins Kabinett gegangen. (Statt des Kabinetts kann auch der Raum hinter dem ledernen Wandschirm angenommen werden.)
An der halb offen gebliebenen Tür des Zimmers sind die zwei fanatischsten alten Weiber und der Sohn sichtbar geworden, gelangen aber kaum über die Schwelle, werden von den Dienern (aber ohne Roheit) hinausgeschoben; der Sohn schlupft durch, kniet plötzlich vor der Gouverneurin. Seine Jugend und Gutmütigkeit verhindern, daß man ihn gewaltsam anpackt. Er ist selig, vor dieses Angesicht gelangt zu sein. Er bitte diesen Engel der Gnade um Gnade für die unten in Fesseln Hinschwankenden. (Die Musik akzentuiert diesen Moment sehr stark.) Die Gouverneurin lächelt unwillkürlich, ein sehr fernes Lächeln wie eine Heilige. Sie greift nach dem Fruchtkorb, den ein Diener noch hält, nimmt eine Frucht, reicht sie diesem kindischen Burschen. Er sieht nicht die Frucht, sieht nur die Hand. Er hat die Frucht schon in seiner Hand, sein Auge haftet nur an dieser Hand, die sich aufschwebend von ihm entfernt. Gouverneur winkt (ohne Heftigkeit) ihn abzuführen. Zwei Diener fassen den Sohn. Er läßt es in einer Art Verwunderung geschehen, daß man ihn abführt, den Blick auf die Frau geheftet. Ihr Blick folgt ihm nicht mehr. Sie steht da, völlig unirdisch, völlig unnahbar.
Kammerdiener ist vor dem Gouverneur niedergekniet, zieht ihm die Schuhe aus. Nachtschuhe an. Die Frau tritt in das Nebenkabinett. (Hinter dem Wandschirm.) Diener mit Leuchtern stellen sich so, daß sie den Gouverneur und Kammerdiener verdecken. Haushofmeister reicht kniend das Nachthemd, das er aus dem Bett genommen hat. Diener treten zurück. Gouverneur steht im Nachtgewand da. Man legt

ihm einen leichten Mantel um. Ein Diener hat den Vorhang vor dem Bildwerk zugezogen. Ein anderer die Gittertüre gegen den Balkon verschlossen. Die Frau tritt hervor im Nachtgewand. Alte Kammerfrau hinter ihr.
Gouverneur reicht seiner Frau die Hand, führt sie an den Betschemel, beide knien, kurzes Gebet. Dienerschaft gleichfalls in einer Gruppe seitwärts. Gouverneur auf, führt seine Frau an das Bett, küßt sie auf die Stirn. Die Frau tritt zwischen ihr Bett und die Wand.
Gouverneur vor seinem Bett stehend, empfängt vom Haushofmeister den großen Schlüssel des Palastes, die kleineren des Vorzimmers und der Balkontür. Gouverneur entläßt die männliche Dienerschaft. Kammerfrau verschwindet hinter den Wandschirm. Dienerschaft tritt ab. Nur ein Nachtlämpchen brennt. Gouverneurin liegt regungslos in ihrem Bett neben der Wand. Gouverneur legt die Schlüssel unter sein Kopfkissen, verriegelt die Eingangstür, stellt seinen langen Degen an das Kopfende seines Bettes, legt sich. Stille. In großer Ferne das Lied der Zigeuner. Die Gouverneurin richtet sich im Bett auf. Horcht, ob ihr Mann schläft. Gleitet aus dem Bett. Gleitet an die Gittertür. Horcht auf die Stadt hinaus. Legt sich wieder. Sie fährt wieder auf. Ein Etwas zwingt sie wieder aus dem Bett heraus. Sie gleicht einer Nachtwandlerin. Das gleiche Lied aufs neue, in der Ferne. Es tritt ein Ausdruck von furchtbarer Strenge in das Gesicht der Frau. Sie tritt an den Wandschirm. Dort liegt auf einer Matratze die alte Kammerfrau, angekleidet, schlafend. Die Alte ist sogleich auf, heraus, sieht ihre Herrin an.
Gesicht und Gebärde der Dame wie unter einem Zwang: es muß sein. Kammerfrau auf ihren Wink greift unter das Heiligenbild, zieht dort eine Art von Mönchskutte hervor, wirft diese ihrer Herrin über. Die Kutte endigt oben in einer Kapuze mit Augenlöchern. Kammerfrau befestigt ärmliche Sandalen an den Füßen der Gouverneurin, schleicht dann an die Tür, zieht lautlos den Riegel zurück, verneigt sich, läßt ihre Herrin durch, schlüpft selbst hinaus, von draußen ohne Geräusch.

BILD V

DER PLATZ, EINE GASSE, DANN EINE ANDERE GASSE

Am Palast des Gouverneurs öffnet sich eine kleine eisenbeschlagene Tür, neben der Haupttür. Die Gouverneurin (in jener mönchsartigen Verkleidung) heraus, die Kammerfrau mit ihr.

Ein Häuflein Sbirren (vier oder fünf) im Schatten an der Mauer des Palastes. Der Sohn kauert auf den Brettern, die mitten auf dem Platz liegen, spielt mit der ihm geschenkten Frucht, die ihn entzückt.

Schildwache stutzt, nickt dann, setzt ihr Auf und Ab ruhig fort. Die verlarvte Frau bis in die Mitte des Platzes, wie mit gebundenen Schritten. Sohn erschrickt. Sbirren stutzen, blikken aufmerksam hin. Die Frau richtet aus den Augenlöchern ihrer Kapuze ihren Blick auf die Gestalt des Sohnes.

Sohn fürchtet sich vor diesem Blick.

Kammerfrau schnell zu den Sbirren hin, flüstert ihnen etwas zu. Die Sbirren ein paar Schritte näher.

Die Frau streckt die Hand gegen den Sohn aus.

Sohn erkennt die Hand; es ist die gleiche, aus der er die Frucht empfing. Nähert sich der Gestalt mit gebogenen Knien und strahlendem Gesicht. Schaut von unten zu ihr auf: was befiehlt meine Herrin?

Das Lied der Zigeuner in der Ferne. Die Frau hört es, der Sohn hört es auch. Die Frau: (fast wie zu einem Hund) nimm diese Fährte auf! Sohn genau wie ein Hund, der versteht und sich freut zu verstehen, springt ihr voran, wartet dann auf sie. Frau bedeutet ihm: vorwärts, folg der Fährte. Er verschwindet in ein Gäßchen, sie folgt.

Kammerfrau nach einer tiefen Verneigung, ab ins Haus.

Wir sind in einer engen finsteren Gasse. Der Sohn herein, vorsichtig. Die Frau ihm folgend (immer etwas von einer Schlafwandlerin an ihr). Quer über die Straße liegen die Blinden. Sie recken aus dem Schlaf aufschreckend ihre Hände bettelnd aus.

Sohn steigt über sie, die Frau folgt ihm, Sbirren folgen in einem Abstand. In diese Gasse mündet eine weit belebtere. Die

Melodie des Zigeunerliedes ist jetzt ganz nahe. Die Frau verbirgt sich an einer Ecke, winkt den Sbirren zurück zu bleiben. Sohn auf ihren Wink zu ihren Füßen.
Wir sind in der anderen Gasse, der belebten. Rote Laternen, halb offene Fenster, Männer im Halbdunkel sich herumschiebend, Dirnen ziehen immer Männer über die Schwellen ihrer Häuser, alte Männer und Zuhälter lauern in den Ecken. Hier summt alles das Lied der Zigeuner. Plötzlich erscheint (wobei die Musik mit einem Sprung aus leisem Summen in wilden Jubel übergeht) die Zigeunerin an dem einen Ende der Gasse, ihr folgt ein Zigeuner (ihr Bruder) und der junge Edelmann. Die Zigeunerin durchtanzt die ganze Gasse und verwandelt sie dadurch so wie wenn ein starker Luftzug in schwelendes Feuer fährt. Alle Männer wollen sie mit den Händen berühren, einer den andern wegreißen, die Dirnen wollen die Männer an sich reißen, Messer blitzen auf, halberstickte Schreie zerreißen die Melodie, da betritt, wie die Zigeunerin am Ende der durchtanzten Gasse angelangt ist und aufjauchzend verschwindet, vom andern Ende her die Verlarvte die Gasse, indes der Sohn neben ihr, halb geduckt den Blick zu ihr, sich an der Mauer hinschiebt. Kaum wird die Gestalt der Verlarvten erblickt, so verwandelt sich alles. Läden schließen sich, Lichter verschwinden, Türen werden zugeschlagen, wie mit einem Zauberschlag wird die Gasse leer und düster. Einen Verwundeten schleppen zwei noch schnell in ein Haustor hinein. Da und dort steht noch ein Mann. Er preßt sich an die Wand, hält den Arm quer vors Gesicht und gibt den Weg frei für die strenge Gestalt, die sehr schnell der entschwundenen Zigeunerin nachgeht, wie nachgezogen von einem Phantom. Die Sbirren folgen auf dem Fuß. Sehr schnell verschlingt Dunkelheit das Bild.

BILD VI
HAFENSCHÄNKE

In der Mitte ein freier Raum. Hier steht ein runder Tisch zum tanzen. Rund um den Raum ein niedriger Diwan wie im

Orient. Der ganze Raum kreisrund. Die einzige Tür schief im Hintergrund; ein paar ausgetretene Stufen führen von der Tür ins Zimmer hinauf. Der Raum hat ein paar Ausbuchtungen, Nischen mit Vorhängen, in denen im Halbdunkel Umschlungene sichtbar werden, Mulattinnen, auch eine Weiße mit einem Neger. Plötzlich stürmt der Edelmann zur Tür herein, springt die Stufen herunter, in die Mitte. Er hat gerade Zeit, die Arme auszubreiten und die Zigeunerin aufzufangen, welche die kleine Treppe hinab mehr fliegt als springt. Nun tanzt sie so, als wollte sie die Mauern des kleinen Raumes auseinander tanzen. Der Edelmann kniet auf einem Kissen des rund umlaufenden Ruhebettes, wie in Ekstase sie mit dem Blick in sich trinkend, auch die aus den Nischen Hervorgekrochenen sind wie verwandelt. Der Tanz dauert eine undefinierbare Zeit. Indessen steht die verlarvte Frau in der Tür. Die Sbirren hinter ihr. Der Wirt sieht sie zuerst, mit einem erstickten Aufschrei wirft er die Lampe untern Tisch. Sofort treten zwei Häscher mit Fackeln herein. Es sind aber jetzt fast alle Personen spurlos verschwunden, sie haben sich verkrochen, nur die Zigeunerin steht starr da. Der junge Edelmann starr an seiner Stelle. Ein einziger von den Musikanten, ein verwachsener Mensch mit einer Flöte, starr in einer Ecke. Der Wirt hat sich auf die Knie geworfen. Die Verlarvte steigt herunter, sieht sehr lange die Zigeunerin an, dann den Edelmann, wie um sich ganz genau beider Züge zu merken, dann winkt sie. Der Wirt ist sogleich gebunden. Der Musiker hat sich verkrochen, man weiß nicht wohin. Die Verlarvte tritt einen Schritt zurück, indem sie fortdauernd den Edelmann ansieht. Der Edelmann hat die Hand am Degen. Die Verlarvte winkt. Zwei Häscher nähern sich von hinten der Zigeunerin, sie zu binden. Der Edelmann stößt zu, einer der Häscher fällt.

Der Edelmann hat sich zunächst den mit ihm ringenden Häschern entrissen und entspringt, wobei sie ihm den Gürtel mit dem Dolch abgerissen haben. Die Verlarvte mit einer wilden Gebärde jagt die Sbirren ihm nach. Einer von diesen nimmt die gebundene Zigeunerin auf den Rücken. Indessen sind in zitternder Angst vor der Verlarvten zwei der Frauenspersonen aus einer Ecke hervorgekrochen, verbinden dem Sohn die Hände. Die Verlarvte steht dabei, mit spürbarem Mitleid. Nun kommen durch die Tür drei der Sbirren zurück, haben den Edelmann gefangen, bringen ihn aber ohne Roheit mit der Scheu von Lakaien gegen den Hochgeborenen. Die Verlarvte erschrickt über die Situation, deren Gefährlichkeit sie nun blitzartig versteht. Sie hat sich vom Haß gegen die Zigeunerin fortreißen lassen. Mit einem Wink treibt sie die Sbirren rückwärts, so daß der Edelmann allein steht. Ihn aber macht der Zorn sinnlos über die erlittene Mißhandlung und darüber, daß man die Zigeunerin weggeschleppt hat. Er sieht sich überall nach dieser um, reißt einen Vorhang weg, endlich geht er, da er die Gesuchte nirgends findet, sinnlos vor Wut auf die Verlarvte los mit bloßen Fäusten. Sie weicht ihm aus, solang sie kann. Endlich in Verzweiflung gibt sie den Befehl, ihn abzuführen. Sie kann sich nicht anders retten. Kaum ist er weg und die Sbirren mit ihm, gibt sie sich ganz der Verzweiflung hin, ein Weinkrampf schüttelt sie. Sie wirft sich auf den Boden. Der Sohn mit unendlicher Zartheit bettet sie, deckt sie zu. Sie liegt ganz ruhig. Er sieht sie liebevoll an, schleicht sich zur Tür: vorbei! Sie fühlt, daß er sie verläßt, richtet sich ein wenig auf, enthüllt ein wenig ihr Gesicht, winkt ihm: bleib bei mir. Sein innerer Kampf: soll ich, kann ich, darf ich bleiben. Ein stummes Gespräch zwischen beiden. Er kann sich ihrer Gewalt nicht entziehen. Er bleibt bei ihr als ihr Schutz. Sie hat ihr Gesicht wieder verhüllt, ihr graut jetzt vor dem Haus, in das ihre Leidenschaft sie gelockt hat. Sie gehen beide rasch fort, er vor ihr mit der Laterne, die am Gürtel des toten Häschers gehangen hat.

BILD VII

Das Schlafzimmer. Die Kammerfrau kauernd, wartet, hört die Herrin zurückkommen. An die Tür, öffnet. Die Gouverneurin herein. Auskleiden. Kammerfrau holt einen Schwamm, wischt Blutspritzer von den nackten Füßen der Frau, nachdem sie ihr die Sandalen abgezogen hat. Versteckt

Gewand und Sandalen unter dem Heiligenbild. Auf einen Wink der Herrin geht sie hinter den Wandschirm, legt sich. Gouverneurin hält in der Hand fest den Dolch, den ein Häscher ihr übergeben hat, blickt ihn lange an. Ihr Gesichtsausdruck ist undurchdringlich, von einer furchtbaren Konzentration. Endlich ändert sie ihre Stellung, verbirgt den Dolch irgendwo in einem Wandfach sehr verstohlen gegen das Bett hin lauschend, gleitet zum Bett hin, streckt sich neben ihren Gatten hin.

BILD VIII
GERICHTSSAAL

Links Eingangstür. In der Mitte ein großer Tisch, rechts Fenster. Finstere Wände. In der Rückwand mehrere Öffnungen, durch welche Gefangene hereingeschoben werden können. Zwei Beisitzer des Gerichtes sitzen mit dem Rücken gegen die Tür. Schreiber legt ihnen Akten vor. Kerkermeister mit seinen Gehilfen steht an der Rückwand, auf Befehle wartend. Die Eingangstür öffnet sich. Eine verlarvte Gestalt tritt herein. Die Beisitzer erheben sich. Hinter der Verlarvten tritt der Sohn ein. Er trägt die Livree des Hauses. Die Hände hat er leicht verbunden. Die verlarvte Gestalt trägt einen großen Ring an der rechten Hand über dem Handschuh. Sie streckt die Hand aus, Beisitzer und Schreiber verneigen sich. Auf einen Wink der Verlarvten treten die Beisitzer ab, Schreiber ebenso. Die Verlarvte setzt sich in den Stuhl des Vorsitzenden, wirft einen Blick auf die Akten. Winkt dem Kerkermeister. Dieser ab mit seinen zwei Gehilfen durch eine der Öffnungen der Rückwand. Die Verlarvte winkt dem Sohn, von einem Gegenstand, der auf dem Tisch liegt, das dunkle Tuch abzuheben, womit er bedeckt ist. Es liegt da der vom Degen durchstoßene Rock des getöteten Sbirren und dessen blutiges Hemd. Sohn hebt beides auf, zeigt es. Die Verlarvte nickt.
Durch die drei Öffnungen der Rückwand hereingestoßen die Zigeunerin, ihr Vater und der Edelmann. Alle drei in Ketten.

Hinter jedem der Aufseher. Verhör: den Edelmann zu überführen des Mordes an dem Sbirren. Sohn hält Gewand und Hemd. Edelmann vorgeführt: er wisse von nichts. Zigeuner vorgeführt: leugnet sehr lebhaft, er kenne den Edelmann nicht, könne nichts bezeugen. Verlarvte winkt. Zigeuner jäh zurückgerissen, verschwindet. Zigeunerin vorgeführt: sie wisse nichts, habe den Edelmann nie gesehen. Drohung sie mit Stricken eng zu umschnüren (oder sie in einen hölzernen Käfig zu pressen, der herangebracht wird). Verlarvte zornig. Zigeunerin abgeführt. Verlarvte steht auf, geht auf den Sohn zu, der vor Schreck Gewand und Hemd fallen läßt. Der Sohn solle bezeugen, dieser sei der Mörder. Sohn weigert sich, verkriecht sich vor dem Blick der Verlarvten an der Rückwand, daß es scheinen könne, er sei durch eine der Öffnungen verschwunden, doch hat sich indessen dort ein Gitter vorgeschoben. Er kann nicht fort, verkriecht sich unter der tief herabhängenden Decke des Gerichtstisches. Die Verlarvte bemerkt es nicht, sie hat den Edelmann fest ins Auge gefaßt. Er steht furchtlos unter ihrem Blick. Sie winkt dem Kerkermeister abzutreten. Noch einmal auf das daliegende blutende Hemd deutend, will sie das Geständnis. Der Edelmann spielt den Unbefangenen, streift mit dem Fuß das blutige Hemd zur Seite. Sie zieht das abgerissene Stück seines Gürtels mit dem in der Scheide steckenden Dolch unter ihrem Gewand hervor, hält es ihm hin. Er erschrickt, fühlt, daß er überführt ist. Sie geht an den Tisch, nimmt das dort liegende Todesurteil, hält es ihm hin. Er fällt auf die Knie. Sie, den Blick immer auf ihn, tritt wieder an den Tisch, hebt ein seidenes Tüchlein auf und entblößt ein dünnes, weißes Stäbchen, mit dem in der Hand sie auf ihn zuschreitet. Edelmann, den Blick in tödlicher Angst auf ihr, hat das Blatt mit dem Urteil zu Boden fallen lassen. Sie steht vor ihm, hebt das Stäbchen, bricht es über seinem Kopf. Seine verzweifelte Angst. Sie sieht sich um. Die Gittertüren der drei Öffnungen sind geschlossen. Sie ist allein im Zimmer. Sie geht ans Fenster. Auf dem Tisch brennen zwei Kerzen bei einem Kruzifix. Edelmann in höchster Angst auf den Knien. Sie streift mit einem Griff die Kapuze von ihrem Kopf: eine schöne Frau steht vor ihm. Zuerst völlig ver-

wirrt erkennt er erst allmählich, wer sie ist. Kann es nicht fassen. Die Liebesszene, so jäh als kurz.
Der Sohn indes ist lautlos unter der Tischdecke hervorgekommen, steht dort in der dunkeln Ecke, ungesehen. Draußen ein Geräusch: die Wachen stoßen ihre Partisanen auf den Boden. Gouverneurin faßt sich im entscheidenden Augenblick, zieht die Kapuze übers Gesicht. Steht da mit dem weißen Blatt, worauf das Urteil, in der Hand. Sohn blitzschnell an die Tür. Öffnet. Gouverneur herein, auf seine Frau zu. Spielszene der drei Figuren. Rückgabe des Ringes. Gouverneur unterschreibt das Urteil. Gefangener vom Kerkermeister abgeführt. Schluß: Sohn bleibt allein zurück, hat alles in seiner kindlichen Seele irgendwie verstanden, richtet verzweifelte Blicke auf seine abgehende Herrin, verzweifelte Blicke auf die nun vergitterte Öffnung, durch die der Edelmann verschwunden, kniet nieder, betet.

BILD IX
KERKERHOF

Tiefer, enger Hof, von Teilen des Gouverneur-Palastes umschlossen. Von hoch oben führt eine offene Treppe sehr steil herab. Zweimal ist sie unterbrochen von einer Art Altan. Sie mündet nicht ganz unten, sondern etwa zwei Meter über dem Erdboden auf einen größeren Altan, von dem aus man auf den noch tiefer gelegenen Teil der Bühne (der als unterirdisch zu denken) herabblickt. Im untersten Teil münden ein paar Kerkerzellen (etwa drei links und eine rechts, diese unterhalb des Altans) auf offene Eisenkäfige, ganz gleich denen in einer Menagerie (»offen« will sagen Käfige nur aus Eisenstäben, ohne Mauerwerk). Jeder von den Käfigen hat eine enge Tür in den Hofraum heraus. In einem Käfig links ist die Zigeunerin, daneben der Edelmann im Sträflingsgewand. In dem Käfig gegenüber ein struppiger alter Mensch. Kerkermeister und der eine seiner Gehilfen. Ein paar (fünf) alte phantastisch aussehende Zigeunerinnen sind auf den Altan eingedrungen, versuchen von dort aus der Jungen Zeichen zu machen. Spiel

der Jungen in ihrem Käfig. Kerkermeisters Gehilfe hinauf mit einem Stock, drängt die alten Weiber weg. Plötzlich das Lied der Zigeuner, wie von der Gasse oder von irgendwo hereinschallend. Die junge Zigeunerin in ihrem Käfig fängt zu tanzen an. Sie tanzt und tanzt. Der struppige Alte in seinem Käfig vergißt an seiner Brotrinde zu kauen, starrt auf sie. Der Edelmann kriecht in den dunkleren Teil seines Kerkers, verbirgt seinen Kopf in den Händen. Die Zigeunerin, tanzend wie eine Rasende, fällt plötzlich zusammen. Währenddem ist von oben die Gouverneurin verschleiert, aber kenntlich die Wendeltreppe herabgestiegen. Der Sohn in der Livree des Hauses vor ihr, ein kleines Körbchen tragend.
Die beiden Gestalten kommen auf den Altan herab, werden dann unsichtbar und treten einen Augenblick später unten aus einem unscheinbaren Mauerpförtchen in den Hof hinaus. (Der Edelmann ist im Sträflingsgewand mit nackten Füßen. Die Gouverneurin ist verschleiert, aber kenntlich.) Die Gouverneurin tritt zu dem Käfig, worin der alte Verbrecher, läßt ihm durch den Sohn ein Brot und einen Becher Wein überreichen. Vorbeitretend an dem Käfig, worin die junge Zigeunerin nun regungslos mit einem Messer in der Brust auf dem spärlichen Stroh liegt, wendet sie sich mit deutlichem Widerwillen ab und tritt zu dem Kerker des Edelmannes.
Spielszene der beiden Liebenden, keine Berührung. Er ist innen angehängt. Am Ende der Szene kniet die Frau nieder, betet. Die Gouverneurin geht wieder die Treppe hinauf. Auf dem oberen kleinen Altan bleibt sie stehen, lehnt sich nach unten, reckt mit verzweifelter Sehnsucht die Hände nach dem Käfig des Gefangenen. Gerade das sieht der Sohn, der in eben dem Augenblick von links herausgetreten. Er versteht völlig; sein Herz versteht alles. Er schleicht sorgenvoll zu dem Käfig des Edelmannes hin. Dieser lehnt oder hockt starr in einer Ecke. Der Sohn wird nun gewahr, daß die Zigeunerin sich so gar nicht regt. Er rührt sie durchs Gitter an, erschrickt. Läuft nach links, ruft den Kerkermeister, zeigt ihm: sie liege so starr. Kerkermeister und Gehilfe schließen auf, sie heben das Mädchen heraus, legen sie hin. Entdecken, daß sie sich unterm Tanzen mit einem Messer erstochen habe. Die Zigeune-

rinnen auf dem untersten Altan, plötzlich wieder sichtbar. Starren herunter auf die Tote. Gestikulieren wie die Rasenden. Kerkermeisters Gehilfe droht hinauf. Sohn indessen betrachtet sorgenvoll durch die Gitterstäbe den gefangenen Edelmann. Zupft den Kerkermeister: auch der Gefangene scheine sehr krank, man solle ihn an die Luft hinauslassen. Kerkermeister etwas verwirrt durch den Anblick der Toten. Nach einiger Weigerung entschließt sich, läßt den Edelmann heraus, nachdem er ihn innen losgekettet hat. Der Edelmann wankt, Ketten an den Füßen. Sohn flößt ihm etwas Wein ein, den die Frau gebracht hat, läßt ihn in einer dunklen Ecke an die Mauer sitzen, bedeckt ihn mit einem von links geholten dunklen Mantel. Die Zigeunerinnen durch das Pförtchen herein als Totenklägerinnen. Zeremonie der Totenklage, dazu aus dem Orchester dumpfes Geheul von Menschenstimmen. Sie verneigen sich alle fünf siebenmal vor der Toten. Sie nehmen pantomimisch Abschied von ihrem schönen Haar, ihren schönen Augen, ihrem Mund, ihren Händen und Füßen. Sie spielen, als wären sie selbst tot. Dann stehen sie wieder auf, verabschieden sich von der Toten eine nach der anderen. Zwei nehmen die Tote auf, sie wegzutragen. Bei ihren Tänzen sind sie dem regungslos an der Mauer lehnenden Edelmann öfter nahe gekommen. An dem Pförtchen leuchtet der Sohn dienstgeschäftig mit dem Laternchen des Kerkermeisters jeder der Alten ins Gesicht, bevor er sie passieren läßt. Hinter der letzten tritt er selbst ins Pförtchen. Es dämmert stark in dem engen Hof. Kerkermeister und Gehilfe wollen nun den gefangenen Edelmann in seinen Kerker zurückführen. Wollen ihn aufrichten. Die Gestalt kommt ihnen fremd vor. Kerkermeister läuft um sein Laternchen, das der Sohn vor dem Abgehen neben dem Pförtchen hat stehen gelassen, leuchtet dem Wesen ins Gesicht, reißt den Mantel herunter: was da steht, ist nicht der junge Edelmann, sondern eine der alten Urmütter. Sie haben ihm den Gefangenen gestohlen. Sinnlos vor Wut wirft sich der Kerkermeister auf seinen Gehilfen, reißt sich einen hölzernen Schuh vom Fuß, will den Gehilfen damit erschlagen. Indem sieht man den Sohn hinter ihm ein altes Weib die Treppe hurtig empor steigen,

oben verschwinden. Während der Kerkermeister und sein Gehilfe verknäuelt auf den Boden rollen, sind die Zigeunerinnen wieder auf dem Altan erschienen, winken ihrer Gefährtin, schlüpfen durch das Pförtchen herein, stehlen die Tote, verschwinden mit ihr.
Oder ein anderer Schluß: Es ist anzunehmen, Sohn habe das Pförtchen hinter sich versperrt, dasselbe bleibt zu. Während nun der Kerkermeister und sein Gehilfe am Boden miteinander ringen, die Tote still daliegt, erscheint oben auf dem Altan eine der alten Zigeunerinnen, reicht ihren fleischlosen Arm ihrer Gefährtin herunter; diese packt mit der Hand die ihr entgegen gestreckte Hand, schwingt sich mit einem grotesken Schwung auf den Altan und beide sind verschwunden.

BILD X

EIN VORSAAL IM PALAST DES GOUVERNEURS

Eine seichte Dekoration. Die Bühne nur so tief wie die Breite eines Palastkorridors. Links mündet die Treppe. Rechts führt eine Tür ins Schlafzimmer. Rechts (wie aus dem Proszenium herauf) ist eine Nebentreppe angenommen (oder es ist eine andere ähnliche Möglichkeit für einen Auftritt von rechts gegeben).
Im Hintergrund Flügeltür auf einen Empfangssaal. Die Wände links und rechts von dieser Tür mit Wandteppichen behängt, die nicht gespannt sind, sondern frei hängen.
Einige Lakaien wartend an der Treppe, oben. Zwei Lakaien des Gouverneurs an der Mitteltür. Haushofmeister an der Mitteltür heraus, winkt den Lakaien auf der Treppe, die Stellung nehmen. Damen aus der Mitteltür, eine Gruppe sich verabschiedend von der Gouverneurin: tiefe Verneigungen, wechselseitig mit größter Genauigkeit, Handküsse der Töchter, Umarmungen.
Im Festsaal der Gouverneur mit einer Anzahl Herren (darunter Ordensritter, Geistliche). Einen letzten Umtrunk haltend, stehend.
Gouverneurin hat die letzte Dame verabschiedet, wendet sich

dem Schlafzimmer zu. Einzelne Herren fort, Gouverneur begleitet sie bis an die Mitteltür. Lakaien Getränke servierend herauf in Livree mit dem Wappen des Gouverneurs. Die Bühne einen Augenblick leer. Von rechts der Sohn, in seiner Livree, hinter ihm ein altes Weib: vielmehr es ist der Edelmann im Sträflingsgewand, nackte Füße, an einem Knöchel noch ein Stück Kette hängend, über dem Gewand das Nötigste, um ihn als eine der alten Zigeunerinnen erscheinen zu lassen. Natürlich auch den Kopf verhüllt. Gouverneurin wie vom Blitz getroffen, bleibt stehen. Sohn hat mit einer Bewegung das Gesicht des Edelmannes ihr und zugleich dem Publikum enthüllt, nur für einen Augenblick. Sohn: nicht erschrecken, nicht sich verraten. Wir wollen dort hinüber, ich bringe ihn aus dem Haus (Sohn hält die Treppe für leer und gangbar). Er verbirgt seine kleine Laterne, bückt sich schnell, verbirgt die Kette am Fuß des Edelmannes, in dessen aufgekrempeltes Beinkleid. Gouverneurin bleibt starr stehen. Sie sieht, wie wieder Lakaien die Treppe oben links besetzen: dort gehts nicht. Im gleichen Augenblick nähert sich im Empfangssaal der Gouverneur der Mitteltür. Er begleitet zwei Herren, einen Ordensritter und einen in Schwarz.
Ein Wink der Gouverneurin. Der Edelmann gleitet hinter den Wandteppich. Sohn erfaßt, daß irgendwo ein halb volles Servierbrett steht, ergreift es, um sich Haltung zu geben.
Gouverneur mit den Herren zur Treppe gehend, sieht sich mehrmals nach seiner Frau um: was soll das, daß sie auf dem Korridor allein steht, ohne Gesellschaft, ohne Dienerinnen. Sohn mit dem Servierbrett in Angst und Verlegenheit, serviert der Gouverneurin.
Mehrere Herren erscheinen in der Mitteltür. Gouverneur zu seiner Frau: (seine Gebärden sind nie anders als voll Grandezza) Was stehst du da? Du bist doch die Hausfrau. Gouverneurin gleitet, den Rücken zur Wand, von rechts gegen die Mitteltür, einzig bestrebt, die Gestalt hinter ihr zu decken. Sie weiß, daß sie mit ihrem langen Reifrock die nackten Füße, die unter dem Wandteppich hervorschauen, decken muß. Ein Herr auf sie zu. Verbindliches Gespräch. Drei andere Herren sind indessen gegangen. Gouverneur mit altem Kardinal aus

der Mitteltür heraus. Gouverneur winkt seiner Frau, der Kardinal wünsche sich zu empfehlen. Lakaien mit dem Tragstuhl des Kardinals herauf kommend, warten. Die Gouverneurin in großer Angst, daß sie nun mindestens zwei Schritte von der Wand vortreten muß. Kardinal empfiehlt sich. Gouverneur führt ihn zu seinem Tragstuhl.
Sohn serviert eifrig. Haushofmeister weist ihn zur Ruhe.
Kardinal in dem Tragstuhl verschwindet die Treppe hinab. Gouverneur grüßt ihm nach von der obersten Stufe. Gouverneur umkehrend faßt seine Frau ins Auge. Sohn bemerkt die große Gefahr, lädt sich viele Gläser auf, taumelt, stürzt vor den Füßen des Gouverneurs. Haushofmeister will ihn schlagen. Gouverneur winkt: laß ihn laufen. Scherben werden weggekehrt. Sohn zur Gouverneurin hinüber, ringt die Hände. Währenddem die Gouverneurin in Angst unschlüssig. Schildwachen (Arkebusiere) beziehen ihren Posten am Treppenausgang für die Nacht, Gouverneurin versteht: kein Ausweg mehr. Gouverneur mechanisch läßt seinen Blick auf der Haltung der Schildwachen ruhen. Gouverneurin in diesem einzigen Augenblick läßt die vermummte Gestalt ins Schlafzimmer schlüpfen.

BILD XI

DAS SCHLAFZIMMER

Der Edelmann schon vordem herinnen als altes Weib. Verbirgt sich. Diener mit Leuchter herein. Gouverneur und Frau herein. Gedeckter Tisch. Kleine Mahlzeit. Blick des Gouverneurs auf die Frau. Aufstehen. Gemeinsames Gebet (ohne Kuß, nur die Gebärde davon. Seine Lippen berühren nicht ihre Stirn). Abgeben der Schlüssel. Hinstellen des Degens (während dieser Dinge hat der Sohn in tödlicher Angst vor dem Bevorstehenden sich gleichfalls eingeschlichen, verbirgt sich irgendwo). Schlafengehen der beiden Eheleute.
Die Frau nach einer Weile aus dem Bett, bedeckt sich notdürftig mit einem dunklen Tuch, einem Mantel, was immer. Zum Wandschirm: winkt dem Edelmann herauszukommen.

Gouverneur hat indessen einmal die Augen geöffnet, ein wenig den Kopf gehoben, alles gesehen, stellt sich wieder schlafend. Die Frau gewahrt, daß der Sohn dasteht. Sie ist blitzschnell entschlossen, er soll die Schlüssel stehlen, nicht der Edelmann. Auf ihn zu, befiehlt es ihm, bittet ihn. Eine Art stummes Gespräch blitzschnell zwischen den beiden. Der Sohn in tödlicher Angst gewahrt, daß der Gouverneur indessen lautlos aufgestanden, nach seinem Degen gegriffen, diesen in der Hand, aber noch in der Scheide, die Hand am Griff dasteht. Edelmann auf den Gouverneur los mit seinem Dolch. Sohn springt dazwischen Mord zu verhindern. Gouverneur den bloßen Degen in der Hand durch seine Energie und moralische Überlegenheit Herr der Situation. Bändigt alle drei mit dem Blick. Sucht unter seinem Kopfpolster den kleinen Schlüssel zu der verborgenen Nebentür, wirft den Schlüssel der Frau hin. Spiel zwischen Gouverneur und Frau. Der Sohn hat indessen die kleine Tür aufgeschlossen. Die beiden flüchten. Gouverneur befiehlt mit dem Blick dem Sohn die kleine Tür wieder zu verschließen, heißt ihn den Schlüssel wieder unters Kopfkissen zu legen. Bändigt weiter mit dem Blick den Sohn. Zwingt ihn ein Messer, das der Sohn schon früher fallen gelassen hatte, wieder in die Hand zu nehmen. Reißt die lebensgroße Figur der Maria Magdalena aus dem Rahmen heraus auf den Boden hin, wirft eine dunkle Decke über sie, auch übers Gesicht, daß nur ein Strähn des blonden Haares sichtbar bleibt. Das Ganze sieht aus, wie wenn eine tote oder ohnmächtige Frau daläge. Gouverneur geht mit starken Schritten an den Glockenzug, reißt an ihm. Öffnet die verriegelte Ausgangstür, immer mit dem Blick den Sohn hypnotisierend, der dasteht, das Messer in der Hand. Dienerschaft und Wachen herein. Sohn sogleich geknebelt. Diener wollen mit Gebärden des Schreckens die Daliegende aufheben. Gouverneur tritt dazwischen, winkt. Der Geknebelte wird abgeführt. Dienerschaft zieht sich angstvoll zurück, nur der alte Haushofmeister auf Wink des Gouverneurs bleibt. Gouverneur läßt ihn auf ein Kruzifix Verschwiegenheit schwören, zeigt ihm die Puppe. Sie heben sie auf das Ehebett. Das Gesicht bedeckt mit einem Tuch. Gouverneur zu einer Truhe, nimmt Schmuck heraus, Perlenketten, streut alles verachtungsvoll auf das Gesicht der Puppe. Dann der Haushofmeister auf einen Wink heraus. Dienerschaft herein mit einem schwarzen Bahrtuch, bedecken das Bett katafalkartig. Riesiges gesticktes Wappen (das gleiche wie auch auf den Wänden des Raumes) über die Tote gebreitet. Ein Zug Nonnen herein, knien um den Katafalk. Der Gouverneur steht, alles mit undurchdringlichem Blick beherrschend.

BILD XII

DAS BEGRÄBNIS (FEIERLICH ABER SEHR KURZ)

Begräbniskapelle. Der Gouverneur läßt den Leichnam der Zigeunerin feierlich in der Familiengruft an Stelle seiner Gemahlin, unter deren Namen, begraben. Nonnen kniend im Hintergrund. Trauermusik: der Leichenzug. Der Sarg, hereingetragen, wird vor der Gruft abgestellt. Der Gouverneur, Trauergefolge: nur Herren. Einsegnung der Toten durch den Priester. Der Sarg wird in die Gruft hinabgelassen. Die Gruft wird verschlossen.

BILD XIII

Ein kleines elendes Wirtshaus nahe der Grenze. Wir sind im Hof dieses Wirtshauses. Ein paar Stufen zu einer Art von Veranda, einer erhöhten offenen Laube empor. Dort steht ein Tisch. Die Gouverneurin mit dem Edelmann, auf der Flucht, begleitet von einem einzigen alten Diener. Man sieht sie im Hausflur absitzen, dann führt der Edelmann die Gouverneurin herein. Die Wirtin ist vorausgeeilt, hat schnell ein Tischtuch auf den Tisch geworfen, ein paar Zinnbecher hingestellt. Kinder der Wirtin, bloßfüßig, rennen ab und zu, bringen Obst, Brot, ein wenig gedörrten Fisch. Der Edelmann bedient die Frau. Er sieht nicht recht, der Diener, mit einem Kienspan muß ihm leuchten, befestigt den Kienspan an einem

Balken. Der Wirt, ein Einäugiger, mit einem verwegenen Gesicht, bringt einen Krug Wein. Der Diener, oben an der kleinen Treppe zur Veranda, nimmt ihm den Krug ab. Ein Kind zum Wirt, zupft ihn: es seien noch andere Leute da. Man sieht ein paar bewaffnete Gestalten im Halbdunkel des Schuppens gegenüber der Veranda: die dem Edelmann nachgesandten Mörder, die ihn eingeholt haben. Der Wirt hin zu ihnen. Der Diener des Edelmannes schöpft Verdacht, kommt von der Veranda herunter, schiebt sich nach rechts hin, horcht. Der Edelmann bedient stehend die Frau. Er hat seinen Degen abgeschnallt und an die Wand gelehnt. Seine Ehrfurcht und Zärtlichkeit im Bedienen, ihre Scheu im Annehmen. Plötzlich kommt der alte Diener sehr schnell herüber, ruft eine Warnung hinauf. Der Edelmann vor an die oberste Stufe, späht hinunter. Schon kommt aus der Scheune rechts der Führer der Mörder hervor, ein Bravo in soldatischer Tracht, langer Stoßdegen, Dolch, großer Federnhut. Er grüßt mit übertriebenem Zeremoniell. Der Edelmann die Stufen herunter. Er sieht schlecht, stolpert. Er steht nun dem Fremden gegenüber. Da zieht dieser den Degen. Schnell hat der alte Diener dem Edelmann seinen Degen gebracht, und dieser wehrt sich. Plötzlich sind aber noch zwei andere Mörder da, sie haben jeder den Mantel um den linken Arm gewunden und ein Messer in der Rechten. Ein vierter hält sich im Hintergrund. Der Edelmann ficht wütend, wehrt den ersten ab. Er sieht immer schlechter. Wie sein Gegner zurückspringt, macht er einen Ausfall nach einer Richtung, wo niemand steht. In diesem Augenblick stellt ihm einer der andern Banditen ein Bein und stößt ihm das Messer seitwärts tief in den Leib. Wie der Edelmann hinstürzt, springen die Mörder beiseite, sind im Gebüsch rechts und in dem Schuppen verschwunden. Die Gouverneurin, die starr dem Kampf zugesehen, – das Ganze vollzieht sich in einer Minute – nun herab zu dem Sterbenden hin. Er hört ihr Kommen, richtet sich halb auf, sieht sie nicht mehr. Diener zu ihm, stützt ihm den Oberleib. Edelmann greift nach der schon ganz nahen Gouverneurin, greift in die falsche Richtung: er ist blind. Die Gouverneurin ihm ganz nahe. Er will sie nicht berühren, weicht aus.

Nur den Saum ihres Kleides möchte er mit der Fingerspitze berühren. Sie – ohne daß er es wehren kann, denn sie tut es schnell und lautlos – beugt sich über ihn und küßt ihn. Dann steht sie hochaufgerichtet. Der Edelmann, mit seiner letzten Kraft, winkt ihr, winkt dem Diener mit den Armen: Fort! Schnell fort mit Euch! Dann sinkt er zurück, bleibt regungslos liegen. Die Gouverneurin, den Blick auf ihn, wie ohne Bewußtsein, wird von dem Diener weggezogen, in den Flur, von dort ins Freie.

BILD XIV

Eine öde Schlucht. Oben führt ein Weg – oder es führt eine Brücke quer über die Schlucht. Das Bild ist kurz, aber sollte durch ein musikalisches Motiv eingeleitet werden, welches das Hingehen der Zeit, das Vergehen von Jahren ausdrückt. Zu dieser Musik sollte das Hauptmotiv des Marsches der Galeerensklaven benützt werden, so daß das Motiv gleichsam ausdrückt: so gehen Jahre hin, und so schleppt sich das Schicksal dieser Elenden weiter durch die Jahre hin.
Diese Schlucht ist der Aufenthalt einer großen Schar von Blinden. Sie leben hier, abseits von menschlichen Behausungen, wie die Aussätzigen. Wie der Vorhang aufgeht sieht man ihrer viele, auf der Erde hockend. Es ist Morgendämmerung zwischen Nacht und Tag. So ist auch das Leben dieser Blinden: zwischen Tod und Leben. – Nun hören die Blinden etwas – wir hören es noch nicht, dann hören wir es auch, ganz ferne, allmählich näher. Es ist ein Zug von Galeerensklaven. Endlich wird die Spitze des Zuges oben sichtbar, und der Zug zieht oben vorbei, auf einem Weg oder über die Brücke, und diese Elenden unten horchen, indem sie ihre blicklosen Augen nach oben wenden, auf diese Elenden, die droben vorüberziehen. Unter den Galeerensklaven, der letzte, ist der Sohn: er ist unmeßbar gealtert, kein Knabe mehr, sondern ein Mann; ein Bart umgibt sein Gesicht. Die Gouverneurin und ihr alter Begleiter hausen verborgen unter diesen Blinden, die einzig Sehenden. Während die Blinden nur ihre Köpfe regen

und den Zug der Galeerensklaven aus ihrer traurigen Abgeschiedenheit nur mit einer traurigen Gebärde an sich vorbeiziehen lassen, hat die Gouverneurin die Inspiration empfangen, diesem Zug zu folgen, in seinem Gefolge in die Stadt zu ziehen. So steht sie mit aufgerichtetem Haupt – auch sie ist älter geworden, aber nur noch schöner, starr und geisterhaft. Dann fängt sie an zu gehen und winkt dem alten Begleiter, ihr zu folgen. So schreiten sie über die vor sich hindämmernden Blinden, ohne einen von ihnen zu berühren. Dann sieht man sie oben, geisterhaft – langsam folgt sie aus der Ferne dem Zug der Gefangenen.

BILD XV

Die Grabkapelle, aber nicht deren Inneres, sondern wir sind in der Stadt auf einem Platz, und den Hintergrund nimmt, nur durch ein mächtiges eisernes Gitter abgeschlossen, jene Grabkapelle ein. Vor dem Gitter hocken Zigeuner, ein ganzer Haufen, Männer und Weiber, auch die Großmutter. Sie singen ihr eintöniges Klagelied: sie haben irgendwie erfahren, daß einer von den Ihren hier in dem fremden steinernen Grabe liegt und sie wollen ihn zurückhaben. Wenn sie sich dem Gitter zu sehr nähern, es berühren, jagen zwei Wachtposten sie wieder zurück.

Der Zug der Galeerensklaven, mit dem Sohn, schlürft quer über die Bühne, verschwindet unter einem Schwibbogen. Hinter ihnen kommt die Gouverneurin, mit dem alten Diener, sie geht auf die Grabkapelle zu, die Zigeuner geben ihr den Weg frei. Die wachthabenden Soldaten erschrecken grenzenlos bei ihrem Anblick: da steht ja die gleiche Frau vor ihnen, deren Grab zu bewachen sie aufgestellt sind. Auf ihren Wink öffnen ihr die Soldaten das Gitter. Sie winkt den Zigeunern sich zu gedulden, dann läßt sie von den zwei Soldaten die Gruft öffnen, den Sarg der Zigeunerin herausheben und diesen Sarg den Zigeunern übergeben, die ihn unter dumpfem Singen wegtragen. Indessen dämmert der Morgen. Die Wachen sind fort, die Zigeuner auch, die Gouverneurin in der nur von einem ewigen Licht erleuchteten Kapelle, still und stumm wie ein Schatten, auf dem Deckel ihrer eigenen Gruft.

Signale, Herankommen eines Zuges. Man hat dem Gouverneur Meldung gemacht von der unbegreiflichen Erscheinung. Er kommt im ersten Tageslicht, begleitet von seinem Almosenier und etlichen vertrauten Dienern. Er ist sehr gealtert. Er tritt auf die Kapelle zu. Die Gestalt erhebt sich. Die Frau, die er meint vor Jahren für immer begraben zu haben, seine Frau steht vor ihm, unnahbar wie eine Heilige, ungreifbar wie ein Gespenst. Sie tritt ihm entgegen, unwillkürlich weicht er zurück. Man hört aus einer Nebengasse die Glöckchen, die Ketten und den schleifenden Schritt der Sträflinge. Die Gouverneurin hebt flehend die Hände gegen ihren Mann – sie erbittet etwas. Endlich glaubt er zu verstehen – er gibt einen Befehl, zwei Diener laufen: die Spitze des Zuges der Galeerensklaven betritt die Bühne, allmählich der ganze Zug, ein zweiter Zug, schließlich eine große Schar dieser Elenden mit ihren bewaffneten Aufsehern. Die Gouverneurin winkt. Paarweise treten die Galeerensklaven vor sie, jedem Paar läßt sie durch den Aufseher die Kette öffnen, die Befreiten sinken auf die Knie, der Gouverneur läßt alles geschehen. (Das Ganze in der Musik muß wirken wie eine heilige Handlung.)

Es ist jetzt heller Tag, der Platz hat sich mit allerlei Volk gefüllt, meist niedriges Volk, Bettler, Marktleute: mit Staunen erkennen sie die wiederauferstandene Tote. Der Gouverneur barhäuptig, geschwächt und verklärt, wendet den Blick nicht von der Frau. Der letzte, der befreit wird, den ihr Blick immer gesucht hat, ist der Sohn. Er fällt vor ihr nieder, sie küßt ihn auf die Stirn. Der Gouverneur schreitet auf sie zu, die Hand ihr entgegengestreckt. Sie weicht vor ihm zurück ins Dunkel der Kapelle – sie winkt ihm, diese nicht zu betreten. Hier ist ihr Bereich, der Bereich der Toten. Er verneigt sich, entfernt sich mit seinem Gefolge. Im Abgehen wankt er, der Almosenier stützt ihn. Das Gitter schließt sich, die Gouverneurin sitzt drinnen auf der Stufe der Gruft, das Volk verläuft sich, nur einige Fromme bleiben außerhalb des Gitters knien.

SCHLUSSBILD
(GANZ KURZ)

Die Musik geht weiter – nun erscheint wieder die gleiche Dekoration. Aber es ist jetzt tiefe Nacht. Die Grabkapelle ist leer, das Gitter ist angelehnt. Von rechts aus einer engen Straße kommt die Gouverneurin. Ein Haufen Bettler, Krüppel, verlassene Kinder umgibt sie. Sie kommt von ihrem nächtlichen Gang als geisterhafte Wohltäterin. Auf ihren Wink bleiben die Bettler, die Krüppel zurück – einzelne wollen ihr folgen, zuletzt ein Kind – sie bedeutet auch diesem, zurückzubleiben – dann sieht sie sich um – niemand ist mehr da, sie schlüpft durchs Gitter, verschließt das Gitter von innen, hüllt sich in ihren Mantel, legt sich zum Schlaf – auf ihre eigene Gruft.

SCHLUSS

DANIEL DE FOE

ENTWURF ZU EINEM FILM

(EINIGE BILDER ALS PROLOG)

Ein kleiner alter Friedhof, in einem armen Viertel von London (Bunhill Fields zwischen Bunhill Row und City Road); auf diesem Friedhof ein kleiner Grabstein mit dieser Inschrift: Daniel De Foe 1661–1731. – Der Friedhof ist jetzt ein öffentlicher Platz. Es führt ein Weg quer drüber, Gassenjungen spielen und würfeln zwischen den Grabsteinen, Arbeiter essen ihr Mittagmahl, auf den Gräbern sitzend. Niemand achtet auf das kleine Grab. Der aber hier liegt, Daniel De Foe, ist der Mann, der den Robinson geschrieben hat. Ohne ihn wäre nicht diese Gestalt in der Welt: der Mann im Gewand von Ziegenfellen, mit dem spitzen Hut und dem Schirm aus Ziegenleder, mit Poll dem Papagei, auf der Schulter, und hinter ihm die Ziege und, treu wie ein Hund, Freitag sein Gefährte. Ohne diesen Daniel De Foe wäre nicht in der Welt der Traum von diesem Mann auf der Insel, dieser Traum, der Wirklichkeit ist oder mehr als Wirklichkeit für Millionen und Millionen von Köpfen. – Diese Millionen von Jungen, die Robinson spielen, Robinson träumen, Robinson sind. Diese Arbeiterjungen, die sich zu zweit (»Ich bin Robinson und du bist Freitag!«) im hintersten Winkel eines Fabrikhofes aus halbverfaulten Brettern und Holzabfällen Robinsons Festung bauen... und diese einsamen Jungen, die sich fortstehlen aus einer Villa oder einem Schloß, in den Park und aus einer schilfichten Stelle sich ›Robinsons Insel‹ machen, und dort ein Kanu aushöhlen – und immer ist Robinson bei ihnen – und die Scharen

Der Friedhof mit dem Grabstein.

Daniel De Foe, der Mann.

Robinson Crusoe und die Seinen.

Ein Bild.

ein Bild

von Jungen, durch deren Träume er hindurchgeht, Pfadfinder, wenn sie lagern in einem kleinen Tal, eingehüllt in ihre Mäntel, einen Posten haben sie ausgestellt, der merkt aber nichts, und *ein Bild* doch ist Robinson aus dem Gebüsch hervorgetreten und hinter ihm Freitag, und sie schreiten über die Schlafenden weg, nur einer, einer der Jüngsten, mit großen Augen, ist aus dem Schlaf aufgefahren und starrt mit großen Augen den Gestalten nach…

DIE ERSTE ABTEILUNG

Daniel De Foe, eines Fleischers Sohn, war ein hübscher Mann, und ein kluger Mann, und ein tüchtiger Mann. Und Susanne, seine Frau, war eine hübsche Frau, und eine brave Frau. Zu Cripplegate in London hatten sie einen Laden für Schnitt- und Kurzwaren, und sie hatten vielerlei Kundschaft und ein reichlich versorgtes Warenlager, und wußten ihre Kundschaft gut zu bedienen, und waren ein fröhliches junges Paar von Geschäftsleuten. (Unterm Bedienen verschwand zuweilen die Frau und ließ ihre kleine Tochter Sophie trinken.) Und wenn ein Stutzer Spitzenmanschetten brauchte oder ein Geistlicher oder ein Richter einen gefältelten Kragen, oder eine hübsche Person Halbhandschuhe oder Strumpfbänder, so fanden sie, was sie suchten, in dem Laden; und Daniel und Susanne waren beide geschickt, für ein hübsches Bein einen hübschen Strumpf herauszufinden oder ein ältliches Gesicht durch eine Haube mit Bändern jünger zu machen. Es kamen allerlei Leute in den Laden, auch Matrosen, auch steife oldermen, und wieder solch zweifelhafte und leichtfertige junge Personen, wie die hübsche Moll Flanders, deren Begleitung einmal eine alte Hexe war, einmal ein glatzköpfiger Edelmann und ein anderes Mal ein jüngeres Mannsbild, das leicht ein Taschendieb oder was Ähnliches sein mochte. Aber alle bediente Daniel De Foe gut, und mit allen redete er ein schnelles Wort und sein mannhaftes Gesicht war immer munter, nur abends, da wurde sein Gesicht ernst und hart, wenn Susanne mit den Kindern zu Bett gegangen war, und er über dem Hauptbuch saß und rechnete, auszog und prüfte; da kam Sorge über ihn. Aber er hatte nicht viel Zeit für die Sorge, denn er hatte noch etwas anderes zu Ende zu bringen: da war das politische Pamphlet – daran schrieb er nun schon die zehnte Nacht – da griff er den König Jacob an und seine Minister und Ratgeber und sprach von des Königs Schwiegersohn, dem Statthalter der Niederlande, Wilhelm

von Oranien, als von einem Befreier und ersehnten Messias. Und es kamen Leute die das Manuskript nachts abholten und es in eine heimliche Druckerei schafften – und es gab allerlei politischen und heimlichen Besuch bei Nacht, in dem gleichen kleinen Laden, wo sich tagsüber die Stutzer und die hübschen Mädchen herumdrängten: ernste Männer, Männer die aussahen wie Soldaten, und solche, die aussahen wie verkleidete Prediger von verschiedenen Sekten und Meinungen, und eines Nachts waren Männer mit schwarzen Larven vorm Gesicht, mit Musketen und Degen unterm Mantel. Ihre Begrüßung war vertraut, aber kurz, und ihre Rede war: Jetzt gilt es, Daniel De Foe, die Feder mit der Muskete zu vertauschen; und anstatt vom Ladentisch aus, auf freiem Feld zu fechten für Wilhelm den Befreier. Da ging Daniel mit leisem Tritt die Treppe hinauf, warf einen Blick auf die, welche da oben ahnungslos schliefen, Susanne mit den drei Kindern, Sophie der großen, Silas, dem Sohn, und dem kleineren Mädchen, – und dann nahm er seinen Mantel aus dem Schrank und verließ mit den verlarvten Bewaffneten das stille Haus in Cripplegate.
Im Laden aber kam jetzt eine öde und zugleich eine aufgeregte Zeit. Kundschaft hatte Susanne nicht viele zu bedienen, als dann und wann einen Matrosen, der einen Rest von starkem Tuch kaufte oder eine gestrickte Halsbinde, oder eine arme Frau, die um Kinderwäsche handelte, denn es war jetzt Unruhe und Aufruhr und Krieg in England, und wer in den Laden kam, Nachbarn oder Mägde, oder fremde Gesichter, der brachte eine aufregende und erschreckende Nachricht: und Susannes Nächte waren voll Unruhe und Halbträumen von brennenden Dörfern, fliehenden Menschen und verwundeten Soldaten, die zwischen Dorfhecken und Feldrainen einsam da lagen und starben. Es kam kein Brief von Daniel, aber es kamen Menschen mit unangenehmen Physiognomien, die Papiere vorwiesen, fällige Wechsel, und unbezahlte Rechnungen für gelieferte Ware, die unverkauft dalag. Aber es kamen auch gute Nachrichten und die kleine Moll Flanders, die so gutherzig als leichtsinnig war, kam hereingetrippelt und brachte ganz authentisch die Nachricht: es stehe gut um die Sache des Prinzen-Befreiers, des Königs Jacob Truppen weigerten sich für ihn zu fechten, und heute oder morgen würde

der Befreier mit seinen schwedischen Küraßreitern und seinen Brandenburgern und der freiwilligen englischen Miliz einziehen in London. Und das war die Wahrheit, und es gab Unruhe in der Stadt, und Flucht des ungeliebten Königs, und Freudenfeuer und bald gab es den Einzug des neuen Königs und Zurüstungen zu seinem Empfang und Ehrenpforten und zusammenströmende Zuschauer, und die kleine Gasse von Cripplegate, Geschäftsleute und Dienstleute, Greise und Kinder und Krüppel und Bettler, und Susanne mit Silas und Sophie und den kleineren Kindern, alles strömte hinunter nach einer der Hauptstraßen und zwischen den Köpfen und Schultern der hurra schreienden Londoner sah Susanne einen Fetzen vom großen Einzug: die Dudelsack spielenden Schotten, die Hellebardiere und Arkebussiere, die schwedischen Reiter in schwarzen Panzern, mit Bärenfellen umgehangen, manchen Verwundeten drunter und manchen, der einen Truthahn oder einen Schinken auf die Hellebarde gespießt hatte; dann den einen oder andern von den edlen Lords, Baronen, Grafen, Bannerherren; die Herzöge, vor denen ihre Wappenherolde ritten mit dem Schild des Hauses Beaufort oder Grafton oder Richmond, Devonshire, Leeds, deren jeden jeder Engländer an der Devise erkannte, dann in Karossen der Lord Kanzler und Lord Schatzmeister; dann gepuderte Diener, Herolde, Wappenträger; der Großfalkner mit den Falken des Königs, dann die Meute des Königs, dann seine Leibpferde, geführt; dann in Tragstühlen, Mitren auf den Köpfen, die Erzbischöfe von York und Canterbury, und endlich König Wilhelm und Königin Anna, zu Pferde, und an ihrer Seite reitend die Herzöge von Norfolk und Clarence. Und dann in unabsehbarem Zug, mit Blumen beworfen, die englischen Milizen, und unter ihnen – jetzt sieht Susanne sein Gesicht und muß sich halb ohnmächtig auf ihre Nachbarn lehnen – Daniel De Foe. Dann gibt es am Abend das prächtige Banquett in Guildhall, und Daniels Platz ist an einer der unabsehbaren Festtafeln und Susannas Platz auf einer Galerie, von wo sie ihn sieht und er mit dem Becher ihr zuwinkt, und dann sind sie zusammen, allein, in dem kleinen Haus in Cripplegate, im kleinen Laden, und die Kinder springen aus den Betten und hängen an dem Vater.

DIE ZWEITE ABTEILUNG

Und nun hängt die Muskete und der lange Stoßdegen wieder an der Wand und Daniel De Foe ist wieder ein kleiner Geschäftsmann in Cripplegate. Aber er steht allein im Laden, denn Susanne ist krank: die Monate vorher waren zu hart. Das Warenlager sieht dürftig aus, und doch weist das Buch nicht allzuviel verkaufte Ware aus. Und eines abends macht Daniel Inventar und sieht: er wird bestohlen. So legt er sich die nächste Nacht in den Hinterhalt, zu sehen, von wem. Da erscheint die kleine Moll Flanders, und sie die so oft als Kundschaft da war, kennt den Laden gut genug, um schnell und geschickt beim Schein der Blendlaterne das Beste zusammenzupacken und es einem zuzustecken, der ein geschwärztes Gesicht hat: das ist Bob Singleton, ein junger Pirat, ihr jetziger Zuhälter. Schon sind sie auf der Straße, aber Daniel geht der kleinen Diebin nach und merkt sich die Gasse und das Haus des Hehlers. Die nächsten Tage und Wochen geht er dann mit zähem Mut dem geraubten Gut nach, bei Flickschneidern und Althändlern und Trödlern, in abscheulichen Spelunken und Hinterhöfen, und Diebstavernen und Bettlerhöhlen. Und er sieht – was sieht er nicht alles an Existenzen! Und abends wenn er sorgenvoll über dem Hauptbuch sitzt, so kann er den inneren Blick nicht festbannen an den Ziffern und Kolonnen, sondern es ziehen die, denen er in diesen Wochen begegnet ist, an ihm vorüber: welch eine Schar! Hehler und Dirnen, Juden und Presbyterianer, Katholiken und Baptisten und andere Sektierer, – alle die den Tag zu scheuen haben, alle die sich um irgend einer Seele willen verbergen müssen, alle die heimlich zusammenkommen, und vor Morgengrauen auseinanderschleichen, alle die beben vor dem Tritt eines Schergen oder vor dem Blick eines Angebers, – und noch mehr, noch mehr: alle Unterdrückten, alle die das Gesetz mit Füßen tritt, alle, denen ungerechte Verordnungen Fußangeln und Schlingen legen, alle die ungerecht Enterbten,

aus ihrem Recht Gestoßenen, von Gott und der Welt verlassenen: und ihr Name ist Legion.
Aber ihm bleibt wenig Zeit zu träumen, denn seine eigene Lage braucht den ganzen Mann. Da ist Susanne, schwer und schwerer krank, und da sind die Kinder, und da ist der Laden, und da sind die Gläubiger, und die fälligen Wechsel, und die Drohung mit dem Schuldgefängnis, und der Bankrott und schließlich der Ausgleich; dann das Herumlaufen, um Neues zu suchen, eine Stelle, eine Arbeit, welche immer, Brot für seine Familie. Aber abends und nachts sind das Gesehene so stark, und wieder, wie vor der glorreichen Revolution, drückt die Erregung ihm die Feder in die Hand und aus der Vision jener unzähligen dunklen Existenzen wird die »Petition aller Unterdrückten an das Haus der Gemeinen« – und der Name, den er daruntersetzt, ist der Name, womit er all die Ungezählten, Ungenannten zusammenfaßt: Legion. So ist Daniel wieder ein Schriftsteller, wieder etwas wie ein politischer Publizist: und eines Morgens, den 14. Mai 1701, sieht man Daniel De Foe, in seinen besten Kleidern, auf dem Kopf den großen Hut, den er im Feld getragen und an der Seite den langen Stoßdegen, an der Spitze von sechzehn Petitionären, gleich ihm in schwarz und mit ernsthaften Mienen, den Weg einschlagen, der zum Parlamentshause führt, und durch die Konstabler und Parlamentswachen, Stabträger und Keulenträger schreiten sie mit festem Schritt, betreten den Saal worin die Gemeinen von England versammelt sind, und Daniel, seine Petition in der Rechten, entblößten Hauptes, schreitet auf den Wollsack zu und legt vor den ehrwürdigen Präsidenten des Hauses das Papier nieder, das einen Protest enthält gegen alle ungerechte Unterdrückung und das unterschrieben ist: Legion.
Aber auf dieses Stück seiner Feder folgen andere, Flugblatt auf Flugblatt, und der Name Daniel De Foe wurde ein berühmter Name für die einen, ein berüchtigter für die andern; in den Schenken und den Caféhäusern, vor der Börse und bei den Barbieren konnte man die Leute mit seinen Flugblättern in der Hand sehen, kleine und große Leute, Geschäftsleute, Politiker, Zuträger, und mächtige Herren, Mitglieder des

Parlamentes, hohe Richter und Edelleute, und man konnte an den Mienen der Lesenden gewahren, ob es ein Freund des Pamphletisten war, der las, wie Mr. Robert Harley, M. P. und eine Säule der Whigpartei, oder etwa ein giftiger Feind wie Stephen Dyer, ein politischer Agent und Nachrichtenträger, der mit Daniel auf einer Schulbank gesessen war und ihn schon von der Schule her haßte.
Aber da starb eines Tages Wilhelm III der große König und Herr der Whigs und es kam die Königin Anna und der politische Wind schlug um, und das Haus der Gemeinen erklärte seine Flugschrift, unterschrieben »Legion«, für eine Schmähschrift: ein »falsches, boshaftes und aufrührerisches Pasquill«. Daniel De Foe wurde vor den Lord Oberrichter gerufen, es gab eine feierliche und strenge Gerichtssitzung in Old Barley Court und ein hartes Urteil: eine Geldstrafe, größer als alles Vermögen, das Daniel sein eigen nannte; zum zweiten eine dreimalige Aussetzung auf dem Pranger, an verschiedenen Plätzen der Stadt London, zum dritten Kerkerhaft in Newgate, »in Dauer unbeschränkt, nach dem gnädigen Gutdünken Ihrer Majestät«. – Da mußte Daniel sehen, wie ihn seine Füße nachhause brachten, und wie er Susanne, der immer Kranken, selber das beibrächte, und den Kindern, was dem Vater bevorstünde; aber er hatte eine gute Haltung dabei und er wußte gute mannhafte Worte zu finden, und dann setzte er sich noch einmal allein in dem kleinen Laden an das Schreibpult und dachte daran, was morgen und übermorgen und den dritten Tag sein würde, und sah den Pranger ganz scharf vor sich und sah auch wie viele gute gerechte und tapfere Männer da hinaufgestiegen waren und ihren Leib und ihre Seele der Wutgrimasse des Pöbels entgegengehalten hatten, da tauchte er die Feder ein und schrieb, in schönen munteren gereimten Strophen eine »Hymne auf den Pranger«, ein mutiges und stolzes Gedicht. Er schrieb daran bis gegen Morgen, dann weckte er seinen Knaben, schickte ihn mit den halbgetrockneten Blättern in die Druckerei, und dann kamen die Konstabler, ihn abzuholen.
Den ersten Tag, die schwarze spitze Mütze auf dem Kopf, die Hände durch ein Brett gesteckt, unter ihm ein Zettel mit sei-

nem Namen, und »infamer Pamphletist«, wurde er ausgesetzt in einem vornehmen Stadtteil. Da waren seine vornehmen Feinde in der Überzahl, sie kamen zu Pferd und zu Fuß, und ihre Lakaien bewarfen ihn mit faulen Äpfeln und anderem Unrat, und vornehme Damen und geschminkte Schauspielerinnen unterhielten sich. Wenn aber Andersgesinnte vorbeikamen, wie Robert Harley und andere Whigs, so warfen sie einen ernsten Blick auf ihn und gingen wieder vorbei.

Den zweiten Tag war der Pranger an der Kreuzung zweier Geschäftsstraßen errichtet, da war ein großes Gewimmel von Neugierigen, Feinden, Freunden und Gleichgültigen, und wenn Zuträger und Aufhetzer, wie Stephen Dyer, die Menge haranguierten, Steine und Scherben nach dem Ausgestellten zu werfen, so waren auch Andersgesinnte da und es kam zu Streit und Prügeleien.

Den dritten Tag stand der Pranger in einem Viertel Armer Leute und wenn auch da vornehme Müßiggänger hinausritten und ihre Lakaien und Mitläufer ihr Spiel versuchten, so waren doch die anderen in der Mehrheit, es strömten ihrer immer mehr herbei aus engen Gassen und von den Flußufern, und endlich war sie da, die »Legion«, mit deren Namen er seine Petition unterschrieben hatte, und sie stürmte den Pranger und trug Daniel auf den Schultern, und setzte ihn auf einen Karren und führte ihn im Triumph, die »Hymne auf den Pranger« singend bis ans Tor von Newgate, und als sie an dem Palast des Bischofs von Ely vorbeikamen, drangen sie in den Garten ein und rissen alle Rosen ab, die da blühten und bedeckten den Armensünderkarren mit Rosen und so brachten sie ihn an die Gefängnistür. Die Haftzeit in Newgate war lang, fast zwei Jahre, aber es war keine ganz leere Zeit für Daniel De Foe. Er mußte für die Seinen sorgen und Brot schaffen, daran änderte kein Kerker etwas; so konnte man in dem großen Korridor in Newgate, in den viele Eisentüren mündeten, und in welchem sich zu den »erlaubten Stunden« zahllose Häftlinge herumdrängten, und ihre Besuche empfingen, da konnte man zwischen den alten Verbrechern und jungen Leichtsinnigen, zwischen den Dirnen und Diebinnen und Hehlern und Falschmünzern Daniel sehen, wie er in einer Ecke auf einem Schemel saß und Bogen für Bogen seine Zeitung schrieb, die erste »Rundschau«, die er begründet hatte, und Moll Flanders, die gutherzige kleine Diebin, die nun auch dieses vergitterte Haus bewohnte, verschaffte ein kleines halbwüchsiges Mädchen, die trug für einen Penny die Bogen an die Druckerei. Aber auch wenn man ihn um vier Uhr nachmittags in seine Zelle zurückführte war Daniel nicht allein, denn da gab es Nachbarzellen auf dem gleichen Gang und allerlei Gestalten, die da von oben oder von seitwärts durch Gitter und Spalten zu kommunizieren trachteten mit dem Pamphletisten, der für jeden einen aufmerksamen Blick hatte und sich jedes Namen und Beinamen merkte und sich jede Lebensgeschichte erzählen ließ – und nachts, wenn zum Schein alles schlief, da ließen doch die dicken Mauern allerlei durch, Wehlaute und freche Lieder, und für einen, der die Sinne und Einbildungskraft von Daniel hatte, wurden dann die alten mannsdicken Mauern durchsichtig und er sah den Mörder und den Fälscher, den Meineidigen und den Verbrecher aus Leichtsinn, die da auf ihren Strohsäcken lagen oder ihren Kopf gegen die Wand schlugen oder ihre Hände zu Gott aufreckten oder mit versteckten Würfeln spielten, und so waren ihm die Kerkermauern in Newgate wie einem andern die Bühne eines Theaters, auf dem Shakespeare oder Molière gespielt wird. Eines Tages aber war die Königin Anna tot und Georg von Hannover war König in England und die Whigpartei hatte Oberwasser. Da öffnete sich die schwere Eisentür und respektvoll geleitet von Schließern und Aufsehern erschien Robert Harley, jetzt Staatssekretär, und brachte Daniel De Foe die Nachricht, daß er begnadigt sei und frei, sich zu bewegen, wohin ihm gut schiene.

DIE DRITTE ABTEILUNG

Aber seine mächtigen politischen Freunde raten ihm noch eine Art von »freiwilligem Exil« – aus Vorsicht: er habe, durch seine Pamphlete, zu viele und zu einflußreiche Feinde in London. Er geht nach Schottland und auf dem Rückweg bleibt er in Bristol. Die Korrespondenz mit Susanne und den Kindern ist nicht ermutigend. Wohl oder übel muß er noch in Bristol bleiben. Seine einsamen Spaziergänge, vorbei an den Holzhäusern, in denen flandrische Exilierte Weberei treiben, dann dem Hafen zu, wo viele Westindienfahrer liegen. Eines abends dort im Nebel, im Schein einer Schiffslaterne, huscht eine phantastische Gestalt an ihm vorbei: ein Mann in einem Gewand aus haarigen Ziegenfellen mit einem spitzen Hut, einem Schirm aus Fellen, einem Papagei auf der Schulter. Wer ist das? – Die Abende verbringt De Foe im Wirtshaus zum ›Roten Löwen‹. Dort empfängt er und schreibt seine Briefe, mitten unter den rauchenden und trinkenden Matrosen. Die Nachrichten von zu Hause: Silas der Sohn, und wie sein Charakter sich entwickelt: klug, aber hart und kalt; ein Kaufmann. Und Sophie, die kleine Sophie, ist Braut. Er liest das an seinem kleinen Tisch, und um ihn sind Gesichter aller Art, alte Seebären mit Ohrringen, Tabak kauend, Priester, Neger, Malaien und allerlei Halbblut. Rauch aus hundert langen und kurzen Pfeifen, dazwischen Punschflammen. Da geht die Tür auf, und herein kommt der Mann, den er im Nebel gesehen hat, der mit dem Papagei auf der Schulter. Der Wirt führt ihn an einen Tisch zunächst Daniels Platz. Der Mann ist ein Schotte und heißt Alexander Selkirk. Er hat viel erlebt. Er erzählt: Ich fuhr als Oberbootsmann mit Kapitän Stradling; und ich konnte mich mit dem Mann nicht vertragen. Und eines Tages, auf der Rückfahrt von Brasilien, als ich merkte, es würde kein gutes Ende nehmen, wenn Kapitän Stradling und ich noch ein paar Monate auf derselben Brigg führen, und da wir gerade eine kleine Insel gesichtet hatten:

Juan Fernandez, so begehrte ich, sie sollten mich mit der Schaluppe dort aussetzen. Sie gaben mir ein Gewehr, Pulver und Blei, eine Axt, ein Messer und einen Kessel, Tabak und eine Bibel, und setzten mich aus. Und so lebte ich auf dieser Insel allein, mutterseelenallein – dieser Papagei mein einziger Gefährte – durch vier Jahre und sieben Monate, bis ein englisches Schiff vorbeikam und mich aufnahm: denn als ich das Schiff von weitem sah, fiel ich auf meine Knie und dankte Gott und dann zündete ich ein Feuer an, und so schickten sie eine Pinasse und holten mich. – Das erzählt er und Daniel De Foe hört zu mit den andern, und es gräbt sich in ihn ein.

Dann ist Daniel wieder in London und ringt weiter mit dem Leben. Die Tage sind angefüllt mit zuviel Gesichtern: da sind alte Gläubiger und neue Gläubiger, und Bankiers und Schreiber, Advokaten, Prospektenmacher und Konkurrenten und Feinde aus alter und neuer Zeit, und Intriganten und Schwindler, und da ist Susannes gealtertes sorgenvolles Gesicht und die ängstliche Miene von Sophie und die kalte ungütige Miene von Silas dem Sohn, der den Vater einen Pechvogel findet und einen schlechten Kaufmann – aber nachts auf seinem Bett, da ist er allein – allein, mutterseelenallein, wie einer, der ohne Rat und Hilfe auf einer Insel im Weltmeer haust. – Der Gedanke fährt durch ihn hin, und das Bild, und er springt aus dem Bett und taucht die Feder ein: da stehts vor ihm: Robinson Crusoe auf seiner Insel. Das ist er, er selber, der Gestrandete, tausendmal Hin und Hergeworfene, der doch nie völlig den Mut verliert, aus der schäumenden Brandung wieder emportaucht, sich mit den Händen an die Klippe klammert, sich emporschwingt und weiterlebt. – Jetzt geht der Wust des Lebens weiter und damit mischen sich diese Bilder: bald weiß er nicht, sind es die Leute, die Geschäfte, die Agenten, die Gerichtsdiener, die sich immer wieder zwischen ihn und diesen zusammenhängenden herrlichen Traum drängen – oder drängen diese Traumbilder sich zwischen ihn und das wirkliche Leben. Da ist der Schiffbruch, und das Rollen der brandenden Welle, und das Sichstemmen gegen das Zurückrollen der Welle – und die Rettung die Verzweiflung über die einsame Insel. Das Wrack und das Herüberholen des Nötigsten auf dem Floß. – Sein Wohnplatz zwischen Felsen. – Der Pfahl, in den er jeden Tag ein Zeichen einschneidet. – Die Wanderung nach dem fruchtbaren Teil der Insel, wo Zitronen und Trauben wachsen. – Sein Haus mit den irdenen Töpfen, den geflochtenen Körben; sein Gewand aus Ziegenfell und sein spitzer Hut. – Er höhlt mit unendlicher Mühe einen Baumstamm zum Boot, bringts aber nicht ans Wasser. – Wie er die Spur eines Menschen am Strand entdeckt, vor Angst in seine Höhle flieht und sich verborgen hält. – Die Reste einer furchtbaren kannibalischen Mahlzeit. – Nun ist er 23 Jahre auf der Insel. – Die Wilden auf der Insel. Sie lagern ums Feuer. Zwei gefesselte Gefangene; einen haben sie eben geschlachtet. Robinson sieht durchs Fernrohr. – Der eine Gefangene entspringt, läuft in der Richtung auf Robinsons Wohnung. Zwei setzen ihm nach, doch er ist schneller. Die beiden Wilden werden von Robinson getötet. – Der Flüchtling fällt Robinson zu Füßen; er nimmt ihn auf. – Der Gefangene lebt mit Robinson als ein treuer Diener und wird Freitag genannt. – Einige Jahre später: die Wilden wieder auf der Insel, mit einem weißen Gefangenen. – Robinson bewaffnet sich und Freitag und sie eröffnen das Feuer auf die Wilden; die meisten von diesen fallen. Robinson befreit den Spanier und fragt ihn, wer er sei: Er antwortet: Christianus. Sie bewaffnen auch diesen und überfallen die Hauptschar der Wilden, und töten sie bis auf drei, die in einem Kanu wegfahren. – Noch ein gefesselter halbtoter Wilder entdeckt. Freitags Vater. – Ein Schiff vor Anker und ein Boot, das auf die Insel zusteuert. – Es sind meuternde Matrosen: sie wollen ihren gefesselten Kapitän und noch zwei Mann auf der Insel aussetzen. – Robinson befreit den Kapitän und die beiden, führt die Meuterer in seine Höhle als Gefangene, zerstört das Boot. – Die Matrosen vom Meutererschiff landen und durchsuchen die Insel. Sie werden im Dunkel überfallen und gefangen genommen. – Ein Teil der Gefangenen tritt zu Robinson, dem ›Gouverneur der Insel‹, über und schwört ihm den Treueid. – Der Kapitän, Robinson und etliche Mann überrumpeln das Schiff, erschießen den Steuermann und hängen seine Leiche am Bug auf. –

Robinson nimmt seine Mütze, seinen Sonnenschirm, seinen Papagei und Freitag an Bord, wo er mit Ehren empfangen wird, nachdem er 28 Jahre, 2 Monate und 19 Tage auf der Insel gewesen war.

Daniel De Foe schreibt das Buch ›Robinson Crusoe‹ zu Ende, aber dazwischen gehts immer bergab. Da hält zum ersten Mal – er ist jetzt über sechzig Jahre alt, und zum dreizehnten Mal ruiniert – sein Körper nicht stand. Ein Schlaganfall wirft ihn hin. Indessen wird sein letzter Besitz gerichtlich verpfändet, die Möbel verauktioniert. Dann kann er wieder aufstehen. Da schaffen Susanne und er die letzten armseligen Haben, die ihnen geblieben sind, auf einen kleinen Handwagen. Da kommt ihm auch ein Paket in die Hand, eingewickelt in ein altes Zeitungsblatt. Er weiß nicht, was es ist, siehts an: Es ist das Manuskript von ›Robinson Crusoe‹, er hat es so lange nicht in der Hand gehabt; er wirft's auf den Wagen, zum Übrigen. Dann wandern sie aus London heraus. In einer Vorstadtstraße an einem Buchladen bleibt Daniel mechanisch stehen. Da hängen politische Flugschriften im Fenster; einmal hingen da auch die seinigen. Da tritt der Buchhändler ins Fenster. Er sieht Daniel scharf an. Sind Sie nicht – ja Sie sind doch De Foe, der Publizist. – Ja, der bin ich, der war ich. – Sie schreiben nichts mehr? – Da liegt ein Manuskript. – Was ist es? – Eine Art von Roman, eine Reisebeschreibung in Form eines Romans, die Geschichte eines einsamen Menschen auf einer Insel. Wollen Sie es ansehen? – Sie sind nun in dem kleinen Kontor des Buchhändlers. Es ist mehr eine Art Magazin. Auch die Fenster sind mit Büchern verstellt, es ist stockfinster. Der Buchhändler schlägt Licht, dann knüpft er die Schnur auf, mit der das Paket umschnürt ist und fängt an zu blättern. Aus den Blättern fliegen die Bilder auf, schnell nacheinander; manchmal hält er inne, dann bleibt das Bild stehen. Je mehr es ihn interessiert, desto kälter wird seine Miene. Endlich legt er die Blätter weg, mit einer geringschätzigen Grimasse. »Es gibt zu viele Reisebeschreibungen. Kein Mensch will mehr Reisebeschreibungen lesen, aber jeder will welche schreiben. Ich habe keine Verwendung für das Manuskript. Aber weil Sie es sind,

Herr De Foe, ich habe vor siebenunddreißig Jahren an einem Tag zweihundertzwanzig Exemplare Ihres ›Appells an die Ehre und die Gerechtigkeit‹ verkauft – gut, ich will Ihnen zwanzig Pfund für dies da geben. Vielleicht finde ich einen Buchhändler, der mir's abnimmt.« – Daniel nimmt die zwanzig Pfund und geht. Dann gibt er Susanne zehn davon, sie bleibt irgendwo bei Verwandten, die ihr Unterkunft geben – und er geht weiter.

›Robinson Crusoe‹, das Buch und der Erfolg, der ungeheure Erfolg. Die Leute, die da und dort queue stehen, um das Buch zu kaufen, wenn ein neuer Druck davon erschienen ist. Und die Menschen, die es lesen, überall! Die Alten und Jungen, und der König in seinem Kabinett und der Kranke im Bett und der Geistliche auf dem Wege. Der Matrose, der aus dem Mastkorb fällt, weil er zu eifrig im Robinson gelesen hat! Und die Schildwache, die den visitierenden Vorgesetzten ungemeldet herankommen ließ, und gestraft werden soll, aber begnadigt wird, weil sich ergibt, der Mann habe im ›Robinson Crusoe‹ gelesen. – Und die Nachdrucke und Nachahmungen in anderen Ländern: der deutsche, schweizerische, schwedische, schwäbische, ostfriesische Robinson! ferner: der geistliche, der medizinische, der jüdische, der moralische Robinson... (lauter Gestalten, eine ganze Prozession von Robinsons hintereinander.) Und die Generationen von Lesern, wie eine Generation es der andern in die Hand gibt, die Generation von 1720 der von 1740, die aus der Wertherzeit der im Kostüm der französischen Revolution, diese den Empiremenschen, diese unseren Großvätern, Vätern, uns...

Indessen liegt ein alter Mann in einem elenden Gasthauszimmer in Irlington. Er fiebert seit Tagen, und es ist an dem, daß er sterben wird. Die alte Wirtsmagd sieht manchmal herein, ob er noch lebt. Er hat einen Brief geschrieben, an seine Tochter, sagt er, er möchte die Tochter noch einmal sehen, aber sie kommt nicht. Jetzt liegt er so da und man sieht, wie das Fieber in seinen Schläfen pocht.

Wenn er die Augen zumacht sieht er: Gestalten, fast zu viele, darum schlägt er die Augen zuweilen wieder auf. Es ermüdet ihn, so viele Gestalten zu sehen. Da ist ja sein ganzes Leben! Da ist Susanne, so jung und schön wie sie war, und da ist der hübsche kleine Laden in Cripplegate, voller Häubchen und Hemden und Strümpfe und Schärpen – und da ist der Pranger, und Stephen Dyers böses Gesicht in der vordersten Reihe – und da ist Newgate und die kleine Moll Flanders, und Bob Singleton der Pirat, der Freund – und da ist die einsame Insel, schöne lange Wellen rollen langsam an den Strand – und da landen Boote, und Bewaffnete springen heraus und ordnen sich, aber es ist kein Krieg, es ist ein feierlicher Empfang, eine Huldigung: Geschütze werden gehört, und Fahnen senken sich: alles für ihn, den Gouverneur. Und jetzt steigt er in die Schaluppe und da sind auf einmal viele Kanus mit Wilden, und auch schöne nackte Frauen, und sie senken die Zweige schöner Bäume und winken ihrem Vater und Herrn, und abermals senken sich Fahnen von überall und er fährt wie ein Sieger und wie ein geliebter König zwischen ihnen hin – wer – »er«? ist das Robinson Crusoe oder ist es Alexander Selkirk oder ist es nicht – er hebt sich im Bett auf vor Staunen, wie er es erkennt – ist das nicht er selber, Daniel De Foe, so geehrt, so begrüßt, so gesegnet. – Da tritt die alte Wirtsmagd ins Zimmer. Sie will einen ankündigen. Der Fremde liegt aber ganz starr und steif. Nun läßt sie den Geistlichen eintreten, einen steifen jungen Mann, im schwarzen Ulster, einen großen Hut in der Hand. Er beugt sich übers Bett. Das ist ja kein Kranker, das ist ja ein Toter? – Und Sie wissen nicht, wer das ist? – Neben dem Bett, auf dem niedrigen Stuhl, liegt ein kleines Buch: Miltons Verlorenes Paradies. Der Geistliche öffnet es. Da haben sie den Namen des Mannes: Daniel De Foe. Ein Name, den ich nie gehört habe. –

Da fährt ein Wagen vor. Eine junge Frauensperson springt aus dem Wagen, läuft die Treppe hinauf, tritt hinein: Ich bin die Tochter. – Sie sind zu spät gekommen, aber es ist gut, daß Sie gekommen sind, für die Bestattung zu sorgen.

BEARBEITUNGEN UND ÜBERSETZUNGEN

DIE SIRENETTA

VON GABRIELE D'ANNUNZIO

ERSTE SZENE DES VIERTEN AKTES DER TRAGÖDIE »LA GIOCONDA«

Ein Gemach zu ebener Erde, völlig weiß, völlig einfach, durch viele Fenster dem Licht völlig aufgeschlossen, fast wie ein Gewächshaus. Draußen erblickt man die Oleander, die Binsen, die Pinien, die goldigen Sanddünen gesprenkelt mit abgestorbenen Algen, das ruhig atmende Meer: die friedvolle Landschaft der Arno-Mündung. Jenseits des Flusses die Gehölze des Gombo, die Meierhöfe von San Rossore, die fernen bläulichen Berge von Carrara mit marmorschimmernden Flanken.

Es ist ein Nachmittag im September. Das matte Lächeln des schwindenden Sommers schwebt über allen Dingen. In einer Ecke des Zimmers steht ein altes Spinett aus der Zeit der Elisa Baciocchi, Herzogin von Lucca, von kleinen vergoldeten Karyatiden im Empirestil getragen. In dem menschenleeren Zimmer glaubt man die Gegenwart der Musik zu spüren, die in dem verlassenen Spinett eingeschlossen schläft; es ist als erbebten auch die eingesperrten Saiten unter dem Rhythmus, der draußen das ruhige Meer atmen läßt.

Silvia Settala erscheint auf der Schwelle, aus einem inneren Zimmer her; sie bleibt stehen; tut ein paar Schritte gegen die Glasfenster: läßt ihren Blick über die Ferne, dann rings um sich gleiten, aus unendlich traurigen Augen. In ihren Bewegungen liegt etwas Unfreies, das flüchtig den Gedanken an abgeschnittene Flügel hervorruft, und die unbestimmte Empfindung irgendeiner gedemütigten und gebrochenen Kraft, irgendeines Edlen, das erniedrigt ist, irgendeiner Harmonie, die verstört ist. Sie trägt ein aschfarbenes Kleid, mit einem schmalen schwarzen Saum. Die langen Ärmel verhüllen die Stummel ihrer handlosen Arme; und sie hält sie steif ein wenig von den Hüften weg, und manchmal wieder angedrückt, ein wenig nach rückwärts, wie um sie in den Falten zu verbergen, mit einer schmerzlich-schamhaften Gebärde.

Von draußen zwischen den Oleandern zeigt sich eine weibliche Gestalt, die Sirenetta, die einer Fee und einem Bettelkinde gleicht. Sie geht spähend vorwärts. Sie nähert sich mit einem verstohlenen Schritt den Glasfenstern; mit einer Hand hält sie die Schürze nach oben, die voll Algen, Seesterne und Muscheln ist.

SILVIA SETTALA *bemerkt sie und geht ihr entgegen, mit einem unwillkürlichen, unerwarteten Lächeln auf den Lippen* O, die Sirenetta! Komm, komm!

DIE SIRENETTA *dicht am Fenster* Erkennst du mich?

Sie bleibt draußen, und das Spiegeln der beleuchteten Glasscheiben umgibt sie, als wäre es das schwebende, unaufhörliche Spiegeln des großen Wassers. Sie ist jung, zart, biegsam; sie hat rötliches, zerzaustes Haar; ihr Gesicht hat annähernd die Farbe der goldigen Olive; ihre Zähne sind weiß wie die Knochen des Tintenfisches, ihre Augen schwimmend und wasserhell, ihr Hals dünn und lang, mit einem Muschelhalsband herum; die ganze Gestalt hat etwas unaussprechlich Frisches und Flinkes; man denkt an ein Geschöpf ganz durchsickert mit Salzluft, aus der Beweglichkeit der Flut hervorgeglitten, aus dem Versteck einer Klippe herstammend. Ihr weißblau gestreiftes Leinengewand, zerfetzt und entfärbt, geht nur wenig unters Knie und läßt die Beine nackt. Sie ist barfuß, und ihre Füße, im Gegensatz zu dem Braun, das ihr die Sonne sonst überall gegeben hat, sind seltsam bleich wie die Wurzeln der Pflanzen, die im Meere leben. Und ihre Stimme ist hell und kindisch; und manches Wort, das sie ausspricht, scheint ihr naives Gesicht mit einem geheimnisvollen Glücksstrahl zu erhellen.

Weißt du denn, wer ich bin, Frau? Schöne Frau?

SILVIA SETTALA Ich weiß, wer du bist, ich weiß, wer du bist.

DIE SIRENETTA Du erkennst mich wieder? Wer bin ich denn?

SILVIA SETTALA Bist du denn nicht die Sirenetta?

DIE SIRENETTA Ja, du hast mich wiedererkannt. Wie lang ist es her, daß du wieder da bist?

SILVIA SETTALA Noch nicht lange.

DIE SIRENETTA Jetzt bleibst du da?

SILVIA SETTALA Noch sehr lang.

DIE SIRENETTA Bis zum Winter, nicht?

SILVIA SETTALA Vielleicht.

DIE SIRENETTA Und deine Kleine?

SILVIA SETTALA Ich erwarte sie. Sie wird kommen.

DIE SIRENETTA Beata! Heißt sie nicht Beata?

SILVIA SETTALA Ja, Beata.

DIE SIRENETTA Du hast ihr diesen Namen gegeben, du? Beata, nicht Beatrice. Wie sie da war, hat sie von mir alle Tage die Sterne haben wollen, die Seesterne. Hat sie dirs gesagt? Sie hat mich singen hören wollen. Hat sie dirs gesagt?

SILVIA SETTALA Ja, sie hat mirs gesagt. Sie erinnert sich an dich. Sie hat dich gern.

DIE SIRENETTA Hat sie mich gern? Ich weiß! Sie hat mir jeden Tag ihre Semmel gegeben.

SILVIA SETTALA Du wirst alle Tage eine bekommen, wenn du willst. Eine Semmel und Zuspeise, Sirenetta, früh und abends, wenn du willst. Merk dirs.

DIE SIRENETTA In der Früh und am Abend werd ich dir einen Stern bringen. Willst du einen? Einen schönen? Größer als eine Hand?

SILVIA SETTALA *verstört, zieht mit einer unwillkürlichen Bewegung die Arme nach rückwärts* Nein, nein. Heb ihn auf, für Beata.

DIE SIRENETTA *sehr verwundert* Du willst ihn nicht?

SILVIA SETTALA Sag mir lieber etwas von deinem Leben. Sag mir vom ganzen Tag, was du immer machst. Ist es wahr, daß du mit den Meersirenen redest? Sag, erzähl mirs, Sirenetta.

DIE SIRENETTA

Sieben Schwestern waren wir:
spiegelten uns in allen Brunnen,
und wir waren alle schön.
– Binsenblüte gibt kein Brot,
Schlehenstrauch gibt keinen Wein,
Wiesengras läßt sich nicht spinnen,
aus Grashalm wird kein Linnen –
sprach die Mutter zu den Schwestern.
Die erste hat spinnen wolln
und wollte die Spindeln von Gold;
die zweite hat weben wolln
und wollte die Spulen von Gold;
die dritte hat nähen wolln
und wollte die Nadeln von Gold;

die vierte hat anrichten wolln
und wollte die Schüsseln von Gold;
die fünfte hat schlafen wolln
und wollte die Decken von Gold;
die sechste hat träumen wolln
und wollte die Träume von Gold;
die letzte hat singen wolln...
nur danach stand ihr Begehr
und sie wünschte sich nicht mehr.
Sie lacht ein kurzes helles Lachen, dessen Klang auf der Schneide ihrer schimmernden Zähne zu vibrieren scheint
Gefällt dir die Geschichte?

SILVIA SETTALA *von der Anmut dieser kleinen Einfalt gefangen* Ist sie schon aus? Warum geht sie nicht weiter?

DIE SIRENETTA Wenn du dich hierher setzt, schläfer ich dich ein, wie ich deine Kleine eingeschläfert hab. Bist du denn jetzt nicht schläfrig?

Im September ist gut schlafen:
September bringt Wein
und kühlen, blassen Schein
und legt den Sommer ins Grab hinein.
Amen.

SILVIA SETTALA Nein. Erzähl deine Geschichte weiter, Sirenetta.

DIE SIRENETTA
Die Olive wird schon schwer
und das Herz noch viel mehr.
Preßt sie nur:
das Öl und die Tränen werden schon kommen.

SILVIA SETTALA Erzähl deine Geschichte weiter, Sirenetta.

DIE SIRENETTA Wo sind wir denn stehengeblieben?

SILVIA SETTALA
»Und sie wünschte sich nicht mehr!«
Eine Pause

DIE SIRENETTA Ah, ja:
Binsenblüte gibt kein Brot,
Schlehenstrauch gibt keinen Wein,
Wiesengras läßt sich nicht spinnen,

aus Grashalm wird kein Linnen –
sprach die Mutter zu den Schwestern.
Spiegelten uns in allen Brunnen:
und wir waren alle schön.
Und die erste spann,
da brach die Spindel und auch ihr Herz,
und die zweite wob
ein Unglücksgewebe,
und die dritte nähte
ein giftiges Hemd,
und die vierte trug auf
ein verhextes Mahl,
und die fünfte schlief
unterm Leichentuch,
und die sechste träumte
in Todes Arm,
und die Mutter weinte
voll Gram und Harm.
Doch die letzte, der nach Singen,
nur nach Singen stand ihr Begehr,
die empfing die schönste der Gaben:
denn die Sirenen draußen im Meer,
die wollten sie zur Schwester haben.

Bei den zwei letzten Zeilen macht sie ihre Stimme geheimnisvoll und wie von weither klingend.

Eine Pause

SILVIA SETTALA Ist es also wirklich wahr, daß du mit den Sirenen redest?

DIE SIRENETTA *indem sie den Finger auf den Mund legt* Nicht fragen!

SILVIA SETTALA Ist es wahr, daß kein Mensch weiß, wo du bei der Nacht schläfst?

DIE SIRENETTA *ebenso* Nicht fragen.

SILVIA SETTALA Willst du, soll ich dir hier im Haus Unterkunft geben?

DIE SIRENETTA *sieht ihr starr ins Gesicht und überhört die Frage* Du hast gequälte Augen. Ich hab nicht gewußt, was mir Schmerz macht, solang du mich anschaust. Jetzt seh ich es:

Du hast einen großen Schmerz in den Augen. Dir ist jemand gestorben.

SILVIA SETTALA Du wirst mich trösten.

DIE SIRENETTA Wer ist dir gestorben?

SILVIA SETTALA Nicht fragen.

DIE SIRENETTA Jetzt seh ich dich erst: du bist es ja gar nicht. Mir ist eine Schwalbe eingefallen, vom vorigen September, die ihre Schwungfedern verloren gehabt hat und am Ertrinken war. Was haben sie dir getan? Etwas Böses ist mit dir geschehen.

SILVIA SETTALA Nicht fragen!

Unwillkürlich verbirgt sie ihre Stummel in den Falten des Kleides, mit einer schmerzlichen Bewegung, die der Kleinen nicht entgeht. Diese läßt, wie vor Überraschung, ihre Schürze aus, und ihre kleinen Meeresschätze fallen zu Boden.

DIE SIRENETTA *bückt sich danach* Willst du einen Stern? Einen schönen? größer als eine Hand?

Schau!

Sie hält der Verstümmelten einen großen fünfstrahligen Seestern hin

Nimm ihn. Ich schenk dir ihn.

Die Verstümmelte schüttelt den Kopf und preßt die Lippen zusammen.

Kannst du nicht? sind deine Hände weh? sind sie eingebunden?

Die Verstümmelte nickt. Die Worte der andern beben vor Mitleid

Bist du ins Feuer gefallen? Hast du sie dir verbrannt? Tun sie dir noch sehr weh? Oder werden sie bald heilen?

SILVIA SETTALA *fast unhörbar* Ich hab sie nicht mehr.

DIE SIRENETTA *richtet sich erschrocken auf* Du hast sie nicht mehr? Sie haben sie dir abgeschnitten?

Die Verstümmelte nickt; sie ist entsetzlich blaß. Die andere zittert vor Grauen

Nein! Nein! Nein! Es ist nicht wahr.

Sie starrt auf die Falten des Kleides, zwischen denen Silvia Settala ihre Stummel verbirgt

Sag, daß es nicht wahr ist!

SILVIA SETTALA Ich hab sie nicht mehr.
DIE SIRENETTA Warum? Warum?
SILVIA SETTALA Nicht fragen.
DIE SIRENETTA Ah! Wie schrecklich ist das!
SILVIA SETTALA Ich hab sie hergegeben.
DIE SIRENETTA Du hast sie hergegeben? Wem?
SILVIA SETTALA Meiner Liebe.
DIE SIRENETTA Ach, was für eine grausame Liebe! Wie schön sie waren, wie schön! Glaubst, ich weiß es nicht mehr? Ich hab sie dir geküßt, so oft, so oft hab ich sie geküßt mit diesem Mund. Sie haben mir eine Semmel gebracht, ein Obst, eine Schale Milch... Sie waren schön, als wenn die Morgendämmerung sie dir gemacht hätte mit lauter Anhauchen, weiß wie der Schaum oben auf den Wellen, feiner wie die Stickereien, die der Wind in den Sand macht; bewegt haben sie sich wie das Sonnenlicht im Wasser; reden haben sie können, besser als die Zunge und die Augen. Ich erinner mich so: ich seh sie, ich seh sie. Einmal haben sie mit dem lauen feuchten Sand gespielt; er ist zwischen den Fingern durchgegangen, der Sand, wie durch ein Sieb, und die Beata hat zugesehen und gelacht. Die Kleine! Und einmal haben sie mit ihren gelockten Haaren gespielt, deine Hände, und aus jeder kleinen Locke ist ein Ring geworden für jeden Finger, und dann haben sie wieder angefangen, und wieder angefangen, und die Beata ist eingeschlafen...
SILVIA SETTALA *in ersticktem Ton* Nichts mehr reden! Nichts mehr reden!
DIE SIRENETTA So eine grausame Liebe!

Eine Pause. Sie steht nachdenklich da

Und wo werden sie sein? Weit von dir, ganz allein, in der Erde drunten? Haben sie sie begraben? Wo? In einem schönen Garten?

Eine Pause. Die Verstümmelte hält ihre Lider geschlossen und lehnt die Stirn an die Scheibe, in der sich das Flimmern des Meeres spiegelt.

Hast du sie wegtragen sehen? Wie weiß sie waren! Und deine Ringe! Mit allen Ringen?

Eine Pause. Die Miene der Verstümmelten nimmt einen undefinierbaren Ausdruck an; die Gespanntheit ihrer Haltung löst sich, sie läßt die Arme an den Seiten hinabhängen.
Denkst du daran? Träumst du davon? Wenn sie dir wieder hervorwachsen würden, ganz warm...
Die Verstümmelte schlägt die Augen auf und fährt zusammen, wie einer, der aus dem Schlafe aufgestört wird.
Was hast du?

SILVIA SETTALA Sonderbar... mir ist wirklich manchmal so, als hätte ich sie wieder, als fühlte ich das Blut bis in Fingerspitzen hinunterrieseln. Während ich dich jetzt reden hörte, da hatte ich sie... Sie waren schöner als früher, Sirenetta.

DIE SIRENETTA Schöner?

SILVIA SETTALA Du wirst mich trösten, Sirenetta.

DIE SIRENETTA Ich möchte dir meine Hände geben, wenn sie nicht so rauh und abgebrannt wären!

SILVIA SETTALA Deine Hände sind glücklich, sie berühren die Blätter, die Blüten, den Sand, das Wasser, die Steine, die Tiere, alle die schuldlosen Dinge. Du hast es gut, Sirenetta, du hast nichts und hast alles, du weißt nichts, und weißt alles...

DIE SIRENETTA *rasch, indem sie sich plötzlich wendet* Hörst du den Schwarm? Schau, schau, die vielen Schwalben überm Meer! Es sind ihrer mehr als tausend; eine ganze lebende Wolke. Schau, wie sie blinken. Jetzt gehn sie fort, auf eine große Reise, in ein fernes Land. Mit ihnen wandert der Schatten übers Wasser, hie und da fällt eine Feder hinab; es wird Abend werden; sie werden draußen auf dem Meer den Fischerbooten begegnen; sie werden die Feuer sehen, werden die Männer singen hören und die werden ihnen vorbeifliegen zuschaun; ganz dicht an den Segeln werden sie vorbeistreifen; die eine oder die andere wird anstoßen, wird müde auf das Deck herabfallen. An einem Abend wird eine ganze Wolke von müden Schwalben sich auf ein Boot niederlassen und wird es ganz zudecken. Die Matrosen werden ihnen nichts tun. Sie werden sich nicht rühren, um sie nicht zu schrecken; sie werden nichts reden, um sie schlafen zu lassen. Und weil auch welche auf der Ankerkette sitzen werden und auf dem Steuerruder oben, so wird das Boot diese Nacht treiben wie es will, im Mondschein...

Sie unterbricht ihre Träumerei, da sie eine fremde Stimme zwischen den Oleandern hört. Sie will fortlaufen

Leb wohl, leb wohl!

SILVIA SETTALA *beklommen* Es ist meine Schwester. Nicht fortlaufen, nicht weggehen, Sirenetta. Bleib hier in der Nähe, die Beata kommt.

DIE SIRENETTA Leb wohl, leb wohl. Ich werd wiederkommen.

Sie läuft zum Meer, ihre Gestalt löst sich in der Bläue und dem Sonnenlicht auf.

FUCHS

VON JULES RENARD

Personen

HERR LEPIC
FUCHS, *fünfzehn Jahre*
FRAU LEPIC
ANNETTE

Die Szene ereignet sich nachmittags in einem Dorfe.

Ein nett gehaltener Hof, den Fuchs rein hält. Zur Rechten aufgeschichtete Scheite, die Fuchs aufgeschichtet hat. Ein dicker Strunk, wo Fuchs die Gewohnheit hat zu sitzen. Ein Schiebkarren und ein Spaten. Hinter dem Lager Brennholz, gegen den Hintergrund des Hofes eine Scheune sowie das Hühnerhaus, das Kaninchenhaus und das Hundehaus. In dieser Scheune verbringt Fuchs die beste von seiner Ferienzeit, wenn schlechtes Wetter ist. Ein Baum inmitten des Hofes, eine kreisförmige Bank um den Fuß des Baumes. Links das Haus der Lepic, ein altes Haus mit dem Ansehen eines Gefängnisses. Stufen zum Erdgeschoß. Die Mauern fast ebenso dick als hoch. In der ersten Kulisse die Stiege. Sechs Stufen und ein eisernes Geländer. Eine mit Nägeln beschlagene, schwere Türe. Ein Hammer zum Klopfen. Das Beinkleid eines Jägers, mit Kot bedeckt, hängt an der Mauer an einem Nagel. In der zweiten Kulisse ein Fenster, vergittert und mit einem Laden: von hier pflegt Frau Lepic ein Auge auf Fuchs zu haben. Der Brunnen in einer Mauernische. Im Hintergrund links eine Tür in der Mauer. Durch diese Türe geht man frei aus und ein. Keine Glocke. Im Hintergrund rechts eine Wageneinfahrt, mit einem Gittertor geschlossen, dahinter die Straße und die Landschaft in einer hellen Septemberbeleuchtung: Nußbaum, Wiesen.

ERSTE SZENE

Fuchs, Herr Lepic.
Fuchs, bloßköpfig und ärmlich gekleidet. Er trägt die Sachen ab, die sein Bruder Felix schon vor ihm abgetragen hat. Eine schwarze Bluse, Ledergürtel mit der gelben Messingschnalle der Collégiens, eine gar zu kurze Zwilchhose, färbige Socken. An seinem engen, weichen Hemdkragen keine Krawatte. Die Haare weich wie Stroh und von der Farbe des Strohs, wenn es im Freien auf der Strohtriste überwintert hat.

Herr Lepic, Joppe aus grobem Samt, weißes steifes Hemd wie ein Städter, ein Gilet; ebenfalls keine Krawatte, eine goldene Uhrkette. Ein großer Strohhut, Ledergaloschen mit Holzsohlen über den Jagdstiefeln.
Beim Aufgehen des Vorhangs gibt Fuchs rückwärts seinen Kaninchen zu fressen. Er kommt mit einem Spaten nach vorne, den Boden umzustechen. Er arbeitet gelangweilt bei seinem Schiebkarren. Herr Lepic öffnet die Haustüre und erscheint auf der ersten Stufe der Treppe, eine Zeitung in der Hand. Wie Fuchs die Haustüre gehen hört, hat er Furcht. Er hat immer Furcht.

HERR LEPIC An wem ist die Reihe, auf die Jagd mitzukommen?
FUCHS An mir.
HERR LEPIC Bist du sicher?
FUCHS Ja, Papa, du hast Felix das letztemal mitgehabt, und jetzt ist er mit der Mutter fort, die zum Herrn Pfarrer gegangen ist. Er hat sein Fischzeug mitgenommen, er wird den ganzen Abend bei der Mühle fischen.
HERR LEPIC Und du, was tust du da?
FUCHS Ich jäte den Hof.
HERR LEPIC Gleich nach dem Essen? Das ist schlecht für die Verdauung.
FUCHS Die Mutter sagt, es ist ausgezeichnet dafür.
Wirft seinen Spaten weg.
Gehen wir?
HERR LEPIC Aber nicht so schnell. Die Sonne sticht noch zu sehr. Ich gehe noch meine Zeitung lesen und mich ausruhen.
FUCHS *dem das leid tut* Wie du willst.
Nimmt wieder den Spaten
Es ist doch sicher, daß wir gehen werden?
HERR LEPIC Außer wenn es regnet.
FUCHS *sieht an den Himmel* Deswegen fürchte ich mich nicht. Du wirst aber gewiß nicht ohne mich fortgehen?
HERR LEPIC Du brauchst nur hierzubleiben. Ich werde dich holen.
FUCHS Ich bin ganz fertig. Ich muß nur meine Stiefel und

meine Mütze nehmen... Wenn du aber durch den Garten fortgehst?...

HERR LEPIC Du wirst hören, wenn ich dem Hund pfeife.

FUCHS Wirst du mir auch pfeifen?

HERR LEPIC Verlaß dich drauf.

FUCHS Danke, Papa. Ich werde die Jagdtasche tragen.

HERR LEPIC Ja, ich leihe sie dir. Ich habe genug an meinem Gewehr.

FUCHS Ich werde einen Stock nehmen und auf die Hecke schlagen, daß die Hasen herausgehen. Auf baldiges Wiedersehen, Papa. Indessen jäte ich diese Ecke da.

HERR LEPIC Das unterhält dich?

FUCHS Es ist mir nicht zuwider. In der Sonne ist es anstrengend, aber im Schatten geht es von selber. Übrigens hat es die Mutter mir befohlen.

Herr Lepic sieht seinen ersten Spatenstichen zu und geht ins Haus.

ZWEITE SZENE

Fuchs allein.

FUCHS Vorsichtshalber will ich doch den Hund einsperren, der dort schläft.

Er schließt am Hundehaus die Türe

Auf die Art kann Herr Lepic mich nicht vergessen, denn er kann nicht ohne den Hund auf die Jagd gehen und der Hund kann nicht ohne mich auf die Jagd gehen.

Ein Geräusch am Schloß der Hoftüre. Fuchs glaubt, daß es Frau Lepic ist und macht sich an seine Arbeit.

DRITTE SZENE

Fuchs, Annette.

Annette, ein Bauernmädchen, stößt die Türe auf und kommt in den Hof. Sie betrachtet Fuchs, der den Rücken kehrt und eifrig gräbt. Sie geht durch den Hof, steigt die Haustreppe empor und klopft an die

Türe. Fuchs, erstaunt, daß Frau Lepic vorbeigehe, ohne ihm etwas Unangenehmes zu sagen, sieht sich verstohlen um und richtet sich auf.

FUCHS Ah, es ist nicht Frau Lepic. – Was wünschen Sie... Fräulein?

ANNETTE *ohne konventionelles Gepräge; sie ist gekleidet wie eine Bäuerin, die ihr Bestes angezogen hat, um sich einer neuen Herrschaft vorzustellen. Weiße Haube, schwarzer Spenser, grauer Rock; einen Korb auf dem Arm.* Frau Lepic.

FUCHS Ausgegangen.

ANNETTE Wird sie bald wiederkommen?

FUCHS Ich hoffe ja. Was wünschen Sie?

ANNETTE Ich bin das neue Dienstmädchen, das Frau Lepic vorigen Donnerstag in Lormes aufgenommen hat.

FUCHS *wichtig, indem er seinen Spaten fallen läßt* Ich weiß. Sie hat es mir gesagt. Ich habe Sie schon jeden Tag erwartet. Frau Lepic ist beim Herrn Pfarrer. Jetzt brauchen Sie nicht ins Haus zu gehen. Es ist niemand drinnen als Herr Lepic, der seine Siesta hält und nicht gerne hat, wenn man ihn stört. Übrigens hat das Dienstmädchen nichts mit ihm zu tun. Setzen wir uns auf die Stiege.

ANNETTE Ich bin nicht müde.

FUCHS Sie kommen von weit her?

ANNETTE Von Lormes. Da bin ich zu Hause.

FUCHS Und Ihren Koffer?

ANNETTE Auf dem Bahnhof habe ich ihn gelassen.

FUCHS Ist er schwer?

ANNETTE Gerade meine Sachen sind drinnen.

FUCHS Ich werde dem Boten sagen, daß er ihn morgen früh auf seinem Eselwagen mitbringt. Haben Sie Ihr Rezepiß?

ANNETTE Da ist es.

FUCHS Verlieren Sies nur nicht. Wie heißen Sie?

ANNETTE Annette Perreau.

FUCHS Annette Perreau. Ich werde Sie Annette nennen. Es ist leichter auszusprechen. – Ich bin der Fuchs.

ANNETTE Wie?

FUCHS Fuchs. – Sie wissen doch.

ANNETTE Nein.

FUCHS Der jüngere von den Söhnen Lepic, der, den man Fuchs nennt. Frau Lepic hat Ihnen nichts von mir gesagt?

ANNETTE Aber gar nichts. –

FUCHS Das wundert mich. – Sie freuen sich, bei der Familie Lepic in Dienst zu kommen?

ANNETTE Ich weiß nicht. Das hängt davon ab.

FUCHS Natürlich. Das Haus ist ganz gut.

ANNETTE Man hat viel zu arbeiten?

FUCHS Nein. Zehn Monate im Jahr sind Herr und Frau Lepic alleine. Ein bißchen ärger ist es, wenn wir in den Ferien da sind, mein Bruder und ich. Aber es ist immer zum Aushalten.

ANNETTE Oh! ich bin stark.

FUCHS Sie sehen ganz kräftig aus... Übrigens helfe ich Ihnen.

Annette ist verwundert.

Ich meine...

Verlegen, nähert sich ihr

Hören Sie zu, Annette. Wenn ich auf Ferien bin, kann ich doch nicht immerfort spielen wie ein Narr; da zerstreut es mich dann, Ihnen zu helfen... Verstehen Sie?

ANNETTE *macht erstaunte Augen* Nein. Sie helfen mir? Bei was denn, Herr Lepic?

FUCHS Nennen Sie mich Fuchs. So heiße ich.

ANNETTE Herr Fuchs!

FUCHS Nicht Herr... Wenn Frau Lepic Sie hören würde, würde sie sich schief lachen. Nennen Sie mich Fuchs, ganz einfach, wie ich Sie Annette nenne.

ANNETTE Fuchs, das ist kein christlicher Name. Sie werden doch einen Taufnamen haben.

FUCHS Er wird seit meiner Taufe nicht verwendet... Man hat ihn vergessen.

ANNETTE Wo haben Sie diesen Zunamen her?

FUCHS Frau Lepic hat ihn mir gegeben wegen der Farbe meiner Haare.

ANNETTE Sie sind blond.

FUCHS Feuerblond. Frau Lepic sieht sie rot, sie hat gute Augen. Nennen Sie mich Fuchs.

ANNETTE Ich getraue mirs nicht.

FUCHS Ich erlaube es Ihnen doch.

Annette stammelt etwas.

FUCHS Ich befehle es Ihnen. – Gewöhnen Sie sich das gleich an, denn von morgen früh an – heute abend gehe ich mit Herrn Lepic auf die Jagd – teilen wir uns in die Arbeit.

ANNETTE Was reden Sie da?

FUCHS *kalt* Sie sind lustig.

ANNETTE Entschuldigen Sie.

FUCHS Aber es macht nichts!... Wir müssen uns verständigen, damit eines das andere nicht geniert. Wir stehen beide um Punkt halb sechs auf.

ANNETTE Sie auch?

FUCHS Ja. Ich schlafe in einem Zug, aber ich kann in der Früh nicht lange im Bett bleiben. Ich werde Sie aufwecken. Unsere beiden Zimmer sind nebeneinander, neben dem Heuboden. Sobald ich auf bin, gebe ich mich mit den Tieren ab. – Ich habe eine Leidenschaft für die Tiere. Ich bringe dem Hund seine Suppe, ich werfe den Hühnern Korn vor und den Kaninchen ihr Grünzeug. – Sie machen indessen Feuer und richten das Frühstück für die Familie Lepic. Frau Lepic...

ANNETTE Ihre Mutter?

FUCHS Ja, ja... nimmt Kaffee mit Milch. Herr Lepic...

ANNETTE Ihr Vater?

FUCHS Ja, ja. – Reden Sie mir nicht dazwischen, Annette, – Herr Lepic nimmt schwarzen Kaffee und mein Bruder Felix Schokolade.

ANNETTE Und Sie?

FUCHS Sie, Annette, wird man in den ersten Tagen verhätscheln. Wahrscheinlich werden Sie Kaffee mit Milch bekommen wie Frau Lepic. Später wird sie dazu sehn...

ANNETTE Und Sie?

FUCHS Oh! Ich nehme, was ich... was ich will, im Speiseschrank, einen Rest Suppe, ich esse ein Stück Brot oder etwas anderes, oder nichts. Ich habe gar nicht viel Hunger gleich nach dem Aufstehen.

ANNETTE Sie trinken nicht gerne Schokolade wie Ihr Bruder, der Herr Felix?

FUCHS Nein, wegen der Haut. – Den ganzen Vormittag arbeite ich dann an meinen Ferienaufgaben. – Sie, Annette, Sie dürfen nicht die Hände in den Schoß legen; Sie machen sich über die Stiefel; die Jagdstiefel von Herrn Lepic müssen ordentlich eingefettet werden.

ANNETTE Gut.

FUCHS Die Damenstiefel dürfen Sie nicht zu sehr wichsen; das verbrennt sie.

ANNETTE Gut, gut.

FUCHS Sie machen die Betten, räumen die Zimmer auf und das Haus. Ah! den Eimer ziehe ich Ihnen aus dem Brunnen; das ist eine Übung für mich; sehen Sie, so...

Er läuft zum Brunnen, zieht mühsam einen Eimer herauf und stellt ihn schwer atmend hin

Das kräftigt mich. – Können Sie ein bißchen kochen?

ANNETTE So einfache Sachen schon.

FUCHS Das genügt auch. Zu mehr kommen Sie nicht. Frau Lepic ist eine sehr gute Köchin, und wenn sie bei Appetit ist, leckt man sich die Finger ab. – Sobald es Mittag läutet, gehe ich in den Keller.

ANNETTE Ah, das vertraut man Ihnen an?

FUCHS Ja, Annette, mir; und dann, die Stiege ist gefährlich. – Das bringt mir etwas ein: ich darf die alten Fässer zu meinem Vorteil verkaufen; das Geld lege ich in der Lade von Frau Lepic an. – Fürchten Sie sich nicht, Annette, weil ich den Kellerschlüssel habe, deswegen sollen Sie nicht um Ihren Wein kommen.

ANNETTE Oh, einen Tropfen bei jeder Mahlzeit.

FUCHS Ich nie... Der Wein steigt mir zu Kopf; ich trinke nur von unserm Wasser, das ist das beste im ganzen Dorf. – Natürlich bedienen Sie bei Tisch. Teller wechselt man so wenig als möglich.

ANNETTE Um so besser!

FUCHS Nicht Ihnen zulieb, wegen der Teller. – Nach dem Essen Geschirr waschen. Manchmal helfe ich ein bißchen mit.

ANNETTE Beim Geschirrwaschen?

FUCHS Beim Einräumen, Annette, wenn das schöne Service heraußen war.

ANNETTE Ist öfter Gesellschaft?

FUCHS Selten. Herr Lepic, der die Leute nicht gerne hat, macht den Gästen von Frau Lepic ein Gesicht, und sie kommen kein zweites Mal. – Am Abend, zum Beispiel, Annette, habe ich nichts zu tun.

ANNETTE Nichts?

FUCHS Fast nichts. Ich verbringe meine Zeit, wie ich will, und rauche eine Zigarette dazwischen.

ANNETTE Oh! oh!

FUCHS Ja, Herr Lepic bietet mir manchmal welche an, und es unterhält ihn, weil mir ein bißchen schlecht danach wird. – Ich tue das und jenes, tue so im Garten herum, ich sehe die Blumen nach, ich grabe einen Korb Erdäpfel aus und nehme Schoten ab, die ich in meinen leeren Augenblicken auslöse.

ANNETTE Was noch?

FUCHS Ach Gott, ich quäle mich nicht ab. Wie Sie gekommen sind, war ich daran, den Hof zu jäten, ganz gemütlich. Gänse mit ihren Schnäbeln täten es schneller als ich.

ANNETTE Und das ist alles?

FUCHS Das ist alles. Manchmal mache ich vielleicht noch ein paar Kommissionen für Frau Lepic, beim Kaufmann, bei der Pächterin oder in der Stadt beim Apotheker... und die übrige Zeit bin ich frei.

ANNETTE Und Ihr Bruder Felix, was tut denn der den ganzen Tag?

FUCHS Er ist nicht auf Ferien gekommen, um zu arbeiten. Dann hat er nicht meine Gesundheit. Er ist zart...

ANNETTE Er pflegt sich.

FUCHS Das ist seine Sache. – Während ich mich nachmittags ausruhe, müssen Sie, Annette... ah! das ist etwas Unangenehmes für Sie... meistens an den Fluß hinunter.

ANNETTE So viel Wäsche machen die schmutzig!

FUCHS Nein, aber die Jagdbeinkleider von Herrn Lepic: wenn es regnet, bringt er den Kot kiloweise nach Hause. Im Grunde glaube ich, er watet eigens darinnen, um Frau Lepic zu ärgern.

ANNETTE *neugierig* Sie tun sich was zu Fleiß?

FUCHS *fährt fort* ... Aber da nicht Frau Lepic an den Fluß hinunter muß, sondern Sie, so ärgert er nur Sie damit. Um so schlimmer für Sie, meine gute Annette, ich kann nichts dafür: Sie sind das Dienstmädchen.

ANNETTE Sind sie streng?

FUCHS Hören Sie zu, Annette, sonst würden Sie sich immer unrecht benehmen: Herr Lepic sieht streng aus und Frau Lepic... Pst!

Er hört ein Geräusch, stürzt sich auf seinen Spaten; eine Frau geht auf der Straße vorbei; sie ruft herein

Guten Abend, Fuchs!

Er atmet auf

Die Distel da hat mich so geniert...

Er wirft seinen Spaten wieder weg, setzt sich in den Schubkarren, stellt einen Korb mit Erbsen auf seine Knie und fängt an aufzuhülsen; Annette nimmt auch eine Handvoll davon.

Ach, lassen Sie, genießen Sie doch das bißchen freie Zeit, was Ihnen noch bleibt. Ja, Annette, auf den ersten Augenschein macht Herr Lepic schon einen Eindruck, aber man sieht ihn beinahe nicht. Er ist immer fort, in Paris wegen eines endlosen Prozesses, oder auf der Jagd wegen unseres Speisekastens. Zu Hause ist er ein Mensch, der den Kopf voll hat und nichts redet. Er lacht nur so in seinen Bart, und das wie selten!

ANNETTE Er ist ein Original.

FUCHS Sie werden ihn nicht ändern.

ANNETTE Er hat Sie gern?

FUCHS Ich glaube. Auf seine Art, so im stillen.

ANNETTE Hat er denn gar kein Mundwerk?

FUCHS O ja, Annette, auf der Jagd ein famoses für seinen Hund. Für die Familie nicht.

ANNETTE Disputiert er sich nicht mit Frau Lepic?

FUCHS Nein. Aber Frau Lepic redet und disputiert mit sich selber, und je mehr Herr Lepic schweigt, um so mehr redet sie mit der ganzen Welt, mit Herrn Lepic, der nicht antwortet, mit meinem Bruder Felix, der antwortet, wenn er will, mit mir, der antwortet, wenn sie will, und mit dem Hund, der bewegt nur seinen Schweif als Antwort.

ANNETTE Sie ist im Kopf nicht in Ordnung?

FUCHS Wie meinen Sie? – Geben Sie acht, Annette, sie ist nicht taub.

ANNETTE Sie ist boshaft?

FUCHS Für Sie, für das Dienstmädchen, ist sie nicht schlecht, so mittelgut, manchmal nennt sie Sie »liebes Kind«, manchmal »dumme Gans«. Für Herrn Lepic ist sie, als wenn sie nicht auf der Welt wäre; für meinen Bruder Felix ist sie eine Mutter. Sie betet ihn an.

ANNETTE Und für Sie?

FUCHS *den Blick im Leeren* – Ist sie auch eine Mutter.

ANNETTE Sie betet Sie an?

FUCHS Wir haben nicht die gleiche Natur, Felix und ich.

ANNETTE Sie kann Sie nicht ausstehen, was?

FUCHS Das weiß kein Mensch, Annette. Die einen sagen, daß sie mich nicht aussehen kann, die andern, daß sie mich sehr gerne hat, aber daß sie sich nicht in die Karten sehen läßt.

ANNETTE Sie müssen doch das besser wissen als irgendeiner.

FUCHS *sieht auf und stellt den Korb mit den Erbsen neben die Mauer* Wenn sie sich nicht in die Karten schauen lassen will, so versteht sie es wirklich, sich nicht in die Karten schauen zu lassen.

ANNETTE Armer junger Mann!

FUCHS Ich muß Ihnen noch etwas sagen, Annette. Vergessen Sie nicht, wenn die Nacht einbricht...

ANNETTE Sie sehen doch nicht böse aus?

FUCHS So, finden Sie?... Offenbar darf man sich darauf nicht verlassen.

ANNETTE Nein?

FUCHS Offenbar.

ANNETTE Sie haben keine Fehler?

FUCHS Kleine und große. Ich habe sie alle.
Er zählt an den Fingern
Ich bin ein Lügner, Heuchler, ich bin unreinlich, und dazu bin ich faul und eigensinnig.

ANNETTE Alles das auf einmal?

FUCHS Und das ist noch nicht alles. Ich habe ein hartes Herz und ich schnarche... Dann noch etwas... Ah! ich trotze, und das ist vielleicht der ärgste von meinen Fehlern. Sie sagen, daß ich trotz der Schläge mir das nicht abgewöhnen werde.

ANNETTE Sie schlägt Sie?

FUCHS Oh, ein paar Ohrfeigen!

ANNETTE Sie hat eine flinke Hand?

FUCHS Und wie!

ANNETTE Sie gibt Ihnen wirkliche Ohrfeigen?

FUCHS *leicht* Es tut nicht weh, meine Haut ist hart. Es ist mehr der Vorgang, der mich demütigt, weil ich doch ein großer Bub bin. Ich werde fünfzehn.

ANNETTE Ich kann mir nicht denken, daß Sie ein schlechter Kerl sein sollen.

FUCHS Warten Sie nur, es wird schon kommen.

ANNETTE Ich glaube nicht.

FUCHS Frau Lepic wird Sie schon dahin bringen.

ANNETTE Wenn ich will.

FUCHS So oder so, Annette. Sie wird Sie umkehren wie einen Handschuh, und ich rate Ihnen, sträuben Sie sich nicht.

ANNETTE Würde sie mich auffressen?

FUCHS Sie würde sich nicht genieren.

ANNETTE Na, na!

FUCHS Ich meine, sie würde Sie zur Türe hinauswerfen.

ANNETTE Wie wärs, wenn ich gleich ginge?

FUCHS *unruhig* Warten Sie ein paar Tage ab. Neue Besen kehren gut. Rechnen Sie auf einen angenehmen Monat bei Frau Lepic, und so lange, bis sie anfängt, es auf Sie scharf zu haben, bleiben Sie hier, Annette, es wird Ihnen nicht schlechter als anderswo gehen, und... ich mag gerade so gerne Sie als eine andere.

ANNETTE Gefalle ich Ihnen?

FUCHS Sie mißfallen mir nicht, und ich bin überzeugt, daß, wenn jeder von uns dazu hilft, das Ganze von selbst gehen wird.

ANNETTE Ich wünsche es.

FUCHS Aber reden Sie immer Frau Lepic nach dem Mund, seien Sie immer mit ihr gegen mich.

ANNETTE Das wäre hübsch!

FUCHS Wenigstens machen Sie so, in unserem Interesse; nichts wird uns verhindern, wenn wir alleine sind, wieder gute Kameraden zu sein.

ANNETTE Oh, das verspreche ich Ihnen.

FUCHS Sie sehen, was ich für ein hartes Herz habe, Annette; der ersten besten vertraue ich mich an.

ANNETTE Das ist wahr; stolz sind Sie nicht.

FUCHS Um eins bitte ich Sie, mir nicht Du zu sagen. Das andere Dienstmädchen hat mir Du gesagt, unter dem Vorwand, daß sie alt war, und das war mir zuwider. Nennen Sie mich »Fuchs« wie alle Leute.

ANNETTE *rücksichtsvoll* Nein, nein.

FUCHS ... Nicht mir Du sagen.

ANNETTE Ich bin doch keine unverschämte Person. Ich schwöre Ihnen, daß –

FUCHS Gut, Annette, gut. – Ich habe gesagt, daß ich Ihnen noch etwas sagen muß. Herr Lepic und ich, wir gehen jetzt gleich auf die Jagd. Da man da spät nach Hause kommt, so schlucke ich schnell meine Suppe hinunter und lege mich ins Bett, müde wie ein Jagdhund. Vergessen Sie also heute abend nicht, die Tiere einzusperren; übrigens müssen Sie sie immer einsperren.

ANNETTE Ein Schritt mehr oder weniger.

FUCHS No! no! Annette, die ersten Male, die Sie in der Nacht durch diesen Hof gehen werden, ohne Laterne, und der Regen Ihnen in den Rücken schlägt und der Wind in die Röcke fährt...

ANNETTE Da muß ich ja Glück haben, daß ich drauskomme.

FUCHS Gestern abend waren Sie nicht da, da habe ich sie einsperren müssen, und ich versichere Sie, das ist aufregend.

ANNETTE Sind Sie furchtsam?

FUCHS Oh nein, pardon, furchtsam bin ich nicht. Frau Lepic wird Ihnen schon selbst sagen, ich bin alles, was sie will, aber ich habe Courage. Schaun Sie diese Scheune an. Da hinein flüchte ich mich, wenn ein Gewitter ist, und sehen Sie, Annette, die ärgsten Donnerschläge stören mich dann nicht, wenn ich da drinnen eine Partie »Maikäfer fliegt« spiele!

ANNETTE Was?
FUCHS Alles, was Flügel hat, fliegt.
ANNETTE Ganz allein?
FUCHS Es ist ebenso lustig, als ob mehrere da sind. Wenn ich ein Pfand gegeben habe, so küsse ich mir die Hand oder ich gebe der Mauer einen Kuß. – Sie sehen also, ob ich Furcht habe! Aber jeder tut, was ihm zugehört; Ihnen gehört es zu, nach der Instruktion von Frau Lepic abends die Tiere einzusperren, und Sie werden sie einsperren.
ANNETTE Wir werden uns doch nicht gleich streiten; ich werde es schon tun; ich fürchte mich nicht.
FUCHS Ich auch nicht, Annette. Ich habe Furcht vor nichts und vor niemand, absolut vor niemand! Aber es handelt sich darum zu wissen, wer von uns zweien die Tiere einsperrt, und der Wille von Frau Lepic, ihr ganz bestimmter Wille…
FRAU LEPIC *auftauchend* Fuchs, du wirst sie jeden Abend einsperren.

VIERTE SZENE

Die Vorigen, Frau Lepic.
Frau Lepic, flache Scheitel, braunes Prinzeßkleid, eine Brosche am Kragen, einen Sonnenschirm in der Hand. – Im Augenblick wo Fuchs sagte »Ich habe Furcht vor nichts und vor niemand«, hatte sie die Türe aufgemacht und horcht, überrascht, steif, dürr, stumm, die Antwort auf der Zunge.

FUCHS Ja, Mama.
Er greift nach seinem Spaten und kehrt ihr den Rücken zu. Er kriecht in sich zusammen; es ist, als ob er ein Loch in die Erde grübe, um sich darin zu verkriechen.
ANNETTE *neugierig und eingeschüchtert; sie grüßt Frau Lepic* Guten Tag, gnädige Frau.
FRAU LEPIC Guten Tag, Annette. Sind Sie schon lange hier?
ANNETTE Nein, gnädige Frau; eine Viertelstunde.
FRAU LEPIC *zu Fuchs* Und du kannst mich nicht holen?

FUCHS Ich wollte gerade, Mama.

FRAU LEPIC Das bezweifle ich.

FUCHS Nicht wahr, Annette?

ANNETTE Ja, gnädige Frau.

FRAU LEPIC Du hättest sie wenigstens einlassen können. Lehrt man dich keine Manieren in deinem Institut?

ANNETTE Ich bin ja ganz gut gestanden, und ich habe mit Ihrem Herrn Sohn gesprochen...

FRAU LEPIC *mißtrauisch* Ah, Sie haben mit meinem Herrn Sohn Fuchs gesprochen... er ist ein großer Sprecher.

FUCHS Mama, ich habe ihr das Nötige gesagt.

FRAU LEPIC Über deine Familie?

Zu Annette

Er wird Ihnen schöne Sachen gesagt haben.

ANNETTE Er, gnädige Frau? Er ist doch ein so guter junger Herr!

FRAU LEPIC Oh! oh! Annette, er hat etwas ausgerichtet in der kurzen Zeit...

Zu Fuchs

Gib deine Hände aus den Taschen; ich werde sie dir noch zunähen.

Fuchs zieht seine Hände aus der Tasche.

Sehen Sie sich diese Borsten an. Er würde einen Topf Pomade jeden Tag verbrauchen, wenn man ihm welche geben würde.

Fuchs streicht seine Haare herunter.

Und deine Krawatte?

FUCHS *greift sich an den Hals* Du hast gesagt, ich brauche auf dem Lande keine Krawatte.

FRAU LEPIC Ja, aber du hast wieder deine Bluse schmutzig gemacht. Wäre nur eine einzige Handvoll Kot auf der Erde, so wäre sie für dich.

FUCHS *schielend, bemerkt, daß seine Schulter schmutzig von Erde ist* Es ist der Spaten.

FRAU LEPIC *überwältigt von Mattigkeit* Jetzt bearbeitest du deine Bluse mit dem Spaten?

ANNETTE *stellt ihren Korb auf die Bank* Ich werde ihn ein wenig abbürsten, gnädige Frau.

FRAU LEPIC Aber an Ihnen hat er ja eine Eroberung gemacht, Annette!... Sie haben Glück, vor Herrn Fuchs Gnade gefunden zu haben. Das ist nicht jedem beschieden. – Lassen wir ihn, er wird sich selbst bürsten; er braucht keine Domestike.

Zuvorkommend

Sie werden müde sein, mein Kind; gehen Sie ins Haus hinein und ruhen Sie sich in Ihrem Zimmer ein bißchen aus.

Sie öffnet die Türe und spricht von der obersten Stufe

Fuchs, hole ihr eine Flasche Wein aus dem Keller.

FUCHS Ja, Mama.

FRAU LEPIC Und laufe in die Meierei um einen Topf Sahne.

FUCHS Ja, Mama.

FRAU LEPIC Rühre dich! Dann...

Zu Annette

Ihr Koffer ist auf der Bahn?

ANNETTE Ja, gnädige Frau.

FRAU LEPIC Fuchs wird ihn auf seinem Schubkarren holen.

FUCHS Ah! ah!

FRAU LEPIC Es verdrießt dich?

FUCHS Ich werde mich beeilen.

FRAU LEPIC Es brennt vielleicht?

FUCHS Nein, Mama – aber ich soll auf die Jagd gehen, jetzt gleich, mit Papa.

FRAU LEPIC Nun, so wirst du nicht auf die Jagd gehen, jetzt gleich, mit »Papa«.

FUCHS Es ist, weil der Papa...

FRAU LEPIC Ich habe dich aufmerksam gemacht, daß es lächerlich ist, in deinem Alter »der Papa« zu sagen.

FUCHS Es ist, weil Vater mich gefragt hat, ob ich gehen will, und ich es versprochen habe.

FRAU LEPIC Du wirst dein Versprechen zurücknehmen. Wo ist dein Vater?

FUCHS Er macht sein Schläfchen.

FRAU LEPIC *steigt hinab und geht auf Fuchs zu, der zurücktritt und seinen Ellbogen erhebt* Wozu diese Bewegung? Annette wird sich einbilden, daß ich dir Angst mache. – Ich wünsche nicht, daß du auf die Jagd gehst.

FUCHS Gut, Mama. – Was soll ich meinem Vater sagen?

FRAU LEPIC Du wirst ihm sagen, daß du dich anders besonnen hast. Es ist überflüssig, sich den Kopf zu zerbrechen. Verstehst du mich? Möchtest du vielleicht antworten, wenn ich zu dir spreche?

FUCHS Ja, Mutter. Ja, Mama.

FRAU LEPIC *im gleichen Ton* Ja, Mama. – Du willst trotzen?

FUCHS Ich will nicht trotzen.

FRAU LEPIC Ja, du willst trotzen. Warum? Dir war doch daran nichts gelegen, an diesem Jagdausflug?

FUCHS *stumm revoltierend* Mir war nichts daran gelegen?

FRAU LEPIC Oh! Du eiserner Schädel!

Sie steigt die Stufen hinauf

Ja, ja, Annette! den führt man nicht, wie man will – den da!

ANNETTE Er sieht doch ganz sanftmütig aus.

FRAU LEPIC Der, dem geht nichts nah. Er hat ein steinernes Herz, er hat niemanden lieb. Nicht wahr, Fuchs?

FUCHS Doch, Mama.

FRAU LEPIC *die weiß, was sie sagt* Nein, Mama. – Ah, wenn ich meinen Felix nicht hätte!

Sie tritt mit Annette ins Haus und schließt die Türe, behält aber die Klinke in der Hand.

FUCHS Hin, meine Jagd. Das nächstemal bin ich klüger!

FRAU LEPIC *öffnet wieder die Türe* Hast du jetzt genug zwischen den Zähnen gemurmelt?

Sie hört Herrn Lepic und schließt die Türe. Fuchs fängt wieder an zu jäten. Herr Lepic erscheint am Gitter, das Gewehr umgehängt, die Jagdtasche in der Hand.

FÜNFTE SZENE

Fuchs, Herr Lepic, dann Annette.

HERR LEPIC Allons, bist du fertig?

FUCHS Weißt du, Papa, ich habe mich anders besonnen, ich gehe nicht auf die Jagd.

HERR LEPIC Was steigt dir in den Kopf?

FUCHS Es macht mir kein Vergnügen mehr.

HERR LEPIC Was du für ein sonderbarer Mensch bist!... Nach deinem Belieben, mein Kind.

Er hängt seine Jagdtasche um.

FUCHS Du kannst mich ja entbehren?

HERR LEPIC Besser dich als das Wild.

ANNETTE *kommt auf Fuchs zu und hat den Sahnetopf in der Hand* Frau Lepic schickt mich, Ihnen zu sagen, daß Sie schnell zur Meierei sollen um die Sahne.

FUCHS *wirft seinen Spaten weg* Ich gehe.

Zu Herrn Lepic, der sich entfernt

Auf Wiedersehen, Papa, viel Glück zur Jagd.

ANNETTE Das ist Herr Lepic?

FUCHS Ja.

ANNETTE Er sieht brummig aus.

FUCHS Er kann nicht leiden, wenn ich ihm Glück zur Jagd wünsche: das bringt ja gerade Pech.

ANNETTE Haben Sie ihm gesagt, daß Frau Lepic Ihnen verboten hat, mit ihm zu gehen?

FUCHS Aber nein, Annette. Haben Sie vielleicht Frau Lepic nicht verstanden? Ich habe ihm einfach gesagt, daß ich mich anders besonnen habe.

ANNETTE Er muß Sie recht launisch finden.

FUCHS Er gewöhnt sich daran.

ANNETTE Wie Frau Lepic zu Ihnen gesprochen hat!

FUCHS Ihrer Ankunft zu Ehren war sie ganz anständig.

ANNETTE Ja, mir war nicht wohl zumut.

FUCHS Sie werden sich daran gewöhnen.

ANNETTE Ich an Ihrer Stelle hätte Herrn Lepic die Wahrheit gesagt.

FUCHS *nimmt den Krug aus Annettens Hand* Was wünsche ich mir, Annette? Den Püffen auszuweichen. Nun, was immer ich tue, bekomme ich von Herrn Lepic nie welche, er ist nicht einmal gesprächig genug, um mich auszuzanken, während beim geringsten Vorwand Frau Lepic...

Er erhebt die Hand, läßt dabei den Krug fallen und sieht dabei nach dem Fenster.

ANNETTE *indem sie die Scherben aufnimmt* Haben Sie keine Furcht, ich habe ihn zerbrochen. – An Ihrer Stelle hätte ich die Wahrheit gesagt.

FUCHS Ich setze den Fall, Annette, daß ich Frau Lepic verklatsche und daß Herr Lepic meine Partei nimmt, glauben Sie, daß, wenn Herr Lepic Frau Lepic meinetwegen hernimmt, Frau Lepic ihrerseits nicht in einer Ecke mich hernimmt?

ANNETTE Sie haben einen Vater... und eine Mutter!

FUCHS *leichthin* Jeder Mensch kann doch nicht ein Waisenkind sein.

HERR LEPIC *erscheint wieder am Gittertor* Wo zum Teufel ist denn der Hund? Seit einer Stunde rufe ich ihn.

FUCHS In der Hütte, Papa.

Er geht hin, den Hund auslassen.

HERR LEPIC Du hattest ihn eingesperrt?

FUCHS *wie unwillkürlich* Ja – aus Vorsicht – für dich.

HERR LEPIC Nur für mich? Das ist sonderbar, Fuchs, nimm dich in acht. Du hast einen merkwürdigen Charakter. Ich weiß es und ich vermeide, dich zu verletzen. Was ich mich aber zuzulassen weigere, ist, daß du dich über mich lustig machst.

FUCHS Oh! Papa, das fehlte gerade noch.

HERR LEPIC Zum Teufel! Wenn du dich nicht lustig machst, erkläre deine sonderbare Art und warum du dieselbe Sache willst und plötzlich wieder nicht willst.

ANNETTE *nähert sich Fuchs* Erklären Sies ihm.

Zu Herrn Lepic

Guten Tag, gnädiger Herr.

FUCHS *zu Herrn Lepic, der erstaunt ist* Das neue Dienstmädchen, Papa; sie kam eben an, sie kennt sich noch nicht aus.

ANNETTE Erklären Sie ihm, daß nicht Sie es sind, der nicht mehr will.

FUCHS Annette, wollen Sie sich gefälligst um das bekümmern, was Sie angeht.

HERR LEPIC Du bist es nicht? Was heißt das? Antworte. Wirst du endlich antworten, Herrgott?

Fuchs scharrt mit dem Fuß den Boden.

SECHSTE SZENE

Die Vorigen, Frau Lepic.

FRAU LEPIC *öffnet das Fenster, von dem sie zugesehen hat, ohne verstehen zu können, und sagt mit sanfter Stimme* Annette, haben Sie meinem Sohne Fuchs gesagt, daß er nach der Meierei gehen soll?

ANNETTE Ja, gnädige Frau.

FRAU LEPIC Du hast doch Zeit, Fuchs, da du ja keine Lust mehr hast, auf die Jagd zu gehen.

FUCHS *wie befreit* Ja, Mama.

ANNETTE *empört, leise zu Herrn Lepic* Sie hat es ihm verboten.

FRAU LEPIC Geh, mein Alter, so hast du einen Spaziergang.

HERR LEPIC Keinen Schritt.

FRAU LEPIC Beeile dich, das wird lieb von dir sein.

Fuchs will weg.

HERR LEPIC Ich habe dir gesagt, du sollst dich nicht rühren.

Fuchs, zwischen zwei Feuern, bleibt stehen.

FRAU LEPIC Nun, mein kleiner Fuchs?

HERR LEPIC *ohne Frau Lepic anzusehen* Ich wünsche, daß man ihn in Ruhe lasse.

Fuchs setzt sich vor Aufregung nieder.

FRAU LEPIC *betreten* Wenn Sie vielleicht hereinkämen, Annette, statt den beiden Herren vor der Nase herumzustehen?

Sie schließt ihr Fenster halb.

ANNETTE Ja, gnädige Frau.

Sie nähert sich Fuchs

Da sehen Sie!...

FUCHS Sie haben was Schönes angerichtet.

ANNETTE Ich lüge nie, ich.

FUCHS Das ist ein Unrecht. Da werden Sies hier nicht lange machen.

ANNETTE Oh, ich finde woanders einen Platz. Ich bin ein tüchtiges Mädchen.

FUCHS Das ist mir ganz alles eins.

ANNETTE Sind Sie mir böse?...

FRAU LEPIC *öffnet das Fenster ungeduldig wieder* Annette!

HERR LEPIC *nimmt seine Jagdtasche ab und gibt sie Annette, sowie das Gewehr* Tragen Sie hinein!

Annette geht ins Haus.

SIEBENTE SZENE

Fuchs, Herr Lepic.

HERR LEPIC Und jetzt willst du mir antworten?

FUCHS Diese Person hätte den Mund halten sollen, aber sie sagt die Wahrheit, die Mutter hat mir verboten, heute abend auf die Jagd zu gehen.

HERR LEPIC Warum?

FUCHS Ah, frag sie.

HERR LEPIC Sie gibt dir einen Grund an.

FUCHS Sie hat mir nicht Rechenschaft zu geben.

HERR LEPIC Sie braucht dich?

FUCHS Sie braucht mich immer.

HERR LEPIC Du hast ihr etwas getan?

FUCHS Das würde ich wissen. Wenn ich meiner Mutter etwas tue, so sagt sies mir, und ich muß gleich zahlen. Aber diese Woche war ich »sehr brav«.

HERR LEPIC Deine Mutter sollte dir verbieten, auf die Jagd mitzukommen?

FUCHS Sie verbietet mir, was sie kann.

HERR LEPIC Mit mir?

FUCHS Gerade.

HERR LEPIC Ohne irgendeinen Grund?... Was kann ihr das tun?

FUCHS Es ärgert sie, weil es mir Vergnügen macht.

HERR LEPIC Das redest du dir ein.

FUCHS Schon traust du mir nicht...

HERR LEPIC *geht einmal auf und ab, tritt auf Fuchs zu und streicht ihm mit der Hand durch die Haare* Richte doch deine Haare, sie hängen dir in die Augen... Was hast du auf dem Herzen?

Fuchs schweigt beklommen.
Rede.

FUCHS *richtet sich auf, entschlossen* Papa, ich will aus diesem Haus fort.

HERR LEPIC Was sagst du?

FUCHS Ich möchte aus diesem Haus fort.

HERR LEPIC Weil?

FUCHS Weil ich meine Mutter nicht mehr liebhabe.

HERR LEPIC *spöttisch* Du hast deine Mutter nicht mehr lieb, Fuchs? Ah! das ist ärgerlich! Und seit wann?

FUCHS Seit ich sie von Grund aus kenne.

HERR LEPIC Das ist ein Ereignis, Fuchs. Das ist ernst, ein Sohn, der seine Mutter nicht mehr liebhat.

FUCHS Ich bitte dich, lieber Papa, mir das beste Mittel anzugeben, um mich von ihr zu trennen.

HERR LEPIC Ich weiß nicht. Du überraschst mich. Dich von deiner Mutter trennen! Du siehst sie nur in den Ferien, zwei Monate im Jahr.

FUCHS Das ist um zwei Monate zuviel. – Höre, Papa, es gibt mehrere Mittel: erstens könnte ich ja das ganze Jahr im Institut bleiben.

HERR LEPIC Da würdest du dich zu Tod langweilen.

FUCHS Ich würde büffeln, würde für die nächste Klasse vorlernen. Erlaube mir, meine Ferien im Institut zuzubringen.

HERR LEPIC Man würde dich jahraus jahrein nicht zu sehen bekommen?

FUCHS Du würdest mich dort sehen.

HERR LEPIC Vergnügungsreisen sind kostspielig.

FUCHS Du kannst deine Geschäftsreisen mit einem kleinen Umweg machen...

HERR LEPIC Du würdest machen, daß man über uns redet, denn die Vergünstigung, die du verlangst, ist für arme Schüler vorbehalten.

FUCHS Du sagst oft, daß du nicht reich bist.

HERR LEPIC So steht es nicht mit mir. Man würde glauben, daß ich dich im Stich lasse.

FUCHS Also, lassen wir meine Studien. Nimm mich aus der

Schule fort unter dem Vorwand, daß ich keine Fortschritte mache, und ich wähle mir einen Beruf.

HERR LEPIC Welchen würdest du wählen?

FUCHS Es gibt genug im Handel, in der Industrie, im Ackerbau.

HERR LEPIC Soll ich dich vielleicht als Lehrling zu einem Tischler geben?

FUCHS Gerne.

HERR LEPIC Oder zu einem Schuster?

FUCHS Ich will gerne, angenommen, daß ich mir mein Brot verdienen kann.

HERR LEPIC Oh, du würdest mir doch erlauben, dich noch zu unterstützen?

FUCHS Gewiß; ein Jahr oder zwei, wenn es notwendig wäre.

HERR LEPIC Du träumst, Fuchs. Sollte ich mir große Opfer auferlegt haben, damit du schließlich Sohlen aufnagelst oder Bretter abhobelst?

FUCHS *entmutigt* Ah, Papa, du spielst nur mit mir.

HERR LEPIC Wirklich, du verdienst es. Was denkst du eigentlich? Dein Bruder auf der Universität, du vielleicht Flickschuster!

FUCHS Papa, mein Bruder ist glücklich in seiner Familie!

HERR LEPIC *setzt sich auf die Bank* Und du, du bist es nicht? Wegen einiger kleiner Auftritte? Wegen Kindereien?

FUCHS *zu sich selber* Es gibt Kinder, die so unglücklich sind, daß sie sich töten.

HERR LEPIC Das ist recht selten.

FUCHS Es kommt vor.

HERR LEPIC *immer spöttisch* Du willst dich töten?

FUCHS Von Zeit zu Zeit.

HERR LEPIC Du hast es versucht?

FUCHS Zweimal.

HERR LEPIC Wenn es das erstemal fehlgeht, geht es immer fehl.

FUCHS Ich gestehe zu, das erstemal war ich nicht ganz entschlossen. Ich wollte nur sehen, wie einem dabei ist. Ich habe einen Eimer aus dem Brunnen gezogen und meinen

Kopf hineingesteckt. Die Nase hielt ich zu und den Mund auch und wartete aufs Ersticken, da, mit einem einzigen Stoß, wirft Frau Lepic – meine Mutter! – den Eimer hin und macht mir Luft.
Er lacht. Herr Lepic lacht in seinen Bart.
Ich war nicht ertränkt; ich war nur übergossen von Kopf bis zu den Füßen. Meine Mutter hat gemeint, ich wüßte gar nicht, was ich alles erfinden sollte, um unser Wasser zu beschmutzen und meine Familie zu vergiften.

HERR LEPIC Bei was für einem Anlaß hast du dich ertränkt?

FUCHS Ich erinnere mich nicht, was ich meiner Mutter getan hatte, diesen Tag. Mein erster Selbstmord ist nur Kinderei: ich war zu klein. Der zweite war ernsthaft.

HERR LEPIC Oh! oh! dieses Gesicht! Fuchs!

FUCHS Ich wollte mich erhängen.

HERR LEPIC Geh, du hattest nicht mehr Lust, dich zu erhängen, als dich ins Wasser zu werfen.

FUCHS Ich war auf den Heuboden gestiegen, ich hatte einen Strick um den großen Balken geschlungen, weißt du?

HERR LEPIC Den in der Mitte.

FUCHS Ich hatte eine Schlinge gemacht und den Hals drinnen, die geschlossenen Füße auf dem Rande des Heubodens, die Arme gekreuzt, so...

HERR LEPIC Ja, ja...

FUCHS Ich sah das Licht durch die Spalten zwischen den Ziegeln.

HERR LEPIC *erregt* Beeile dich doch.

FUCHS Ich wollte ins Leere springen, da rief man mich.

HERR LEPIC *erleichtert* Und du bist heruntergestiegen?

FUCHS Ja.

HERR LEPIC Da hat dir deine Mutter zum zweiten Male das Leben gerettet.

FUCHS Wenn meine Mutter mich gerufen hätte, so wäre ich weit fort. Ich bin wieder heruntergestiegen, weil du, Papa, mich gerufen hast.

HERR LEPIC Ist das wahr?

FUCHS *sieht seitwärts nach dem Heuboden* Soll ich wieder hin? Der Strick ist noch dort.

Herr Lepic tut ein paar Schritte auf die Scheune zu und hält inne.

Geh, ich lüge nur die Mutter an.

HERR LEPIC *tritt nicht in die Scheune, kehrt um und nimmt Fuchs bei der Hand* So ist sie zu dir?

FUCHS Laß mich fortgehen.

HERR LEPIC Warum hast du dich nie beklagt?

FUCHS Sie untersagt mir vor allem, mich zu beklagen. Adieu, Papa.

HERR LEPIC Aber du gehst nicht. Ich werde dich verhindern, einen solchen Streich auszuführen. Ich behalte dich bei mir, und ich schwöre dir, daß man dich von nun an nicht quälen wird.

FUCHS Was willst du, daß ich hier tun soll, da ich doch meine Mutter nicht liebhabe?

HERR LEPIC *Der Satz entschlüpft ihm* Und ich, glaubst du denn, daß ich sie liebhabe?

Er geht erregt auf und ab.

FUCHS *geht ihm nach* Was hast du gesagt, Papa?

HERR LEPIC *stark* Ich habe gesagt: Glaubst du denn, daß ich sie liebhabe?

FUCHS *strahlend* Oh, Papa, ich glaubte, dich schlecht verstanden zu haben.

HERR LEPIC Das freut dich?

FUCHS Papa, jetzt sind wir zwei. – Pst! sie beobachtet uns vom Fenster.

HERR LEPIC Geh und schließe die Laden.

FUCHS Oh, ich würde in den Boden sinken, wenn sie mich ansieht.

HERR LEPIC Du fürchtest dich?

FUCHS Oh ja, mach nur dus selbst.

Herr Lepic geht hin, die Laden schließen. Er schließt sie, den Rücken gegen das Fenster gekehrt.

Du hast einen Mut, ihr bei hellichtem Tag die Laden vor der Nase zuzuschlagen!... Was wird jetzt geschehen?

HERR LEPIC Aber gar nichts, kleiner Dummkopf.

FUCHS Wenn sie sie wieder aufmacht!

HERR LEPIC Werde ich sie wieder zumachen. Solche Todesangst hast du vor ihr?

FUCHS Du kannst es nicht begreifen, du bist ein Mann, du. Ich habe solche Angst vor ihr... daß, wenn ich Schlucken habe, sie sich nur zu zeigen braucht, und es ist vorbei.

HERR LEPIC Das ist nervös.

FUCHS Ich werde krank davon.

HERR LEPIC Dein Bruder Felix, der hat keine Angst vor ihr?

FUCHS Felix! der ist zum Bewundern. Ich sollte ihn nicht ausstehen können, weil sie ihn verhätschelt, und ich habe ihn gerne, weil er es mit ihr aufnimmt. Wenn sie zufällig ihm droht, so packt er einen Besenstiel, und sie geht ihm nicht in die Nähe. Das ist ein Kerl! Sie versucht auch lieber, ihn mit den Gefühlen herumzukriegen: sie sagt, er hat eine zu empfindliche Natur, bei der sie nichts ausrichten könnte mit Schlägen, und daß die besser für die meinige passen.

HERR LEPIC Tue deinem Bruder nach... wehre dich.

FUCHS Ah, wenn ich mich getraute! Ich würde mich nicht trauen, auch wenn ich mündig wäre, und doch bin ich stärker, als man glaubt. Ich nehme es mit einem Ochsen auf, sozusagen. Aber ich sehe mich mit einem Besenstiel gegen meine Mutter bewaffnet. Sie würde glauben, daß ich ihn ihr bringe, aus meinen Händen würde er in die ihrigen stürzen und vor dem Dreinschlagen würde sie mir noch »danke« sagen.

HERR LEPIC Lauf ihr davon.

FUCHS Ich habe keine Füße mehr, sie lähmt mich; und dann müßte man ja immer wieder zurückkommen. Es ist lächerlich, nicht wahr, Papa, in einem solchen Grade Furcht vor seiner Mutter zu haben! – Hast du nicht auch ein wenig Furcht vor ihr?

HERR LEPIC Ich?

FUCHS Du siehst ihr nie ins Gesicht.

HERR LEPIC Aus anderen Gründen.

FUCHS Aus welchen Gründen, Papa?... Oh!...

HERR LEPIC Was gibts wieder?

FUCHS Papa, sie horcht hinter der Türe.

Wirklich hat Frau Lepic die Türe aufgelehnt, ertappt, öffnet sie ganz, steigt die Stufen herab und kommt langsam, sich da und dort verzögernd, Späne von Brennholz aufhebend.

ACHTE SZENE

Die Vorigen, Frau Lepic.

FRAU LEPIC *zu Fuchs* Wenn du ein wenig aus dem Weg gingst, Fuchs... heb den Fuß auf, bitte!

HERR LEPIC *beobachtet Frau Lepic und verliert plötzlich die Geduld. Ohne Frau Lepic anzusehen* Was geschieht da?

FUCHS Oh, oh!...

Er flüchtet in die Scheune.

FRAU LEPIC *mit scheinheiliger Unterwürfigkeit* Ich habe nicht das Recht, einige Späne aufzuklauben?

HERR LEPIC Fort!

FRAU LEPIC *Beginn einer Nervenkrise, Sacktuch an den Lippen. Der Lärm lockt Annette auf die Stiege* So spricht man zu mir vor einer Fremden und vor meinen Kindern, die mir Respekt schuldig sind! Mein Gott, was habe ich dem Himmel getan, um behandelt zu werden wie die Letzte der Letzten!

HERR LEPIC *ruhig zu Annette* Ich bereite Sie darauf vor, Annette, daß die gnädige Frau einen Anfall haben wird; aber es ist nur Komödie; sie ringt die Hände, aber geben Sie acht, sie würde höchstens Sie kratzen; sie zerbeißt ihr Sacktuch, aber sie schluckt es nicht; sie macht Miene, sich in den Brunnen zu stürzen; er ist vergittert. Sie tut, als liefe sie in wahnsinniger Verwirrung hin und her, und sie geht gradewegs zum Pfarrer.

FRAU LEPIC *erstickt* Nie, nie werde ich wieder meinen Fuß in dieses Haus setzen!

Sie geht auf die Straße.

HERR LEPIC Auf heute abend!

ANNETTE Ich will der gnädigen Frau nachgehen; sie ist in einem Zustand –!

HERR LEPIC Komödie!

Annette ab.

NEUNTE SZENE

Fuchs, Herr Lepic.

HERR LEPIC *sucht Fuchs mit den Augen* Wo bist du?
Sieht ihn in der Scheune
Hasenfuß!

FUCHS Sie ist fort?

HERR LEPIC Du kannst herauskriechen.

FUCHS *sieht rückwärts hinaus, ob sie fort ist, und kommt nach vorne* Wie sie läuft! Mir war schlecht. – »Fort, fort«, hast du gesagt!

HERR LEPIC Ich habe es nur einmal zu sagen gebraucht.

FUCHS Nein, du bist furchtbar!

HERR LEPIC Findest du?

FUCHS Rühr meine Hände an.

HERR LEPIC Du zitterst!

FUCHS Ich werde ihr das zahlen müssen.

HERR LEPIC Du siehst doch, daß ich imstande sein werde, dich zu schützen.

FUCHS Ja, Papa, wenn du da bist. – Aber was hat sie dir antun können, daß du imstande bist, so mit ihr zu verfahren? Denn du bist gerecht, Papa: wenn du sie nicht mehr liebhast, so ist es, weil sie dir etwas Schreckliches getan hat? Du hast Sorgen, ich spürs, vertrau sie mir an, Papa.

HERR LEPIC Ich habe meinen Prozeß.

FUCHS Ah! ich gestehe, das interessiert mich nicht sehr.

HERR LEPIC Ah, weißt du, daß du einmal ruiniert sein kannst?

FUCHS Sag mir lieber von deinen Sorgen – mit ihr. – Bin ich zu jung? – Nicht so jung, wie du glaubst. – Ein Weisheitszahn wächst mir schon.

HERR LEPIC Und ich habe grade einen verloren, so daß sich nichts verändert hat, Fuchs, und die Zahl der Zähne in der Familie bleibt dieselbe.

FUCHS Ich versichere dir, Papa, für mein Alter denke ich viel nach. Ich lese im Institut viel verbotene Bücher, die die Externen uns leihen, Romane.

HERR LEPIC Dummheiten!

FUCHS Oh, es ist lehrreich. Soll ich dir eine Frage stellen? So in die Luft natürlich. Wenn du mich zu neugierig findest, gibst du mir keine Antwort. Soll ich?

HERR LEPIC Stell eine Frage.

FUCHS Hat meine Mutter begangen...

HERR LEPIC *setzt sich auf die Bank* Ein Verbrechen?

FUCHS Nein.

HERR LEPIC Eine Sünde?

FUCHS Oh, das ist es schon.

HERR LEPIC Das geht den Herrn Pfarrer an.

FUCHS Und dich auch, denn es wäre vor allem ein Vergehen, verstehst du nicht? – Hilf mir doch, Papa, ein Vergehen...

HERR LEPIC Ich verstehe dich nicht.

FUCHS *plötzlich* Ein großes Vergehen gegen die Sittlichkeit, die Pflicht und die Ehre.

HERR LEPIC Was hast du da ausspekuliert, Fuchs?

FUCHS Ich irre mich?

HERR LEPIC Du hast Einfälle.

FUCHS Ich nehme meine Einfälle nicht so wichtig.

HERR LEPIC Tröste dich, deine Mutter ist eine ehrenwerte Frau.

FUCHS Ah! Um so besser für die Familie!

HERR LEPIC Und ich auch, Fuchs, ich bin ein anständiger Mensch.

FUCHS Oh, Papa, was dich betrifft, so habe ich nie den geringsten Zweifel gehabt.

HERR LEPIC Danke...

FUCHS Und es wäre auch nicht dasselbe.

HERR LEPIC Du bist recht vorgeschritten...

FUCHS Was ich zusammenlese!... Nach dem, was ich gelesen habe, ist es immer das, was einen Haushalt zerstört.

HERR LEPIC Bei uns haben wir »das« nicht.

FUCHS *einen Finger an der Stirne* Ich suche etwas anderes.

HERR LEPIC Suche, denn die Anständigkeit, von der du redest, genügt nicht, um eine glückliche Ehe zu geben.

FUCHS Was braucht man noch? Das, was man »Liebe« nennt?

HERR LEPIC Erlaube mir, dir zu sagen, daß du dich hier eines Wortes bedienst, dessen Sinn dir verborgen ist.

FUCHS Freilich, aber ich suche…

HERR LEPIC Gibs auf, geh, du verwirrst dich. Was man in einer Ehe braucht, Fuchs, was man vor allem braucht, das ist Verständnis, Verträglichkeit…

FUCHS Übereinstimmung der Charaktere.

HERR LEPIC Wenn du willst. Nun ist der Charakter von Frau Lepic das Gegenteil des meinigen.

FUCHS Wirklich, ihr seid einander gar nicht ähnlich.

HERR LEPIC Ah nein! Ich, ich hasse die Geschwätzigkeit, die Unordnung, die Verlogenheit – und die Pfarrer.

FUCHS Und da gehts schlecht zusammen? – Herrgott, ich hab mirs gedacht, ich habe Dinge bemerkt… Und es ist lange her, daß… ihr einander nicht sympathisch seid?

HERR LEPIC Vierzehn oder fünfzehn Jahre.

FUCHS Mein Alter.

HERR LEPIC Ja, wirklich, wie du geboren wurdest, da war es aus zwischen mir und deiner Mutter.

FUCHS Meine Geburt hätte euch annähern können.

HERR LEPIC Nein. Du kamst zu spät, mitten in unsre letzten Streitigkeiten. – Wir wünschten dich nicht. – Du verlangst die Wahrheit von mir, ich gestehe sie dir ein: sie kann dir helfen, deine Mutter zu begreifen.

FUCHS Es handelt sich nicht um mich… Ich wollte sagen, daß bei Gelegenheit, unter dem geringsten Vorwand Mann und Frau sich aussöhnen.

HERR LEPIC Einmal, zweimal, zehnmal, nicht immer und ewig…

FUCHS Aber ein letztes Mal…?

HERR LEPIC Oh! ich rühre mich nicht mehr!

FUCHS *einen Fuß auf der Bank* Wie kam es, daß du, Papa, ein Beobachter, dich mit Mama verheiratet hast?

HERR LEPIC Hab ichs gewußt? Man braucht Jahre, um eine Frau, seine Frau zu kennen, und wenn man sie kennt, gibts kein Mittel mehr.

FUCHS Und die Scheidung, wozu gibts die?

HERR LEPIC Unmöglich. Übrigens… ja, angeekelt von dieser

stupiden Existenz habe ich Vorschläge gemacht. Sie hat sie zurückgewiesen.

FUCHS Sie bleibt sich gleich!

HERR LEPIC Es war ihr Recht. Ich habe ihr übrigens nur dasselbe vorzuwerfen wie auch du, daß sie unerträglich ist. Das genügt vielleicht für dich, um sie zu verlassen. Es genügt nicht, um mich in Freiheit zu setzen.

FUCHS *setzt sich neben Herrn Lepic* Alles in allem, Papa, bist du unglücklich?

HERR LEPIC Ich glaubs!

FUCHS Fast ebenso unglücklich wie ich?

HERR LEPIC Wenn das dich trösten kann.

FUCHS Es tröstet mich bis zu einem gewissen Punkt. Hauptsächlich empört es mich. Ich, gut! ich bin nur ihr Kind, aber du, der Vater, du, der Herr, das ist ein Unsinn, das bringt mich auf!

Er steht auf, hebt die Faust gegen das Fenster

Ah! Schlechte, Schlechte! Du würdest verdienen...

HERR LEPIC Fuchs!

FUCHS Oh, sie ist ja fort.

HERR LEPIC Diese Gebärde!

FUCHS Ich bin außer mir, deinetwegen... Diese Frau!

HERR LEPIC Sie ist deine Mutter.

FUCHS Oh! daran denke ich jetzt nicht. Ja, gewiß ist sie es. Und was dann? Entweder sie hat mich lieb oder sie hat mich nicht lieb. Und da sie mich nicht liebhat, was macht es mir aus, daß sie meine Mutter ist? Was macht es aus, daß sie den Namen hat, wenn sie nicht die Gefühle hat? Eine Mutter, das ist eine gute Mama, ein Vater, das ist ein guter Papa. Wenn sie es nicht sind, sind sie gar nichts.

HERR LEPIC *verletzt, steht auf* Du hast ganz recht.

FUCHS Siehst du, dich zum Beispiel, dich habe ich nicht darum lieb, weil du mein Vater bist. Wir wissen doch, daß es keine Zauberei ist, jemandes Vater zu sein. Ich habe dich lieb, weil du...

HERR LEPIC Nun? Du findest es nicht.

FUCHS ... weil... wir hier miteinander plaudern, heute abend, alle beide, weil du mir zuhörst und weil du mir lieb antwortest, statt mich mit deiner väterlichen Gewalt zu betäuben.

HERR LEPIC Was mir die auch einträgt!

FUCHS Und die Familie, Papa? ein Schwindel!… was für eine komische Erfindung!

HERR LEPIC Sie ist nicht von mir.

FUCHS Weißt du, wie ich sie definiere, die Familie? Eine erzwungene Vereinigung… unter ein und demselben Dach… von einigen Personen, die sich nicht ausstehen können.

HERR LEPIC Es ist vielleicht nicht für alle Familien so.

FUCHS Und du hast es schlecht getroffen.

HERR LEPIC Du auch.

FUCHS Unsre Familie, das müßten die sein, nach freier Wahl, die, die wir liebhaben und die uns liebhaben.

HERR LEPIC Das Schwere ist, sie zu finden… Trachte später einmal, dieses Glück zu haben. Sei der Freund deiner Kinder. Ich gestehe, daß ich es nicht verstanden habe, der deine zu sein.

FUCHS Ich bin dir nicht böse, Papa.

HERR LEPIC Du dürftest es sein.

FUCHS Wir haben einander so wenig gekannt.

HERR LEPIC *wie um sich zu entschuldigen* Es ist wahr, ich habe dich fast nie gesehen. Zuerst hat dich deine Mutter gleich zu einer Kostfrau gegeben.

FUCHS Da hat sie mich wohl eine hübsche Zeit gelassen.

HERR LEPIC Wie du zurück warst, hat man dich für ein paar Jahre deinem Paten geliehen, weil er keine Kinder hatte.

FUCHS Ich weiß… er umarmte mich in einem fort; er hat einen stechenden Bart.

HERR LEPIC Er war vernarrt in dich.

FUCHS Ein Pate ist doch kein Papa.

HERR LEPIC Ah! siehst du!… Dann bist du ins Institut gekommen, wo du dein Leben verbringst… wie alle Kinder… ausgenommen die zwei Ferienmonate, die du zu Hause bist. Siehst du.

FUCHS Du hast mich nie so viel gesehen wie heute?…

HERR LEPIC Es ist meine Schuld, freilich; auch die der Umstände, auch ein wenig die deine, du hieltest dich abseits, verschlossen, scheu. Man spricht sich aus…

FUCHS Man muß es imstande sein.

HERR LEPIC Auch auf der Jagd redest du nichts.

FUCHS Du auch nicht. Du gehst voraus, ich bin hinten, weit, um dir den Schuß nicht zu stören, und du gehst, du gehst…

HERR LEPIC Ja, ich habe an nichts Freude als an der Jagd.

FUCHS Und wenn du glaubst, es ist leicht, sich mit dir auszusprechen! Beim ersten Wort ziehst du die Augenbrauen zusammen. – Oh! diese Augen! – und du wirst spöttisch.

HERR LEPIC Was willst du! Ich hatte keine Ahnung von deinen guten Regungen. Den verfluchten Prozeß im Kopf, auf der Flucht vor diesem Heim da – dich habe ich nicht bemerkt… Ich habe dich verkannt. Wir werdens einbringen. – Eine Zigarette?

FUCHS *nimmt die Zigarette* Später werde ich sie rauchen. – Gewinn ich bei näherer Bekanntschaft?

HERR LEPIC Sehr. – Zum Teufel, daß du klug warst, wußte ich schon… aber, Herrgott, du bist nicht dumm.

FUCHS Wenn meine Mutter mich liebgehabt hätte, wäre vielleicht etwas aus mir geworden.

HERR LEPIC Im Gegenteil. Aus den Muttersöhnchen wird nichts.

FUCHS So!… Und du hieltest mich für klug, aber egoistisch, häßlich innen wie außen.

HERR LEPIC Vor allem andern bist du nicht häßlich.

FUCHS Sie hört nicht auf, es mir zu wiederholen…

HERR LEPIC Sie übertreibt.

FUCHS Mein Zeichenlehrer sagt, daß ich schön bin.

HERR LEPIC Er übertreibt auch.

FUCHS Freilich. Er stellt sich auf den malerischen Standpunkt. Es freut mich, daß du mich nicht zu häßlich findest.

HERR LEPIC Und wenn du auch noch häßlicher wärst… Wenn ein Mann die Gesundheit hat!

FUCHS Oh! es geht mir ganz gut… Und moralisch, Papa, glaubst du, daß ich ein Lügner bin, herzlos, trotzig, faul?

HERR LEPIC Warte, warte… Daß du lügst, nicht daß ich wüßte.

FUCHS Oh doch, manchmal, um ihr zu gehorchen.

HERR LEPIC Dann zählt es nicht.

FUCHS Und glaubst du, daß ich ein hartes, trockenes Herz habe?

HERR LEPIC Das heißt nichts. Ich habe auch ein trockenes Herz. Man wirft uns vor, ein trockenes Herz zu haben, weil wir nicht weinerlich sind... Höchstens ein ganz kleiner Trotzkopf könntest du sein.

FUCHS Nein, Papa, verzeih, ich trotze nie.

HERR LEPIC Was machst du denn immer in deinen Ecken?

FUCHS Ich bin wütend, nicht, weil es mir Vergnügen macht, sondern weil ich mir nicht helfen kann. Ich bin wütend über eine ungerechte Mutter.

HERR LEPIC Und ich, der ich mir einbilde, du wärst mehr auf ihrer Seite!

FUCHS Das ist das höchste!

HERR LEPIC Es ist natürlich. Wenn deine Mutter dich fragte, und das war sie imstande: »Wen hast du lieber, den Papa oder die Mama?« antwortetest du...

FUCHS »Ich habe euch beide gleich lieb.«

HERR LEPIC Deine Mutter gab nicht nach. »Fuchs, du hast doch eine Vorliebe für den einen oder den andern«, und schließlich sagtest du: »Ja, ich habe eine kleine Vorliebe...«

FUCHS Für Mama.

HERR LEPIC Für Mama, nie für Papa. Du brachtest mich in Wut mit deiner kleinen Vorliebe. Du hattest gut nicht wissen, was du sagst...

FUCHS Oh! ich wußte es ganz gut... Ich sagte, was sie mich sagen machte: es war im vorhinein verabredet zwischen ihr und mir.

HERR LEPIC Das sieht ihr gleich!

FUCHS Und jetzt will sie, daß ich sagen soll: der Vater, statt: der Papa. Aber sei nur ruhig!

HERR LEPIC *gerührt* Mein guter Kleiner!... Wie hätte ich wissen sollen, daß du voll guter Eigenschaften bist, vernünftig, zärtlich, lieb, daß du so bist, wie du bist, mein lieber kleiner Franz.

FUCHS *entzückt* Franz! Du, du nennst mich bei meinem wirklichen Namen.

HERR LEPIC Es muß dir weh getan haben, daß ich dir immer den andern gab?

FUCHS Oh! von dir tat es nicht weh. Der Ton macht alles.
Verschämt
Du hast mich lieb?

HERR LEPIC Wie ein Kind... das man findet.
Er drückt Fuchs an sich, leicht, ohne ihn zu umarmen.

FUCHS *macht sich ein wenig los* Wenn sie uns sehen würde!

HERR LEPIC Ach! ich habe kein Glück gehabt. Ich habe mich über deinen Charakter getäuscht, wie ich mich über den deiner Mutter getäuscht hatte.

FUCHS Ja, aber umgekehrt.

HERR LEPIC So gleicht sichs aus.

FUCHS Oh nein, Papa... Ich bedaure dich von Herzen. Ich habe die Zukunft, mir eine neue Familie zu schaffen, mein Dasein von neuem anzufangen, und du, du wirst das deine beenden, dein ganzes Alter wirst du hier verbringen, neben einer Person, die sich nur darin gefällt, die andern unglücklich zu machen.

HERR LEPIC *ohne Bedauern* Und sie ist auch nicht glücklich.

FUCHS Wie, sie ist nicht glücklich?

HERR LEPIC Nun, so leicht geht das nicht.

FUCHS Sie ist nicht vergnügt, wenn sie mir ein Kopfstück geben kann?

HERR LEPIC Ja, ja. – Aber sie hat eben an dir nichts als dieses eine Vergnügen.

FUCHS Freilich, das ist alles, was ich ihr bieten kann. Was will sie noch mehr?

HERR LEPIC *ernst* Deine Zuneigung.

FUCHS Meine Zuneigung!... Die deine, da will ich nichts sagen...

HERR LEPIC Oh! die meine!... Darauf hat sie verzichtet... nur mehr die deine.

FUCHS Meine Mutter vermißt meine Zuneigung! Jetzt verstehe ich nichts mehr vom Leben...

HERR LEPIC Es wundert dich, daß man darunter leidet, wenn man nicht imstande ist, sich lieben zu machen?

FUCHS Und du glaubst, daß sie darunter leidet?

HERR LEPIC Ich bin es sicher.

FUCHS Daß sie unglücklich ist?

HERR LEPIC Sie ist es.

FUCHS Unglücklich – wie du?

HERR LEPIC Im Grunde, eines ist des andern wert.

FUCHS Wie ich?

HERR LEPIC Oh! so anmaßend ist niemand.

FUCHS Papa, du verwirrst mich ganz. Das ist ein Gedanke, der mir nie in den Kopf gekommen ist.
Er setzt sich und verbirgt den Kopf in die Hände.

HERR LEPIC *mühsam* Da sitzen wir und jammern. Man müßte sie hören. Vielleicht findet sie auch, daß sies schlecht getroffen hat. Wer weiß, mit einem andern...? Da ich in ihr nicht fand, was ich wollte, war ich nachtragend, erbarmungslos, und meine Härten gegen sie hat sie dir heimgezahlt. Gegen dich hat sie alles Unrecht, aber gegen mich, hat sies da auch? Es gibt Augenblicke, wo ich mich frage... – Und wenn ich mich auch bis morgen fragen wollte – wozu? Es ist zu spät, es ist vorbei und dann genug davon... Gehen wir für eine Stunde auf die Jagd, es wird uns wohltun.
Er hebt Fuchs den Kopf auf
Warum weinst du?

FUCHS *das Gesicht von Tränen überströmt* Über deinen Gedanken, daß die Mutter unglücklich ist, weil ich sie nicht liebhabe.

HERR LEPIC *bitter* Wenn dich das so niederschlägt, so brauchst du sie ja nur liebzuhaben.

FUCHS *sich aufrichtend* Ich!

ZEHNTE SZENE

Die Vorigen, Annette.
Annette kommt gelaufen.

HERR LEPIC Schon!

ANNETTE Gnädiger Herr, darf die gnädige Frau nach Hause kommen?

Fuchs wischt sich schnell die Augen.

HERR LEPIC *Wiederum ganz Herr Lepic* Sie frägt mich um Erlaubnis?

ANNETTE Nein, gnädiger Herr. Ich bin vorausgegangen, um zu sehen, ob der gnädige Herr noch zornig ist.

HERR LEPIC Ich bin nie zornig. Sie kann nach Hause kommen, wann sie will.

ANNETTE Sie ist in der Kirche gewesen.

HERR LEPIC Beim Pfarrer.

ANNETTE Nein, in der Kirche. Sie hat ein ganzes Weihbecken voll Tränen vergossen, sie hat einen großen Kummer. – Oh! ja, gnädiger Herr... Da ist sie!...

Herr Lepic kehrt der Eingangstür den Rücken; Frau Lepic erscheint, niedergeschlagen, mit gesenkten Augen.

FUCHS Mama!... Mama!

Frau Lepic bleibt stehen und sieht Fuchs an; sie scheint ihm zu sagen: sprich! Fuchs verliert sogleich den Schwung, murmelt: es geht nicht. Frau Lepic geht vorüber und tritt ins Haus. Annette geht auf die Straße.

ELFTE SZENE

Fuchs, Herr Lepic.

HERR LEPIC Was wolltest du von ihr?

FUCHS Ah! nichts! nichts!

HERR LEPIC Sie macht dir noch immer angst?

FUCHS Ja. – Weniger! – Hast du ihre Augen angesehen?

HERR LEPIC Was war an denen neues?

FUCHS Sie warfen keine Blitze wie gewöhnlich. Sie waren traurig, traurig! Du läßt dich nicht mehr fangen, du?

Schweigen des Herrn Lepic.

Armer Papa!... Arme Mama! – Nur Felix. Der fischt da drüben bei der Mühle... ihm ist das alles ganz gleich. Daß der mein Bruder ist! Ob ihm um mich leid sein wird?

HERR LEPIC Du willst immer noch fort?

FUCHS Du rätst mir es nicht?

HERR LEPIC Nach alledem, was wir gesagt haben.

FUCHS Oh! Papa, so schön haben wir geplaudert!

HERR LEPIC Es ist sechzehn Jahre her, daß ich nicht so viel gesprochen habe, und ich kann dir nicht versprechen, daß ich alle Tage Lust haben werde, so anzufangen.

FUCHS Papa, ich nehme es zurück. – Aber, wenn ich bleibe, wie soll ich mich da zu meiner Mutter stellen?

HERR LEPIC Ganz einfach, so wie ich.

FUCHS Wie ein Mann?

HERR LEPIC Du bist einer.

FUCHS Wenn sie mich frägt, wer mir befohlen hat, mich so zu ihr zu stellen, so werde ich sagen, daß du es bist.

HERR LEPIC Sag das.

FUCHS Unter dieser Bedingung wird es vielleicht gehen.

HERR LEPIC Du zögerst?

FUCHS Ich denke nach; es ist der Mühe wert.

HERR LEPIC Du brauchst lange.

FUCHS Es wäre dir öde allein, nicht wahr? Du könntest nicht mehr leben ohne mich?

Herr Lepic hütet sich zu antworten.

Also gut, mein alter Papa, so ist es entschieden, ich verlasse dich nicht, ich bleibe.

Vorhang.

KÖNIG ÖDIPUS

TRAGÖDIE VON SOPHOKLES NEU ÜBERSETZT

Personen

ÖDIPUS, der König
JOKASTE, die Königin
KREON, ihr Bruder
TEIRESIAS
Der Priester
Der Bote aus Korinth
Der Hirte
Die Mägde
Die Greise

Vor dem Palast. Links das mächtige Tor, rechts der heilige Hain, die Mitte frei zur Stadt hinab sich senkend. Das Tor geschlossen. Es ist Tag, aber schwerer Dunst, lastend über den ganzen Himmel, macht eine fahle Nacht aus dem Tag.

Dumpfes Getös heraufdringend, stark und stärker. Die Gesichter zuerst am Rande rückwärts; dann unter dem Druck der Nachdrängenden fluten sie herein wie ein Gießbach; auf einmal ist der Platz bis an die Stufen des Palastes überschwemmt mit ihnen. Ihre Augen sind auf die Tür gerichtet, ihre Lippen wiederholen wie eine Litanei: »Ödipus, hilf uns: Hilf uns, König!« Es sind ganz junge Menschen, Knaben und Jünglinge, vereinzelt unter ihnen Greise.

EINE STIMME *lauter als alle*

Ödipus – König – hilf uns!

Die schwere Tür des Palastes tut sich jäh auf. Eine Stille. – Ödipus tritt hastig heraus. Alle Arme recken sich zu ihm.

ÖDIPUS

Ihr Kinder, was denn soll mir euer Knien
vor meines Hauses Tür? was soll mir denn
dies Strecken eurer Hände gegen mich,
indes die Stadt bei Tag und Nacht dumpf stöhnt,
und singt und jammernd schreit bei Tag und Nacht
herauf zu diesem Haus. Ich will dies nicht
gemeldet haben erst durch fremden Mund.
Ich selber tret hervor – ich, Ödipus.
So redet, – was treibt euch hierher?

STIMMEN *matt, gräßlich*

Die Pest ist auf uns – von Haus zu Haus,
von Leib zu Leib der schwarze gräßliche Tod –
wir sterben dahin – wir sterben alle, sterben!
Wie leere Höhlen starren die Häuser – der Markt ist voll mit Toten –
Sie stauen den Fluß – das Feuer verbrennt sie nicht mehr –

Wir wanken daher, und wo wir wanken, atmen wir den
Tod –
Und wir sind jung! – Hilf uns, König!

ÖDIPUS
Der Alte rede. Was ihr wollt von mir,
begehrt, erhofft, erwartet, will ich hören.
Ich will euch helfen, will ja – herzlos wär ich,
wenn euer Knien mich nicht jammerte
vor meiner Tür.

PRIESTER *sein Haar ist verwildert, die Priesterbinde halbgelöst*
Nun denn, du großer König,
einst schon Erlöser dieser Kadmos-Stadt,
gewaltig Haupt du, ragend, Ödipus,
hoch über allen – hilf doch unsrer Not,
erfind ein Etwas, dring mit deinem Denken
ins Dunkle, find uns eine Abwehr, du!
Sag uns, wir sollen dahin oder dorthin, –
geh, der du größer bist als wir, geh hin,
wie der Hausvater hingeht, faß die Stadt
die, in die Knie gebrochen, stöhnend daliegt,
den Kopf am Boden, stoßweis atmend – faß sie
beim Horn und richte, Ödipus, o richte
die Stadt doch wieder auf – Herr, deine Stadt!
Mit günstigen Sternen hast du einmal, damals,
dies Glück geschaffen – nun bewähre dich
zum zweitenmal!

ÖDIPUS Ihr armen Kinder, kund
ist mir, nicht unbekannt, um wessen willen
ihr kamet. Und ich weiß – ich weiß die Namen
all eurer Leiden – weiß sie – geh mit ihnen
zu Bett und steh mit ihnen auf und trag sie
im Herzen und im Hirn und hab das Ohr
mit ihrem Atem voll, und meine Zunge
schmeckt nichts als sie. Drum habt ihr mich auch nicht
aus Schlummerruh geweckt. Ich saß und wachte
und weinte – weinte um die Stadt – um euch –
um mich. Und dies ist nicht der erste Tag,
der so mich grüßt. Doch nicht wie Weiber weinen,

wein ich, ich wein und ringe gegen das,
was ist, und sinne hin und her und schicke
mein Denken hier- und dorthin. Und mein Sinn
fand dieses eine Mittel und nicht heute
wend ich es an – nein, längst: zum pythischen
Palast und zum geheimnisvollen Thron
des Phöbos sandte ich vor vielen Tagen
den Kreon, meinen Schwager, um zu forschen,
wie ich die Stadt erlöse. Aber Kreon
bleibt mir zu lang, und länger als der Weg
und als der Auftrag fordert, und mein Herz
hat diese Sorge zu den frühern, und
die Qual des Wartens zehrt an mir. Doch kommt er,
dann wär ich schlecht und niedrig, tät ich dann
nicht alles, was der Gott mich heißen wird.
Was rufen diese?

PRIESTER Kreon rufen sie.
Sie sehn ihn kommen.

STIMMEN Kreon! Kreon! Kreon!

ÖDIPUS
Apollon! Käm er doch umfunkelt so
mit Glück, wie er dem Aug entgegenstrahlt.

PRIESTER
Er ist gesegnet. Seine Stirn ist schwer
von Glanz, und Lorbeer ist in seinem Haar.
Es bildet sich eine Gasse. Kreon tritt auf, geschmückt. Gefolge hinter ihm.

ÖDIPUS
O Fürst, mein Bruder, tu die Lippen auf!
Welch einen Ausspruch bringst du uns vom Gott?

KREON
Mich dünkt, den besten. Denn wenn schlimme Dinge
zu gutem Ende kommen, dann, so mein ich,
steht alles gut.

ÖDIPUS Das Wort! Das Wort des Gottes!
Dein Reden da macht weder froh noch bang.

KREON
Meld ich vor diesen da des Gottes Botschaft,
wie? oder wo wir ohne Zeugen sind?

ÖDIPUS
Heraus vor allen denen. Denn um diese
trag ich den schwerern Kummer als um mich.

KREON
So gehe denn des Gottes Wort hervor
aus meinem Mund: uns heißt der Herrscher Phöbos
– und er gebietets klar und unverhüllt –,
aus diesem Land zu treiben einen Mann,
der wohnt in diesem Land und greulich wohnt –
Pestbeule am gesunden Leib, Verderbnis
im heilgen Boden haftend, um sich fressend
Fäulnis und Grausen.

ÖDIPUS
Und die Reinigung
auf welche Weise? Wie wird dies vollzogen?

KREON
Durch Ächtung, oder so, daß Blut für Blut
vergossen wird. Denn Blutschuld ist die Nacht,
die zäh und gräßlich uns den Tag verhängt.

ÖDIPUS
Und welchen Mannes Tod wird hier verlangt?

KREON
Herr, Laïos war unser König hier,
eh du die Zügel nahmest dieser Stadt.

ÖDIPUS
Das weiß ich, da ichs hörte. Selber freilich
hab ich ihn nie gesehn.

KREON
Um seinetwillen,
des Toten, wird gefordert, daß die Hand
sich waffne und ein Schwert zum Schlag sich hebe
auf seine Mörder.

ÖDIPUS
Doch wo hausen die?
Wo läuft die dunkle Spur so alter Blutschuld?

KREON
In diesem Lande, sagt der Gott, er sagt:
Wer sucht, wird finden. Nur was keiner achtet,
entrinnt ins Dunkel.

ÖDIPUS
Wars in seinem Haus,
wars auf dem Felde, wars in fremdem Land,
daß Laïos fiel?

KREON Er zog als Pilger, dies
war seine eigne Rede, in die Fremde. Heim
kam er nicht mehr.

ÖDIPUS Und war kein Mensch dabei,
kein Fahrtgenoß, kein Diener – gibt es keinen,
aus dem man etwas noch ans Licht –

KREON Auch sie
sind nicht zurückgekommen bis auf einen:
der war aus Furcht geflohn und wußte nichts
von allem, was er sah, zu sagen, außer eines.

ÖDIPUS
So! Was denn? Eines deckt das andere auf –
den Zipfel einer Hoffnung fassen wir.

KREON
Er sagt, auf Räuber stießen sie, der König
erlag der Überzahl, nicht Einem Starken.

ÖDIPUS
Des unterfingen Räuber sich und waren
von hier nicht angestiftet – nicht von hier
gekauft?

KREON Auch dahin ging Verdacht, doch trat
in jener Not kein Rächer auf für Laïos.

ÖDIPUS
Was war für eine Not, so fürchterlich,
zu hindern, daß man sich bekümmert hätte
um eines Königs Tod?

KREON Die Sphinx, mein Fürst,
die trieb genug gewaltig, nur aufs Nächste
zu achten und zu lassen, was im Dunkel lag.

ÖDIPUS
So bring denn ichs vom Anfang an den Tag.
Denn recht hat Phöbos, recht hast du, daß euer Mund
sich auftut um des Toten willen, des vergeßnen.
Darum verbünde ich mich euch, verbünde mich
mit Gott und diesem Land. Hier geht es nicht
um *ferner* Freunde Heil: vom eignen Haupt
wehr ich den Greuel ab, der mich umschwirrt:
denn wer es immer war, der jenen totschlug,

wer bürgt mir, daß er nicht die gleiche Hand
erhebe wider mich: drum dien ich mir,
wenn ich dem Toten diene. Auf, ihr Kinder,
laßt andre um mich sein, mit grauen Köpfen!
Nun muß ich mich beraten mit den Klugen
und stark sein mit den Starken und ans Ende
von diesen Dingen gehn, dann werden wir
sehr glücklich sein und mit dem Gotte! oder
wir werden niedergehn.

DIE KNABEN *zurückweichend, sich neigend, wie abschiednehmend*
Ödipus! König Ödipus!
Ödipus mit Kreon und dem Gefolge in den Palast. – Die Tür fällt zu. Die Knaben weichen völlig zurück, verschwinden.

DIE GREISE *auftretend zu sieben von rechts her aus dem heiligen Hain. Das Gewölk des Himmels ballt sich finster zusammen, durch einen Spalt aber fällt ein Strahl der Sonne, die schon tief zu stehen scheint, auf den Palast. Die Greise treten heraus, ihre Stimmen klingen gedämpft.*
Einzeln
Wer wendet das Gräßliche ab? –
Mein Herz ist alt und voll Furcht –
Athene! Artemis! Phöbos!
Wer von euch wendet es ab?
Zugleich, die Arme hebend, in einer Reihe
Athene! Artemis! Phöbos!

DER ERSTE
Mörder, der mit Pantherarmen
mich von rückwärts überfällt,
dessen Schrei ins Ohr mir heult,
der mit Fieber das Mark mir verzehrt –
Mörder ohne Gestalt, Mörder Tod,
hinaus! Jagt ihn! Stoßt ihn hinab!
Klippen hernieder ins schäumende Meer,
wo Brandung zischt, stoßt ihn hinunter!
Götter zücken ihre Strahlen!
Götter fliegen uns zu Hilfe!
Götter! Bacchos! Apollon!

GREISE Bacchos! Apollon!

ÖDIPUS *langsam aus dem Hause*

Du betest. Bete nur – du kannst wohl etwa
herniederbeten, was ein Ende bringt.
Dies sag ich, selber fremd der ganzen Sache,
fremd wie ich bin, der ich erst später kam
in diese Stadt und König wurde hier,
ein Fremder. Aber euch, Kadmäer, euch
ruf ich nun auf: wenn einer unter euch ist,
der jemals dies erfuhr, durch wessen Hand
Laïos, der König, starb, den heiß ich dies
mir melden. Und wofern es ist, er müsse
sich selber nennen, und er scheut die Klage
wider das eigne Haupt: er sei getrost,
ihm widerfährt kein Übel, nur dies Land
muß er verlassen; straflos zieht er hin.
Und kennt er einen andern, andern Landes
Genossen als den Täter, soll ers nicht
verschweigen, denn ich lohne ihms, und Dank
bekommt er noch dazu. Doch wenn er mir
mit Schweigen trotzen wollt, wenn einer wäre
und wüßte drum und nur aus Angst um sich,
aus feiger Furcht für einen, der ihm lieb ist,
verschmähte er mein Wort – hört mich, Kadmäer,
wie ich an diesem tun will: ich verbiete,
daß ihn – und sei er wer er sei im Lande,
darin ich Herrscher bin und diesen Zepter
in Händen trage – jemand in sein Haus
aufnehme, noch auch zu ihm rede, noch
bei Opfer und Gebet ihm Anteil gönne.
Nein, jeder stoße ihn von seiner Tür
als einen Greuel, der die Luft uns schändet
und diesen heilgen Boden, wie der Gott
es offenbart. Denn mit dem Gott und mit
dem toten Mann bin ich lebendger König
verbündet, und ob er allein die Tat,
ob mit Gesellen sie beging, ich wünsche,
daß er, der Schlimme, schlimm sein Leben friste,

in Elend, Not und Schmach. Dies gleiche wünsch ich
mir selber auf mein Haupt, wofern er je
mit meinem Wissen sitzt an meinem Herd
und unter meinem Dache schläft. Von euch
verlang ich, daß ihr ganz dasselbe heilig
erfüllt um meinetwillen, um der Stadt
und um der Götter willen. Wär kein Gott
und keines Gottes Stimme hier im Spiel,
es ziemte dennoch nicht, daß diese Tat
hinwucherte wie Unkraut, ungejätet,
denn der Erschlagne war ein guter Mann
und euer Fürst. Nun aber hat ein Gott
geredet und ich habs vernommen, ich,
und sitz auf seinem Thron und hab in Händen
den Stab aus seiner Hand und hab sein Weib
zum Weibe und die Kinder, sein und meine
– wenn seinen Stamm das Glück nicht jählings abhieb,
so wären sie Geschwister – aber nun
brach ein Geschick hernieder auf sein Haupt,
um dessentwillen kämpfe ich für ihn,
als wäre er mein Vater, und ich will
nicht ruhn noch rasten, bis der Frevler mir
am Lichte ist, der Mörder dieses Königs
vor mir, des Laïos, Sohns des Labdakos.
Dies ist mein Wort. Wer gegen dieses handelt,
dem fluch ich, welchem dieses wohlgefällt
in seinem Herzen, diesen segne ich:
das ewige Recht und alle Götter seien mit ihm.

GREISE *zusammen*
Ich tat nicht dies – ich weiß den Täter nicht.
Nennen soll ihn der Gott!

ÖDIPUS Wer zwingt die Götter?

Stille

ERSTER GREIS
Schweigt der Gott, so redet einer vielleicht.

ZWEITER GREIS
Weiß der Gott alles, einer weiß vieles.

GREISE

Teiresias! Ihn frage, König!

ÖDIPUS

Auch dies ist nicht versäumt. Zwei Boten hab ich
Um ihn gesandt. Mich wundert, daß er säume.
Stille

GREISE *murmelnd unter sich*

Noch lebt ein Wort,
ein längst verschollnes taubes Wort.

ÖDIPUS

Wie lautets, denn ich acht auf jedes.

ERSTER GREIS Wandrer
erschlugen ihn, so heißts.

ÖDIPUS Ich hört es schon.
Allein den Zeugen weiß man nicht. Wo ist er?

ERSTER GREIS

Wenn sein Herz nicht gefeit ist vor Grausen,
dem Fluche trotzt er nicht!
Er hört ihn und stellt sich.

ÖDIPUS

Wem vor der Tat nicht grauste, graust vor Worten nicht.

ERSTER GREIS

Es lebet, der ihn überführt. Sie bringen den Seher.
Teiresias tritt auf, von einem Kinde geführt.

ÖDIPUS

Teiresias, der du alles, was bekannt ist
und was geheim und was der Himmel brütet
und was die Erde trägt, mit innerm Licht durchdringst,
unsehend sehend, auch dies Elend ist
dir nicht verborgen, unsres da. – Drum suchen wir
bei dir die Rettung, Herr, für diese Stadt.
Denn so der Bote dirs nicht schon gesagt,
vernimm, daß Phöbus unsre Sendung so
erwidert: diese Seuche läßt uns los,
wenn wir des Laïos Mörder stellig machen
und ihn erschlagen oder Lands verweisen.
Mißgönn uns nicht den Rat, der in dir wohnt,
denn was ist schöner, was ziemt so dem Mann
als helfen, wo er kann.

TEIRESIAS

Weh, schlimmes Wissen, qualvolles Schauen,
wo Grausen am Ende steht!
O weh, ich wußt es vorher und konnt es vergessen –
vergessen – nimmer sonst kam ich hierher.

ÖDIPUS

Was ist? Was wirst du trüb, Teiresias?

TEIRESIAS

Laß mich fort – trag du das deine!
ich will das meine tragen – hör auf mich!

ÖDIPUS

Nicht was du sollst, nicht was dir ziemt, redest du da!
Es ist deine Stadt, die Mutter! Weigerst du ihr den Spruch?

TEIRESIAS

Was einer redet, gedeiht ihm nicht. Das seh ich an dir.
Jetzt eben seh ichs. Davor will ich mich wahren.
Will gehen.

GREISE *niederfallend*

Versag uns nicht das Wort!
Rede, wir liegen vor dir!

TEIRESIAS

Ihr wißt nicht, was ihr tut! Niemals, niemals
kommts über meine Lippen. Um euretwillen.

ÖDIPUS

Wie? Weißt es und willst nicht reden
und wir gehn zugrunde!

TEIRESIAS

Was drängst du mich? Drängst doch vergeblich.

ÖDIPUS

Du böser Alter! Einen Stein triebest du
zur Raserei – du sagst es nie?
Nichts rührt dich? nichts hat Macht über dich?

TEIRESIAS

Was weißt du von mir – was weißt du von dir?

ÖDIPUS

Wo ist ein Mensch, der das mit Ruhe anhört?
Und die Stadt geht zugrund!

TEIRESIAS
Es macht sich frei, es windet sich los,
ob ichs bedecke mit Schweigen –
es kommt herbei.

ÖDIPUS
Was kommen wird, du sollst es sagen, das,
das eben – sagen.

TEIRESIAS Mein Mund bleibt zu.

ÖDIPUS
So muß es denn heraus! Ich halt mich nicht mehr!
Ich ahne, wie das steht. Du hast die Tat
im Dunkel angezettelt – du! Nur eben
die Hand nicht angelegt – das nicht, weil du ja blind bist!
Wärest du sehend, ich schrie es laut:
dir gehört die Tat, dir ganz allein!

TEIRESIAS *böse*
Wahrhaftig? – Nun, so gebe ich den Rat,
bei dem zu bleiben, was du kundgetan
zuvor – du, König, als dein eigner Herold,
und weder mich von Stund an noch auch diese
mehr anzureden.

ÖDIPUS Ich?

TEIRESIAS Da du der Greuel bist,
der blutbefleckte, das Gespinst des Grausens,
die fressende Beule dieser Stadt.

ÖDIPUS Schamlos,
wie er mit diesen Worten herumwirft –
mit diesen Worten! Und du meinst, daß du,
Mensch, dem entrinnen wirst –

TEIRESIAS
Bin schon entronnen! Um mich mein Schutz,
flügelschlagend, die Wahrheit, mein Besitz!

ÖDIPUS
Und woher hast du sie? Doch schwerlich wohl
von deiner Kunst?

TEIRESISAS
Von dir – du! du! – du reißt es mir heraus.

ÖDIPUS
Noch einmal – wiederhol es – deutlicher!

TEIRESIAS
Du hast mich nicht begriffen? Oder prüfst du mich?

ÖDIPUS
Ich faß es noch nicht ganz. Sag es noch einmal!

TEIRESIAS
Des Mannes Mörder, den du suchst, bist du!

ÖDIPUS
Nicht noch einmal – nicht ungestraft!

TEIRESIAS Willst du
was anderes noch hören?

ÖDIPUS *verachtungsvoll* Was du willst.
Soviel du Lust hast. Es ist so wie leere Luft.
Er bläst Luft über seine Lippen.

TEIRESIAS
Ich sag, du lebst in scheußlicher Vermischung
mit deinen Nächsten und du kennst die Tiefe nicht
des Grausens, drin du wohnst.

ÖDIPUS Und unbekümmert
und fröhlich, meinst du, wirst du fort und fort
so reden?

TEIRESIAS Wohl. Sofern die Wahrheit Macht
und Kraft besitzt auf dieser Welt.

ÖDIPUS Das tut sie.
Nur über dich nicht. Denn du bist ja taub
und blind zugleich und innen auch!

TEIRESIAS Ödipus!
So wie du mich da schmähst, so wird in kurzem
ein jeder hier dich schmähen!

ÖDIPUS Du Geschöpf,
das ewig wohnt in finstrer Nacht, was hast du
zu schaffen hier mit uns? Was kannst du
anhaben denen, die im Lichte wohnen?

TEIRESIAS
Auch ist dir nicht verhängt, durch mich zu stürzen
in deinen Abgrund. Dazu ist Apollon
der Rechte und schon ist er an dem Werk.

ÖDIPUS

Sag kurz: Stammt alles dies aus deinem Hirn?
ja? oder sinds Erfindungen des Kreon?

TEIRESIAS

Kein Kreon gräbt die Grube, du allein
gräbst sie schon selbst.

ÖDIPUS

Macht, Reichtum, Herrscherthron, ihr schönen Kräfte,
im Kampf der Lebenskräfte andern trotzend,
wie kriecht der Neid um euch herum, wie gräßlich,
wenn dieses Thrones willen, den die Stadt
als freien unbegehrten Lohn mir gab,
mein Schwager Kreon, mein geschworner Freund,
mir heimlich nachstellt, mich ins Elend jäh
zu stoßen sinnt und diesen Gaukler auf mich hetzt,
den alten Taschenspieler da, der Augen hat
für seinen Vorteil, aber sonst für nichts.
Denn rede doch: wo hast denn du einmal
die hohe Seherkraft bewährt? – Ich meine,
es war hier einmal Not an Mann: es saß doch
auf einem Felsen vor der Stadt, mich dünkt,
die Sphinx und sang, die Hündin, Tag und Nacht
in eure Qual hinein – wo warst denn damals
du? Denn mir ist, daß damals Ödipus
hereinkam – wie? – der Nichtverstehende,
kein Seher – und ein Ende machte dem,
woran ihr da verdarbet. Aber diesen
suchst du jetzt fortzutreiben, weil dann Kreon
auf diesem Thron wird sitzen, wie du meinst,
und du wirst seine rechte Hand sein: aber schlecht
wird dieses Kunststück euch bekommen, dir
und deinem Helfer. Wärst du nicht so alt,
du solltest fühlen lernen – büßend fühlen,
was du mir ausgebrütet!

TEIRESIAS

Und bist du
der Herrscher, dir entgegen red ich, rede
so stark wie du, des ist in meiner Seele
Gewalt. Ich leb, und nicht dein Untertan –

einzig dem Gott nur, ihm, und brauche keinen Kreon,
daß er mich schütze! Höhnst du mich blinden Mann?
Blinder du selbst, erkennst nicht, in welcher Höhe dein Lager!
Siehst nicht, wer die sind, die mit dir hausen!
Sag doch, woher du stammst? Fremd und feind
den Deinen daheim, den Deinigen hier.
Wohnst im Lichte? Nicht mehr für lange!
Mit schrecklichen Schritten kommt ein Fluch
von Vater und Mutter und jagt dich hin,
dann frißt dich die Nacht, dann heulen die Berge,
dann heulen die Buchten hinter dir drein den Wehruf.

ÖDIPUS
Dies soll ich tragen – dies mir dulden? Fort!
Hinweg mit dir von dieser Schwelle – fort!
Zur Hölle fort mit dir!

TEIRESIAS Riefst du mich nicht,
Teiresias kam nimmer vor dein Haus.

ÖDIPUS
Wußt ich, daß du ein Narr bist?

TEIRESISAS
Bin ich dir ein Narr und schien doch deinen Eltern weise?
Er geht.

ÖDIPUS
Halt! Welche Eltern? Wer auf dieser Welt
hat mich gezeugt?

TEIRESIAS Dich zeugt der heutge Tag –
zeugt dich und macht dich zunichte.

ÖDIPUS
Gräßliche Finsternis redet sein Mund! Rätsel auf Rätsel!

TEIRESIAS
Bist du nicht der, vor dem die Rätselfrager
verstummen?

ÖDIPUS Ja, begeifre nur, was groß
mich schuf.

TEIRESIAS Elend schufs dich zugleich.

ÖDIPUS
Mag es! Hab ich die Stadt erlöset doch!

TEIRESIAS

Fort nun! Schnell, Knabe, führ mich weg!

Es ist indessen fast völlig dunkel geworden.

ÖDIPUS

Ja, laß dich führen. Bist du hier, so lastet
ein häßlich Etwas, bist du fort, wir atmen
dann wieder frei.

Er wendet sich, hineinzugehen.

TEIRESIAS Ich gehe fort, doch werf ich
ins Antlitz dir das Wort, um dessentwillen
ich herkam, denn dein Arm erreicht mich nicht.
Ich sage dir: den du mit Heroldsrufen
und Flüchen suchest, jener Laïosmörder,
der Mann ist hier am Ort. Es wird sich zeigen,
daß er vollbürtig ist, thebansches Blut,
nicht bloß ein zugelaßner Fremdling. Blind
aus einem Sehenden, sonst reich, jetzt Bettler,
wird er am Stabe sich ins Elend tasten.
Erfunden wird er werden als ein solcher,
der haust mit seinen Kindern als ihr Bruder
zugleich und Vater, und von der er stammt,
des Weibes Sohn und Gatte, und des Vaters
Genoß im Ehbett und zugleich sein Mörder.
Nun, König, geh hinein und denke diesem nach,
und lüg ich dir zuletzt, dann höhne mich!

Ab.

Ödipus ins Haus ab. Das Tor fällt zu. Nacht.

Die Greise treten vor.

ERSTER GREIS *umblickend*

Wer?

ZWEITER GREIS

Wer hat es getan mit blutigen Händen?

DRITTER GREIS

Das Unsägliche!

Zugleich

Er fliehe! er fliehe!

Sie sind an der Mauer des Palastes.

ERSTER GREIS *die Hände aufhebend*
Im wilden Walde schweift er hin,
durch Schlünde und Klüfte klimmt sein Fuß,
er will die Stimme nicht hören!
Doch fliegt sie ihm nach und umflattert sein Haupt, –
er entflieht ihr nicht!

ZWEITER GREIS *an dem Hause*
Ist er nicht klug, ist er nicht gut
und unser König –
und ihn stürzte ein Wort –
ein Hauch vernichtete ihn!
Ödipus! Ödipus!

ALLE
Dunkel! – Wer schaut ins Dunkel?
Götter allein – Zeus – Apollon!
Stark
Zeus! Apollon!
Kreon von rechts, in dunklem Kleide. Vor ihm ein Fackelträger.
Er geht auf das Haus zu.

DIE GREISE *aus dem Dunkel*
Kreon!

KREON *stehenbleibend; in der Mitte*
Wer ruft? Wer klagt mich an?

DIE GREISE
Ödipus!

KREON
So will ich sterben, wenn ich untreu bin!
Wer erfindet mich untreu der Stadt? –
den Freunden? – euch? – ihm? – wer?

ERSTER GREIS
Ich weiß nicht. Was die Herrscher tun, das seh ich nicht.

KREON
Er selber sprach das Wort? Antworte mir:
mit klarem Blick, seiner selbst bewußt, bei Sinnen?
Antworte mir!

ZWEITER GREIS
Ich weiß nicht. Was die Herrscher tun, das seh ich nicht.

Das Tor auf; Licht bricht heraus. Ödipus steht da. Die Greise treten nach rechts hinüber ins Dunkle.
Ödipus und Kreon stehen sich Aug in Auge.

ÖDIPUS

Du hier? Wie wagst du das? mit welcher Stirn?
Der du gezielt nach diesem Haupte da?
Vor aller Augen die Finger krallst nach der Krone?
Rede doch: bin ich dir dumm oder feig,
daß du das ersannest an mir zu tun?
Hast du gemeint, ich könnte das Netz
nicht merken? wie? oder nicht zerreißen,
wenn ichs gemerkt? Wer bist du denn?
Einen Thron erobert Glück oder Kraft –
Wer bist du – Kreon!

KREON

Hör mich, dann richte.

ÖDIPUS

Zu hören brauch ich dich nicht.
Was du getan, redet für dich.
Strafen werd ich.

KREON

Was hab ich dir getan, mein Bruder Ödipus?
Welches Leid dir angetan?

ÖDIPUS

Der mich hieß, Boten senden an den Seher,
warst du – oder warst es nicht?

KREON

Ich wars und steh noch ein für den Rat.

ÖDIPUS

Stehst ein.
Pause
Wie lange ist das her, daß Laïos –

KREON

Was Laïos –? Weiter! Ich versteh dich nicht!

ÖDIPUS

Verschwand – ganz spurlos – hingemordet irgendwo.

KREON

Lang ist das her.

ÖDIPUS Lang! Und hat damals schon
des Propheten Kunst geblüht?

KREON Er war von jeher
ein großer Seher. Damals gerade so wie heute.

ÖDIPUS
Und hat er damals immer so gedacht?

KREON
Nicht daß ich wüßte.

ÖDIPUS Aber nach dem Mörder
habt ihr geforscht?

KREON Das taten wir. Allein
stumm blieb um uns die Welt.

ÖDIPUS Warum hat damals
der weise Mann es nicht gesagt?

KREON
Das weiß ich nicht.
Pause

ÖDIPUS Doch so viel weißt du – so viel
kannst du auch sagen, wissend, daß dus weißt:
daß jener Alte, kam er nicht mit dir
zusammen, nie und nimmer hätt den Mord
des Laïos mein Werk genannt.

KREON
Davon weiß ich nichts. Darf ich nun fragen?

ÖDIPUS
Frag nur. Ich bin kein Mörder.

KREON
Sag, ist nicht meine Schwester dir vermählt?

ÖDIPUS
Soll ich dir das verneinen?

KREON Teilst du nicht –
und willig, dieses Landes Macht mit ihr?

ÖDIPUS
Soviel sie wünscht.

KREON Und bin der dritte dann
und euch zunächst nicht ich?

ÖDIPUS Da sagst dus, Kreon!
Weh, ungetreues Herz!

KREON *hebt die Hände* Du sollst es prüfen –
erwäg es, Herr! Soll ich nach Herrschaft gieren,
die muß voll Sorgen sein, statt daß ich so,
die gleiche Macht wie einen weichen Mantel
um mich gezogen, ohne Alpdruck schlafe?
Was soll ich wollen, der ich als ein Fürst
gehalten bin, ein kummerfreier Herrscher,
die Brust umspielt von weicher Luft, und alle
umschlingen meine Hand mit ihren Händen
und meines Mantels Ende fassen sie
und ihre Augen schmeicheln meinen Augen,
wenn sie vor dich hin wollen, o mein Bruder!
Dies sollt ich fahren lassen, süß und reich,
wie's mich umgibt, und haschen, wie in fahlen
Halbträumen, nach dem andern? Ödipus!
kennst du mein Herz so schlecht? nimmst du mich so?
auf unerwiesnen Argwohn? Ödipus!
Er rührt sein Gewand an
Laß doch die Zeit mich prüfen. Triffst du mich
mit dem – mit jenem – mit dem Seher dort,
geheime Pläne schmieden, straf mich dann!
Straf mich, wie du noch nie gestraft! Allein
stoß nicht den Freund von dir um nichts!
Ists nicht, als würfest du dein eigen Sein
im jähen Zorn von dir! Sind Jahre nichts?
Gelebte Jahre, Ödipus!

DIE GREISE *murmelnd* Er redet
ein gutes Wort! Wer sich vor jähem Sturze
in acht nimmt, hört ein solches Wort, o Fürst!
Der Rasche handelt selten wohlbedacht.

ÖDIPUS
Im Rücken spinnt Verrat sich an, und ich
soll zögern, ruhig warten, bis ich hin bin
und er an seinem Ziel?

KREON Was denn begehrst du?
Du stößest mich aus diesem Land?

ÖDIPUS O nein.

KREON
Nein?
ÖDIPUS Nein. Geächtet wirst du nicht. Du stirbst.
KREON
Wahnsinniger!
ÖDIPUS Nun bei Vernunft, nun erst
vielleicht zum erstenmal.
KREON Vernunft –
ÖDIPUS Für mich.
Für mich!
KREON Doch auch für mich verlang ich sie –
Vernunft?
ÖDIPUS Kreon, du bist ein Schurke.
KREON
Und wenn dies alles Unsinn ist?
ÖDIPUS Auch dann
hast du zu bücken dich.
KREON Nicht vor dem Unrecht,
das bös sich spreizt.
ÖDIPUS O Königtum von Theben!
KREON
Auch ich bin Blut von Theben, ich bin auch
ein Teil von dieser Stadt.
GREISE Ihr Fürsten! Still!
Jokaste kommt, die Königin!
Jokaste tritt aus dem Tor.
JOKASTE
Unselige, was streitet ihr im Dunkeln?
Schämt ihr euch nicht, noch finstres Leid zu schaffen,
wo alles rings von finstrem Leiden stöhnt?
Geh in dein Haus zurück, schnell, Kreon, geh!
KREON
Schwester, das Ungeheuere, dein Mann
verhängt es über mich und schreit: es ist
Gerechtigkeit. Er stößt mich aus der Heimat,
oder er liefert mich dem Henker!
ÖDIPUS Ja!
so tu ich, meine Frau. Denn ich hab ihn
ertappt, wie er Verrat im Dunkel spann.

KREON
So töte mich ein Fluch, wenn ich getan hab,
wes er mir Schuld gibt.

JOKASTE Glaub doch bei den Göttern,
glaub doch dem Eid. Er schwört ja doch. Bezähm
doch deinen Zorn vor mir und vor den Männern,
die dort im Dunkel stehn.

DIE GREISE Gib nach, mein Fürst!
Bezähme dich!

ÖDIPUS Was soll ich tun?

DIE GREISE
Stoß nicht den Freund von dir! Verachte nicht
gelebte Jahre! Sie sind alles, was uns bleibt!

ÖDIPUS
Und weißt du, was du forderst?

DIE GREISE Weiß es wohl.

ÖDIPUS
So rede!

DIE GREISE Er hat sich rein geschworen.
Aus grundlosem Wahn stoß ihn nicht fort!

ÖDIPUS
Begehrt ihr das? So habt ihr mein Verderben
begehrt.

DIE GREISE Nein! nein! nein!
Zerbrich mir nicht mein altes Herz!
Mög ich vergehn, wenn ich jemals das gedacht!

ÖDIPUS
So geh er hin, und müßt ich zehnmal drum
zugrunde gehn. Dein Jammer schneidet mir
ins Herz. Doch, wo er bleiben wird,
werd ich ihn hassen.

KREON Ödipus!

ÖDIPUS Fort! Laß mich!
Heb endlich dich von hier!

KREON Ich geh, ich gehe.
Du kennst mich nicht, die aber kennen mich.
Er geht.

DIE GREISE
Was führt sie den Mann nicht hinein?
ins Haus, in den Frieden?

JOKASTE *mit Ödipus vor dem Tor. Von innen aus dem Haus fällt Fackellicht.*
Sag mir, was es war. Mich ängstet dein Zorn.
Mich ängstet das Dunkel.

ÖDIPUS
Betrug und Tücke, namenlos!

JOKASTE
Sprich es aus! Zu mir, Ödipus!

ÖDIPUS
Er sagt – er sagt, es kommt heraus, daß ich
der Mörder dieses Laïos bin –

JOKASTE Er sagt?
Was heißt: er sagt? er meint es? er bezeugts?
oder er hats gehört von irgendeinem?

ÖDIPUS
Oh, er nimmts nicht in seinen Mund, das Wort.
Er hat den schurkischen Seher ausgeschickt –

JOKASTE
Den Seher! O dann schlag dirs aus dem Sinn.
Hör mich doch an: es gibt kein sterblich Wesen,
das Seherkraft besitzt. Ich weiß es, ich,
und ich beweis es dir: dem Laïos
ward so verkündigt, o mit solcher Wucht,
daß ihm der Tod bestimmt sei von der Hand
des eignen Sohnes. Nun? und haben ihn
auf einem Kreuzweg wo in fremdem Wald
nicht fremde Räuber eines Nachts erschlagen?
Und hat des armen Kindes Leben kaum
den dritten Tag gesehn, so griff er es
und band mit Riemen ihm die kleinen Füße
und warfs durch eines Knechtes Hand hinaus
in öde Wildnis, die kein Fuß betritt.
So hat Apollon weder dies erfüllt
noch jenes: jenes Wesen wuchs nicht auf
und ward kein Vatermörder, Laïos

erlitt nicht seinen Tod von Kindeshand.
Da hast du ihre Sehersprüche. Will
ein Gott das Schicksal offenbaren, reißt
er selber leicht die dunklen Schleier weg.

ÖDIPUS
Weib! Weib! wie du da redest, wühlt sich mir
das Innre um, und gräßlich fliegt im Hirn
das Denken.

JOKASTE Was beängstigt dich? was meinst du?

ÖDIPUS
Ich glaub, du hast gesagt, auf einem Platz
im Walde, wo sich Wege kreuzen, wurde
Laïos erschlagen.

JOKASTE Ja, so ward gesagt.

ÖDIPUS
Wo liegt das Land, wo dies geschah? wo liegt es?

JOKASTE
Das Land heißt Phokis. Mit dem Weg nach Daulia
ans Meer trifft sich ein Hohlweg, der nach Delphoi
hinaufführt.

ÖDIPUS Wie viel Zeit mag seit der Tat
verflossen sein?

JOKASTE Es war nur wenig früher,
daß wirs erfuhren, als den Tag, den du
hier zu uns kamest und dann König wurdest.

ÖDIPUS *zum Himmel*
O Zeus! was hast du mir zu tun beschlossen!

JOKASTE
Mein Ödipus, was faßt dich an?

ÖDIPUS Frag nicht.
Noch nicht. Vom Laïos melde mir. Nur schnell.
Wie war sein Wuchs? von welchem Alter war er?

JOKASTE
Groß, eben fing sein Haar zu bleichen an.
Dir glich in vielem die Gestalt.

ÖDIPUS O weh!
O weh mir Armem! bodenloser Abgrund
gräßlicher Flüche, selbst gegraben, selbst mich selber
hinabgestürzt!

JOKASTE Mein Fürst! ich habe Furcht.

ÖDIPUS

Ich habe Angst, gräßliche Angst, es könnte
der Seher richtig das gesehen haben…
Er rafft sich auf
Das wird sich zeigen, wenn du eines noch
mir sagst.

JOKASTE Mich schüttelt solche Furcht! Sei ruhig,
ich werde alles sagen, was ich weiß.

ÖDIPUS

Ob jener Laïos einfach reiste oder
mit viel Gefolge, als ein Fürst?

JOKASTE Es waren
im ganzen fünf. Darunter war ein Herold.
Ein Wagen bloß, auf dem fuhr Laïos.

ÖDIPUS

Ah! alles klar! Wer war es denn nachher,
der diese Nachricht brachte, Weib!

JOKASTE Ein Diener.
Der einzige, der sich rettete.

ÖDIPUS Wo ist er?
im Haus?

JOKASTE Nicht mehr. Nachdem er wiederkam
und sah die Macht in deinen Händen und
verschwunden Laïos, so warf er sich
vor mir zu Erde, faßte mein Gewand
und bat mich flehend, ihn aufs offne Land
zu lassen, zu den Herden. Und ich ließ ihn.
Denn war er auch ein Knecht, er war wohl noch
viel größrer Gnaden wert als dieser Gunst.

ÖDIPUS

Er muß herbei. Geht das? geht das in Eile?

JOKASTE

Das kann er. Doch zu welchem Zweck begehrst dus?

ÖDIPUS

Mir bangt um mich, Frau, daß ich schon zu viel
geredet habe. Darum wünsch ich ihn
zu sehen.

JOKASTE Er soll kommen. Doch auch ich
verdiene wohl, mein König und Gemahl,
zu wissen, was dir so das Herz beschwert.

ÖDIPUS

Es bleibt dir nicht erspart, da ich so weit
gekommen bin in meinen Hoffnungen.
Wo wäre auch ein höhres Haupt, zu dem
ich reden könnte, da mich mein Geschick
so weit getrieben hat. Hör zu. Mein Vater
war Polybos, der König von Korinth,
die Mutter Merope. Ich lebte dort,
als Erster nächst dem Throne, bis sich etwas
begab, das seltsam zwar, allein nicht wert
all meines Eifers war. Bei einem Gastmahl
berauschte sich ein Mensch und nannte mich
ein Findelkind, ein eingeschmuggeltes
an Königsohnes statt. Ich schlug den Mann,
daß sie für tot ihn trugen, und am Morgen,
nein, noch die gleiche Nacht, ging ich hinein
zu meinen Eltern und befragte sie. Sie zürnten schwer
dem, dessen frecher Mund gesprochen hatte
im Rausch, was nicht die Wahrheit war. Sie schlangen
die Arme so wie nie um mich und gaben
der Seele unvergeßlich süße Worte.
Allein das andre Wort fraß sich mir tief und tiefer
ins Innre, und so zog ich heimlich fort
nach Delphoi, zum Palast des Gottes, wo
die Wahrheit aus dem Mund der Priesterin
wie flüssig Feur hervorbricht. Doch Apollon –
merk auf – um was ich kam, das achtete
er nicht der Antwort wert und kündete
mir andre schlimme grauenvolle Dinge:
daß ich zum Weib die Mutter nehmen würde
und Kinder zeugen, ein Geschlecht des Grausens,
und meines Vaters Mörder sein. Und als
ich dies vernommen, stieß ich mein Gefolge
von mir und mied von da an mein Korinth
und zog in fremdes Land, damit ich nie

die Schmach des grauenvollen Spruches möchte
an mir erfüllt sehn. Und die Wanderung
hat mich, das weiß ich, auch dahin geführt,
wo dieser König, wie du sagst, erschlagen ward.
Und, Frau, ich will die Wahrheit reden: einmal,
an einem Abend, war ich jenem Kreuzweg
ganz nah – da kam ein Herold mir entgegen
und fuhr mich an mit bösen Reden, und
er wollte nach mir schlagen. Da erschlug ich
den Herold, und nachher erschlug ich auch
den Herrn des Wagens und die Knechte auch,
weil sie mich binden wollten für den Henker.
Zögernd
Wenn nun der Fremde irgendwie verwandt
mit Laïos war – wer wäre dann so elend,
wie dieser Mann? Wo wäre, Weib, auf Erden,
ein zweiter so verhaßt, so erzverhaßt
den Göttern? Über mir kein Dach. Mich nimmt
kein Gastfreund in sein Haus. Es redet keiner
zu mir. Sie stoßen mich von ihrer Schwelle.
Und das hat keiner über mich, kein andrer
verhängt als ich. Und dann des Toten Bette,
das wird von meinem Leib berührt, vom Leib
des Mörders. Bin ich nicht verrucht? nicht ganz
verworfen? Und muß ich von jetzt nicht schweifen
auf ewig unbehaust? Nicht hier daheim,
nicht dort? Denn setzt ich den verfluchten Fuß
dort in die alte Heimat, müßt ich ja
die Mutter freien und des Vaters Mörder sein,
der mich gezeugt und aufgezogen hat,
des Königs Polybos. Hier dies, dort das.
Wer spielt dies Spiel mit mir? Das ist ein un-
geheurer, grausam starker Dämon! Weh!
O Heiliges, verborgen Webendes,
den Tag nur laß mich nicht erleben, laß
mich aus der Welt entschwinden, spurlos, ewig
verschwinden, eh das Schicksal auf die Stirn
dies blutige Brandmal drückt.

DIE GREISE
Noch ist ja Hoffnung!
Die eine! bis der Mensch, der eine Zeuge,
des Augen alles sahn, gesprochen hat.

ÖDIPUS
So weit frist ich die Hoffnung hin. So lange
ertrag ich es, zu warten.

JOKASTE
Und wenn er da ist, was beschließest du,
was dann zu tun?

ÖDIPUS
Dann? Find ich, daß er überein
aussagt mit dir, dann wär ich ja entflohn
der fürchterlichen Angst.

JOKASTE
In welchem Ding? was hab ich denn gesagt?

ÖDIPUS
Du sagst, er sprach von einer Räuberschar,
die ihn erschlug. Ich bin ein einzelner.
Doch wenn er einen ledig ziehnden Wandrer nennt,
dann fällts auf diesen Kopf!

JOKASTE
So sei gewiß, so wars, so wie zuerst
ich sagte. Wenn er widerrufen wollte,
es waren Männer da, nicht ich allein,
die's hörten. Und wenn er verdrehen wollte
das eigne Wort, zur alten Meldung dies
und jenes fügen – das – das wäre ja
gar nichts! Dann stimmen ja aufs neue nicht
des Laïos Untergang und die Orakel.
Denn Laïos verhieß ja er, der Gott,
daß ihm das Kind, aus meinem Schoß geboren,
den Tod bereiten würde. Hat ihn denn
nun dies unselge Kind erschlagen, das
längst vor dem Vater tot war? Das sind Sprüche
von Sehern! Mich bekümmert keiner mehr.

ÖDIPUS
Wie du das ausdenkst! Du hast recht. Nur dennoch
laß mir den Hirten kommen.

JOKASTE
Ödipus!

ÖDIPUS
Nein, das versäum mir nicht.
JOKASTE
Ich will es tun.
In Eile send ich hin. Nur komm hinein.
Sie gehen in den Palast. Das Tor schließt sich. Halbdunkel, wie wenn der Mond hinter Wolken steht.
Die Greise treten vor.

DER ERSTE
Hast du gehört, wie sie von den Göttern sprachen?
wie frech die Worte, schamlos und nackt,
aus ihrem Munde brachen?

DER ZWEITE
Ein Etwas muß sein, es bindet das Wort,
es bindet die Tat, es bindet die frevelnden Hände.
Wehe, wenn nichts uns bände!
Wenn Unzucht rast hinauf und hinab,
das ist das Ende!

DER DRITTE
Unzucht wohnt in ihren Herzen,
ein ewiger Sturm umschnaubt ihr Leben:
es treibt sie hinauf zu schwindliger Höh,
wo keinem zu stehen gegeben.
Wann stürzt es sie wieder hinab
in Jammer, Schmach und Grab?

DER VIERTE
In Jammer und Grab
soll es sie werfen!
Wenn straflos sie gehen,
erhoben das Haupt,
wer ists, der noch glaubt?
Wenn diese wandeln
in Glanz und Ehr,
dann opfern wir alle nicht mehr!

DER FÜNFTE
Wie sie den Götterspruch schmähten,
von Laïos den Spruch,
den uralten Fluch!
Wenn sie das dürfen, wer wird noch beten!
Eine Pause

DER ERSTE

Zum Nabel der Erde, zum delphischen Haus,
zum strahlenden Tempel von Abä,
trägt mich Pilger der Fuß nicht mehr!

DIE SIEBEN *zugleich*

Trägt mich mein Fuß nicht mehr!

DER ERSTE

Wenn hier nicht das Göttliche kommt an den Tag,
so, daß ichs mit Händen zu greifen vermag.

DIE SIEBEN *zugleich*

An euch ists, ihr Götter, dies furchtbar zu wenden,
wir wollen es greifen, mit diesen Händen,
sonst opfern wir alle nicht mehr.

Jokaste aus dem Haus, mit den Binden der königlichen Priesterin umwunden. Vor ihr drei Mägde, zum Opferdienst in fließende Gewänder eingewunden bis unter die Augen. Sie tragen jede in goldner Schale eine lautlos lodernde blaue Flamme. Die Greise treten auseinander, ins Dunkel. Die Königin schreitet im Licht der bläulichen Flammen auf den Hain zu.

DIE GREISE

Die Königin! Was will sie weihn?

Jokaste bleibt auf der obersten Stufe zum Hain stehn. Die drei mit den Schalen stehen nebeneinander, unter der Königin.

JOKASTE

Die Seele eures Königs, meines Herrn,
ist krank. Drum will ich vor die Götter treten,
damit sie sanft ihn heilen. Denn was sind
denn wir, wenn er zu Boden liegt, der Mann
am Steuer, und es werfen Sturm und Nacht
das Schiff einander zu?

EIN BOTE *von rückwärts auftretend*

Ihr guten Leute,
sagt einer mir das Haus des Ödipus?
und wo ich selbst ihn finde, sagt mir einer?

DER ERSTE

Dies ist sein Haus. Hier findest du ihn drin.
Die vor dir steht, ist seine Königin,
die Mutter seiner Kinder.

BOTE Sei gesegnet,
du Königin, und lebe mit Gesegneten
vereint im Leben.

JOKASTE Und das gleiche sei
auch dir beschieden, fremder Freund. Du bist
es wert um deines Grußes willen. Rede,
was bringst du uns? was kommst du zu begehren?

BOTE
Glück deinem Haus und deinem Gatten Glück.

JOKASTE
Was für ein Glück? von wo kommts hergeschwebt?

BOTE
Vom Land Korinth: und eine Botschaft ists,
die etwa wohl zugleich erfreuen ihn
und auch betrüben mag.

JOKASTE Welch Ding ist dies,
das Doppelkräfte hat?

BOTE Sie wollen ihn,
die Männer dort vom Isthmusland, zum König.

JOKASTE
Wie? Hält nicht Polybos in alter Hand
den Stab?

DER BOTE Nicht mehr. Denn in der Erde schläft er.

JOKASTE
Was sagst du, Alter? Tot ist Polybos!

DER BOTE
So wahr ich atme, ja.

JOKASTE O meine Mädchen!
Rhodope, Pannychis, Kalirrhoe,
zum Herrn! zum Herrn!
Die Mägde eilen ins Haus. Ihr Offenbarungen,
wo seid ihr nun? So lange bebte er
vor einem Mord an diesem alten Mann:
nun hat das Schicksal ihn erlegt, o Ödipus!
Ödipus tritt aus dem Haus, hinter ihm ein dunkler Gewappneter mit einer Fackel.

ÖDIPUS
Geliebtes Herz, du hast mich holen lassen,
von wo ich saß und dachte. Sprich, wozu.

JOKASTE
Den Mann da höre und dann sage mir,
was wird aus dem erhabnen Götterspruch!

ÖDIPUS
Wer ist der Fremde und was bringt er mir?

JOKASTE
Der Mann ist aus Korinth und meldet bloß,
daß Polybos, dein Vater, tot ist.

ÖDIPUS Was?
Sag das mit eignem Mund!

DER BOTE Nun denn: so sag ich,
er ist hinab.

ÖDIPUS Durch Mord? Nein? Nicht durch Mord?
Durch Krankheit?

DER BOTE Ein geringer Anstoß war
genug: denn er war alt.

ÖDIPUS So hat den Armen,
so hat ihn Krankheit weggezehrt?

DER BOTE
Auch schon am Alter selbst beinahe ist
er hingewelkt.

ÖDIPUS O weh! was hat man dann,
Jokaste, noch beim pythischen Orakel
zu suchen, warum späht man noch nach Zeichen,
die mir mit maßlosem Betrug da her
gehängt den Vatermord, da übers Haupt!
Der ist nun unterm Boden, und ich hab
kein Schwert hier angerührt – er müßte denn
an meinem Wunsch gestorben sein. So wär ich
denn freilich schuld an seinem Tod.
Nun hat er diesen Fluch hinabgenommen,
wo er mit ihm zu Staub zerfällt.

JOKASTE Und hab ich
nicht längst dir dies vorhergesagt?

ÖDIPUS Du hasts
gesagt. Ich aber war vor Angst
wie toll.

JOKASTE Nun aber mach dich frei, auch völlig
für immer frei.

ÖDIPUS Wie? Vor der Eh der Mutter
soll mir nicht bangen doch?

JOKASTE Was braucht der Mensch
zu fürchten? Treibt ihn nicht das Ungefähr
dahin und dort? Weiß er von einem Ding
das Wesen, windet ihm nicht jeder Luftzug
sein Selbst aus seiner Hand? Nur leben, leben
gradhin. Bekümmre dich um kein Orakel.
Es haben Menschen auch in Träumen schon
gelegen bei der Mutter. Acht es nicht,
wers von sich bläst, erträgt die Last des Lebens,
der andere erliegt.

ÖDIPUS Das alles sagst du
vortrefflich, wäre nur die Mutter nicht
am Leben. Aber da sie lebt, was soll ich
denn anders in mir haben als die Angst!

JOKASTE
Vom Grab des Vaters weht kein Trost dich an?

ÖDIPUS
Ja. Wohl. Doch, daß die Mutter lebt, das ängstet.

DER BOTE
Um welche Frau bist du in Ängsten, König?

ÖDIPUS
Um Merope, die Frau des Polybos.

DER BOTE
Was ists mit ihr, wovor dir banget, Herr?

ÖDIPUS
Ein schlimmes Wort, von Göttern offenbart.

DER BOTE
Läßt es sich sagen? oder ist verwehrt
dem fremden Ohr?

ÖDIPUS Ich kann dirs sagen, Mensch.
Mir offenbarte der zu Delphoi thront,
umarmen würd ich meine Mutter und
mit eigner Hand des Vaters Blut vergießen.
Das trieb mich von Korinth. Meinst du, ich hab
um nichts das hingeopfert, ihr Gesicht
nicht mehr zu sehen?

DER BOTE Wirklich dies? Nichts andres
vertrieb dich aus Korinth?

ÖDIPUS Wie, nicht genug?
Dies eine, und des Vaters Mörder werden?

DER BOTE
So soll ich eilen, Herr, und schnell das Wort
dir sagen, das dich frei macht, wenn ich gut
dir dienen will?

ÖDIPUS O könntest dus, ich wollte
dir lohnen, lohnen –

DER BOTE Darum kam ich auch,
daß du mich lohnest als ein reicher König,
wenn du zurückkehrst in dein Vaterhaus.

ÖDIPUS
In einem Haus mit ihnen wohn ich nicht,
die mich geboren!

DER BOTE Nein? Dann weißt du nicht,
Kind, was du tust.

ÖDIPUS So lehr michs, Alter, red!
Was weiß ich nicht?

DER BOTE Wenn du um ihretwillen
nicht heimkehrst.

ÖDIPUS Faß mich doch: aus Angst, aus alter
tödlicher Angst.

DER BOTE Vor dem, was du begehen –
an deinen Eltern dort begehen könntest?

ÖDIPUS
Ja, Vater, ja!

DER BOTE Und, daß all diese Angst
um nichts ist: weil ja Polybos, du Fürst,
gar nicht ein Blut mit dir.

ÖDIPUS Was redest du?
Nicht Polybos hat mich gezeugt?

DER BOTE So wenig
als ich, der vor dir steht.

ÖDIPUS Was soll das heißen?
Warum dann nannte er mich Sohn?

DER BOTE So wisse:
als ein Geschenk bekam er dich aus meiner,
aus dieser Hand da!

ÖDIPUS Aus der Hand des Knechtes?
und hielt mich lieb und wert und hegte mich?

DER BOTE
Das macht, sie waren vordem kinderlos.

ÖDIPUS
Ein Findling bin ich? oder hast du mich
gekauft?

DER BOTE Ein Findling aus dem Waldgeklüft
Kithäron.

ÖDIPUS Wie kamst du in dies Gebirg?

DER BOTE
Ein Senne war ich dort, mit großer Herde
zu Berg gefahren.

ÖDIPUS Solch ein Hirte warst du?
der wandert mit dem Vieh?

DER BOTE Dein Retter war ich,
dein Retter, lieber Sohn.

ÖDIPUS Du fandest mich
in Not und Qual?

DER BOTE Wahrhaftig, das bezeugen
wohl heut noch die Gelenke deiner Füße.

ÖDIPUS
O weh! was rührst du auf!

DER BOTE Die armen Füße
durchbohrt, umschnürt, aus blutgen Riemen löst ich
die Füße dir.

ÖDIPUS Verfluchte Narben, schmählich
empfangen in den Windeln!

DER BOTE Deinen Namen
hast du ja auch daher.

ÖDIPUS Jetzt rede: wars
des Vaters oder wars der Mutter Hand,
die das an mir getan?

DER BOTE Das weiß ich nicht.
Der dich mir gab, wird das wohl eher wissen.

ÖDIPUS
Du fandst mich nicht? ein andrer gab mich dir?
DER BOTE
Ein andrer Hirte wars. Der gab dich mir.
ÖDIPUS
Wer? weißt du, wer es war?
DER BOTE Er hieß ein Knecht
des Laïos.
ÖDIPUS Dessen, der hier König war,
vor mir?
DER BOTE Desselben. Ja.
ÖDIPUS Und lebt der Mensch?
Kann man ihn reden machen?
DER BOTE Das müßt ihr
am besten wissen, ihr Einheimischen.
ÖDIPUS
Ist einer unter euch, der Kunde weiß
von diesem Hirten, den er meint? So redet.
EINER DER GREISE
Ich mein, es ist kein andrer als der Mann
vom Felde, den du ehe schon begehrtest.
Ich mein, es ist gesandt um ihn. Doch hier
die Frau wird alles dir am besten sagen.
Er tritt sogleich wieder ins Dunkel zurück.
ÖDIPUS
Ich bitte, sprich: ist der, um den du schicktest,
Zu Jokaste
der gleiche, den der Mann hier meint?
JOKASTE *qualvoll* Ich weiß nicht,
wen dieser meint. Ich höre nicht auf ihn.
Was kümmert dich sein Reden!
ÖDIPUS Was? Dies hören
und mein Geschlecht im Dunkel lassen? Nein!
Jetzt oder nie ergründ ich, wer ich bin.
JOKASTE
Nein! nein! bei deinem Leben, frag nicht weiter!
Genug ist meine Pein.

ÖDIPUS Ist dir so bang?
Getrost, ich schände nicht dein Bett, und wär ich
von Vater her und Ahn aus Knechtesblut.

JOKASTE
Und dennoch folg mir! Laß dich bitten!

ÖDIPUS Still!
Ich folg dir nicht. Jetzt gilts zu wissen!

JOKASTE Hör mich!
Dein Bestes rat ich dir.

ÖDIPUS Dies Beste ist
mir lange schon zur Qual. Den Hirten will ich.
Schafft mir ihn keiner?

JOKASTE Unglückseliger!
erfahre niemals, wer du bist.
Sie steht starr vor Grauen.

ÖDIPUS Ich laß dir
die Lust an deinem Blut. Wird einer mir
den Hirten bringen?

JOKASTE *indem sie ins Haus geht*
Du Unseliger!

DIE GREISE
Die Frau! seht auf die Frau! Ich kann die Augen
nicht sehen, mit denen sie dich ansah. Hast du
die Augen nicht gesehen? Ödipus!

ÖDIPUS
Es reiße, was da reißen will! Doch ich
will wissen, wo ich hergekommen bin,
und wär es aus dem Staub. Das Weib ist stolz.
Mir scheint, sie schämt sich meiner: aber ich,
ich bin der Sohn des Glücks und Vettern sind mir
die Monde, die mich groß und klein gemacht,
die wechselnden. Wer solchen Stammbaum hat,
der forscht nach seinem Blut.

DIE GREISE *verschieden*
Vielleicht bist du das Kind von einem Gott,
gezeugt im Wald mit einer? Ist nicht Pan
dein Vater? Nicht Apollon? Bacchos nicht?
Nicht Bacchos? Hat nicht eine von den Nymphen
am Helikon mit Bacchos dich gezeugt?

ÖDIPUS *ohne sie zu achten, ins Dunkel spähend*
Das muß der Alte sein! Der Hirte dort,
den wir erwarten. Überdies erkenne ich
in denen, die ihn führen, meine Diener.
Siehst du den Mann?

DIE GREISE *zusammen* Er ist es. Dieser ist es.

Der alte Hirte tritt in den Schein der Fackeln.

ÖDIPUS
Dich frag ich, Fremdling aus Korinth, zuerst:
ists dieser, den du meinst?

Er zieht in seiner verzehrenden Ungeduld mit der Linken den Boten, mit der Rechten den Hirten dicht vor sich ins volle Licht der Fackeln.

DER BOTE Derselbe, Herr.

ÖDIPUS *zum Hirten*
Hör, Alter. Sieh mich an und gib Bescheid
– auf meine Fragen: Du warst Knecht bei Laïos?

DER HIRTE
Sein Knecht, Herr, von Geburt sein Knecht.

ÖDIPUS *in rasender Ungeduld, wendet sein Gesicht jäh von dem einen zum anderen, kaum die Antworten, die er vorausweiß, abwartend. Es ist, als risse er in dämonischer Gier das Schicksal in sich hinein wie ein Schwert*
Was war dein Dienst?

DER HIRTE Die Herden trieb ich, Herr,
die meiste Zeit.

ÖDIPUS In welcher Gegend?

DER HIRTE Meist
auf dem Kithäron, oder ringsherum,
Herr, in der Nachbarschaft.

ÖDIPUS So kennst du diesen?

Er faßt den Boten und den Hirten am Nacken und nähert ihre Köpfe einander im grellsten Licht der Fackel, die er durch einen Griff nach dem Arm des Fackelträgers näher herbeizwang.

DER HIRTE
Wie sollt ich diesen – Herr – was ist es denn
für einer?

ÖDIPUS Dieser! Dieser! Hast du nie
mit diesem was zu tun gehabt?

DER HIRTE Nicht, daß ich
mich des so schnell entsinnen könnte, Herr.

DER BOTE
Das ist kein Wunder, Herr. Doch frisch ich ihm
sogleich das Alte auf. Des wird er sich,
das wette ich, entsinnen, daß vorzeiten
auf dem Kithäron, wo die Triften sind,
die großen Weideplätze, daß wir da
drei halbe Jahre, jedesmal vom Frühjahr
bis tief in' Herbst hinein, mit unsern Herden,
er hatte zwei und ich nur eine, daß wir
da Nachbarn waren und freundnachbarlich
verkehrten, und zu Wintereinbruch dann
trieb ich hinab zu meinen Hürden, er
zu Laïos' Höfen. Rede ich die Wahrheit,
ja? Oder nein?

DER HIRTE Ja, ja, nur ist es lange,
so lange her.

DER BOTE So sage, weißt dus noch,
wie du das Kind mir damals gabst?

DER HIRTE Was soll das?
Was fragst du das mich jetzt?

DER BOTE Der hier, mein Guter,
der ist das Kind!

DER HIRTE Verflucht sei dir die Zunge
in deinem Mund!

ÖDIPUS Ah, Alter, strafe du
den nicht! Nicht was er redet, was du tust,
verdient Bestrafung.

DER HIRTE Was, mein gnädger Herr,
was tat ich denn?

ÖDIPUS Verleugnen willst du hier
das Kind, nach dem er sucht.

DER HIRTE Was weiß der Mensch!
Schad um die Zeit.

ÖDIPUS Sagst du es willig nicht,
so sagst dus doch im Zwang.
Er faßt ihn hart an.
Allmähliches Heraufdämmern am Rand des Himmels.

DER HIRTE Mein gnädger Herr,
mißhandelst du den alten Knecht?

ÖDIPUS Heran!
Schnürt ihm die Hände auf dem Rücken fest.

DER HIRTE
Wofür? Was willst du? Unglückseliger Herr,
was willst du denn erfahren?

ÖDIPUS Gabst du ihm
das Kind?

DER HIRTE Ich gabs. Wär ich an jenem Tag
gestorben!

ÖDIPUS Sterben wirst du heute hier,
wo du nicht Wahrheit sprichst.

DER HIRTE Und red ich Wahrheit,
so sterb ich auch!

ÖDIPUS *drohend* Der Alte, scheint es, sucht
Ausflücht und hält uns hin.

DER HIRTE Ich? Hab ichs nicht
schon längst gesagt? Ich gab das Kind! Ich hab
es ihm gegeben.

ÖDIPUS Woher war das Kind?
Ein eignes? Oder fremdes?

DER HIRTE Freilich wars
nicht meines. Irgendwo empfing ich es.
Fahler Morgen bricht an.

ÖDIPUS
Von welcher Hand? aus welchem Haus?

DER HIRTE Nicht fragen,
nicht fragen, Herr!

ÖDIPUS Du bist ein toter Mann,
wenn ich noch einmal fragen muß.

DER HIRTE So seis:
es war aus Laïos' Haus, das Kind.

ÖDIPUS Von Knechten?
Ja? Oder aus des Königs eignem Blut?

DER HIRTE
Jetzt bin ich, wo mir graust.

ÖDIPUS Mir auch, doch hören
muß ichs!

DER HIRTE Sie nannten es ein Kind von ihm.
Da drinnen, Herr, dein Weib erklärt dir das
am besten.
ÖDIPUS Sie?
DER HIRTE Sie war dabei, als er,
der alte König, mir es gab.
ÖDIPUS Es gab?
Zu welchem Ende?
DER HIRTE Töten sollte ichs.
ÖDIPUS
Das Kind? So grausam?
DER HIRTE Grausam war der Spruch,
Vor dem erbebten sie.
ÖDIPUS Was für ein Spruch?
DER HIRTE
Der Knabe würde seinen Vater morden,
so hieß es.
ÖDIPUS Und du gabst es fort? an den?
DER HIRTE
Aus Mitleid, Herr, aus Mitleid. Daß ers trüge
mit sich, in fremdes Land. Doch wenn es du –
wenn du das bist – ihr Götter der drei Welten –
so hab ich für ein gräßliches Geschick
dich aufgespart, Herr!
ÖDIPUS Klar! O alles klar!
O Licht! jetzt seh ich dich zum letztenmal.
Verfluchtes Kind! verflucht im Ehebett!
verfluchter Mörder! Ganz und gar verflucht!
Er stürzt ins Haus.
Die Greise treten nach vorne. Sie bleiben lange stumm.
Dumpfer Lärm im Palast.
DIE GREISE
Wißt ihr noch, wie er kam? – Gleich einem Gott grüßten wir ihn.
Herakles! Perseus! Orpheus! So riefen wir, da wir ihn sahn.
Wie glänzte der Tag: da brachten wir ihm die Königin mit der Krone.

Wie glänzte die Nacht, da stieg er zu Bette mit ihr.
Wißt ihr, mit wem er zu Bette stieg? Wehe!
Aus dem Palast tönt ein Wehelaut wie ihnen zur Antwort.

DIE GREISE
Wie konnte das Bett ihn tragen? – Lag nicht der Tote darin?
Laïos!

ALLE *dumpf wiederholend*
Laïos!
Wie lange vergaßen wir den! Nun ist auch er wieder da.
Wehe!
Ein gleicher Laut aus dem Palast, noch schrecklicher.
Die Tür des Palastes wird jäh aufgerissen.
Die Mägde kommen hervor.

DIE MÄGDE
Die Königin ist tot!

EINE Selber –

ANDERE
Mit ihren eignen Händen –

DIE DRITTE *hängt sich an sie* Sag es nicht,
wie sies getan hat!

DIE ERSTE *vorne* Ich war im Gemach –
dort wo das Ehebett steht – ich lag
und reinigte Gerät – da fliegt die Tür auf
und sie herein – mich sieht sie nicht – sie sieht
den Toten, ihren ersten Mann, den König Laïos,
sie redet mit dem Toten – und zugleich
ist noch ein anderer bei ihr – der Sohn,
mit dem sie auch in diesem Bette lag
und Kinder ihm gebar – dort, wo sie ihn
geboren hatte, ihn – sie greift – sie greift
jäh hin und nestelt an dem Gürtel, ah,
sie macht den Gürtel los, und in der Luft
zieht sie ihn durch, daß eine Schlinge wird,
ah, ihr Gesicht, als sie sich freute, weil
es eine Schlinge wurde –

ANDERE Sprichs nicht aus!
Sag nicht, was dann geschah!

DIE ERSTE Ich sag es nicht!
Sie verhüllt ihr Gesicht.

DIE ZWEITE *drängt sich vor*
Er fand sie dann erhängt, er!
EINE VIERTE Ödipus!
er kam ins Haus – ich will in meinem Leben
nie wieder einen laufen sehn mit solchem
Gesicht, wie er hineinlief!
DIE ZWEITE Keine Stimme,
ihr Götter, will ich hören, wie die Stimme war,
mit der er schrie: Wo ist mein Weib, nein, nicht
mein Weib, die Mutter! wo ist meine Mutter?
VIERTE
Wir gaben keine Antwort, aber er –
DIE ZWEITE
Sein Dämon zeigt es ihm, mit einem Schrei,
wie hundert wilde Tiere, springt er an und bricht
die Tür – da mußten unsre Augen sehn
die Frau da hängen.
DIE VIERTE Aus der Schlinge macht
der jammervolle Mensch sie los und legt sie
sanft auf den Boden ––
DIE ZWEITE Und dann nimmt er ihr
die goldnen Spangen ab, ganz sanft, die Spangen
vom Kleid, womit es zugeheftet war –
und redet, und wir stehen da und wissen nicht,
zu wem er redet: zu der Toten nicht,
und nicht zu uns – allein wir hörens alle:
»Ihr habt ja nie gesehen«, sagt er, »nicht
gesehen, was ich tat, nicht, was ich litt,
niemals gesehn, wer vor mir steht, so schaut
auch weiter in die Nacht« und hebt, – die Augen,
zu seinen Augen redet er – und hebt
die Hände, beide Hände, mit den Spangen
und bohrt die Spangen sich in beide Augen,
in die lebendgen Augen, bis ihm Blut
heruntertrieft über die Wangen, über
das ganze Gesicht!
Unruhe im Palast.

DIE ERSTE *wieder vorkommend*
Sie können ihn nicht halten!
Er schreit, sie sollen öffnen: allem Volk
den Mann zu zeigen, der erschlagen hat
den Vater, und der Mutter –

ALLE Sag es nicht!

DIE ERSTE *hält sich*
Mein Mund sagts nicht!

Von drinnen drängts heran.
Die Mägde bilden am Tor eine Gasse. Vor Entsetzen und Angst recken sie alle die Arme empor und schließen die Augen.
Aus dem Tor kommt Ödipus, mit wildem Haar, die blutenden Augen dürftig verbunden. Er geht mit solchen Schritten, daß zwei, die ihn stützen und führen wollen, ihm kaum nachkommen. Hinter ihm eine Schar von Dienern, auch Gewappnete darunter. – Die Greise weichen schaudernd nach rechts hin.

DIE GREISE
Ich frage nichts mehr, – ich prüf es nicht mehr –
ich bedenk es nicht mehr – mich schaudert!

ÖDIPUS
Ah! Ah! Ah!
Wo fliegt mein Schreien hin? wer fängt es auf?
verhallt es in der Luft?
O Schicksal, wo treibst du mich hin!

DIE GREISE *flüsternd*
Zu grauenvollem Tun, das kein Aug
begehrt zu sehen.

ÖDIPUS
O Finsternis!
Ewig um mich – unendlich – unausdenkbar,
unüberwindlich! Namenloses Dunkel!
Und nochmals Weh! Wie bohren diese Qualen
in meinen Augen und die Dolche innen
des Denkens!

DIE GREISE Doppelt ist die Qual: so sind wir
gebildet!

ÖDIPUS *den Greisen nahe*
Ah! Du bist noch da, du harrest
noch bei dem Blinden aus! Weh mir!

DIE GREISE *zu ihm tretend*
Furchtbarer Mensch! wer hat die Hand geführt,
als sie die Augen mordete?
ÖDIPUS Apollon,
Apollon hat dies grauenhafte Weh
mir aufgebaut. Doch mit den Augen wurden
die Hände da mir fertig. Dazu brauchte
kein Gott zu helfen. Was soll ich noch anschaun?
Den Vater drunten, wenn ich ihm begegne?
oder die Kinder, ihren Blick in meinen
verschränken und ein unausdenkbares Gespräch
von Aug zu Auge führen? Fort mit mir!
Jagt doch das große Unheil, jagt doch das
hinaus, was trieft von allen Himmelsflüchen!
DIE GREISE *zugleich*
Ich wollt, ich hätte niemals dich gekannt.
ÖDIPUS *leise*
Was ich getan hab an der Mutter und
am Vater, büßt Erhängen nicht.
[Könnt ich den Quell
des Hörens stopfen, meinst du, daß ich es nicht täte?
Taub sein und blind zugleich, absperren ganz
und wandeln in dem zugesperrten Grab!
Hab ich nicht meine Qualenwelt herinnen?
Kithaeron, du verfluchter Berg, der du den Wurm,
das eingeschnürte Bündel blutger Qualen
am Leben ließest! Du verfluchter Kreuzweg
im Lande Phokis, stille Schlucht und Engpaß
und Wasser drunten, Bäume, stumme Felsen,
denen die Hand da meines Vaters Blut
zu trinken gab, herinnen hab ich euch,
und kann auf euch die Flüche speien, Tag
und Nacht im Kerker hier, wie Marteröfen,
eherne, kann ich euch aufglühen machen
und meine Seele in euch wälzen, denkt
ihr meiner noch? – und denkt ihr dessen auch,
was dann geschah, als Ödipus die Reise

nach Theben tat und Hochzeit hielt zu Theben,
ah! Hochzeit! Hochzeit!]*
Er brütet vor sich hin
Ah! Hochzeit! Hochzeit! nächtge Saat, zutage
gebracht, die Söhne Vaters Brüder, Töchter
ah Schwestern! Namenlos! Versteckt mich doch
im Waldgeklüft! erschlagt mich! Werft mich wo
ins Meer hinab! Nur schnell! Von wo ihr nimmer
mich wiederkommen seht! Erniedrigt euch,
mich anzurühren! Fürchtet nichts ! Hier drinnen
ist alle Pein der Welt: es springt nichts über!
Kreon, begleitet, tritt aus dem Palaste.

DIE GREISE
Du bittest, – der entscheiden wird, ist Kreon.
Er waltet nun des Landes. Er tritt nah.

ÖDIPUS *leise*
Was rede ich zu Kreon?

KREON Ödipus,
nicht dein zu spotten komme ich, der du elend bist,
doch ihr, wenn ihr nicht Scheu vor Menschen tragt,
so scheuet den lebendgen Gott, der dort herauf,
der heilige, funkelt, Helios, und zeigt ihm nicht
dies dort, dies ohne Namen, diesen Greuel,
vor dem die Erde zuckt und nicht berührt
will sein von seinem Leib, und nicht das Licht
darf triefen hin an ihm und nicht der Regen,
die heilig sind. Wir sind sein Blut, auf uns
liegt dies, in einem Haus mit ihm zu sein,
und dieses Leiden unsres Bluts zu schauen.

ÖDIPUS
O Kreon, du bist gut!
Mit solcher Güte redest du zu Ödipus,
dem schlimmen. Ah! gewähre eines! gewähre!

KREON
Um welche Gunst fleht Ödipus?

* […] Nur im Erstdruck. Später gestrichen.

ÖDIPUS O stoß mich
hinaus, nur schnell hinaus, dorthin wo nie,
nie mehr, mich eine Menschenstimme grüßt!

KREON
Dies wäre schon getan. Doch will der Gott
zuvor befragt sein.

ÖDIPUS Nein, nicht mehr befragt.
Vernichten will er den, der Vaters Blut vergoß.
Sonst nichts.

KREON So sprach der Gott. Doch lags im Dunkel.
Nun ists am Tage. Wer errät den Gott?
Ich wart und frage.

ÖDIPUS Fragen wiederum?

KREON
Nun glaubst du ja den Göttern, Ödipus?
Wie?

ÖDIPUS
Dies liegt alles nun in deiner Hand.
Die Leiche drinnen laß bestatten, so
wie dirs gefällt. Auch das gebührt ja dir.
Doch das begehre nicht, daß mich die Stadt
noch länger tragen soll. Nein, im Gebirg,
dort laß mich hausen, am Kithäron dort;
der Ort ist mein. Bestimmten mir die Eltern
am frühen Tag ihn nicht zum frühen Grab?
Und dennoch weiß ich dies in mir: mich tötet
nicht Krankheit, noch ein Wurf des widrigen
zufälligen Geschicks: noch steht ein Etwas
im Dunkel, ungeheuer, ohne Name,
für dieses bin ich aufgespart. So gehe
das Schicksal, welchen Gang es will. O Kreon,
erbarm dich meiner Kinder! denkst dus, Kreon,
sie aßen nie an einem Tisch getrennt
von mir, sie sind gewohnt, daß dieser da,
ihr Vater, seinen Bissen teilt mit ihnen!
Sie nimm in deinen Schutz. Und laß mich sie
anrühren noch einmal!

Auf ein Wink Kreons werden zwei der Kinder, die Mädchen, herausgeführt, zu Ödipus hin.

ÖDIPUS Ich höre sie!
Ich hör ihr Weinen! Hast du so viel Mitleid,
Kreon, ists wahr? Hast du sie mir heraus-
geschickt?
KREON Gedenkend früherer Zeiten, Ödipus,
und deiner Vaterfreuden tat ich dies.
ÖDIPUS
So sei beglückt! Und wahre dich ein Dämon
auf deinem Weg, der meiner nicht gewahrt.
Wo seid ihr, meine Kinder! Kommt zum Vater!
Die Augen sehn euch nicht. Ich hab sie mir
herausgeweint – mit meinen Händen da.
Weh! Mädchen! Bitter! Bitter! Wer nimmt euch
zum Weibe, wer ist frech genug und schwingt
die Schmach, die ungeheuere Schmach als Mitgift
auf seine Schulter? Hängen nicht die Flüche
der ganzen Welt auf euch! Der Vater schlug
den Vater tot, dann kam er her und freite
die Mutter, und derselbe Schoß, der ihn
getragen, trug dann euch, da hatt er Lust,
da hatt er Vaterlust – wer wird aus euch
sich Kinder zeugen? Keiner auf der Welt!
Unfruchtbar welkt ihr hin, vergeblich Leben,
um nichts geboren, öde! Kreon! Kreon!
Sie haben niemand auf der Welt, nicht tot,
nein, mehr als tot, zernichtet ist ihr Vater,
dahin die Mutter, laß sie nicht im Land
umirren, Fürst, laß sie nicht betteln, Fürst,
sie sind von deinem Blut. Sie haben keinen
als dich. Versprich mir dies! Laß deine Hand
die Hand anrühren, daß du mir es hältst,
die Hand dem armen Ödipus. –
KREON Genug
des Weinens. Auf und komm ins Haus. Ein Dach
über dein Haupt. Die Sonne steigt.
ÖDIPUS Weh mir!
Steigt sie? Nur, daß du mich dann lässest, Kreon,
daß du mich lässest –

KREON Aus dem Lande?

ÖDIPUS Fort!

KREON
Die hohe Gunst erflehe du von Göttern.

ÖDIPUS
Weh Götter! Die mich hassen.

KREON Sie gewährens,
wenn sie dich hassen.

ÖDIPUS Aber du?

KREON Nun geh
und laß die Kinder los.

ÖDIPUS Nein! Nein, die nimm mir nicht!

KREON
Hoffst du noch immer dir Gewinn? Und blieb
denn etwas treu, das du im Leben dir gewannest?

ÖDIPUS *steigt die Stufen hinan, zu Kreons Hand; oben*
Thebaner! das ist Ödipus, der groß war
unter dem Volk und viel beneidet war.
Drum muß ein Mensch des letzten Tages harren
im stillen, ganz im stillen.

DIE GREISE *in sich erschauernd* Ödipus!

Der Vorhang.

DIE HEIRAT WIDER WILLEN

KOMÖDIE IN EINEM AKT VON MOLIÈRE

NEU ÜBERSETZT

Personen

SGANARELL
GERONIMO
DORIMENE, mit Sganarell verlobt
ALCANTOR, ihr Vater
ALCIDAS, ihr Bruder
LYKAST, Dorimenes Verehrer
PANCRAZIO } zwei Philosophen
MARFORIO }
ZWEI ZIGEUNERINNEN

Der Schauplatz ist ein öffentlicher Platz.

ERSTER AUFTRITT

SGANARELL *nach rückwärts gegen sein Haus hin sprechend* Ich bin sogleich wieder da. Gebt mir acht auf das Haus, und daß mir alles in der Ordnung geht. Wenn jemand kommt, der Geld für mich abzugeben hat, so läuft eins von euch zum Herrn Geronimo hinüber und holt mich. Wenn sonst einer nach mir fragt, so sagt ihr, ich wäre ausgegangen, und käme den ganzen Tag nicht wieder.

ZWEITER AUFTRITT

Sganarell, Geronimo.

GERONIMO *der die letzten Worte des Sganarell gehört hat* Das nenn ich einen voraussichtigen Mann.

SGANARELL Sieh da! Herr Geronimo, sehr zum rechten Augenblick. Ich war im Begriffe Euch aufzusuchen.

GERONIMO Und um welcher Sache willen, wenn ich fragen darf?

SGANARELL Um Euch eine Angelegenheit wissen zu lassen, die mir im Kopf herumgeht, und darin ich um Euren Rat gebeten haben möchte.

GERONIMO Der ist zu Eurer Verfügung. Ich habe Euch den Weg erspart, und wir können es hier in aller Gemächlichkeit bereden.

SGANARELL Setzt auf, wollte ich gebeten haben. Es handelt sich um eine Sache von Gewicht, damit man an mich herangetreten ist. Und es ist in der Ordnung, dergleichen nicht ohne den Rat seiner Freunde zu unternehmen.

GERONIMO Ich bin Euch verbunden, daß ich es sein soll, den Ihr auszeichnet. Es erübrigt nunmehr, daß Ihr mich wissen lasset, um was es sich handelt.

SGANARELL Sehr wohl. Aber zuvor möchte ich Euch beschworen haben, mir in keinem Punkte schmeichelhaft zu sein und Eure Gedanken geradeheraus zu sagen.

GERONIMO So will ich tun, da Ihr es wünschet.

SGANARELL Ich kenne nichts Verdammteres als einen, der unser Freund heißen will und nicht treuherzig herausredet.

GERONIMO Da habt Ihr ganz recht.

SGANARELL Und wie die Zeitläufte sind, findet man der aufrichtigen Freunde wenig.

GERONIMO So stehts.

SGANARELL Versprechet mir denn, Freund Geronimo, daß Ihr mit jeder Sorte von Aufrichtigkeit zu mir sprechen werdet.

GERONIMO Verspreche es.

SGANARELL Schwöret mirs zu.

GERONIMO So wahr ich Euer Freund bin. Saget nur Eure Sache.

SGANARELL In Kürze: ich gedenke zu heiraten und möchte wissen, was Ihr dazu sagt.

GERONIMO Wer? Ihr?

SGANARELL Jawohl, ich, ich selber, in eigener Person. Was haltet Ihr von der Sache?

GERONIMO Ich möchte Euch zuvor um eine Auskunft, einen einzigen Punkt betreffend, gebeten haben!

SGANARELL Die wäre?

GERONIMO Welches Alter mögt Ihr so ungefähr, wie Ihr da geht und steht, jetzt haben?

SGANARELL Ich?

GERONIMO Ihr, jawohl.

SGANARELL Meiner Treu, ich habs in Ziffern nicht präsent. Aber ich befinde mich vortrefflich.

GERONIMO Was? Ihr wüßtet nicht so ungefähr die Jahre, in denen Ihr seid?

SGANARELL Nein! Pflegt Ihr über dergleichen zu spintisieren?

GERONIMO Ei! So antwortet mir nur gütigst – wie alt waret Ihr, als wir Bekanntschaft schlossen?

SGANARELL Meiner Treu, zwanzig war ich damals, nicht mehr als zwanzig Jahr.

GERONIMO Wie viele warens, die wir zusammen in Rom verbrachten?

SGANARELL Stücker acht.

GERONIMO Wieviel Zeit habt Ihr in England gelebt?

SGANARELL Sieben Jährchen werden das gewesen sein.

GERONIMO Und in Holland, dann nachher?

SGANARELL Fünf und ein halbes.

GERONIMO Wie lange ist das her, daß Ihr hierher zurückgekehrt seid?

SGANARELL Das war anno 56.

GERONIMO Von 56 auf 68 sinds Jahre zwölf, wie mich dünkt. In Holland ihrer fünf, gibt siebzehn, mit den sieben in England gibt vierundzwanzig, den acht in Rom gibt zweiunddreißig, und dazu die zwanzig, die Ihr zähltet als wir Bekanntschaft schlossen, das gibt zweiundfünfzig aufs Haar. Somit, Herr Sganarell, seid Ihr eigenem Zugeständnis nach ein-, zwei- oder dreiundfünfzig.

SGANARELL Wer das? Ich? Nie und nimmer. Kann nicht sein.

GERONIMO Laßt nur. Die Rechnung stimmt, und so will ich Euch denn mit jeder Sorte von Aufrichtigkeit und in aller Freundschaft, so wie Ihr mich habt schwören lassen, daß ich zu Euch reden sollte, zu wissen tun, daß der Gedanke ans Heiraten übel zu Euch paßt. Die Heirat ist ein Ding, das von einem jungen Mann wohl und reiflich bedacht sein will, eh er sich drauf einläßt, aber Leute Eures Alters sollen nicht einmal den Gedanken daran in ihren Kopf einlassen. Versteht mich, ich sage Euch mit aller Deutlichkeit, was ich darüber denke. Ich kann Euch nicht raten, mit Heiratsplänen umzugehen, und ich fände Euch unvergleichlich lächerlich, wenn Ihr in Eurem Alter darauf ausginget, die Freiheit, deren Ihr als ein gereifter Junggeselle genießet, mit der allerdrückendsten Kette, die auf Erden geschleppt wird, mutwillig zu vertauschen.

SGANARELL Und so sage denn ich Euch, daß ich entschlossen bin, mich zu vermählen, und daß an mir nicht so viel Lächerliches sein wird, wenn ich das Mädchen, nach der mein Sinn steht, zu meiner Frau mache.

GERONIMO Ei! das ist was anderes. So habt Ihr mir vordem nicht gesprochen!

SGANARELL Es ist ein junges Mädchen, das mir wohl gefällt und das ich von ganzem Herzen liebe.

GERONIMO Ihr liebt die Betreffende von ganzem Herzen?

SGANARELL Gewiß. Und ich habe beim Vater um sie angehalten.

GERONIMO Ihr habt um sie angehalten?

SGANARELL Jawohl. Diesen Abend soll der Ehevertrag unterzeichnet werden. Ich stehe der Familie im Wort.

GERONIMO I dann heiratet sie doch. Ich sage ja kein Wort.

SGANARELL Ich sollte etwa den ganzen Lebensplan, den ich mir ausgesonnen, mit einem Fußtritt umschmeißen! Ist das Eure ganze Weisheit, Herr Geronimo, daß Ihr mir verbieten wollt, den Gedanken an eine Heirat in diesen Kopf einzulassen? Schwatzen wir nicht erst lang, ob ich so oder so viele Jahre alt sein mag, sondern fassen wir die Dinge, wie sie sind, ins Auge. Wie Ihr mich da seht, gibt es keinen Dreißiger, der an Frische und Beweglichkeit mich aussticht. Ist nicht jeder Muskel an mir so spannkräftig wie nur je? Seht Ihr mich nach einem Wagen oder einer Sänfte winken, wenns gilt, ein ordentliches Stück Weges zurückzulegen? Sind meine Zähne etwa nicht im Stande? Halte ich nicht meine vier tüchtigen Mahlzeiten im Tage, und kennt Ihr einen Magen, der mehr verträgt als der meinige?

Er hustet

Hem! Hem! Hem! Nun! Was sagt Ihr jetzt?

GERONIMO Ihr habt recht. Ich war im Irrtum. Ihr tut wohl daran, Euch zu verheiraten.

SGANARELL Zu andern Zeiten war ich nicht dazu aufgelegt. Aber gegenwärtig hab ich meine gewichtigen Gründe dafür. Ungerechnet das Vergnügen, das mir der Besitz einer schönen Frau gewähren wird – ungerechnet dieses Vergnügen, sage ich, so stand zu erwägen, daß ich, wenn ich in gegenwärtiger Kondition verharre, den Stamm der Sganarellen absterben lasse; wogegen vermittelst der Ehe ich mich werde fortleben sehen gleichsam in verjüngter Wiedergabe meines eigenen Ich; ich werde die Belustigung haben, mich von Geschöpfen umgeben zu sehen, die mir entsprossen sind, mit kleinen Figürchen, die aus dem ganzen Haus ihren Spielplatz machen werden, die mich ihren lieben Papa heißen werden, wenn ich abends nach Hause komme, und mir die Ohren mit den herzigsten Narreteien von der Welt erfüllen werden. Wahrhaftig, mir ist, als wäre ich schon so weit und als tanzten ein Halbdutzend davon schon um mich herum!

GERONIMO Es geht nichts über diese Belustigung; und wenn Ihr meinem Rat folgen wollt, so heiratet Ihr lieber heut als morgen.

SGANARELL In allem Ernst? Ihr ratet mir dazu?

GERONIMO Sicherlich. Es ist das Klügste, was Ihr tun könntet.

SGANARELL Ja? Ihr macht mich glücklich, daß Ihr mir so ratet. Das heißt wie ein aufrichtiger Freund gehandelt.

GERONIMO Hm! Und darf ich fragen, wer das Frauenzimmer ist, das Ihr –

SGANARELL Dorimene.

GERONIMO Diese junge Dorimene, die elegante, die solchen Staat macht?

SGANARELL Diese.

GERONIMO Tochter des Herrn Alcantor?

SGANARELL Dieselbe.

GERONIMO Und Schwester des selbigen Alcidas, der ein wenig gern mit dem Degen rasselt?

SGANARELL Dieselbe.

GERONIMO Meine Güte.

SGANARELL Was meint Ihr dazu?

GERONIMO Das heiße ich eine Heirat. Macht nur schnell, mein Bester.

SGANARELL Ich war nicht dumm, daß ich so gewählet habe.

GERONIMO Meinen Glückwunsch. Ei! Ei! Werdet Ihr gut verheiratet sein! Eilt nur, daß Ihrs auch bald seid!

SGANARELL Ich kann Euch kaum sagen, welche Freude Ihr mir macht. Ich danke Euch von Herzen für Euren Rat und bitte Euch, diesen Abend bei der Zeremonie mein Gast zu sein.

GERONIMO Werde nicht verfehlen.
SGANARELL Ergebener Diener.
GERONIMO *für sich* Die Jungfer Dorimene, des Herrn Alcantor Töchterchen, und Herr Sganarell, der erst im Dreiundfünfzigsten ist! O über die passende, wohlassortierte Heirat! über die saubere Heirat! über die saubere Heirat!
Wiederholts mehrmals, indem er abgeht.

DRITTER AUFTRITT

SGANARELL Das muß eine rechte Glücksheirat sein, daß sie die ganze Welt in Freude versetzt und ein jeder zu lachen anfängt, dem ich davon erzähle. Ich darf mich wohl für einen der glücklichsten Menschen auf Erden schätzen.

VIERTER AUFTRITT

Sganarell, Dorimene.

DORIMENE *tritt von rückwärts auf. Ein kleiner Lakai folgt ihr.* Allons, Bursche, manierlich meine Schleppe gerafft, und nicht Maulaffen feilgehalten!
SGANARELL *beiseite* Meine Gebieterin in Person! Gibt es einen hübscheren Anblick! Wieviel Anstand und was für eine Taille. Kann das einer, der ein Mann ist, ansehen und kriegts nicht mit dem Heiraten!
Zu ihr
Wohin, meine Schönste, Allerliebste, teure Zukünftige Ihres Herrn Zukünftigen?
DORIMENE Einkäufe machen.
SGANARELL Eijajaja! meine Schönste, jetzt wollen wir einander recht glücklich machen. Sie werden baldigst in einer Lage sein, wo Sie nicht mehr in der Lage sein werden, mir auch nur das Geringste zu verweigern, und ich will mit Ihnen anstellen, wonach mir der Sinn steht, ohne daß einer auf der Welt es skandalös finden darf. Sie sollen mir gehö-

ren, vom Scheitel bis zum kleinen Zeh des Füßchens da, und ich will meine Hand auf allem haben, so gut auf Ihren muntern kleinen Guckaugen als auf Ihrer spitzbübischen Nase, Ihren appetitlichen Lippen, Ihren liebreizenden zwei winzigen Ohren, Ihrem hübschen Kinn, Ihren zwei... hm hm! Kurz und gut, Ihre ganze Person wird zu meiner Verfügung stehen, und ich werde recht in der Positur sein, Sie nach Herzenslust meines Wohlwollens zu versichern. Wird das nicht ein hübsches Stück Heirat sein, meine herzige Puppe?

DORIMENE Mein Wort, ich freue mich unbändig darauf. Denn wahrhaftig, mein Vater ist strenger als recht ist und hat mich erbärmlich in der Dressur gehabt. Seit ich denken kann, freß ich an der Wut über ein solches Leben, und von früh bis spät hab ich mir das Heiraten gewünscht, um endlich aus dem Geschirr zu kommen und einmal leben zu können wie's mir paßt. Gott sei Lob und Dank, wie sind Sie da à propos gekommen. Ich will wahrhaftig von jetzt ab an nichts anderes denken als mir vergnügte Tage zu machen und die verlorene Zeit einzuholen. Denn ich weiß wohl, Sie sind ein feiner Mann und haben Lebensart, und ich schwöre Ihnen, wir werden das beste Ehepaar von der Welt abgeben: denn Ihnen, das weiß ich, wirds nicht einfallen, den beschwerlichen Ehemann zu spielen und von Ihrer Frau zu verlangen, daß sie leben soll wie der Werwolf. Will auch offen gestehen, daß mir damit nicht gedient wäre; es gibt nichts, was mir so auf die Nerven fällt wie Einsamkeit. Was ich gerne habe, das ist ein Spielchen, das sind Besuche, Assembleen, und Ausfahrt, und Pirutschade, und Musik in einem Garten, und Landpartien in recht großer Gesellschaft, mit einem Wort: Unterhaltung. Da sind Sie sicher recht froh, daß Sie eine Frau von meinem Temperament bekommen haben. Wir werden uns nicht ins Gehege kommen, und von mir versehen Sie sich nur keiner Behinderung in Ihrem Tun und Lassen, so wenig als ich mich von Ihrer Seite einer Beaufsichtigung versehe: denn was mich anbelangt, so hab ich da einen Grundsatz: daß eines dem andern muß durch die Finger zu sehen wissen und daß man nicht heiratet, um einander das Leben sauer zu machen. Kurz, wir wollen als Ehepaar nichts anderes vorstellen als einen Mann und eine Frau, die zu leben und sich in die Welt zu schicken wissen. Uns soll keine Eifersucht in die Krone steigen; und wir wollen es daran genug sein lassen, daß Sie meiner Treue versichert sind wie ich der Ihrigen. Aber was ist Ihnen denn? Sie haben auf eins ein ganz anderes Gesicht?

SGANARELL Das sind Kongestionen. Sie kommen mir zuweilen ganz plötzlich.

DORIMENE Daran leiden jetzt eine Menge Leute: aber das verheiratete Leben wird Sie kurieren. Adieu. Ich muß sehen, daß ich diesen Fetzen los werde und anständige Kleider auf den Leib kriege. Ich will einen ganzen Schock Kommissionen erledigen, daß ich alles zusammenbekomme, was ich brauche. Die Lieferanten werde ich mit ihren Rechnungen an Sie weisen. Adieu.

FÜNFTER AUFTRITT

Sganarell, Geronimo.

GERONIMO Haha, Herr Sganarell, glücklich, Euch noch vorzufinden. Eben begegnet mir ein Juwelier, den ich kenne. Er hat schon in Erfahrung gebracht, daß Ihr auf der Suche nach einem ganz besonderen Diamanten zu einem Ring für Eure Zukünftige seid, und er bittet mich, ihn zu rekommandieren. Er hat einen auf Lager, der ohnegleichen ist.

SGANARELL Mein Gott! So sehr eilt das ja nicht.

GERONIMO Was? was soll das heißen? Wo ist denn das Feuer hin, das Ihr nur eben in Euch hattet!

SGANARELL Es sind mir, jetzt in dem Augenblick, ein paar kleine Skrupel über diese Heirat aufgestiegen. Bevor ich weitere Schritte tue, scheint es mir in der Ordnung, dieser Sache noch einige Überlegung zu widmen. Auch wünschte ich, einen Traum, den ich diese Nacht gehabt habe, gedeutet zu hören. Er fällt mir in diesem Augenblick wieder ein.

Ihr wißt, daß die Träume gleichsam Spiegel sind, in die von irgendwoher irgendetwas hineinfällt und sich reflektiert, was uns in der Tatsächlichkeit zustoßen wird. Mir war, ich befand mich zu Schiff und das Meer war bewegt. Und da...

GERONIMO Herr Sganarell, Ihr entschuldigt mich: ich bin pressiert. Auch bin ich, was Träume und Traumdeutungen betrifft, nicht mehr als ein Klotz. Was aber die Überlegung anlangt die Ihr über Eure Verheiratung anstellen wollt, so habt Ihr zwei hochgelahrte Männer hier bei der Hand, zwei Philosophen von Rang. Mit denen sprecht doch einmal die Sache durch. Da sie von verschiedenen Lehrmeinungen sind, mögt Ihr nachher ihre widerstreitenden Gutachten über die Sache in prüfende Erwägung ziehen. Was meine Wenigkeit anlangt, so verharre ich in aller Bescheidenheit auf dem, was ich in Kürze Euch zu sagen die Ehre hatte, und bleibe Euer ergebenster Diener.
Geht.

SGANARELL *allein* Er hat recht. In meiner unschlüssigen Verfassung muß ich diese tieferfahrenen Männer zu Rat ziehen: das ist der vorgezeichnete Weg.

SECHSTER AUFTRITT

Sganarell, Pancrazio.

PANCRAZIO *nach hinten in die Kulisse sprechend* Fort mit dir, du bist ein impertinenter Bursche, das bist du, mein Freund, und wert, aus der Republik der Gelahrtheit mit Schmach und Schand ausgejagt zu werden.

SGANARELL Vortrefflich. Da läuft mir der eine von ihnen gerade in den Weg.

PANCRAZIO *mit dem gleichen Spiel* Jawohl, das will ich mit guten Argumenten verfechten, daß du nichts anderes bist als ein Ignorant, ein Erzignorant, eine Nummer Eins von einem Mord- und Brandignoranten.

SGANARELL Er zankt mit irgendeinem.
Zu Pancrazio
Euer Hochgelahrt!

PANCRAZIO *wie oben, ohne Sganarell zu bemerken* Du willst argumentieren und trägst nicht einmal die Elemente in deinem Schädel!

SGANARELL Der Zorn macht ihn taub und blind.
Zu Pancrazio
Gelehrter Herr!

PANCRAZIO *wie oben* Was du da von dir gibst, ist eine in allen philosophischen Ländern und Erdstrichen in Grund und Boden zu verdammende Voraussetzung.

SGANARELL Den muß einer ordentlich in Wut gebracht haben.
Zu Pancrazio
Ich –

PANCRAZIO *wie oben* Toto coelo tota via aberras!

SGANARELL Ich küsse Euer Hochgelahrt die Hände!

PANCRAZIO Ergebener Diener.

SGANARELL Dürfte ich –

PANCRAZIO *abermals nach hinten gekehrt* Weißt du, was du dir hast zuschulden kommen lassen? Weißt du es wenigstens? Einen syllogismum in balordo.

SGANARELL Womit ich Euch ergebenst –

PANCRAZIO Wovon die major eine Eselei, die minor eine schamlose Frechheit und die conclusio der Gipfel der Lächerlichkeit ist.

SGANARELL Ich –

PANCRAZIO Ich wollte lieber auf der Stelle verrecken, als dir zustimmen; und diese meine Meinung will ich verteidigen bis auf den letzten Tropfen Tinte, der in meinen Adern rinnt!

SGANARELL Darf ich –

PANCRAZIO Jawohl, verteidigen, pugnis, mit den Fäusten, et calcibus, mit dem Tritt meines Absatzes, unguibus, mit den Nägeln, et rostro, mit den Zähnen!

SGANARELL Euer aristotelische Magnifizenz, darf man wissen, was Euer Hochgelahrt dermaßen –

PANCRAZIO Was? eine Impertinenz ohnegleichen – eine bodenlose zum Himmel schreiende Gemeinheit!

SGANARELL Darf ich fragen, welche?

PANCRAZIO Ach, mein guter Herr Sganarell, wir leben in einer Zeit, da das Unterste zuoberst gekehrt ist, und in einer Welt von wahrhaft unbegrenzter Verderbnis. Hoch an der Zeit wäre es, daß eine löbliche Obrigkeit mit Feuer und Schwert einschritte, einem ungeheueren Skandal wie diesem ein Ende zu machen.

SGANARELL Was ich nicht hören muß!

PANCRAZIO Es zu ertragen, daß ein solches Subjekt mir ins Gesicht es wagt, von der Gestalt eines Hutes zu sprechen.

SGANARELL Wie?

PANCRAZIO Ich bedeute Euch, daß von der Form eines Hutes und nicht von der Gestalt eines Hutes gesprochen zu werden hat; um desto mehr als zwischen dem termino Gestalt und dem termino Form der Abstand zu wahren ist, daß unter Form die dispositio exterior der unbelebten, unter Gestalt die dispositio exterior der belebten Körper begriffen zu werden habe: wonach vorliegenden Falles, da es sich um einen Hut, das ist eine leblose körperliche Sache, handelt, von Form zu sprechen ist und nimmermehr von Gestalt!

Nach hinten wie vorher

Ja, sausender, leerer Schädel der du bist, mit diesem termino hast du zu operieren, secundum Aristotelem, in capitulo de qualitate, Halunk!

SGANARELL Und ich, der meinte, es ginge ums Leben.

Zu Pancrazio

Gelahrter Herr, schlaget Euch die Sache aus dem Kopf. Ich –

PANCRAZIO Mir ist zumute, als ob mein Blut mich ersticken wollte!

SGANARELL Lassen wir die Form und den Hut auf sich beruhen. Ich habe Euch eine Mitteilung zu machen. Ich –

PANCRAZIO Impertinenter Bursche!

SGANARELL Ich bitte inständig, beruhigt Euch. Ich –

PANCRAZIO Mir eine dergleichen Sorte von Urteil durchfechten wollen!

SGANARELL Er hat schweres Unrecht. Ich –

PANCRAZIO Verworfen durch Aristoteles' eigenen Mund!

SGANARELL Ganz richtig. Ich –

PANCRAZIO Expressis verbis!

SGANARELL Wie sehr habt Ihr recht.

Sich nach der Seite wendend, von wo Pancrazio eingetreten

Ja! Das bist du! ein Erznarr und ein unverschämter dazu, daß du mit einem Doktor disputieren willst, der zu schreiben und zu lesen versteht.

Zu Pancrazio

Das ist nun abgetan, und ich bitte Euch, mir zuzuhören. Ich wünsche Euren Rat in einer heiklen Angelegenheit. Ich gehe damit um, mir eine Frau zu nehmen, auf daß sie mir Gesellschaft leiste in meinem Hause. In Rede Stehende ist von anmutigem Äußeren und schöner Gestalt; sie gefällt mir wohl und ist ihrerseits außermaßen beseligt, meine Frau zu werden; ihr Vater desgleichen ist willens. Aber ich fürchte ein ganz klein wenig, will sagen, ich apprehendiere einigermaßen, nun Ihr wißt schon, das Übel, um dessentwillen man keinen, den es befällt, zu bemitleiden pflegt. Und ich möchte Euch gebeten haben, mir in diesem heiklen Falle Euer philosophisches Gutachten abzugeben. Nun, nun! Wie denkt Ihr darüber?

PANCRAZIO *der in sich seine Streitsache wiederkäut* Ehe daß ich zugestände, es sei von der Gestalt eines Hutes zu sprechen, eher wollte ich konzedieren, quod datur vacuum in natura, und daß ich nichts Besseres als ein Vieh sei!

SGANARELL *beiseite* Die Pest über den Menschen!

Zu Pancrazio

He, Herr Doktor! Höret einem ein wenig zu. Seit einer Stunde rede ich in Euch hinein, und Ihr beliebt mir nicht Rede noch Antwort zu stehen.

PANCRAZIO Ich bitte den Herrn um Vergebung. Ein gerechter Zorn bewölkt mir den Geist.

SGANARELL Ei! Lasset das einmal und würdiget mich Eurer Aufmerksamkeit.

PANCRAZIO Es sei. Was habt Ihr mir zu sagen?

SGANARELL Ich will Euch von einer Sache sprechen –

PANCRAZIO Und welcher Zunge gedenket der Herr sich gegen mich zu bedienen?

SGANARELL Welcher Zunge?

PANCRAZIO Ja.

SGANARELL Meiner Treu! Der Zunge, die ich da im Munde habe. Wahrhaftig habe ich nicht vor, mir beim Herrn Nachbar die seinige auszuleihen.

PANCRAZIO Ich frage Euch, welches Idioms? welcher Sprache?

SGANARELL Ach, das ist was anderes!

PANCRAZIO Gedenket Ihr mir Italienisch zu sprechen?

SGANARELL Nein!

PANCRAZIO Spanisch?

SGANARELL Nein.

PANCRAZIO Flämisch?

SGANARELL Nein.

PANCRAZIO Englisch?

SGANARELL Nein.

PANCRAZIO Lateinisch?

SGANARELL Nein.

PANCRAZIO Griechisch?

SGANARELL Nein.

PANCRAZIO Ebräisch?

SGANARELL Nein.

PANCRAZIO Syrisch?

SGANARELL Nein.

PANCRAZIO Türkisch?

SGANARELL Nein.

PANCRAZIO Arabisch?

SGANARELL Nein, nein! Deutsch. Deutsch. Deutsch!

PANCRAZIO Ah! Deutsch.

SGANARELL Allerdings.

PANCRAZIO Tretet denn auf die andere Seite, denn dieses Ohr ist den fremden und gelehrten Idiomen gewidmet, jenes der gemeinen Verkehrssprache.

Sganarell seufzt.

PANCRAZIO Was steht zu Diensten?

SGANARELL Euer Gutachten in einer kleinen heiklen Sache.

PANCRAZIO – Philosophischen Charakters, ohne Zweifel?

SGANARELL Um Vergebung! Ich –

PANCRAZIO Sehr wahrscheinlich gelüstet es Euch zu erfahren, ob Substanz und Akzidenz in bezug auf das Seiende als synonyma oder als aequivoca aufzufassen seien?

SGANARELL Nicht im geringsten. Ich –

PANCRAZIO Ob die Logik eine Wissenschaft oder eine Kunst ist?

SGANARELL Nicht das. Ich –

PANCRAZIO Ob ihr Gegenstand die drei Operationen des Verstandes, oder von diesen dreien bloß die dritte und höchste?

SGANARELL Nein. Ich –

PANCRAZIO Ob wir sechs Kategorien anzunehmen haben, oder bloß –

SGANARELL Keineswegs. Ich –

PANCRAZIO Ob der Schluß als die essentia des Urteils aufzu... –

SGANARELL Mitnichte. Ich –

PANCRAZIO Ob das Wesen des Guten im Erwünschten zu suchen ist oder aber im Schicklichen?

SGANARELL Nein, nein. Ich –

PANCRAZIO Ob eine Wechselwirkung zwischen –

SGANARELL Nein, nein, nein, nein, nein, zu allen Teufeln, nein!

PANCRAZIO Entwickelt also Euren Gedanken, ich bin nicht in der Lage, ihn zu erraten.

SGANARELL Ich will ihn Euch sofort entwickeln, aber man muß zuhören.
Während Sganarell fortfährt:
Die Angelegenheit, um die es sich handelt, besteht darin, daß ich wünsche, ein schönes junges Mädchen zu heiraten. Ich liebe sie sehr und habe bei dem Vater um ihre Hand angehalten; aber da ich nicht frei von der Besorgnis bin –
peroriert

PANCRAZIO *ohne ihn anzuhören* Die Rede ist dem Menschen verliehen, damit er seine Gedanken enthülle; und so wie die

Gedanken die Abbilder der Dinge, so sind die Worte die Abbilder der Gedanken.

Sganarell, am Ende seiner Geduld, verschließt zu mehreren Malen des Doktors Mund mit der Hand. Sobald die Hand sich lokkert, spricht der Doktor fort:

Aber diese Abbilder sind unterschieden von jeglichen anderen Abbildern, indem die sonstigen Abbilder jederzeit von dem durch sie abgebildeten Gegenstand abgetrennt sind, wogegen die Rede in sich ihren Gegenstand einschließt, indem sie nichts anderes ist noch fürstellt als eben den Gedanken durch ein äußeres Zeichen versinnlichet; woher sich ableitet, daß ebendie, so am schärfsten denken, auch am vortrefflichsten sprechen. Erkläret mir denn Eueren Gedanken mit Hilfe der Rede, als welche das intelligibelste aller Bezeichnenden ist.

SGANARELL *stößt den Doktor ins Haus und hält die Türe zu* Die Pest; die Pest über den Menschen!

PANCRAZIO *im Hause* Ja! Die Rede ist animi index et speculum! Sie ist der Dolmetscher des Herzens, die Zeichensprache der Seele.

Erscheint am Fenster und fährt fort

Sie ist ein Spiegel, der uns in einfältiger Weise die Heimlichkeiten und arcana der Individuation entgegenwirft; und da eine gütige Gottheit Euch die Doppelfähigkeit des Denkens und des Sprechens eingepflanzt hat, woran, ich frage, woran liegt es, daß Ihr nicht imstande seid, Euch der Sprache zu bedienen, um mir das Euch im Sinne Liegende begreiflich zu machen?

SGANARELL *sehr höflich* Das ist es, was ich zu tun wünschte; aber Ihr beliebt nicht Gehör zu schenken.

PANCRAZIO Ich höre. Redet.

SGANARELL Ich sage also, Herr Doktor, daß –

PANCRAZIO Aber seiet kurz. Das vor allem.

SGANARELL Ich will es sein.

PANCRAZIO Vermeidet Wortschwall.

SGANARELL Jedoch, mein –

PANCRAZIO Lakonisch will ich Euch kommen sehen, nicht anders!

SGANARELL Ich –

PANCRAZIO Nichts von Weitschweifigkeiten, nichts von Umschreibungen!

Sganarell, vor Wut außer sich, hebt Steine auf, um sie dem gelehrten Mann an den Kopf zu werfen.

PANCRAZIO Was? Ihr erzürnet Euch anstatt mir Eure Sache mit Anstand klarzulegen? So mache ich mich denn anheischig, Euch, wo immer es sei, zu demonstrieren und zu überführen, daß Ihr nichts anderes seid oder jemals zu werden dürfet hoffen als ein Vieh, wogegen ich bin und bleibe, in utroque iure, der berühmte Doktor Pancrazio.

SGANARELL Was für ein Maul!

Pancrazio tritt wiederum auf.

SGANARELL Noch einmal?

PANCRAZIO Ein Mann von Gewicht, ein Mann von Bedeutung.

Geht

Ein Mann, wohlbeschlagen in natürlichen, moralischen, politischen Wissenschaften.

Kommt wieder

Ein gelahrtes, superlative ein hochgelahrtes Haupt.

Geht

Ein Mann, der fabulam, mythologiam et historiam innehat,

Kommt wieder

desgleichen über die Grammatik gebietet; nicht weniger als über die Poesie, die Rhetorik, die Dialektik und Sophistik,

Geht

die Mathematik, Arithmetik, Optik und Oniokritik, Physik und Metaphysik,

Kommt wieder

Kosmometrie, Geometrie, Architektur, Meteorologie und Balneologie,

Geht

Medizin, Astrologie, Physiognomie, Metoposkopie, nicht zu vergessen der Chiromantik, der Geomantik –

Er verschwindet.

SIEBENTER AUFTRITT

SGANARELL Zum Teufel mit den Gelehrten, die einen nicht anhören wollen! Wie recht hat einer, der mir versicherte, auch sein Lehrer da, der Aristoteles, sei nicht mehr gewesen als ein Schwatzmaul. Ich will mir seinen Konkurrenten suchen; vielleicht ist das ein klügerer und gesetzterer Mann. Heda!

ACHTER AUFTRITT

Sganarell, Marforio.

MARFORIO Was seid Ihr von mir bedürfend, Herr Sganarell?

SGANARELL Herr Doktor, Eures Rates bin ich bedürfend in einer kleinen Privatangelegenheit, und um dieser Sache willen seht Ihr mich hier vor Euch.
Beiseite
Nun gehts nach Wunsch. Der hört einem zu, der da.

MARFORIO Entwöhnet Euch gefälligst, Herr Sganarell, dieser Redeweise. Unsere Philosophie gebietet uns, keine bestimmten Urteile von uns zu geben, von allem mit Ungewißheit zu reden, unsere Entscheidung immer in der Schwebe zu halten. Demgemäß habt Ihr nicht zu sagen: Ihr seht mich hier vor Euch, sondern: Es scheinet Euch, als ob Ihr mich hier vor Euch sehet.

SGANARELL Es scheinet Euch?

MARFORIO Allerdings.

SGANARELL Beim Teufel! Allerdings muß es Euch so scheinen, da dem so ist.

MARFORIO Dies folgt nicht ohne weiteres, und es könnte mir sehr wohl scheinen, ohne daß die Sache sich in Wirklichkeit so verhielte.

SGANARELL Wie? Es ist also nicht Wirklichkeit, daß Ihr mich hier vor Euch sehet?

MARFORIO Dies ist durchaus zweifelhaft, und demgemäß richte ich mein inneres Verhalten ein.

SGANARELL Was: ich bin nicht hier? Und Ihr redet nicht mit mir?

MARFORIO Es dünkt mich, als wäret Ihr hier, und mir will scheinen, als spräche ich mit Euch, aber keineswegs vermag ich dessen versichert zu sein.

SGANARELL Ha! Beim Teufel! Ihr macht Euch lustig. Hier stehe ich und hier steht Ihr, ganz zweifelsohne, und da ist kein »es dünkt mich« dabei! Lassen wir diese Zierlichkeiten und sprechen wir von meiner Angelegenheit. Ich habe Euch zu sagen, daß ich mich zu verheiraten wünsche.

MARFORIO Was weiß ich.

SGANARELL Ich sage es Euch.

MARFORIO Kann sein.

SGANARELL Das Mädchen, das ich zur Frau nehmen will, ist ganz jung und sehr schön.

MARFORIO Es ist nicht unmöglich.

SGANARELL Werde ich gut oder schlecht daran tun, sie zu heiraten?

MARFORIO Das eine oder das andere.

SGANARELL *beiseite* Aha! Bei dem gehts aus dieser Tonart! *Zu Marforio*
Ich frage Euch, ob ich gut daran tue, das in Rede stehende junge Mädchen zu ehelichen?

MARFORIO Je nachdem es sich treffen wird.

SGANARELL Tue ich übel daran?

MARFORIO Etwa.

SGANARELL Wenn Ihr mir gütigst vernünftig antworten wolltet!

MARFORIO So bemühe ich mich.

SGANARELL Ich bin dem Mädchen sehr zugeneigt.

MARFORIO Dem könnte so sein.

SGANARELL Der Vater gibt sie mir.

MARFORIO Es wäre denkbar.

SGANARELL Aber – wenn ich sie heirate – so bin ich in Furcht, sie möchte mir Hörner aufsetzen.

MARFORIO Das ließe sich machen.

SGANARELL Was denkt Ihr von dem Punkt?

MARFORIO Nichts liegt außerhalb des Bereiches der Möglichkeit.

SGANARELL Aber was tätet Ihr, wenn Ihr an meiner Stelle wäret?

MARFORIO Ich ahne es nicht.

SGANARELL Was ratet Ihr mir, daß ich tun solle?

MARFORIO Ganz was Ihr für gut findet.

Sganarell faucht.

MARFORIO Ich wasche meine Hände in Unschuld.

SGANARELL Daß Euch der Teufel hole, alter Fasler!

MARFORIO Dem wird sein, wie ihm mag.

SGANARELL Die Pest über dich! Ich will dich in einer andern Tonart singen machen, du toller Hund von einem Philosophen!

Schlägt Marforio mit dem Stock.

MARFORIO Ah! Ah! Ah!

SGANARELL Da hast du für deinen Blödsinn. Jetzt ist mir erst wohl.

MARFORIO Was? Frechheit ohne Maß! Mich so beleidigen! Mich mit Stockschlägen zu traktieren die Kühnheit gehabt zu haben!

SGANARELL Entwöhnet Euch gefälligst einer solchen Ausdrucksweise. Wir haben allen Dingen mit Unglauben zu begegnen. Ihr habt nicht zu behaupten, daß ich Euch geschlagen habe, sondern es dünke Euch, ich hätte Euch geschlagen.

MARFORIO Ich trage die Spuren an meinem Leibe.

SGANARELL Es könnte sein.

MARFORIO Du bist es, der sich unterstanden hat –

SGANARELL Nichts liegt außerhalb des Bereiches der Möglichkeit.

MARFORIO Ich werde ein Polizeimandat gegen dich zu erlangen wissen.

SGANARELL Was weiß ich!

MARFORIO Du kommst mir vor die Gerichte.

SGANARELL Dem wird sein, wie ihm mag.

MARFORIO Laß das meine Sache sein.

Läuft ab.

NEUNTER AUFTRITT

SGANARELL Was! soll aus dem Hund von einem Kerl kein gerades Wort herauszuziehen sein und eins am Schluß ebenso dumm dastehen wie am Anfang! Was soll ich tun – in Anbetracht der unsicheren Folgen, die meine Heirat nach sich ziehen kann? Es war wohl nie ein Mensch in größerer Verlegenheit. Da kommen, helf mir Gott, Zigeunerinnen des Weges. Von denen muß ich mir wahrsagen lassen.

ZEHNTER AUFTRITT

Sganarell.
Zwei Zigeunerinnen treten auf, tanzend und singend und tambourinschlagend.

SGANARELL Das sind muntere Dinger. Heda, ihr! Läßt es sich machen, daß man mir wahrsagt?

ERSTE ZIGEUNERIN Sicherlich, mein guter Herr. Wir sind unser zwei, die dazu bereit sind.

ZWEITE Du brauchst uns nur die Hand zu weisen mit einem silbernen Kreuz darin, will sagen einem silbernen Kreuzer, und wir werden dir was Gutes wahrsagen.

SGANARELL Da habt ihr sie beide mit dem darin, was ihr verlangt.

ERSTE Du hast ein gutes Gesicht, mein guter Herr, recht ein gutes Gesicht.

ZWEITE Ja! Ein gutes Gesicht. Das Gesicht von einem Herrn, der eines Tages etwas sein wird.

ERSTE Du wirst Ehemann sein, bevor viel Zeit verstreicht, mein guter Herr; bevor viel Zeit verstreicht, wirst du Ehemann sein.

ZWEITE Eine zierliche Frau wirst du heimführen, eine zierliche Frau.

ERSTE Ja! Eine Frau, die jedermann wird liebhaben und wertschätzen.

ZWEITE Eine Frau, die dir viele Freunde ins Haus bringen wird, mein guter Herr, viele Freunde!

ERSTE Eine Frau, die wird den Überfluß in dein Haus bringen.

ZWEITE Eine Frau, die dir zu einem großen Ruf verhelfen wird.

ERSTE Um ihretwillen wirst du ein angesehener Mann sein, mein guter Herr, ein angesehener Mann.

SGANARELL Soll mich freuen. Aber sagt einmal – stehe ich in Gefahr – einen Kopfschmuck zu kriegen?

ZWEITE Einen Kopfschmuck?

SGANARELL Ja!

ERSTE Einen Kopfschmuck?

SGANARELL Ja! ob ich Gefahr laufe, einen Kopfschmuck zu bekommen?

Die Zigeunerinnen tanzen und singen vergnügt.

SGANARELL Zum Teufel! heißt ihr das eine Antwort? Hierher! Ich frage euch beide, ob ich – na, ob ich –

ZWEITE Ob du? ob du?

SGANARELL Jawohl, ob ich –

ERSTE Du? ob du?

SGANARELL Ja! ob ich ein solcher werden werde oder nicht?

Die Zigeunerinnen ab unter Tanzen und Singen.

ELFTER AUFTRITT

SGANARELL Die Pest über die Äser! In was für einer Unruhe sie mich da stehen lassen. Ich muß wissen, unter welchem Zeichen meine Ehe stehen wird. Ich tus nicht anders, und zu diesem Behufe will ich stehenden Fußes den großen Magier aufsuchen, dessen Namen alle Welt im Munde führt. Potztausend, mich dünkt, daß ich den Magier nicht mehr nötig habe und ohne jeglichen Zauberspiegel hier zu sehen bekomme, was mir zu wissen nötig ist.

ZWÖLFTER AUFTRITT

Dorimene kommt mit Lykast.
Sganarell verbirgt sich hinter einer Ecke.

LYKAST Wie, meine Schönste, es ist kein Scherz, was ich Sie sagen höre?

DORIMENE Ganz und gar kein Scherz.

LYKAST Sie gedenken sich zu verheiraten, ganz einfach –

DORIMENE Ganz einfach.

LYKAST Und diesen Abend soll der Ehevertrag unterzeichnet werden?

DORIMENE Nicht später als diesen Abend.

LYKAST Und Sie bringen es über sich, Grausamste, dergestalt der Liebe zu vergessen, die ich für Sie hege, und –

DORIMENE Wie das? nicht im geringsten. Meine Wertschätzung für Sie ist darum nicht geringer, und diese Heirat hat nichts an sich, was Sie beunruhigen dürfte. Ich bin ohne Vermögen, Sie desgleichen, und Sie wissen recht wohl, daß man in dieser Lage seines Lebens auf dieser Welt nicht froh wird und aus ihr sich um jeden Preis zu befreien trachten muß. Ich habe die erste beste Gelegenheit wahrgenommen, mirs in diesem Punkte behaglich zu machen und bin nicht ohne einige wohlbegründete Hoffnung, mich von dem älteren Herren, den ich mit in Kauf nehmen mußte, bald befreit zu sehen. Es ist ein Mann, der nicht für mehr als sechs Monate Lebenskraft in den Gliedern hat, des versichere ich Sie und dafür will ich Ihnen garantieren.
Zu Sganarell, den sie wahrnimmt
Ei! Es war von Ihnen die Rede und wir sprachen alles Erdenkliche über Sie.

LYKAST Ist dies der Herr?

DORIMENE Ja, es ist dieser Herr, der mich zur Frau zu nehmen gedenkt.

LYKAST *mit Zeremonie* Verstatten Sie, mein Herr, daß ich Sie zu Ihrer bevorstehenden Verheiratung tiefergebenst beglückwünsche: darf ich Sie versichern, daß Sie hier eine junge Dame von den allergrößten Meriten heimzuführen im glücklichen Begriffe sind? Und Ihnen, meine Gnädige, lege ich zu der Wahl, die Sie getan haben, den Ausdruck freudigster Anteilnahme zu Füßen. Sie konnten es nicht besser treffen, und dieser Herr verrät in jedem Zuge seine vortreffliche Eignung zum Ehemann. Mein Herr, ich begehre mir nichts anderes, als mit Ihnen Freundschaft zu schließen und in einem beständigen Austausch von Besuchen, Einladungen und Höflichkeiten mit Ihnen zu stehen.

DORIMENE Sie sind zu gütig gegen uns beide. Aber ich habe Eile, und wir können dies alles unterwegs in aller Bequemlichkeit bereden.

Gehen zusammen weiter.

DREIZEHNTER AUFTRITT

SGANARELL Nun hab ich genug von der Ehe, und es erübrigt mir nichts, als mir mein Wort zurückgeben zu lassen. Ich habe bei der Sache ein schönes Stück Geld sitzen lassen, aber das soll mich wenig anfechten im Vergleich zu der Aussicht... – Nun wollen wir uns auf recht geschickte Weise losmachen. Heda!

Schlägt an das Tor von Alcantors Haus.

VIERZEHNTER AUFTRITT

Sganarell, Alcantor.

ALCANTOR *oben* Ah! Mein Schwiegersohn! Willkommen, mein Bester!

SGANARELL Ihr Diener, mein Herr.

ALCANTOR Sie kommen, die Heiratssache in Ordnung bringen?

SGANARELL Um Vergebung –

ALCANTOR Mein Wort, daß die Sache mir ebenso auf die Nägel brennt wie Ihnen!

SGANARELL Was mich herführt, ist eine andere Angelegenheit.

ALCANTOR Es ist alles vorbereitet, alles angeordnet für unseren feierlichen Akt.

SGANARELL Es ist von dem nicht die Rede.

ALCANTOR Geigen sind bestellt, ein Bankett wird angerichtet, und meine Tochter macht sich schön, Ihnen aufzuwarten.

SGANARELL Das alles ist nicht die Ursache meines Herkommens.

ALCANTOR Kurz und gut, Sie werden zufrieden sein. Und das binnen kurzem und ohne ein Hindernis.

SGANARELL Lieber Gott – es geht um was anderes.

ALCANTOR Treten Sie doch ein, Herr Schwiegersohn.

SGANARELL Ich habe Ihnen eine ganz kleine Mitteilung zu machen.

ALCANTOR Um alles! keine Umstände! Treten Sie doch gefälligst ohne weiteres ins Haus.

SGANARELL Nein, sag ich Ihnen! Ich will vorher mit Ihnen sprechen.

ALCANTOR Sie wollen mir etwas mitteilen?

SGANARELL Ja.

ALCANTOR Das wäre?

SGANARELL Mein werter Herr Alcantor, ich habe Sie um die Hand Ihrer Tochter gebeten, dem ist so, und Sie haben mir sie zugesichert: aber ich finde mich, die Wahrheit zu gestehen, ein wenig zu gesetzten Alters für das Mädchen, und ich meine, daß ich nur schlecht zu ihr passe.

ALCANTOR Um Vergebung, meine Tochter findet Sie ganz in der Ordnung, so wie Sie gehen und stehen; und ich gewärtige mir, daß sie an Ihrer Seite alle Zufriedenheit finden werde.

SGANARELL Nichts davon. Ich bin erschrecklichen Sonderbarkeiten unterworfen, und meine Launen würden ihr die Hölle auf Erden bereiten.

ALCANTOR Meine Tochter weiß sich zu schicken, Sie werden es sehen.

SGANARELL Ich habe einige körperliche Gebrechen, vor denen sie sich ekeln könnte.

ALCANTOR Mitnichten. Eine anständige Frau ekelt sich nicht vor ihrem ehelich Angetrauten.

SGANARELL Kurzum, wenn es denn herausgesagt sein muß: ich rate Ihnen ab, sie mir zu geben.

ALCANTOR Belieben Sie zu scherzen? Daß mich der Donner schlüge, ehe ich Ihnen wortbrüchig werde!

SGANARELL Mein Gott, ich gebe Ihnen Ihr Wort zurück, und –

ALCANTOR Kein Gedanke! Ihnen ist sie versprochen, Sie sollen sie haben, und ob mancher andere, der ein Auge auf sie hat, darüber toll und wütig würde.

SGANARELL *beiseite* Teufel!

ALCANTOR Sehen Sies nun? Ich hege für Sie eine absonderliche Wertschätzung und Freundschaft, und ich wollte, käme es dran und drauf, meiner Tochter Hand einem regierenden Fürsten abschlagen und Ihnen geben.

SGANARELL Mein Herr Alcantor, ich bin Ihnen verpflichtet um der Ehre willen, die Sie mir antun. Aber ich muß Ihnen verkünden, daß ich nicht gesonnen bin zu heiraten.

ALCANTOR Wie das? Sie?

SGANARELL Ja. Ich.

ALCANTOR Und der Grund hievon?

SGANARELL Der Grund. Daß ich mich zum Heiraten nicht den rechten Mann fühle und gesonnen bin, in meines Vaters und aller meiner Vorväter Fußtapfen zu treten, die sämtlich zum Heiraten nicht zu kriegen waren.

ALCANTOR Merken Sie auf. Der Wille ist frei, und ich bin nicht der Mann, einem andern mit Zwang zu Leibe zu gehen. Sie haben sich mit meiner Tochter verlobt, und alle Vorbereitungen zur Hochzeit sind getroffen. Aber da Sie Ihr Wort zurückhaben wollen, so will ich sehen, was sich da tun läßt, und Sie sollen in Kürze von mir hören.
Geht weg vom Balkon.

FÜNFZEHNTER AUFTRITT

SGANARELL Immerhin nimmt er noch leichter Vernunft an, als ich erwartet hätte. Ich hatte mich auf größere Mühe gefaßt gemacht, um loszukommen. Wenn ich es recht bedenke, so habe ich, meiner Treu, gut daran getan, mich da aus der Schlinge zu ziehen. Ich war nahe daran, daß ich einen Schritt getan hätte, der mich zeitlebens würde gereut haben. Aber da kommt ja der Junge, mir Bescheid zu bringen.

SECHZEHNTER AUFTRITT

Sganarell. Alcidas aus dem Haus. Zwei Diener: einer trägt einen Stock, einer zwei lange Stoßdegen.

ALCIDAS *in süßem Ton* Ihr Diener, mein hochverehrter Herr, Ihr ergebener Diener.

SGANARELL Ganz meinerseits, mein Herr, ganz meinerseits.

ALCIDAS *immer im gleichen Ton* Mein Vater hat mich verständigt, mein verehrter Herr, daß Sie Schritte getan haben, sich Ihres gegebenen Wortes entbinden zu lassen.

SGANARELL So ist es, mein Herr. Es geschieht nur mit Bedauern; jedennoch –

ALCIDAS O mein Herr, daran ist nichts Übles.

SGANARELL Mit aufrichtigem, herzlichem Bedauern; und ich wünschte –

ALCIDAS Es ist nicht der Rede wert.
Reicht dem Sganarell die zwei Stoßdegen
Mein Herr, geruhen Sie zu wählen, welcher von diesen beiden Degen Ihnen genehm ist.

SGANARELL Von diesen beiden Degen?

ALCIDAS Wenn Sie die Güte hätten!

SGANARELL Zu welchem Behufe?

ALCIDAS Mein Herr, da Sie nach stattgehabter Verlobung meiner Schwester Hand zurückweisen, dürfte Ihnen die kleine Aufmerksamkeit, die ich Ihnen zu erweisen gedenke, hoffentlich konvenieren.

SGANARELL Wie das?

ALCIDAS Es gäbe wohl Leute, die in solchem Fall Lärm schlügen und gegen Sie losgingen; aber ich meine, wir sind Männer von Lebensart und verstehen eine Sache in Sanftmut abzutun. Somit habe ich die Ehre, Ihnen mitzuteilen, daß es nun so weit ist, daß wir mit Ihrer gütigen Genehmigung einander an den Hals gehen werden.

SGANARELL Das finde ich eine unangenehme Sorte von Aufmerksamkeit.

ALCIDAS Vorwärts, mein Herr, wählen Sie, wenn ich bitten darf.

SGANARELL Ich bin Ihr ganz ergebener Diener, mein Hals ist nicht zur öffentlichen Verfügung.

Für sich

Was für eine gemeine Art des Menschen, sich auszudrükken!

ALCIDAS Mein Herr, die Sache ist unaufschieblich, wenn Sie gefälligst –

Zieht.

SGANARELL Oho, mein Herr! Nehmen Sie diese Aufmerksamkeit wieder zurück, um alles in der Welt!

ALCIDAS Es eilt, mein Herr. Ich habe zu tun. Man erwartet mich.

SGANARELL Ich will nichts von dem da wissen, sage ich Ihnen.

ALCIDAS Sie gedenken sich nicht zu schlagen?

SGANARELL Aber auch nicht im Traum.

ALCIDAS Wirklich?

SGANARELL In allem Ernst.

ALCIDAS *versetzt ihm etliche Stockschläge, dann, nachdem er dem Diener den Stock zurückgegeben, höflich* Zumindest, mein Herr, haben Sie nunmehr nicht Ursache, sich zu beklagen. Sie sehen, ich absolviere die Dinge nach der Ordnung. Sie brechen uns Ihr Wort: ich fordere Sie. Sie verweigern das Duell, ich versetze Ihnen Stockprügel. Dies alles in aller Form, und Sie sind zu sehr ein Mann von Welt, um mir nicht für die Art und Weise meines Vorgehens Dank zu wissen.

SGANARELL *zur Seite* Was für ein Kerl ist das?

ALCIDAS *bietet ihm abermals die Degen an* Also, mein Herr, verfahren Sie, wie es sich schickt und ohne daß man Ihnen das Messer an die Kehle zu setzen braucht.

SGANARELL Noch einmal?

ALCIDAS Mein Herr, ich nötige niemand. Aber es ist an dem, daß Sie meine Schwester heiraten oder daß Sie sich schlagen werden.

SGANARELL Weder das eine noch das andere, mein Herr, denn –

ALCIDAS Weder –?

SGANARELL Ganz sicher nicht!

ALCIDAS Mit Ihrer gütigen Erlaubnis denn –

Gibt ihm abermals einige Stockschläge.

SGANARELL Ah! Ah! Ah!

ALCIDAS Mein Herr, es ist mir überaus peinlich, daß die Umstände mich nötigen, so gegen Sie vorzugehen. Aber ich werde, wenn Sie es gütigst gestatten, nicht eher aufhören, als bis Sie mir das eine oder das andere zugesichert haben.

SGANARELL Ich will sie heiraten! Ich will sie heiraten!

ALCIDAS O mein Herr, wie sehen Sie mich entzückt, daß Sie zur Vernunft zurückkehren und die Dinge diese freundliche Wendung nehmen. Denn Sie sind wahrhaftig der Mann auf der Welt, dem ich die größte Achtung entgegenbringe; und ich wäre wahrhaft in Verzweiflung gewesen, hätten Sie mich gezwungen, Ihnen nahezutreten. Ich eile meinen Vater zu rufen und ihm zu sagen, daß alles in vortrefflicher Harmonie stehe.

Pocht ans Haus.

SIEBZEHNTER AUFTRITT

Alcantor heraus, hinter ihm Dorimene und Musikanten.

ALCIDAS Hier sehen Sie, mein Vater, diesen Herrn, der seine ganze Vernunft zurückgewonnen hat. Er hat die Angelegenheit mit allem Wohlanstand zu einem guten Ende geführt, und Sie mögen ihm nur meine Schwester zur Frau geben.

ALCANTOR Hier, mein Herr, ist ihre Hand, reichen Sie die Ihre nur her, so ist es geschehen. Gott sei Lob und Dank, nun bin ich sie los, und es fällt auf Sie, sich um ihr Tun und Treiben zu bekümmern. Nun wollen wir recht munter sein und diese gesegnete Heirat mit fröhlichem Herzen feiern.

Musikanten spielen auf. Es treten auf Lykast und hinter ihm noch sechs hübsche vornehme junge Leute seinesgleichen. Sganarell reicht seiner Zukünftigen die Hand zum Tanz, diese gerät aber sogleich an den Lykast, von diesem an den nächsten jungen Herrn und so fort. Zugleich sind die beiden Zigeunerinnen abermals aufgetreten, haben Sganarell tanzend und singend nach der anderen Seite hinübergezogen. Er will herüber zu seiner Frau, aber die beiden Philosophen, die mit wilden Sprüngen hereingetanzt kommen, nehmen ihn in ihre Mitte. Indem alle gleichzeitig singen und tanzen und Sganarell von den Zigeunerinnen und den Philosophen abwechselnd hergenommen wird, fällt der

Vorhang.

DIE LÄSTIGEN

KOMÖDIE IN EINEM AKT NACH DEM MOLIÈRE

Personen

ALCEST
PHILINTH
ALCIDOR
DAMON
ERGAST
HELIANTH
ORPHISE
DORIMENE

ERSTER AUFTRITT

Orphise tritt auf, gleich hinter ihr Alcest.

ALCEST *erkennt sie von rückwärts, freudig* Sie sind das!

ORPHISE Das sind Sie!

ALCEST Wie Sie das sagen!

ORPHISE Ich sage ja dieselben Worte wie Sie.

ALCEST Aber in einem anderen Ton.

ORPHIESE Wir kommen beide zu früh.

ALCEST Das freut mich. So kann ich nun Ihr Bild aufnehmen, bevor alle Menschen Sie gesehen haben und mit ihren boshaften oder gleichgültigen Blicken etwas in Ihrem Gesicht verändert haben – und habe nicht die Qual, Sie mit meinen schlechten Augen aus einem Meer von Menschen herausfischen zu müssen.

ORPHISE Das wird Ihnen nicht erspart bleiben, denn wir können doch unmöglich zusammen hineingehen. Man würde nichts anderes zu reden haben, als daß wir zusammen angekommen sind und womöglich zusammen wegfahren werden.

ALCEST Ich wünschte mir nichts Besseres.

ORPHISE Als daß man dies sagte?

ALCEST Als daß man Ursache hätte, dies zu sagen. Übrigens sind wir ja wirklich zusammen gekommen.

ORPHISE Nicht daß ich wüßte.

ALCEST Doch. Haben Sie nicht den Wagen gehört, der von der Ecke des Faubourg St.-Honoré und der Rue Royale hinter dem Ihren herrollte? Das war der meine.

ORPHISE Das ist doch gar nicht Ihr Weg.

ALCEST Ich hatte einen meiner Leute in der Nähe Ihres Hauses aufgestellt, der mir melden mußte, für wann Sie befohlen hatten vorzufahren. Er lief wie ein Teufel, mein Wagen stand bereit, ich auch, und so konnte ich den Ihren an einer Straßenecke einholen. Ich fuhr hinter Ihnen drein. Wir waren nicht zusammen, und doch war es ein bißchen davon. Zuweilen, wenn die Straße sich bog, fiel der Schein einer Ihrer Laternen auf ein Stück Mauer, wo meine Augen ihn erhaschen konnten, und das war beinahe, als wenn Ihr Blick mich getroffen hätte. Als ich hier in den Torweg einfuhr, waren Sie gerade ausgestiegen, und ich konnte etwas von der Farbe Ihres Kleides sehen. Nun stehen unsere beiden Wagen friedlich nebeneinander in einer Ecke des Hofes –

ORPHISE Das ist doch gerade, was sie nicht sollen! Wie können Sie so unvorsichtig sein, Alcest! So gedankenlos!

ALCEST Finden Sie mich gedankenlos? Sie finden mich Ihnen gegenüber gedankenlos, Orphise?

ORPHISE Es kommt nicht darauf an, um Worte zu streiten, sondern Tatsachen zu vermeiden, welche die häßlichsten Folgen haben können. Sie finden es ganz in der Ordnung, daß Ihr Wagen neben dem meinigen steht? Und daß Ihre Livree mit der meinigen zusammen gesehen wird – heute wieder wie gestern früh – und so fort in infinitum, als ob das so sein müßte. Wie das Wasser auf die Mühle aller boshaften und klatschsüchtigen Menschen bringen muß! Wie sehr Sie mir dadurch erschweren, Sie zu sehen, und Sie oft zu sehen – daran haben Sie nicht gedacht?

ALCEST Ich finde es reizend, hinter Ihnen durch die dunkeln Straßen zu fahren, zu wissen, sie sitzt ganz still und bewegt sich doch in der gleichen Richtung wie du, getragen von einem Wagen, der stolz ist, sie zu umschließen, von Pferden, die beseligt sind, sie ziehen zu dürfen. Sie kann dir nicht entkommen, du mußt sie finden. – Es quält mich so sehr, zu warten – zu denken: sie kommt nicht – Sie zu suchen – nach Ihnen fragen zu müssen – und dann freut es mich zu denken, daß unsere Wagen nebeneinander fahren, weil mich alles freut, was mir die Vorstellung gibt, die ganz vage Vorstellung, mit Ihnen verbunden zu sein. An das andere habe ich nicht gedacht.

ORPHISE Das ist, was ich gedankenlos nenne.

ALCEST Und ich, der ich mich auf diesen kleinen Augenblick in der Vorhalle so gefreut hatte –

ORPHISE Alcest, bitte gehen Sie hinunter in den Hof und befehlen Sie unter irgendeinem Vorwand, den Sie finden, Maître Jean, Ihrem Kutscher, sich mit Ihren Braunen auf der anderen Seite des Hofes aufzustellen, so weit entfernt von meinen Mohrenschimmeln, als irgend möglich ist. Und wenn Sie dies getan haben, dann kommen Sie wieder, Sie werden mich hier auf dieser Stelle wiederfinden.

ALCEST Das glaube ich nicht. Ich werde Sie zwei Stunden lang suchen und Sie unter einem Haufen von Menschen wiederfinden.

ORPHISE Habe ich Ihnen Ursache gegeben, mir nicht zu trauen, daß ich halte, was ich verspreche?

Alcest küßt ihr die Hand.

ORPHISE Gehen Sie, und Sie werden mich hier finden.

ALCEST Oh, ich finde Sie so oft, um Sie immer wieder zu verlieren, und doch gäbe es eine Formel, ererbt von unsern Vorvätern, eine ehrwürdige, simple Formel, geheiligt durch das Sakrament, die mich für immer zu dem Glücklichsten der Sterblichen machen würde, zu dem, der nicht mehr sucht, weil er gefunden hat.

ORPHISE Sie hatten mir versprochen, durch wie lange Zeit dieses Thema unberührt zu lassen?

ALCEST Ich gehe.

ORPHISE Und komme wieder.

ALCEST Orphise!

ORPHISE So habe ich es nicht gemeint.

ALCEST Wissen Sie, daß ich Sie seit gestern nachmittag mit keinem Blick gesehen habe? Ich werde wiederkommen und werde Sie nicht mehr finden.

ORPHISE Noch einmal!

ALCEST Ich meine, Sie werden wohl hier sein, aber Sie werden eine andere sein. Sie werden mit einigen dieser Menschen gesprochen haben, und es wird etwas davon an Ihnen haftengeblieben sein. Wir werden miteinander da sein, werden nebeneinander das Ballett sehen und das Feuerwerk, das man uns geben will – aber wir werden nicht zusammen sein.

ORPHISE Was für Unterschiede Sie machen, Alcest. Sie sind schwierig.

ALCEST Wissen Sie das erst seit heute?

ORPHISE *lacht* Nein, wahrhaftig nicht.

ALCEST Und Sie bedauern diesen Zustand?

ORPHISE Wenn ich ihn bedauern würde, würde ich dann nicht die Mühe scheuen, die Schwierigkeiten Ihres Charakters mit den Notwendigkeiten der Existenz und der Menschen übereinzubringen – nur um mir Ihre Gesellschaft zu erhalten? Wie Penelopes ist es mein Los, abends wieder zusammennähen zu müssen, was der Tag aufgetrennt hat.

ALCEST Bei Penelope war das umgekehrt.

ORPHISE Gleichviel! Gehen Sie, kommen Sie wieder und erinnern Sie sich, daß man unter vielen Menschen doch zusammen sein kann, und das, ohne daß es den Anschein danach hat.

ALCEST Ach –

ORPHISE Gewiß, dazu muß man sich selbst in der Gewalt haben und vor allem seine Augen. Man muß immer daran denken, daß ein unvorsichtiger allzu lebhafter Blick vielleicht von den zwei Augen aufgefangen wird, denen er gilt, ganz sicher aber von ein oder zwei andern Augenpaaren, die damit um so mehr anzufangen wissen, als er ihnen nicht zugedacht war.

ALCEST Kurz und gut, ich muß endlich aufhören, zu sein, der ich bin –

ORPHISE Das täte mir leid, denn ich habe Sie sehr gern, so wie Sie sind.

ALCEST Sehr gern, – wie Sie das sagen.

ORPHISE Sehr gern. Aber wie wollen Sie wiederkommen, wenn Sie niemals fortgehen?

ALCEST Ich bin im Augenblick wieder hier.

Ab durch die Mitte.

Orphise geht an den Spiegel.

ZWEITER AUFTRITT

Orphise, Philinth.

PHILINTH Ah! Daß ich Sie finde, das setzt meinem Feste die Krone auf.

ORPHISE Ihrem Fest? Betrachten Sie sich heute abend hier als den Hausherrn?

PHILINTH Wer spricht von heute abend? Wen außer dem lächerlichen Herrn von Trois-Fontaines, unter dessen Dach wir uns befinden, interessiert überhaupt der heutige Abend? Lassen Sie sich ansehen. Ah, diese Frisur – es ist darin ein Etwas – eine unentschlossene Entschlossenheit – in dieser Frisur sind Sie zum ersten Male zu sich selbst gekommen. Und dieser nichtsnutzige kleine Knopf aus Diamanten – der nichts zuknöpft – ah, ah! Und diese kleine Schlinge, die sich locker um ihn legt – nicht, weil sie muß, denn sie könnte auch anders, sie hat keine Existenznotwendigkeit, auch er hat keine Existenznotwendigkeit, und das gerade treibt sie zueinander – ah, das ist über alle Worte! Diese Frisur hätte müssen zu meinem Fest das Licht der Welt erblicken. Wie entsetzlich, daß Sie Ihre Frisur an den heutigen Abend vergeuden.

ORPHISE Wollen Sie mir im voraus den heutigen Abend verderben?

PHILINTH Ach Gott, meine Unvergleichliche, dieses ganze Ding hier! Es wird – unter uns – nicht viel werden, obwohl ich dazu gegeben habe, was ich konnte. Es ist – unter uns – alles von mir inspiriert, was nur einigermaßen die Sache über Wasser halten kann. Ich habe Vigarani für die Maschinen vorgeschlagen, Torelli für die Beleuchtung hineingebracht, Beauchamps die Idee für das Ballett souffliert, Lully die Einfälle für die Musik gegeben. Aber trotzdem fehlt es allem an Distinktion – sieht man das Ganze mit einem kalten Auge an, so ist es der Gipfel des Lächerlichen, und ich kann sagen, ich werde hier gewesen sein, um zu sehen, wie man ein Fest nicht gibt. Mein Gott, was wollen Sie, es fehlt den Dingen hier an Atmosphäre!

ORPHISE Ist es nicht ein sehr schönes Haus?

PHILINTH Mein Gott, die Tapisserien sind leidlich – die Gemälde sind gut, denn ich habe die meisten ausgesucht – die Livree ist geschmackvoll, denn ich habe Gaveau hier gehabt, um ihm Farbe und Schnitt anzugeben, – aber das Ganze ist beklagenswert. Es fehlt am Miteinander – am Ineinander – an dem gewissen Etwas – am Anschmiegenden. Mein Gott, es fehlt an Geschmack, sagen wir doch das Wort heraus! Sehen Sie einen Mann wie unsern Hausherrn: wo will er das Letzte, Höchste in der Welt hernehmen? Ich meine den Geschmack. Wo hernehmen und nicht stehlen? Sie geben mir nicht recht?

ORPHISE Doch, ja, Sie haben ganz recht. Immerhin: der Geschmack hätte. Ja, wer um Himmels willen hat denn Ge-ein Gewürz, von dem ein wenig in allen Speisen sein darf, aber zu viel die Speisen fade macht.

PHILINTH Ja, mein Gott, Sie reden, als ob jeder Zweite Geschmack hätte. Ja, wer um Himmel willen hat denn Geschmack? Ich will Ihnen die Menschen von Geschmack, die der Hof und die Stadt zusammen aufbringt, an den Fingern einer Hand herzählen. Definieren Sie mir doch den Geschmack; für mich ist er die absolute Überlegenheit, die Meisterschaft der Meisterschaften, die Blüte des Daseins.

ORPHISE Sie treiben mich in die Enge. Ich weiß nicht, was er ist und was er nicht ist. Ich weiß nur, daß er die, die ihn haben, durchaus nicht zu vollkommenen Menschen macht, und daß ich lieber auf einer wüsten Insel mit einem Barbaren leben möchte als mit einem Manne, der nichts als Geschmack hat. Aber was ist das für ein Fest, das Sie geben wollen? Sagen Sie mir das noch schnell, und dann gehen Sie, man wird Sie drinnen erwarten.

PHILINTH Es ist wahr, ich habe Torelli versprochen, einen letzten Blick auf die Beleuchtung zu werfen. Was das für ein Fest ist – was das für ein Fest ist? Wie Sie das fragen! Das Fest aller Feste, das Fest der bezauberten Insel, auf den fünf Terrassen meines Parks in Passy – bis hinab an die Seine. Sie sollen die Königin der dritten Terrasse sein. Auf dieser mische ich das Mögliche mit dem Unmöglichen. Man ist im Begriff, ein blaßrosafarbenes Feuer für mich zu erfinden, das in Muschelschalen brennen und die Terrasse erleuchten wird. Auf der vierten Terrasse wird nachher im Halbdunkel und mit Halblarven eine ganz langsame Courante getanzt. Ich nenne sie die Courante des halben Ersterbens. Ich habe selbst die Melodie dazu gemacht. Geben Sie mir Ihre Hand.

ORPHISE Aber eine Courante ist doch ein ziemlich lebhafter Tanz?

PHILINTH Eben darum habe ich die meine ganz langsam gemacht. Ich brauche Ihre Hand.

Alcest erscheint im Hintergrund.

ORPHISE Wozu brauchen Sie meine Hand?

PHILINTH Um meine Courante mit Ihnen zu tanzen.

Singt die Melodie

So geben Sie mir Ihre Hand. Ah! Diese Hand!

ORPHISE Was haben Sie?

PHILINTH Das ist meine Hand.

ORPHISE Ich dächte doch die meinige.

PHILINTH Das ist die Hand! Kommen Sie, lassen Sie mir Ihre Hand, ich muß die Batteux zeigen!

ORPHISE Wer ist Batteux?

PHILINTH Ein junger Maler von Genie, der alles für mein Fest Nötige unter meiner Anordnung entwirft. Diese Hand ist es, die ich geträumt habe, als ich die Courante des halben Ersterbens erfand. Batteux muß diese Hand in allen Stellungen sehen.

ORPHISE Wollen Sie mich jetzt dort hineinführen. Es wird allmählich Zeit, daß ich mich unter die Gesellschaft mische.

PHILINTH So hören Sie doch meine Courante.

Alcest ab.

Ich passiere, Sie repassieren, dann chassiert das Paar zusammen vor, langsam, ganz langsam; es trennt sich, die Dame bleibt stehen. Bleibt stehen. In einer solchen Fermate liegt alles, die ganze Welt.

ORPHISE Reizend!

Alcest wieder durch die Mitte.

PHILINTH Ach, diese Hand! Kommen Sie, Torelli muß diese Hand sehen, um seine Beleuchtung danach auszudenken. Vigarani muß seine Maschinen danach richten – diese Hand muß in den Mittelpunkt des Ganzen. Ich will, daß mein Park – der Fluß – die Wolken – die Sterne auf diese Hand abgestimmt werden. Ja, kommen Sie, eilen wir! Aber eilen wir langsam! Wir wollen es machen wie die Zeit:

Alcest ab.

Stürzt sie nicht dahin wie eine Wahnsinnige und läßt sich doch dabei furchtbar viel Zeit?

Beide ab.

DRITTER AUFTRITT

Alcest, Orphise.

ALCEST Wo? Dort hinein? Ich sehe die eine ihrer Locken! Oder irre ich?

Will nach rechts.

Orphise tritt ihm von rechts her entgegen.

ALCEST Ah! Da sind Sie! Aber Sie waren nicht mehr da!

ORPHISE Genügt es nicht, daß ich da bin? Ich bin eben Philinth auf eine sehr geschickte Art losgeworden. Nun sagen Sie mir schnell, was Sie mir sagen wollten, denn ich höre, man wird mit dem Ballett zu sehr genauer Zeit anfangen, und ich möchte vorher den wichtigsten Menschen, die hier sind, guten Tag gesagt haben – vor allem auch dem Hausherrn.

ALCEST Was immer ich sagen wollte, Sie hätten jetzt doch keine Ohren, es zu hören –

ORPHISE Doch, doch, ich höre Sie sehr gut. Sprechen Sie nur weiter.

ALCEST Ich habe doch nichts gesagt.

ORPHISE *den Blick in den Spiegel, ärgerlich* Da!

ALCEST Was ist?

ORPHISE Dorimene. Ich wette, sie hat mich gesehen. Aber sie tut nicht dergleichen.

ALCEST Was soll ich tun?

ORPHISE Treten Sie zurück. Seien Sie überall zu sehen, nur nicht bei mir.

ALCEST Sie wird Sie nicht bemerkt haben.

ORPHISE Leider Gottes haben Frauen dieser Gattung Augen wie ein Luchs.

Sieht wieder in den Spiegel

Sie verwickelt sich in ein Gespräch. Aber sie hat mich gesehen.

ALCEST Wäre es nicht möglich, ihr ganz und gar auszuweichen?

ORPHISE Es wäre nicht artig, und eine Frau in meiner Lage ist gezwungen, jeden Verstoß gegen die Artigkeit mit doppelter Ängstlichkeit zu meiden.

Sieht wieder in den Spiegel

Es ist alles umsonst, sie kommt. Gehen Sie.

Alcest ab.

Orphise tritt mit scheinbarer Unbefangenheit nach links hin gegen den Spiegel.

Dorimene kommt, tut, als ginge sie zufällig vorüber und erkenne erst jetzt Orphises Anwesenheit.

VIERTER AUFTRITT

Orphise, Dorimene.

Orphise sieht sie, versucht ihr auszuweichen.

DORIMENE *schneidet ihr den Weg ab* Nein, nein, nein! Ich will Sie gar nicht sehen!

ORPHISE Ich, im Gegenteil, freue mich immer, Sie zu sehen, Madame, und ich bin dem Zufall sehr verbunden, daß er uns schon in der Zugluft dieser Vorhalle zusammengebracht hat.

DORIMENE Vorhalle! Und Zufall! Und zusammengebracht!

O, wie schön und boshaft Sie sind! Bedarf es einer Vorhalle und eines Zufalls, wenn man seine Freunde sehen will! Wo waren Sie denn letzten Donnerstag? Und den vorletzten? Ah, man will keine Antwort. Man ist viel zu böse auf Sie.

Mit verändertem Ton

Aber Sie sind nicht wohl, Liebste? Sie sehen gar nicht gut aus. Oder ist es das Licht? Sehe ich auch so kreidig aus?

ORPHISE Ihr Rot sitzt vollkommen, und alles übrige ist von der Hand eines Meisters aufgetragen.

DORIMENE Und ich, die ich immer sage: Zugegeben, daß Orphise vormittags nicht gut aussieht. Ich verstehe sehr gut, daß sie nie zu mir nach Marigny kommt – das Grün in einem Garten steht ihr nicht – Aber der Abend, die Kerzen, das ist ihre Atmosphäre.

Mit verändertem Ton

Im Vorübergehen: Wissen Sie, was die ganze Stadt von Ihnen sagt?

ORPHISE Ich wußte nicht, daß sie mir die Ehre antut, irgend etwas von mir zu sagen.

DORIMENE *leiser, richtet etwas an Orphises Toilette* Die ganze Stadt sagt: Sie kompromittieren sich mit Alcest. Und wissen Sie, wie ich Sie verteidige? Ich sage: Laßt sie, sie weiß, was sie tut. Sie hat vielleicht nicht zu viel Herz, aber sie hat sehr viel Geschmack. Das ist, was sie hat. Und dann zähle ich die Liste der Männer auf, von denen Sie sich haben den Hof machen lassen. Nie und nimmer, fahre ich fort, wird sie sich mit einem Menschen ins Gerede bringen lassen, der nicht das Letzte von Eleganz oder das Äußerste von Vornehmheit ist – dazu fehlt es ihr an der Sicherheit des Auftretens, die nur der ganz große Rang gibt. Und das ist Alcest nicht, nein, das ist er nicht, dieser gute Alcest. Ich könnte Ihnen – in Parenthese – etwas von Alcest erzählen. Von Alcest und einer sehr guten Freundin von mir. Eine Geschichte, in der Ihr guter Alcest keine gute Rolle spielt! Aber, erwidert man mir, sie ist mit ihm im Gerede! Dann ist nicht sie es, die sich ins Gerede bringen läßt, sage ich, sondern er, der es darauf anlegt, sie ins Gerede zu bringen. Dann sollte sie besser achtgeben, gibt man mir zur Antwort. Sie hat Verstand genug! Was wollen Sie, sage ich – und ich verbeiße mich darein, Sie zu verteidigen –, sie hat vielleicht Verstand gerade genug, um nie eine unverbesserliche Dummheit zu machen – nennen Sie es übrigens wie Sie wollen, sage ich, wenn es Leute gibt, die es Mangel an Temperament nennen, ich nenne es Verstand – aber sie hat nicht Verstand genug, sich rechtzeitig dem Einflusse dieses Menschen zu entziehen.

Mit verändertem Ton

Ganz, ganz unter uns: Wollen Sie wissen, was Ihnen alle Welt ein wenig übelnimmt?

ORPHISE Ich lege keinen großen Wert darauf, es zu erfahren, Madame.

DORIMENE So hören Sie, Liebste. Was man Ihnen übelnimmt, und wenn Sie mir glauben wollen, mit einem guten Recht, das ist die Prätention, sich für etwas anderes halten zu wollen, als Sie sind. Dieser Alcest ist ein Werwolf. Er spielt den Verächter der Menschheit; aber zu Ihnen, meine Liebe, paßt nichts von alledem. Man findet – ganz, ganz unter uns –, daß Sie eine reizende, ganz gewöhnliche kleine Frau sind – die händeringend danach sucht, sich ein kleines Ansehen zu geben, das zu ihrer kleinen Person nicht paßt. Daß Sie unter den Händen dieses Menschen –

ORPHISE Madame, Ihre Gleichnisse sind sehr anschaulich!

DORIMENE – in eine kleine Schauspielerei verfallen, die ein kleines bißchen lächerlich ist, und daß Sie über kurz oder lang –

ORPHISE Wie gut Sie sind, mir das zu sagen, Madame. Ich sehe, daß ich eine wahre Freundin an Ihnen habe und

Verbindlich lächelnd

wie unrecht von mir es war, den ganzen Winter hindurch Ihre Donnerstage geflissentlich zu übersehen. Aber –

DORIMENE *schnell* Kommen Sie den nächsten und bringen Sie Ihren Alcest mit – ich werde ihm den Kopf zurechtsetzen. Ist er hier? Natürlich ist er hier. Wo haben Sie ihn denn?

ORPHISE Ich weiß es nicht, Madame, ob Alcest hier ist oder

nicht. Ich bin im Augenblick gekommen und erwarte hier meine Leute, die mir etwas bringen sollen, das ich im Wagen vergessen habe. Darum muß ich Sie um Verzeihung bitten –

DORIMENE *im Abgehen* Legen Sie mehr Rot auf und vergessen Sie nicht, den Werwolf am nächsten Donnerstag nach dem Marais zu bringen. Auf Gleich-wieder, Liebste!

ORPHISE Madame!

Dorimene ab.

ORPHISE *allein, sieht sich um* Was für eine lästige Viper! Und nun ist Alcest wieder verschwunden. Welche Sisyphusarbeit, zu zweien in ein Ballett zu gehen!

Geht an den Spiegel.

FÜNFTER AUFTRITT

Orphise, Alcest.

ALCEST *tritt zwischen den Säulen hervor* Endlich! Sie sind verstimmt?

ORPHISE Wer sagt Ihnen das?

ALCEST Sie sehen verstört aus.

ORPHISE Ja, denn – ich habe mich geärgert, man hat mich geärgert.

ALCEST Diese Hexe von Dorimene?

ORPHISE Ach Gott, Dorimene redet schließlich nur, was alle Welt redet.

ALCEST Alle Welt! Und wer ist denn das, alle Welt? Ein Durcheinander von Anmaßungen, die einander durchkreuzen, und von Eitelkeiten, die einander auf die Füße treten. Ein ewiger Austausch von Gefühlen, die man nicht fühlt, und von Gedanken, die im Augenblick, wo man sie ausspricht, nicht mehr wahr sind. Von plumpen Schmeicheleien und versteckten Bosheiten, die das Herz des Gebers ebenso austrocknen wie das des Empfängers. Ein ewig ermüdendes Spielen um Rechenpfennige, die nichts mehr wert sind, sobald man vom Spieltisch aufsteht.

ORPHISE Und doch ist nun einmal unser Platz an diesem Spieltisch.

ALCEST Wie schön wäre es, zu zweien aufzustehen und ihm den Rücken zu kehren.

ORPHISE Meinen Sie? Ich denke, wir würden es tun, um nach einer Weile wieder zurückzukehren und die verlorene Zeit zu bedauern. Nennen Sie es einen Spielsaal, meinetwegen. Aber was in uns, mein Lieber, wie wir nun einmal sind, ist denn nicht für dieses Spiel berechnet, an dem teilzunehmen unser Schöpfer uns nun einmal bestimmt zu haben scheint.

ALCEST Und wo ist hier ein wirklicher Gewinn? Gewinnt man hier eine dauernde Neigung? Eine beständige Freundschaft? Eine tiefere Erkenntnis der Welt? Irgendein Ding von Wert und Bestand? Verliert man nicht beständig das reine Gefühl von sich selber, ja von dem, was einem mehr ist als das eigene Selbst?

ORPHISE Das – verliert man nur, wenn man sich in eine schiefe Situation gebracht hat.

ALCEST Was nennen Sie eine schiefe Situation? Sie machen mir Vorwürfe! So schnell vergiftet Sie eine schale neidische Atmosphäre.

ORPHISE Ich nenne es zum Beispiel eine schiefe Situation, wenn wir beide hier ein Gespräch führen, wie man es allenfalls in seinen vier Mauern führen kann –

ALCEST Nie führen wir dort so gespannte, quälende Gespräche!

ORPHISE – während sich eine Gruppe von Menschen, in der ich den langweiligen Wichtigtuer Alcidor erkenne, diesem Vorsaal nähert –

ALCEST So muß ich wieder fort!

ORPHISE Es scheint so – und das sehr schnell, denn er kommt.

ALCEST Und bevor ein gutes Wort –

Orphise tritt schnell an den Spiegel links.

Alcest ab.

SECHSTER AUFTRITT

Orphise, Alcidor.

ALCIDOR Genug, genug, Sie sind schön genug.

ORPHISE *ohne sich umzudrehen* Wer ist das?

Alcidor klatscht in die Hände.

ORPHISE *dreht sich um* Sie verstehen das nicht, Marquis. Es gibt Blicke einer Frau, die das Gesicht einer anderen so zugrunde richten, daß man sehr lange und mit Hingebung in den Spiegel sehen muß, um die Ruinen nur ein wenig wiederherzustellen.

ALCIDOR Bah – aber vor allem dies: Sie sollten hier nicht hergekommen sein.

ORPHISE Ich hier nicht her?

ALCIDOR Sie hier nicht her. Und zur Bekräftigung meiner Worte werde ich Ihnen jetzt den Arm geben, Sie zu Ihrem Wagen zurückführen und dieses Ballett Ballett sein lassen.

ORPHISE Aber um das Ballett zu sehen bin ich doch gerade hergekommen, wie alle Welt.

ALCIDOR Kein Mensch ist des Balletts wegen hier. Kein Mensch nimmt eine Einladung in dieses Haus an ohne einen ganz besonderen Grund.

ORPHISE Sie erstaunen mich. Aber Sie selbst?

ALCIDOR Von mir ist es ein ganz unvergleichlicher Schachzug. Ich sehe hinter die Kulissen. Ich bin hier, wie wenn ich nicht hier wäre. Aber Sie gehören nicht hierher. Darum geben Sie mir den Arm.

Alcest erscheint rückwärts, sie winkt ihm ab.

ORPHISE Ich kann nicht fort, ich habe mich mit jemand verabredet.

ALCIDOR Mit wem?

ORPHISE Mit der halben Welt. Mit Belise, wenn Sie es wissen wollen.

ALCIDOR Belise kommt nicht hierher.

ORPHISE Mit Eliante.

ALCIDOR Hat abgesagt.

ORPHISE Wissen Sie es?

ALCIDOR Ich nehme Gift darauf.

ORPHISE Mit Armande.

ALCIDOR Betritt dieses Haus nicht, ich wette meinen Kopf.

ORPHISE Ah! seit wann denn das alles?

ALCIDOR Seit heute, seit gestern, seit immer.

ORPHISE Ich verstehe Sie ganz und gar nicht.

ALCIDOR Um so schlimmer. Ich bitte Sie um Ihren Arm.

ORPHISE So erklären Sie mir doch –

ALCIDOR Sie befinden sich hier in dem Haus –

ORPHISE – eines Generalpächters, den der letzte Krieg sehr bereichert hat, den der König auszeichnet, der die Minister an seinem Tisch sieht, der demnächst seine Tochter mit dem dritten Sohn eines Herzogs verheiratet, dessen Häuser Le Nôtre baut, dessen Feste Lebrun und Torelli entwerfen, für den Lully die Musik komponiert –

ALCIDOR Ah, wie Sie das alles nach dem Buchstaben nehmen, wie Sie sich von allen diesen Faxen und Grimassen zum Narren halten lassen! Wenn Sie jetzt mich nicht zur Seite hätten, mich, der Ihnen sagt, was es mit alledem für eine Bewandtnis hat, der Ihnen zeigt, was hinter dem allen steht, der Ihnen erklärt, wie alle diese Dinge für den Eingeweihten aussehen – nein, der Ihnen gar nichts zeigt, gar nichts erklärt, sondern Ihnen ganz einfach den Arm gibt, Sie an Ihren Wagen führt und Ihrem Kutscher befiehlt, Sie schön wieder nach Hause zu fahren.

Alcest erscheint im Hintergrunde, Orphise zuckt die Achsel.

ORPHISE *zu Alcidor* Aber, mein Gott, was ist denn mit diesem Haus los?

ALCIDOR Können Sie schweigen?

ORPHISE Wie das Grab. Es sind bloß die Männer, von denen all die häßlichen Indiskretionen ausgehen.

ALCIDOR Sie erinnern sich des großen Herrn, bei dem wir vorgestern zu Tisch waren?

ORPHISE Der Prinz – der Marschall –

ALCIDOR Keinen Namen – um alles!

ORPHISE Kurz und gut, was hat Ihnen der Marschall gesagt?

ALCIDOR Sie erinnern sich, er behielt mich zurück, als alle gingen?

ORPHISE Ich erinnere mich, ohne mich zu erinnern – ja – ich glaube –

ALCIDOR Sie haben das eigentümliche Lächeln bemerkt, das um sein Gesicht spielte?

ORPHISE Nicht eigentlich – was wollte er?

ALCIDOR Er fragte mich – aber ich möchte Ihnen den Ton malen können, in dem er mich fragte: Sieht man Sie auch übermorgen bei unserem braven N.?

ORPHISE Hier?

ALCIDOR Pst! Keine Namen, keine Zeichen, um Gottes willen!

ORPHISE Sonst nichts?

ALCIDOR Warten Sie. Ich erwiderte: Und wird man Ew. Hoheit dort zu sehen so glücklich sein?

ORPHISE Und seine Antwort?

ALCIDOR Seine Antwort? – Wörtlich: Ich glaube kaum, mein Bester, der Mann ist mir zu reich.

ORPHISE Das ist alles?

ALCIDOR Wissen Sie, was dieses Wort in diesem Munde bedeutet? Nicht mehr und nicht minder als die Sintflut, das Ende, das nahe, unausbleibliche Ende. Dieses Haus zittert in seinen Fundamenten. Spüren Sie nichts?

ORPHISE Nicht das geringste.

ALCIDOR Etwas Lauerndes, bis in die Mienen der Lakaien? Das Gezwungene in der Haltung des Hausherrn? Die vielen Männer, die ohne Frauen sind? Die kleinen Gruppen, die sich aneinander drücken? Die albernen Mienen der Ungeschickten, die fühlen, man ist unmöglich, wenn man hier ist, und nicht so viel große Art haben, um hier zu sein, wie ich hier bin: sozusagen in Anführungszeichen?

ORPHISE Und Dorimene, die eine solche Nase für dergleichen hat und ihren leibhaftigen Bruder verleugnen würde, wenn sie dadurch um eine Stufe auf der großen Treppe höherkommen könnte?

ALCIDOR Dorimene werden Sie hier nicht sehen.

ORPHISE Sie ist da. Im Augenblick fanden Sie mich im Begriff, mich von ihrer Begrüßung zu erholen.

ALCIDOR Dann hat sie ihre Gründe, da zu sein – oder sie weiß von nichts – dann – kommen Sie, ich führe Sie zu ihr, und Sie können beide miteinander fortfahren.

ORPHISE Aber ich denke nicht daran fortzufahren, am wenigsten mit Dorimene.

ALCIDOR So geben Sie mir wenigstens den Arm, Starrkopf. Ich führe Sie, und man wird uns beiden ansehen, daß wir nicht zu den Gefoppten gehören. Nehmen Sie die Miene an, die ich hier nicht einen Augenblick ablege und die klar und deutlich sagt: Es ist unmöglich hier zu sein – ich weiß das, aber dadurch, daß ich es weiß und trotzdem hier bin, gehöre ich eben nicht zu den Unmöglichen.
Gibt ihr den Arm.

ORPHISE In Gottes Namen, ich will es versuchen, eine solche Miene anzunehmen.
Beide ab.

SIEBENTER AUFTRITT

Alcest, Damon.
Alcest durch die Mitte, sieht Orphise, will nach.

DAMON *hinter ihm eintretend, ruft ihn an* Sieh da, Alcest, mein lieber junger Freund! Wohin so eilig?
Alcest dreht sich nicht um.

DAMON *legt ihm die Hand auf die Schulter* Mein Freund, was tun Sie hier? Ich sollte fragen, was tun wir beide hier? Kommen Sie, dies Haus hat eine Terrasse gegen den Garten hin – dort können wir unter dem Licht der Sterne auf und ab gehen und alle diese Albernheiten in unserem Rücken lassen. Was haben wir beide mit diesem erleuchteten Salon zu schaffen? Mit dieser bunten Menge, die hier ihre Quadrille um das goldene Kalb und um die aufgerichtete Schlange tanzt? Was sollen uns diese Zierpuppen, an die man umsonst ein tiefsinniges Wort verschwendet? Kommen Sie, mein Guter, ein nächtlicher Garten ist der Freund des Philosophen.

ALCEST Ich komme Ihnen nach. Nur im Augenblick – Sie verzeihen mir.

DAMON Sie sind unruhig, diese Luft bekommt Ihnen nicht. Auch mir bekommt sie nicht. Sie ist durchsetzt mit Lüge und Eitelkeit. Gehen wir.

Nimmt seinen Arm.

Alcest zieht sich unmerklich zurück.

DAMON Sie wollen wissen, warum ich denn hier bin? Wissen Sie, was Platon zu dem Zyniker sagte, als dieser ihm vorwarf, er habe mit seinen staubigen Füßen, frisch von der Agora herein, den schönen Teppich in Platons Vorgemach beschmutzt? »Platon, ich trete deinen Hochmut nieder«, sagte der Zyniker. »Ja«, sagte Platon und lächelte, »mit einem anderen Hochmut.« – So gehe ich in solch ein Haus. Der kostbare Teppich, das ist dieses Gewebe aus lächerlicher Anmaßung, aus Standesdünkel, aus Geldstolz. Das ist dieser Troß von Lakaien, diese Musik, diese Pyramiden aus Silberzeug. – Die staubigen Füße des Zynikers, das ist meine Gleichgültigkeit gegen dies alles, meine innere Einsamkeit, mein Blick, vor dem ganz andere Dinge stehen, während er zum Schein über all diesen Firlefanz hingleitet. Kommen Sie, gehen wir miteinander fort von hier.

ALCEST Gewiß – sehr gern – ich muß nur vorher sehen –

DAMON Was wollen Sie hier sehen? Hier gibt es nichts zu sehen als die ewige, monotone Pantomime der Stachelschweine: sie frieren, die armen Tierchen, allein mit sich selber in ihren Wohnungen, und langweilen sich und nähern sich einander, immer näher, immer näher, und wollen sich aneinander drücken: bis ihre Stacheln sie gegenseitig verwunden. Dann kriechen sie wieder auseinander für so lange, bis das Gefühl der Langeweile stärker geworden ist als die Erinnerung an den Schmerz.

ALCEST Das ist sehr geistreich.

DAMON Dergleichen Dingerchen fallen jedem ein, mein lieber junger Freund. Nur: der Weise läßt sie fallen, der Narr hebt sie auf und schmückt seine Schriften damit aus. Aber kommen Sie mit mir, ich will Ihnen was Besseres zeigen. Ich habe in den letzten Nächten ein Stück Prosa geschrieben, das ich niemanden sehen lasse, aber vor Ihnen will ich es nicht verschließen. Es handelt von den tiefsten Dingen dieser Erde. Wollen Sie den Brief sehen, den Lysander mir darüber geschrieben hat?

ALCEST Ich weiß, der große Lysander ist Ihr Freund.

DAMON Wir sind einander genug nahe, daß ich an sein Urteil glauben darf wie an das Gefühl in meiner eigenen Brust.

Alcest ist unaufmerksam, weil Orphise im Hintergrund sichtbar wird.

DAMON *ohne es zu bemerken* Er schreibt mir: »Was du uns bietest, o Damon, ist der Tiefsinn des Heraklit in die Durchsichtigkeit Ciceros eingekleidet.« Er habe nie geglaubt, daß ein Stück Prosa durch seinen Rhythmus ihm den Reigen der Sphären so vor die Seele rufen könne, und daß es menschlichem Denken möglich sei, den Gehalt der ganzen Welt gleichsam auf ein Reiskorn zu schreiben.

ALCEST Ich würde glücklich sein, wenn Sie mich diese Arbeit sehen lassen, nur im Augenblick –

Er macht einen vergeblichen Versuch, sich zu entfernen.

DAMON Kommen Sie, mein Wagen ist unten, wir fahren zu mir nach Hause. Ich habe mein Haus zugeschlossen und bewohne nur den Pavillon des Pförtners. Meine Kammer wird mit einem Öllämpchen erleuchtet sein, und wenn mein alter Diener nicht schläft, so wird er uns einen Imbiß auftragen, ein paar Oliven und ein hartes Ei, oder etwas Ähnliches. Mein Nachtmahl, wenn ich allein bin, ist ein Apfel und ein Trunk Wasser.

ALCEST Die Kost des Philosophen.

DAMON Mein lieber Freund, wäre es der Mühe wert, ein Mensch zu sein, wenn man nicht ein bißchen mehr zu sein verstünde als ein Mensch? Könnte ein Mensch meiner Art unter diesen Larven herumgehen, wenn er nicht schon halb und mehr als halb woanders wäre? Wie Sie mich da sehen, tritt mein Fuß schon die Schwelle, und meine Hand umschließt die Klinke der großen Tür. Ich brauche nur aufzudrücken und bin hinüber.

ALCEST Sie sprechen figürlich.

DAMON Zum Weltmann Alcest spreche ich figürlich, zu dem

jungen Alcest, der mehr sein sollte als der Weltmann, der mein Schüler sein wollte, spreche ich wesentlich.

Leiser

Ich habe die niederen Weihen: im Novizenhaus zu Dijon ist die Zelle bereit, die mich aufnimmt für immer, heute, morgen, übermorgen, der Tag steht nicht in meiner Gewalt, aber ich bete, daß er in meiner Gewalt stehen möge.

ALCEST Sie erstaunen mich, Sie wollen der Welt den Rücken kehren? Ihrem Stand, Ihrem Reichtum, der Ihnen so viel Macht in die Hand gibt, Ihrer Galerie? Ihrer Bibliothek? Ihrem Marstall?

DAMON Nennen Sie den Flittertand mit so tönenden Namen? Das sind leere Schalen. Ich gehe und mache hinter mir die Tür zu. Drüben ist Empyreum und Elysium, drüben sind die Sterne, sind die Weisen, sind die Väter, sind die Cherubim.

ALCEST Ihr Haus? Ihre Gemälde?

DAMON Verteilt und besiegelt.

ALCEST Ihr Schloß in Guyenne, Ihr Landsitz an der Aube?

DAMON In meiner Seele längst nicht mehr mein. Wollen Sie meine Antiken? Meine Pferde? Wählen Sie sich, Sie können alles bekommen. Aber Sie sind heute nicht gesammelt, mein Freund. Ihre Gedanken gehen anderswohin. Heute sind Sie mein Schüler nicht. Ich lasse Sie allein. Ich streiche einmal durch diese erleuchteten Zimmer hin. Die Leute sehen mich und wissen nicht, wen sie vor sich haben – Es ist mir auferlegt, noch für eine Zeitlang diese Maskerade mitzumachen, so trage ich es denn – Gute Nacht, mein Freund.

Ab nach rechts.

ACHTER AUFTRITT

Alcest, Ergast, später Philinth.

Ergast war schon früher zwischen den Säulen sichtbar, kommt hervor zu Alcest.

Alcest will nach rechts, nachdem er Damon genug weit vorausgelassen hat.

ERGAST *fährt auf Alcest los und faßt ihn* Er lügt! Was immer er Ihnen gesagt hat, es ist nicht wahr! Alcest, hören Sie mich an, es ist nicht wahr!

ALCEST Kann sein – aber ich habe Eile.

ERGAST Bleiben Sie! – Hat er von seiner Wohnung im Pförtnerhaus gesprochen? Hat er behauptet, daß er dort in der Kammer schläft?

ALCEST Vielleicht – möglich – aber ich kann nicht bleiben.

ERGAST Bleiben Sie. Er hat dort ein Bett stehen, einen Strohsack mit einem Mantel belegt, aber nie schläft er dort. Hören Sie: Nie. Hat er behauptet, daß er das Hauptgebäude versperrt hält? Daß er ohne Diener lebt? Daß er einen Apfel zum Nachtmahl ißt? Antworten Sie mir!

ALCEST Mir scheint – ich weiß nicht mehr – ich stehe auf Kohlen.

ERGAST *höhnisch* Sie stehen auf Kohlen? Ich liege auf einem glühenden Rost, und das nicht seit zwei Minuten, sondern seit dritthalb Jahren, seit ich in seinem Dienst bin.

ALCEST Sie sind in seinem Dienst? Ich dachte, Sie wären sein Freund.

ERGAST Ich bin sein Bibliothekar, Gott seis geklagt! Er bezahlt mich erbärmlich, mißbraucht mein Gehirn, tritt meine Menschenwürde mit Füßen, bestiehlt mich um mein Gedächtnis – stülpt mich um und um! Hat er Ihnen vorgelogen, daß er in den Barfüßerorden treten will?

ALCEST Warum bleiben Sie denn bei ihm? Warum sind Sie nie zu mir gekommen? Man hätte versucht, Ihnen zu helfen. Jetzt muß ich aber fort, entschuldigen Sie mich.

ERGAST *läßt ihn nicht los* Hat er gesagt, daß er in einer ungeheizten Kammer schläft und einen Apfel zum Nachtmahl ißt? Wissen Sie, daß bei ihm in diesem Augenblick vierhundert Kerzen brennen, daß sechsundzwanzig schlaftrunkene Leute auf den Beinen sind, um sein Zimmer zu beheizen und auf den Gängen Wohlgerüche zu verbrennen – daß man jetzt sein Himmelbett vorbereitet, seine Wärmflasche mit parfümiertem Wasser, seine Badewanne aus rosa Marmor, daß fort und fort ein frisches Huhn an den Spieß gesteckt wird, damit im Augenblick, wo er nach Hause kommt, eines in den Küchenaufzug fliegen kann, das eben auf dem richtigen Punkt ist? Denn er hat einen riesigen Appetit, wenn er nach Hause kommt. Dann läßt er sich auf einem runden Tisch der Bibliothek servieren. Dann habe ich da zu sein, um ihm Gesellschaft zu leisten, dann braucht er mich. Das ist meine große Stunde. Ich muß ihm alles zubringen, was seine eigenen gierigen Augen und Ohren nicht in sich hineingefressen haben, allen Klatsch, der ihm entgangen ist. Ich muß hören, wie er gewirkt hat, wie man sich seine Worte wiederholt – was der zu jemandem über ihn gesagt hat – ich muß es hören, gleichviel, ob es gesagt wurde oder nicht, und wehe mir, wenn ich mir nicht durch Erfindung aufhelfe!

ALCEST Sie erstaunen mich! Ist ihm denn dies alles so wichtig?

ERGAST Wichtig? Er wälzt sich drin. Er liegt auf dem Bauch vor jedem großen Namen, vor jeder Berühmtheit, vor jeder alten Hexe, die einen Rang hat. Er liegt vor Ihnen auf dem Bauch, weil Sie besser geboren sind als er, eine bessere Haltung haben – weil Sie sind, was Sie sind, und sich für das geben, was Sie sind. Er würde zwei Finger seiner Hand dafür geben, daß er wie Sie eine Treppe hinuntergehen und einer Dame den Arm geben könnte – und es stößt ihm das Herz ab, wenn ihm klar wird, daß er nicht aus seiner Haut heraus kann und daß alle seine Lakaien, seine Pferde, seine Bilder und seine Gärten nicht so viel daran ändern. Das sind dann meine bösen Stunden oder meine guten, je nachdem. Dann springe ich um mein tägliches Brot. Dann gilt es, meine Phantasie arbeiten zu lassen. Je nachdem kann mir eine solche mitternächtige Stunde ein bis zwei, ja auch drei Louisdor einbringen. Davon lebe ich dann, davon bezahle ich die Miete für meinen alten Vater, das ist ein Winterkleid für meine Schwester, die von ihrem Lumpen von Mann im Stich gelassen ist und an mir hängt –

ALCEST Wie das? Er gibt Ihnen keine regelmäßige Besoldung?

ERGAST Die ist nicht der Rede wert. Von den kleinen Gratifikationen hängt alles ab. Und die wollen verdient sein. Das ist keine Kleinigkeit, denn er ist eitel wie ein Pfau, dabei mißtrauisch wie ein Schakal. Diese ganze Einrichtung mit den Gratifikationen, das ist so ein Kunstgriff, mich an der scharfen Stange zuzureiten, denn er weiß wohl, daß ich ihn verachte, und es verdrießt ihn Tag und Nacht, daß ich besser geboren bin als er, daß mein Großvater der Gouverneur einer Provinz war, und der seine ein stinkender Wucherer. Aber er kann mich nicht mehr entbehren. Diese Stunden zu zweien nach einem solchen Abend wie dem heutigen – wenn er nun übellaunig ist! – wenn er seinen Effekt verfehlt hat – wenn der Herzog ihn nicht auf seine neugekaufte Antike angeredet hat – wenn die jungen Herren, die obenauf schwimmen, ihn haben abfallen lassen – wenn er keine Zuhörer für seine Orakelsprüche gefunden hat – wenn irgendeiner der unglückseligen Umstände droht, ihn vor ihm selber auf sich selber zu reduzieren – da fechte ich um mein Leben – da überbiete ich mich selber! Da gilt es, meine Lippen an ihn zu legen und ihn mit meinem Atem wieder aufzupumpen wie eine Schweinsblase, aus der die Luft geflogen ist. Da muß ich Effekte erfinden: wie der ihm nachgesehen hat, wie der hinter ihm geflüstert hat – »Habe ich das gesagt«, sagt er, »und solchen Eindruck gemacht? Und jener war so betreten? Und sie beneiden mich so sehr?« – Bis ich ihn umnebelt habe, bis ich ihn dort habe, wo ich ihn haben will. Da gibt es Wendungen, aus denen der Louisdor herausspringt, wenn ich richtig drücke und die Feder nicht verdorben ist. Aber uff!

Streicht sich über die Stirn

es ist hart! Immer wieder etwas Neues aufstöbern – und wie man es ihm beibringen muß – welchen Dünkel ich ihm schon angemästet habe! Wenn mir etwas einfällt oder ich finde etwas in einem alten Buch: »Das könnte Ihnen eingefallen sein«, sage ich, »das ist Ihre philosophische Denkweise, Ihre schlagende, witzige Art sich auszudrücken, das ist ein Gleichnis, das hat Montagne Ihnen vorweggenommen, da ist eine Fabel, aber mir ist, als hätten Sie mir die Pointe davon erzählt.« Hat er Ihnen die Fabel vom König und den Ringen erzählt? Die Geschichte vom Esel und der Nachtigall? Nein? Das Gleichnis von den Stachelschweinen? Ach. Und er log, es wäre ihm im Augenblick eingefallen? Es ist aus dem Aulus Gellius beiläufig! Wie niederträchtig stumpf und platt wird er es erzählt haben, ich sehe es von hier, wie der Überrest von dem, was ich ihm eingetrichtert habe, aus seinem Munde tropft! Da! Sehen Sie da hinüber – diesen Schwarm von einfältigen Laffen.

ALCEST In den ich im Augenblick mich mischen muß.

ERGAST *hält ihn* Bleiben Sie. Sehen Sie mit meinen Augen hinüber, und Sie werden mehr erleben, als wenn Sie selber da drüben mittanzen. Da – schauen Sie doch! Da! Die beiden Stachelschweine, wie sie aufeinander zukommen, jeder bis dahin gefüllt mit Dünkel und Dummheit – da! – Wen ich meine? Den Großsiegelbewahrer und den Präsidenten der Akademie der schönen Künste. Ach, was für ein Pas de deux! Ich weiß kein schöneres als dieses! Anmaßung gegen Anmaßung, erschlichenes Verdienst gegen erschlichenes Verdienst, maßlos verzehrende Eitelkeit gegen eine Aufgeblasenheit, die ihresgleichen sucht! Wie dies gegeneinander tanzt – Sie brauchen nicht hinzusehen, ich habe das Ballett der Stachelschweine hier drinnen, Figur für Figur: »Guten Abend, mein Bester, sieht man Sie einmal wieder –.« – »Mich wieder? Ganz Paris zieht durch mein Atelier. – Sie waren noch nicht – Sie haben mein neues Bild noch nicht gesehen – Der König – Madame – der ganze Hof –«... »Meine Amtsgeschäfte überbürden mich, aber der König – ich entsinne mich – ließ wirklich ein Wort über dieses Dings da – diese – was ist es nur – eine Allegorie?«... »Der König. Er spricht von nichts anderem. Seine Gnade überwältigt mich.« – »Er ist wunderbar, in der Tat. Zwischen den ungeheuersten Geschäften findet er Zeit zu allem, so ist er.« – »Haben Sie gehört, was er zu dem Marschall über mein Bild gesagt hat, ganz Paris wiederholt es.« – »Er ist unvergleichlich. Neulich, nachdem er drei Stunden lang meinen Vortrag über die wichtigsten Materien des Staates gehört hatte, fand er die Spannkraft, sich zehn Koppeln neuer Jagdhunde vorführen zu lassen. So ist er.« – »Wissen Sie, was er zu dem Marschall gesagt hat? ›Einen Marschall von Frankreich kann ich ernennen – Minister, deren kann ich jeden Tag ein Dutzend wegjagen und ein Dutzend neuer anschaffen – aber einen Mann wie den‹, und dabei deutet er auf mein Bild, ›bringt kaum jedes Jahrhundert einmal hervor. Glücklich der Monarch, unter dessen Szepter der Genius sich entfaltet.‹« Das waren zwei, deren Stacheln gleich lang sind, aber es ist noch kurzweiliger, wenn ihrer viele sich wirr gegeneinander drücken: – »Ach, Sie sind auch hier, – ja, es ist so ziemlich alle Welt hier!« – »Wie, es ist wahr, der König ist abermals vorbeigegangen, ohne dich zu beachten?« – »Ich sehe Dummköpfe, nichts als Dummköpfe an den obersten Stellen!« – »Mein Alter, wir sind abgetan, wir beide haben nichts mehr zu bedeuten.« – »Wir? Du bist zwanzig Jahre älter, mir sagte der König, er wolle mir nächstens noch einmal ein Regiment Dragoner geben, wie vor dreißig Jahren.« – »Ich kann nicht finden, daß die jungen Leute – – weniger liebenswürdig? Finden Sie?« – »Wir sind verwandt, ja so etwas wie verwandt, mein Gott, man ist mit aller Welt ein bißchen verwandt!« – »Er war unendlich gnädig, er stützte sich die ganze Zeit auf mich!« – »Der König?« – »Der König hat mir gestern – der König findet – der König wird morgen – ich habe vom König – ich empfing von ihm – ich darf – ich soll – ich mußte – ich – ich – ich!«

In verändertem Ton

Gefällt Ihnen das? Finden Sie, daß ich das nicht ganz schlecht vorbringe? Ach, es ist doch etwas da drinnen!

Schlägt sich an die Stirn

Ich könnte es doch allenfalls noch mit diesem süßlichen Burschen La Fontaine aufnehmen! Und da lebe ich und schütte dies alles in dieses Kehrichtfaß. Kommen Sie, lassen Sie mich Ihren Arm haben. –

ALCEST *verlegen* Lieber Ergast –

ERGAST Nein, kommen Sie, ich muß Sie mit Mondor bekanntmachen, dem alten Mondor; er sitzt in einer Ecke, hat ein blödes Gesicht, ein dreifaches Kinn, aber Verstand wie der Teufel und mehr Bosheit als ein Affe. Kommen Sie zu ihm, Arm in Arm mit mir – es liegt mir viel daran, Alcest!

Philinth erscheint hinten, gibt Alcest Zeichen.

ALCEST Vergeben Sie mir, man will mir etwas sagen.

ERGAST Dieser Mensch hat Ihnen nichts zu sagen, er hat niemandem auf der Erde etwas zu sagen. Kommen Sie, ich will Ihnen eingestehen, warum mir daran liegt, daß der alte Mondor sieht, daß Sie sich mit mir abgeben. Es ist um meines Vaters willen. Mondor besucht ihn zuweilen. »Ah, Ihr seid nicht ganz auseinander«, wird mein Vater sagen. Er wird nicht mehr sagen als das. Aber des Abends, wenn man ihn aus dem Rollstuhl ins Bett gehoben hat, dann kommt sein Monolog, der Monolog des alten Mannes, der nicht einschlafen kann. Er wird sich sagen: »Ah, ein großer Herr wie Alcest findet es noch immer der Mühe wert. Man ist für ihn doch noch, was man ist – man wird von ihm als seinesgleichen behandelt – man hat noch nicht völlig seinen Schatten verloren, wenn man ihn auch ein bißchen verkauft hat – der Junge hat vielleicht keine Gegenwart, aber ein bißchen Zukunft.« Kommen Sie zu ihm, Arm in Arm mit mir, es liegt mir viel daran, Alcest!

ALCEST Ich muß Sie für einen Augenblick um Entschuldigung bitten.

Tritt zu Philinth.

Ergast verzieht sein Gesicht und kehrt beiden den Rücken.

PHILINTH Wo sind Sie denn – man erwartet Sie – man hat sich mir anvertraut.

ALCEST Sie sind sehr gütig!

PHILINTH Ich muß nach hinten, einen letzten Blick auf die Zurichtung im Garten werfen. Vigarani will absolut nicht arbeiten, ohne meinen letzten Blick. Sie finden Ihre Dame, wenn Sie von hier den ersten Saal hindurch gehen, in der kleinen Galerie zur Rechten. Sie ist mit Armande, mit Belise, mit Oronte, mit Alcidor und noch einigen anderen.

Ab nach links.

ALCEST Ich muß mich von Ihnen verabschieden, Ergast. Ich werde Sie nachher wieder aufsuchen.

ERGAST Sie werden dieses Versprechen ebensowenig halten, als Sie sich in den letzten sechs Jahren um mich gekümmert haben, obwohl Sie genau wissen, wer ich bin und was der Mann wert ist, den Sie in den Klauen eines sklavenhälterischen Wanstes, wie Damon es ist, verkommen lassen. Darum stehen Sie niedriger als er und würden mehr als er verdienen, der Verachtung der Nachwelt preisgegeben zu werden. Denn diese wird meinen Wert kennen, darauf können Sie sich verlassen. Soll ich Ihnen sagen, warum Sie mit mir nicht durch die Säle gehen wollen? Weil Sie sich fürchten, sich dadurch in den Augen irgendeiner Zierpuppe, die Sie zum Narren hält, herabzusetzen. Gehen Sie. Sie sind nicht um ein Haar besser als die andern. Haben Sie es notwendig, hierher zu kommen, diesen Kehricht des Hofes, diese Stickluft, erzeugt von Flachköpfen, Lakaien und ranzig gewordenen Berühmtheiten, einzuatmen? Aber diese ganze Atmosphäre ist gerade, was Euch behagt.

ALCEST Alles, was Sie da sagen –

ERGAST – ist die Wahrheit! Und die hört Euresgleichen nicht gern.

ALCEST Ich lasse Sie.

Ab nach rechts.

ERGAST *hinter ihm drein, giftig* Memme!

Ab durch die Mitte.

NEUNTER AUFTRITT

Alcest, Helianth.

HELIANTH *springt zwischen den Säulen hervor* Sie hatten Streit. Sie schlagen sich?

ALCEST Ich? –

HELIANTH Mit diesem Herrn dort. Ich konnte nicht sehen, wer es ist. Allein der Ton ließ keinen Zweifel. Verfügen Sie ganz über mich –

ALCEST Ich über Sie?

HELIANTH Sie haben keinen ergebeneren Freund in dieser Stadt.

ALCEST Sie sind in einem Irrtum, mein Herr.

HELIANTH Ich weiß, woran ich bin.

ALCEST Ich muß Sie lassen.

HELIANTH Verstellen Sie sich nicht, ich weiche keinen Schritt von Ihrer Seite.

ALCEST Ich bin mit jemand verabredet.

HELIANTH Bei diesem Stelldichein werde ich Ihnen zur Seite stehen.

ALCEST Das werden Sie nicht, mein Herr!

HELIANTH Doch, doch! Oh, wenn Sie begreifen könnten, welcher Glücksfall es für mich ist, daß ich gerade Sie in dieser Situation überraschen konnte.

ALCEST Mein Herr –

HELIANTH Helianth ist mein Name. Ich wurde Ihnen mehrmals vorgestellt. Ich bin es, der bei Dorimene auf dem Gartenfest im Kostüm eines Tritons den Kahn ruderte, auf welchem Sie mit einer Dame in einem Zelt saßen. Ich trachtete, alles zu hören, was Sie redeten, aber das Geräusch meines Ruders hinderte mich daran, und sooft ich das Ruder einzog, um besser hören zu können, riefen Sie immer: »Rudere doch, Triton!« Ich bin es, der Ihr Pferd Hektor gekauft hat, dieses Pferd, das ich täglich reite. Ich habe die Livree meiner Leute genau so bestellt, wie Sie Ihre Leute kleiden –

ALCEST Sie haben mich, mein Herr, durchaus in keiner anderen Situation überrascht, als in einer, in der ich über keine freie Zeit verfüge.

HELIANTH Ich verstehe Sie.

ALCEST Schön, dann –

Verneigt sich.

HELIANTH Ich werde Sie begleiten. Dies ist für mich durchaus keine Kleinigkeit. Sie ahnen nicht, wie lange ich nach einer Gelegenheit suche, mich Ihnen zu verbinden. Mein Herr Vater, der Marquis von Sotenville, der jetzt auf seinen Gütern lebt, aber Paris kennt wie seinen Handschuh, schreibt mir in keinem Brief etwas anderes als das: »Verbinde dich aufs engste mit einem von den Herren, die etwas älter sind als du, von denen man viel redet und die bei den Damen den Regen und das schöne Wetter machen. Hänge dich an ihn, sorge, daß man euch immer zusammen sieht, und gib nicht früher nach, als bis ihr aus einer Schüssel eßt und er seine Börse, sein Haus und seine Geliebte mit dir teilt.« – Sie, mein Herr, sind es, den ich mir ausgewählt habe, und jedesmal, wenn ich Ihnen in der großen Welt begegnete, fühlte ich mich bestärkt in der Richtigkeit meiner Wahl. Darum habe ich – wie gesagt – Ihr Pferd Hektor gekauft und reite es täglich, um auf diese Art mit Ihnen in Berührung zu sein, obwohl es kein Vergnügen ist, dieses Pferd täglich zu reiten. Ich weiß, wer zu Ihren näheren Freunden gehört und welches Ihre ehemaligen Freundinnen sind; ich weiß, an welcher Ecke Sie zuweilen abends Ihren Wagen halten lassen, um den Wagen einer Dame abzuwarten, dem Sie sich dann unmittelbar anschließen. Ich weiß zwar noch nicht, wer diese Dame ist, aber wahrscheinlich wird man es mir noch diese Nacht melden, denn ich habe eine besondere Belohnung dafür ausgesetzt.

ALCEST Mein Herr, ich weiß nicht, wie ich soviel Aufmerksamkeit verdiene und was ich mir aus dieser Art von Huldigung machen soll –

HELIANTH Das ist doch ganz einfach. Genau so haben Sie es doch sicher vor acht oder zehn Jahren gemacht. Wie wären Sie sonst zu dieser so guten Position gekommen? Ich will es noch geschickter anstellen als Sie und meinen Herrn Vater durch die Geschwindigkeit überraschen, mit der ich durch Sie in den Kreis der Tonangebenden gelange.

ALCEST Mein Herr, ich sehe, Sie verdienen, diesem Kreis schon heute anzugehören.

HELIANTH Sie wollen mir schmeicheln, Alcest. Ich habe mir Sie viel hochmütiger gedacht.

ALCEST Ich will Ihnen durchaus nicht schmeicheln. Die Zugehörigkeit zu diesem Kreis wird nicht erworben: sie fällt dem, für den sie bestimmt ist, sozusagen von selber in den Schoß. Ich nehme Ihre Freundschaft an.

HELIANTH Ich will mich an Ihre Fersen heften.

ALCEST Und ich stehe nicht an, gleichzeitig einen wirklichen Dienst von Ihnen zu erbitten.

HELIANTH Sie machen mich überglücklich. Ich werde es noch diese Nacht meinem Herrn Vater schreiben, daß es mir gelungen ist, mit einem Schlag einer Ihrer intimsten Freunde zu werden.

ALCEST Der Freundschaftsdienst besteht darin: Sie verlassen jetzt sofort diesen Raum –

HELIANTH Mit Ihnen?

ALCEST Ohne mich.

HELIANTH Muß das sein?

ALCEST Unbedingt. Sie bewegen sich zwanglos in den Sälen, unterhalten sich mit den Damen –

HELIANTH Finden Sie, daß es richtig ist, wenn ich Dorimene den Hof mache?

ALCEST Es ist das Beste, was Sie tun können.

HELIANTH Dorimene ist doch vom ersten Rang?

ALCEST Wie können Sie zweifeln?

HELIANTH Ich meine vom allerersten. Es gibt Nuancen, Schattierungen. Mein Vater sagt: »Auch ein erster Name ist noch keine Bürgschaft. Ich könnte dir Familien zitieren, die vor vierzig Jahren das Allererste bedeuteten und jetzt recht herabgekommen sind. Du aber mußt dich immer an das halten, was im Augenblick als das Beste vom Besten gilt.«

ALCEST Wir schweifen ab. Sie bewegen sich zwanglos in den Salons, vermeiden aber durchaus, sich um mich zu bekümmern. Sind wir im gleichen Raum, so verlassen Sie mit einer vollendeten Unauffälligkeit diesen Raum. Sie vermeiden meine Nähe so geschickt, so diskret, wie nur ein erprobter Freund dies durchführen kann. Und morgen im Elysée beim Ballspiel erzählen Sie mir alles Nähere darüber.

HELIANTH Und Sie sagen mir dann den Grund?

ALCEST Dies alles hat einen ernsten Hintergrund.

HELIANTH Ich kann es mir denken.

ALCEST Es ist von größerer Tragweite, als Sie ahnen können.

HELIANTH Ich eile, Ihnen zu gehorchen, Alcest.

Umarmt ihn.

ALCEST Auf Wiedersehen!

ZEHNTER AUFTRITT

Alcest, Orphise, später Philinth, ein Programmverkäufer, Helianth und Dorimene.

ORPHISE Wen umarmen Sie da?

ALCEST Einen Herrn, den ich nicht kenne! Ihnen zuliebe.

ORPHISE Sie amüsieren sich.

ALCEST Ich amüsiere mich?

ORPHISE Es scheint so.

ALCEST Sie amüsieren sich.

ORPHISE Damit – auf Sie zu warten – oder Ihnen nachzulaufen. Es ist nicht möglich, mit Ihnen in die Welt zu gehen, Alcest. Sie und die Welt, das geht allzuschlecht zusammen. Und dieser Mißklang überträgt sich auf die Personen, die den Vorzug haben, sich in Ihrer Begleitung zu befinden. Es kommt ein gewisses Etwas über mich, das ich nicht definieren kann – ich möchte eine andere sein, als ich bin – die Menschen sind mir lästig, einer wie der andere. Ich weiß nicht, was sie von mir wollen, ich finde ihre Schmeicheleien beschwerend, ihre Besessenheit, von sich selbst zu reden, nicht belustigend, ihre ewige Neugierde aufreizend. Ich krittle an jedem herum, ich beschuldige alle, statt einen einzigen zu beschuldigen. Hören Sie mich, Alcest?

ALCEST Ich höre Sie.

PHILINTH *durch die Mitte* Alle Welt hat ihre Plätze und Sie beide nicht. Sie werden schlecht sitzen, schlecht sehen, schlecht hören, und es wird ein verlorener Abend für Sie beide sein.

Eilig ab nach rechts.

ALCEST Das fürchte ich auch – mindestens für Sie. Ich fühle, wie Sie trüber und trüber werden, wie Sie entgegen Ihrer Natur alle Menschen lästig finden, weil ein einziger Ihnen beschwerlich ist. Ich weiß nicht, was ich sagen soll.

ORPHISE Sie sollen gar nichts sagen, denn ich will Ihnen etwas sagen.

PROGRAMMVERKÄUFER *springt herein, bietet ein Programm an* Kaufen Sie ein Programm,

Hier, mein Herr, für Madame!
Damit sie wohlversteht
Alles, was vor sich geht
In dem Ballett!
Alcest in Erwartung.

ORPHISE Ja, ich bin schlechter Laune, Alcest, sehr schlechter Laune, das bin ich ja doch immer, wenn ich einen großen Entschluß fassen muß.

PROGRAMMVERKÄUFER
Damit sie begreifen kann,
Wie hübsche Mädchen
Halten am Fädchen
Männer von jeder Art,
Jung und alt, grob und zart.
Damit sie das begreift
Ohne alle Worte,
Bloß aus den hübschen
Sprüngen und Gest',
Und auch den Rest.

ORPHISE So machen Sie doch diesen lästigen Jungen schweigen.
Alcest gibt dem Jungen Geld und nimmt ein Programm. Programmverkäufer springt ab.

ALCEST *in großer Erregung* Einen Entschluß?

ORPHISE Ja, erinnern Sie sich nicht an die Zeit – vor Hubertus – vor der Jagd – an den Spaziergang im Park von St.-Cloud – war ich damals nicht mißmutig – traurig – unleidlich?

ALCEST Orphise!

ORPHISE Da kommt Dorimene. Es ist nicht möglich, in diesem Haus sich zu unterhalten. So will ich Ihnen die Hauptsache denn mit einem Worte sagen.

HELIANTH *kommt mit Dorimene, tritt schnell zu Alcest* Ich habe mein möglichstes getan, sie abzuhalten. Sie hat mir befohlen, mit ihr so lange durch die Säle zu gehen, bis wir Sie finden würden. Sagen Sie mir, was ich tun soll!

ALCEST Gar nichts.
Kehrt ihm den Rücken, wendet sich zu Orphise, leidenschaftlich, stumm.

ORPHISE Ich werde Sie heiraten – sobald Sie wollen. Das übrige können wir uns während des Balletts erzählen.

ALCEST Nie hätt ich geträumt, daß dieser Abend die Krönung aller meiner Wünsche bringen würde.

ORPHISE Und ich war auf etwas Ähnliches schon beim Herfahren gefaßt, als Ihr Wagen an der Ecke Rue Royale hinter dem meinigen einbog – aber kommen Sie, alle diese Leute sind wirklich lästig.

Nimmt seinen Arm, sie gehen rechts ab.

Helianth sieht ihnen nach, mit verlegener Gebärde gegen Dorimene.

DORIMENE Kommen Sie, Helianth, man soll eine Frau niemals stören, wenn sie ihre vergeblichen Versuche macht, jemand festzuhalten, der sich nicht festhalten lassen will.

HELIANTH Strebe danach, mit Geschmack lästig zu werden – sagte mir mein Herr Vater beim Abschied –, und dein Glück ist gemacht.

Vorhang.

ZU ›DIE LÄSTIGEN‹

EINE VON MAX REINHARDT GESTRICHENE SZENE

NEUNTER AUFTRITT

Alceste, Aristipe.

ARISTIPE *tritt rechts herein, Alceste möchte ihn vermeiden, Aristipe tritt ihm scharf entgegen und sagt*

ALCESTE Ich hatte –

ARISTIPE *fällt ihm ins Wort* Doch wohl nicht schon die Absicht mir auszuweichen?

ALCESTE Was soll diese Betonung? Was bedeutet dies alles unter uns beiden?

ARISTIPE Gar nichts, wenn Dein Gewissen Dich nichts davon auf Dich beziehen heißt?

ALCESTE Wie sollte es?

ARISTIPE Ohne Umschweife: Mit mir steht es so, daß ich meinen Freunden und meinen Feinden ins Gesicht sehen muß, da werde ich einige Larven abreißen müssen!

ALCESTE Das mir?

ARISTIPE Ich hoffe, nein. Aber ich will mich nicht von unsicheren Hoffnungen narren lassen.

ALCESTE Darf ich – ich sehe es ist nötig – zu einer Unterredung morgen –

ARISTIPE Keine längere wird benötigt als dieser Ort und dieser Augenblick verstatten. Es sind beispiellose Bübereien gegen mich im Werke, ein Haftbefehl schwebt in der Luft.

ALCESTE Du träumst!

ARISTIPE Man deportiert mich – handle ich nicht verwegen wie der verzweifelt Unschuldige, der ich bin – demnächst nach den Inseln. Sei es! Mögen sie!
Nagt die Lippen

ALCESTE Das sind Deine Hypochondrien. Bedenke Deinen Rang, Deine Stellung, Deine Freunde –

ARISTIPE Ich habe keine Freunde. Ich glaubte bis jetzt – ich hätte einen – in Dir –

ALCESTE Bis jetzt? Diese Sprache hier mir ins Gesicht tut mir unrecht.

ARISTIPE Alceste, Deine Sprache zuweilen hinter meinem Rücken tut mir sehr unrecht.

ALCESTE Was soll mir dieser Vorwurf? Ich spreche mit niemanden über Dich, Deine politischen Pläne –

ARISTIPE Sehr vorsichtig!

ALCESTE Als mit unseren Freunden!

ARISTIPE Und wen bist Du weitherzig genug, so zu nennen?

ALCESTE Ich erinnere mich – es ist keine Woche her – in ihrem Kreis mit Dir einen Abend, eine halbe Nacht verbracht zu haben – ich sah Dich umgeben von Menschen, die an Deinen Lippen hingen –

ARISTIPE Ja, ich war sehr stark an diesem Abend. Wohl zu stark; man sagte mir, Du habest blaß ausgesehen, als ich meine Rede beendete!

ALCESTE *nach einem Blick* Ich verstehe Dich nicht, wir reden von Deinen Freunden. Da war Arcaste –

ARISTIPE *zuckt zusammen* Wer ist das?

ALCESTE Dein Freund Arcaste!

ARISTIPE *eisig* Wer ist das?

ALCESTE Hm! Hm! Da war Louisipe –

ARISTIPE Nie mehr den Namen dieser Kröte!

ALCESTE Er hatte Einwände, aber er stand immerhin zu Dir. Da war Polidor –

ARISTIPE Der Achselträger! Der Feigling!

ALCESTE (1.) Molon (2.) Damon –

ARISTIPE Der Lügner! Kein Wort von diesem Menschen, wenn ich bitten darf

Schüttelt sich

ALCESTE Du erstaunst mich! Seit wann dieser Umschwung?

ARISTIPE *deutet auf seine Brust* Hier schwingt nichts um. Der eine Stern dort oben, Endpunkt der Weltenachse, steht fester nicht als dies und diese Stärke spüren sie. Sie wissen: Dieses Herz und dieses Hirn werden diese Monarchie in den Grundfesten erschüttern. So legen sie es denn auf Ausscheidung an. Sie wollen mich zu Fall bringen, ehe ich ihnen zu stark geworden bin.

ALCESTE Du hast Anzeichen?

ARISTIPE Jede Stunde gebiert ein neues.

ALCESTE Es sind keine Hypochondrien?

ARISTIPE Das Wort nicht noch einmal! Nimm Dich in acht, Alceste!

ALCESTE Ich bin morgens mit dem frühesten bei Dir.

ARISTIPE Dafür ist keine Verwendung. Morgen mit dem frühesten stehe ich im Vorzimmer des Königs, morgen wie heute. Ich stehe ihnen: falsche Freunde, niedere Zuträger, Angeber, Achselträger, die von einem Fuß auf den anderen treten, kriechende Hofschranzen, der Chorus der geistigen Niedrigkeit: Ich stehe ihnen allen: Ich allein –: glorreich allein! Aber um mich brauche ich Klarheit. Nichts, wenn die Katzen grau sind, kratzt freilich mehr als einer vor meiner Tür und dunstet von Ergebenheit. Aber ich brauche den, der bei grellem Licht zu mir steht. Heute vormittag, als der königliche Bruder mit einem gewissen Blick mich streifte, das Vorzimmer war überfüllt und doch war viel Raum um mich, so viele Schultern vor mir, neben mir – da dachte ich an Dich, Alceste. Du warst nicht zu sehen. Es sind ihrer viele hier, die heute vormittag beiseite sahen. Deinen Arm, Alceste, mit Dir die Treppe hinaufzugehen.

ALCESTE Braucht es das zwischen uns?

ARISTIPE Es hatte vordem den Anschein, als brauchte es das nicht.

ALCESTE Nun also.

ARISTIPE Da ich Dich nun aber auf Nadeln stehen sehe – zusammenzuckend, wenn dort jemand vorbeigeht, einen unruhigen Blick hinüberschickend –

ALCESTE Um alles, Aristipe, Du bist auf einer falschen Fährte.

ARISTIPE *kalt* Das hoffe ich. Deinen Arm, die große Treppe hinaufzugehen.

ALCESTE Das sind Dinge, die man nicht verlangt.

ARISTIPE Das sind Dinge, die man nicht verweigert.

ALCESTE Bin ich es, von dessen Gunst Dein Ansehen abhängen kann?

ARISTIPE Du wirst Dich nicht anmaßen, es so auszulegen.

ALCESTE Was soll es denn?

ARISTIPE Eine kleine Probe.

ALCESTE Deren ich mich weigere um unserer Freundschaft willen.

ARISTIPE Damit ist sie für mich bestanden.

Grüßt zeremoniös

ALCESTE Aristipe!

ARISTIPE *grüßt nochmals, wendet sich und geht*

ALCESTE *steht verblüfft*

DER SOHN DES GEISTERKÖNIGS

PHANTASIE ÜBER EIN RAIMUNDSCHES THEMA

I

DER GEISTERKÖNIG

Gemach des Geisterkönigs Longimanus im reichen Empirestil. Longimanus im Schlafrock tritt aus dem Alkoven hervor, läutet. Pamphilius, Kammerdiener, springt herbei.

LONGIMANUS Wo schlierfst denn du herum? Was Neues?

CHOR DER GEISTER

Jauchzet den König
Aus seiner Ruh,
Ewiges Vivat,
Töne ihm zu.

LONGIMANUS *mißmutig* Mach die Tür zu.

Pamphilius schließt die Tür.

LONGIMANUS Wer ist denn im Vorzimmer?

PAMPHILIUS Die Zauberer und Feen vom Dienst, fast alle ersteren Geister, die meisten Leidenschaften, die Jahreszeiten –

LONGIMANUS *ohne ihm zuzuhören, wühlt in den Schriften, die auf einem goldenen Tischchen liegen; gelangweilt* Bittschriften, nichts als Bittschriften, Beschwerden, Gesuche um Veränderungen, Klagen, Wünsche. Wenn mir mies ist, sind sie alle aus'm Häusl.

PAMPHILIUS Euer Gnaden sprechen es aus.

LONGIMANUS Da! der Plutus! Natürlich –

Er hat sich gesetzt

das ist doch eine Arroganz von diesem Geist, die nicht mehr zum Aushalten ist. Jetzt wolln die Weisheit und die Tugend ihn nicht mehr zum Partner bei der Whistpartie haben. Sie sagen, er nimmt sich zu viel heraus.

PAMPHILIUS Die neun Musen sind auch fuchsteufelswild über ihn: er hat sich geäußert, daß dort, wo er mit Gold den Boden düngt, er ihresgleichen so gut züchten könnt wie Eibenschitzer Spargel.

LONGIMANUS Wenn man ihn reden hört, gibt es außer ihm

überhaupt keine Macht auf der Welt. Ich weiß nit, renommiert er so, oder hat sich die Welt seitdem gar so verändert. Zu meiner Zeit hats doch noch was anderes da drunten gegeben als das Geld.

Er träumt vor sich hin.

PAMPHILIUS *räuspert sich* Die Furcht und die Hoffnung machen ihm halt auch ohne Unterlaß den Hof.

LONGIMANUS Laß mich aus mit den zwein, die sind mir erzzuwider.

PAMPHILIUS Sie sagen, er hat halt heutzutag alles in der Hand.

LONGIMANUS *rüttelt sich* Wer? Der Plutus? Wenn man ihn schwadronieren hört, wär an den Menschen überhaupt nichts Eigenes mehr dran und an die Geister auch nix, und er verdienert' eigentlich meinen Platz einzunehmen. Ich hab aber g'hört, es ist unlängst sehr was Gutes gegen ihn g'sprochen wordn, von einem Franzosen oder einem Berliner.

PAMPHILIUS Er zuckt die Achseln und sagt: die gegen ihn wettern, sind erst recht von ihm besessen.

LONGIMANUS *hält die Bittschriften in der Hand* Die Weisheit kann ich aber auch nit leiden. Sie hat mir voriges Jahr zu Neujahr so was G'schwollenes ins Stammbuch g'schrieben. Gib her 's Stammbuch.

Pamphilius reicht es ihm, er blättert darin

Da habn wirs schon.

Er liest, leise Musik begleitet die Worte

»Wohl uns, daß du mit Menschen nur gespielt, nicht wirklich sie erkannt auf deinem Erdenweg: ein jeder wird in das verwandelt, was er begreift – du wärest nimmer uns zurückgekehrt.«

Die Musik hört auf.

Soll heißen: wenn ich hätte kapieren können, was ein Mensch ist, wär ich selber einer geworden. Eine rechte Spintisiererei.

Wirft die Bittschriften zur Erde, starrt trübe vor sich hin

Es laßt mich nit aus, wenn doch was dahinter steckert'.

PAMPHILIUS Das ist die Melancholie! Das sind die schwarzen Gedanken.

Läuft zur Tür, läßt die sechs Morgenstunden herein.
Die sechs Morgenstunden im Ballettkleidchen gruppieren sich zum Tanz.

LONGIMANUS *fährt aus seiner Träumerei auf, befremdet* Wer sind denn die?

PAMPHILIUS Die freundlichen Stunden des Morgens, gnädiger Herr.

LONGIMANUS *mißmutig* Ach ja, ja! Erkenns schon.
Gähnt
Wer hat denn die hereing'lassen?

PAMPHILIUS Mein Gott, seien Euer Gnaden nicht ungehalten, der Leibarzt war der Meinung –

LONGIMANUS Natürlich der! – Laß nur austanzen. G'spaßig: so exakt setzens die Fußerln, und den Menschen ist immer die eine zu langsam, die andere zu g'schwind.
Großmütig ohne Heiterkeit
Na gehts nur, Kinder, ich dank euch schön.
Die Morgenstunden knicksen und trippeln ab.

LONGIMANUS Eine Stunde, ein Monat, ein Jahr. Wie gleichförmig ist das alles eigentlich, was machen sich die Menschen für ein Kaleidoskop daraus! Ich hab nur ein einziges Jahrl drunten auf der Menschenwelt erlebt! Das End von einem Frühjahr-Sommer-Herbst-Winter und wieder den Anfang von einem Frühjahr. Dann wars vorbei. Was sie sich draus machen aus dem Ringelspiel. Die menschliche Phantasie ist eine sehr erfinderische.
Plötzlich lebhafter
Sind die Jahreszeiten da?

PAMPHILIUS Sehr wohl.

LONGIMANUS Solln reinkommen. Ich möchts wieder einmal sehn.
Pamphilius läuft ab.

LONGIMANUS *allein* Was einem eine Person mit so einer dummen mysteriösen Red für einen Floh ins Ohr setzen kann! Wenn du sie verstanden hättest – – – was soll denn da weiter zu verstehen sein? Hättest du dich in ihresgleichen verwandelt. Da wär ich ein sterblicher Mensch g'worden und wär vielleicht von ein'm nächstbesten Ziegelstein erschlagen word'n!

Die vier Jahreszeiten treten ein. Pamphilius schließt hinter ihnen die Tür. Der Winter ist ein alter Mann, er trägt eine bäurische Pelzjacke, Pudelmütze, einen Muff, alles beschneit; der Sommer einen nankingenen Frack, Beinkleid, Strohhut mit Blumen darauf und ein Parasol in der Hand. Der Herbst hat eine grüne Wirtsjacke, blaue Schürze, ein Käppchen mit Weinlaub besteckt und ein Körbchen mit Äpfeln in der Hand. Der Frühling ist ein junges Gärtnermädchen mit Rosen auf dem Hut und einem Rosenstock im Arm.

LONGIMANUS *sitzend, fährt auf aus seinen Gedanken* Nun, wie stehts mit euch vier? Schimpfen die Menschen noch immer über einen verregneten Sommer oder habens wirklich ob schön ob Regen nur 's Geld im Kopf? Na, ist der Sommer ein Stummerl?

Sommer geniert sich.

HERBST *leise angetrunken, singt vor sich hin*

I bin der Herbst,
Mit mir ist gut sein.
Den Kindern a Apferl,
Dem Vatern an Wein.

LONGIMANUS *zum Winter* Und du, Alter! Können dich immer noch die kleinen Buben besser leiden als die alten Leut?

WINTER *mit rauher Stimme* Sie werfen mir vor, daß ich sie an die Vergänglichkeit alles Irdischen erinnere.

LONGIMANUS Das werfens dir vor? Die Narren! Ich leb allerweil.

Gähnt.

WINTER Sie klagen über meine Finsternis: die erinnert sie an das Grab.

LONGIMANUS Die Schafsköpf. Ist denn das nicht das große Prae, das sie vor uns voraus haben, daß sie sich ihr zugemessenes Stückerl von der faden Ewigkeit mit einer dahintergehaltenen Sterbekerzen transparent machen können.

HERBST *singt zufrieden vor sich hin*

I bin der Herbst,
Mit mir ist gut sein.

LONGIMANUS *nickt ihm zu* Ja, du bist der Herbst, mit dir ist gut sein.

Wendet sich zum Frühling

Und du, Spitzbub, na, komm a bisserl näher. Bringst du noch immer die Leut durcheinander? Gibts immer noch den g'wissen lauen Wind, bei dems auf einmal mitten in der Seilergassen nach Waldveigerln riecht wie auf'm Hameau, und von dem die Jungen rebellisch und die Alten konfus werden? Fädelst du immer noch solche G'schichten ein, die unterm freien Himmel und lichter Sonn mit Graseln und Blatterln anfangen, und wo du am End, wenn alle Katzen grau sind, mir nix dir nix die letzten Kerzen auslöschst, bei der die Besinnung noch ein notdürftiges Dasein gefristet hat. Na, heraus mit der Farb.

FRÜHLING *sehr verlegen* I bitt, ich weiß von nix.

LONGIMANUS Ach, gebts mirs zurück. Die schlechtesten Stunden, den verregnetesten Sommernachmittag, eine einzige Nacht, wo mich die Trut gedruckt hat. Ihr könnts nit? No, so schauts daß z'haus kommts. Was nützt mir euer Ab und Auf, wenn Furcht und Hoffen nicht eine russische Hutschen draus machen, auf der eins bald zum Himmel hinauf, bald in die Höll hinunterfliegt.

Die vier Jahreszeiten ziehen sich zurück unter Verbeugungen.

LONGIMANUS *steht auf* Öd ist mir.

Pamphilius tritt besorgt näher.

LONGIMANUS *geht auf und ab* Die andern Jahr hab ich doch um die Zeit die Erinnerung so lebendig g'habt, oder die Reu! Die Reu war auch was. Aber diesmal ist rein, als ob mir die armseligen Freuden der Einbildung auch sollten vergällt sein.

Bleibt stehen. Pamphilius tritt näher.

Es hat mir wer so einen abscheulichen Floh ins Ohr gesetzt, so wie wenn ich damals da unten das Beste versäumt hätte.

PAMPHILIUS Euer Gnaden, das ist die Hypochondrie. Euer Gnaden kommen jetzt nicht von dem los, was die Weisheit in ihrer Arroganz in das Stammbüchel g'schrieben hat.

LONGIMANUS Na ja, na ja, ja, ja. Es ist aber eine fixe Idee.

Grübelt

Wenn ich sie nit verstanden hab – zu dumm – meine Freunderln drunten haben doch immer g'sagt: wie perfekt wir uns verstehen, und mit die Freundinnen war das Verständnis auch nit schlecht, das heißt bis auf den einen Fall, ja, ja, na ja.

PAMPHILIUS Da sehen Euer Gnaden, es ist halt alles so daher g'redt von der Weisheit.

LONGIMANUS Ja, ja, freilich. Sie muß halt immer was sagen, was einem den Humor verdirbt. Da hats mich auch einmal g'fragt:
Hochdeutsch
Ob ich denn dort unten auch gefunden habe, was ich zu suchen ausgegangen war. So eine rechte Prüfungsfrag, und wie sie einem dabei anschaut. Ich hab ihr aber die Frag ganz scharf zurückgeben: Na, was hab ich denn g'sucht?

PAMPHILIUS Sehr gut.

LONGIMANUS Sie ist aber nie verlegen um eine Antwort: »Dich selber, dein Spiegelbild in ihnen«, gibt sie zur Antwort und spielt dabei die Carodam' aus. Es war unterm Whistspielen. Ich seh mein Blatt vor mir, wie wenn ichs in der Hand hätt. Was ich g'sucht hab bei den Menschen? Ja, was wars denn? Was war denn das, was mich so entzückt hat an ihnen?
Stark
Ich möcht einen Menschen sehn! Mit meinen Augen, wie sie jetzt sind, geschärft durch zwanzig Jahre Nachdenken, wieder einem lebendigen Menschen in die Augen schaun!

PAMPHILIUS Zahllose selige Schatten stehen zur Verfügung. Ein Wink –

LONGIMANUS Ah, die seligen Schatten, die sind ein ausg'rauchter Champagner! Ein lebendiger Mensch, das ist so was für sich, so was Starkes, so was B'sonderes, und wär's der dümmste Kerl. Ihrer einen von ein paar Geistern zusammenpacken lassen und hieher stellen. Das wär schon was. Aber eine Stunde in dieser Luft ist ihrereinem der sichere Tod. Na, so lassen wirs halt.
Setzt sich.

PAMPHILIUS Vielleicht daß noch ein Schatten, der noch nicht

lange heroben ist – die umschwebt noch so was von drunten.

LONGIMANUS Ah, haben doch schon so leere Augen. Das kennen wir ja. Ich möcht sie tausend Sachen fragen, und dann fallt mir auf einmal nit mehr ein, was ich sie hab fragen wollen.

Vor sich sinnend

Was das nur ist, möcht ich wissen. Was sie als a Lebendiger in die Augen haben und was macht, daß die Schatten dann gar so leer dreinschauen. Es ist so was Dunkles, so eine zerstreute und doch begierige geistesabwesende und doch gegenwärtige Schauerei, und es ist auch allerweil noch was dahinter.

Steht auf

Man sollte nicht streng sein, wenn sie lügen –

Geht auf und ab

und das reut mich, das reut mich, der Jähzorn reut mich, der Jähzorn reut mich. – – Du lügst, das ist schnell gesagt, und eine greuliche Geisterstrafe ist gäh verhängt. Was heißt denn das: lügen? Es steckt halt ein Traum im andern, so wie die Haut vom Zwiebel, ein dunkles Leben im andern. Sie stecken voll lauter Träume, wachend und schlafend, und erst wenns Herz stillsteht, werden sie traumlos – dann stelln sie auch nix mehr an – – Von der Couleur hab ich genug heroben. Ein Bandel Träume schaff mir her, die grad im Augenblick von einem Menschenbett nach Haus kommen. – Noch heiß von seinem Dunst, daher!

PAMPHILIUS *mit starker Stimme hinausrufend* Ein Bandel Träume, frisch retour von eines Menschen Bett. Herein hier im Galopp.

LONGIMANUS Meiner Seel, das wär das Einzige, was mich auf einen Augenblick aus mir selber herausreißen könnt.

Pamphilius öffnet die Tür, vier Träume huschen herein, Musik. Die vier Träume sind im Nu in der Nähe des Alkovens, stellen sich in die Falten des Vorhanges, scheu, lauernd. Der große Dikke, oder Schwechater Michel, sieht aus wie ein herabgekommener Wirt oder Hausbesitzer. Die ältliche Person oder die Tant' sieht aus wie eine Gelegenheitsmacherin oder Hehlerin. Der Jun-

ge, der Baron, hat ein Gaunergesicht mit zwinkernden Augen, ist schäbig elegant gekleidet und trägt einen Orden. Die junge Person, die Spiegel-Netterl, trägt ein grünes Ballkleid, tief ausgeschnitten, seitlich geschlitzt, und Halbschuhe mit großen Hackensporen dran und einen Reitstock in der Hand. Zwischen ihren Brüsten ist wie ein Medaillon ein runder Spiegel angebracht.

LONGIMANUS *tritt unwillkürlich einen Schritt hinter sich. Die Träume verbeugen sich.* No, ihr seids ja eine recht eine hübsche Quart! Also was habts ihr getrieben heut nacht?

Die Träume sind verlegen, bleiben stumm.

Na, der Dicke da, heraus mit der Sprach.

SCHWECHATER MICHEL *tritt vor mit einem Kratzfuß* Sehr gute Arbeit. Ich fang allerweil schön an. Ich nimm ihn und heb ihn langsam auf aus'n Bett und druck ihn immer fester zusammen, bis ihm die Luft ausgeht, da röchelt er sehr sogar. Wo bin ich, wer bin ich, lallt er mit der Zungen, dann laß ich ihn wieder fallen, tief! Da schaut er mich so g'spaßig an, mit verdrehten Augen, und 's Herz geht ihm wie ein Lampelschweiferl. Ah, wer du bist, sag ich dann. Das fragst du mich? No wart, ich sag dirs ins Ohr, was du bist: Ein Aas bist. Eine vergessene Blähung von deinem Herrn Urgroßvatern, das bist – – ein Dreck bist.

DIE TANT' *tritt vor* Wenn er den Klienten auslaßt, dann nimm ich ihn unterm Arm und zerr ihn weiter. Da spazieren alle G'sichter, die es auf der Welt gibt, an ihm vorbei, und in keinem G'sicht ist ein Trost drin. »Das ist für nix und das ist wieder für nix, es ist alles vergeblich, alles für nix«, murmelt er in sich hinein, und dann möcht er sich den kalten Schweiß von der Stirn wischen, aber er kann nicht, denn ich halt ihm die Händ. Da zahlt nachher das Burscherl der Menschlichkeit seinen Tribut.

Lacht

Dann ruf ich ihn: Edi! Und er spitzt die Ohren und meint,

Höhnisch, hochdeutsch

es ist die Stimme seiner Mutter.

Lacht wie närrisch.

SPIEGEL-NETTERL *tritt näher* Ich geh immer ganz extra zu ihm hin, ganz separat. Ich laß ihn da in das Spiegerl hineinschauen, macht a bisserl schwindlig, mein Spiegerl, geht ihm nachher so alles ins andere. Wer nur da fest einig'schaut hat, da gibts scho nix mehr, was ihm unmöglich vorkäm.

BARON *wichtig* Dann schläft er nimmermehr tief. Dann ist er nur so ein Alzerl vom Wachen. Das ist mein Fall. Verstehen Euer Gnaden. Da zacksel ich ihn zu einem Spieltisch. Er spielt falsch, da erschrickt er über sich selber. Dann wink ich wo an einer Straßeneckn einem ganz kleinen Mäderl, er weicht aus. Vor was fürchtst dich denn, sag ich, leicht vor dir selber? Geh, sei gscheit, paß auf,

Hochdeutsch

du existierst ja gar nicht, das ist ja der Andere, der das alles anstellt, verstehst – – Der Andere? – Na ja, du bist doch ein Mehrerer, das weißt ja doch. Du hupfst ja von einem Ich ins andere. Du bist doch ein Tänzer, kapiert? Er kapierts net. Schwindlig ist ihm eh von der Netterl ihrem Glaserl, da graust ihm vor sich selber, er will sich anklammern, er greift ins Leere, er wirft sich auf den Boden, der Boden schaukelt, er stürzt, stürzt bis auf den Meeresgrund, er meint, er ist drunten, will schon sterben, da tut sich erst der Boden wieder auf – –

PAMPHILIUS Das ist ja das verhexte Kabinett im Wurstelprater.

Die Träume lachen.

LONGIMANUS Vor euch könnt ein'm schon grausen. Ihr seids schon ein G'sindel. Ich werd doch wieder einmal unversehens bei der Nacht ein paar Dächer aufdecken und nachschauen, wie ihr mit den Menschen umspringt. Was für ein alten Sünder habts denn heut nacht in der Arbeit g'habt?

SPIEGEL-NETTERL War a junger, sauberer Herr, kein alter Sünder.

BARON Nur net ganz wach werden lassen, verstehen Euer Gnaden, das ist der Witz. Sie probieren etliche Male zu beten, oder sonst wie krampfhaft an was zu denken – gleich wieder runterdrucken.

SPIEGEL-NETTERL An' Alten in den Spiegel schauen lassen,

zahlert' sich nit aus. Ein Jungen kann man fein an Gott und der Welt irr machen. Irr ist fesch.

DIE TANT' Er muß auch noch ein kindliches Gemüt haben, auf das flieg ich. Nur ein bisserl was wegkletzerln, und 's Kind muß zum Vorschein kommen. Heut war der Herr Eduard in einer ausgezeichneten Kondition. Na ja, wenn der Papa zwei Zimmer weiter im Sarg liegt, mit einer Kerzen rechts, einer Kerzen links, so was gibt eine kindliche Gemütsverfassung.

LONGIMANUS Eduard hat er g'heißen, euer heutiger –?

DIE TANT' Ein sehr guter Klient.

SPIEGEL-NETTERL Und sauber und ein Kavalier.

LONGIMANUS Und der Vater ist im Haus aufgebahrt?

BARON In der eigenen Villa in Hadersdorf, bitt schön.

LONGIMANUS *sehr aufmerksam* In Hadersdorf? Wer ist der Tote? Wie heißt er?

BARON Zephises, Euer Gnaden, ein reicher Privatier war er, aber er soll bereits nix hinterlassen haben.

LONGIMANUS *mit merklicher Erregung* Und der Bub? Der junge Herr? Der Eduard? Schaut dem Vater ähnlich natürlich? Oder ihr habts den Vatern nit g'sehn?

DIE TANT' Sehr gut haben wir ihn gekannt, den alten Herrn Zephises. Wir kommen ja öfter zum Eduard. So eine mutterlose verträumte Waise ist was für uns.

BARON *devot* Nicht die geringste Ähnlichkeit, bitt schön, hat der Herr Eduard mit dem Herrn Papa. Der Herr Papa war ein kleines dickes Wuzerl, und der Eduard ist ein Kopf größer wie ich mit einer Adlernasen, schaut ein bisserl aus wie ein Wällischer, aber nobel –

SPIEGEL-NETTERL *die plötzlich erraten hat* Dir, großmächtiger Herr und König, ist er wie aus dem G'sicht geschnitten. Er ist dein Sohn, Gnade, Vergebung! daß wir uns an deinem Kind haben vergreifen können, Gnade, wir habens nit gewußt. Wir haben gemeint, es ist ein gewöhnlicher Mensch, Gnade!

SCHWECHATER MICHEL, TANT' UND BARON *knien nieder, in abscheulicher Devotion* Gnade, wir sind unschuldig, wir haben nix gewußt.

LONGIMANUS Pamphilius, ich hab a Kind.
Muß sich setzen, vor sich
Sie hat das eine Mal nit gelogen, da soll sich einer mit die Weiber auskennen. Pamphilius, hast verstanden?
Zu den Träumen
Fort mit euch.
Die Träume sind auf eins zwei verschwunden.

LONGIMANUS *zu Pamphilius* Mein alter Spezi, der Zephises, nun du hast ja kapiert, um was es sich handelt – der Zephises muß seit gestern oder vorgestern als seliger Geist heroben sein, lauf hinüber und hol ihn. Nein, bleib da, schick ein paar dienende Geister, aber freundliche. Sie sollen ihn im Flug daherbringen.
Pamphilius eilig hinaus.
Ich hab a Kind. Irgendwo lebt seit zwanzig Jahren ein Stükkerl von mir, es atmet, schläft, träumt – und ich weiß nix davon. Na, hab ich jetzt nit doch vielleicht g'funden, was ich zu suchen ausgezogen war: mein Spiegelbild – geprägt in menschlicher Gestalt, bewegt sichs reizend auf mich zu und soll ich dann – mich selbst begreifend mich mit ihm vereinen? Ist das der große Sinn von meiner Erdenfahrt? Die ohne Sinn mir schon so lieblich und mit Ambrosia der Erinnerung mir zwanzig Jahr lang meine Seele nährt.
Vier kleine, mit Blumen bekränzte Genien bringen den Zephises in einem antikisierenden Kostüm in Weiß.
Leise Musik, die dann aufhört, zum Schluß der Szene wieder einsetzt.

ZEPHISES *verneigt sich mehrmals* Ich weiß gar nicht, wie ich die hohe Ehre – es ist mir eine große Gnade, daß ich die hohe Auszeichnung habe – meine untertänigste Aufwartung zu machen –

LONGIMANUS *auf ihn zu* Keine Komplimente unter alten Freunden! Mich freuts, mein lieber Zephises, mich freuts.
Pamphilius bringt zwei Fauteuils und entfernt sich, nachdem er den kleinen Genien die Tür zum Abgang geöffnet hat. Zephises setzt sich auf einen freundlichen Wink des Longimanus, aber erst nachdem dieser sich gesetzt hat.

LONGIMANUS *nach einer kleinen Pause der Verlegenheit* Ja, wer hätte das gedacht – wie wir uns das erstemal begegnet sind, – vor dem Café Pedrocchi in Padua.

ZEPHISES Das wissen Euer – das weißt du noch?

LONGIMANUS Deine Frau hat den Abend vorher die Nymphe vom See in der neuen Rossinischen Oper gesungen, da hab ich sie im Zwischenakt kennengelernt – am nächsten Tag hat sie dich mir präsentiert.

ZEPHISES Ich staune über dein Gedächtnis.

LONGIMANUS Das hübsche Theater! Das hübsche Theater! Der bucklige Souffleur –

ZEPHISES Auf den erinnerst du dich auch? Allen hat sie am letzten Abend die ganze Einnahme geschenkt: achthundert Dukaten. So war sie, die Bettina.

Eine kleine Pause

Du weißt, wie ich sie verloren hab, ohne Abschied, kein Wort, keine Andeutung, keine Zeile, als ob eine Geisterhand sie von der Erde weggerissen hätte. Am Abend nach der Oper soupiert sie, tritt auf die Terrasse hinaus, geht in den Garten und kommt nicht wieder herein, und nie wieder ein Lebenszeichen von ihr, diese zweiundzwanzig Jahr.

Eine Pause

LONGIMANUS Und der Kleine? Der Eduard?

ZEPHISES Du weißt noch, daß das Burscherl Eduard heißt?

LONGIMANUS Ist er gesund, gehts ihm gut?

ZEPHISES Mein Gott, es wird ihm halt den Umständen angemessen gehen. Traurig wird er halt sein, weinen wird er halt um seinen Vater.

Longimanus macht eine bedauernde Gebärde.

ZEPHISES *sanft, höflich* Ah pardon! Ich bin ja sehr gerne hier heroben bei dir, nur daß ich meinem Burscherl gar keine Nachricht geben kann, und daß ich ihm durch meine Abwesenheit halt Kummer machen muß. Weißt du, er hat mir nämlich nie eine trübe Stunde bereitet, niemals!

Fährt sich mit den Fingern ans Auge

G'spaßig, wenn ich so was ähnliches unten g'sagt hätt, so in der letzten Zeit, hätt ich immer die Augen voll Wasser g'habt – hier nicht, es ist doch eine merkwürdige Luftveränderung.

Kleine Pause

Weißt du, wie ich so gelegen bin, gestern oder war es vorgestern? – und hab nicht mehr sprechen können, und er ist bei mir am Bett gesessen und hat g'schluchzt und hat gemeint, ich hör ihn nit mehr, da hat mich das geplagt, daß ich ihm nit hab sagen können, wie mir zumute ist. Es hätt ihn getröstet. Ah pardon, daß ich von einem solchen Gegenstand spreche.

Er sucht das Thema zu wechseln

Whist gespielt wird ja heroben auch, hab schon gehört. Gewiß sehr gut. Ich weiß natürlich nicht, ob du mich deiner Partie zuziehen wirst –

LONGIMANUS Und was meinst du denn, daß er jetzt anfangen wird auf der Welt, der Eduard? Reich ist er ja – vielleicht, daß er auf Reisen geht. –

ZEPHISES Weil du schon davon sprichst – ich hätt mir selbst nit erlaubt, dich mit meinen Angelegenheiten zu inkommodieren, aber weil du selbst so gnädig bist, dich zu erkundigen – es steht damit nicht so, wie du annimmst: ich hinterlaß den Eduard nicht in so guten Vermögensverhältnissen, als er Ursach hat zu erwarten.

LONGIMANUS Wieso das?

ZEPHISES Es ist nur, weil du schon davon g'sprochen hast – und es drückt mich halt so schwer: meine Verhältnisse waren die letzte Zeit recht zerrüttet, ein unredlicher Bankier hat mich in seinen Bankerott mit hineingezogen, er hat mir Hoffnung gemacht auf gewisse Eingänge, die sind ausgeblieben, mein Notar hat mir nachlässig Rechnung gelegt, ich hab alles nicht mehr recht übersehen – ich hab Angst, daß ich den Eduard hilflos zurückgelassen hab.

LONGIMANUS *vor sich* Was fällt denn dem Plutus ein, was nimmt sich denn der für Eigenmächtigkeiten heraus? Ich hab doch ein für allemal angeordnet – Pamphilius!

Pamphilius tritt hervor.

LONGIMANUS Der Plutus soll in mein Kabinett kommen! Nein, wart noch –

Zu Zephises
Mach dir keine Sorgen, ich werd mich um die Sach bekümmern.

ZEPHISES Du nimmst mir einen Stein vom Herzen. Ich hätt ja nie gewagt, dich zu molestieren –
Die sanfte Musik setzt wieder ein und hält bis zum Schluß des Auftrittes.
– aber weil du schon so gnädig warst davon anzufangen! Jetzt bin ich ganz frei von Sorgen, jetzt werde ich erst den Aufenthalt heroben bei dir genießen können, so leicht ist einem hier heroben, so leicht.
Die Augen fallen ihm zu, er öffnet sie wieder
Ich muß halt immer denken, ob der Eduard – –
Er schläft ein.

LONGIMANUS *leise zu Pamphilius* Die Hoffnung ruf herein, ich hab ihr einen Auftrag zu geben.

PAMPHILIUS Sie wird überglücklich sein, daß sie wieder in die Gnad kommt.
Geht.

LONGIMANUS *sieht den schlafenden Zephises an, schüttelt den Kopf*
Jetzt bin ich der Vater von dem sein' Sohn, g'spaßig.
Pamphilius läßt die Hoffnung eintreten.

LONGIMANUS *steht leise auf, geht auf den Zehenspitzen nach rückwärts, die Hoffnung verneigt sich tief*
Ich hab einen sehr hübschen Auftrag für dich.

Vorhang.

II

DER VERARMTE

EDUARD *allein in seinem Zimmer* Solche Larven grinsen den an, um den der Reichtum nicht sein goldenes Gitter zieht! Und Valerie! O Valerie! Kann man so schön sein und doch Niedrigkeit im Herzen hegen? Man kanns. Ich habs ja schwarz auf weiß.
Blickt in den Brief
Ganz allein! Davon hat sich der reiche Eduard nichts geträumt! Oder geträumt vielleicht doch? Ja bleibt denn gar nichts, was den von heut und den von gestern noch zusammenhielt?
Sieht sich um; sein Blick fällt auf seinen Bücherschrank
Mein Schiller! Zu mir! Heb du mich wiederum hinauf, dorthin, wo ich aus eigener Kraft jetzt nicht mehr kann!
Er nimmt das Buch
Wo seid ihr, göttliche Gedichte, die ihr mich immer anseht mit mehr als Menschenaugen?
Er blättert
Wollt ihr wieder Flügel leihen meiner abgestürzten Seele? »Die Götter Griechenlands«! Zu groß, zu fern! Mir ist bang vor euch, wie einst dem Kind vor den Statuen im Schönbrunner Garten! – – »Die Ideale«! »Die Künstler«! Ich getraue mich nicht, diese ungeheuren Akkorde zu greifen. – – Sind denn nirgends Klagen, tröstliche Klagen? Läßt du dich nirgends herab zu einer verzagten Seele, erhabener Geist? Da: »Sehnsucht«! Dich kenn ich nicht, du scheinst ein unscheinbares wehmütiges Gedicht – – hab ich deiner bis nun zu wenig geachtet – – so laß mich heute mich in deinem Sinn verlieren! – – Welche Überschrift könnte vertrauter sprechen als diese – –.
Er liest mit Ausdruck und steigender Ergriffenheit

Ach, aus dieses Tales Gründen,
Die der kalte Nebel drückt,
Könnt ich doch den Ausweg finden,

Ach, wie fühlt ich mich beglückt!
Dort erblick ich schöne Hügel,
Ewig jung und ewig grün!
Hätt ich Schwingen, hätt ich Flügel,
Nach den Höhen zög ich hin!

Harmonien hör ich klingen,
Töne süßer Himmelsruh,
Und die leichten Winde bringen
Mir der Düfte Balsam zu!
Goldne Früchte seh ich glühen,
Winkend zwischen dunklem Laub,
Und die Blumen, die dort blühen,
Werden keines Winters Raub.

Einen Nachen seh ich schwanken,
Aber, ach, der Fährmann fehlt.
Frisch hinein und ohne Wanken,
Seine Segel sind beseelt!
Du mußt glauben, du mußt wagen,
Denn die Götter leihn kein Pfand,
Nur ein Wunder kann dich tragen
In das schöne Wunderland!

Seine Stimme wird immer unsicherer, er kommt mit Mühe bis ans Ende und legt das Buch wie entsetzt aus der Hand

Nein! sagt eine Stimme in mir! – – Dich nicht! sagt eine Stimme bei meinem Ohr! Du lügst – sagt eine Stimme aus mir heraus. Chamäleon, sagt eine greuliche Stimme unter meiner Fußsohle hervor, nun willst du den Abglanz des Himmels auf deinen mißfarbigen Leib auffangen. Deine Segel sind schlaff, sagt eine Stimme – – dein Kahn ist leck, sagt eine Stimme – – dir ist das Wunderland verschlossen, sagt eine Stimme – – Bettler lügen, wenn sie Schillers Verse deklamieren, sagt eine Stimme – – beschmutze nicht deines Vaters vier Wände mit dem Hauch deines öden Singsangs, sagt eine Stimme – – sonst werden sich die Wände rächen, sagt eine Stimme – – siehst du nicht hinter deinem Rücken, wie sie sich auf dich legen wollen?

Er sieht sich ängstlich um

Ja, ich spürs, ohne es zu sehen.

Die Hoffnung, ein junges, sehr hübsches Mädchen, legt ihm sanft die Hand auf die Schulter.

EDUARD *zusammenschreckend* Wer? Wer sind Sie?

HOFFNUNG Sie kennen mich nicht, junger Herr?

EDUARD Ich weiß nicht – ich habe nicht die Ehre!

HOFFNUNG O pfui! Kennen Sie mich wirklich nicht? Ich bin als Kind mit Ihnen hinter der Tür gestanden, wenn drinnen der Christbaum zu glänzen angefangen hat, ich hab dem Schulbuben über die schwersten Rechenaufgaben und über die höchsten Obstgartenzäune hinübergeholfen. In Ihren Flegeljahren habe ich Ihnen manche selbstverbitterte Stunde wieder versüßt ––

EDUARD Das sind recht seltsame Reden. Aber mir wird so wohl in Ihrer Nähe!

HOFFNUNG So muß ich mich wirklich mit einem Geheimnis vor Ihnen legitimieren? Gut. Ein Brief: vor vier, längstens fünf Wochen, auf Ihrem Schreibtisch da. Die Unterschrift: Deine Valerie!

EDUARD Nicht diesen Namen!

HOFFNUNG *lächelt* Ah? Wir steckten den Brief, nachdem wir ihn zehnmal gelesen hatten, in unsere Brusttasche; wir liefen zum nächsten Fiakerstand, wir fuhren in die Stadt zu einem Juwelier. Dort wählten wir ein Medaillon – ein recht kostbares –, dann fuhren wir in der Vorstadt bei einem kleinen Hause vor –

EDUARD Da war ich allein!

HOFFNUNG Im Gegenteil! Nie war ich so ganz mit Ihnen, das war unser schönstes Zusammensein!

EDUARD Ja wer sind Sie denn?

HOFFNUNG Die Hoffnung bin ich, wer sonst? –

Sie sieht ihn lächelnd an

Oft habe ich dich besucht, nie aber hab ich so viel Kraft gehabt, dein ganzes Wesen zu durchglühen, als an diesem Vormittag, in diesem Fiaker, vor dem kleinen Haus in der Alservorstadt –

EDUARD Nenne nicht diesen Tag, erinnere mich nicht, wenn du mich nicht zu Tode quälen willst!

HOFFNUNG Quälen ist meine Sache nicht, und wenn Sie sich nicht erinnern wollen, um so besser! Vorwärtsschauen ist mein Fall.

EDUARD Sie sind reizend, aber Sie sind hier fehl am Ort. Zu wem wollen Sie? Zu dem jungen Eduard, dem Hausherrnsohn? dem, der hier angeblich noch wohnt? Der ist gestorben, es ist sogar die Frage, ob er jemals gelebt hat.

HOFFNUNG Was sind das für Spitzfindigkeiten?

EDUARD Es heißt, er hat sich die Mühe gegeben, als der Sohn des reichen Zephises auf die Welt zu kommen, das ist alles, was er jemals geleistet hat. Damit ist der Umkreis seiner Existenz beschrieben. Nun denn: der reiche Zephises liegt unter der Erde, der Reichtum ist in alle Lüfte verweht, somit ist der Eduard die Null, die übrigbleibt, wenn man Gleiches von Gleichem abzieht.

HOFFNUNG Was für abscheuliche Hypochondrien? Bestehen die unter meinem Blick?

Sie sieht ihn liebevoll an.

EDUARD Wie kann ich dem erwidern? Wer bin ich denn? Erbärmlicher Zufall hat bisher den erlogenen Schein von Wichtigkeit auf mich ausgegossen...

HOFFNUNG Pfui! Schmähen Sie nicht den Zufall. Wie soll ich das anhören, wo doch das Glück meine Schwester ist und er zu ihren vertrautesten Dienern gehört.

EDUARD Das Glück! Deine Schwester?

HOFFNUNG Von der ich dir ein schönes Kompliment ausrichten soll.

EDUARD Mir?

Zuckt verächtlich die Achseln.

HOFFNUNG O du Kindskopf! Dein Herz ist ungeprüft, das ist alles. Aber es ist nicht böse, dafür würde ich mich getrauen einzustehen.

EDUARD *von ihrem Blick entzückt* Vergehen die Flecken eines Herzens unter deinem Blick? Wird Finsternis zu Licht? die elende Schwäche beflügelter Mut? Bist du die Wunderbare, ohne die von Tag zu Tag ein menschliches Herz zu Stein erstarrt? So bleib auf ewig bei mir!

Er breitet kniend die Arme aus.

HOFFNUNG Mit mir kann man nicht gehen. Ich komme, fliege dir nach, fliege dir vor, ich komme wieder. Es warten viele auf mich, Unzählige! Laß mich fort und vergiß nicht ganz ein Mädchen, das die Plage auf sich hat, dich in deinen finstersten, unliebenswürdigsten Augenblicken trösten zu müssen. Leb wohl!

Sie wendet sich gegen die Wand und ist plötzlich verschwunden –

III

EDUARD UND DIE MÄDCHEN

I

Greislerswohnung, Hinterzimmer. Links eine Glastür in den Laden, rechts eine Tür in die Wohnung. Eduard tritt ein mit Florian von rechts.

FLORIAN *schnuppert* Es riecht nach Brennöl, nach Hering und nach Sackleinwand – nach Kohl, nach Unschlittkerzen und Salami. Wir sind bei einem Greisler! Nach Waschblau riechts auch –
Gerührt
grad wie der Mariandl ihre Händ an einem Dienstag! Oh, das ist gut, das ist sehr gut, junger Herr, daß wir auf einen Greisler gestoßen sind. Greisler sind sehr aufrichtige Leut. Ich hab einen Greisler gekannt am Rennweg, Eck von der Marokkanergass'n, das war der aufrichtigste Mensch, mit dem ich jemals in Berührung kommen bin. Jetzt sind wir aus'm Wasser. Sie nehmen die Greislerische bei der Hand, der Herr Geist macht einen Diamanten aus ihr, und wir schaun, daß wir nach Haus kommen.
Mali ist hereingekommen aus dem Laden.
Sooft die Glastür aufgeht, klingelt es.

FLORIAN Da steht sie.
Schnuppert
Nach Weinbeerln riechts und nach Zimmet.
Eduard tritt verlegen zurück.

MALI Ja, was wär denn jetzt das, daß die noblen Kundschaften bei der Hintertür in den Laden hereinspazieren anstatt von der Gass'n. Der Herr wünscht gewiß ein Briefpapier. Mit oder ohne Linien? Dumme Frag, der Herr wird doch nicht mit Linien schreiben wie ein Schulbub.
Geht an den Schrank
Da wär ein sehr feines, mit handgemalten Buketten, aber von denen sind uns die Kuvert ausgangen.

Es klingelt draußen.

Peperl, schau dich um die Budel um. Das ist halt jetzt aso, weil ich allein im Geschäft bin, es dauert ja nur drei Tag. Die Mutter hat zu der Polditant' aufs Land hinausmüssen wegen die Zwilling, die unversehens ankommen sind.

Wird rot, zupft an der Schürze. Schweigen.

FLORIAN Fangen der junge Herr schon an, daß wir nach Haus kommen!

MALI *spricht durch ein kleines Guckloch in der Glastür hinaus* Sechs Kreuzer kostet das Dutzend Wascheln, dummer Bub. Sechs Kreuzer für Sie, Frau von Wimberger, weil Sie eine Stammkundschaft sind, sonst müßt ich sieben Kreuzer verlangen, heilig und wahr. Der Vater sagt, ihm kosten sie heuer selber sechs Kreuzer. Sie sind halt auch so teuer worden, sagt der Vater, grad so wie der Prager Schinken, weil die ungarischen Ochsen in dem Jahr nit haben fressen wollen und dadurch mit dem Hochwasser auf der Donau die Kagraner Gäns in Rückstand g'raten sind.

Kehrt sich wieder um ins Zimmer.

Florian zupft Eduard.

EDUARD Allerdings – ein Briefpapier. Schreiben Sie selbst viele Briefe, Fräulein – Fräulein –?

MALI Mali ist mein Name.

EDUARD Fräulein Mali! Ein hübscher aufrichtiger Name.

FLORIAN *ungeduldig* Ja, sehr hübsch! Wir könnten schon am Retourweg sein, junger Herr.

MALI *indem sie Papier herausnimmt und einwickelt* Briefe? Ja, für was soll denn ich Briefe schreiben – wo nehmet' ich denn da die Zeit dazu her?

An der Glastür

Mein Gott, der Bub versteht die Kundschaft nit.

Schreit hinaus

Kranzfeig'n, kein Faßfeig'n, da hängen die frischen, ich schneid von dem frischen Kranz ab, für Sie, Fräul'n Netty, weil Sie's sind.

Schließt wieder die Tür. Zu Eduard

Das heißt, an wen ich schreiben sollt, das hätt ich dann und wann im Leben vielleicht schon g'wußt – aber ich hab halt nit g'schrieben.

An der Glastür
Nach Zwiefel? Wie käm denn ein Zwiefel in die Kranzfeig'n. Fräul'n Netty, nein, da sind S' stark im Irrtum, das ist pure Einbildung. Vielleicht daß Sie die Türschnall'n ang'rührt haben, es ist grad früher ein Zwiefelkrawat bei der Tür 'nausgang'n. Sie müssen ihm begegnet haben!
Schließt die Tür. Zu Eduard
Und warum ich nit g'schriebn hab und warum auch künftighin kein Mannsbild von mir ein Brieferl kriegen wird? – warum, darum.
Mit voller Treuherzigkeit
Weil das geschriebene Wort für unsereins nicht paßt. Unsereins hat sein Abc g'lernt, damit es seinem Vater und seiner Mutter in der Haushaltung oder im G'schäft zur Seiten stehen kann und später einmal mit Gottes Hilfe seinem Mann. Aber das Briefpapier, wo ein Wort das andere gibt und sich ein Satz in den andern verhaspelt und aus einer halberten Aufrichtigkeit bald ein doppelter Strick gedreht wird, da paßt die Mali nit hin, ah nein!
Lacht treuherzig
Einen guten Blick nach'm Tanz kann einer von mir haben, vielleicht auch ein Busserl beim Pfänderspiel, aber schon nit mehr als eins, aber ein Brieferl – nix da – schwarze Tint'n auf weißem Papier is schon dem Teufel sein Schuldschein. Halt da.
Sie steckt den Finger in den Mund
Warum erzähl ich Ihnen denn das alles? Ich hab doch mein Lebtag zu niemanden so von der Leber weg von diese Sach'n g'sprochen. Vielleicht weil Sie so ein ehrliches G'schau haben.

FLORIAN *nähert sich ihr* Sie Fräul'n, is wirklich früher ein Zwiefelkrawat bei der Tür nausgang'n?

MALI *treuherzig* Herr Bedienter, was man zu der Kundschaft red', das derfen S' nit auf die Goldwaag leg'n.

EDUARD *für sich* Bezaubernd! Ich danke dir, gütiger Geist, daß du mir einen so reizenden Auftrag gegeben hast!
Zu Mali
Bereuen Sie, daß Sie mir so schön von sich erzählt haben?
Mali nickt.

EDUARD Reut es Sie wirklich? Antworten Sie mir, Fräulein Mali!

MALI *läuft plötzlich quer übers Zimmer zu einem Vogelkäfig, der beim Fenster hängt* Ja, du hast ja kein Futter, du armes Viecherl, nein, daß ich auf dich hab vergessen können. Siehst du, so bin ich.

Füttert eifrig den Vogel.

Florian flüstert mit Eduard

EDUARD *zu Mali* Hat er wirklich kein Futter gehabt?

MALI Sie haben mich immer so g'spaßig und zugleich so ernsthaft ang'schaut, und da hab ich ausweich'n wolln, und wenn ein Frauenzimmer sich was zu tun mach'n will, da ist sie nie um eine Ausred verlegen.

EDUARD Du kannst nicht lügen, reizendes Kind, deine Notlügen selbst sind noch mit dem Schimmer der Aufrichtigkeit umflossen. Reich mir die Hand.

MALI *verlegen* Ich Ihnen die Hand, ja warum denn? Ich weiß ja nit einmal, wer Sie sind.

Wischt sich die Hand an der Schürze ab.

EDUARD Wir haben stillschweigend einen Handel abgeschlossen, sein Inhalt ist Geheimnis, ein Händedruck mag ihn besiegeln.

Mali streckt unwillkürlich die Hand hin, Eduard ergreift sie.

FLORIAN O je! Auslassen,

Schwächer

auslassen.

Seufzt kläglich.

MALI *erschrocken* Was ist denn das?

Zieht ihre Hand weg.

FLORIAN Nix, es is schon vorbei. Wir wissen schon, was wir wissen woll'n. Gehn wir, gehn wir.

EDUARD *betroffen* Florian, du mußt dich irren, es ist nicht möglich.

Nimmt abermals ihre Hand, zu Florian

Beherrsche dich!

FLORIAN Ah, ah! Auslassen.

MALI Hat er Zahnweh? Ich bring ihm einen Melissengeist!

FLORIAN Is nit wahr.

MALI Die Mutter hat öfter Zahnweh, da hilft er ihr immer!

FLORIAN Is alles nit wahr. Jedes Wort is erlogen.

EDUARD *für sich* Ich weiß nicht, was ich sagen soll.

SCHORSCHL *ein kleiner Bub, kommt durch die Wohnungstür verstohlen herein* Fräul'n Mali, pst, Fräul'n Mali, da ist das Brieferl für Herrn Rudolf. Ich hab mirs nit abzugeben 'traut, weil der Herr August grad die Stieg'n 'runtergangen ist, und's Brieferl für Herrn Ferdinand hab ich beim Kuchelfenster 'neing'schmissen, aber es is ins Schaffel g'fallen, da hab ichs wieder 'rausg'fischt. Und's Brieferl für den Mann von der Frau von Huber hat mir der G'schäftsdiener wegg'nommen und hat g'sagt, er muß es seiner Gnädig'n zeig'n, die wird dann dem Herrn Gemahl schon zeig'n, wieviel es g'schlagen hat, und mir wird er's zeigen, hat er g'sagt, wenn er mich erwischt, und Ihnen wird sies zeig'n.

MALI Fahr ab, dummer Fratz.

SCHORSCHL *wirft die Briefe auf den Boden* Da hab'n S' Ihre Brieferln und trag'n Sie sichs selber aus. Die Zuckerln hab'n eh nach ranzig'n Brennöl g'schmeckt und die Abziehbilder sind nit gang'n!

Eduard stiehlt sich leise zur Tür hinaus, Florian folgt ihm.

II

Zimmer in einer Hofratswohnung. Malwine am Klavier spielt und singt: »Des Mädchens Klage«; bricht ab, steht auf, geht an den Spiegel, sieht hinein, lächelt sich zu, macht ein sentimentales Gesicht. Betty, die kleine Schwester, kommt hereingestürzt ganz nahe an sie, als ob sie sie küssen wollte.

MALWINE *bös* Was gibts? Kann man keine Minute im Tag ungestört sein?

BETTY *triumphierend* Da schau die Mama, sie hat mein korallenes Kreuzerl um.

MUTTER *tritt in die Tür, vorwurfsvoll* Malwine!

BETTY *schaut auf Malwinens Füße* Da, und meine guten Kreuzbandelschuh.

MALWINE Ist nit wahr!

BETTY Da, ich hab sie markiert!

MALWINE Sie hat sie mir geliehen.

BETTY Lügnerin!

MALWINE Spionin.

BETTY Putzgredl diebische.

MALWINE Neidhammel verleumderischer.

BETTY Die Person!

MALWINE Die Kreatur!

MUTTER Bettine, Malwine, wie könnt ihr euch so vergessen!

BETTY *schießt aufs Klavier zu* Da, die Noten, schau die Mama! Wieder nicht umgetauscht! Sie war zu faul, sie zurückzutragen! Ja, wo war denn die Mamsell heut vormittag, wenn sie nicht in der Musikleihanstalt war. Frag doch die Mama, schlag Sie doch da auf den Strauch.

Malwine schlägt mit den Noten nach ihr.

BETTY *kratzt sie* Schlechtes Gewissen macht grantig.

MUTTER Euer Benehmen, Kinder! Eure Erziehung!

BETTY Pfui Teufel, der Staub! Überzeugt sich die Mama von der Fräul'n Malwin ihrer Reinlichkeit.

Fährt übers Klavier.

MALWINE *reißt sie an den Haaren zurück* Ich vergreif mich an dir.

BETTY Putzgredl schlampige.

Mutter neigt sich übers Klavier, muß niesen.

DIE MÄDCHEN *zugleich, knicksend*

Ihre Würde hat sich geneigt.

MUTTER

Eure Höflichkeit hat sich gezeigt.

DIE MÄDCHEN *zugleich, knicksend*

Es war nicht bloß Höflichkeit,
Sondern es war auch Schuldigkeit,
Und unsere Lippe spricht,
Was aus dem Herzen bricht.

MUTTER *reicht beiden die Hände zum Kuß* Schön, meine Kinder, das ist der Ton, den ich hören will. Vertragt euch doch, Kinder. Du, Malwine, bist die ältere.

MALWINE Darum ist sie mir Achtung schuldig.

BETTY Wenn sie zwischen Mein und Dein unterscheiden lernt, werd ich ihr Achtung erweisen.

MALWINE Mama, hör Sie die Keckheiten, die gemeinen Schimpfreden, mit denen sie mich überhäuft.

MUTTER Malwine, ich bitte, Bettine, ich befehle.

MALWINE Ihr wird befohlen, ich werde gebeten. Es ist nur merkwürdig, Mama, Sie bringen den Befehl heraus, daß er wie eine Bitte, und die Bitte, daß sie wie ein Befehl klingt.

MUTTER Was soll das heißen?

MALWINE *frech* Das soll heißen, daß die Gerechtigkeit eine himmlische Tugend ist und daß...

Sie stopft sich das Taschentuch in den Mund.

MUTTER Malwine!

Malwine steht trotzig, klimpert auf dem Klavier, dem Weinen nahe.

Betty trällert. Malwine weint.

BETTY Der sitzen aber die Tränen locker. Das hat sie nicht von Ihnen, Mama, aber vielleicht von Papa!

Mutter gibt ihr eine Ohrfeige.

Betty heult, läuft ab.

MUTTER *an der Schwelle* Sie hat sie bekommen; ob nicht jemand anderer sie verdient hat, das überlasse ich dir zu bedenken.

Geht ab.

Malwine schüttelt sich, geht an den Spiegel, richtet sich die Haare, trällert, setzt sich mit übergeschlagenen Beinen, freut sich an den Schuhen, geht ans Klavier, präludiert. Macht zuerst ein spitzbübisches Gesicht, dann ein sentimentales. Eduard, gefolgt von Florian, tritt leise ein. Malwine singt und spielt, scheinbar als ob sie niemanden bemerkt hätte: »Der Eichwald brauset, die Wolken ziehen«. Plötzlich springt sie auf mit gespieltem Erschrecken.

EDUARD O singe weiter, reizendes, unsagbar liebenswürdiges Wesen.

MALWINE Sie haben meinem Singen zugehört, da muß ich ja in die Erde sinken.

EDUARD *tritt ans Klavier* »Theklas Klage«. Bin ich Ihnen nicht würdig, Theklas Klage von Ihrem Munde anzuhören?

MALWINE Ich kann nicht, ich kann nicht, ich kann nicht.

EDUARD Auch nicht, wenn ich kniend bitte?

MALWINE *an die Tür gedrückt* Nein, nein, nein. Stehen Sie auf, o mein Herr, Sie beschämen mich, ich kann Sie nicht so sehen.

FLORIAN Gehn wir gleich fort, ich g'spür schon was.

Eduard springt auf, nimmt sie bei der Hand, führt sie sofort ans Klavier zurück.

FLORIAN *zuckt, fällt auf einen Stuhl, leise, grimmig* Auslassen.

Malwine ist am Klavier.

FLORIAN *zu Eduard* Alsdann vorwärts, hat schon g'schnappt, gehn wir.

EDUARD *zu Florian, leise* Du betrügst dich selber, ein Nachzucken des früheren Schmerzes.

FLORIAN Oha! Das war von einer ganz neuen Lieferung, so da herüber zu, wie rheumatische Koliken mit gichtischen Zufällen vermischt. Sowie wir nach Haus kommen, müssen Sie mich nach Gastein schicken.

Malwine spielt und singt.

EDUARD *leise zu Florian* Kann in einer solchen Seele die Lüge wohnen?

FLORIAN Reden S' nit auf mich.

EDUARD Die Wahrheit selber kann keine andere Stimme haben.

Malwine singt weiter.

FLORIAN Wenn er nit hören will, muß ich fühlen.

EDUARD Liebliches Mädchen, ich weiß deinen Namen nicht, aber im Traum habe ich dich schon gekannt und habe dich Laura genannt.

MALWINE Nennen Sie mich Laura.

Hauchend

»Laura am Klavier«.

EDUARD Entzückung.

MALWINE *mit geschlossenen Augen* Entzückung.

EDUARD Äonen schweben dahin.

MALWINE *wie oben* Äonen schweben dahin.

EDUARD Der Augenblick trägt auf seinen Schwingen den Flügelstaub der Ewigkeit.

MALWINE *sieht ihn tief an* Der Ewigkeit.

EDUARD *hebt das heruntergefallene Buch auf* Jean Paul.

MALWINE *hauchend* »Titan«.

EDUARD Liane! Ein Tempel ist um dich, Mädchen. Alle himmlischen Geister lächeln dir zu, ihre Tränenperlen sind Tau auf deiner Seele.

MALWINE Ihre Seufzer der Wind, der auf der Äolsharfe spielt.

EDUARD Die Äolsharfe –

MALWINE Mein ganzes Selbst, einsam im Nachtwind, von Menschen nicht gehört.

EDUARD Du bist allein?

Sie setzen sich nebeneinander.

MALWINE Mit den Eltern lebe ich. Der Vater ist ein hoher Beamter. Ehrfurcht der Seinigen umgibt jeden seiner Schritte. – Die Mutter ist gütig und streng. Ich lese ihr von den Augen ab, was sie befehlen möchte; eh sie ausspricht, ist es befolgt. Ein Schwesterl ist noch da, ein halbes Kind und doch schon ein Mädchen.

EDUARD Ist sie dir nah?

MALWINE Sie hängt an mir mehr noch als an der Mutter. Sie trippelt mir nach von früh bis spät. Ich bin ihr Orakel und ihr Beichtvater. Was ist nur an mir, daß ein Kind mich so liebhaben kann?

EDUARD Liebes, süßes erfülltes Dasein!

MALWINE Erfüllt, und dennoch ist noch für vieles Platz drin. Für vieles? Nein, für eines vielleicht. Keine Leere, – Raum – weiter, dunkler, sternleuchtender Raum, durch den unendliche Sehnsucht hinschwebt, Träume, Musik, ein Gebet ohne Worte!

EDUARD Deine Hand, sie mit feuchten Augen zu küssen.

Florian wird ängstlich.

MALWINE Nie hat ein Mann diese Hand geküßt.

Sie flüchtet.

Florian will Eduard halten.

EDUARD Liebe stürmt von Erkennen zu Erkennen!

Ihr nach.

FLORIAN Junger Herr! Haben Sie doch ein Einsehen.

EDUARD Deine Hand ist ein Bote der Seele, wie dein Gesang, aber die Stimme habe ich nicht küssen können.

MALWINE Was soll ich tun, was soll ich tun!

Eduard ergreift ihre Hand, küßt sie.

FLORIAN *schreit auf* Auslassen, auslassen, das ist ein rasender Schmerz, gegen den war das Frühere noch ein Mailüfterl.

EDUARD *bestürzt* O Geisterkönig, bin ich es, den du auf die Probe stellst? Soll ich deinem Barometer mehr trauen als allen meinen Sinnen?

Ergreift abermals ihre Hand

Bleib bei mir, holdes Wesen.

FLORIAN *wirft sich herum vor Schmerz, schreit durchdringend* Ah!

Eduard läßt die Hand aus.

MALWINE Ihr Bedienter hat das Hinfallende! Jesus, Maria und Joseph! Betty! Ich fürchte mich.

EDUARD *steht entgeistert* Dies die Larve einer Lügnerin. O Welt, Welt!

Florian reißt ihn weg, beide eilen ab.

BETTY *kommt herein* Was ist denn, Malwine?

MALWINE Der schönste Mann, den ich je gesehen hab!

BETTY *aufgeregt* Erzähl, erzähl mir doch! Beim Fenster? Oder war er herinnen?

Malwine steht in ihr Geheimnis versunken.

BETTY So erzähl doch, Malwin, erzähl mir doch. Ich schenk dir das korallene Kreuzerl, wenn du mir alles erzählst.

MALWINE Alles läßt sich gar nicht erzählen.

BETTY Mir kannst du alles erzählen.

MALWINE Bring den Spiegel her.

BETTY Ja, aber dann erzählst du mir.

MALWINE Schenkst du mir dein Kreuzerl?

BETTY Ja, aber erzähl.

MALWINE Gibst du mirs schriftlich?

BETTY Ja, aber zuerst erzähl.

MALWINE Kann man Blicke erzählen!

BETTY Na, es wird schon außer Blicken auch noch was gegeben haben.

MALWINE Ein Blick, der dich einwickelt wie ein Kaschmirschal!

BETTY Hat er um dich angehalten? Nimmst du ihn? Oder bleibst du dem Albert treu?

Malwine richtet sich den Ausschnitt am Kleid, läßt den Gesichtsausdruck wechseln. Der spitzbübische bleibt zuletzt.

BETTY Erzählst du mir, oder nicht?

MALWINE Wenn du keck bist, gewiß nicht.

Betty schmeißt den Spiegel zu Boden.

MALWINE Sieben Jahr kein Glück, ätsch, sieben Jahr kein Glück, wirst eine alte Jungfer!

Lacht unmäßig.

Betty läuft ab, Malwine ihr nach.

III

Gartenpavillon.

Gräfin Clotilde, Jäger, Jungfer.

CLOTILDE Der Fremde, der mich interessiert, ist auf unbekannte Weise angekommen, nur von einem Bedienten begleitet. Ich wünsche zu wissen, in welchem Gasthof er abgestiegen ist und wie er seinen Tag verbringt. Welche Lieferanten er sich ins Haus kommen läßt und welchen Friseur. Von wem er Briefe empfängt und an wen er welche abschickt. Ob er in Schuhen ausgeht oder in Stiefeln. Jede Kleinigkeit, auch die, die dir unwichtig erscheint, wird mir berichtet. Ich schicke nicht deinen Verstand aus, sondern deine Ohren. Bin ich begriffen?

JÄGER Sehr wohl.

CLOTILDE Es ist gut.

Jäger verneigt sich, tritt ab.

JUNGFER Er soll auf eine geisterhafte Weise überall plötzlich hereintreten.

CLOTILDE Eine reizende Eigenart für das erste Mal, für später vielleicht unbequem. Was hast du noch erfahren?

JUNGFER Die einen machen einen zehnfachen Millionär aus ihm, die anderen einen Prinzen, der inkognito reist. So viel ist sicher, daß die Wohnung einer hübschen Greislerstochter der erste Palast war, den er betreten hat. Dann war er allerdings bei einer Hofratsfamilie, aber die Leut geben sich die größte Müh, die Visit zu vertuschen. Überhaupt ist gar nix Bestimmtes herauszukriegen außer dem einen, daß er der schönste Mann auf der Welt ist.

CLOTILDE Wenn du nichts weißt, warum langweilst du mich da mit deinem Geschwätz.

JUNGFER Darf ich abtreten?

CLOTILDE Bis ich es dich heißen werde.

Für sich

Ein schöner Mann – sie wissen es nicht, wieviel uns ihre Schönheit bedeutet. Wir sind geschickter als sie und haben ihnen einiges zu verbergen gewußt. Die Diskretion gegen uns selber haben wir voraus vor diesem unsagbar eitlen Geschlecht.

Grübelnd

Ein Mann, der alles auf einen Wurf setzt, ist offenbar entweder ein sehr großer Herr oder ein Hasardspieler. Große Herren und Gauner haben die Ähnlichkeit miteinander, daß sie meinen, es müsse alles im Handumdrehen gelingen. Bürger und Bauern erwarten alles von einer stumpfsinnigen, stupiden Ausdauer. Ein schöner Mann! Wie aber, wenn es nicht meine Art von Schönheit ist?

Sie steht auf, zur Jungfer

Du verschwindest, bleibst aber in Hörweite.

Jungfer ab.

Und wenn er meine Schönheit ist – so ist damit vielleicht nicht gesagt, daß auch ich ohne weiteres die seine bin.

Sie geht ein paar Schritte auf und nieder

Dumme Kreaturen, von denen man umgeben ist. Wieviel schlechter bin ich von ihnen bedient als auf der Jagd von meinen Hunden. Nichts mir von ihm zu melden, daß mir für den ersten Augenblick eine Waffe in die Hand gibt. Der erste Moment ist alles. Ein schmelzender Blick oder ein koketter. Parfüm oder kein Parfüm. Der Ton des ersten Gespräches, munter oder gehalten. – Die Stimme ist ein gefährlicher, verräterischer Apparat.

Halblaut

Berta!

Läutet gleich darauf scharf mit der Handglocke.

Jungfer herein, eilig.

CLOTILDE Ich hatte befohlen: in Hörweite.

JUNGFER Ich war im Nebenzimmer.

CLOTILDE Spitz deine Ohren. Ich hab mich anders entschlossen. Das gelbe Negligé, hier ins Kabinett.

Jungfer fliegt weg nach der anderen Seite.

CLOTILDE *pfeift* Das Haar so richten, daß ich es mit einem Griff zum Aufgehen bringen kann.

Jungfer tuts.

CLOTILDE *vor sich* Er sei schön, aber nicht so schön, daß er mich überwältigt. Wenn er so schön ist, daß ein einziger Blick von ihm mir mein ganzes Blut ins Herz wirft – daß ich in Flammen stehe von oben bis unten – laß es mich nicht gleich gewahr werden, lieber Gott, erst später, bis er mir gehört. – Aber laß ihn so schön sein, daß die Frau, der ich ihn wegnehme, es nicht überleben kann.

JUNGFER *an der Tür knicksend* Das Negligé ist vorbereitet.

CLOTILDE Warten!

Dreht sich jäh, sieht im Spiegel Eduard kommen, über die Schulter zurück

Verschwinden!

Jungfer verschwindet, schließt die Tür zum Kabinett.

CLOTILDE *die Augen auf den Spiegel, sehr schnell, laut denkend* Sehr schön – und nicht zu schön – ein bezaubernder Glanz auf seiner Stirne. Nicht der Gang eines großen Herrn, und doch nicht der eines Bürgers. – Ferner auch würde sich ein Emporkömmling schämen, einen säbelbeinigen, seltsam aussehenden Diener hinter sich gehen zu lassen. Ein Etwas von Arglosigkeit um ihn – von Unberührtheit – die unberührte bescheidene Natur muß ihre wahlverwandte Gewalt über ihn haben. Ein zu kluges, ja ein kühnes Wort könnte vor dem Richterstuhl dieser Augen alles verderben. – Es sind die Augen eines Kindes – sie sollen finden, was sie suchen, diese Augen.

Sie kauert sich auf den Boden.

EDUARD *auf der Schwelle* Du bleibst hier, Florian.

FLORIAN Ah nein, ich geh schon mit, sonst könnt Ihnen so ein Handerl zu lang in der Hand bleiben, und mich täts zerreißen.

Clotilde beobachtet beide von unten im Spiegel.

EDUARD So bleib hier am Fenster.

FLORIAN Aber wenn ich schrei und Sie tun nix dergleichen, dann sind wir g'schiedene Leut.

EDUARD Verlaß dich auf mich.

FLORIAN Hier bin ich, der Barometer muß inner'm Fenster hängen.

Stellt sich rückwärts ans Fenster.

Eduard geht nach vorn, Clotilde nickt ihm zu wie ein Kind, sieht ihn mit großen Augen an. Eduard verneigt sich.

CLOTILDE *wie laut denkend* Wozu die Leut ihr Buckerl machen? Wenn mein Hund hereinkommt, macht er kein Bukkerl; er grüßt mit den Augen, das ist mehr. Wenn ich in den Wald komme, grüßen mich alle Vögel – aber anders: schön.

EDUARD Es ist wahr, die kleine Pantomime tut nicht viel zur Sache, wir absolvieren sie aus Gewohnheit.

Ein kleines Schweigen

CLOTILDE Ja, aus Erziehung. Ich bin nicht erzogen. Ich bin da. Man kann sich setzen da oder da, man kann denken, das wäre ein Baumstrunk, eine Moosbank, man kann schweigen und miteinander dasein. Die Menschen, die das nicht können, mag ich nicht.

EDUARD Mir ist, als hätte mir einmal von einem Wesen geträumt, das so zu mir spräche –

Leise

aber das Wesen war nicht so schön.

FLORIAN *für sich* Hat ihm schon wieder einmal geträumt!

CLOTILDE Der Mensch dort soll auch sitzen. Ich spüre seine Beine. Sie sind schwächlich in den Gelenken. Ich möchte ihn schlafen sehen, er muß träumen wie ein Jagdhund.

Eduard winkt, Florian kommt nach vorn und setzt sich seitwärts.

CLOTILDE Ich weiß nicht, wer Sie sind. Vermutlich ein Fremder, der gekommen ist, die Glashäuser meines Onkels zu besichtigen, und den die Gärtnerburschen den falschen Weg gewiesen haben. Ich bin die Nichte des Grafen. Ich betrete die Glashäuser nie. Es ist ein gelogener Palmenwald mit einer gelogenen Luft, da ersticke ich. Sie sind wie die Konzertsäle, in denen ersticke ich auch. Ein Wasserfall im Wald, vor dem man die Kleider abwirft, und hinein wie ein Hecht in das kalte Wasser, und das Gurren der Waldtauben in das Rauschen hinein – von fern der Kuckuck – das ist meine Pastoralsymphonie. Aber man muß die Nacht vorher im Heu geschlafen haben. Da –

Sie wühlt in ihrem Haar

ich hab immer Heu im Haar!

FLORIAN *gepreßt* Junger Herr, mir is ein bisserl schlecht! So ängstlich is mir.

CLOTILDE Im Heu, und vom ersten Wachtelruf unter den erblassenden Sternen erwacht sein. Dann kommt eine Melodie in einen hinein. Die alte Mühle stampft nach der Melodie, der Mühlbach plätschert nach ihr, und wenn man dann im Erdbeerschlag sich hinwirft, dann klopft das Blut in den Händen nach ihr.

Verschränkt die Hände im Nacken

Was kümmert mich die Welt! Was kümmert mich die Welt! Hören Sie die Melodie?

Ein kleines Schweigen

Ihr Gesicht kenne ich noch nicht genug, um darin zu lesen, aber Ihre Hände sehen fast aus, als ob sie diese Melodie verstehen könnten, – obwohl Sie ein Mann sind. Haben Hände Verstand?

Eduard hebt die seinen empor. Clotilde streift ganz leicht seine Hand.

Nein, aber Rasse, und das ist mehr.

Florian zuckt zusammen, verbeißt seinen Schmerz.

EDUARD *vor sich* Sie oder keine. Ich danke dir, Geist, daß du mich vor diesen reinen Spiegel geführt hast.

Clotilde trällert die Melodie, flicht sich ihr Haar halb auf.

EDUARD *tritt zu Florian hin, triumphierend* Wie steht nun dein Barometer?

FLORIAN Auf Lügen.

EDUARD *heftig* Nein.

FLORIAN Gehn wir heim.

EDUARD *erregt* Nein und noch einmal nein.

FLORIAN Haben Sie Erbarmen, ich muß auf viele Jahre nach Gastein oder Pystian.

EDUARD Ich habe ihre Hand nicht berührt.

FLORIAN Mich hats g'riss'n, ich hab g'nug!

EDUARD Nein, nein, nein! Ich lasse mich nicht zum Narren halten. Willst du einen Tantalus aus mir machen, boshafter Geist? Seis, ich will noch einmal meinem Schicksal ins Gesicht sehen.

FLORIAN *ängstlich* Ins G'sicht schaun schon, aber nit anrührn.

EDUARD *auf Clotilde zu* Du kennst mich nicht, wunderbares, seltenes Wesen? Sags noch einmal, du weißt nicht, wer ich bin und was mich hieherführt?

CLOTILDE Sie sind ein wohlgekleideter Mensch, der da hereingelaufen ist. Das ist vielleicht noch mehr als ein Bettler, vielleicht noch weniger als ein Graf, was geht mich an, was Sie sonst sind. Wenn ein Tier des Waldes aus dem Unterholz auf mich äugt, so bekommt es seinen Blick zurück. Wahrheit für Wahrheit. Das ist mehr, als man von den Begegnungen bei unseren Festen und Assembleen sagen kann.

EDUARD Das ist der Goldklang der reinen Natur! Florian, wie ist dir?

FLORIAN Im voraus miserabel.

Clotilde trällert vor sich hin.

EDUARD Ich bin wie ein Kind vor einer Harfe – es möcht hineingreifen, um die silbernen Saiten noch einmal klingen zu machen, und es getraut sich nicht. Sprich noch einmal von dir!

CLOTILDE Was hilfts. Sie sprechen Ihre Sprache, und ich rede für mich. Der Bach und Wind und Hund und Baum verstehen mich, Sie sind aus der Welt – Welt – haha! man heißt es Welt, und es ist doch ein armseliges Gefängnis. Da gibt es Große und Kleine, Hohe und Niedrige, Gefürchtete und Erbärmliche, Herren und Diener. Sie sinds gewohnt, zu befehlen, sich bedienen zu lassen. Ich kanns nicht ertragen, wenn man die Menschennaturen herabwürdigt zu Bedienten und Kammermädchen. In meiner Welt dient die Jugend dem Alter, die Stärke dem Schwachen, die Liebe dem Geliebten. Aber wo ist meine Welt?

EDUARD *kann sich nicht länger halten* Reich mir deine Hand!

CLOTILDE *mit kindlichem Blick ihn ansehend* Das hat noch keiner zu mir in diesem Ton zu sagen gewagt, und gerade darum will ichs tun. Wenn es in den Augen der Welt ein Unrecht ist, was kümmert mich die Welt!

Sie reicht ihm die Hand.

Florian schreit furchtbar auf.

EDUARD Nein, nein...

Hält ihre Hand fest.

Florian fällt vom Stuhl, stöhnend.

Eduard hält sich die Ohren zu.

JÄGER *tritt hastig auf, stellt sich in Positur, meldet laut* Ich habe alles in Erfahrung gebracht. Es ist ganz ein gewöhnlicher Mensch, aber sein Vater war ein Zauberer und hat ihm zwanzigtausend holländische Gulden jährlich hinterlassen. Er wohnt im Silbernen Schild, trinkt in der Früh Kaffee, mittags gewässerten Wein, abends ein Glas Punsch. Er geht immer...

Clotilde versucht Eduard mit sich ins Freie zu führen.

EDUARD *tonlos* Bemühen Sie sich nicht.

Florian stöhnend zu Eduards Füßen

Jungfer ist leise aus dem Kabinett getreten und macht dem Jäger Zeichen, still zu sein.

JÄGER *mißversteht die Zeichen und wird viel lauter* Er geht nirgends hin ohne seinen Bedienten, dieser soll ein dienender Geist sein, der mit dem Geruch alle Geheimnisse erraten kann. Er heißt Florian, hat einen blauen Frack und gelbe Hosen –

Wird Florian gewahr, erschrickt und hält inne.

Jungfer läuft hin, drängt den Diener hinaus.

EDUARD *hat alles verstanden* Komm zu dir, Florian, ich bin schon bei mir.

FLORIAN Na, da sein wir ja beisamm.
Umklammert ihn.

EDUARD *ihn mehr tragend als führend, schon nahe der Tür* Gott sei mit Ihnen, schöne Gräfin, er schenke Ihnen einen Mann, der die Sprache der Unschuld geläufiger spricht als ich und der da. Vergib mir, mein armer Florian, daß ich noch immer nicht ausgelernt habe.

IV

Appartements der Prinzessin Modestina.
Vorsaal, kleiner Hof versammelt, einige Herren und Damen. Flügeltür links öffnet sich, Alladin tritt ein als Kammerherr, mit dem Stab nach rückwärts schreitend. Dann kommt Veritatius im geblümten Morgenkleid.

VERITATIUS *in der Mitte des Gemaches, indem er die Verneigungen durch einen Wink mit der Hand erwidert hat, zu Alladin, herablassend, halblaut* Die Nachrichten über seine Einkünfte sind verläßlich? Er ist dermaßen reich?

ALLADIN Monströs. Man hat keine Beispiele.

VERITATIUS Ich brauche diesmal keine Enttäuschungen zu fürchten? Charmant. Von dem Wunsch durchdrungen, meinen Untertanen stets das Beispiel – stets und immer das unentwegte Beispiel vorurteilsloser Menschlichkeit zu geben –
Für sich
Kann man von sich selbst sagen »Menschlichkeit«, das Wort atmet eine ungeheure Bassesse. Überhaupt zu offiziell das Ganze, hat ein Odeur von Staatsrede, beinahe ein Gerüchlein von Zeitung, unmöglich! – Ganz einfach, ganz einfach, alles entwickelt sich wie zufällig – leichte, vertrauliche Andeutung, aus der sie nichts und alles erraten können, die durch eine veränderte Haltung eventuell wieder desavouiert wird. – Nichts was aus dem Stil fällt, die berühmte Leichtigkeit Veritatius' XIII. in der Behandlung

des Kleinen wie des Großen, das Leichte mit Grandezza, das Schwere wie wenn es ein Scherz wäre.

Laut

Mein lieber Alladin, Ihr ungereimter Einfall, mir einen jungen Fremden von Distinktion in den Gemächern der Prinzessin zu präsentieren, amüsiert mich, ich genehmige ihn.

Leiser

Ich bin hier wie zufällig, ich beschäftige mich damit, die Lektüre meiner Tochter, ihre Fortschritte in den Wissenschaften und Künsten zu kontrollieren.

Laut

Wie sind Sie mit ihrem Anschlag zufrieden, liebe Hagelstange?

HOFDAME Der Anschlag zeugt, wie alles was die Prinzessin von sich gibt, von großer Festigkeit des Charakters.

VERITATIUS Das sollte er nicht, liebe Hagelstange, gerade das sollte er nicht, wenn sie eine Musikantin werden wollte; aber da sie eine Prinzessin ist, wird das Klavier sich wohl fügen müssen. Eintreten lassen. Ganz ohne Formen eintreten lassen. Ganz konversationell. Früchte und Wasser servieren lassen, wenig Früchte mit viel Wasser; à l'Orientale.

Alladin winkt, eilt an die Tür.

VERITATIUS *zu der anderen Hofdame* Der Eigensinn der Prinzessin in dem gewissen Punkt hält an?

HOFDAME In dämonischer Weise – ich bin nicht imstande ein Wort zu placieren, ohne daß ich die ferocesten Antworten –

VERITATIUS Charmant, charmant, ein reizendes Kind – ah –

Bewegt sich der Tür entgegen.

Eduard ist aufgetreten, hinter ihm wird Florian von vier Dienern hereingetragen, Eduard sieht sich ängstlich um.

ALLADIN Ich bin ratlos – ich war nicht informiert, er insistiert seinen Begleiter, der gelähmt zu sein scheint, in dieser Form mitzubringen, ich weiß nicht –

VERITATIUS Charmant, charmant! Man muß enorm reich

sein, um sich selbst an diesem Ort so auffallende Seltsamkeiten zu gestatten!

ALLADIN Befehle ich, ihn zu entfernen?

VERITATIUS Wozu? Was wir nicht zu bemerken kondeszendieren, das existiert nicht! Ich sehe einen charmanten jungen Mann, weiter nichts. Lassen Sie die Prinzessin avertieren.

Hofdame mit Alladin ab.

VERITATIUS *winkt Eduard mit der Hand, der sich ihm unter Verneigung nähert* Guten Tag, guten Tag, Sie sind viel gereist, die Welt war Ihnen offen, unsere Hauptstadt ist die letzte, die Sie aufsuchen?

EDUARD Verzeihung, Majestät, es ist der Befehl einer höheren Macht, der mich nunmehr –

VERITATIUS Ohne Zeremonie. Ihre Situation erlaubt Ihnen viel, wir sind gesonnen, Ihnen viel nachzusehen. Ich zähle nicht zu den Monarchen, die keine höhere Macht über sich erkennen. Ihre Ankunft hier war mir der Fingerzeig einer solchen.

FLORIAN *zu den Hofherren* Aufstellen! Ich muß stehen! Damit ich wieder hinfallen kann!

Die Hofherren stellen ihn auf.

Veritatius ist indessen in Konversation mit Eduard.

FLORIAN *zu den Höflingen* Ich tus für den jungen Herrn. Ich hab der Mariandl versprochen, daß ich ihn niemals im Stich lassen werd.

VERITATIUS *zu Eduard* Meine Bankiers und Grundbesitzer, meine guten Manufakturinhaber usw. überbieten sich vermutlich in einem solchen Falle in verlockenden Anerbietungen. Meine Situation ist eine andere. Die Prinzessin bringt dem Mann, der das Glück haben sollte, sie die Seine nennen zu dürfen, außer der traditionellen Schönheit der Töchter unseres Hauses nur eine Habe mit, aber es ist die, welche die Feen in die Wiege der Höchstgeborenen legen: jenes gewisse Etwas, an das bis heute, Dank sei Gott, weder die Tiraden der Dichter noch die Perfidien der Zeitungsschreiber heranreichen.

Prinzessin tritt ein, verschleiert, wechselseitige Verneigung.

VERITATIUS *mit etwas erhobener Stimme* Darf ich dich bitten, mein Kind, einen jungen Fremdling, den ich selbst dir vorführe, so zu begrüßen, wie du wünschen würdest, einen deiner Brüder von der Prinzessin eines souveränen Hauses begrüßt zu wissen. Meine Tochter, die Prinzessin Modestina.

Lautlose Stille.

Modestina entschleiert sich.

Eduard zittert.

FLORIAN Hinten bleiben, daß ich mich nicht anschlag!

MODESTINA *Sie ist sehr schön; wie sie spricht, begleitet eine leise Musik ihre Rede* Gewohnt, den Befehlen meines Vaters zu gehorchen –

FLORIAN *schreit leise auf, taumelt nach vorn* Die muß scho'n g'log'n hab'n, bevor s' auf die Welt kommen is! Junger Herr, wenn ich sterben muß, so lassen S' mich zu Haus sterben.

EDUARD *vor sich* Geist, ich habe genug von deinen Lektionen. Schleudere mich, wenn du etwas noch für mich tun willst, in die kümmerlichste Hütte zurück, aber daß ich keines dieser Gesichter zu sehen brauche! Es könnte kommen, daß ich die funkelnden Sterne für Lügen und die Mienen der Blumen für heuchlerisch ansehe!

FLORIAN Ja, beten wir, daß wir schnell heimkommen.

EDUARD Nimm uns hinweg, gütiger Geist.

Sie versinken vor aller Augen. Die Hofleute springen entsetzt zurück.

VERITATIUS *ohne sich herabzulassen, das Ganze zu bemerken, zu Alladin* Keinen Eifer.

Zu Modestina

Die Hagelstange sagt mir von deinem Anschlag das Beste, liebes Kind, – ich verbiete Ihnen, Hagelstange, das Bonmot zu wiederholen, mit dem ich Ihre Bemerkung erwidert habe, mögen Sie es noch so gut finden. Die Prinzessin hat genug gesunde Vernunft –

PRINZESSIN *zu der Hofdame, wütend* Das, Kanaille, hat Sie mir eingebrockt.

Wendet sich scharf und geht.

VERITATIUS *nimmt eine kandierte Frucht aus einer Schale* Charmant, charmant.

Alladin kann sich noch nicht fassen, zittert.

VERITATIUS Charmant, lieber Alladin, charmant! Eine Morgenstunde wie diese, im Appartement meines lieben Kindes, im Kreise meiner Engsten, ohne die Beschwerde, auch nur ein fremdes Gesicht sehen zu müssen, ist mir selten vergönnt. Charmant!

Er geht ab mit seiner Begleitung.

Vorhang.

DER BÜRGER ALS EDELMANN

KOMÖDIE MIT TÄNZEN VON MOLIÈRE

FREIE BÜHNENBEARBEITUNG IN DREI AUFZÜGEN

Personen

HERR JOURDAIN, ein Bürger
LUCILE, seine Tochter
CLEONTE, deren Verehrer
DORANTE } Glücksritter
MASCARILLE }
DORIMENE, eine Witwe
NICOLE, Dienerin bei Jourdain
COVIELLE, Lakai des Cleonte
EIN PHILOSOPH
EIN FECHTMEISTER
EIN TANZMEISTER
EIN MUSIKLEHRER
NERINE } leichtfertige Personen
LUCETTE }
CHARLES, ihr Begleiter
EIN SCHNEIDERMEISTER
SEIN ERSTER GESELL
ZWEI SÄNGERINNEN
EIN KÜCHENJUNGE
EIN MUFTI
EIN NOTAR
ERSTER } Lakai bei Jourdain
ZWEITER }
Türken, Derwische, Sylphen, Köche, Küchenjungen, Mägde und andere tanzende, singende und stumme Personen

Zu Paris, im Hause des Herrn Jourdain.

ERSTER AUFZUG

Ein Vorsaal in Jourdains Haus.
Der Musiklehrer und zwei Sängerinnen stehen seitwärts in Erwartung des Herrn Jourdain. Desgleichen der Tanzmeister in einer Fensternische.

TANZMEISTER *tritt zum Musiklehrer* Wir haben jetzt beide nicht wenig zu tun.

MUSIKLEHRER Wir haben jedenfalls beide hier einen Mann gefunden, wie wir ihn brauchen.

TANZMEISTER Nicht gerade einen Kenner –

MUSIKLEHRER – aber, was besser ist, einen grenzenlosen –

TANZMEISTER Wie wollten Sie es nennen?

MUSIKLEHRER Gönner und Förderer.

TANZMEISTER Pst! Da kommt er.

Nicole und hinter ihr Lucile treten aus der Tür rechts heraus.

TANZMEISTER Nein, es ist seine Tochter.

MUSIKLEHRER Kennt Ihr das Fräulein?

TANZMEISTER Nein, doch weiß ich, die Leute hier im Hause sind uns alle nicht grün. Wir wollen ein wenig zurücktreten.

LUCILE Wer sind diese Leute?

NICOLE Der eine ist ein Tanzmeister, den er aufgenommen hat, und die anderen sind Musikanten oder was dergleichen. Wir wollen leise sein. Ich habe Covielle gesagt, daß er Sie hier oben finden könne. Da ist er schon.

Covielle tritt auf durch die Mitte.

LUCILE Was bringst du mir von deinem Herrn, lieber Covielle?

COVIELLE Nichts Gutes für den Augenblick. Er war im Begriff, an Euch zu schreiben, als er vor der Zeit ins Amt gerufen wurde. Ihr habt von dort aus seinen Brief, ehe es Mittag wird. Für den Augenblick befahl er mir nur, Euch zu sagen, das Gespräch zwischen seiner Frau Mutter Schwester und Eurem Herrn Vater wäre nicht zur Zufriedenheit ausgefallen.

LUCILE Cleontes Tante hat meinen Vater gesprochen?

COVIELLE Und ihn im wichtigen Punkte recht starrköpfig gefunden. Aber mein Herr bittet Euch, recht ruhig zu sein.

LUCILE Gerade das macht mich recht unruhig. Siehst du deinen Herrn?

COVIELLE Jetzt sogleich. Er hieß mich stehenden Fußes von Euch weg auf sein Amtszimmer kommen.

LUCILE So richte ihm dies aus. Ich warte mit der größten Ungeduld auf seinen Brief. Sobald mir dieser sagt, mit welchen Argumenten mein Vater den Widerstand begründet, den er unserer Verlobung entgegensetzen will, so wolle ich selbst vor ihn hintreten, und ich verspreche mir einiges von der Gewalt, die es auf ihn ausüben könne, wenn er sieht, wie fest mein Entschluß ist.

COVIELLE Und Cleonte läßt Euch schon im voraus sagen, wenn Ihr etwa gegen Euren Vater nichts auszurichten vermöchtet, so solltet Ihr Euch nur auf uns, ich meine: auf ihn, verlassen. Denn wir haben es heraus, die Bresche in eine solche feindliche Stellung zu legen.

LUCILE Wenn er mir das sagen läßt, so deutet mir das nichts Gutes, denn er nimmt schon als sicher an, daß ich in den Wind reden werde. Hätte ich nur erst seinen Brief, daß ich wüßte, woran ich wäre. Ich will doch lieber zuvor an ihn schreiben. Warte hier, Covielle, Nicole wird dir sogleich den Brief bringen.

NICOLE Pst! Mir scheint, Euer Vater ist auf und kommt hierher. Er braucht uns hier nicht beisammen zu sehen. Wir wollen in Euer Zimmer hinübergehen.

Beide ab nach rechts, Covielle folgt ihnen.

Jourdain tritt auf, gefolgt von zwei Lakaien. Er trägt einen bunten Schlafrock und eine Nachtmütze.

JOURDAIN Nun, meine Herren, wie stehts? Werden Sie mich Ihre Schnacksen sehen lassen?

TANZMEISTER Wie? was für Schnacksen?

JOURDAIN Je nun – – wie nannten Sie es doch? Die *Zum Musiklehrer* musikalische Konversation oder was es sein sollte.

MUSIKLEHRER *eingreifend* Es ist alles vorbereitet.

JOURDAIN Ich habe Sie ein wenig warten lassen, meine Herren; allein ich lasse mich heute als eine Standesperson kleiden. Mein Schneider hat mir ein Paar seidene Strümpfe geschickt; ich dachte aber nicht, daß ich sie bei meinen Lebzeiten an die Beine bringen würde.

MUSIKLEHRER Es ist an uns, Ihre Bequemlichkeit abzuwarten.

JOURDAIN Ich werde mir von Ihnen beiderseits ausbitten, daß Sie nicht eher weggehen, bis man mir mein neues Kleid gebracht hat. Sie sollen mich erst darinnen sehen.

TANZMEISTER Wie Sie befehlen.

JOURDAIN Diesen indianischen Schlafrock habe ich mir auch erst machen lassen.

TANZMEISTER Er ist brillant.

MUSIKLEHRER Er steht Ihnen vortrefflich.

JOURDAIN Lakai! He! he! Ihr Lakaien, alle beide!

ERSTER LAKAI Was befehlen Euer Gnaden?

JOURDAIN Nichts. Ich wollte nur sehen, ob ihr gleich hörtet. *Zu dem Tanzmeister und Musiklehrer* Wie gefällt Ihnen meine Livree?

TANZMEISTER Sie ist recht prächtig.

JOURDAIN *macht seinen Schlafrock auf und läßt sehen, daß er enge Beinkleider und eine Weste von verschiedenfarbigem Samt hat* Das ist so eine kleine bequeme Hauskleidung, wenn ich morgens die Leibesübungen vornehme.

MUSIKLEHRER Sie ist galant.

JOURDAIN Lakai!

ERSTER LAKAI Gnädiger Herr!

JOURDAIN Der andere!

ZWEITER LAKAI Gnädiger Herr!

JOURDAIN Haltet meinen Schlafrock. *Zum Tanzmeister und Musiklehrer* Gefalle ich Ihnen so?

TANZMEISTER Vortrefflich. Es könnte nicht besser sein.

JOURDAIN *zum Musiklehrer* Nun, lassen Sie doch Ihre Sachen sehen.

MUSIKLEHRER Sie sollten selber die Musik ausüben lernen, mein Herr, ebensowohl als das Tanzen. Das sind ein paar Künste, die eine genaue Verwandtschaft miteinander haben.

TANZMEISTER Und die einem Menschen den Kopf zu allen schönen Dingen aufräumen.

JOURDAIN Lernen denn die Standespersonen auch die Musik?

MUSIKLEHRER Allerdings, mein Herr.

JOURDAIN Nun, so will ich sie auch lernen. – Aber ich weiß nicht, was ich für eine Stunde nehmen werde. Denn, außer dem Fechtmeister, der mir schon Lektion gibt, habe ich auch einen Philosophen angenommen, und er soll diesen Morgen anfangen.

MUSIKLEHRER Die Philosophie ist zwar etwas; aber die Musik, mein Herr, die Musik...

TANZMEISTER Musik und Tanzen... Musik und Tanzen... das ist alles, was man wissen muß.

MUSIKLEHRER Wollen Sie jetzt das Duett hören?

JOURDAIN Ja.

MUSIKLEHRER *zu den beiden Sängerinnen* Treten Sie vor, meine Damen.

Zu Jourdain

Sie müssen denken, daß Sie einen Schäfer und eine Schäferin vor sich hätten.

JOURDAIN Gut! Gut! Wir werden ja sehen.

Zu den Lakaien

Gebt mir meinen Schlafrock! Damit ich es besser hören kann... Wartet! Ich glaube, es wird besser sein ohne Schlafrock... Doch nein! Gebt ihn nur wieder her, es wird so besser gehen.

SCHÄFER

Kennst du ewig nichts als Kälte?
Weißt du ewig nichts als Spott?
Was ist süßer als die Liebe,

Und wo ist ein größerer Gott?
Kann man ja wohl glücklich werden
Ohne sehnsüchtigen Sinn?
Nehmt die Liebe von der Erden,
Und das Leben ist dahin!

SCHÄFERIN

Gerne wollt ich mich verlieben,
Wären nur die Männer treu.
Aber falsch sind ihre Schwüre
Und ihr Herz geschwinde neu!
Ja, ich muß mich selber jammern,
Tauge schlecht in diese Welt,
Ach, mit Harren und Umklammern
Auf ein einzig Glück gestellt!

SCHÄFER

O süßes Sich-verschenken!

SCHÄFERIN

O ängstliches Gefühl!

SCHÄFER

O zärtliches Verschränken!

SCHÄFERIN

Viel lieber frei und kühl!

SCHÄFER

Laß dich die Liebe finden!

SCHÄFERIN

Verworren, weh, und schwül!

SCHÄFER

Laß dich die Liebe finden!

SCHÄFERIN

O ängstliches Gefühl!

BEIDE *zusammen*

Sie: O Freiheit, bleib bei mir!
Ich will dich nicht verhandeln!
Mir banget vor der Stunde,
Mir grauset vor dem Tag!

Er: Entsage dieser Härte,
O lasse dich verwandeln,
Es nahet deine Stunde,
Erfüllet sich dein Tag.

JOURDAIN Ist es nun aus?

MUSIKLEHRER Allerdings.

JOURDAIN Das ist gar nicht so dumm.

MUSIKLEHRER Ich hoffe, es wird Ihnen Lust machen, selbst die Musik zu lernen.

JOURDAIN Vergessen Sie nur nicht, mir auch die Leute zu schicken, die bei der Tafel aufspielen und einen Tanz vormachen sollen. Die Dame, der zu Ehren ich dies alles bestellt habe, wird heute bei mir speisen.

MUSIKLEHRER Es soll an nichts fehlen.

JOURDAIN *zum Tanzlehrer* Haben Sie in dem Ding auch einige Menuette angebracht?

TANZMEISTER Sie werden nach Ihrem Geschmack bedient werden.

JOURDAIN *wendet sich zum Musiklehrer* Ach! Die Menuette sind mein Leibtanz! Sie müssen mich einmal tanzen sehen.

Zum Tanzmeister

Nun, Herr Tanzmeister!

TANZMEISTER Einen Hut, mein Herr, ich bitte Sie sehr.

Herr Jourdain nimmt seines Lakaien Hut und stülpt ihn über seine Schlafmütze. Der Tanzmeister nimmt ihn bei der Hand und läßt ihn ein Menuett tanzen.

La, la, la, la, la, la, la,
La, la, la, la, la, la...

Den Takt! Den Takt!

La, la, la, la, la.

Den Fuß gestreckt! La, la, la... Werfen Sie die Schultern nicht so! La, la, la, la, la... Die Arme hängen, als ob sie lahm wären! La, la, la, la, la... Den Kopf in die Höhe! Auswärts mit der Fußspitze! La, la, la, la... Den Leib gerade!

JOURDAIN So?

MUSIKLEHRER Das geht vortrefflich.

JOURDAIN Es fällt mir eben was ein. Lehren Sie mich doch, wie man eine Reverenz für eine Marquise macht. Ich werde es hernach nötig haben.

TANZMEISTER Eine Reverenz für eine Marquise?

JOURDAIN Ja, für eine Marquise, die Dorimene heißt und seit vier Jahren Witwe ist.

TANZMEISTER Geben Sie mir die Hand.

JOURDAIN Nein, das ist nicht nötig. Ich merke es mir schon.

TANZMEISTER Wenn Sie sie recht ehrerbietig grüßen wollen, so müssen Sie erst eine Reverenz hinter sich machen und darauf mit drei Reverenzen vorwärts auf sie zugehen und mit der letzten sich fast bis auf Ihr Knie niederlassen.

JOURDAIN Machen Sie mirs einmal vor.

Der Tanzmeister macht seine drei Reverenzen.

Gut.

ERSTER LAKAI *meldet* Der Fechtmeister.

Der Fechtmeister tritt auf, mit ihm der kleine Lakai, der zwei Rapiere und Fechthandschuhe trägt.

FECHTMEISTER *nachdem er die Rapiere dem Lakai aus der Hand genommen und eines davon dem Herrn Jourdain überreicht hat* Wohlan, mein Herr! Die Reverenz! Den Leib gerade! Ein wenig auf den linken Schenkel gelehnt! Die Beine nicht so weit auseinander! Die Füße in gerader Linie! Die Faust gerade mit der Hüfte! Die Degenspitze gleich hoch mit den Schultern! Den Arm nicht so sehr gestreckt! Die linke Hand gleich hoch mit dem Auge! Die linke Schulter besser zurück! Den Kopf gerade! Die Augen scharf auf mich! Avancieret! Den Leib fest! Geht an mit Quarte! Stoßt aus! Eins, zwei! Zurück! Noch einmal! Den Fuß fest! Eins, zwei! Einen Sprung zurück! Wenn Sie ausstoßen, mein Herr, so muß allzeit die Klinge zuerst kommen und der Leib wohl gestreckt werden. Eins, zwei! Frisch! Geht an mit Terze! Stoßt aus! Avancieret! Den Leib fest! Avancieret! Eins, zwei! Zurück! Fallt aus! Eins, zwei! Einen Sprung zurück! In Positur, mein Herr! In Positur!

Der Fechtmeister gibt ihm etliche Stöße und rufet ihm jedesmal zu

In Positur!

JOURDAIN He!

MUSIKLEHRER Sie tun rechte Wunder!

FECHTMEISTER Wie gesagt, die ganze Kunst im Fechten besteht nur in zwei Stücken: Stöße geben und keine bekommen. Und wie ich Ihnen gestern demonstrativisch zeigte, ist es schlechterdings unmöglich, Stöße zu bekommen, wenn Sie die Klinge Ihres Gegners von Ihrem Leibe abzuhalten wissen; und dieses kommt bloß auf eine kleine Bewegung des Faustgelenkes an, einwärts, oder auswärts.

JOURDAIN Auf solche Art ist auch ein Kerl, der kein Herz hat, versichert, seinen Mann zu erstechen und nicht erstochen zu werden.

Der Philosoph tritt ein.

LAKAI *meldet* Der Herr Philosoph.

JOURDAIN Ja, ja. Da habt ihrs, wie bei mir alles nach dem Schnürchen eingeteilt ist. Holla, Herr Philosoph, man hat mir viel Gutes von Euch gemeldet. Ihr sollt ja ein wahres – wie sagt man schnell – von Wissenschaft in Eurem Kopf beisammen haben.

PHILOSOPH *lächelt* In welchem Gebiet wünschen Sie Ihre Kenntnisse zu vertiefen, mein Herr Jourdain?

JOURDAIN In allem Möglichen. Ich brenne darauf, ein grundgelehrter Mann zu werden. Und ich möchte es verwünschen, daß meine Eltern mich nicht schon in meiner frühen Jugend in allen denkbaren Wissenschaften unterrichten ließen.

PHILOSOPH Eine außerordentlich schöne und würdige Auffassung. Nam sine doctrina vita est quasi mortis imago. Sie verstehen natürlich Latein?

JOURDAIN Ja, aber tun Sie immerhin, als ob ichs nicht verstünde, und erklären mir den Sinn davon.

Sie setzen sich.

PHILOSOPH Es heißt, daß das Leben ohne die Wissenschaft so gut wie ein Bild des Todes ist.

JOURDAIN Hm.

PHILOSOPH Ich darf natürlich die Anfangsgründe sämtlicher Disziplinen bei Ihnen voraussetzen.

JOURDAIN *sieht ihn an* Oh, jawohl, ich kann lesen und schreiben.

PHILOSOPH Aha.

JOURDAIN Es sind zwei Dinge, die ich lernen will. Das eine ist mir außer Haus vonnöten und das andere hier in meinen vier Wänden. Ich will Geist haben und mich mit Personen von Stand über alles unterhalten können, was vorkommt.

Zum zweiten: ich habe eine erwachsene Tochter, die von meiner Frau selig eine große Geschicklichkeit im Reden und einen sehr rechthaberischen Sinn geerbt hat. Ihr sollt mir beibringen, wie ich es anstellen muß, daß immer ich es bin, der den letzten Trumpf in der Hand hat, und sie auf das, was ich vorbringe, nichts mehr zu sagen wisse.

PHILOSOPH Ich verstehe Sie, mein Herr. Da hätten wir denn zuvörderst mit der Logik den Anfang zu machen, als welche die drei Operationen des Verstandes lehrt: die da sind, die Universalien richtig aufzufassen, durch die Kategorien richtig zu urteilen und endlich mit Hilfe der Formen: Barbara Celarent Darii Ferio Baralipton einen richtigen Schluß zu ziehen.

JOURDAIN Hm. – Und die Moral? Lehrt die etwas Hübscheres?

PHILOSOPH Die Moral?

JOURDAIN Ja, die Moral.

PHILOSOPH Sie handelt von der Glückseligkeit. Sie lehrt uns die Aufwallungen unterdrücken und die Leidenschaften zügeln.

JOURDAIN Davon will ich nichts hören. Ich bin hitzig wie der Teufel, und wenn ich zornig bin, will ich mich austoben, Geschirr zerschmeißen –

Er steht auf.

PHILOSOPH *ist aufgestanden* Nach Ihrem Gutdünken, mein Herr, aber dann werden Sie immer der Sklave Ihrer geringsten Blutwallungen bleiben und Sie dürfen sich nicht verwundern, wenn Sie dem eigenen Kind gegenüber, das Sie gezeugt haben, den Eindruck der Unmündigkeit machen, im Gespräch den Kürzeren ziehen und in der Gesellschaft den Rang nie einnehmen werden, der Ihnen zukäme. Denn die Selbstbeherrschung ist der Grundstein alles geselligen Handelns und von ihr allein hängt es ab, daß Sie im Gespräch verbindlich, witzig oder bedeutend erscheinen können.

JOURDAIN Hängt dies alles so zusammen? Dann will ich es überlegen, ob ich Sie nicht doch bitten soll, mich die Moral, und wenn es sein soll, auch die Logik zu lehren. Für heute bitte ich Sie, mich zu entschuldigen, Sie sehen in mir einen Mann, der von einem lumpigen Hund von Schneider auf die Folter gespannt wird. Ich erwarte einen großen Herrn, der mir die Gnade erweist, sich meinen Freund zu nennen, und der Anzug, in dem ich ihn zu empfangen gedachte, – können Sie es glauben, daß dieser hündische Schneider ihn mir für heute acht Uhr morgens zugesagt hat. Was sage ich: geschworen!

PHILOSOPH Ich bitte sehr, ich bin stets zu ihren Diensten, mein Herr.

JOURDAIN Noch eins. Ich muß Ihnen schnell etwas vertrauen.

Führt ihn nach vorne

Ich bin verliebt in eine sehr, sehr vornehme Dame, eine hohe Standesperson, und ich wollte gern, daß Sie mir ein Briefchen, das ich zu ihren Füßen fallen lassen will, zu schreiben hülfen.

PHILOSOPH Mit der größten Bereitwilligkeit, mein Herr.

JOURDAIN Das wird doch recht galant sein?

PHILOSOPH Allerdings. Wünschen Sie in Versen an die Dame zu schreiben?

JOURDAIN Nein, nein, keine Verse.

PHILOSOPH In Prosa also?

JOURDAIN Nein, weder in Prosa noch in Versen.

PHILOSOPH Es muß aber notwendig eines von beiden sein.

JOURDAIN Und warum denn?

PHILOSOPH Deswegen, mein Herr, weil man sich auf keine andere Art ausdrücken kann als entweder in Versen oder in Prosa.

JOURDAIN Und was wir jetzt miteinander reden, wir beide da –

PHILOSOPH Das ist Prosa.

JOURDAIN Wie? Wenn ich sage: Nicole, hole mir meine Pantoffeln und gib mir meine Schlafmütze, so ist das Prosa?

PHILOSOPH Prosa, mein Herr.

JOURDAIN Meiner Treu, so habe ich schon länger als vierzig Jahre Prosa geredet und habe nicht das geringste davon bemerkt. Ich bin Ihnen ungemein verbunden, daß Sie mir das gesagt haben. Ich wollte also der Dame in dem Briefchen gerne sagen: Schönste Marquise, Ihre schönen Augen machen, daß ich vor Liebe sterbe. Aber ich möchte, daß dies recht elegant, recht artig herauskäme.

PHILOSOPH Sie können sagen: daß das Feuer ihrer Augen Ihr Herz in Asche verwandelt; daß Sie Tag und Nacht ihretwegen die heftigsten Qualen der Liebe erdulden –

JOURDAIN Nein, nein, nein, das will ich alles nicht haben. Ich will nicht mehr als das, was ich Ihnen gesagt habe: Schönste Marquise, Ihre schönen Augen machen, daß ich vor Liebe sterbe.

PHILOSOPH Man muß es doch aber ein wenig ausführen.

JOURDAIN Nein, sag ich Ihnen. Ich will bloß diese Worte in das Briefchen, aber recht nach der Mode gesetzt und herumgedreht, wie sichs gehört. Bitte, sagen Sie mir doch einmal nur zum Versuch die verschiedenen Arten, wie man das setzen kann.

PHILOSOPH Erstlich kann man das so setzen, wie Sie getan haben. Schönste Marquise, Ihre schönen Augen machen, daß ich vor Liebe sterbe; oder auch: vor Liebe, daß ich sterbe, schöne Marquise, machen Ihre schönen Augen – oder auch: Ihre schönen Augen vor Liebe machen, schönste Marquise, daß ich sterbe. Oder auch: daß ich sterbe vor Liebe, schönste Marquise, Ihre schönen Augen machen. Oder auch: Ihre Augen schön, daß ich sterbe, machen, schönste Marquise, vor Liebe.

JOURDAIN Welche ist nun aber unter diesen Arten die beste?

PHILOSOPH Die erste, die Sie sagten: Schöne Marquise, Ihre schönen Augen machen, daß ich vor Liebe sterbe.

JOURDAIN Und da habe ich niemals studiert und habe es gleich aufs erste Mal getroffen! Ich danke Ihnen indessen recht herzlich und bitte Sie, morgen bei guter Zeit wiederzukommen, – nein, vielmehr – hat denn der verwünschte – warten Sie noch, mein Herr – gottverdammte Schneider den Anzug noch nicht gebracht – bleiben Sie noch in meinem Hause, mein Herr, ich möchte mich nachmittags, wenn ich die Zeit finde, noch mit Ihnen unterhalten. – Daß der Lump das Fieber an den Hals bekäme, der Hundeschneider, der spitzbübische! – Ah, laßt Ihr Euch endlich einmal blicken!

Der Schneider, ein Geselle, der das Kleid trägt, vor ihnen ein Lakai, treten auf.

JOURDAIN Bald hätte ich mich über Euch erzürnt.

SCHNEIDER Ich habe unmöglich eher kommen können, und ich habe doch zwanzig Gesellen bei Ihrem Kleid sitzen gehabt.

JOURDAIN Ihr habt mir so enge seidene Strümpfe geschickt, daß ich die größte Mühe von der Welt hatte, sie an die Beine zu bringen, und dennoch sind ein paar Maschen zerrissen.

SCHNEIDER Oh, sie werden weit genug werden.

JOURDAIN Ihr habt mir auch Schuhe machen lassen, die mich gar abscheulich drücken.

SCHNEIDER Ganz und gar nicht, mein Herr.

JOURDAIN Wie? ganz und gar nicht.

SCHNEIDER Hier, mein Herr, haben Sie das schönste Kavalierskleid. Ich biete einem Maler Trotz, wenn er Ihnen mit dem Pinsel ein schöneres machen kann. Ich habe einen Gesellen, der, geschickte Beinkleider zu machen, der klügste Kopf von der Welt ist, und noch einen andern, der, eine Weste zu machen, der Held unserer Zeiten ist.

JOURDAIN Ist auch der Hut und die Feder recht, wie es sein soll?

SCHNEIDER Wollen Sie Ihr Kleid anziehen?

JOURDAIN Ja, gebt es her.

SCHNEIDER Geduld! Das gehet so nicht an. Ich habe Leute mitgebracht, die Ihnen das Kleid nach dem Takte anziehen sollen. Solche Kleider müssen mit Zeremonien angezogen werden. He! kommt herein!

Vier weitere Schneidergesellen treten tanzend auf.

SCHNEIDER *zu seinen Gesellen* Ziehet dem Herrn das Kleid so an, wie Ihr bei Standespersonen zu tun pfleget.

Vier Schneidergesellen kommen tanzend zu dem Herrn Jourdain. Zwei ziehen ihm seine Fechthosen aus und zwei andre sein Kamisol. Alsdann ziehen sie ihm nach dem Takte sein neues Kleid an. Herr Jourdain geht zwischen den Schneidergesellen auf und nieder und zeigt ihnen sein neues Kleid, um zu sehen, wie es ihm stehe.

SCHNEIDER *zum ersten Gesellen* Und du, zeig dem Herrn, wie ein solches Kleid getragen wird.

Der erste Schneidergeselle tanzt und stellt das Betragen eines großen Herrn auf der Promenade dar. Hierauf gehen die Schneider tanzend ab.

JOURDAIN *winkt zwei Lakaien herbei* Kommt mit mir, ich will mein Kleid ein wenig in der Stadt sehen lassen. Aber vor allen Dingen gebt acht, daß ihr ja recht nahe hinter mir gehet, damit die Leute recht sehen, daß ihr zu mir gehöret.

LAKAI Der Herr Graf kommen die Treppe herauf.

DORANTE *tritt auf* Mein Herr Jourdain! Lassen Sie mich Sie umarmen. Ihr neues Staatskleid kleidet Sie über die Maßen wohl, nein, nein, bei meiner armen Seele, wir haben keinen einzigen jungen Herrn bei Hofe, der besser aussähe als Sie.

Jordain lacht geschmeichelt.

DORANTE Nein, kehren Sie sich einmal um. Oh, verdammt! Das ist elegant über die Maßen.

JOURDAIN Ich bin auch recht zufrieden damit.

DORANTE Bei meiner Seele, Herr Jourdain, ich habe seit fünf Tagen, da meine Geschäfte mir nicht Zeit ließen, Sie aufzusuchen, ein unmäßiges Verlangen gehabt, Sie wiederzusehen. Daß ich es Ihnen frank ins Gesicht sage: Sie sind der Mann, auf den ich in der Welt am meisten halte. Es sind keine zwei Stunden her, daß ich in des Königs Kabinett in diesem Sinne von Ihnen gesprochen habe.

JOURDAIN In des Königs Kabinett. Da haben Sie mir viel Ehre angetan.

DORANTE Bedecken Sie sich, mein Herr Jourdain. –

Lakai rückt zwei Lehnstühle in die Mitte.

DORANTE Bedecken Sie sich, mein Herr Jourdain. –

JOURDAIN Ich weiß wohl, was für Respekt ich Ihnen schuldig bin.

DORANTE Oh, mein Gott, bedecken Sie sich! Machen Sie mit mir doch keine Zeremonien! Ich bitte Sie darum.

JOURDAIN Gnädiger Herr. –

DORANTE Setzen Sie auf, mein Herr Jourdain. Betrachten Sie mich als einen Ihrer guten Freunde, will ich einmal für allemal gebeten haben.

Er hat sich gesetzt, Jourdain nach ihm.

JOURDAIN *gleich wieder aufstehend und den Hut abnehmend* Ich bin Ihr gehorsamster Diener.

DORANTE *springt auf* Ich werde mich zum Sapperment gewiß nicht bedecken, wenn Sie es nicht tun.

JOURDAIN So will ich denn lieber unhöflich als Ihnen beschwerlich sein.

Bedeckt sich, setzt sich, Dorante gleichfalls.

DORANTE Daß ich mit dem Wichtigsten anfange.

Nachdem er sich umgesehen

Es hat sich in diesen fünf Tagen, seit Sie mich nicht gesehen haben, viel zugetragen, viel verändert zu Ihren Gunsten, mein Herr Jourdain. Ihre Angelegenheiten stehen gut. Nein, nein, Sie machen sich keinen Begriff, wie gut.

JOURDAIN Sie haben die Frau Marquise gesehen?

Dorante bejahende Gebärde.

JOURDAIN Sie wird die Gnade haben, den Diamanten, den ich Ihnen für sie eingehändigt habe, anzunehmen?

DORANTE *flüsternd* Sie hat ihn angenommen. Fragen Sie mich nicht, welche Mühe es mich gekostet hat, ihre Skrupel zu überwinden. Sie hat mir die Freundschaft zu entziehen gedroht. Sie war nahe daran, mir ihr Haus zu verbieten. Aber, corpo di Dio, wenn ich mich für einen Freund ins Zeug lege, da lasse ich nicht locker! Sie trägt ihn, sie trägt ihn an ihrer Hand.

JOURDAIN An ihrer Hand!

DORANTE Hier am kleinen Finger. Und ich müßte mich sehr irren, oder dieser schöne Diamant wird für Sie, Herr Jourdain, ein vortreffliches Stück Arbeit tun.

JOURDAIN Das gäbe der Himmel. Ich wollte, daß ich bald den Diamanten, ich meine die Hand, die ihn trägt, wiedersehen könnte.

DORANTE Das lassen Sie meine Sache sein, darauf will ich Anschläge machen.

JOURDAIN *aufstehend* Ihre Güte beschämt mich aufs höchste!

DORANTE *schlägt sich auf die Stirn* Ich hab es. Noch heute sollen Sie sie sehen. Ehe eine Stunde vergeht, sollen Sie auf der Adelspromenade der Marquise die Hand reichen und ihr aus Ihrer eigenen Kutsche aussteigen helfen.

JOURDAIN Aus meiner Kutsche?

DORANTE Aus des Herrn Jourdain neuer apfelgrüner Kutsche.

JOURDAIN *ist aufgestanden* Wie sollte das zugehen?

DORANTE Mit ganz natürlichen Dingen.

Ist auch aufgestanden, nimmt ihn unter den Arm und geht mit ihm auf und nieder

Heute um ein Uhr nachmittags findet, wie Sie wissen, die feierliche Einholung der Gesandtschaft statt, welche der Große Türke an unseren allergnädigsten Herrn entsandt hat.

JOURDAIN Nein, ich weiß gar nichts davon.

DORANTE Wie? Aber Sie werden doch das Ballett und die Komödie, die zu Ehren der Fremden gegeben werden, mit ansehen?

JOURDAIN Für mein Leben gern wollte ich das, aber wie käme ich denn dazu?

DORANTE Aber ich habe doch bei Hofe angeordnet, daß man Ihnen als meinem Freunde die Einlaßkarten dazu schicken soll. Nein über die Unordentlichkeit in den Departements! Ich werde ein Donnerwetter schlagen!

JOURDAIN Meinetwegen? Bei Hof ein Donnerwetter?

DORANTE Lassen Sie das meine Sorge sein. Heute nachmittag wie gesagt – wir sprachen von der Zeremonie? Sie lieben doch Zeremonien?

JOURDAIN Mir geht nichts darüber.

DORANTE Die Marquise befindet sich unter den Damen, für die eine Tribüne in den inneren Gemächern errichtet ist. Aber wie ich zufällig weiß, ist sie in Verlegenheit, wie sie sich dahin begeben soll. An ihrer Karosse ist eine Feder gebrochen, ein Stück Lackierung abgesprungen – Gott weiß was. Sie fürchtet, weiß ich, ob der Sattler sie nicht im Stiche läßt. Wie steht es mit Ihrer schönen neuen Kutschc, Herr Jourdain?

JOURDAIN Sie ist allzeit zu Ihrer Verfügung. Sie brauchen nur zu befehlen, daß angespannt wird.

DORANTE Das wäre ja vortrefflich. Sie bieten durch mich der Marquise Ihre Karosse an für die Zeremonie und die Rückfahrt. Ich mache den Kavalier und begleite die Dame. Ihnen bezeichne ich ganz genau den Platz, wo wir nachmittags anhalten werden. Es soll eine Stelle mitten auf der Promenade sein und hart an der eleganten Ecke, wo unsere jungen Herren sich drängen. Dort lassen wir halten. Der Lakai will abspringen, aber ehe er an den Wagenschlag kommt, sind Sie schon vorgesprungen und haben mit vollkommener Kavaliergrazie den Schlag geöffnet. Die Stufe fällt herab, Sie reichen der Dame die Hand –

JOURDAIN Den Schlag – die Hand – vor aller Augen? Meinen Sie denn, Herr Graf, daß es die Möglichkeit ist?

DORANTE Mir stehen für meinen Freund Jourdain noch ganz andere Möglichkeiten vor Augen. Abgemacht somit. Ich will, bevor ich weggehe, noch in Ihren Stall treten und die nötigen Befehle geben, damit alles in einer Weise vor sich geht, wie es dem Ansehen Ihrer Equipage entspricht. Somit, mein wertgeschätzter Freund Jourdain, auf Wiedersehen auf der Promenade.

JOURDAIN Sie wissen nicht, wie Sie mich beschämen.

DORANTE Das Wort da will ich nicht wieder hören.

Falscher Abgang

Ich bin doch! Da wollte ich mit Ihnen von meinen eigenen Angelegenheiten sprechen. Da sehe ich Sie und habe nichts als Ihre Liebesgeschäfte und das Bild Ihrer angebeteten Marquise vor Augen. – Im Ernst, mein Herr Jourdain. Sie haben mir zu verschiedenen Malen Geld vorgeschossen.

JOURDAIN Ich bitte Sie, reden Sie davon heute nicht, gnädiger Herr.

DORANTE Aber zum Kuckuck, ich bin hergekommen, um davon mit Ihnen zu reden. Ich weiß wiederzugeben, was man mir borgt, und mich für Gefälligkeiten erkenntlich zu erweisen.

JOURDAIN Daran zweifle ich nicht, gnädiger Herr.

DORANTE Ich will das Zeug in Ordnung bringen. Deswegen bin ich heute über diese Schwelle getreten.

JOURDAIN Sie haben andere Verabredungen heute. Ich bitte, sich nicht zu inkommodieren.

DORANTE Nein, nein, ich bin ein Mann, der gerne so bald als möglich bezahlt, zum Sapperment!

JOURDAIN Ich wäre nicht imstande.

DORANTE Ich will es aber in der Ordnung haben! Besinnen Sie sich auf die Posten. Ziehen Sie Ihr Notizbüchlein zu Rate. Da, da! Nehmen Sie es nur heraus! Da waren einmal zweihundert Louisdors... ein andermal hundert.

JOURDAIN Hundertundzwanzig. Aber es ist nicht der Rede wert.

DORANTE Da sehen Sie.

JOURDAIN Noch ein andermal hundertundzwanzig.

DORANTE Noch einmal, ganz richtig! Diese drei Posten machen zusammen? Sie sind ein besserer Kopfrechner als ich, so helfen Sie mir doch!

JOURDAIN Vierhundertundsechzig Louisdors. Das sind fünftausendundsechzig Livres.

DORANTE Da, da. – Dann eine Kleinigkeit für mich gezahlt an meinen Federnschmücker.

JOURDAIN Ich bitte Sie um alles, Herr Graf, Sie werden Ihre Zeit versäumen.

DORANTE Wieviel an den Federnschmücker? Die Ziffer, ich bitte Sie.

JOURDAIN Eintausendachthundertundzweiunddreißig Livres.

DORANTE Ein halsabschneiderischer Gauner. Aber was wollen Sie, er ist der Erste in seinem Fach, da sehen Sie diese Feder, wie sie spielt, was sie für eine Kadenz hat! Noch irgend etwas an einen anderen Lieferanten?

JOURDAIN Sie spannen mich auf die Folter.

DORANTE Ich bitte Sie, an meinen Schneider – es müssen gegen zweitausend Livres gewesen sein.

JOURDAIN Es waren viertausenddreihundertundsiebzig Livres.

DORANTE Daß man immer die kleinere Ziffer im Kopf hat! Irgend etwas an meinen Sattler?

JOURDAIN Es ist nicht der Rede wert, eine Lappalie.

DORANTE Um Vergebung, Herr Jourdain, mir ist jeder Betrag der Rede wert, den ich einem Freunde schulde. Wir behandeln jetzt Geschäfte, da wollen wir genau sein.

JOURDAIN Sie halten sich auf.

DORANTE Die Summe also, wenn Sie schon solche Eile haben.

JOURDAIN Summa summarum? Fünfzehntausendachthundert Livres.

DORANTE Vortrefflich. Fünfzehntausendachthundert Livres. – Legen Sie jetzt noch zweihundert Pistolen dazu, so beträgt es gerade achtzehntausend Livres – die ich Ihnen in den allernächsten Tagen bei Heller und Pfennig zurückzahlen werde.

Jourdain lächelt verlegen.

DORANTE Ich sehe, es macht Ihnen Ungelegenheiten – Sie haben den Betrag nicht bei der Hand –

JOURDAIN O nein, nein!

DORANTE Ah, sagen Sie es doch frei heraus, wenn Sie in der geringsten Verlegenheit sind.

JOURDAIN Nein, gnädiger Herr.

DORANTE Oho, ich habe Bekannte und Verwandte genug, die mir den Bettel mit dem ausgesuchtesten Vergnügen vorschießen. Aber ich hätte geglaubt, Ihnen als meinem besten Freund nahezutreten, wenn ich mich an einen andern gewandt hätte. Da dem nun nicht so ist –

JOURDAIN Ich bitte Sie, gnädiger Herr, ich bin Ihnen vielmehr sehr verbunden –

DORANTE *hält ihn* Nein, nein, mein lieber Herr Jourdain. Davon wollen wir nun nicht mehr sprechen.

JOURDAIN Wie denn?

DORANTE Wie denn? Was wiedennen Sie mir da? Ich bin ein traitabler herablassender Kavalier. Hand aufs Herz, so kann man mich führen wie ein Kind am Gängelband. Aber ich bin gegen Freunde höllisch empfindlich, ein Augenzwinkern, ein halbes Wort zu wenig, eine Sekunde zögern, und mein bester Freund hat sichs mit mir verdorben.

JOURDAIN Ich bitte Sie, Herr Graf! Indessen Sie die Güte haben, im Stall Ihre Anordnungen zu treffen, will ich gehen und es holen.

DORANTE *spielt mit der Hutfeder* Was holen? Wovon unterhalten Sie mich, mein Herr Jourdain?

JOURDAIN Das Geld. Die zweihundert Pistolen – die ich Sie inständig bitte –

Dorante will fort.

JOURDAIN *hält ihn* – von mir zur Abrundung der Summe zu gestatten, mit der Entgegennahme mich zu beehren, die Herablassung zu haben!

DORANTE *nach einer Pause, in der er ihn durchdringend angesehen hat, mit einem gutmütigen Kavalierslachen, in das Jourdain einstimmt* Ich weiß nicht, was an Ihnen ist, mein lieber Herr Jourdain, womit Sie mich gegen meinen festen Vorsatz zwingen, daß ich Ihnen nun wieder diese Bitte nicht abschlagen werde. Auf Ehr und Gewissen, ich frage mich manchmal selber: Graf Dorante, womit bezaubert dich dieser Herr Jourdain, daß er bei dir die elegantesten jungen Herren des Hofes aussticht und du um jeden Preis aus diesem Bürger deinen ersten Freund machen willst? Es muß eine große Sache um die Sympathie sein, mein Herr Jourdain, wenn Sie bedenken, daß ich mein Leben lang habe das Bewußtsein meiner Standesüberlegenheit über einen Bürger auch nicht so weit ablegen können, daß ich mich herabgelassen hätte, ihrer einem gerade ins Gesicht zu sehen, wenn ich ihm Audienz gab.

JOURDAIN Es ist erstaunlich, Herr Graf, wie gütig Sie sind, mir das zu sagen, und ich kann sagen, was die Sympathie betrifft, so ist dieselbe ganz meinerseits: ich kann Sie nicht zu dieser Tür hereintreten sehen, ohne daß mir, mit Verlaub zu sprechen, das Herz im Leibe hüpft. Und wenn Sie so vor mir stehen und mit mir diskutieren wie mit Ihresgleichen, so habe ich ein Gefühl zu Ihnen, als wenn mein leibhaftiger Sohn, Gott hab ihn selig, in Ihren Schuhen vor mir stünde, ungerechnet den Respekt, den ich Ihnen schuldig zu sein die Ehre habe.

DORANTE Ich muß Sie für diese Rede umarmen, mein Herr Jourdain.

Er tuts. Sie wenden sich abzugehen, nachdem sie sich nochmals zugewinkt; Dorante ab durch die Mitte.

NICOLE *von rechts herein zu Jourdain, der zur linken Tür abgehen wollte* Heda, Herr!

Zu Lucile, die ihr nachgekommen ist

Hier ist Ihr Vater, mit dem Sie sprechen wollten. Kommen Sie nur herein.

JOURDAIN Was solls. Ich habe wenig Zeit.

NICOLE *sowie sie ihn richtig gewahr wird* Hi, hi, hi, hi!

JOURDAIN Was gibts da zu lachen?

NICOLE Hi, hi, hi, hi!

JOURDAIN Was soll dieses Kuttern, du Gans!

NICOLE Hi, hi, hi! Wie unser Herr aussieht! Wie unser Herr aussieht!

JOURDAIN Ich gebe dir die größte Maulschelle, die jemals in der Welt gegeben worden ist.

NICOLE Ach Herr, ich kann ja nicht dafür! Hi, hi, hi!

JOURDAIN Hat man je ein solches Aas gesehen, die mich mit vollem Halse so unverschämt ins Gesicht hinein auslacht? Und du, meine Tochter? Du siehst, daß ich Eile habe. Ich habe meine Kutsche anspannen lassen, um jemanden abholen zu lassen, der sich zu einer Zeremonie bei Hofe begibt. Bist du gekommen, um mir zu sagen, daß du dein starrköpfiges Betragen bedauerst, daß du jeden Gedanken an diesen Herrn Cleonte aufgibst, und daß du es mir überlässest, eine passende Partie für dich ausfindig zu machen? Dann soll mir die Störung willkommen sein.

NICOLE Nun hab ich meiner Treu keine Lust mehr zu lachen.

LUCILE Ich bin, mein Vater, mit Ihrer gnädigen Erlaubnis gekommen, um mit Ihnen von Ihren Angelegenheiten zu sprechen und nicht von den meinigen.

JOURDAIN Das wäre –

LUCILE Man hat mir eine gewisse Mitteilung gemacht –

JOURDAIN Da sieh her.

LUCILE Eine Person betreffend, der Sie in unbegrenztem Maße Ihr Vertrauen und Ihre Freundschaft schenken.

NICOLE Wäre es nur die Freundschaft, aber es ist noch ganz was anderes, das der Herr scheffelweise aus dem Hause trägt!

LUCILE Still, Nicole – – und die beider nicht im geringsten würdig ist.

JOURDAIN Und wer wäre diese Person?

LUCILE Der Herr, der Sie eben verlassen hat und den ich auf der Treppe mit Ihren Dienstleuten kommandieren höre, als ob er und nicht Sie es wären, dessen Brot sie alle essen.

JOURDAIN Da bin ich ihm nur sehr verbunden, wenn er meinem Gesinde einigen Schliff beibringt. Dafür habe ich ihm die Hand zu küssen, und du Gelbschnabel, du grüne Pflaume bist nur viel zu unreif –

NICOLE Sie hat recht, Herr, und nicht Ihr. Es ist nicht zu sagen, was wir Dienstleute hier im Haus ausstehen müssen von dem Gesindel aus allen Stadtvierteln, das sich hier die Füße abtritt.

LUCILE Schweig, Nicole, und laß uns.

NICOLE Und besonders diesem Schlingel von Fechtmeister, der das ganze Haus vollstaubt.

JOURDAIN Mußt du, Aas, gegen deinen Herrn das letzte Wort haben?

NICOLE Ich möchte wahrhaftig wissen, was Ihr in Euerem Alter noch mit einem Tanzmeister wollt.

JOURDAIN Den Mund gehalten und hinaus mit dir, freche Bauerndirne!

NICOLE *im Abgehen* Wollt Ihr vielleicht tanzen, wenn Ihr die Beine nicht mehr rühren könnt?

JOURDAIN Daß ich dir nicht alle Knochen im Leibe zerbreche, du Aas!

Nicole ist fort.

JOURDAIN Und du, meine Tochter, höre mich gut an. Die Person, gegen die du eben deinen Mund aufgeworfen hast, verdient, daß du sie höchlichst respektiert, und wo immer du ihr begegnest, will ich mir ausgebeten haben, daß es mit der ausgesuchtesten Artigkeit geschehe. Ja, vermagst du denn nicht zu erkennen, welche Ehre mir geschieht, wenn ein solcher Herr in meinem Hause verkehrt, der bei Hofe aus und ein geht? und mit dem König so redet, wie wir jetzt zusammen reden?

LUCILE Das alles, was Sie da sagen, und was er Ihnen vorspiegelt, ist eben, will man mir versichern, weit entfernt von der Wahrheit, und man will sich anheischig machen, zu beweisen, daß diese gleiche Person vor wenigen Jahren eine ganz andere Stellung eingenommen und von einem Grafenstand bei ihr auch nicht entfernt die Rede gewesen sei, ja, daß sogar recht zweifelhaft sei, ob der Herr sich den gewöhnlich niedrigen Adel beilegen dürfe, ja, daß man bei Hofe sein Gesicht so wenig kenne als das Ihres Kutschers Matthias, um so genauer aber an anderen weniger ehrenvollen Orten.

JOURDAIN *hält sich die Ohren zu* Ich will nichts von allen diesen niederträchtigen Ohrenbläsereien hören! – aber das sage ich dir –

LUCILE Sie irren sehr, mein Vater. Das, was mich und andere Personen antreibt, ist allein der Eifer für Ihre Ehre.

JOURDAIN Diesen Eifer für meine Ehre wirst du ausgezeichnet an den Tag legen, wenn du Seiner Gnaden dem Herrn Grafen so begegnest, wie ich dir befohlen habe: als einem Manne, der nicht nur deinem Vater über alles wert und teuer ist, sondern vielleichtlich vom Schicksal bestimmt sein könnte, zu dir selber in ein noch näheres und noch ehrfurchtgebietenderes Verhältnis zu treten.

LUCILE Wie, mein Vater?

JOURDAIN *äfft ihr nach* Wie, mein Vater? Ich habe keine Zeit und keine Lust, mir von einem Rotznäschen von Tochter die Laune verderben zu lassen. Es warten Geschäfte auf mich, die meinen ganzen Geist und meine ganze Spannkraft erfordern. Ich will den Namen dieses Herrn Cleonte nicht noch einmal hören!

LUCILE Um Vergebung, mein Vater, er ist mir nicht über die Lippen gekommen.

JOURDAIN Nicht? Ist er vielleicht mir über die Lippen gekommen? Ich verbitte mir deine spitzigen Antworten. Ich kann mir wohl heraustüfteln, wer hinter dem allen auf der Lauer liegt. Habe ich eine Wohlmeinung, oder habe ich keine Wohlmeinung? Bin ich oberster Richter in meinem Hause oder bin ich es nicht? Antworte mir.

LUCILE Sie müssen mit sich selber darüber uneins sein, mein Vater, daß Sie von mir diese Auskunft verlangen.

JOURDAIN Was heißt das? Was soll das? Du willst mich in Verlegenheit bringen! Das hast du von deiner Mutter!

LUCILE Meine Mutter hat das Glück gehabt, in Ihnen dem Manne zum Altar folgen zu dürfen, den ihr Herz sich ausgewählt hat.

JOURDAIN Und du wirst das Glück haben, demjenigen zu folgen, den dein Vater dir auswählen wird. Darum wünsche ich, daß diese Bürgers- und Kaufmannssprößlinge, diese Cleontes und wie sie heißen mögen, den Gedanken an meine Tochter aufgeben, und das einmal für allemal.

LUCILE Ja, mein Vater, war denn Ihr leiblicher Vater nicht Tuchhändler an der Porte Saint-Innocent?

JOURDAIN Da bist du da ganz übel und oberflächlich unterrichtet.

LUCILE Mein Vater, ich hab es doch noch in den Ohren, als wäre es von gestern – obwohl ich damals ein so kleines Mädchen war –, wie Sie zu mir sagen: das ist Tuch aus Großvaters Laden, das hat eine andere Haltbarkeit als das gewöhnliche Zeug, das sie heutigentags überall feilhalten –

JOURDAIN Wenn du dergleichen ungereimtes Zeug in den Ohren hast, so befehle ich dir, deine Ohren auszuwischen. Mein Schwiegersohn wird ein Edelmann und kein anderer. Hast du mich verstanden?

LUCILE Aber –

JOURDAIN Kein Aber. Ist Cleonte ein Edelmann? Klipp und klar! Ohne Umschweife.

LUCILE Ich will Ihnen mit seinen eigenen Worten antworten, mein Vater.

JOURDAIN Ja, tu das, aber kurz, denn ich will zu einem Schluß kommen und die Frage ist mit einem Ja oder einem Nein schnell zu beantworten.

LUCILE Ja, so sagt auch er. Die meisten Leute, sagt er, würden auf diese Frage schnell eine Antwort haben. Man springt sehr leichtsinnig, sagt er, mit den Worten um und macht sich kein Gewissen daraus, sich irgendein Prädikat beizulegen. Der Brauch, sagt er, scheint heutzutage einen solchen Diebstahl zu rechtfertigen. Seine Ansichten jedoch über diesen Punkt sind etwas strenger.

JOURDAIN Advokatengeschwätz. Larifari! Nicht gehauen und nicht gestochen.

LUCILE Er hat den Vorzug gehabt, sechs Jahre in der Armee zu dienen, sein Vermögen setzt ihn instand, einen ansehnlichen Rang in der Gesellschaft einzunehmen, und das Zutrauen des Ministers, der ihn in sein Kabinett gezogen hat, die ehrenvolle und wichtige Stellung, die er dort einnimmt, würden es, sagt er, vor allem seinem Selbstgefühl – und er hat ein großes Gefühl von sich selbst – unmöglich erscheinen lassen, sich einen leeren Titel, eine scheinhafte Bezeichnung beizulegen, die andere an seiner Stelle, sagt er, glauben würden beanspruchen zu können.

JOURDAIN Er ist also kein Edelmann, er gesteht es klipp und klar ein, er bekommt dich nicht.

LUCILE Ihre Logik ist unanfechtbar, mein Vater, und wäre nicht meine Hoffnung auf Ihr Herz –

JOURDAIN Ich weiß, wo du die Hartköpfigkeit her hast! Aber dir und aller Welt zu Trotz will ich eine Gräfin aus dir machen!

LUCILE Ich kann nichts dafür, mein Vater, daß ich bin, wie ich bin, und es tut mir leid, wenn ich Ihnen mißfalle, indem ich nichts anderes tue als die Lehren anwenden, welche Sie und meine selige Mutter mir gegeben haben. Ich habe an Ihnen, mein Vater, allezeit eine große Liebe für das Gediegene und Echte wahrgenommen, und wenn meine Mutter mich gelehrt hat, eine gute Webe Leinwand von einer geringen auseinanderzukennen, so haben Sie mir beigebracht, ein paar gediegene silberne Leuchter von irgendwelchem halbgewichtigen Zeug zu unterscheiden, das nur aufpoliert ist, um einem Sand in die Augen zu streuen. Aus alledem habe ich mir meine Folgerungen gezogen: ich habe mit den gleichen Augen, mit denen ich die ausgelegten Waren zu mustern erzogen war, auch die jungen Männer angesehen, die sich um mich bemüht haben – aber ich sehe, mein Vater, daß Sie in Gedanken sind und mir nicht zuhören!

Jourdain hat sich schon bei den ersten Worten von ihr abgewandt; in Gedanken hat er den Hut aufgesetzt, den er früher auf einen Stuhl geworfen hatte. Er grüßt einmal nach der Weite hin, wie auf einen sich nähernden Wagen. Der Wagen scheint anzuhalten: es ist der Aufsatzschrank, der links neben der Tür an der Wand steht. Jourdain richtet sich, weicht den Pferden aus; dann springt er mit gezogenem Hut hin, die obere Schranktür zu öffnen, als wäre sie der Wagenschlag. Indem er, den Hut in der Linken, mit der Rechten öffnet, wird er gewahr, daß der Wagentritt fehlt. Er will schnell eine hölzerne Fußbank für die aussteigende Dame unterschieben, da fällt ihm der Hut aus der Hand.

LUCILE *erschrocken* Was tun Sie, Vater?

JOURDAIN Ich öffne einen Wagenschlag, was weiter?

LUCILE Ja, ich sehe, daß Ihre Gedanken anderswo sind und daß mit nichts übrigbleibt, als Ihnen die Hände zu küssen und in der Hoffnung zu verharren, daß die ungnädigen Worte, die ich habe hören müssen, nicht unwiderruflich Ihre letzten sind.

Sie verneigt sich und geht.

JOURDAIN Wie? Was? Unwiderruflich! Das sind sie und unumstößlich! Da ist sie hinaus und hat wiederum das letzte Wort gehabt.

Klingelt.

Lakai tritt ein.

JOURDAIN Man soll meine Tochter wieder hereinholen, und man soll mir den Lehrer herbeirufen.

LAKAI Welchen meint der Herr?

JOURDAIN Welchen? Den Philosophen. Ich will, daß er ihr vor mir die Antworten gebe, die ich ihr schuldig geblieben bin! Nein. Warte noch. Ruf mir zuerst den Tanzlehrer, er muß mir zeigen, was ich mit meinem Hut anfange, wenn ich die rechte Hand brauche, um den Schlag zu halten, und die andere, um den Wagentritt herabzuwerfen. Vorwärts, rufe sie alle beide! Und Nicole soll die lederne Tasche – ich brauche den Schlüssel zu meinem Geldschrank. Nein, halt, ich habe ihn bei mir.

LAKAI Soll ich das Fräulein, den Philosophen, den Tanzlehrer oder Nicole zuerst suchen?

DORANTES KLEINER DIENER *tritt ein* Der Herr Graf fragen, wo der Herr Jourdain so lange bliebe.

JOURDAIN *hat gegrüßt* Sogleich, sogleich, mein Herr. Ich werde auf der Stelle bei ihm sein und alles mitbringen, wessen er bedarf.

Musik. – Jourdain grüßt zeremoniös nochmals den kleinen Diener und will links abgehen: wieder ist es ihm, als käme die Karosse auf ihn zu, und er muß hinspringen, den Schlag öffnen, der schönen Marquise die Hand zum Aussteigen reichen. Indem fällt der Vorhang.

ZWEITER AUFZUG

Ein Zimmer bei Jourdain.
Lucile, Nicole. Später Covielle.

LUCILE Sein Brief sollte mich freuen, und er ängstigt mich. Er sagt mir, daß er nunmehr willens sei, jedes Mittel zu brauchen, um in meinen Besitz zu gelangen, und daß die Schwächen meines Vaters mehr als ein taugliches Mittel dazu bieten. Er beschwört mich, ihn zu jedem noch so bizarren Schritt, den unsere sonderbare Lage ihm vorschreiben könnte, zu ermächtigen, und er deutet an, ich liebe ihn nicht genug, wenn ich die Mittel, die zu diesem Ende führen können, mit Empfindlichkeit betrachte.
Sie zieht den Brief hervor.
Da lies selber. Nein, er hats nicht gern, wenn ich seine Briefe aus der Hand gebe. – Sag mir, Nicole, wenn Frauen richtig verliebt sind, ist da nicht immer ein Etwas darunter gemischt, das der Furcht zum Verwechseln ähnlich schmeckt, und ist es nicht gerade dieses Etwas, das eine solche unwiderstehliche Kraft in die Geschichte bringt? Da, es ist jemand an der Tür.

NICOLE Es ist nur Covielle.

COVIELLE *tritt ein* Und er kommt zu melden, daß sein Herr ihm auf dem Fuß folgt.

LUCILE Bist du nur vorsichtig ins Haus gegangen? Nicht zum Haupttor herein, nicht übern Hof?

COVIELLE Seien das Fräulein außer Sorge, wir verstehen das, mein Herr und ich.

LUCILE *lacht* Versteht ihr das? Dann ist es höchste Zeit, daß ihr es wieder verlernt – wenigstens was deinen Herrn betrifft.
Covielle verneigt sich dreimal.
Lucile geht hinten ans Feuer.

NICOLE Du scheinst ja sehr guter Laune, Covielle.

COVIELLE Ja, ich bin es, denn mir ist etwas in die Finger gekommen, das mehr als Gold wert ist – ich habe etwas in der Hand, einen Zipfel von einer Idee, eine Maschinerie, die sich sehen lassen kann, einen Plan, einen grandiosen Plan und dazu alles, um ihn ins Werk zu setzen: Kostüme, Mitspieler, alles auf einen Schlag. Das Ganze ist sondergleichen, es funktioniert wie eine Maulwurfsfalle, es fliegt auf wie eine Raketengirlande; wenn es ein Dummkopf in die Hand bekommt, wird es die blödeste Jahrmarktsposse und endet mit Stockschlägen. Laßt mich es ins Werk setzen und meinen Herrn sich mir fügen, so ist es das Glorioseste, was die Erde gesehen hat, und verhilft deinem Fräulein zu einem unterzeichneten Ehekontrakt. – Es ist unglaublich, aber es ist wahr, wo ein Genie ist, da finden sich Werkzeuge, da bieten sich die Helfershelfer wie von selber dar, da konspiriert die ganze Atmosphäre.

NICOLE Und das Genie bist du?

COVIELLE Das Genie, meine gute Nicole, läßt sich nicht mit Händen greifen. Das Genie liegt im Gewahrwerden.

Mit etwas gedämpfter Stimme

Ihrer tausend glotzen hin auf einen alten Narren – was sehen sie, einen alten Narren. Seine Narrheit ist ihnen im Wege, und da wollen sie um sie herum, wollen seine Narrheit einschläfern, ihr was abhandeln, ihr den Wind abgewinnen, was weiß ich. Ich nicht. Wo sie das Hindernis sehen, sehe ich den Weg. Du bist ein unbequemer Narr, sage ich. Ich will dich noch närrischer machen und mitten durch deine Narrheit hindurch an mein Ziel kommen.

NICOLE *absichtlich laut* Und dein Herr ist da gleichen Sinnes?

LUCILE Ah! – Nicole, mir kommt vor, es hat an der Tür gekratzt.

Covielle ist hingesprungen und hat die Tapetentür geöffnet.

CLEONTE *tritt ein, schnell zu Lucile und küßt ihr die Hand* Sie sind verstimmt?

LUCILE *lächelnd* Sie bemerken alles im ersten Augenblick.

CLEONTE Mein Brief hat Ihnen mißfallen? Ah, ich hätte nicht gedacht, daß eine Geliebte durch die Ungeduld verletzt werden könnte, die man an den Tag legt, um sie zu besitzen.

LUCILE Ihr Männer habt eine sehr vielfache Weise zu lieben, wir Frauen haben nur eine einzige.

CLEONTE Worauf wollen Sie hinaus? Sie zweifeln an meiner Liebe?

LUCILE Ich glaube, daß Sie Ihren Entschluß lieben, mich zu der Ihrigen zu machen.

CLEONTE Was sollen diese Unterscheidungen? Ja, ich liebe unseren gemeinsamen Beschluß, einander fürs Leben zu gehören. Ich male mir das eheliche Glück oder vielmehr das Glück, Ihr Ehemann zu sein, als das höchste.

LUCILE Ich wüßte ja außer der Ehe nicht glücklich zu sein. Meine Neigung ist bürgerlich und ängstlich. Sie würde beständig ihren richtigen Ausdruck suchen und bald vor Gewissensangst nicht aus noch ein wissen.

CLEONTE Nun denn! In diesem Punkt sind wir, scheint es, einig.

Er küßt ihre beiden Hände

Das war es nicht, was diese traurigen Augen verschuldet hat.

LUCILE *nach einer kleinen Pause* Mein Vater – ist einmal mein Vater.

CLEONTE Lucile, was immer wir ins Werk setzen wollen, um die Zustimmung Ihres Vaters – meinetwegen: zu erschleichen –, es wäre unrecht, wenn es in der Absicht geschähe, ihm die kindliche Ehrfurcht zu entziehen, die Sie ihm schuldig sind. Aber geschieht es dann nicht vielmehr in der einzigen Absicht, ihm diese kindliche Ehrfurcht zu erweisen, ja ihn mit einer verdoppelten Zärtlichkeit zu umgeben, respektvoll über ihn zu wachen, ihn die unschädlichen Folgen seiner Schrullen genießen zu lassen, die schädlichen und gefährlichen aber von ihm abzuwehren?

LUCILE Ihr Kopf ist um so viel stärker als der meinige.

CLEONTE *mit einem leichten Unmut* Aber er hilft mir bei Ihnen nicht so viel, das sehe ich. Sie finden es richtiger, sich dem Unsinn zu unterwerfen, als den Unsinn durch den Verstand zu kurieren, stehe dabei auch unser Glück auf dem Spiel. Da bin ich mit meinem Latein zu Ende.

Lucile zerknittert den zusammengefalteten Brief, den sie unbe-

wußt hervorgezogen hat, und kämpft mit den aufsteigenden Tränen.

CLEONTE Geben Sie mir diesen unseligen Brief, damit ich ihn wenigstens in tausend Stücke zerreiße, bevor ich Ihnen Adieu sage.

Er tuts, steckt die kleinen Fetzen in seine Tasche. Winkt Covielle, die Tapetentür zu öffnen.

Covielle sucht zu verzögern.

CLEONTE Vorwärts.

Lucile bricht in lautlose Tränen aus.

Cleonte macht Miene zu gehen.

LUCILE *zärtlich* Cleonte!

Zu Nicole

Sieh, Nicole, wie er mich in der Hand hat.

Zu Cleonte

Aber wenn ich zu allem Ja und Amen sage, mich wie eine Puppe in Ihre Hand gebe – Ihnen selbst, Cleonte – ich weiß ja nicht, was Sie vorhaben –, aber gefällt Ihnen denn der Handel, durch den Sie mich erlangen wollen?

CLEONTE *küßt ihr stürmisch die Hand* Mir? Wofern ich das Paradies erwerbe, ist es mir nicht gleichgültig, auf welchem Weg ich dahin gelangt bin?

Es klopft an der mittleren Tür.

LUCILE Mein Gott, wenn es der Vater wäre! Er hat mir sehr streng verboten, Sie noch einmal zu sehen.

Nicole läuft an die Tür und geht hinaus.

LUCILE *zu Cleonte* Gehen Sie da die Treppe hinunter, schnell.

Cleonte ab mit Covielle.

NICOLE Der Vater sucht Euch, er kommt die vordere Treppe herunter.

LUCILE Jetzt nicht, mein Gott, nicht sogleich. Bleib du da.

Geht schnell links ab.

JOURDAIN *in seinem Hauskleid, tritt durch die mittlere Tür ein mit dem Philosophen* Wo ist meine Tochter? Man hat mir gesagt, daß ich sie hier finden würde.

NICOLE Im Augenblick war sie hier. Ich wette, sie ist Ihnen auf der hinteren Treppe entgegengegangen.

JOURDAIN Rufe sie, sie soll hier vor mir erscheinen.
Nicole ab.

JOURDAIN Wir müssen uns auf spitze Einwürfe gefaßt machen. Sie ist gar nicht schüchtern und versteht, mir, ehe ich mirs versehe, das Wort im Munde umzudrehen. Das hat sie von ihrer Mutter.

PHILOSOPH Ich werde in der Kunst der Dialektik diesem jungen Mädchen gewachsen sein.

JOURDAIN Ich will ihr alles vorhalten, so wie Ihr mich gelehrt habet. Ich fühle mich recht aufgelegt, selbst mit ihr zu disputieren und sie das Gewicht Eurer Gründe und Beispiele fühlen zu lassen.

PHILOSOPH Sind Ihnen die Beispiele aus der Heiligen Schrift und aus der heidnischen Mythologie recht gegenwärtig? Da haben wir zuvörderst Abraham und seinen Sohn Isaak: der Sohn folgte willig, ließ sich binden und überlieferte sich dem Opfermesser.

JOURDAIN Das mit dem großen Messer gefällt mir nicht.

PHILOSOPH Dann ist Jephtha der Richter.

JOURDAIN Ja, das ist gut. Und wie hieß der heidnische König, der, um etwas Wind zu bekommen, seine Tochter einer Göttin aufopferte?

PHILOSOPH Das war Agamemnon, der König der Argiver oder Argeier.

JOURDAIN Richtig, er konnte keinen Fahrwind bekommen, und da tat er ein Gelübde – war es sein einziges Kind?

NICOLE *öffnet die Tür* Da ist sie schon.

LUCILE *tritt ein, geht auf ihren Vater zu und küßt ihm die Hand* Guten Morgen, lieber Vater.

JOURDAIN Tochter, daß du mir die Hand küssest, ist in der Ordnung, aber es genügt nicht. Dies ist das äußere Zeichen des Gehorsams und der Unterwerfung, aber der Gehorsam und die Unterwerfung müssen im Gemüte sein.

PHILOSOPH Vortrefflich, nur weiter.

JOURDAIN Ich erwarte von dir zu hören, daß du alles, was ich dir bei unserer letzten Unterredung gesagt habe, beherziget hast, erstlich aus schuldiger Ehrfurcht und Dankbarkeit und zum andern aus natürlicher Einsicht, und daß du jeden

Gedanken an eine Verehelichung mit diesem Herrn Cleonte aus deinem Herzen herausgerissen hast, wohl wissend, daß du hierzu meine Genehmigung nie und nimmer erlangen wirst, noch zu erbitten Erlaubnis hast, noch jemals erhoffen darfst.

PHILOSOPH Ich hätte es selbst nicht besser vorbringen können.

LUCILE Mein Vater, ich glaubte, ich hätte Ihnen gesagt – und Sie hätten mich auch verstanden –, daß ich Cleonte liebhabe. Wie können Sie da denken, daß ich über Nacht meinen Sinn zu ihm sollte verändert haben? Kennen Sie mich so schlecht?

JOURDAIN *zum Philosophen* Da habt Ihrs, jetzt fängt sie an.

LUCILE Wären wir allein, mein Vater, und nicht dieser Herr in Ihrer Gesellschaft, so würde ich eindringlicher und zärtlicher zu Ihnen sprechen; ich würde Sie daran erinnern, daß Sie schon, als ich ein kleines Mädchen war, meinen festen Willen lobten, daß Sie mich Ihren kleinen Jungen nannten und Gott dafür dankten –

JOURDAIN In all diesen Reden ist keine Vernunft drin, keine Logik. Jetzt bist du kein kleines Mädchen, und von dem allem ist nicht die Sprache. Und auch damals hätte ich keine solchen verzärtelten Reden geführt, wenn ich damals schon gewußt hätte, daß bereits die Völker des Altertums die unbedingte väterliche Autorität für den Grundstein ihrer Staaten erklärt haben, daß, nicht zu sprechen von den Ägyptern, Babylonern und Chaldäern, auf die ich noch zurückkommen werde, auch die Chinesen –

Leise

wie war das mit den Chinesen?

PHILOSOPH Die Chinesen oder Sinesen, in Betracht der väterlichen Autorität besonders streng, haben es den Kindern bei schwerer Ahndung untersagt, sich auch nur nach dem Namen der ihnen bestimmten zukünftigen Ehegatten zu erkundigen.

LUCILE So müssen diese Völker auf einer sehr niedrigen Stufe gewesen sein, und wenn ich auch nicht weiß, mein Herr, wer Sie sind, und wie Sie dazu kommen, sich in dieses Gespräch eines Vaters mit seiner Tochter einzudrängen…

PHILOSOPH Oho!

JOURDAIN Da habt Ihrs.

LUCILE ... so will ich Ihnen doch sagen, daß Ihre Chinesen oder Sinesen recht arme bedauernswerte Geschöpfe sein müssen, wenn sie der Liebe so wenig Raum geben, die menschliche Vereinigung zu adeln und mit der ewigen Quelle aller Liebe, Gott, in Verbindung zu bringen.

PHILOSOPH *hitzig* Auf Grund der Liebe, auch Geschlechtsliebe oder libido, mein Fräulein, erfolgt einzig und allein die Paarung der wilden Tiere!

LUCILE Mein Herr, was unterstehen Sie sich?

JOURDAIN Ich fordere dich auf, diesem Herrn, welcher ein Philosoph und mein Lehrer in den Wissenschaften ist, mit der gleichen Ehrfurcht zu begegnen wie mir selbst.

Philosoph verneigt sich vor Jourdain, der die Verneigung erwidert.

LUCILE Mein Vater, ich bin nicht fähig, die Ehrfurcht, welche ich Ihnen schuldig bin und die, seit ich denken kann, meinem Herzen eingewurzelt ist, mit einem Schlage auf eine andere Person zu übertragen. Dazu ist ihr zu viel Zärtlichkeit beigemischt, und so wie meine Liebe dort, wo sie einmal Wurzel gefaßt hat, nicht von rauher Hand ausgerissen werden kann, es sei denn zugleich mit meinem Leben –

JOURDIN Da habt Ihr den Starrkopf.

LUCILE – so vermag ich auch nicht ein Gran von der Aufmerksamkeit und dem guten Willen, mit dem ich alles anhören würde, was Sie mir zu sagen für gut fänden, für das aufzubringen, was ein anderer Mensch, sei es gegen noch so gute Bezahlung, über diese Angelegenheit vorzubringen wüßte. Darum bitte ich Sie, mein Vater, um die Erlaubnis, mich zurückzuziehen und Sie mit diesem Herrn allein zu lassen.

JOURDAIN Im Gegenteil, ich befehle dir, zu bleiben und jedes Wort, das dieser Herr an dich richten wird, mit solcher Aufmerksamkeit anzuhören, als wenn es aus meinem eigenen Munde käme.

LUCILE Mein Herr, Sie sehen wohl, ich bin nicht aufgelegt,

Ihre Weisheiten anzuhören – ich bin heute sehr ungeduldig und bitte Sie um Ihre Nachsicht.
Sie kämpft mit den aufsteigenden Tränen.

JOURDAIN *wider Willen gerührt* Da habt Ihrs, sie wird das letzte Wort behalten so oder so.

PHILOSOPH *beschwichtigt Jourdain mit einer Handbewegung* Mein Fräulein, diese Tränen vermögen nichts über unsere Herzen, geschweige denn über unsere Beschlüsse.
Er tritt einen Schritt zurück
Sie geben vor zu lieben. Auf dieser einen Behauptung ruht das ganze System Ihrer Verteidigung. Nun denn: Sie irren. Sie lieben nicht. Ihr eigenes Betragen straft Ihre Aussagen Lügen.

LUCILE Wie, mein Herr!

PHILOSOPH Allerdings, mein Fräulein. Das Bild des liebenden Mädchens steht in scharfen Umrissen vor uns. Catull, Tibull, Properz, vor allem aber Ovid haben es mit Meisterhand entworfen. Das liebende Mädchen lächelt vor sich hin, oder sie wirft ihre Augen, zu gefallen bestrebt, von einer Seite zur anderen. Sie ist von einer unbezwinglichen Fröhlichkeit, und trällernd obliegt sie ihren Geschäften. Sie pflückt Blumen und bekränzt sich oder ihre Gefährtinnen. Nichts von dem allen bei Ihnen, mein Fräulein. Finster und in Tränen stehen Sie vor mir, Ihre ganze Haltung drückt ein überreiztes Selbstgefühl aus, einen rasenden Starrsinn, wurzelnd in dünkelhafter Überschätzung des eigenen Wertes. Ihr Krankheitsbild ist deutlich genug: es ist Melancholie aus der Quelle wahnhafter Selbstvergötterung und krankhaft gesteigerter Eitelkeit. Und eben der Erreger Ihrer Krankheit, der Urheber dieser bejammernswerten melancholischen Verstörung, ist Ihnen perverserweise teuer.

LUCILE *tritt vor seinem Eifer zurück* Rühren Sie mich nicht an, mein Herr!

PHILOSOPH Während Sie der Bestechung durch Geld und Ehrenstellen unzugänglich geblieben sind, haben Sie sich um so zugänglicher gezeigt der Bestechung durch Lob und Schmeichelei. Und derjenige, der sich zum Helfershelfer Ihrer maßlosen Begierde gemacht hat, – Sie nennen ihn Ihren Liebhaber, Ihren Bräutigam – ich nenne ihn einen Schmeichler, Parasiten, Speichellecker! – Adulatoribus nostris libenter favemus – wir lieben unsere Schmeichler und hängen an dem, der uns schädiget. A und zum ersten: durch direkte Schmeichelei, die in Ihrem unerfahrenen Innern furchtbar wirksam sie hat aufquellen lassen bis zu diesem Umfang, den wir mit Schauder erblicken – B und zum zweiten: durch Briefe und schmeichlerische Billette, von denen Plinius an seinen Freund Augustinus das unzweideutige Geständnis ablegt: Alle deine Zuschriften sind uns hoch ergötzlich, am meisten aber diejenigen, die uns selbst zum Gegenstand haben. Es herrscht, mein Fräulein, in Ihnen der Trieb, sich maßlos aufzublähen, dem gleich, welcher die Dichter, die Rhetoriker, Sophisten und Pasquillanten erfüllt und aufbläht; derselbe, der so viele dicke Folianten hervorgebracht, so viel zum Himmel ragende Pyramiden und Obelisken und Mausoleen aufgetürmt hat, die alle auf nichts anderes abzielen, als daß man mit dem Finger auf ihn weise, der sie erbaut hat, und hinter ihm herrufe: Seht, da geht er! Wie Sie hier vor uns stehen, sind Sie nichts anderes als ein Bruder, ein weiblicher Bruder meinetwegen, jenes Commodus, der seine Parasiten dazu zwang, ihn als Herkules zu begrüßen. Sie gleichen wie ein Ei dem andern jenem Alexander, der schamlos genug war, sich als Jupiters Sohn verehren zu lassen, und mit wem, wenn ich Sie so vor mir stehen sehe, bereit, dem ehrfurchtgebietenden Willen Ihres Herrn Vaters zu trotzen, mit wem vergleiche ich Sie treffender, als mit jenem persischen Xerxes, der, stultissima jactans furia – von rasender Selbstüberhebung besessen –, sich erdreisten wollte, dem Neptun selber, dem lockigen Beherrscher der Meere, Fesseln anzulegen!

Lucile läuft fort.

PHILOSOPH *will ihr nach, findet die Tür verriegelt* Die Wirkung ist unverkennbar. Ich werde mit Ihrer Erlaubnis von der anderen Seite in das Zimmer des Fräuleins eindringen und durch eine ganze Reihe neuer Argumente den Sieg unserer Sache vollenden.

Ab durch die Mitte.

LAKAI *ist durch die Tapetentür eingetreten* Ich suche Sie schon im ganzen Haus, gnädiger Herr, es ist ein fremder Herr unten, der sagt, er habe Sie vor vielen Jahren gut gekannt. Er sei nun von einer weiten Reise zurückgekehrt und will Ihnen seinen Besuch machen.

JOURDAIN Sagt er so, dann führe ihn die vordere Treppe hinauf.

Covielle tritt auf in der Maske eines ansehnlichen Bürgers oder eines Gelehrten.

LAKAI Da ist er schon.

COVIELLE Mein Herr, ich weiß nicht, ob ich die Ehre habe, von Ihnen gekannt zu sein.

JOURDAIN Nein, mein Herr.

COVIELLE *bückt sich und zeigt die Höhe von einer Elle über der Erde* So klein hab ich Sie gekannt.

JOURDAIN Mich?

COVIELLE Sie. Sie waren das schönste Kind, das man sehen konnte, und alle Damen hatten die Gewohnheit, Sie auf die Arme zu nehmen und Sie zu küssen.

JOURDAIN Mich zu küssen?

COVIELLE Ich war mit weiland Ihrem Herrn Vater sehr befreundet.

JOURDAIN Mit weiland meinem Herrn Vater?

COVIELLE Jawohl, das war ein echter Kavalier.

JOURDAIN Wie sagen Sie?

COVIELLE Ich sage, das war ein echter Kavalier.

JOURDAIN Mein Vater?

COVIELLE Ja.

JOURDAIN Sie haben ihn näher gekannt?

COVIELLE Das will ich meinen.

JOURDAIN Als Edelmann?

COVIELLE Selbstverständlich.

JOURDAIN Dann weiß ich nicht, was das für eine Welt ist, in der wir leben.

COVIELLE Inwiefern?

JOURDAIN Es gibt nämlich hier alberne Leute, die mir weismachen wollen, er sei Kaufmann gewesen.

COVIELLE Kaufmann? Das ist er nie gewesen, das ist eine pure Verleumdung, böswilliges Geschwätz, weiter nichts. Er war nur unendlich höflich und gefällig, und weil er sich auf Stoffe gut verstand, wählte er allerort welche aus, ließ sie in sein Haus bringen und gab seinen Freunden für Geld davon.

JOURDAIN Ich bin entzückt, Ihre Bekanntschaft zu machen. Da habe ich nun jemanden, der mir bezeugen kann, daß mein Vater ein Edelmann war! Bitte, nehmen Sie Platz, mein Herr.

COVIELLE Das will ich vor der ganzen Welt.

JOURDAIN Da wäre ich Ihnen sehr verbunden. Was verschafft mir die Ehre Ihres Besuches?

COVIELLE *Sie sitzen, Lakai tritt ab.* Seit damals, als ich mit Ihrem Herrn Vater viel verkehrte, diesem wahren vortrefflichen Kavalier, wie gesagt, habe ich die ganze Welt bereist.

JOURDAIN Die ganze Welt?

DOVIELLE Allerdings. Ich bin erst seit vier Tagen von meiner letzten Reise zurückgekehrt, und da ich an allem, was Sie betrifft, aus alter Erinnerung und Anhänglichkeit großen Anteil nehme, so komme ich, um Ihnen eine außerordentliche Nachricht zu bringen.

JOURDAIN Eine gute?

COVIELLE Die denkbar beste.

JOURDAIN Das wäre?

COVIELLE Sie wissen natürlich, daß der älteste Sohn des Großtürken hier ist.

JOURDAIN Ich habe gehört, daß man eine Gesandtschaft vorgelassen hat.

COVIELLE Unter der sich der leibliche Sohn des Großtürken, natürlich im strengsten Inkognito, befindet. Die Gesandtschaft hielt gestern ihren Einzug bei Hofe. Aber es ist Ihnen doch nicht unbekannt, daß er sich mit seinem Gefolge schon seit Wochen in einem Palast in der Vorstadt aufgehalten hat, wo alle Welt sich zu ihm drängt und ihm die Huldigungen darbringt, die einem solchen Herrn gebühren?

JOURDAIN Meiner Treu, das hab ich nicht gewußt.

COVIELLE So wissen Sie ja auch nicht, daß er sterblich in Ihre Tochter verliebt ist?

JOURDAIN Meine Tochter? Ja, wo hat er denn die gesehen?

COVIELLE Jeden Vormittag im Garten Ihres Vorstadthauses, in den er von der Terrasse seines Palastes hineinsieht.

JOURDAIN Der Sohn des Großtürken in meinen Garten?

COVIELLE Jawohl, und er will Ihr Schwiegersohn werden.

JOURDAIN Der Sohn des Großtürken will mein Schwiegersohn werden?

COVIELLE Seine Kaiserlich ottomanische Hoheit der Sohn des Großtürken will Ihr Schwiegersohn werden. Als ich ihm meine Aufwartung machte, unterhielt er sich mit mir – ich verstehe natürlich seine Sprache und spreche sie, wie ich da mit Ihnen rede – und da sagte er mir unter anderem: Acciam croc soler onch allah mustaph gidelum amanahem varahini ussere carbulath, das heißt: Hast du das bezaubernde junge Mädchen nicht gesehen, die Tochter des Herrn Jourdain, eines Pariser Edelmannes?

JOURDAIN Das sagte der Sohn des Großtürken von mir?

COVIELLE Ja, ja. Als ich ihm antwortete, daß ich Sie sehr genau kenne und Ihre Tochter gesehen hätte, sagte er: Ah! marababa sahem! Das heißt: Ah, wie sehr bin ich in sie verliebt!

JOURDAIN Marababa sahem heißt also: Ah, wie sehr bin ich in sie verliebt?

COVIELLE Ja.

JOURDAIN Meiner Treu, Sie tun gut, mir das zu sagen, denn ich hätte nun und nimmer geglaubt, daß marababa sahem heißen sollte: Ah, wie sehr bin ich in sie verliebt! Das Türkische muß ja eine ganz wunderbare Sprache sein!

COVIELLE Wunderbarer, als man glauben sollte. Wissen Sie, was cacaraca muschem heißt?

JOURDAIN Cacaraca muschem? Nein.

COVIELLE Das heißt: Meine liebe Seele!

JOURDAIN Cacaraca muschem heißt: Meine liebe Seele?

COVIELLE Ja.

JOURDAIN Das ist ja ganz prächtig! Cacaraca muschem,

meine liebe Seele! Sollte man das wohl glauben? Da steht einem ja der Verstand still.

COVIELLE Kurz, um meinen Auftrag ganz auszurichten, er will bei Ihnen um Ihre Tochter werben; und um einen Schwiegervater zu haben, der seiner würdig ist, will er Sie zum Mamamuschi machen. Das ist eine sehr hohe Würde in seinem Lande.

JOURDAIN Mamamuschi?

COVIELLE Ja, Mamamuschi; das heißt in unserer Sprache soviel als Paladin. Paladin hießen jene alten – nun – Sie wissen ja – Paladin. Es ist dies der höchste Adel, der Sie den größten Herren der Erde gleichstellt.

JOURDAIN Der Sohn des Großtürken ehrt mich sehr; ich bitte Sie, mich zu ihm zu führen, damit ich ihm meinen Dank abstatten kann.

COVIELLE Was Dank, was Dank, er kommt ja zu Ihnen!

JOURDAIN Zu mir ins Haus?

COVIELLE Und das sofort. Er will Ihnen seinen ersten Besuch machen. Bei der zweiten Begegnung, die in Ihrem Landhaus stattfinden soll, will er die Zeremonie Ihrer Standeserhöhung vornehmen und dann sogleich die Unterzeichnung des Ehekontraktes.

JOURDAIN Wie, eins so schnell nach dem andern?

COVIELLE Seine Liebe verträgt keinen Aufschub.

JOURDAIN Was mich dabei in Verlegenheit bringt, ist dies: meine Tochter ist ein sehr starrsinniges Ding, und sie hat sich einen gewissen Cleonte in den Kopf gesetzt und schwört, keinen anderen als diesen zu heiraten.

COVIELLE Ist das der gleiche Cleonte, den ich in Gesellschaft getroffen habe? Ein junger Mensch, nicht von Adel, übrigens gut aussehend, und den der Minister mit Auszeichnung zu sich gezogen hat –

JOURDAIN Dieser ist es.

COVIELLE Pah! Der Sohn des Großtürken wird ihr diese Grille schon austreiben. Übrigens dieser Cleonte sieht dem Sohn des Großtürken nicht unähnlich. Im Notfall könnte einer für den anderen gelten, rein äußerlich genommen. Die Liebe, die sie für den einen hat, kann also ohne viel Unbequemlichkeit auf den andern übergehen.

JOURDAIN Sagen Sie ihr das selber!

Klingelt

Ich lasse sie kommen. Ich möchte, daß sie das aus Ihrem eigenen Munde hört.

Musik, die allmählich näherkommt.

COVIELLE Ich kann unmöglich länger verziehen.

JOURDAIN *zum Lakai, der eingetreten ist* Meine Tochter soll sogleich zu mir in dieses Zimmer kommen.

Zu Covielle

Ich bitte Sie inständig.

COVIELLE Ich höre den Sohn des Großtürken kommen, und die Höflichkeit fordert, daß ich ihm bis an den Fuß der Treppe entgegeneile.

JOURDAIN Dann muß ich doch auch –

COVIELLE Sie wissen von nichts, Sie bleiben hier.

JOURDAIN So sagen Sie mir doch, welche Zeremonien? Wie rede ich ihn denn an?

COVIELLE Sie haben einen natürlichen Anstand, der hinreicht. Bedenken Sie das Inkognito.

JOURDAIN Wenn Sie doch nur hier bleiben wollten, meine Tochter zu überzeugen.

COVIELLE Der Sohn des Großtürken hat etwas sehr Überzeugendes an sich.

Er geht ab.

Jourdain horcht auf die Musik.

Lucile tritt von links ein, hinter ihr der Philosoph.

JOURDAIN Hörst du das, mein Kind? Du mußt dich jetzt auf ganz außerordentliche Dinge vorbereiten.

LUCILE Ich bin an außerordentliche Dinge gewöhnt, insbesonders dieser Herr, mein Vater, ist es, der außerordentliche Formen des Betragens an den Tag legt.

Philosoph verschwindet.

JOURDAIN Schweige, mein Kind, es handelt sich um Dinge, deren Tragweite du kaum ermessen kannst. Weißt du, wer in diesem Augenblick unser Haus betreten wird?

LUCILE Ich höre eine Art von Musik wie bei einem Maskenzug. Wir sind doch nicht im Karneval.

JOURDAIN Allerdings nicht. Es ist eine Hoheit, der ottomanische Prinz, der Sohn des Großtürken, der in diesem Augenblick die Schwelle unseres Hauses überschreitet, um mir seine Aufwartung zu machen.

LUCILE Der Sohn des Großtürken? Zieht der hier herum?

JOURDAIN Er befindet sich inkognito unter der Gesandtschaft, welche gestern bei Hofe mit dem größten Zeremoniell empfangen wurde. Und weißt du, was er mir zu sagen hat?

LUCILE Er hat Ihnen etwas zu sagen?

JOURDAIN Allerdings.

LUCILE Wie sollte ich das erraten?

JOURDAN Daß er mein Schwiegersohn werden will.

LUCILE *lacht laut auf* Was sagen Sie dazu, mein Vater?

JOURDAIN Was ich dazu sage, wenn der Sohn eines großmächtigen Monarchen mein Haus betritt, um meine Tochter zu einer der größten Damen unter der Sonne zu machen?

LUCILE Aber, mein lieber Vater, bedenken Sie doch, ob so etwas in der Natur der Dinge liegt.

JOURDAIN Ich dächte, die Wirklichkeit, daß es geschieht, ist Beweis genug dafür, daß es »in der Natur der Dinge liegt«.

LUCILE Kommt es Ihnen denn nicht in den Kopf, daß all dies darauf angelegt sein muß, Sie zu betrügen?

JOURDAIN Nein, das kommt mir nicht in den Kopf.

LUCILE Oder Sie zu verspotten?

JOURDAIN Außer dir hat niemand solche Gemeinheiten im Sinn.

LUCILE Und das zweideutige Gesindel, das Sie um sich gezogen haben, all diese Menschen, die darauf aus sind, Sie auszunützen, und die jetzt sicherlich im Sinn haben, Ihnen den größten Streich zu spielen, der Ihnen je im Leben gespielt worden ist.

JOURDAIN *ironisch* Freilich, ich bin gar so leichtgläubig.

Lucile ringt ungeduldig die Hände.

JOURDAIN *mit Ironie* Ich kenne wahrscheinlich die Welt nicht, ich habe keine Ahnung, wie es in den höchsten Kreisen zugeht.

LUCILE Und Sie würden wirklich dem ersten besten Menschen, der sich mit Titeln und Namen behängt, wie ein Narr mit Schellen, in Ihr Haus drängt –

JOURDAIN Der Sohn des Großtürken ist der erste beste Mensch!

LUCILE Sie würden irgendeinem gewissenlosen Hochstapler –

JOURDAIN Der Sohn des Großtürken ist ein Hochstapler!

LUCILE – Ihr Fleisch und Blut preisgeben, mich gegen meinen Willen einem solchen Vieh verheiraten?

JOURDAIN Ich verbiete dir solche niedrigen Ausdrücke.

COVIELLE *öffnet die Tür* Er kommt, Seine Hoheit naht. *Flüsternd zu Lucile, der er sich zu nähern sucht* Achtung, wir sind es, gut Freund.

JOURDAIN *zu Covielle* Ich bitte Sie, erklären Sie diesem Mädchen –

LUCILE Ich will nichts erklärt haben.

COVIELLE Nur ein Wort.

LUCILE Ich mache mir nichts aus einem Wort von Ihnen, mein Herr.

COVIELLE *zu Jourdain* Herr Jourdain, wenn das Fräulein nur ein Wort von mir insgeheim anhören will, verspreche ich Ihnen, daß sie allem beistimmen wird, was Sie wünschen.

LUCILE Ich will nicht beistimmen.

COVIELLE So hören Sie mich doch nur.

JOURDAIN Höre ihn doch!

LUCILE Nein, ich will ihn nicht hören.

JOURDAIN Er wird dir sagen –

LUCILE Ich will nicht, daß er mir etwas sagt.

JOURDAIN Was für ein Starrsinn in solch einem Mädchen steckt! Wird es dir etwas schaden, ihn anzuhören?

COVIELLE Hören Sie mich doch nur an. Nachher können Sie nach Ihrem Gutdünken handeln.

LUCILE Nun, was?

COVIELLE *leise und schnell zu Lucile* Seit einer Stunde, mein Fräulein, gebe ich Ihnen Zeichen, sehen Sie denn nicht, daß ich Covielle bin, begreifen Sie denn nicht, daß wir uns dieser Verkleidungen bedienen, um in die Phantasie Ihres Herrn Vaters hineinzupassen, und daß es Cleonte selbst ist, der sogleich als der Sohn des Großtürken in dieses Zimmer treten wird?

LUCILE Ah! Ah!

COVIELLE Tun Sie nichts dergleichen.

LUCILE *laut* Mein Vater, ich frage Sie, gibt es nichts auf der Welt, das Sie von Ihrem Sinn abbringen könnte?

JOURDAIN *zur Melodie der Musik tanzend und singend* Nein, nein, nein, nein, nein, nein, nein!

LUCILE Nun denn,

Sie knickst

so füge ich mich Ihrem Willen.

Pagen vom Gefolge Cleontes treten ein, dann Janitscharen.

JOURDAIN Aha! Da siehst du.

LUCILE Ich bitte Sie nur, mich für jetzt zu entschuldigen. So viel weiß ich von dem Gebrauch dieser Länder, daß es sich nicht geziemen würde, wenn der Prinz bei seinem ersten Besuch so ohne weiteres mein Gesicht sehen würde.

JOURDAIN Gut, geh nur, mein Kind, ich werde dich entschuldigen.

Lucile geht.

CLEONTE *tritt auf als Türke, drei Pagen tragen ihm die Schleppe* Ambusahim oki boraf, Jordina, salamaleki!

Musik aus.

COVIELLE Das heißt: Herr Jourdain, möge Euer Herz jahraus, jahrein dem blühenden Rosenstock gleichen. Solche Redensarten sind nämlich dort zu Lande gebräuchlich.

JOURDAIN Ich bin Euer türkischen Hoheit ganz ergebener Diener.

COVIELLE Cavigar camboto ustin moraf.

CLEONTE Ustin joc salamaleki basum base alla moram.

COVIELLE Er sagt: der Himmel verleih Euch die Kraft des Löwen und die Klugheit der Schlange.

JOURDAIN Seine türkische Hoheit erzeigt mir zu viel Ehre, und ich wünsche ihr alles mögliche Glück.

COVIELLE Ossa binamen sadoc baballi oracaf uram.

CLEONTE Belmen.

COVIELLE Er will, daß Sie von morgen früh an Ihr Gartenhaus in der Vorstadt beziehen, um sich für das Zeremoniell vorzubereiten, und er legt Ihnen in bezug darauf das strengste Geheimnis auf. Mich aber bedeutet er, mich seinem Gefolge anzuschließen.

JOURDAIN Wie, das alles besagen zwei Worte?

COVIELLE Ja, das ist so in der türkischen Sprache, die sagt viel mit wenig Worten.

Cleonte verneigt sich und geht ab mit seinem Gefolge.

ZWISCHENVORHANG

Ein anderes Zimmer bei Jourdain. Herr Jourdain herein mit einem Lakaien.

LAKAI *meldet* Der Herr Graf mit einer Dame.

JOURDAIN O mein Gott, ich habe noch verschiedenes anzuordnen.

Geht ab.

LAKAI *führt Dorante und Dorimene herein* Der gnädige Herr wird sofort erscheinen.

DORANTE Es ist gut.

Der Lakai geht ab.

DORIMENE Ich weiß nicht, Dorante, ich begehe hier wieder eine ziemlich starke Unbesonnenheit, daß ich mich überreden lasse, in ein Haus zu gehen, wo ich keinen Menschen kenne.

DORANTE O Madame, was soll ich aber noch in der Welt für einen Ort erwählen, da ich aus Liebe Ihnen eine Ergötzlichkeit anstellen kann, weil Sie, um kein Aufsehen zu machen, weder Ihr noch mein Haus dazu wählen wollen?

DORIMENE Aber Sie sagen nicht dabei, daß ich mich unvermerkt einlasse, täglich allzu starke Beweise von Ihrer Leidenschaft anzunehmen. Ich mag mich weigern, wie ich will: Sie ermüden meinen Widerstand, und Sie besitzen eine höfliche Halsstarrigkeit, die mich nach und nach zu allem, was Sie selbst wollen, bringt. Mit öfteren Besuchen haben Sie angefangen, darauf sind die Liebeserklärungen gekommen; diese führten die Abendmusiken und die kleinen Feste mit sich, und die Geschenke folgten nach. Ich kann nunmehr für nichts mehr Bürge sein, und ich glaube, Sie werden mich noch endlich zur Heirat bringen, von der ich doch sehr weit entfernt war.

DORANTE Madame, Sie sollten von Rechts wegen schon dahin gebracht sein. Sie sind Witwe und stehen unter niemandem. Ich bin mein eigner Herr und liebe Sie mehr als mein Leben. Woran fehlt es also, daß Sie mich nicht noch heute glücklich machen?

DORIMENE Mein Gott! Dorante, es werden von beiden Seiten gar zuviel Eigenschaften erfordert, wenn man glücklich beisammen leben will.

DORANTE Sie sind artig, Madame, daß Sie sich so viel Schwierigkeiten dabei vorstellen. Die Erfahrung, die Sie bereits gehabt haben, beweist nichts für alle übrigen.

DORIMENE Ich bleibe doch noch immer auf meinem vorigen Sinne. Der große Aufwand, den Sie meinetwegen machen, verursacht mir doppelte Unruhe: erstlich, weil ich Ihnen dadurch mehr verbindlich werde, als ich gern wollte; und zweitens, weil ich versichert bin, wenn Sie mirs anders nicht übelnehmen wollen, daß Sie selbigen, ohne sich Schaden zu tun, nicht machen können, und dieses will ich nicht haben.

DORANTE Ach Madame! Das sind ja alles nur Kleinigkeiten; und dadurch hoffe ich noch nicht…

DORIMENE Ich weiß wohl, was ich rede. Unter anderem ist ja der Diamant, den Sie mich anzunehmen genötigt haben, von einem so großen Werte…

DORANTE O Madame! Legen Sie doch einer Sache keinen so großen Wert bei, die meine Liebe noch viel zu schlecht für Sie hält; und erlauben Sie mir… Da kommt der Herr vom Hause.

JOURDAIN *nachdem er zwei Reverenzen gemacht und sich schon zu nahe bei der Marquise befindet* Ein wenig zurück, gnädige Frau.

DORIMENE Wieso?

JOURDAIN Nur einen Schritt, wenn ich bitten darf.

DORIMENE Warum denn?

JOURDAIN Gehen Sie doch ein wenig zurück, damit ich die dritte machen kann.

Jourdain macht seine dritte Reverenz.

DORANTE Madame, Herr Jourdain ist ein Mann, der zu leben weiß.

JOURDAIN Gnädige Frau, es ist eine große Ehre für mich, daß ich so glückselig bin und das Glück habe, so beglückt zu sein, daß Ihro Gnaden die Gnade für mich haben und so gnädig sind, daß Sie mir die Ehre antun, mich mit Dero gnädigen Gegenwart zu beehren. Wenn meine Verdienste nur so beschaffen wären, daß ich solche Verdienste, wie die Ihrigen sind, verdienen könnte, und wenn der Himmel... der mir mein Glück nicht gönnt, mir den Vorzug... Ihr...

DORANTE Es ist schon genug, Herr Jourdain. Die Frau Marquise liebt die langen Komplimente nicht sehr, und sie weiß ohnedies, daß Sie Geist besitzen.

DORIMENE Das ist nicht schwer, zu bemerken.

DORANTE Hier sehen Sie meinen besten Freund, Madame.

Leise zu Jourdain

Nehmen Sie sich ja in acht, daß Sie keine Silbe über den Diamant sagen, den Sie ihr geschenkt haben.

JOURDAIN *leise zum Grafen* Könnte ich sie nicht wenigstens fragen, wie er ihr gefällt?

DORANTE *leise* Wie? Beileibe nicht! Und wenn Sie recht galant sein wollen, so müssen Sie sich stellen, als wenn Sie nicht derjenige wären, der ihn ihr geschenkt hat.

Laut

Madame, Herr Jourdain sagt, er sei sehr erfreut, Ihro Gnaden bei sich zu sehen.

DORIMENE Ich nehme es für eine besondere Ehre an.

JOURDAIN *leise* Ich danke Ihnen, gnädiger Herr, daß Sie so für mich sprechen wollen.

DORANTE *leise zu Jourdain* Es hat mir erschreckliche Mühe gekostet, sie zu überreden, daß sie zu Ihnen gekommen ist.

JOURDAIN *leise* Ich weiß nicht, wie ich Ihnen genug danken soll.

LAKAI *tritt ein* Ich soll melden: der Freund des Herrn Grafen.

DORANTE Das ist der Vicomte Mascarille, den ich gebeten habe, mit Herrn Jourdain und uns zu speisen.

LAKAI Und zwei vornehme Damen aus Madrid mit ihrem diensttuenden Edelmann.

Mascarille mit Nerine und Lucette treten ein, Charles hinter ihnen.

DORANTE *auf Mascarille zu* Daß wir uns einmal wiedersehen, Vicomte, wo keine Kugeln pfeifen!

Umarmt ihn.

MASCARILLE *umarmt ihn* Erinnern Sie sich der Affaire von Mindelheim, Graf Dorante? Ihnen war das zweite Pferd unterm Leib erschossen.

DORANTE Als wenn es heute wäre. Sie führten Ihre Schwadron zum zweitenmal gegen die feindlichen Redouten.

MASCARILLE Bassamanelka! Es hat etwas auf sich, ob man sich auf dem Parkettboden miteinander liiert hat oder unter Brandgranaten. – Aber in der Freude, Sie zu umarmen, vergesse ich, daß wir nicht allein sind.

DORANTE Das ist Herr Jourdain, der reiche elegante Weltmann, von dem ich Ihnen so viel gesprochen habe. – Herr Jourdain, das ist der Vicomte Mascarille, einer der glänzendsten Kavaliere unter den Fahnen des Königs, solange er nicht vorzieht, den ihm gebührenden Platz bei Hofe einzunehmen.

JOURDAIN Ich bin sehr glücklich, den Herrn Vicomte in meinem Hause zu begrüßen, und bitte ihn –

MASCARILLE Das ist meine Cousine, Donna Maria Manrique de Lara, siebente Herzogin von Montes Claros, Gräfin von Revilla und Pastrana.

Jourdain verneigt sich.

MASCARILLE *führt Lucette vor* Und dies ist ihre jungfräuliche Schwester. Donna Lucetta Catalina.

DORIMENE *beiseite zu Dorante* Was sind das für Frauen?

DORANTE *zu Dorimene* Unzweifelhaft Damen aus der vornehmsten Welt von Madrid, die sich auf der Durchreise befinden. Wir wollen ihnen mit der größten Aufmerksamkeit begegnen.

NERINE *zu Mascarille* Sollen wir den Alten küssen?

MASCARILLE Untersteh dich nicht, auch nur einen Augenblick aus der Rolle zu fallen.

JOURDAIN Ich bitte Sie, Herr Vicomte, mich auch noch mit diesem Herrn bekanntzumachen.

MASCARILLE Das ist überflüssig.

JOURDAIN Ist er denn kein Kavalier und nicht in Ihrer Gesellschaft?

MASCARILLE Allerdings ist er ein Kavalier und das vom ältesten kastilischen Adel, aber er ist hier nur in seiner Eigenschaft als diensttuender Leibkämmerer bei meiner Cousine, der Herzogin. Er wird, wenn sie speist, mit blankem Degen hinter ihrem Stuhl stehen und ihr zu trinken reichen, und er würde sich eher in Stücke hauen lassen, als zu gestatten, daß ein Herr, außer es wäre ein Prinz von Geblüt, seine Dame auch nur mit der Fingerspitze berührt.

JOURDAIN Haben die so strenge Sitten?

MASCARILLE Das strengste Zeremoniell von der Welt!

DORANTE *auf der andern Seite, Dorimene vorführend* Die Marquise Dorimene.

NERINE Madame!

Verneigt sich.

DORIMENE Madame!

Verneigt sich.

LUCETTE Madame!

Verneigt sich.

DORIMENE Madame!

Verneigt sich.

DORIMENE Madame!

Verneigt sich.

Nerine tritt hinüber zu Jourdain, der ihr, wie sie auf ihn zutritt, abermals Verneigungen macht.

DORIMENE *zu Dorante* Dorante, ich bitte Sie, nennen Sie mich nicht mit einem Titel, der mir nicht gebührt. Wenn auch meine Mutter aus einem gräflichen Hause stammt und mein Vater ein Hofamt bekleidete, so bin ich doch nur, wie Sie wissen, die Witwe eines einfachen Adeligen.

DORANTE Davon, meine angebetete Dorimene, werden Sie mich nicht abbringen. Sie wissen sehr wohl, daß ich nur auf den Augenblick warte, wo Sie die Meinige sind, um ein unrechtmäßigerweise an eine Nebenlinie gelangtes Marquisat meines Hauses mit allen Rechtsmitteln zurückzufordern. Und wenn ich Sie Marquise nenne, so sehen Sie darin nur die Vorwegnahme einer künftigen Wahrheit, womit ich meine Ungeduld beschwichtige.

NERINE *zu Jourdain* Sie haben einen hübschen Fuß, Herr Jourdain.

JOURDAIN Sie sind zu gnädig, daß Sie sich herablassen wollen.

NERINE Und sehr hübsche diamantene Schuhschnallen.

JOURDAIN Man sagt mir, daß alle Standespersonen jetzt solche tragen.

NERINE Geben Sie mir die Hand, Herr Jourdain.

JOURDAIN Darf ich das nach dem Zeremoniell?

NERINE So geben Sie doch her.

Nimmt seine Hand.

Jourdain zieht sie zurück.

NERINE Was haben Sie denn?

JOURDAIN Wird dieser Herr nichts dagegen haben?

NERINE Der? Er sollte sich unterstehen!

LUCETTE Meine Schwester versteht sich auf die Chiromantie und auf die Physiognomie. Was liest du dem Herrn Jourdain aus der Hand?

NERINE Sehr gute Sachen, galante Sachen! Nein, Herr Jourdain, was Sie für einer sind!

JOURDAIN Nicht, daß ich wüßte. Was sehen Sie?

NERINE Und ob ich das sehe!

LUCETTE Und was er für hübsche Spitzenmanschetten hat! Nein, die sind zu kostbar für einen Mann. Wissen Sie, was ich mir aus dem machen ließe, wenn Sie sie mir anbieten würden?

MASCARILLE *tritt dazwischen, drängt Lucette weg* Sie müssen hören, Herr Jourdain, wie schlau mich mein Freund Dorante überredet hat, heute abend bei Ihnen zu speisen. Es ist köstlich und ganz in seiner Art.

JOURDAIN Ich bin dem Herrn Grafen sehr verbunden.

MASCARILLE Vicomte, sagt er mir, du mußt mir die Ehre erweisen, bei meinem Freund Herrn Jourdain mit mir zu Nacht zu essen. Speise ich allein bei ihm, so hat sein Haus die Auszeichnung meiner Gegenwart, aber sein Tisch hat nicht die Kennerschaft eines Gaumens, wie der deinige ist. Du wirst seinen Pasteten die gebührende Ehre erweisen, wenn ihre goldgelbe Kruste dergestalt à point ist, daß sie unter den Zähnen knuspert, ohne spröde wie Glas zu sein, und im Munde zergeht, ohne sich zu ziehen. Du wirst vor seinem Rebhühnerragout und vor den jungen in Zwiebel und Zichorie gedünsteten Tauben, die ein Privileg seines Koches sind, das entscheidende Kompliment machen, und du wirst von seinem kleinen spritzigen, jungferlichen Moselwein an bis zu seinem alten samtigen Kardinalsburgunder jeden Tropfen, den wir trinken werden, mit einer Autorität begleiten, mit einer Kennerschaft – Bassamanelka, sag ich, ich weiß, was du sagen willst. Graf! Der reiche Kerl frißt, aber er weiß nicht zu schmecken! Er säuft – aber – da haben Sie den Soldaten, Herr Jourdain, dem eher das Maul durchgeht als eine feurige Fuchsstute! Ich bitte Sie für mein loses Wort mit allem Zeremoniell um Vergebung, mein Herr Jourdain.

JOURDAIN Mein Herr Vicomte, ich weiß wohl, welche Reverenz ich einem kühnen Offizier schuldig bin. Sie haben nichts gesagt, das ich nicht schon im nächsten Augenblick vergessen hätte.

DORIMENE *zu Dorante* Ich kann diesen Personen keinen Geschmack abgewinnen, und mir erscheint noch der Bürger als der erträglichste von allen. Nur ist es sonderbar, daß er immer so spricht, als ob er es wäre, der das ganze Souper angeordnet hat.

DORANTE Er tut ganz recht, so zu sprechen, und folgt darin meinem Auftrag.

DORIMENE *nachdem sie, ihn verstehend, Dorante die Hand gereicht hat, die dieser küßt* Ist dieser Vicomte einer Ihrer nahen Freunde, Dorante?

DORANTE Mein Gott, man lernt unter des Königs Fahne allerlei Herren kennen. Aber wenn er Ihnen nicht gefällt, so wollen wir darüber nicht uneins werden. Lassen Sie mich Ihnen sagen: wenn ich noch ein paar Leute dazu geladen habe, so geschah es, weil ich es mir dann um so leichter dachte, mit Ihnen allein zu sprechen.

LAKAI *tritt ein* Es ist alles bereit, gnädiger Herr.

JOURDAIN *tritt zu Dorante* Herr Graf, ich bin sehr glücklich. Ich hätte nicht gedacht, daß meine ersten Gespräche mit solchen Herrschaften so leicht und ungezwungen vonstatten gehen würden.

Vier Köche bringen unter Zeremoniell einen reichbesetzten Tisch herein. Jourdain und alle anderen setzen sich. Charles steht hinter Nerines Stuhl. Die Köche reichen den Lakaien die einzelnen Schüsseln unter Musikbegleitung. Die Lakaien servieren.

ERSTER LAKAI *meldet den ersten Gang* Ein Salmen vom Rhein nach Pfalzgrafenart, hiezu ein weißer Burgunderwein.

DORIMENE *zu Dorante, sie sitzt zwischen Jourdain und Dorante* Ei, Herr Graf, das ist ein allzu prächtiges Souper, das Sie mir da geben.

JOURDAIN Sie belieben nur zu scherzen, gnädige Frau. Ich wollte wünschen, daß es Ihrer würdig wäre.

DORANTE Herr Jourdain hat recht, Madame, daß er so redet, und er verpflichtet mich wirklich, da er in seinem Hause die Wirtsstelle so gut vertritt.

LAKAI *meldet den zweiten Gang* Eine Hammelkeule in italienischer Weis, hiezu ein Wein von Bordeaux.

DORIMENE Ich kann auf dieses Kompliment nicht besser antworten, als daß ich esse, wie ich es tue.

JOURDAIN Oh! Was sind das für schöne Hände!

DORIMENE Die Hände sind sehr mittelmäßig, Herr Jourdain. Sie wollen aber vielleicht von dem Diamanten reden – der gewiß sehr schön ist.

JOURDAIN Ich, gnädige Frau? Davor bewahre mich der Himmel! Das wäre nicht galant gehandelt; und der Diamant ist etwas sehr Geringes.

DORIMENE Finden Sie? Sie sind wohl sehr verwöhnt.

Dorante gibt Jourdain mehrfach Zeichen.

JOURDAIN Sie sind gar zu gnädig.

DORANTE Herr Jourdain, wir wollen doch ein wenig der Musik zuhören.

DORIMENE Sie ist zu reizend und von einer ganz besonderen Art.

DORANTE Ich habe sie so angeordnet. Hören Sie, wie das, was gespielt wird, sich zu dem schickt, was man uns aufträgt.

LAKAI *meldet den dritten Gang* Ein kleines Gericht von Drosseln und Lerchen auf Salbei und Thymian, hiezu ein Wein von Epernay.

DORIMENE *zu Dorante* Das ist eine so hübsche Musik, als nur zu denken ist.

JOURDAIN *neigt sich zu Dorimene* Ich sehe aber hier etwas, Ihro Gnaden, das noch schöner ist.

DORIMENE Ei, ei! Der Herr Jourdain ist ja sehr galant.

DORANTE Wie, Madame, für was sehen Sie denn den Herrn Jourdain an?

JOURDAIN Ich wollte nur, daß Sie mich für das ansähen, was ich gerne sagen möchte.

DORIMENE Ach!

DORANTE Ja, Sie kennen ihn noch nicht.

JOURDAIN Sie kann mich kennenlernen, sobald es ihr beliebig sein wird.

DORIMENE Oh!

DORANTE Es ist ein Mann, der seine Antwort parat hat.

LAKAI *meldet den letzten Gang* Eine Omelette mit einer Überraschung, hiezu ein süßer Portugieserwein.

Die vier Köche rollen ein vergoldetes Wägelchen heran. Sie heben davon eine Schüssel mit einer riesigen Omelette ab, und ein Küchenjunge, der darunter verborgen war, springt heraus und tanzt, nachdem er an einem Glas des süßen Portugieserweins genippt hat.

DORANTE *leise, indem er sich nahe zu Dorimene beugt* Wissen Sie, was dieser Tanz ausdrücken will?

DORIMENE Ich meine, es ist deutlich genug.

DORANTE Und mißfällt er Ihnen darum?

DORIMENE Das habe ich nicht gesagt.

Dorante küßt ihr die Hand.

Der tanzende Küchenjunge wirbelt wie ein zierlicher Trunkener um den Tisch herum und verschwindet durch die kleine Seitentür.

DORIMENE *klatscht in die Hände* Was für ein geschickter Küchenjunge das war!

Man steht vom Tisch auf und kommt nach vorne.

Ich glaube, ich habe in meinem Leben kein so vollkommenes Souper gesehen, und –

Zu Dorante

keines, das mir soviel Freude gemacht hätte.

JOURDAIN Das ist noch gar nichts. Ich werde Ihnen demnächst noch ganz andere Festlichkeiten anrichten lassen.

Er nimmt ihre Hand und küßt sie

Sie sollen demnächst bei mir einen Mamelucken hinter jedem Stuhl stehen sehen. Aber davon darf ich heute noch nicht reden.

MASCARILLE *schlägt Jourdain auf die Schulter* Ich bin zufrieden mit Ihm, Mynheer Jourdain, ich bin zufrieden mit Ihm, potz hunderttausend Galeeren, Galleonen und Pinassen! Ich hätte selber kein besseres Menu zusammenstellen können. Der Salmen war einer fürstlichen Tafel würdig. Die Hammelkeule ist mir im Mund zerflossen, und über das Gericht aus Singvögeln auf Salbei lasse ich nichts kommen. – Jetzt will ch Ihnen eine exquisite Ehre erweisen, Mynheer Jourdain. Ich lade Sie ein, mit mir eine Partie zu würfeln.

JOURDAIN Das ist ein Spiel, in dem ich keine Erfahrung habe. Auch befürchte ich, wird sich kein Würfel in meinem Hause befinden.

MASCARILLE Dafür ist vorgesorgt.

Er zieht Würfel und einen hörnenen Becher hervor

Einen Tisch daher, Lakai!

Jourdain winkt dem Lakeien, einen Tisch zu bringen.

NERINE Nein, Herr Jourdain, ich will mich in einen Lehnstuhl legen, und Sie sollen auf meinem Schoß würfeln.

Zu dem kleinen Lakaien

Vorwärts, kleiner Affe, hast du nicht gehört, daß man sich setzen will.

Reißt ihn an den Ohren.

Charles bringt einen Tisch herbei.

DORIMENE *seitwärts zu Dorante* Haben Sie gehört, welchen Vorschlag diese Dame eben gemacht hat?

DORANTE Ich schwöre Ihnen, so sind diese vornehmen Spanier; wie sie sich unter ihresgleichen fühlen, gehen sie mit einem Schlag vom äußersten Hochmut zur Familiarität über. Ich habe der Art ein merkwürdiges Abenteuer gehabt, das ich Ihnen erzählen will.

Sie setzen sich seitwärts.

Jourdain wirft.

NERINE *bei ihm* Drei.

MASCARILLE *wirft* Sieben.

NERINE Sie haben Ihren Einsatz nicht angesagt, Herr Jourdain.

JOURDAIN Ich bitte um Vergebung, ich habe dieses Ding nie in meinem Leben vor dieser Stunde in der Hand gehabt.

NERINE Dann war es nach der Diskretion.

LUCETTE Sie müssen es dem Vicomte überlassen, zu bestimmen, was den Einsatz gebildet hat.

MASCARILLE Corpo di Dio, nicht einen roten Heller!

JOURDAIN Ich bitte Sie, mein Herr Vicomte.

NERINE Herr Jourdain wäre beleidigt!

LUCETTE Sie müssen mehr Zeremonien machen, Herr Jourdain.

MASCARILLE Ich habe geschworen, daß dieser Wurf keinen roten Heller kosten soll. Aber Ihnen zuliebe, mein Herr Jourdain, soll es eine Stecknadel gegolten haben, oder einen Knopf, oder da – Ihre Schuhschnallen.

LUCETTE Ja, seine Schuhschnallen!

Schneidet sie ihm ab.

JOURDAIN *verlegen lächelnd* Mein Juwelier hat sie mir eben heute geliefert. Es sind recht gute Steine daran.

MASCARILLE Ei, Herr Jourdain, sind Sie ein Krämer, daß Sie von Ihren Schuhschnallen reden.

Steckt sie ein.

Mascarille schüttelt den Becher.

DORANTE *ist aufgestanden* Halt, meine Herren, ich muß Sie unterbrechen. Die Marquise ist nicht zufrieden, Sie spielen zu sehen. Sie wollte ein bißchen Tanzmusik hören.

JOURDAIN Nach Ihrem Befehl.

MASCARILLE Was soll das heißen?

DORANTE *rückt scharf den Tisch* Das soll heißen, daß du dieses Schäfchen nicht scheren wirst.

Führt ihn zur Seite.

MASCARILLE Mein Herr Graf, lassen Sie sich belehren, daß mir zehn Pfund meines Blutes eher entbehrlich sind als ein Skrupel meiner Ehre!

Zwischen den Zähnen

Infamer Spielverderber!

Charles bringt die Degen der beiden.

DORANTE *ruhig* Herr Vicomte, Sie haben mich in Lagen gesehen, die einen Mann verlangen, und Sie wissen, daß mit mir im Punkt der Ehre nicht gut Kirschenessen ist.

Leise und aus der größten Nähe

Hier bin ich der Herr.

MASCARILLE *tut, als wollte er ziehen, wirft dann den Degen samt der Scheide weg* Der schwerste Sieg ist der Sieg über sich selbst. Umarmen Sie mich, Dorante.

DORANTE Von ganzem Herzen, Vicomte.

NERINE *zu Dorimene* Wir müssen uns beglückwünschen, Madame, daß ein blutiges Schauspiel uns erspart geblieben ist.

DORANTE *sehr kühl* Vorwärts, die Musik! Wir wollen eine Courante tanzen. Ich weiß, daß Herr Jourdain in diesem Tanz seinen Meister sucht. Reichen Sie der Frau Marquise die Hand, Herr Jourdain.

Beiseite, zu Charles

Du gehst hinunter, holst einen Mietwagen, und wenn er vorgefahren ist, so meldest du.

Ebenso zu Nerine

Sobald der Mietwagen, den ich holen lasse, vorgefahren ist, empfehlt ihr euch und verlaßt in der anständigsten Weise das Haus.

Die Musik fängt an.

NERINE *halblaut* Meinetwegen. Du wie deine Blonde da, ihr seid richtige Spielverderber.

DORANTE Sie müssen sorgen, Herr Jourdain, daß wir die Marquise wieder lächeln sehen.

JOURDAIN *zu Dorimene, unterm Tanzen* Ich könnte Ihnen etwas erzählen, gnädige Frau, das würde Sie guter Laune machen. – Aber es ist ein großes Geheimnis. – Aber wenn Sie wüßten, wer heute nachmittag in diesem Hause gewesen ist, dann würden Sie nicht bedauern, heute zu mir gekommen zu sein.

DORIMENE *indem sie beim Wechseln der Paare an Dorante gelangt ist* Ich bedauere es ohnedies nicht. So ist ja unsere Natur, von uns Frauen, daß wir uns Schritt für Schritt weiterziehen lassen, bis wir endlich dort sind, wo man uns haben will.

Ende des Tanzes. Verneigungen.

CHARLES *tritt ein, zu Dorante leise* Ich habe einen wahren Schinderkarren aufgetrieben mit zwei lahmen und blinden Gäulen.

DORANTE *laut* Der Wagen der Frau Herzogin ist vorgefahren.

JOURDAIN Wie? Schon so früh?

DORANTE Die Herrschaften haben, wie ich weiß, ihre Gegenwart auch in einem anderen adeligen Hause zugesagt. Es wäre nicht nach dem guten Ton, Herr Jourdain, wenn Sie über eine gewisse höfliche, aber kurze Beharrlichkeit hinaus den Anspruch erheben würden, sie festzuhalten.

MASCARILLE Wir gehen nur, um wiederzukehren.

DORANTE *halblaut* Das wollen wir abwarten.

NERINE Ich habe sehr gute Dinge in Ihrer Hand gelesen, Herr Jourdain.

JOURDAIN *verneigt sich* Sie tun mir zuviel Ehre.

Nerine, Lucette und Dorimene verneigen sich voreinander. Mascarille mit Nerine und Lucette gehen ab. Charles geht als letzter hinter Nerine. Dorimene hat Dorante ein Zeichen gemacht, daß sie auch gehen will.

DORANTE *tritt an der Tür Charles in den Weg* Sie haben sich geirrt, Sennor, das ist der Hut des Herrn Jourdain, den Sie statt des Ihrigen in Gedanken an sich genommen haben. Ich erkenne ihn an der neuen diamantenen Hutschnur.

Nimmt den Hut und überreicht ihn Jourdain

Zu Jourdain

Die Frau Marquise ist in einiger Verlegenheit. Ihr Wagen ist noch immer beim Sattler, und sie ist in einem Mietwagen gekommen. Wollen Sie einen Ihrer Leute hinunterschicken, damit er eine Sänfte von der Straße hereinholt?

JOURDAIN Da trifft es sich vortrefflich, Herr Graf, daß meine Karosse angespannt unten steht. Ich will damit vor Mitternacht nach meinem Vorstadthaus hinausfahren, wo ich einige Tage verbringen werde, und dies aus einem besonderen Grund, von dem ich auch meinen intimsten Freunden keine Mitteilung machen darf. Wenn die Frau Marquise meinen Wagen zu benutzen die Gnade haben will und ihn mir nachher zurückschickt –

DORIMENE Ich danke Ihnen dafür, Herr Jourdain, und danke Ihnen für den ganzen Abend. Sie haben mir viel Vergnügen bereitet, und zwar auf doppelte Weise: erstens durch Ihre wahre Natur, die ganz den vorteilhaften Schilderungen entspricht, die man mir davon gegeben hat, dann aber auch durch die große Geschicklichkeit, mit der Sie den ganzen Abend nicht aus der Ihnen übertragenen Rolle gefallen sind.

Sie wendet sich zum Gehen, die Lakaien begleiten sie.

DORANTE *zu Jourdain* Die Marquise hat Ihnen eben ein großes Kompliment gemacht. Was sie gesagt hat, heißt mit anderen Worten: Sie sind ein vollendeter Weltmann, Herr Jourdain, und ich bin nicht blind für Ihre Vorzüge.

JOURDAIN Aber was meinte sie mit der »Rolle«, die ich gespielt habe?

DORANTE Die Rolle des bescheidenen, sich im Hintergrund haltenden Liebhabers, was denn sonst? Die zu spielen so viel Anstand und Diskretion erforderlich ist.

JOURDAIN Sie machen mich sehr glücklich, Herr Graf. Wäre es nicht möglich, daß ich die Frau Marquise in meiner Kutsche nach Hause begleite? Ich meine: nur bis an die Tür ihres Hauses? Ich würde es sehr gerne tun.

DORANTE Undenkbar, Herr Jourdain! Sie würden sich durch diese eine unüberlegte Handlung aller durch Zartgefühl errungenen Vorteile wiederum berauben. Sie sind in den Augen mehr als eines Beobachters heute schon der begünstigte Verehrer der Marquise, und es ist, um jeden Verdacht zu zerstreuen, dringend nötig, daß ich, dem man nichts dergleichen zumutet, bei jedem Anlaß als der Kavalier der Dame auftrete. – Ich eile, um die Marquise nicht warten zu lassen. Wenn ich des Wagens nicht mehr bedarf, werde ich ihn zurückschicken.

JOURDAIN Ich danke Ihnen für Ihre Freundschaft, Herr Graf.

Dorante ab mit einem Lakaien, der ihm leuchtet.

JOURDAIN *allein, zur Musik* Da rücken mir die Leute beständig meinen Verkehr mit großen Herren vor, und ich – ich weiß mir einmal nichts Schöneres als das. Es ist doch bei großen Herren ein Anstand, eine leichte, gelassene Höflichkeit ohnegleichen, und ich wollte, daß es mir ein paar Finger aus der Hand gekostet hätte, und daß ich dafür ein Graf oder Marquis von Geburt wäre und dieses gewisse Etwas mitbekommen hätte, mit dem sie allem, was sie tun, ein solches Ansehen zu geben wissen.

Vorhang.

DRITTER AUFZUG

Ein Zimmer in Jourdains Landhaus, Aussicht in den Garten. Nicole. Covielle in einem dunklen Mantel oder Hauskleid. Mägde tragen Wasser in Eimern nach einem Zimmer links.

NICOLE Das Wassergeschleppe bringt mir eine rechte Unordnung in die Wirtschaft. Muß denn all das so früh am Tag sein?

COVIELLE Der Tag des Magiers beginnt mit der Sonne.

NICOLE Wie soll ich das Haus in Ordnung halten, wenn du mir schon am frühen Morgen alle Dienstboten in deine Maskerade hineinbringst.

COVIELLE *zu einer Magd* Noch einen Eimer vom heißen, dann die mineralische Essenz.

Er überreicht ihr in einem großen Glas eine blau leuchtende Flüssigkeit.

NICOLE Ist denn das notwendig?

COVIELLE Das Bad ist notwendig wie der tägliche Morgentrunk.

Wichtig

Wirkt das Bad durch die Haut auf die vegetativen Säfte, so wirkt der Trunk durch die Eingeweide auf die animalischen. Treten durch den Geist die imaginativen dazu, so sind die drei Bedingungen für eine Wiedergeburt gegeben.

NICOLE Du willst ihn also wirklich glauben machen, daß er durch Getränke und Bäder sein bürgerliches Blut in ein adliges umwandeln kann?

COVIELLE *mit der Miene eines Arztes* Wo erkennen wir im Haushalt der Natur das Arcanum, in dem alle Eigenschaften des Adels gleichsam kondensiert und niedergeschlagen sind? Wo anders als in den edlen Metallen, die seit Urzeiten im Innern der Erde ihren festen Platz einnehmen, daselbst ihren Vorrang behaupten und durch keinerlei Veränderung weder zu verdrängen noch zu erniedrigen sind. Wie nun, wenn ein Wasser aus dem Centro der Erde durch die Spalten und Klüfte in die Region dieser Metalle empordringt, zwischen diesen edlen Elementen durch viele Jahrhunderte sich erhält, dann aber einen Auslauf auf den Erdboden sucht und findet, was ist natürlicher, als daß dieses Wasser, welches durch so lange Zeit der Metalle edle Art und fürstliche Eigenschaften an sich genommen, dann in dem menschlichen Körper diejenige wunderbarliche Wirkung zu tun vermag, deren erstaunliche Äußerung wir in dem wahrhaft kavaliermäßigen Betragen des Herrn Jourdain von Tag zu Tag mit größter Bewunderung wahrnehmen.

NICOLE *schüttelt den Kopf* Mit Eurem Getue habt Ihr ihn schon ganz toll gemacht. Sieht er denn wirklich des Gärtners Susanne für eine Sylphe an und die Stalljungen für dienende Geister?

COVIELLE Das will ich meinen. Pst, ich höre ihn.

Nicole läuft hinaus.

Jourdain tritt aus der Tür links im Schlafrock.

COVIELLE *auf ihn zu* Die Zeichen stehen günstig; wie war Ihre Nacht?

JOURDAIN Nicht schlecht. Ich habe einen recht festen Schlaf getan.

COVIELLE Keine Anzeichen? nichts was auf eine Wirksamkeit der Geister deuten würde, die Ihre Ruhestatt beständig umschweben und sich um das große Werk der Wiedergeburt bemühen?

JOURDAIN Ich habe nichts bemerkt. Ja doch, einmal, das muß noch vor Mitternacht gewesen seim.

COVIELLE Vor Mitternacht? Das ist sehr günstig. Was war es, das Sie bemerkten?

JOURDAIN Ich bekam Krampf in einen Fuß, in diesem da.

COVIELLE Der linke, ausgezeichnet.

JOURDAIN Ist das von Bedeutung?

COVIELLE Von der allergrößten.

JOURDAIN Und da wollte ich ihn gegen die Bettstatt ausstrecken, um den Krampf aufhören zu machen, in diesem Augenblick glaubte ich einen Lichtschein zu bemerken.

COVIELLE Vor Ihren Augen?

JOURDAIN Ja, so in der Luft. Ich dachte noch, fuchtelt Matthias so spät noch mit der großen Stallaterne herum?

COVIELLE Ein Lichtschein, der Ihre Stirn umgab, und so stark, daß ein Reflex Sie blendete?

JOURDAIN Das weiß ich nicht.

COVIELLE Aber ich weiß desto mehr davon. Herr Jourdain, Herr Jourdain, was für Blut fließt in Ihren Adern, daß das große Werk an Ihnen so schnell gelingt! Noch eine wichtige Frage: im Bad, wie war es da?

JOURDAIN Recht angenehm, ein wenig warm. Könnten Sie den Geistern nicht sagen –

COVIELLE *streng* Ich empfange die Formel der Mischung täglich von meiner kabbalistischen Tafel, die ich mir nach dem Stand der Gestirne entwerfe. Aber wie war es in dem Bad, keine besonderen Gefühle?

JOURDAIN Doch. Wie ich mit der Hand durchs Wasser strich, immer nach Ihrer Vorschrift –

COVIELLE Langsam und feierlich mit der rechten Hand von der linken Schulter gegen die rechte Hüfte hin –

JOURDAIN Ganz recht, da hatte ich ein recht angenehmes Gefühl. Ein recht – mir war so, und ich dachte so –

COVIELLE Sagen Sie es heraus. Sie hatten ein majestätisches Gefühl. Ihre Gefühle betrügen Sie nicht, Herr Jourdain. Ich habe Anzeichen, daß große Dinge nahe bevorstehen. Es kann sein, daß die Geister Ihnen schon heute einen Blick in den Spiegel gestatten, der eine hohe und erhabene Zukunft widerspiegelt. Setzen Sie sich, Herr Jourdain. Haben Sie, wie ich Sie bat, während des Bades Ihre Gedanken starr auf eine künftige Hoheit gerichtet, die Sie schwindelnd über Ihre Mitmenschen hinausheben wird?

JOURDAIN Ich denke an nichts anderes.

COVIELLE Ihre Gedanken werden bald Wirklichkeit sein. Ich fühle die Geister nahe.

Eine zarte Musik setzt ein.

JOURDAIN *mit gedämpfter Stimme* Darf ich heute zu den Geistern sprechen?

COVIELLE Welche Frage würden Sie stellen?

JOURDAIN Ich würde die Geister zuerst befragen, wie sie heißen.

COVIELLE Diese Frage kann ich Ihnen vielleicht beantworten. Was reizt noch Ihre Neugierde?

JOURDAIN Ihr habt mir gesagt, daß sie beständig hohe, sehr hohe Personen bedienen. Ich möchte sie nach den Namen dieser Personen fragen.

COVIELLE Es kann sein, daß den Geistern darauf zu antworten verwehrt ist.

JOURDAIN Ich will nur solche Geister um mich haben, die, wenn sie von mir fortfliegen, bei einer Herzogin oder Prinzen von Geblüt zu tun haben, und wenn sie zu mir kommen, von solchen Personen herkommen.

COVIELLE Dies liegt in der Natur der Sache, andere würden zu dem Geschäfte nicht taugen.

JOURDAIN Dann möchte ich sie noch fragen – tretet her –, mit welchem Namen oder Titel sie mich benennen, wenn sie unter sich sind.

COVIELLE Eine sehr begreifliche Frage. Vielleicht kann der Spiegel sie beantworten.

JOURDAIN Wie wäre das möglich?

COVIELLE Indem er Ihnen ein unzweideutiges Abzeichen Ihres künftigen Ranges zeigt. Still, die Geister nahen.

Melodram. Die zarte Musik hat abermals eingesetzt, nun stärker, die mittlere Tür ist lautlos aufgesprungen. Drei Sylphen treten ein. Die in der Mitte trägt den Morgentrunk in einer kristallenen Schale. Jourdain ist aufgesprungen, hat sich verneigt. Die mittlere Sylphe übergibt die Schale ihrer Begleiterin zur Linken, die mittlere umtanzt dreimal den Raum, einen Kreis um Jourdain beschreibend, dann kehrt sie zu ihren Gefährtinnen zurück. Die Begleiterin reicht ihr die Schale, sie tritt auf Jourdain zu und läßt ihn trinken. Dann tritt sie zurück und reicht die leere Schale der Begleiterin zur Rechten.

JOURDAIN *zur Musik* Erhabene Wesen, die ihr weit über unseresgleichen hinaus erhoben und begnadet seid, vergönnt einem Sterblichen –

Die Sylphen weichen lautlos zurück durch die Mitteltür, die sich geöffnet hat und sich hinter ihnen wieder schließt. Die Musik hält an, sie drückt Sehnsucht und Ungeduld aus.

JOURDAIN *gegen die Tür* Oh, laßt mich nicht verschmachten. Wenn ich noch nicht gewürdigt bin, Eure Stimme zu hören, so erbarmt Euch meiner Ungeduld und verstattet mir einen Blick in den weissagenden Spiegel.

Zu Covielle

Eilen Sie ihnen nach, machen Sie sich zum Mundstück meiner Ungeduld.

COVIELLE Pst!

Die Tür öffnet sich abermals, die Sylphe, die früher zur Rechten gestanden hat, tritt ein, verschleiert. Sie trägt unter ihrem Schleier einen ovalen Spiegel. Sie winkt Jourdain heranzutreten, hebt den Schleier und läßt ihn in den Spiegel blicken.

JOURDAIN *aufgeregt* Ah!

COVIELLE *flüsternd* Was sehen Sie?

JOURDAIN Gar nichts.

COVIELLE Das ist nicht möglich. Sehen Sie genau hin.

JOURDAIN Doch, doch, ich sehe etwas, das sich bewegt, es öffnet den Mund, das bin ich selbst.

COVIELLE Wie sind Sie gekleidet?

JOURDAIN Wie ich gekleidet bin?

COVIELLE Im Spiegel.

JOURDAIN Ah so! Ich habe etwas auf dem Kopf, meine Nachtmütze, ich sehe alles so undeutlich, es flimmert mir vor den Augen.

COVIELLE *tritt zu ihm* Eine leuchtende Agraffe! Ein Turban! Ein Reiherbusch! Die Auszeichnung eines Fürsten! Ah! ah!

JOURDAIN Laßt es mich sehen.

Die Sylphe verhüllt den Spiegel, hebt abwehrend die Hand und verschwindet durch die Tür, die sich leise geöffnet hat. Die Musik verstummt bald nachher. Ende des Melodrams.

COVIELLE Haben Sie nicht gesehen, haben Sie denn nicht gesehen, Herr Jourdain, eine glänzende Versammlung, Sie im Mittelpunkt, zu Ihren Füßen kniend das junge Paar, Cleonte, ich will sagen, der Sohn des Großtürken, der diesem Cleonte so ähnlich sieht, und Ihre Tochter, strahlend vor Glück.

JOURDAIN Mein gutes Mädchen. Das alles haben Sie im Spiegel gesehen?

COVIELLE So wie ich Sie da sehe. Aller Augen dankbar und huldigend auf Sie geheftet, in Ihrer Hand ein Marschallstab, oder war es ein Säbel von Edelsteinen blitzend?

JOURDAIN Ich möchte mich ohrfeigen, daß ich das alles nicht habe deutlich sehen können.

COVIELLE Es gehört Übung dazu.

JOURDAIN Ja, mein Gott, und wann, wann soll denn das alles wirklich werden? So laufen Sie doch diesen Geistern nach, so bringen Sie doch in Erfahrung, wann ich so glücklich werden soll. So lassen Sie mich doch nicht vor Ungeduld aus meiner Haut fahren.

COVIELLE *tritt einen Schritt zurück, mit großem Ernst* Herr Jourdain, und wenn es in dieser Stunde wäre?

JOURDAIN In dieser Stunde?

Muß sich setzen

Ja, wie sollte denn das zugehen, wie sollte denn das möglich sein?

COVIELLE Haben Sie das Wort des Prinzen vergessen? Er wünsche Sie in Ihrem eigenen Hause aufzusuchen, und auf die Zeremonie Ihrer Erhebung in einen fürstengleichen Stand soll unmittelbar seine Vermählung mit Ihrer Tochter folgen. Hören Sie, sagen diese Klänge Ihnen nichts?

Eine Musik ganz anderer Art, türkischer Marsch, hat eingesetzt.

JOURDAIN Wie, mein Gott, so klingeln Sie doch, meine Tochter soll sich bereit halten und man soll nach dem Notar schicken.

COVIELLE Ist alles schon geschehen. Bereiten Sie sich auf die größte Zeremonie Ihres Lebens vor. In einem Augenblick wird man in diesem Zimmer aus Ihnen einen Mamamuschi machen, das heißt in unserer Sprache einen Paladin des Reichs.

JOURDAIN Einen Mamamuschi aus mir in diesem Zimmer?

COVIELLE Fassen Sie Ihre ganze Würde zusammen.

Die Tür öffnet sich zur Linken und zur Rechten, Jourdain springt auf.

Türkische Zeremonie

Sechs Türken marschieren, je zwei und zwei, nach einer feierlichen Musik auf die Bühne. Sie tragen drei Teppiche, die sie hochhalten, nachdem sie allerlei Stellungen und Gruppen damit ausgeführt haben. Danach gehen die singenden Türken unter den Teppichen durch und stellen sich zu beiden Seiten der Bühne auf. Der Mufti, von einem Chor von Derwischen begleitet, schließt den Marsch. Hierauf breiten die Türken ihre Teppiche auf dem Boden aus und knien darauf nieder. Der Mufti und die Derwische bleiben zwischen ihnen stehen; und während der Mufti den Propheten Mohammed anruft und dabei eine Menge Grimassen macht, ohne ein Wort zu sprechen, werfen sich die anwesenden Türken nieder und berühren die Teppiche mit der Stirn, wobei sie »Alli« singen, die Arme zum Himmel heben und »Allah« singen; damit wechseln sie ab, bis die Anrufung zu Ende ist, nach der sich alle erheben, indem sie »Allah ekber« singen; zwei Derwische gehen hinaus, um Herrn Jourdain zu holen.
Der Mufti. Derwische. Tanzende und singende Türken. Herr Jourdain als Türke gekleidet, mit geschorenem Haupt, ohne Turban und Säbel.

DER MUFTI *zu Herrn Jourdain*
Se ti sabir,
Ti respondir;
Se non sabir,
Tazir, tazir.
Mi star Muphti
Ti qui star si?
Non intendir;
Tazir, tazir.
Zwei Derwische führen Herrn Jourdain hinaus.

DER MUFTI Dice, Turque, qui star quista? Anabatista? Anabatista?
DIE TÜRKEN Joc.
DER MUFTI Zuinglista?
DIE TÜRKEN Joc.
DER MUFTI Coffita?

DIE TÜRKEN Joc.
DER MUFTI Hussita? Morista? Fronista?
DIE TÜRKEN Joc, joc, joc.
DER MUFTI Joc, joc, joc. Star pagána?
DIE TÜRKEN Joc.
DER MUFTI Luterana?
DIE TÜRKEN Joc.
DER MUFTI Puritana?
DIE TÜRKEN Joc.
DER MUFTI Bramina? Moffina? Zurina?
DIE TÜRKEN Joc, joc, joc.
DER MUFTI Joc, joc, joc. Mahametana? Mahametana?
DIE TÜRKEN Ei Vallah, ei Vallah!
DER MUFTI Como chamara? Como chamara?
DIE TÜRKEN Giordina, Giordina.
DER MUFTI *springt in die Höhe* Giordina, Giordina!
DIE TÜRKEN Giordina, Giordina!
DER MUFTI

Mahameta, per Giordina,
Mi pregar sera e matina.
Voler far un paladina
De Giordina; de Giordina;
Dar turbanta, et dar scarrina,
Con galera e brigantina,
Per deffender Palestina.
Mahameta, per Giordina,
Mi pregar sera e matina.
Zu den Türken
Star buon Turca Giordina?

DIE TÜRKEN Ei Vallah! Ei Vallah!
DER MUFTI *singend und tanzend* Allah, baba, hu. Allah, baba, hu.
DIE TÜRKEN Allah, baba, hu. Allah, baba, hu.
DER MUFTI *kommt wieder mit einem Prachtturban von übermäßiger Größe, der mit vier oder fünf Reihen brennender Kerzen besetzt ist; ihm folgen zwei Derwische, welche den Koran tragen und spitzige, ebenfalls mit Kerzen besetzte Mützen aufhaben. Zwei andere Derwische führen Herrn Jourdain herein und lassen*

ihn niederknien, so daß er sich auf die Hände stützt und sein Rükken, auf dem der Koran liegt, dem Mufti als Pult dient, der eine zweite Anrufung beginnt, wobei er die Augenbrauen zusammenzieht, ab und zu auf den Koran schlägt und die Blätter schnell umwendet; danach erhebt er die Hände gen Himmel und ruft
Hu!

Während dieser zweiten Anrufung bücken sich

DIE TÜRKEN *abwechselnd zur Erde und erheben sich wieder, indem sie auch singen:* Hu! Hu! Hu!

HERR JORDAIN *nachdem man ihm den Koran vom Rücken genommen hat* Au!

DER MUFTI *zu Herrn Jourdain* Ti non star furba?

DIE TÜRKEN No, no, no.

DER MUFTI Non star forfanta?

DIE TÜRKEN No, no, no.

DER MUFTI *zu den Türken* Donar turbánta.

DIE TÜRKEN

Ti non star furba?
No, no, no.
Non star forfanta?
No, no, no.
Donar turbánta!

Die tanzenden Türken setzen Herrn Jourdain beim Klange der Musik den Turban auf.

DER MUFTI *reicht Herrn Jourdain den Säbel*

Ti star nobile, non star fabbola.
Pigliar schiabbola.

DIE TÜRKEN *ziehen ihre Säbel*

Ti star nobile, non star fabbola.
Pigliar schiabbola.

Die tanzenden Türken geben nach dem Takt Herrn Jourdain mehrere Säbelhiebe.

DER MUFTI

Dara, dara
Bastonnara.

DIE TÜRKEN

Dara, dara
Bastonnara.

Die tanzenden Türken geben nach dem Takt Herrn Jourdain Stockschläge.

DER MUFTI

Non tener honta,
Questa star l'última affronta.

DIE TÜRKEN

Non tener honta,
Questa star l'última affronta.

Der Mufti beginnt eine dritte Anrufung. Er stützt sich dabei auf die Derwische, die ihn ehrfurchtsvoll unter den Armen halten; danach springen die singenden und tanzenden Türken um den Mufti herum und führen ihn ab.

COVIELLE Heil Ihnen, Herr Jourdain, Sie sind es.

JOURDAIN Ich bin es.

COVIELLE *verneigt sich tief* Mamamuschi des türkischen Throns, bereiten Sie sich, den Sohn Ihres Großherrn bald als Ihren Schwiegersohn zu empfangen.

JOURDAIN Muß ich ihm entgegengehen?

COVIELLE Bis an die Tür, nicht weiter.

JOURDAIN So holt doch meine Tochter.

Cleonte tritt ein durch die Mitteltür mit Begleitung.

Jourdain geht ihm entgegen, senkt den Säbel vor ihm.

CLEONTE Abala crociam acci baram alabamen.

COVIELLE *schnell vortretend, antwortet für Jourdain* Catalequi tubal ourin soter amaluschan.

Zu Jourdain

Er wünscht Ihnen, daß der sanfte Regen des Wohlergehens jederzeit den Garten Ihrer gesamten Familie befruchte.

JOURDAIN Sagen Sie ihm, er selbst ist es, der am meisten hierzu beiträgt.

Lucile tritt ein mit Nicole, dem Notar und dem Schreiber.

JOURDAIN Tritt heran, meine Tochter, und reiche deine Hand diesem Herrn, der dir die Gnade erweist, dich zur Ehe zu begehren.

Cleonte küßt ihr die Hand.

LUCILE Mein Vater, ich weiß nicht –

Jourdain winkt ihr niederzuknien. Die Pagen legen ein Kissen hin. Lucile und Cleonte knien vor Jourdain nieder. Notar legt den

Ehekontrakt auf den Tisch und taucht die Feder ein. Musik bis zum Schluß.

JOURDAIN *vor sich, dem Paar zulächelnd, sehr feierlich-burlesk, er singt:*
Mahameta per Giordina
Voler fa un paladina
Per deffender Palestina.

LUCILE *zur Musik* Mein Gedächtnis wird von dieser Stunde, mein Vater, einzig und allein nur die Erinnerung an Ihre Güte unauslöschlich bewahren.

JOURDAIN *indem er über dem jungen Paar seinen Säbel schwingt*
Non tener honta
Questa star l'última affronta.
Alles verneigt sich.

LUCILE UND CLEONTE *zugleich zur Musik* Wir wollen Ihnen, mein Vater, gehorsame und liebende Kinder sein und Sie mit der Ehrfurcht unserer Herzen umgeben bis in die späteste Stunde Ihres Alters. So wahr uns Gott gnädig sei.
Stille, nur die Musik geht fort.

JOURDAIN Bringt mir einen recht großen Spiegel her, ich will mich und diese da und alles zugleich mit Augen sehen, damit ich es glauben kann.
Die Tür springt auf, die drei Sylphen treten herein. Die zu Anfang links gestanden hat, ist nun in der Mitte, sie trägt einen unverhüllten leuchtenden Spiegel. Hinter den Sylphen treten die jungen Türken und die Derwische ein. Die drei Sylphen stellen sich links auf. Jourdain, der nach rechts zurückgewichen war, schreitet quer über die Bühne auf sie zu. Die Türken hinter ihm.

DIE SYLPHEN *zu dritt*
Vertraue hohem Stern,
vertraue kühnem Glück,
der Geisterspiegel lügt dir nicht,
nicht lügt der trunkne Blick!

Ist denn nicht jeder Glanz
und jede Seligkeit
ein Spiegeltraum wie der?
Ergreife den und seis,
der reichbeschenkte

sanftgewiegte,
der Lieblingssohn des Glücks!

Willst du schon hoch hinaus,
so sei den Höchsten gleich!
sei gleich dem Throne nah!
sei gleich gestillt
im tiefsten Drang!
in diesem einen Blick
nimm alles hin!

Vertraue kühnem Blick,
ihn halte ewig fest!

Sobald die Sylphen gesungen haben, schreiten die Derwische nach rückwärts tretend bis an die Schwelle, winken von dort feierlich auf Jourdain zurück und verschwinden. Hierauf schreiten die Sylphen bis zur Schwelle der Mitteltür, winken von dort zum Abschied und verschwinden. Sogleich schreiten Lucile und Cleonte, Hand in Hand, zur Mitteltür, winken von dort sehr zärtlich und verschwinden. Die übrigen

TÜRKEN UND DERWISCHE *knien nieder und huldigen Jourdain durch einen dreimaligen gellenden Zuruf:* Mamamuschi! *Hierauf springen sie auf und laufen alle schnell zur Tür hinaus. Jourdain bleibt allein mit Nicole und Covielle. Er gibt Nicole den Säbel in die Hand, dann tut er den Turban vom Kopf, reicht ihn Covielle zu halten. Dann spricht er wehmütig zur Musik.*

JOURDAIN Ich wollte, der Notar wäre geblieben und hätte von dem allen ein Protokoll aufgenommen, denn es wird immer neidische Leute geben, die es werden nicht glauben wollen, zu was ich auserkoren wurde, wenn sies nicht schwarz auf weiß sehen.

Der Vorhang fällt.

DAME KOBOLD

LUSTSPIEL IN DREI AUFZÜGEN VON CALDERON

FREIE ÜBERSETZUNG FÜR DIE NEUERE BÜHNE

Personen

DONNA ANGELA, eine junge Witwe
DON JUAN } ihre Brüder
DON LUIS }
DONNA BEATRIZ, deren Muhme
DON MANUEL
COSME, dessen Diener
ISABEL, Zofe der Donna Angela
RODRIGO, Diener des Don Luis
Dienerinnen der Donna Angela

Zu Madrid.

ERSTER AKT

Straße vor dem Haus des Don Juan.
Don Manuel und Cosme treten auf in Reisekleidern.

DON MANUEL

Da! Zu spät um eine Stunde
und versäumt das Schaugepränge,
Umzug, Fest und Zeremonie,
so Madrid anstellt zur Taufe
des Infanten Balthasar.

COSME

Herr, das ists! Um eine Stunde,
eine! zeitiger zur Stelle,
fand Prinz Pyramus die Thisbe
nicht als Leiche dort am Brunnen.
Nur um eine Stunde später
traf Tarquinius die Lucrezia
schon im Schlafgemach verschlossen
und das Bücherschreibervolk
hätte nie erörtert, ob er
ihr Gewalt antat, ob nicht.
Nur um eine Stunde länger
sann und säumte Hero dort,
dort im Turm ob steilem Ufer
eh sie winkte mit der Lampe,
und sie winkte nicht, seid sicher!
Und das schöne Trauerspiel
blieb auf ewig ungeschrieben!
Doch, da wir um eine Stunde
schon ein solches Fest versäumten,
laßt uns nun um eine Stunde
nicht auch das Quartier verfehlen!
Denn ich rase vor Verlangen
den großmütigen Mann zu kennen,

der auf unbeschränkte Zeit,
fürstlich wie ein Persersultan,
Tisch und Bette Eurer Gnade
anbot hier in seinem Haus!

DON MANUEL

Don Juan de Toledo, Cosme,
ist mein Freund vor allen Menschen,
ja der Freund der Freunde. Neigung
führt uns auf der hohen Schule
zueinander. Von den Büchern
zu den Fahnen eilend waren
wiederum wir Kampfgefährten.
Im savoyschen Feldzug, als der
Herzog mich zum Leutnant machte,
hieß ich die Standart ihn führen,
wählte ihn zu meinem Fähnrich.
Bald darauf in einem Handel
wird er schwer verwundet, ich
gebe ihm mein Bette, pfleg ihn,
und nächst Gott dankt er sein Leben
mir. Von andern mindern Diensten
red ich nicht. Kurz, Don Juan,
mir verpflichtet wie ein Mann
einem Mann und Freund dem Freunde,
hört, daß meines Königs Huld
mich belehnen will und lohnen
für mein treues Diensterweisen,
hört, daß ich zur Hauptstadt reise,
mich an Hof begebe, schreibt,
bietet mir in warmen Worten
Haus und Wohnung in Madrid,
schickt den Brief nach Burgos, du
streust den Brief weiß Gott wohin,
der uns Haus und Gasse nennt,
also wir ohne Adresse
in der großen Residenz!
Also laß ich dort im Gasthof
Maultier und Gepäck. Wir suchen

nach dem Haus, die Straßen voller
als ein Jahrmarkt, Galakleider
und Livreen; wir erfragen,
daß wir just um eine Stunde
solch ein Fest versäumten! Nun
stehn wir da –
Donna Angela und Isabel treten eilig auf, beide verschleiert.

DONNA ANGELA Herr, wenn Ihr seid
was Ihr scheinet – Edelmann –
adlig auch an Geist und Sinn –
Herr, so rettet mich!

DON MANUEL
Ich – hier – Euch?

DONNA ANGELA Um Ehr und Leben
gehts für mich, daß jener Mann,
der dort hinten kommt, um alles
mir nicht folge, mich nicht kenne!
Don Manuel tritt auf sie zu.

DONNA ANGELA
Später – dann, vielleicht – einmal!
Fort! Lebt wohl! Ich kann nicht weiter!
Ab mit Isabel.

COSME
Ist ein Weib das, ists ein Windstoß?

DON MANUEL
Wer hat das erlebt!

COSME Was denket
Deine Gnade zu beginnen?

DON MANUEL
Fragst? Ihm stehn! Ihm wehren! Hindern!

COSME
Den da hinten?

DON MANUEL Ihren Gatten,
wen denn sonst?

COSME Und wie?

DON MANUEL Ich halt ihn
irgendwie. Mit List. Der erste
beste Einfall muß es tun.
Nützt der nicht, dann hilft Gewalt.

COSME
Und der Vorwand?
DON MANUEL Ohne jeden.
Denn sie muß gesichert sein.
COSME
Muß. So muß denn dieser Schädel –
ja, er gibt was her! Der Brief da,
eines Freunds Empfehlungsschreiben,
soll mir dienen.
Don Manuel zieht sich zurück.
Don Luis und Rodrigo treten auf.
DON LUIS
Kennen muß ich die Verhüllte,
wärs auch nur, weil sie so angstvoll
nicht gekannt zu sein sich mühet.
RODRIGO
Wenn wir solche Schritte machen,
wirds am Ende doch gelingen.
COSME *Zu Don Luis, ihm in den Weg tretend*
Herr, ich muß im voraus fürchten,
Ihr verkennet was mich nötigt,
und Euch ärgert meine Kühnheit!
Dennoch muß ich mich erdreisten,
habt die Gnade, zeigt mir an,
wer des Briefes, den ich hier,
nicht ganz leserlich geschrieben,
Euch zu weisen mich beehre,
Adressat!
DON LUIS Dazu fehlt mir
jetzt die Muße.
Will vorüber.
COSME *ihn aufhaltend*
Muße fehlt Euch!
davon hab ich überreichlich.
Ich begleite Eure Gnade.
DON LUIS
Fort mit Euch!

DON MANUEL *den Frauen nachsehend, beiseite*
Wär nur die Gasse
krumm: noch immer sichtbar!
COSME Lasse
Eure Gnade sich erweichen!
DON LUIS
Gottes Blut! Ihr seid beschwerlich!
Ich schlag Euch den Schädel ein,
wenn Ihr drängt.
COSME Dazu zu drängen
liegt mir fern.
DON LUIS Mir aus dem Weg!
oder…
Stößt ihn weg.
DON MANUEL *beiseite*
»Oder« ist mein Stichwort!
Tritt hervor
Wisset, Kavalier, der Mensch da
ist mein Diener, und ich hörte
gern, womit er Euch in Eile
so beleidigen konnte, daß
ihn von Euch zu stoßen Ihr
Euch herausnahmt.
DON LUIS Diese Frage,
Frage oder auch Beschwerde,
bleibe unerwidert. Mich
zu entschuldigen
Grüßt liegt gleichfalls
nicht in meiner Absicht. Gott
mit Euch, Kavalier.
Will gehen.
DON MANUEL Ich, Herr,
habe Euch gefragt, wodurch
dieser Bursch Euch da beschwert hat,
da verletzt hat, da beleidigt
hat. Die Frage war sehr höflich
und hat Höflichkeit verdient.
Höflichkeit – der Klang des Wortes

sagts Euch – kommt vom Hof. Es steht nicht
gut mit jungen Herrn des Hofes
und der Hauptstadt, wenn vom Lande
einer kommen muß wie ich
und in Höflichkeit, die Euch
sollte Element sein, Euch
muß beibringen die Elemente.

DON LUIS
Beizubringen werd ich Euch,
Kavalier, so will mir scheinen,
etwas haben!
Er zieht

DON MANUEL Ohne Worte!
Wenns beliebt.
Er zieht auch.

DON LUIS Sehr wohl gesprochen.

RODRIGO *zu Cosme*
Da die Plempe will ich bloß sehn.

COSME
Bloß sie sehn am hellen Tage?
schämst dich nicht, sie ist noch Jungfer!
Don Juan kommt aus seinem Haus, Donna Beatriz hält ihn zurück.

DON JUAN
Nein, laßt mich, Beatriz, nein!
Laßt!

DONNA BEATRIZ
Du darfst nicht!

DON JUAN Sieh, mein Bruder!

DONNA BEATRIZ
O helf Gott!
Sie geht in das Haus zurück.

DON JUAN *zu Don Luis*
Zu deiner Hilfe
da!
Er zieht.

DON LUIS
Oh! weh! Nein! Don Juan!

Unglücklicher Zufall! Willst du
mich zum Feigling machen, Bruder!
Fremder Kavalier! es sieht
Eure Gnade, daß ich jetzt
nicht mehr weiterkämpfen darf!
Eure unbekannte Gnade
fechten brav und edel. Ziehe
Eure Gnade unbehelligt
sich zurück. Mit Gott, Sennor!

DON MANUEL
Ihre Großmut ist es, die
mich beschämt. Bleibt irgendwie
noch ein Zweifel, wird mich Ihre
Gnade finden, wo sie es befiehlt.

DON LUIS *grüßt*
Zu Ihrer Verfügung!

DON MANUEL *grüßt* Ich
zu der Ihren!

DON JUAN
Was ist das? Don Manuel!

DON MANUEL
Don Juan!

DON JUAN Mein Freund – im Streit,
wie? mit meinem Bruder? Macht mich
doch verstehen, gebt die Gründe.

DON LUIS
Ohne weitres. Dieser Herr
hat gewünscht Partei zu nehmen
für den Burschen da, der sein
Diener ist und der aus Dummheit
mich belästigt hat. Das Ganze
ist schon abgetan.

DON JUAN Nichts weiter!
dann nimm mirs nicht übel, ich
eil ihn zu umarmen! Dies
ist Don Manuel. Mein Haus
wartet seines Eintritts. Bruder!
Grüß ihn, ich will Freunde machen

aus euch zweien. Zwischen euch
ist nichts vorgefallen, als
was Grundlage hoher Achtung
werden kann. Don Manuel!
Kommt in meinen Arm!

DON LUIS Ich bin
jetzt schon Euer Freund, Sennor.
Euch nicht gleich erkannt zu haben
könnte mir leid tun – allein
Euer Mut gab mir das Beste
an, Euch schnell zu kennen –

DON MANUEL Eurer
schrieb mir einen Denkzettel
da!

DON LUIS
O trüg ich sie an meiner!

COSME
Was für artige Prügelei!

DON JUAN
Schnell herein, man soll Euch pflegen.
Du, Don Luis, mußt hier verweilen
und bei Donna Beatriz
mich entschuldigen, wenn ihr Wagen
vorfährt. Kommt, Sennor, ins Haus,
hier in meines, besser Eures,
Euch zu pflegen.

DON MANUEL Es ist nichts!

DON JUAN
Kommt, ich bitte Euch.

DON MANUEL *vor sich* Unheimlich,
daß Madrid mit einem blutigen
Zeichen mich empfängt.
Don Juan und Don Manuel gehen ins Haus.

DON LUIS *vor sich* Verflucht,
daß ich das verhüllte Weib
nicht erwischen konnte.
Ist es doch mein ganzes Schicksal,
gute Dinge zu versäumen,

und schöne Gelegenheiten
zu verpassen.

COSME *beiseite* Ich muß sagen,
das hat er sich gut verdient
für sein Don-Quijote-Spielen
auf der Straße!
Er folgt seinem Herrn.
Donna Beatriz und Clara kommen aus dem Haus.

DON LUIS
Ausgetobt hat sich der Sturm.
Es geruhen Eurer Schönheit
Blüten nun sich zu erholen.

DONNA BEATRIZ
Wo ist Don Juan?

DON LUIS Er bittet
um Entschuldigung. Die Sorge
für die Pflege eines Freunds,
der verwundet wurde, ists,
die ihn weggeführt.

DONNA BEATRIZ Verwundet?

DON LUIS
Leicht, ganz leicht!

DONNA BEATRIZ Er ist verwundet!
Will weg.

DON LUIS
Wäre Don Juan verwundet,
sähe Eure Gnade mich
nicht so ruhig hier. Er ist
mein geliebter Bruder. Darf ich
bitten, sich in jeder Weise
zu beruhigen?

DONNA BEATRIZ Sobald ich
ihn mit diesen Augen sehe.
Verneigt sich, will ins Haus.

DON LUIS *tritt zu ihr auf die Schwelle*
Wiederum so bleich um nichts,
höchst phantastische Beatriz!

DONNA BEATRIZ

Auch ein Nichts hat viel Gewalt,
wenn das Herz nicht frei ist.

DON LUIS

Gut!
Gut, sehr kluge Beatriz!
Unfrei! Gut gewähltes Wort,
unfrei, so ist Euer Herz,
ist nicht Herr im eignen Hause,
trägt nicht wie bei schlichtern Frauen
Krongewalt des ganzen Wesens –
oder nur zum Schein, ein armer
eingeengter Souverän,
Spielball ränkevoller Räte.
Merkt, seltsame Beatriz!
Wer Euch etwas minder kennte
als dies wachsame, getreue
Herz Euch kennt, wen äußerer Anschein
leicht in Irre führt, wer minder
als dies Aug im Buch der Seele
Chiffren noch und Spiegelschrift
leider zu enträtseln lernte –
müßte, Donna Beatriz,
Euch für gar sehr einfach halten,
wo Ihr sehr vielfältig seid,
oder auch für gar zu künstlich,
wo Ihrs, wenn man Euch durchschaut,
etwas allzu einfach anlegt!

DONNA BEATRIZ

Eure Vorwürfe, Sennor,
sind sehr geistreich, Euer Urteil,
ob auch in verzerrtem Spiegel
ich mein Selbst darin erblicke,
würde mir zu denken geben,
wär ich ruhig und gesammelt,
denn wir lösen keinen Knoten
lieber, als den uns ein Freund –

DON LUIS

Ei!

DONNA BEATRIZ
– ein Freund, aus Lob und Tadel,
unduldsamer Lust am Strafen
und halb widerwilliger
Anerkennung kunstvoll schürzte.
Doch ich bin nicht ruhig, Luis,
nicht gesammelt, also bitt ich
um Vergebung.
Sie verneigt sich, geht ins Haus mit Clara.

DON LUIS Und ich küsse
Eurer Gnade schönste Hände.
Wie er ihr nach will, fällt die Tür zu.
Rodrigo geht hin, zieht einen Schlüssel aus der Tasche, will aufsperren.

DON LUIS
Was soll das?

RODRIGO Ihr wollt doch nach.

DON LUIS
Wer hieß dich das meinen?

RODRIGO Wie?
Seh ich doch von früh bis spät,
daß Ihr andres nicht im Kopf habt
als ihr nachzuspüren.

DON LUIS Dummkopf!
Albernes Gefasel! Vorwärts!
Eingesteckt den Schlüssel!

RODRIGO Auch gut.
Zieht den Schlüssel aus dem Schloß, steckt ihn wieder ein.

DON LUIS
Herrlich angefangner Tag,
reizende Verkettung! Ein
Weib läuft mir davon, ein Narr
peinigt mich, ein fremder Mensch
fällt mich an, wir ziehen beide,
und ich hoffe meinem Ärger
mindest Luft zu machen – da
aus den Händen reißt der eigne
Bruder mir den Gegner, setzt ihn

mir ins Haus als Gast – was mir
das Verhaßteste auf Erden –
und läßt mich zurück dahier,
seinen Kämmerer zu spielen
bei dem Wesen, das von allen
meinem Herzen ganz unleidlich!

RODRIGO
Das ist Eifersucht, ich kenn es
ganz genau, bin selber eine
eifersüchtige Natur.

DON LUIS
Eifersüchtig?

RODRIGO Auf den eignen
Bruder!

DON LUIS Ha! Bist du so tückisch,
so vernagelt, daß du Gründe
meines Ärgers bei den Haaren
mußt herbeiziehen? Wie, ich sollte
mich nicht ärgern bis aufs Blut,
seh ich einen einzigen Bruder,
der das Oberhaupt des Hauses,
handeln so gedankenarm,
so ganz ohne Sinn und Folge –

RODRIGO *sieht ihn an*
Wie denn?

DON LUIS Wie denn? Da er Gäste
plötzlich mir ins Haus zieht, Fremde,
Offiziere, was weiß ich,
wo er selbst den ganzen Haushalt
um der ganz besonderen Lage
meiner Schwester willen hat
unter ein Gebot gestellt:
Abgeschlossenheit. Wo selbst
von den Damen der Verwandtschaft
außer dieser Beatriz
keine uns das Haus betritt!

RODRIGO *immer essend*
Das muß wahr sein, meiner Seel!

Ärger als ein junges Mädchen,
strenger fast als eine Nonne
wird die hübsche junge Witwe
hier im Haus gehalten.

DON LUIS Einem
für gerecht erkannten Grundsatz
unerbittlich unterworfen:
einzig ihrer Ehre willen.
Da sie nach sehr kurzer Ehe,
ihrer Mitgift auf den letzten
Heller ledig, uns zurückkehrt
und es unsere Sorge sein muß,
so, als wäre sie ein junges
Mädchen, ängstlich sie behütend,
einer zweiten bessern Ehe,
die dem Haus mehr Ehre bringe,
sie mit Sorgfalt zuzuführen.

RODRIGO
Ei ja, das versteht Ihr besser.
Wenn demnach ihr Witwenstand
die Vergünstigung ihr weigert
hier Besuche zu empfangen –

DON LUIS
Ja, das tut er. Und sogleich
will ich jetzt ins Haus, dem Bruder
zu bedenken geben –

RODRIGO Also?
Schließ ich auf?

DON LUIS Natürlich!

RODRIGO Dies
gibt Euch gleich willkommnen Anlaß,
Euern Ärger im Vorbeigehn
ein klein wenig auszulassen
an Donna Beatriz.

DON LUIS Wieder
mit deinem verfluchten Zwinkern
und den abgeschmackten Reden
hast du jetzt mir das Hineingehn

so verleidet, daß ich eher
Lust hab, ohne jede Lust
Gassen auf und ab zu schlendern,
als in dieses Haus zu treten.
Wendet sich zum Gehen.
Rodrigo steckt den Schlüssel wieder ein und folgt ihm.

DON LUIS *bleibt stehen*
Hast du nicht gehört, wie sie
plötzlich schmeichlerisch und tückisch
ihren Freund mich nannte?

RODRIGO Ja,
richtig! aber Ihr, Ihr ließet
es nicht durchgehn, ich erstaunte,
wie Ihr flink ein »Ei!« dazwischen
warfet. Durch und durch ist mir
dieses Ei! gegangen.

DON LUIS Schweig!
Wiederhol nicht, was mich ärgert.
Wie? Kein feinrer Degenstich,
keine höhere Ironie
als ein bäurisch plumpes Ei!
fiel mir ein? Um dieses Ei!
zu vergessen, muß ich viele
Gassen auf und nieder streifen!

RODRIGO *für sich*
Da gibts Händel, bring ich nicht
ihn hinein.
Laut Was dieses anlangt
wegen Eurer Schwester –

DON LUIS *bleibt stehen* Nun?

RODRIGO
– und dem fremden Herrn.

DON LUIS Heraus!
Rede oder halt den Mund!

RODRIGO
Gut, ich halt ihn.
Für sich Nie geradaus
gehts mit ihm, nur um die Ecke.

Laut
Also gehn wir.

DON LUIS *bleibt stehen*
Reden sollst du!

RODRIGO
Also red ich: Vorgesorgt
ist doch, daß die junge Frau
nie dem fremden Herrn begegnet;
hat doch Don Juan erst kürzlich
noch die einzige schmale Tür,
die von dort zum vordern Trakt führt,
so geschickt verkleiden lassen
mit dem Glasschrank.

DON LUIS Du Verfluchter,
mußt du mich an das erinnern!
Ganz verleidet ist mir jetzt
der Spaziergang; ich spaziere,
und der hergelaufne Mensch
mit der Schwester Tür an Tür!
Und dazwischen, Schutz und Abwehr
für die Ehre einer Dame,
diese Glaswand! Wo mir Glas
ohnedies das erzverhaßte
Zeug auf Erden ist! Ich träume,
wenn die Drud mich drückt, von Gläsern,
die zerbrochen und zersprungen,
wate in Glasscherben, glaube,
daß ich selbst von Kopf zu Füßen
ein Glasmensch geworden bin,
den ein trunken Köhlerweib
auf dem Rücken trägt zur Kirchweih.
Scheusal, hast du mich zur Krönung
solchen Tags an diese Tür
mit dem Glasschrank mahnen müssen!
Da, mein Kopfweh!
Er greift sich an die Schläfe.

RODRIGO *zieht den Schlüssel heraus*
Dann ists besser,

gleich ins Haus zu gehn. Wozu
hätte man die Anverwandten?
Auf der Gasse gibts nur Fremde,
an die kommt man nicht heran,
üble Laune auszulassen.

Er schließt auf, sie gehen ins Haus.

Zimmer der Donna Angela mit einer Haupttüre im Hintergrunde und zwei Nebentüren nach den Seiten. Die Fenster vergittert.

Donna Angela und Isabel.

Angela läßt sich von Isabel umkleiden. Die Mantille und der Schleier, mit denen sie auf der Gasse sichtbar war, liegen auf einem Stuhl. Sie trägt ein schwarzes Kleid. Isabel setzt ihr unter den ersten Reden die Witwenhaube auf.

Donna Angela seufzt, sieht starr vor sich hin.

ISABEL *räumt weg*
Schnell, nur schnell.

DONNA ANGELA *streift über ihr Gewand*
– Das Leichentuch
der Lebendigen. Wie flink
du mich drein gewickelt hast.
Hart, o hart!

ISABEL Wenn dein Herr Bruder
Argwohn schöpfte, schlau genug
und mißtrauisch ist er, dann
wird er hier im Zimmer stehen,
ehe wir bis fünf gezählt.

DONNA ANGELA
Zwischen diesen Wänden da,
Himmel, soll ich denn vergehen,
wo die Sonne und der Mond
kaum hereinscheint! Bin ich dazu
Witwe worden, daß ich lebe
mit zwei eifersüchtigen Brüdern,
so behütet, so gefangen
wie ein jungfräuliches Mädchen?

ISABEL
Ihr habt für den einen Mann,
den wir dort begraben haben,
ihrer zweie eingetauscht.

DONNA ANGELA

Wie mir noch die Kniee zittern
um solch einen Kinderstreich,
daß ich mich einmal hinauswag
auf die Gasse, von dem lauten
Menschenschwarm mich tragen lasse,
dort bis auf den schönen Platz
überm Schloß zu, bei den Schranken.
Was denn bring ich heim davon?
Nur ein Zittern und Erschrecken.
Wie ich lief, wie mir das Herz
pochte, Herz und Hals und Schläfe.
Aber dennoch, Isabel,
süß wars, einmal zu erschrecken;
auch, daß alles pochen kann,
hatt ich, dünkt mir, schon vergessen,
schon verlernt, daß im Erschrecken
etwas Süßes wohnt – o weh,
bin ich denn schon alt, ich flüchte
zum Erinnern in die Kindheit!

ISABEL

Junge, junge Witwe bist du,
süß und fein und klug und reizend,
mädchenhafter als ein Mädchen.

DONNA ANGELA

Hörte einer meiner Brüder
dich so schwätzen!

ISABEL Gott mein Zeuge,
daß sie mir schon alle beide
recht verhaßt sind.

DONNA ANGELA Sprich nicht so.

ISABEL

Ah, der eine ist so stumpf
und selbstsüchtig und verschlossen
und so grillenhaft der andre,
voller böser zorniger Launen.

DONNA ANGELA

Einzig nur um meine Ehre
sind sie so besorgt.

ISABEL O Gott!
Und dein süßes junges Leben
geht so drein.
DONNA ANGELA Anstatt der Eltern
sind sie doch bestellt als Wächter
für die Ehre unseres Hauses.
Sprich von Don Juan nicht häßlich
und nicht einmal von Don Luis,
denn ich wills nicht.
ISABEL Von den zweien
will ich auch weiß Gott nicht reden,
viel vernünftiger und viel wichtiger
ists, den Fremden zu besprechen,
den du dort im Flug gewählt hast
zum Verteidiger deiner Ehre.
DONNA ANGELA
In der Seele mußt du dies
mir gelesen haben; ja,
an ihn denk ich doch die ganze
Zeit und habe solche Sorge
nicht um ihn, versteh, um mich!
Denn, als wir dort weiter liefen,
hörte ich in unserm Rücken
Degen klirren. – Isabel,
weißt du, daß ich – aber das
ist doch Unsinn – dran gedacht hab,
jener habe so entschlossen
sich zu meinem Schutz bemüht,
daß er – hältst du es für möglich,
sag? – um meine Flucht zu decken
mit dem Degen in der Hand,
meinem Bruder sich entgegen
hätt gestellt. Du nennst es närrisch,
nicht?
ISABEL Ich weiß nicht, was er tat,
doch ich weiß, dein lästiger Bruder
holte uns nicht ein.
DONNA ANGELA Hör an,
wenn das –

DON LUIS *tritt ein*

Angela!

DONNA ANGELA *fährt zusammen*

Mein Herz!

Wie verstört du aussiehst! Hast du
einen Schmerz? Sag, was dir fehlt.

DON LUIS

Mir fehlt nichts, ich hab zu viel
zu viel Kränkung, zu viel Sorge
und zu viel Verdruß.

DONNA ANGELA *beiseite* O Angst!
Er hat mich vorhin erkannt.
Don Luis geht auf und nieder, schweigt.
Donna Angela und Isabel tauschen Blicke.

DONNA ANGELA

Hast du nicht dein Kopfweh, Bruder,
soll ich dir die Hand auflegen?

DON LUIS

Und wenn ich dich sehen muß,
spür ich doppelt meinen Ärger.

ISABEL *für sich*

Das wird Ernst.

DONNA ANGELA Wodurch, Don Luis,
schaff ich dir Verdruß?

DON LUIS *nach einer Pause*

So wenig
dich geschätzt zu sehn von unserm
eignen Bruder!

DONNA ANGELA Ach!

ISABEL Weiß Gott!

DON LUIS

Denn: wenn du abweichen wolltest
von der Führung deines Lebens,
das er dir zur Pflicht gemacht,
würde er es sehr verübeln.

ISABEL

Oh, wie wahr!

DON LUIS Jedoch er selber –

DONNA ANGELA
Was denn?
DON LUIS Er hält es durchaus
für gestattet, umzustürzen
jede eingeführte Ordnung,
wenn es ihm beliebt!
DONNA ANGELA Was gibts denn?
DON LUIS *lacht kurz*
Jedenfalls zur guten Stunde
hat sein Gast mir meinen Ärger
im voraus bezahlt. Ich hab ihm
einen Degenstich versetzt –
eine recht prophetische Wunde –
ohne ihn zu kennen!
DONNA ANGELA Wie denn?
Wie hängt alles das zusammen?
Sie setzt sich, bietet ihm einen Platz an.
DON LUIS *setzt sich*
Oh, ganz einfach. Ich ging heute
morgens bis ans Schloß. Beim Schranken
find ich eine Schar von Freunden.
Alle stehn sie sehr vergnügt
dort im Kreis um eine Dame,
die verschleiert war und deren
Reden oder Späße sie
sehr gescheit und witzig fanden.
Doch, sowie ich näher trete,
sind sie stumm, und das so plötzlich –
DONNA ANGELA
Ah!
DON LUIS
All dies gibt mir natürlich
Neugier und Verdacht. Ich trete
etwas näher, aber sie
wickelt sich nur um so fester
ein, versteckt sogar geschickt
ihre Hände und geht fort.
Ich ihr unauffällig nach. Sie

sieht sich mehrmals ängstlich um.
Da, ganz nah von hier –

DONNA ANGELA Ganz nahe?

DON LUIS
– tritt mir ein Lakai entgegen –
eben unsres Gastes Diener –

DONNA ANGELA
Haben wir denn plötzlich Gäste?

DON LUIS
– mit der Forderung, daß ich ihm
einen Brief vorlese. Ich
sag ihm, ich hab keine Zeit.
Klar war mir sofort, er liefe
mir in' Weg aus bösem Willen,
denn ich hatte noch gesehen,
wie die Dame ihm was zurief.
Da der Kerl mich plagt, so schrei ich
ihm – ich weiß nicht was – entgegen,
da springt auch schon unser Gast –

DONNA ANGELA
Der!

DON LUIS
– mit äußerst tapfrer Miene,
um die Ecke, dem Bedienten
beizustehn. Das Ende war,
daß wir beide zogen.

DONNA ANGELA Und?

DON LUIS
Weiter nichts, als, wie gesagt,
daß er mit der eingebundenen
Hand herumspaziert, doch leicht
hätt es mehr sein können.

DONNA ANGELA Nein!
Solch ein freches Weibsbild! So
in die Falle dich zu locken.
Aber warn ich dich nicht ständig
vor den Dämchen, die nichts tun,
als auf öffentlichen Plätzen
junge Herren zu umgarnen.

DON LUIS *ist aufgestanden*
Wie hast du den Vormittag
dir vertrieben?
ISABEL Oh, mein Gott!
DONNA ANGELA
Nach der stillen Messe saß ich
hier und war recht traurig. Später
will Beatriz zu mir kommen
und mir Zeit totschlagen helfen.
DON LUIS *der auf und nieder gegangen, jäh stehenbleibend*
Das geht nicht!
DONNA ANGELA Wie?
DON LUIS Beatriz
ist für dich keine Gesellschaft!
DONNA ANGELA
Unsre Muhme?
DON LUIS Stehenden Fußes
will ich Don Juan erklären,
daß ich nun darauf bestehe,
dich und sie getrennt zu sehen.
DONNA ANGELA
Ja, warum denn?
DON LUIS Dir zuliebe,
einzig und allein!
DONNA ANGELA So sag mir!
DON LUIS
Weil ein unaufrichtiges Wesen,
das du zur Gesellschaft wähltest,
Gift und stetige Befleckung
für dein harmlos reines Selbst.
DONNA ANGELA
Ungerecht sind deine Worte,
lieblich ist sie, klug und reizend,
meine Freundin, meine Freude!
DON LUIS
Du lehr mich die Menschen sehen!
Du lehr Beatriz mich kennen!
DONNA ANGELA
Eifersüchtig!

DON LUIS Nicht dies Wort!
Laß es mich nie wieder hören.

DONNA ANGELA
Lehr mich anders dich verstehen.

DON LUIS
Angela, hier stehn sehr hohe
Dinge auf dem Spiel. Hier gehts
um die Ehre, liebe Schwester.

DONNA ANGELA
Bruder, wie? Um meine Ehre?

DON LUIS
Ehre, wie ich sie verstehe!
Wie vertrüge das Berührung;
wie beständigen Verkehr
mit –

DONNA ANGELA
Jetzt willst du Böses sagen,
doch ich wills nicht hören!

DON LUIS Andre
sollen hören, wie ich denke,
und entscheiden, wie ichs fordre.
Er geht.

DONNA ANGELA
Bruder, Bruder!

ISABEL Laß ihn gehn,
soll ihn Don Juan zurecht-
setzen, doch was sagst du dazu:
dieser fremde Kavalier,
der dich ritterlich verteidigt,
ist als Gast mit einer Wunde
hier im Haus.

DONNA ANGELA Ich glaubs nicht. Nein.
Denn es ist mir zu romanhaft.

ISABEL
Wenn es aber doch passiert ist?

DONNA ANGELA
Halt ichs dennoch nicht für wahr,
bis ich es mit Augen sehe.

ISABEL
Wenns dir Spaß macht, wüßt ich wohl,
wie man es anstellen müßte,
daß du ihn zu sehn bekämst.

DONNA ANGELA
Wie denn? Da er ganz dort drüben
wohnt und meine Fenster da
nach dem Hof, die seinen aber
nach der Gasse – nicht daß ich
wirklich mirs erlauben möchte,
aber sag, wie du dirs ausdenkst.

ISABEL
Weißt du nicht, daß Don Juan
einen Schrank vor jene Tür
machen ließ?
Donna Angela tritt ihr näher.

ISABEL Er ist beweglich.
Einen Spiegelhaken dort
einzuschlagen, wollte ich
auf den Schrank mich stützen, da
weicht der Schrank wie ein Lebendiges
lautlos nach der Seite aus.

DONNA ANGELA
Es ist lustig, das zu wissen,
nur damit man doch sich vorsieht,
nicht um selbst was anzustellen.
Nach einer kleinen Pause
Kommt vielleicht dann der Bediente,
Lichter oder sonst was holen,
frag ihn, ob sein Herr noch ausgeht,
denn ich kann nicht denken, daß
solch ein kleiner Degenstich
ihn bettlägrig macht.

ISABEL Er sieht
nicht so aus. – Mein guter Vater
hatte eine ständige Rede:
»Tu das« ist dein guter Freund,
doch »Das hätt ich tuen können«,
ist dein böser Feind auf immer.

DONNA ANGELA *träumend*
Was sagst du?
ISABEL Nein, du sollst sagen,
willst du hin?
DONNA ANGELA Ein töricht Wünschen
reißt mich hin, daß ich erfahre,
ob es wirklich dieser ist.
Wenn ers ist, wenn er für mich
trägt an seiner Hand die Wunde,
muß ich ihn denn da nicht pflegen,
nicht verborgen vor Erkennung,
wie ein Kobold aus dem Dunkeln,
meine Dankbarkeit bezeigen?
ISABEL
Das sind seltsame Geschichten,
wie nun aber, wenn er redet?
DONNA ANGELA
Redet?
ISABEL Ja, und uns verrät?
DONNA ANGELA
Dieser redet nie und nimmer,
denn er ist so stark und mutig,
als er klug ist und verschlagen
und von hohem, feinem Sinn.
Wortkarg ist er, ließ mit wenig
Worten willig sich erbitten,
köstlich frei und kühn und offen
war sein Auge und sein Tun,
und ob wir mit diesen Plänen
fehlgehn, ob sie uns gelingen,
eines weiß ich, Isabel,
will ich, was er männlich tat,
zart und frauenhaft erwidern,
er wird keine Frau beschämen
und von ihm kommt kein Verrat.

Zimmer des Don Manuel. Die Haupttür ist im Hintergrund, zur Rechten eine heimliche Tür, verdeckt durch den Glasschrank, zur Linken ein Alkoven mit Vorhängen.

Don Manuel und Don Juan treten auf. Ein Diener bringt Licht.

DON JUAN
Legt Euch jetzt zu Bett, Don Manuel,
ruht ein wenig, bitte.
DON MANUEL Diese
Wunde, Don Juan, ist gar nichts.
DON JUAN
Wär sie nur um etwas mehr
als ein Nichts, wärs schlimm für mich,
da mein Bruder doch sie Euch
beigebracht.
DON MANUEL Das ist ein wackrer
junger Herr. Sieht man ihn vor sich,
scheint er zart, ja etwas zärtlich,
ganz nur Höflichkeit und Anstand.
Aber geht er einen an,
hats ein Feuer, daß man sich
vorsehn muß. Er wird von nun an
mich zum Freund und Diener haben.
Don Luis tritt ein, ihm folgt ein Diener mit einem verdeckten Korb, worin ein Degen mit allem Zubehör.
DON LUIS
Nein, vielmehr Ihr mich zu Eurem,
und wie eines schlechten Knechts
man sich gern begibt, der Streiche
uns gespielt, die wir bedauern,
will ich dieser Waffe, Herr,
dieses Degens mich entschlagen,
da er sich so weit verirrte
Eure Gnade zu verletzen.
Euch zu Füßen kommt er, Herr,
um Verzeihung Euch zu flehen;
würdigt Ihr ihn selbst zu führen,
so besiegt uns Eure Großmut.
Er überreicht mit gebeugtem Knie Don Manuel den Degen. Der Diener geht.
DON MANUEL
Ihr besieget mich, Don Luis,
so an Anstand des Betragens

wie an Führung dieser Waffe.
Euch zu Ehren will ich ihn
gerne tragen, Herr.

DON JUAN Mein Bruder
gibt mir die Lektion im Anstand,
daß er heut im Haus der erste
ist, obschon von uns der jüngere,
der Euch hier beschenkt. Vergönnet,
daß ich es nachhole.

DON MANUEL Herren,
wenn Ihr so wetteifert, kann ich
nicht erwidern noch vergelten.
Ihr beschämt mich.

Cosme tritt auf, beladen mit Felleisen, Reitdecken und Satteltaschen, die er beim Eingang auf den Boden wirft.

COSME Schämen sollte
sich alleinig dies Madrid,
ja in Grund und Boden schämen!
Schimpft sich Haupt- und Residenzstadt
und ist staubig, windig, dreckig,
schlecht gepflastert, voller Rinnen,
Gruben, Löcher, Gossen, Pfützen,
daß man keinen Fuß kann vor den
andern setzen ohne –

DON MANUEL Ohne?

COSME
– hinzuhauen!

Er haut den Rest auf den Boden.

DON MANUEL Faß dich! Faß dich!

COSME
Faß, ja faß! – Ich bin kein Faß.
In der Rinne rinnt was andres
als in einem Faß.

DON LUIS Was hat er?

COSME
Rinne, Herr, Rinnwasser, Rinnsal!
Dreck, in den man stürzt in dieser
Gossenstadt, Rinnwasserhauptstadt!

DON MANUEL
Hast du einen Rausch am hellen
Vormittag?
COSME Besoffen? soffen?
Munter kam ich hier herunter
diese Gasse, wie ein Esel
aufgeladen.
DON JUAN Ja, so scheints.
COSME
Da, die Sättel da und Decken!
Da rennt mir solch eine Rinne,
schmutzige Rinnwasserrinne
in den Weg mir! Da im Nu
brachen Pferd und Last zusammen,
schmettern Baum und Früchte nieder. –
Drückt, mein Herr, ein Angetrunkner,
sich so treffend aus, vermag er
in so anschaulichen Bildern
schlagend sein Geschick zu malen?
Ordnet, Herr, ein Angetrunkner
mit zwei, drei geschickten Griffen
seines Herrn Gepäck? und letztlich:
liest ein Trunkner je in Büchern?
Er greift nach einem Buch, das auf einem Schrank liegt, und setzt sich hin, um zu lesen.
DON MANUEL
Fängt der an, so hörts nicht auf.
DON JUAN
Recht ein pfiffiger Bursch!
DON MANUEL Verzeiht ihm!
Wißt, ich bin ein Mensch, der gerne
schweigt. Darum lieb ich zu Hause
mir zur einzigen Gesellschaft
einen Hund, der schweigt wie ich,
doch auf Reisen lieb ich solchen
frech geschwätzigen Bedienten.
DON LUIS *zu Cosme*
Da du lesen kannst, wie wird

dirs belieben zu erklären,
daß du frech genug mich angingst,
einen Brief für dich zu lesen?
Sprich!

COSME *ohne aufzusehn*
Gedrucktes fließend, aber
von Geschriebnem keinen Buchstab.

DON JUAN
Der bleibt keine Antwort schuldig.

DON MANUEL
Gebt Euch weiter nicht mit ihm
ab, ich bitte.

COSME Nächstens mach ich
von Antworten aller Sorten,
die ich fertig lagernd habe,
eine Musterausstellung,
dazu werd ich Eure Gnade
einzuladen mich beehren.

DON MANUEL
Noch ein paar Besuche mach ich,
nur die dringendsten.

DON JUAN Zu Abend
hoff ich Euch bei Tisch.

DON MANUEL Du, Cosme,
pack indessen aus. Das Leder
will ich glänzen sehn, die Schnallen
alle blitzblank.

DON JUAN *zu Cosme*
Nimm den Schlüssel
zu der Wohnung und bewahr ihn
gut, es ist der einzige. Einen
Hauptschlüssel hab ich noch selbst,
aber von den andern sperrt
keiner das Quartier als dieser.
Zu Don Manuel
Also seid Ihr völlig Euer
eigner Herr.
Zu Cosme An jedem Morgen

laß ihn an der Tür, es kommt
jemand her, um aufzuräumen.
Sie gehen alle bis auf Cosme.

COSME

Lederzeug will er blitzblank sehn.
Er will sehen. Das Gepäck da
will er ausgepackt und reinlich
in die Schränke und die Laden
eingeräumt sehn. Ich wills auch sehn,
aber damit er es sehe,
muß ichs tun, da ist der Haken.
Das sind diese ganz verfluchten
scharfen Offiziersmanieren,
und trotzdem kann ich ihn leiden.
Ist dies nicht unendlich seltsam?
Kann man einen Menschen mögen,
der nur widerwärtige Dinge
einem auferlegt? Was ist es,
das ich leiden kann an ihm?
Erstens, daß er weiß zu lachen
über jeden meiner Späße
und dazu auf offne nette
Art, recht wie ein Schulbub, aber
auch nicht dumm, das ist das eine.
Alle meine frühern Herren
hab ich nicht ausstehen können,
wenn sie lachten. Zweitens: daran
will ich später denken. Drittens:
gleichfalls später. Viertens aber,
und das ist ein großer Punkt:
er ist gar nicht reich und dennoch
gar kein Knauser. Wenn wir reisen,
rechnet er nie nach: die Wirtin,
Hausknecht, Stallbursch, Sattler, Schmied,
alles läßt er mich bezahlen,
und so schaff ich mir aus lauter
angemeßnen Differenzen
ehrlich brav tagaus, tagein

mein bescheidnes Kapital,
brauche nicht die plumpen Lügen,
die am Ende einen selber
zum gemeinen Kerl erniedern.
Er hat aufgeschnallt, zieht aus seinem Gepäck eine dicke Geldbörse hervor
Das, nicht wahr, du kleine Jungfer,
rechnen wir ihm beide hoch an.
Ach, du Schelmin! Jungfer warst du,
schlank und dünn stiegst du zu Pferde,
tratest deine Reise an,
rundlich steigst du nun herunter.
Er verbirgt die Börse wieder in seinem Gepäck
Also auspacken! Ich hätte
ausgepackt auf eins, zwei, drei,
hätt ers nicht so unmanierlich
anbefohlen. Weiß der Himmel,
damit hat er mich gezwungen,
daß ich jetzt ins Wirtshaus gehe.
Sein Bedienter, ja das bin ich,
daß ich Sklave bin, ist damit
nicht gesagt. Man unterscheide:
nicht mein sklavisches Bewußtsein
durch Getränk zu heben, geh ich
jetzt ins Wirtshaus, sondern eben,
daß kein sklavisches Bewußtsein
in mir wohne, zu bezeugen,
lenk ich jetzt dahin die Schritte.
Er geht ab und sperrt die Tür von außen zu.
Der Schrank wird von außen auf die Seite geschoben und durch die heimliche Tür, die sich auswärts öffnet, treten Donna Angela und Isabel ein.

ISABEL
Komm nur. Es ist leer. Der Fremde
ist mit unsern beiden Herren
fortgegangen.

DONNA ANGELA Darum durft ichs
einmal wagen.

ISABEL Siehst du nun,
ohne weiters gehts.

DONNA ANGELA Ich seh es,
also gehn wir wieder.

ISABEL Wie?
Weshalb sind wir dann gekommen?

DONNA ANGELA
Bloß, um wieder umzukehren.
Sieh einmal, mein Schreibzeug hat man
hergebracht.

ISABEL Der Herr befahl mirs
und den Haufen Bücher –

DONNA ANGELA Da
liegen ihre Satteltaschen –

ISABEL
– und die Schnallen offen, willst du,
daß wir schaun, was sie enthalten?

DONNA ANGELA
Albern ists, doch möcht ich sehn,
was er für Gepäck und Sachen
hat.

ISABEL Was so ein Offizier,
der sich umtut um ein Ämtchen,
weiter haben wird.
Isabel nimmt die weiter genannten Sachen aus dem Mantelsack und wirft sie hernach im Zimmer umher.

DONNA ANGELA Was ist das?

ISABEL
Das? Papiere.

DONNA ANGELA Frauenbriefe?

ISABEL
Nein, nur Akten von Prozessen
eingeheftet. Schau den schweren
Pack.

DONNA ANGELA
Ja, wenn es Briefe wären,
wären sie wohl leichter. Laß sie,
was ist daran noch zu sehen.

ISABEL
Aber, was ist das?
DONNA ANGELA Was gibts denn?
ISABEL
Eine Ledertasche find ich,
voll mit eisernen Geräten.
DONNA ANGELA
Zeig einmal, von Ferne scheint es
Werkzeug eines Zahnarzts.
ISABEL *hält es hin* Da.
DONNA ANGELA
Eine Brennscher, kleine Zangen,
um den Knebelbart zu kräuseln.
ISABEL
Item Bürsten groß und klein
und auch Kämme. Du, von dem
glaube ich, es ist ein Schuster,
der beim Leisten bleibt.
DONNA ANGELA Wieso denn?
ISABEL
Nun, ich weiß schon, wie ichs meine.
DONNA ANGELA
Gibts noch mehr?
ISABEL Ja, Fräulein, item
in Billettformat ein zweites
Bündel Schriften.
DONNA ANGELA Zeig es schnell,
das sind Frauenbriefe, weh!
solch ein Pack und alle, alle
von der gleichen Schrift. Aha!
das ist mehr als eine kleine
Schreiberei! Ein Bild dazu!
ISABEL
Laß mich sehn. Du wirst ja ganz
zur Salzsäule.
DONNA ANGELA Eine Schönheit
ist ergötzlich im Gemälde –
»bildschön« sagt man doch.

ISABEL Mir scheint,
daß wir dies gefunden haben,
war nicht gut.

DONNA ANGELA Oh, diese Närrin!
Jetzt hör auf.

ISABEL Was willst du tun?

DONNA ANGELA
Hier ihm lassen ein paar Zeilen.
Nimm das Bild.
Sie setzt sich an den Tisch und schreibt.

ISABEL Indessen will ich
auch des Dieners Mantelsäckchen
untersuchen. Hier ist Geld,
Pfennige ein dicker Haufen,
die nehm ich jetzt dem Bedienten
weg und stopf an ihre Stelle
Kohlen! Ohne einen dummen
Streich wird doch der ganze Handel
gar zu fad.
Sie nimmt Kohlen aus der Pfanne, tut sie in den ausgeleerten Beutel und legt diesen wieder in den Mantelsack.

DONNA ANGELA *steht auf*
Wohin leg ich nun den Brief?

ISABEL
Dort unter die Überdecke
seines Betts. Dahin kommt niemand
vor dem Schlafengehen.

DONNA ANGELA Gut,
leg ihn hin und dann pack alles
wieder ein.

ISABEL *läuft zum Alkoven und kommt wieder*
Paß auf, sie drehen
schon den Schlüssel.

DONNA ANGELA Laß denn alles!
Fort mit uns!

ISABEL Nun, Schränkchen, dreh dich.
Sie gehen durch die heimliche Tür und schieben den Schrank wieder vor.

COSME *sperrt von außen auf und tritt ein*
Jetzt beliebt mirs auszupacken.
Wer macht denn aus diesem Zimmer
einen solchen Trödlerladen?
Wer ist hier? Kein Mensch ist hier,
oder wenn auch einer hier ist,
will er eben nicht antworten.
Ich bin kein Dickschädel, ich bin
nicht versessen drauf, daß einer
Antwort geben muß. – Ich mache
Späße, aber, im Vertrauen,
zittern mir vor Angst die Glieder.
Wenn er nun
Nähert sich dem Gepäck
die Mantelsäcke –
umgedreht! Der Beutel aber –
ach, ich seh ihn – da – o Teufel!
ach! in Kohle umgewechselt
all mein Geld: in staubige, mistige
Kohle! Kobolde tun das!
Hab ichs tausendmal gehört,
ums nun einmal zu erleben!
Kobolde jedoch verwandeln
Geld, das sie zuvor verschenkt,
aber was ich selbst – gestohlen,
das? mit welchem Recht? O Mörder!
Don Manuel tritt ein mit Don Juan und Don Luis.

DON JUAN
Warum schreist du so?

DON LUIS Was fehlt dir?

DON MANUEL
Rede! Was ist los.

COSME Nur Späße,
allerliebste Späße.
Zu Don Juan Herr,
wenn die Gnade hier im Haus
einen Kobold hat zur Miete
wohnen, warum wünscht die Gnade
uns noch hier als Aftermieter?

DON JUAN
Wie denn?
COSME Keine zwei Minuten
war ich aus. Beim Wiederkommen
find ich unsere Sachen sämtlich
ausgestreut, als ob es gelte,
daß sie kämen untern Hammer.
DON JUAN
Fehlt denn etwas?
COSME Vom Gepäck
nichts, nur die privaten Gelder,
die ich hier im Beutel hatte,
hat er mir in schwarze Kohlen
umgesetzt.
DON LUIS Ach!
DON MANUEL Dummer Unsinn,
kahl und unschicklich und läppisch.
COSME
Nein, bei Gott, kein Spaß, kein Spaß!
DON MANUEL
Schweig!
DON JUAN *zu Don Manuel*
Lebt wohl und legt Euch schlafen.
COSME
Nein, kein Spaß!
DON JUAN Und bleibt, so hoff ich,
unbelästigt vom Hauskobold,
aber seht Ihr ihn, so gebt ihm
doch den Rat, auf bessere Späße
künftighin zu sinnen.
Ab mit Don Luis.
DON MANUEL Cosme,
sieh, das hab ich dir zu danken.
Alle halten mich für närrisch,
weil ich dich ertrag und deine
abgeschmackten Narrenstreiche.
COSME
Herr, wir sind allein, ich werde

unter uns nicht Possen spielen,
soweit kennt mich Eure Gnade.
Tausend Teufel sollen mich –

DON MANUEL
Ausred ohne Salz. Im Rausch
hast du selber da die Sachen
liederlich herumgezettelt.
Such zusammen, was wir brauchen,
und bring mich zu Bette.

COSME Herr,
auf Galeeren will ich rudern,
eingebrannt ein Schandmal tragen –

DON MANUEL
Schweig, sonst schlag ich dir bei Gott
deinen leeren Schädel ein.
Er geht in den Alkoven.

COSME *packt verdrießlich die Sachen zusammen*
Liegt ihr da, recht wie Besoffne,
und ich muß euch wieder stopfen
in die Säcke, vorwärts, rührt euch,
faule Knochen! Oh, mein Himmel,
hätt ich die Posaune, drauf
einst am Auferstehungstage
wird Appell geblasen werden,
daß der ganze Trödel hier
selber in die Säcke spränge!

DON MANUEL *kommt zurück, den Brief in der Hand*
Cosme, Cosme, leucht einmal!

COSME
Was ist, Herr? Steht einer dort
hinterm Vorhang?

DON MANUEL Mich zu legen
hob ich die Bettdecke auf
und fand unter ihr dies Brieflein,
dessen Aufschrift schon allein
mich in Staunen setzt, hör an:
»Mich zu öffnen wage niemand
als Don Manuels eigne Hand.«

COSME

Halt, nicht öffnen, nein, du mußt es
erst beräuchern.
Don Manuel reißt den Brief auf.

COSME Himmel, steh uns
bei in unsern schweren Nöten.

DON MANUEL *liest schnell, nur halbdeutlich*

»Eure Gesundheit macht mich besorgt, denn ich war die Ursache Eurer Gefährdung und deshalb, dankbar und voll Bedauern, bitte ich Euch, mir von Eurem Befinden Nachricht zu geben und meine Dienste anzunehmen. Zu beiden wird Gelegenheit sich geben, wenn Ihr die Antwort dort laßt, wo Ihr dies gefunden habt. Doch bemerket wohl, daß am Geheimnis gelegen ist, denn erfährt es einer Eurer Freunde, so verliere ich Ehre und Leben.«

COSME

Wie, du staunst nicht?

DON MANUEL Warum denn?
Vielmehr macht dies Blatt mir ja
alles klar: die Unbekannte,
die so bang und ängstlich lief,
zu entschlüpfen dem Don Luis,
war sein Liebchen. Seine Frau,
da er lebt als Junggeselle,
kann es nicht gewesen sein.
Nun erwäge: ists zu fassen
gar so schwer, daß sie ins Haus
ihres Freundes Zutritt habe?

COSME

Gut und doch noch nicht genügend,
um mich zu beruhigen.

DON MANUEL Nein?

COSME

Alles dies vorherzusehen,
was erst später eingetroffen!

DON MANUEL

Einem Diener hat sie nachher,
ganz natürlich zum Bestellen,
ihn gegeben.

COSME Einem Diener?
Seit ich hier war, kam kein Mensch
in dies Zimmer.
DON MANUEL Dann wars früher,
Hast du untersucht das Bett?
COSME
Nein, doch rings verstreut am Boden,
da die Wäsche, da die Kleider,
die Papiere, das sagt doch
etwas mehr!
DON MANUEL Such einmal nach,
sind die Fenster wohl vermacht?
COSME
Und mit Riegeln und mit Stangen!
DON MANUEL
Hm!
COSME Und was beschließet Ihr?
DON MANUEL
Eine Antwort werd ich schreiben.
COSME
Aber wir erzählens doch
gleich dem Hausherrn?
DON MANUEL Keinen Laut,
da sie mir sich anvertraute.
COSME
Aber ihn gibst du doch preis,
der ihr Liebster ohne Zweifel!
DON MANUEL
Ihn? Ganz ohne ihn zu kränken,
handle ich nach meiner Pflicht
gegen sie.
COSME Hier gibts was andres.
Wie wir reden, steigt nur immer
mein Verdacht.
DON MANUEL Wodurch denn, Cosme?
COSME
Bleib doch einmal bei der Sache.
Briefe kommen hier und gehen,

und je mehr dus untersuchst,
minder kannst du dirs erklären.
Was denn glaubst du?

DON MANUEL Daß man hier
aus und ein geht und dies Zimmer
öffnet und verschließt durch irgend-
welche Mittel, welche mir
unbekannt sind – aber, Cosme,
ehe ich deswegen glaubte,
dies geh wider die Natur –

COSME
Also Kobolde gibts keine?

DON MANUEL
Niemand sah je einen.

COSME Geister?

DON MANUEL
Bah!

COSME Und Hexenmeister, Zaubrer?

DON MANUEL
Ohne Hexereien wird
sichs erklären.

COSME Zauberinnen?

DON MANUEL
Anderswo vielleicht!

COSME Nicht hier?
Ha, bei Gott, nun hab ich dich:
Teufel! Gibt es einen Teufel
oder keinen?

DON MANUEL Ohne Macht
über Tür und Schlösser.

COSME Arme
Seelen aus dem Fegefeuer?

DON MANUEL
Die sich just in mich verliebte,
unbesehen?

COSME Oh, mein Gott,
o mein armer Herr! Was hast du,
was beschlossen? Wo verbringen
wir die Nacht?

DMN MANUEL Ganz andre Zeichen
müßten kommen, mich von diesem
guten Bette zu verscheuchen.

COSME

Andre? Wenn ich dir gestehe,
daß ein fürchterliches Etwas,
das wie Luft aus einem Grabe
hinstreicht über meinen Schädel,
nüchtern mich mit einem Schlage
schuf, derart, daß ich mit Grausen
fühle, nie in diesem Leben
werd ich wieder trunken sein,
göß ich Fässer Branntweins mir
durch die Kehle! Nicht genug?
Nicht genug auch dieses Zeichen?
Wir marschieren? Oder was
habt Ihr endlich denn beschlossen?

DON MANUEL

Achtzugeben Tag und Nacht,
bis ich Meister dieses Truges
und der Kobold zwischen diesen
beiden Händen sich enthüllet.

ZWEITER AKT

Zimmer der Donna Angela.
Donna Angela, Donna Beatriz und Isabel.
Sie kommen herein. Isabel verschließt hinter ihnen die Tür.

DONNA BEATRIZ
Seltsam, was du da erzählst.
DONNA ANGELA
Hör nur, wie es ausgegangen.
Wobei blieb ich?
DONNA BEATRIZ Bei dem Brief,
bei der Antwort, die am nächsten
Tag du fandest.
DONNA ANGELA Beatriz!
Süßer Brief, kaum zu beschreiben,
wie er auf besondere Weise
läßt den Duft des Wunderbaren
und Geheimen unberührt,
lächelnd auch zugleich darüber,
spottend halb und doch auch nicht.
Lies. Nein, höre:
»Schöne Herrin, wer Ihr auch sein möget, die Ihr Mitleid habt mit einem bresthaften Ritter und sehr huldreich seine Kümmernisse lindert, ich bitte Euch, daß Ihr mich kennen lehret den feigen Räuber oder heidnischen Schurken, der durch diese Bezauberung Euch beleidigt, damit ich zum zweiten Male den Kampf beginne, verblieb' ich auch tot in demselben. Der Geber des Lichtes möge Euch schützen und meiner nicht vergessen.
Der Ritter der Dame Kobold.«

DONNA BEATRIZ
Wie er schlau den Ton zu finden
weiß zum Zauber-Abenteuer.

DONNA ANGELA
Da ich doch auf einen Brief
wartete voll feierlicher
und gewundner Komplimente,
kam dies nette muntre Schriftstück,
und in gleichem Ton gab ich –
DONNA BEATRIZ *ist aufgestanden*
Warte, denn ich hör den Schritt
deines Bruders. Don Juan
kommt zu uns.
DONNA ANGELA Wie alles sich
an ihr ändert. Wie der Schritt
Feuer macht aus ihren Wangen.
Beatriz!
DONNA BEATRIZ *setzt sich wieder*
Nicht! Nicht! Wir wollen
nichts uns merken lassen.
DONNA ANGELA *lächelnd* Ich
lasse sicher mir nichts merken.
Don Juan tritt ein.
Beatriz und Angela stehen auf.
DON JUAN
Jedes Schlimme hat sein Gutes,
sagt das Sprichwort. Das paßt heute
auf uns, denn ich weiß, ein Zwist,
den mit Eurem Vater Ihr
hattet, bringt Euch in dies Haus
heute ohne Lust und Freude.
Und doch freut mich wunderbar,
was für Euch nur Mißbehagen
und Verdruß.
DONNA BEATRIZ Mit vieler Grazie
mischet Ihr die Höflichkeit
und das Beileid, Don Juan,
und Ihr machet, daß ich schwanke.
welches eher zu erwidern
meine Schuldigkeit, von beiden.
Don Juan, Ursach von diesem

seid Ihr selbst.
Sie tritt auf ihn zu.
Denn ob mein Vater
auch den Freund nicht kannte, weiß er
doch, ich habe diese Nacht
jemandem erlaubt, im Garten
da zu sein – und ich war selbst
am Balkon und habe Worte
ausgetauscht mit diesem jemand.

DON JUAN
Dies!

DONNA BEATRIZ
Darum verlangt er nun,
daß ich, bis sein Zorn verraucht ist,
hier bei meiner Base bleibe.
Seltsam, daß er dies gerade
mir als Buße auferlegt.

DON JUAN
Beatriz, und Ihr?

DONNA BEATRIZ Ich habe
nicht gesagt, daß ich den Unfall
hasse, der mir Strafe zuzog,
nicht gesagt, daß ich die Strafe
hasse, die man mir verhängt.

DON JUAN
Schwester, rat meine Gedanken.
Donna Angela sieht ihn an.

DON JUAN
Ich denk: nur um dich zu rächen
für die Sorge und die Last,
die mein Gastfreund dir vermutlich
macht, hast du dir eine Gast-
freundin angeschafft, die mir
gleiche Last und Sorge mache.

DONNA ANGELA
Richtig! Und noch ein Gedanke
war dabei: daß du sie nun
wirst beschenken müssen.

DON JUAN Diese
Rache laß ich mir gefallen.
Will gehen.

DONNA BEATRIZ
Geht Ihr schon?

DON JUAN Um Euch zu dienen,
Beatriz.

DONNA ANGELA
Er soll nur gehen.

DON JUAN
Gott beschütz Euch, schöne Muhme.
Er geht.

DONNA ANGELA
Das weiß Gott! Mit seinem Gastfreund
hat er mir gewaltige Sorgen
aufgeladen, solche, daß ich
kaum noch meines Lebens achte.
Gleiche Sorge schaff du ihm
und vergilt mit Bösem Böses.
Dann sind er und ich zumindest
quitt.

DONNA BEATRIZ
Wie schnell er fortging.

DONNA ANGELA
So kann ich mein Abenteuer
dir geschwind zu End erzählen.

DONNA BEATRIZ
Ja, das tu.

DONNA ANGELA
Mich kurz zu fassen:
Seine Brief und meine Briefe
gingen, kamen, so beschaffen,
seine nämlich, daß kein Mensch
je Geschickteres gesehen,
als in ihnen – unterhaltend
über alle Maßen – Scherz
sich mit Ernst verquickt.

DONNA BEATRIZ Und er?
Wie erklärt sich er die Sache?

DONNA ANGELA
Wie? Er glaubt mich doch die Freundin
des Don Luis.
DONNA BEATRIZ Dabei bleibt eines
seltsam.
DONNA ANGELA
Was?
DONNA BEATRIZ Daß diesem Mann,
dich zu sehen und zu erwischen,
nie gelang.
DONNA ANGELA
Ich halte doch
einen Mann auf seiner Schwelle,
der beständig mir berichtet,
ob er ausgeht oder heimkommt.
Isabel geht nie hinüber,
eh sie weiß, daß niemand da ist.
Und damit ichs nicht vergesse:
Isabel, versäume nicht,
diesen Korb dann hinzutragen,
Wenn es Zeit ist.
DONNA BEATRIZ Noch ein Zweifel!
Wenn er, wie du sagst, so klug ist,
wie ists möglich, daß er schließlich
nicht solch ein gewöhnlich Ding
wie dies mit dem Schrank erriete.
DONNA ANGELA
Weißt du nicht, die klügsten Männer
kommen grade nicht auf das,
was ganz simpel ist.
DONNA BEATRIZ Noch eines!
Worauf willst du denn hinaus
mit dem ganzen Spaß?
DONNA ANGELA Ich weiß nicht.
Sagen könnt ich: meinen Dank ihm
abzustatten, zu beschäftigen
meine traurig öden Tage.
Wär es nicht schon mehr als dies.

DONNA BEATRIZ
Mehr?
DONNA ANGELA
Ganz töricht schon und albern,
kam ich bis zur Eifersucht,
weil ich merkte, er bewahre
einer Dame Bild und sicher,
wenns die Möglichkeit verstattet,
geh ich hin und nehms ihm weg.
Ja, soll ich dir alles sagen?
Völlig bin ich schon entschlossen,
ihn zu sehen, ihn zu sprechen.
DONNA BEATRIZ
Ihm enthüllend, wer du bist?
DONNA ANGELA
Himmel! Gott soll mich bewahren!
Und auch er, um alles würd er
seinen Freund und Gastherrn doch
nicht beleidigen, denn der Wahn,
ich sei dessen Liebste, macht ja
seine Briefe so befangen,
schüchtern und zurückgehalten.
Nie, das weiß der Himmel, würd ichs
wagen, dem mich auszusetzen.
DONNA BEATRIZ
Also wie euch sehn?
DONNA ANGELA Jetzt höre
den seltsamsten aller Pläne:
Nicht, daß ich zu ihm mich wagte,
nein, er soll in meine Wohnung
kommen, ohne selbst zu wissen,
wo er hinkommt.
ISABEL *am Fenster*
Achtung, denn der andre Bruder
kommt jetzt.
DONNA ANGELA
Nachher sollst dus hören.

DONNA BEATRIZ *will gehen*
Laß mich fort.
DONNA ANGELA Was hast du?
DONNA BEATRIZ Ich
möchte mit Don Luis mich nicht
unterhalten. Gehn wir lieber.
DONNA ANGELA
Alles wär verdorben, wolltest
du so ungleich dich betragen
zu den beiden Brüdern.
DONNA BEATRIZ Ungleich!
Was wär gleich an diesen beiden?
DONNA ANGELA
Obendrein war es Don Luis,
der am Anfang dir der Liebere
schien von beiden. Mach mich dies
heute noch begreifen.
DONNA BEATRIZ Liebste,
es gibt Männer, die uns anziehn.
Ihre Klugheit schenkt uns viel,
ihr Gespräch erfreut, man wünschte
einen solchen sich zum Freund,
zum Vertrauten, wohl zum Bruder.
Doch sie mißverstehn, was arglos,
und verkennen, was vertraulich,
nichts bedeutend als sich selbst,
nie und nimmer war gemeint
Pfand zu sein versteckter Neigung.
In die Wirrnis der Gefühle
reißen sie uns schnell hinein,
uns erschreckt in tiefster Seele
zu erkennen, wie verschuldet
sie uns wähnen – und vergeblich,
sie von diesem Wahn zu lösen,
mühn wir uns und ziehen nur
fester fest den Knoten zu,
bis ein einziger Augenblick
kalt und klar enthüllt, was Wahrheit:

daß zur gleichen Stunde sie
angefangen uns zu lieben,
wir sie liebenswert zu finden
aufgehört!

DONNA ANGELA

Mein armer Bruder!
Muß er immer sich verstricken,
zwischen ihm und dieser Welt
nie die Rechnung glatt –

DONNA BEATRIZ Dann gibt es
Andre, sie sind streng, verschlossen
und sie machen uns begierig
zu besitzen, was verborgen,
zu erkennen, was verhüllt,
bis sich unser ganzes Denken
löset in die eine Sehnsucht:
nein, nicht uns geliebt zu sehen,
nur zu sehn, wie dieser liebe,
da ja Gott dazu ihn schuf,
daß er liebend erst enthülle
seines Wesens ganze Schönheit.

DONNA ANGELA

Und noch andre gibt es, fürcht ich,
was die wollen, weiß man kaum,
noch, was Gott gewollt mit ihnen.
Sie sind da und fragen nicht,
so bescheiden, als verwegen,
so beredt, als wortverachtend.
Wünsche sprechen sie nicht aus,
treten auf und sind schon Meister.

Don Luis tritt ein. Beatriz, die ihn früher gesehen hat, will gehen.

DONNA ANGELA

Nein, bleib hier.

DON LUIS Ich störe, fürcht ich.

DONNA ANGELA

Niemals störst du mich, mein Bruder.
Was sind das für Blätter? Wolltest

du mirs zeigen, ists ein Brief,
den du schriebest?

DON LUIS In Gedanken
blieben diese Blätter mir
in der Hand. Es ist kein Brief,
doch ich hätte sie vielleicht
dir gezeigt.

DONNA BEATRIZ
Dann um so eher,
will ich ungestört euch lassen.
Will gehen.

DONNA ANGELA
Nein, er solls uns beiden zeigen.
Sag doch, was es ist!

DON LUIS Oh, gar nichts,
Eine Phantasie, ein müßig
Spiel der Feder –

DONNA ANGELA Wie, Don Luis,
gehst du unter die Poeten?
Lies uns schnell, was du geschrieben.

DON LUIS
Da ich es geschrieben, fürcht ich,
wird unmöglich Beatriz
dieser wahrhaften Erzählung
etwas abgewinnen.

DONNA ANGELA Lies doch!
Denk, wie mich das unterhält.

DON LUIS
Dich zu unterhalten war
mein Gedanke, und vielleicht
deinen Sinn zu schärfen.

DONNA ANGELA Lies!
Wie benennst du es?

DON LUIS Novelle,
von Elmira und den beiden
Brüdern.

DONNA ANGELA
Ists von dir erfunden?

DON LUIS

Kaum.

DONNA BEATRIZ

Ich weiß nicht –

Will aufstehen.

DONNA ANGELA Bleib, ich bitte.

DON LUIS *liest* Novelle.

Zu Smyrna lebte eines Edelmannes
reizende Tochter, minder noch berühmt
um ihre Schönheit als um ihren Anstand,
die Strenge ihrer Sitten und der Gleichmut,
mit dem sie hinnahm, was sich Liebe nennt,
und nur die Freundschaft pries. Ihr Name war
Elmira und zur Freundin wählte sie
ein junges Mädchen, ihr entfernt verwandt
und schön, ob freilich minder schön als sie.
Der Name ihrer Freundin kam beständig
von ihren Lippen. Diese Freundschaft war
ein Sprichwort in der Stadt, der Freundin Haus
Elmirens liebster Aufenthalt. Lisarda
war eine Waise, statt der Eltern wachten
zwei Brüder über ihr. Den jüngeren
von diesen zieht Elmira leis an sich.
Der ältere, findet sie, hat ihr nicht Geist
genug. Sie wünscht, er hätte mehr, und wünscht,
er suchte ihren Umgang mehr, vielleicht
vermöchte sie zu geben, was ihm mangelt.
Doch er ist stolz und scheu, sein guter Genius
hält ihn im Hintergrund und will ihn retten.
Indessen wird der jüngre ihr Vertrauter,
ihr Freund: sie macht den Schatten, der ihr folge,
aus ihm, sie scheut sich nicht, ein Herz, das arglos
und völlig sich ergibt, dahinzunehmen,
zum Schein dahinzunehmen, Worte, die
Entscheidung zwischen Herz und Herz bedeuten,
mit offnen Kinderaugen anzuhören
und mehr als zu erwidern: denn ihr ist
gegeben, ohn ein ausgesprochen Wort

Entscheidendes zu sagen, Ungeheures
durch ein Annahen, einen halben Blick
aufzuerlegen und dabei den Schein
von einem harmlos leichten Spiel zu wahren.
Davon macht sie Gebrauch, ausgiebigen,
bis zu dem Punkt, auf den ihr alles ankommt,
denn so ist diese Unglückselige
geartet, daß ihr güteloses Herz
zu lieben und wahrhaft geliebt zu werden
eins wie das andere nicht erträgt. Allein
ein Doppelspiel vermag sie zu ergötzen!
Sie ist die Meisterin der Winkelzüge,
wie sollte sie die Freundin nicht vermögen,
den ältren Bruder jetzt heranzuziehen,
den sie bis nun mit Absicht übersah,
wie wär ihrs nicht gegeben, über Nacht
gegen den jüngern Bruder Blick und Miene
zu wechseln, ihn mit umgeschlagnem Ton
unmerklich zu entfernen, wie den ältern,
arglosen zu umgarnen, stets die beiden
Jünglinge sorglich auseinanderhaltend,
und Künstlerin – sie ists in solchem Spiel! –
zugleich die Schwester narrend und die Brüder,
doch allen dreien Freundin noch zu scheinen.

DONNA BEATRIZ
Laß! Ich will nicht hören.

DONNA ANGELA
Bruder!

DON LUIS
Manches noch, das weiter kommt,
wäre, schönste Beatriz,
wert, von Euch gehört zu sein:
Wie es nun Elmira drauf
anlegt, in dem einen Bruder
einen schlichten, graden Sinn
zu verwirren und dem andern
jeden Glauben an die Liebe,
jede Andacht vor dem Weibe
mit der Wurzel auszureißen!

Wie zu diesem Hexenspiel
ihr kein Anschlag zu verwickelt
und kein Mittel ihr zu niedrig –

DONNA BEATRIZ
Halt ihn du, ich will ihn nicht
hören und nicht sehen.
Sie geht.

DONNA ANGELA Bruder,
bleib bei mir.

DON LUIS O Basilisk,
ist die Fabel wahr, daß du
nicht ertragen kannst den Spiegel,
der dein eigen Bild zurückgibt?
Will Beatriz nach.

DONNA ANGELA *hält ihn*
Bleib bei mir.

DON LUIS Du willst mich halten,
arme Närrin.

DONNA ANGELA Kannst du hassen,
wo du liebst! Dich selbst erniedern,
schmähend sie?

DON LUIS Betrogen auch!
schmählich alle drei von einer
solchen –

DONNA ANGELA *legt ihm die Hand auf den Mund*
Bruder, kämpf es nieder,
überwind in deinem Blut
dieses Gift verschmähter Liebe.

DON LUIS
Ihn und dich verderbt zu sehen!

DONNA ANGELA
Sei ein Mann, Don Luis, ein Mann.

DON LUIS
Dich verderbt!

DONNA ANGELA Wie du mich ansiehst!

DON LUIS
Hat sie diese Stirn gelehrt
niedrig denken?

DONNA ANGELA O mein Bruder!

Don Luis geht fort.

Ein Vorzimmer im Hause des Don Juan. Gegen Abend. Es dämmert. Unter einem Heiligenbild brennt ein ewiges Licht. Don Luis und Rodrigo treten auf an verschiedenen Seiten.

RODRIGO
Ha, jetzt seht Ihr danach aus!

DON LUIS
Ich? Wonach?

RODRIGO Das werdet Ihr
gleich von selber mir erzählen.

DON LUIS
Ich sprach Beatriz.

RODRIGO Das sagt mir
Eur Gesicht ganz ohne Worte
und es sagt mir auch die Antwort,
die sie Euch gegeben. Aber
wo begegnete sie Euch?

DON LUIS
Hier im Haus. Wir haben Gäste!
Gäste links und Gäste rechts,
zum gebrannten Leid mir beide!
In ein Mausloch möcht ich schlüpfen,
Ruh und Frieden mir zu finden
vor zudringlichen Gesichtern.

RODRIGO
Eifersucht, sie plagt Euch mächtig,
darum nennet Ihr zudringlich,
die Euch sorglich aus dem Weg geht.

DON LUIS
Schweig, du Freßsack! Zu der Schwester
soll ich nicht mehr gehen dürfen
ungestört?

RODRIGO Doch heute hast du
ihr gesagt, was sie sich nicht
hintern Spiegel steckt.

DON LUIS Wie weißt dus?

RODRIGO
Seh dir alles an. Wie hielt sie
stand?

DON LUIS
Sie fand nicht eine Silbe.
Feig, die Wahrheit zu ertragen,
feig, zu stehen meinem Blick,
lief sie fort und flehte: halt ihn!
Hörst du, fremde Hände rief sie,
und gejagt von feiger Angst
nicht den Blick zurückzuwenden
wagte sie!

RODRIGO Gebt acht, der Fremde!

Don Manuel ist aufgetreten.

DON LUIS
Herr Don Manuel!

DON MANUEL Herr Don Luis!

DON LUIS
Darf man fragen, welchen Wegs
Eure Gnade kommt?

DON MANUEL Gradaus
vom Palast.

DON LUIS Ein sehr natürlich
Ziel für den, der seinem Werben
um ein Amt will Nachdruck geben.

DON MANUEL
Ganz bequem solls mir nicht werden,
Seine Majestät verfügt sich
heut nach dem Escorial,
demnach muß ich heut vor Nacht
mich auf diese Reise machen.

DON LUIS
Darf ich Eure Gnade bitten,
wenn sie meiner sehr geringen
Dienste sich bedienen will,
stets auf mich zu zählen?

DON MANUEL Große
Gunst verschwendet Eure Gnade
unverdient an mich.

DON LUIS Es sehe
Eure Gnade – flehe ich –
hierin keine leeren Worte,
sondern –

DON MANUEL
Herr, ich bin durchdrungen
von dem Willen Eurer Gnade,
mir zu helfen.

DON LUIS *für sich*
Ja, vom Fleck
helf ich dir beim Teufel gerne.

DON MANUEL
Unbescheiden ohne Maßen
wärs, käm einer da vom Lande,
euch galanten jungen Hofherrn
noch bei Tag die Zeit zu stehlen,
die ihr dringend nötig habt,
Öl zu gießen in die Lampe
eurer anspruchsvollen Nächte.

DON LUIS
Wie meint Eure Gnade dieses?

DON MANUEL
Ihr seid blaß und übernächtig,
solche Mienen hier bei Hofe
fordern ungemeine Rücksicht.

DON LUIS
Herr, es weht seit heute morgen
Südwind, den ich nicht vertrage.
Ich verehre Eure Gnade!
Grüßt und geht.
Rodrigo folgt ihm.

DON MANUEL *allein*
Dieses jungen Herren Laune
ist sehr übel, sein Gesicht
paßt nicht schlecht zu einem eifer-
süchtigen Verschmähten: dies
mit den Worten, die ich auffing,
als ich unversehens eintrat,

eins zum anderen gerechnet
löset meinen Zweifel zwar,
aber schafft mir einen neuen.
Eine Frau, die vor ihm floh
und die wen zu Hilfe rief,
um ihn von sich abzuwehren,
das sind sie und ich ganz klar.
Doch, dann ist sie nicht sein Liebchen,
lebt nicht hier im Haus, und dennoch
schreibt sie Briefe, schickt sie Antwort?
So am Morgen wie am Abend?
Weib, du hasts darauf angelegt
meinen Kopf mir zu verwirren!
Aber –

COSME *tritt auf*
Herr, was macht der Kobold?
Hier herüben nichts zu spüren?
Wenn er diese Zimmer hier
wählte, wär es mir unendlich
angenehm.

DON MANUEL Was soll der Unsinn?

COSME
Manches hätte ich zu tun,
drüben.

DON MANUEL
Und?

COSME Notwendig!

DON MANUEL Und?

COSME
Ich kann nicht hinein.

DON MANUEL Was hindert?

COSME
Angst.

DON MANUEL
Ein Kerl wie du hat Angst!

COSME
Angst, schlotternde Angst, du siehst es.

DON MANUEL
Laß die Späße und bring Licht
auf mein Zimmer, ich muß packen.

COSME
Wie denn? Wie denn?

DON MANUEL Heut vor Nacht
muß ich aus Madrid.

COSME O Sprache
der Vornehmen! Heut vor Nacht
muß ich aus Madrid. Ein Cosme
würde sagen: Angst hab ich
vor dem Zimmer. Wie gemein!
Doch wie sagts ein Kavalier?
Anderswo mich zu verfügen
zwingen dringende Geschäfte.

DON MANUEL
Laß dein Schwätzen. Ich nehm Abschied
hier von Don Juan, indessen
geh du und hol Licht.
Ab.

COSME *allein* Zu dienen!
Licht will ich dem Kobold holen,
bin ja sein leibeigner Knecht,
darf ihn nicht im Dunkeln lassen.
Hier ist ja ein Wachsstöcklein,
und dort brennt ein Lämpelein.
Ich bin doch ganz klar, nicht wahr?
und bei Sinnen offenbar
und dabei vor blassem Schreck
sträubt sich einzeln jedes Haar
und indes die Lippen plappern,
hör ich selber, wie im Leib
mir vor Angst die Knochen klappern!
Zimmer des Don Manuel. Nacht.
Isabel kommt durch die heimliche Tür, einen verdeckten Korb unter dem Arm tragend.

ISABEL
Sie sind aus dem Haus. Jetzt heißt es,

schnell den Korb an seinen Platz.
Weh, wie dunkel! Vor mir selber
fürcht ich mich. Gott steh mir bei!
Ich bin wohl der erste Kobold,
der sich Gott empfiehlt. Wo ist
nur der Tisch? Ich weiß vor Angst
selber nicht mehr, wo ich bin.
Kommt wer? Ja, die Tür geht auf.
Gott, hier endet die Geschichte.
Ich kann nicht zurück und nirgends
mich verbergen. Es ist aus.
Weicht leise gegen den Alkoven zurück.

COSME *kommt mit seinem Licht, ohne Isabel zu sehen*
Gnädiger Herr Kobold, darf ich
Eure Gnade untertänig
bitten, mich nur ganz als Luft
zu behandeln. – Wie, er sagt nichts? –
Singt
Ach, gnädige Dame Kobold,
Mitleid habt mit mir,
bin ein arm klein Kindlein
und ganz allein allhier!

ISABEL *ihm im Rücken*
Endlich find ich durch sein Licht
mich zurecht. Jetzt blas ich ihm
es von hinten aus. Indessen
er es anzuzünden geht,
wisch ich weg. So hört er mich
dann so leicht auch nicht.

COSME
Trefflich singen lehrt die Furcht.
Glaubt ein Geräusch zu hören und fängt aus Furcht abermals an zu singen
Gnädige Dame Kobold,
Mitleid habt mit mir –
Isabel nähert sich von hinten, gibt ihm einen Schlag und bläst das Licht aus.

COSME
Ah, ich bin geliefert. Beichten!
einen Beichtvater!

ISABEL *für sich* Jetzt kann
ich entwischen.
Indem sie zur Mitteltür hinaus will, tritt Don Manuel ein.

DON MANUEL Was heißt das?
Cosme, du hier ohne Licht?

COSME
Wir sind beide hin. Das Licht
durch ein Blasen, ich durch einen
Hieb.

DON MANUEL
Die Furcht macht dich noch närrisch.

ISABEL *herumtappend*
Fänd ich nur die Tür.
Sie stößt auf Don Manuel, der den Korb anpackt.

DON MANUEL Wer ist hier?

ISABEL *für sich*
Auf den Herrn bin ich gestoßen.

DON MANUEL
Licht her, Cosme! Ich hab ihn,
den, der hier ist!

COSME Laß nicht los!

DON MANUEL
Ganz gewiß nicht! Licht her!

COSME Halt ihn!
Schnell durch die Mitteltür ab.

ISABEL
Angepackt her er den Korb, den
laß ich ihm, hier ist der Schrank –
Sie entschlüpft durch die geheime Tür und schiebt den Schrank wieder vor.

DON MANUEL
Wer Ihr sein mögt, haltet still,
bis der mit dem Licht kommt – oder
beim Allmächtigen, den Dolch
stoß ich Euch in' Leib! Was ist das?

Was, ich greife Luft und dies
leichte Ding – Was halt ich denn?
Wird der Spuk denn immer toller?

COSME *tritt auf mit Licht*
Laß ihn anschaun.
Leuchtend Hattest du
ihn denn nicht gefangen? Was
soll das heißen, Herr?

DON MANUEL Ich weiß nicht,
was ich sagen soll. Er ließ mir
das und war davon.

COSME Was sagst du
nun? Du riefest selbst: Ich hab ihn.
Weg nun ist er durch die Lüfte.

DON MANUEL
Was ich sage? Daß ein Wesen
aus und ein geht hier mit List.
Daß es eben hier im Raum
mit uns war, das Licht da ausblies,
mir den Korb in Händen ließ
und davon ist.

COSME Nur, wohin?

DON MANUEL
Durch die Tür.
Auf die Mitteltür deutend.

COSME Oh, den Verstand,
den Verstand muß ich verlieren!
Straf mich Gott! ich sah ihn ja
bei dem letzten schwachen Schimmer,
der zurückblieb von der Schnuppe
meines ausgeblasenen Lichts.

DON MANUEL
Und wie sah er aus?

COSME Ein Mönch,
nur so klein, auf seinem Schädel
eine spitze Mütze, so
hoch: ein Kapuziner-Kobold.

DON MANUEL
Was die Furcht für Dinge schafft.
Leuchte da und halt den Korb,
daß wir sehen –
COSME Ich den Korb?
Aus der Hölle?
DON MANUEL Halt ihn, sag ich!
COSME
Schmutzige Hände hab ich, Herr,
von der Unschlittkerze, würde
nur den schönen Taffet beschmieren,
der ihn zudeckt. Besser, Herr,
stellt ihn auf den Boden.
DON MANUEL Linnen
ist es und ein Brief. Da sieh!
COSME
Nun, wie schreibt der Kapuziner?
DON MANUEL *liest*
»In der kurzen Zeit, die Ihr in diesem Hause wohnt, hat man nicht mehr Wäsche anfertigen können. Sobald sie fertig wird, bringt man sie. Was Euren Freund betrifft, Don Luis, insofern Ihr überzeugt seid, ich sei seine gute Freundin, so versichere ich Euch, daß ich es nicht bin und auch nicht sein kann. So viel bis wir uns sehen, was bald geschehen wird. Gott behüte Euch.«
Sieh, getauft ist dieser Kobold,
Denn er denkt an Gott!
COSME Da hast dus.
Gibt es also Kobold-Mönche?
DON MANUEL *sich von dem Briefe losreißend*
Es ist spät, pack jetzt die Taschen
und steck oberst in die eine
diese Schriften für den König,
denn sie sind vor allem wichtig.
Ich inzwischen will dem Kobold
Antwort geben.
Er gibt ihm einige von den Schriften, setzt sich dann und schreibt.

COSME *legt die Schriften auf einen Stuhl*
Gut, hier liegen
sie, damit ich sie am Ende
nicht vergesse. Du erlaubst mir
jetzt nur noch ein Wörtchen. Glaubst du
nun, daß es Kobolde gibt?

DON MANUEL *im Schreiben*
Albernheiten.

COSME Albernheiten!
Sieht mit Augen, was hier vorgeht
und bleibt so verstockt. Doch freilich,
du stehst dich ganz gut dabei.
Mir gehts leider so, daß ich
schon muß um Erlaubnis bitten,
dran zu glauben.

DON MANUEL Wie ist das?

COSME
Das ist leicht bewiesen, Herr;
wenn man nächtlich unsre Sachen
durcheinanderschmeißt – du lachst,
ich muß sie zusammensuchen;
wenn man Briefe schickt an dich,
nimmt man mir mein Geld gleichzeitig;
wenn man Naschwerk bringt, du läßt dirs
schmecken, ich steh da und faste,
wie das ungeratne Kindlein;
schenkt man dir die Taschentücher
und batistne, feine Hemden,
was hab ich, als den Verdruß;
kommt ein aufgeputztes Körbchen
durch die Luft zu dir – zu mir
solch ein Hufschlag ins Genick,
daß ich bald mein Hirn ausniese.
Immer mir die Hand von Eisen,
immer dir die Seidenhand!
Ah! Dahinter steckt Methode
und es scheint mir, die da drunten
sind nicht anders als die droben,

lieben sehr den Kavalier,
hudeln gern den armen Narren!
Wenn ich das ertragen soll,
darf ichs nicht begreifen wollen,
sonst empört sich mir der Sinn!
Fürchten muß ichs dürfen blindlings,
fürchten alle Tag und Nächte
als ein undurchdringlich Walten,
höchst geheimes Strafgericht.
So begreif ichs, doch nicht anders,
so ertrag ichs, anders nicht!

DON MANUEL *hat den Brief gefaltet und gesiegelt, geht damit in den Alkoven und kommt ohne ihn zurück*
Pack zusamm, wir müssen fort,
dann schließ ab und nimm den Schlüssel.
Will man unterdes herein,
hat ja Don Juan den seinen.
Nochmals: eil dich, Cosme!
Für sich
Mich verdrießt es, daß ich fort muß
und dies Abenteuer im Rücken
lasse. Da ist nichts zu machen.
Was dorthin ruft, sind Geschäfte
und die Ehre meines Hauses,
also muß das andre schweigen.

COSME *hat einen schwarzen Mantel geholt, ein paar Satteltaschen und noch Verschiedenes über den Arm. Die Schriften läßt er auf dem Stuhl liegen*
Hab ich alles, was wir brauchen?
Da das Licht,
Er nimmts Der Schlüssel da.
Er folgt Don Manuel und geht. Man hört von draußen die Tür zusperren.
Zimmer der Donna Angela. Abends.
Donna Angela, Donna Beatriz und Isabel treten von hinten auf und lassen die Tür offen.

DONNA ANGELA
Und wie kamst du fort?

ISABEL Verspielt
wars, wenn er den Korb nicht faßte.
So entkam ich.
DONNA ANGELA O entzückend!
ISABEL
Und muß vollends ihn verwirren.
DONNA ANGELA
Wenn nun dies gelingt: hierher
ihn zu bringen, Beatriz,
dann ist er um den Verstand.
Isabel geht rechts ab.
DONNA BEATRIZ
Wär er schlau wie Solon, dies
muß ihn närrisch machen. Wie
klug bist du.
DONNA ANGELA Aus Müßiggang.
DONNA BEATRIZ
Und erfinderisch!
DONNA ANGELA Aus Torheit.
DONNA BEATRIZ
Wie geschickt!
DONNA ANGELA Weil dies nicht ernst ist.
DONNA BEATRIZ
Und wie mutig!
DONNA ANGELA Nur aus Feigheit!
Würd aus diesen Träumereien
Wirklichkeit, so wär ich gleich
statt erfinderisch – verloren,
statt geschickt – ganz plump und albern,
und statt mutig – äußerst feige.
Alles hab ich ausgesonnen,
nur solang du hier bist, Liebste,
darf er nicht herüber.
DONNA BEATRIZ Wie?
Fürchtest du, daß ich nicht schweige,
Angela?
DONNA ANGELA
Nicht deshalb, Liebste,

gingen nur die Brüder mir
aus dem Haus, solang du da bist.
Don Luis ist von hinten eingetreten, unbemerkt von den andern, und hält sich hinter einem Schrank verborgen.

DON LUIS
Beieinander! Nie die Blume
ohne den Skorpion.

DONNA BEATRIZ *zu Donna Angela*
Ich sag dir,
wie sichs machen läßt, daß ich
bleibe und dir nicht im Weg bin,
denn fortgehn und nicht dabei sein
wäre mir zu arg.

DONNA ANGELA So rede.

DON LUIS *für sich*
Immer Heimlichkeiten, immer
ein Minieren im verborgenen.
Er horcht gespannt.

DONNA BEATRIZ
Wir erzählen, daß mein Vater,
plötzlich andern Sinnes, mich
hat nach Hause rufen lassen.
Fortgehn sehn mich alle, keiner
sieht mich, wie ich wiederkomme.

DON LUIS
Wie zurecht, wie sehr zurecht,
dies zu hören.

DONNA BEATRIZ Ganz verborgen
hab ich teil an deiner Freude.

DONNA ANGELA
Doch wenn sie hernach dich sehen,
was ist dann?

DONNA BEATRIZ Wie du nur fragst!
Hätten wir nicht Witz genug,
andre Lügen zu ersinnen?

DON LUIS
Oh, den habt ihr!

DONNA BEATRIZ Wenn sie schlafen,

dann schleicht er aus seinem Zimmer
hier herüber.

DON LUIS Weh, mein Bruder
suchet solche Diebeswege,
läßt so niedrig sich beglücken,
schleicht zu ihr aus seinem Zimmer!
Pfui! O pfui! Und ich – nur wachen,
nicht ihr Narr sein! Spähen, spüren,
nur dazwischen sein –

DONNA ANGELA So sei es;
morgen heißt es, du bist fort.
Don Luis schleicht sich ungesehen fort.

DON JUAN *tritt links ein*
Find ich Euch hier? Wie glücklich – o wie gerne!

DONNA BEATRIZ
Und dennoch blieb Euch dieser Wunsch sehr ferne.

DON JUAN
Wie, ferne mir der Wunsch, Euch hier zu sehn?

DONNA BEATRIZ
Ihr ließet ungenützt den Tag hingehen,
den Abend selber ohne Zeichen –
als gäb es keine Beatriz – verstreichen.

DON JUAN
Der Abend schon dahin! Weh mir! Vertan!
Oh, rück die Zeiger stellen.

DONNA BEATRIZ Hättet Ihr
mir nichts zu sagen?

DON JUAN Weh, kurz ist ein Abend.

DONNA BEATRIZ
An einem Abend wenden Schlachten sich,
an einem Abend sinken große Reiche
in Staub, an einem Abend kam die Göttin
zum Hirtenknaben und zehn Jahre später
stieg eine Stadt in Brand um diesen Abend,
ja bis auf heut ist dieses Abends Spur
nicht ausgetilgt, und jede unsrer Seelen
trägt seine Narbe.

DON JUAN *für sich*

Wie stumm bin ich, wenn mich ein Vorwurf trifft
aus diesem Mund!

DONNA BEATRIZ *für sich*

Wie lieb ich sein Verstummen,
wär er beredt, so minder wär er mein.

DONNA ANGELA

Die allzu volle Flasche ists, die stockt
und keinen Tropfen läßt zur Erde springen,
du schütteltest sie denn. – Wars nicht dein Gast,
um den du sorgen mußtest, Don Juan?

DON JUAN

Es war mein Gast.

DONNA BEATRIZ Ein eifersüchtiger Freund,
der Eure Gegenwart nicht teilen will.

DON JUAN

Die letzte Stunde, morgen ist er fort.

DONNA ANGELA

O mein Erlöser!
Setzt sich.

DON JUAN Was erschrickst du so?

DONNA ANGELA

Vor Freud! – Aus purer Freude schrie ich auf,
daß er nun geht.

DON JUAN Vorschnelle Freude, Schwester,
denn morgen kommt er wieder.

DONNA ANGELA *für sich* Wieder steigt
mir eitle Hoffnung nieder.
Laut Welche Klette!

DON JUAN

Vergebt ihr beiden nicht, Don Luis und du,
daß mir an ihm gelegen?

DONNA ANGELA Antwort wüßt ich
zu geben, aber ich verschiebs indessen:
denn die kamst du zu suchen und nicht mich.
Komm, Isabel, schaff eine Blendlatern,
jetzt wag ichs oder nie und stehl das Bild.
Wer gläubig an mich schreibt bei hellem Tage,

soll nachts vor keinem Götzenbild mir beten.
Ab mit Isabel.

DONNA BEATRIZ *will ihr nach*
Wo gehst du hin?

DON JUAN O bleibt, geht nicht so schnell!
Ich hätt Euch viel zu sagen.

DONNA BEATRIZ Doch Ihr schweiget.

DON JUAN
Wie soll der reden mit gelöster Zunge,
den Furcht so preßt?

DONNA BEATRIZ Bin ich es, die du fürchtest?

DON JUAN
Du bists, so schön, so fern!

DONNA BEATRIZ Wie, jetzt noch fern?

DON JUAN
So Herrin deiner selbst.

DONNA BEATRIZ So wenig Herrin.

DON JUAN
Was wär zu sagen, das du nicht schon wüßtest?

DONNA BEATRIZ *für sich*
Weh, er vergißt zu geben überm Nehmen.
Laut
Erraten läßt sich manches, nicht das Letzte.

DON JUAN
Ich weiß, erraten nicht und nicht erbitten.

DONNA BEATRIZ
Doch hilft ein Wort.

DON JUAN Gefährlich ist das Wort.

DONNA BEATRIZ
So klein.

DON JUAN So groß.

DONNA BEATRIZ So leicht.

DON JUAN So ungeheuer.

DONNA BEATRIZ *für sich*
Sieht er mich denn nicht glühn?

DON JUAN *für sich* Fühlt sie denn nicht,
daß ich mich winde wie ein Strick im Feuer?
Sie verstummen beide.

DONNA BEATRIZ
Man ruft.
Sie wendet sich zu gehen.
DON JUAN Wer drängt dich weg von mir? So bleib,
vernimm mein All in einem kurzen Spruch:
Nur dieses kannt ich über mir: Gebot
der Sterne hehr und klar, und aus der Ferne
der Väter Stimmen, strenger als die Sterne,
drei: Dienen, Tragen, Stehn, die drei sind not.

Da spannte sichs in mir und hielt dem Stand:
Jung setzt ich über mich ein strenges Tun
und war mein Herr und ließ mein Herz ausruhn
auf Gott, und auf dem Degen meine Hand.

Nun kam dies, das mich aus mir selber hetzt,
wild durch mich hinreißt, mich in Staub zu schmiegen,
mich jauchzend zu entmannen sich ergetzt.

Zergehen muß ich, denn ich kann nicht fliehen!
Wär ich ein Mann, wenn ich im Unterliegen
nicht noch mich sträubte, ja noch auf den Knieen?
DONNA BEATRIZ
Vernimm, was diese Lippen dir erwidern:

Wär ich denn eine Frau, wenn ich dich bände
und nicht mit dir an gleicher Kette ginge
und nur, damit nicht klirren ihre Ringe,
den Fuß kaum regen darf und kaum die Hände?

Auch mich bezwingts und bringt mich bis ans Ende,
ich steh in Feur und spürs mit grausem Staunen,
doch alle Lüsternheit und niedre Launen
verbrennen diese reinigenden Brände.

Du siehst mich fahren, bangest ungeheuer
und willst mir nach und stürzest dich hinüber –
Weißt du denn nicht – du bist ja selbst mein Steuer!
Die Schwinge du, mit der mein Ich entschwebt,
die Klaue du, die mich in Lüfte hebt –:
Ich lieb dich ja von Anbeginn, du Lieber!
Läuft fort.
Zimmer des Don Manuel. Dunkel.

Donna Angela und Isabel kommen durch die geheime Tür. Donna Angela trägt eine geschlossene Laterne, in der noch unsichtbar ein Licht brennt.

DONNA ANGELA
Schließe nur von außen zu.
Ich bleib hier, bis du zurückkommst
und mir meldest, daß im Haus
alles stillblieb.

ISABEL Sei nur ruhig.

Sie geht durch die geheime Tür und schiebt den Schrank vor.

DONNA ANGELA
Heute morgens lag das Bild,
sagt sie, auf dem kleinen Tischchen
neben seinem Bett. Die Laden
sind verschlossen! Komm heraus,
du verborgnes Licht.

Sie öffnet die Laterne und geht in den Alkoven. Dessen Vorhang fällt wieder zu. Die Bühne wird aufs neue dunkel. Die Mitteltür wird von außen aufgesperrt.

COSME *unterm Eintreten*
Schilt mich nicht, wir findens gleich.

DON MANUEL
Wer kann dich ertragen, Hohlkopf!
Was am wichtigsten von allem,
das, just das mußt du vergessen?

COSME
Weiß der Himmel; an nichts dachte
ich soviel als an die Schriften,
just darum ließ ich sie liegen.

DON MANUEL
Still jetzt, weck nicht noch das Haus auf.

COSME *kommt vor*
Fühlt ich nicht die ganze Zeit,
daß mir etwas fehlte? Rief ich
nicht am Stadttor: das Paket!?
Herr, wir haben das Paket nicht!?

DON MANUEL
Schweig und such es!

COSME Ohne Licht?

DON MANUEL

Wissen mußt du, wo sie liegen!
Rühr dich! Was? noch immer Furcht?

Donna Angela tritt aus dem Alkoven.

COSME

Herr, er hat gehört, wir brauchen
Licht, sieh da, er kommt und bringt es.

DON MANUEL

Hilf der Himmel, dieses Tun
geht nicht zu mit rechten Dingen.

COSME

Siehst du nun.

DON MANUEL Mir stockt das Blut,
fast scheints gut, hier umzukehren.

COSME

Endlich seh ich, du bist auch
nur ein Mensch.

DONNA ANGELA Dort steht der Tisch.

Sie nimmt das Licht aus der Laterne und steckt es in einen Leuchter.

Suchen will ich.

DON MANUEL Ah, gib acht,
bleib im Dunkeln, nie im Leben
sah ich das. Unnennbar schön!
Welcher Pinsel schuf jemals
dies aus Nacht und Licht!

COSME Es setzt sich,
sieh, es nimmt sich alle Zeit.

Donna Angela setzt sich an den Tisch, den Rücken gegen die andern gekehrt, blättert und sucht unter den Papieren.

DON MANUEL

Augen, ganz aus Licht, ihr strahlet,
nicht die Kerze!

COSME Phosphor ists,
faule Schwämme leuchten so.

DON MANUEL

Miene eines Kindes! Wangen
wie die frisch geschälte Mandel.

COSME
Eine weiße Larve, blühend
Leichenwachs!

DON MANUEL Die Hände, oh,
Finger wie die Spindeln.

COSME Krallen!
Siehst du nicht, Hyänenkrallen.

DON MANUEL
Wie der schlanke Hals die Last
dieser Haare trägt.

COSME Nach unten
mußt du sehen, unterm Tisch
birgt er seine Hufe.

DON MANUEL Näher!

COSME *zieht ihn*
Fort!

DON MANUEL
Was will sie mit den Schriften?

COSME
Unsere Akten will er suchen,
er ist ein dienstfertiger Kobold.
Donna Angela seufzt.

DON MANUEL
Dieses Suchen ohne Ruhe,
dieses Seufzen ohne Sinn,
dem der Nachtwind Antwort stöhnt!
Seltsam, Cosme, jetzt weht mich
auch ein Etwas an: ich weiß nicht,
wie ich es dir soll benennen.
Eisig kriechts empor im Rücken
und – was ist das? – wie ich atme,
wills die Brust mir enger machen,
wills die Kehle zu mir schnüren.
Ist dies Furcht? Wenn ja, so kenn ichs
heut zum ersten Male.

COSME Ich
kenns schon öfter.

DON MANUEL Gottes Tod!

Ich will sehen, ob dies Fürchten
stärker ist, ob ich der Stärkere.
Er geht auf Donna Angela zu und bleibt dicht bei ihr stehen
Engel, Teufel oder Mensch,
diesmal wirst du meinen Händen
nicht entgehn, so wahr ich lebe.

DONNA ANGELA *springt auf. Für sich*
Nicht verreist.

COSME Es packt ihn an,
dreht ihm mit den Tigerkrallen
das Gesicht in' Nacken, nein?
Sprich, im Namen Gottes, gib
Antwort uns, im Namen Gottes,
rede, was du von uns willst!
Du, in Gottes Namen, du!

DONNA ANGELA
Herr Don Manuel Enriquez,
dem ein höchstes Gut bewahrt ist,
nicht berühre mich! nicht nahe!
denn du nahest, um dein Glück
zu verderben. Schrieb ich nicht,
daß wir bald uns sehen würden?
Da ich dir mein Wort erfüllte
(denn du siehst mich jetzt, Don Manuel,
in der menschlichsten Gestalt,
die ich wählen darf), so geh,
geh in Frieden und verlaß mich.
Noch ist nicht die Zeit erfüllet,
daß du schauen und begreifen
sollst mein Wesen und mein Sein.
Aber morgen wird so Großes
dir zu eigen. Sei verschwiegen,
geh.

COSME
Herr, da sie uns in Frieden
gehen heißt, worauf noch warten?

DON MANUEL
Ha, bei Gott, ich schäme mich,

daß mein Herz vor einem Nichts,
einem wesenlosen Anhauch
Schreck empfand! Weib, wer du sein magst,
denn nichts andres als ein Weib
bist du mir, bei Gott, ich will
jetzt erfahren, wer du bist,
jetzt begreifen, wie du herkamst,
jetzt erkunden, was du willst!
Nicht bis morgen will ich warten,
jetzt erring ich mir dies Glück!
Bist du Weib, so sprich als Weib,
bist du Teufel, sprich als Teufel –

COSME
Eines ist es und dasselbe.

DON MANUEL
Aber stehen sollst du mir,
wie ich Aug in Aug dir stehe.

DONNA ANGELA
Fort die Hand! Du wirfst dein Glück
von dir!

COSME Recht hat der Herr Teufel,
denn er ist ja weder Harfe
noch Spinett, wozu die Finger?

DON MANUEL *zieht den Degen*
Bist du denn ein luftiger Geist,
so beweis es diese Klinge!
Fährt sie durch dich hin und tut
dir kein Weh, so ists erwiesen.

DONNA ANGELA *in Angst*
Halt den Degen! Halt, hinweg
deinen blutigen Arm! Wie böse,
mich, ein armes Weib, zu töten!
Zahlst du mir so bittern Lohn
für das Süße?

DON MANUEL *jubelnd*
Dieser, dieser
Laut ists, den ich hören wollte!
Nun sprich, warum tatest dus?

DONNA ANGELA
Weiß denn, wer den ersten Schritt tut,
wie der dritte? wie der zehnte?
Erst im Tun entsteht das Tun
und verstrickt sich in sich selber.
DON MANUEL
Doch der Antrieb, jener erste?
Donna Angela sieht zu Boden.
DON MANUEL
Rede, doch – – betrüg mich nicht!
Es ist leicht, mich zu betrügen.
Ich bin selber nicht gewandt
zu mißtrauen, noch gewitzigt
mich zu wahren –
DONNA ANGELA *schnell*
Weil ich dich
sehen wollte.
DON MANUEL *für sich*
Süße Scheu!
Laut
Sehen – weil – o sprich es aus!
Sehen – um –
DONNA ANGELA Um zu verschwinden.
DON MANUEL
Doch, du kamst, um mich zu sehen.
Sags noch einmal.
DONNA ANGELA Einmal sagt ichs
und es war zuviel.
DON MANUEL *vor sich*
So hab ich
mir die Frau geträumt, um die,
wenn Gott will, zu sterben süß ist.
DONNA ANGELA
Gott bewahre dir dein Leben,
in Gefahr des Todes sind wir.
Dein Schutzengel gab die Worte
dir in' Mund – denn ich, ich bin
etwas andres, als du siehst
oder denkst – o lauf um alles,

schließ die Tür dort, auch die andre,
die ins Vorhaus geht, kein Licht
darf bezeugen, wo wir sind,
darf verraten, wer hierher kam.

DON MANUEL

Leuchte, Cosme, ich will schließen.
Siehst du jetzt, wes Art sie ist?

COSME

Sagte ich Euch je was andres?
Sie gehen ab durch die Mitteltür.

DONNA ANGELA

Oh, mein Gott, so ist ein Mann!
Hab ich es denn ahnen können?
Solch ein Löwe, wenn er zürnt,
solch ein Kindlein, wenn er lächelt.
Einem solchen zu gehören,
einen solchen zu besitzen,
ist das Frauenlos? Dann ist es
überm Los der lichten Engel.

ISABEL *durch die heimliche Tür eintretend*

Herrin, he!

DONNA ANGELA

Nicht nach mir rufen,
nicht aus meinem Himmel mich
auf die Erde niederreißen.

ISABEL

Hört Ihr nicht? Der Bruder sucht Euch.
Schnell zurück!

DONNA ANGELA *vor sich*

Ihn wieder so
vor mir sehn, und wärs mein Tod!

ISABEL

Schnell doch! Hier doch! Hier herüber.
Beide ab. Der Schrank wird wieder vorgeschoben.

DON MANUEL *herein ohne Cosme*

Alle Türen sind verschlossen,
Wache draußen steht der Bursch.
Nun von Euren Lippen will ich,
horchend, wie kein Kind der Amme –

Doch, wo seid Ihr? – Cosme! Cosme!
Cosme herein mit Licht.

DON MANUEL
Wo ist sie?

COSME Das soll ich wissen?

DON MANUEL
Schlüpfte sie in den Alkoven?
Leuchte da.

COSME Wärt Ihr zu Pferd,
ziemt es mir voranzugehen,
doch Ihr seid zu Fuß. Ich weiß,
was sich schickt!

DON MANUEL Her mit dem Licht!
Er leuchtet in den Alkoven, geht wieder nach vorne mit dem Licht in der Hand
Solches hab ich sagen hören,
daß die Hauptstadt Dinge birgt,
die zu viel für einen schlichten
Kopf vom Lande – daß es Damen
gibt am Hofe, die allmächtig
durch ihr Gold und viele Diener
ihren frechen, flüchtigen Launen
frönen, so ohn alle Schranken,
daß man sie für Zauberinnen
halten könnte – aber nie
hätte ich mir träumen lassen,
daß dies feste Herz in dieser
festen Brust beim ersten Anhauch
einer solchen Trügerin
so ins Zittern würde kommen!
Daß dies Blut aufschäumen würde
in so glühender Ungeduld,
und mit ihr, aus tiefsten Klüften
meines Ich hervorgewühlt,
eine solche Todesahnung
sich vermischen. – O Madrid,
nicht umsonst beim ersten Schritte
hast du mich mit Blut gezeichnet,

doch es sei dem wie ihm wolle,
wiedersehen werd ich sie,
und dann komme, was da muß.

COSME

Siehst du, was ich immer sagte,
's ist ein Teufel und kein Mensch.

DON MANUEL

Gottes Tod, aufspüren dies,
ob hier hinter der Tapete
eine Tür, ob hier die Dielen
hohl sind! Finden, Cosme, finden!

COSME

Hier ist weiter nichts zu sehen
als der Schrank.

DON MANUEL Der ist von Glas,
und der flüchtige Blick durchdringt ihn.
Komm, das andere zu durchforschen.

COSME

Herr, ich bin so gar kein Forscher.
Es ist ein Gespenst.

DON MANUEL Die beben
nicht so lieblich vor dem Tod!

COSME

Herr, ein Dämon, der von weitem
seine Kreise um uns spinnt.
Achte dies, im voraus wußt er,
daß wir kämen diese Nacht,
und er legte sich auf Lauer.

DON MANUEL

Als ein Blendwerk stieg sie auf,
zauberisch aus Licht gewoben,
als ein sterblich Ding erschrak sie,
schämte wie ein Engel sich,
und entwich als ein Gespenst.
Aber was sie mir zurückließ,
war der Anhauch eines Dämons,
der im Innern Aufruhr stiftet.
Wehe, unerhörten Aufruhr!

Gottes Tod! Ist auch ein Mann
fester nicht in sich gegründet!
Weh, nicht Herr im eigenen Haus!
Er schlägt den Arm vors Gesicht.

COSME *sieht ihn an*

Dieses war Don Manuel,
welch ein Herr und welch ein Mann,
eh der Teufel dort ihn anblies.
Aber was ist da zu wundern,
da doch hier jahraus, jahrein
spielt das Weib des Teufels Rolle,
wenn einmal der Teufel Lust hat,
eine Weiber-Roll zu spielen!

DRITTER AKT

Zimmer der Donna Angela. Nacht.
Isabel führt Don Manuel herein, dem die Augen verbunden sind. Sie nimmt ihm die Binde ab.

ISABEL

Warte hier ganz still, die Herrin
kommt hierher.
Geht ab und versperrt von außen die Tür.

DON MANUEL *springt nach der Tür und rüttelt*
Die Tür verschlossen?
Ja. Anstalten, einen toll
oder sinnverwirrt zu machen.
Dieser Brief, der mich bestellt
samt dem Diener – wozu hieß sie
mich den Diener mitzunehmen?
Bei Nachteinbruch nach dem alten
Sankt Sebastiansfriedhof: dort,
die zwei Männer mit der Sänfte.
Vor dem Tore eines Hauses,
ahnungslos in welchem Stadtteil,
steig ich aus, mich nimmt ein Weib
bei der Hand und führt mich Treppen
auf und ab durch leere Zimmer,
blindlings tappend. – Da ist Licht!
Er läuft ans Schlüsselloch der Türe rechts
Oh, mein Herz, dir ist ein Trunk
zubereitet, also stark,
daß dir wohl die Augen über-
gehen werden!
Es treten von rechts zwei Dienerinnen ein, die Leuchter tragen, dann folgt Donna Angela, sehr schön gekleidet, hinter ihr Beatriz und andere Dienerinnen mit Erfrischungen.

DONNA ANGELA *beim Eintreten leise*
Beatriz,
sieh auf seiner Stirn die Wolke,
weh, er lächelt nicht!
DONNA BEATRIZ *ebenso* Sei mutig,
nur leichtfertige Liebe lächelt.
DONNA ANGELA *zu Don Manuel*
Längst wohl reut Euch der Entschluß,
hier, mein Herr, auf mich zu warten.
DON MANUEL *mit gesenktem Blick*
Reut er mich, mir war nicht Freiheit,
ihn zu ändern.
DONNA ANGELA
Oh, weh mir,
tat man Euch, was Ihr nicht liebtet?
DON MANUEL *ohne sie voll anzusehn, als bis gegen Ende seiner Rede*
Lieben? Soll der Bauer lieben,
wenn ein Bergsturz über Nacht
ihm sein Hüttlein trägt zur Hölle?
drin er schlief und aß und trank,
und aus einem Erbgeseßnen
ihn zum unbehausten Bettler,
zum Vaganten jählings macht?
Über Nacht, was bin ich worden,
daß ich kaum mich selber kenne?
Ein im Rausch geworbner Söldner
unter Gott weiß welcher Fahne,
ein Matros, zur Nacht gepreßt
auf ein unbekanntes Schiff
unbekannter Fahrt ins Dunkel,
Sklav, der seinen Herrn nicht wissend
nur den Klang der Fessel spürt,
die ihm Brust und Adern schnürt!
Ich! der saß im eignen Hause,
nur sich selber untertan,
außer Gott und seinem König
keinen Herrn sich je ersehen,

solches ist an mir geschehen,
so habt Ihr an mir getan!

DONNA ANGELA

Für Euch tat ich dies, Don Manuel,
daß ich, ein behütet Weib,
streng behütet wie kein Mädchen,
mich verlocken ließ, zu tun,
was ich kaum zu träumen wagte.

DON MANUEL

Wagt Ihr, wißt Ihr doch zu ziehn
klüglich Grenzen eurem Wagen!
Unbedachter Mut reißt hin,
halb sich schenken heißt versagen,
hab ich halb zu danken Grund,
bleibt mir aller Grund zu klagen.

DONNA ANGELA

Über mich zu klagen?

DON MANUEL Wohl!

Oder – nennt mir Euren Namen!

DONNA ANGELA

Jener reine hohe Ritter,
einsam pilgernd durch die Welt,
er verscherzte sich das Heil,
weil er streng in sich gebunden
dort vor jenem Todeswunden
eine Frage nicht gestellt:
wie, wenn Ihr zu gleicher Prüfung
hättet ein Geschick gefunden,
das der Freude vollen Strahl,
jenen Euch bereiten Gral
knüpfte an ein zart Bezeigen,
ein Verzichten ohne Klage,
ein hinnehmend gläubig Schweigen,
eine nicht gestellte Frage?
Wovon soll denn Liebe leben –

DON MANUEL *schnell*

– als vom Hoffen!

DONNA ANGELA Als vom Glauben!

Hoffen sieht die Türen offen:
Glaube läßt von finstern Mauern
Lieb und Hoffnung sich nicht rauben.

DON MANUEL
Aber wo vergiftend lauern
Argwohn, Furcht, wer scheucht sie?

DONNA ANGELA Glauben!

DON MANUEL
Wo mein Herz in Zweifelschauern
wankt! Wer hilft da?

DONNA ANGELA Glauben! Glauben!

Don Manuel tritt zurück, schweigt.

DONNA ANGELA *tritt ihm einen Schritt näher. Halblaut*
Schnell nur dies: was Euch so quälet
knüpft sich nur an Euer Wähnen,
mein Geliebter sei Don Luis.
Er ists nicht. Wie Gott mich höre,
hört auch Ihr mich: er ists nicht,
wars nicht, wirds niemals. Ich schwöre!

DONNA BEATRIZ
Weh, schon um dies Wort zuviel,
schon zu weit sich eingelassen.

DON MANUEL
Doch, Sennora, da Eur Wort
diese Dinge zu berühren
mir verstattet: was verband
Euch, vor ihm zu fliehn?

DONNA ANGELA *wechselt einen verlegenen Blick mit Donna Beatriz* Mein Stand.
Es verletzte meine Ehre,
hätte mich Don Luis gesehn.

DON MANUEL
Dies noch wollet mir gestehen:
Wie gelangt Ihr dort ins Haus?

DONNA ANGELA *verlegen*
Dieses Euch zu sagen, wehren
Gründe gleicher Art durchaus.

DONNA BEATRIZ *kommt mit Erfrischungen, kniet vor ihr*
Werden Eure Gnaden nun
die Erfrischungen befehlen?
DONNA ANGELA *leise*
Gott sei Dank, du sprangest ein,
ich war schon am Ende.
DONNA BEATRIZ Nein,
Eure Gnade ist im Irrtum –
DON MANUEL *für sich*
Welcher Art bedient man sie?
Und die kniet, ist eine Dame.
Fürstin ist sie! O mein unglück-
ahnend Herz!
Donna Beatriz tritt mit der Schüssel zu Don Manuel.
DON MANUEL *halblaut zu ihr*
Sagt: sie ist Fürstin?
große Dame?
DONNA BEATRIZ Wer sie sei,
was bekümmerts Euch, mein Herr,
da, von welcher Höhe immer,
sie zu Euch sich hat geneigt,
Euch den Vorzug gab vor allen.
DON MANUEL *vor sich*
Mir den Vorzug! Günstling ich
einer hochmütigen Laune,
all dies hier ein Zeitvertreib,
wie ihn große Damen brauchen!
O Madrid! Und ich: mein Leben,
Ehre, Namen gab ich hin,
sie zu meiner Frau zu machen.
DONNA ANGELA
Beatriz, er zürnt, ich sehs,
ah, wie mir die Knie wanken!
Was erzürnt ihn?
DONNA BEATRIZ *bei ihr*
Er erträgt nicht,
daß du über ihm bist.

DONNA ANGELA Ich
über ihm!

DONNA BEATRIZ
Sei froh, so zürnt
nur, wem Liebe bis ins Mark
ist gedrungen.

DONNA ANGELA Wie am schnellsten
wieder ihn begütigen?

DONNA BEATRIZ Warte
noch!

DONNA ANGELA
Indem ich nichts verberge!
Daß ich ihn anbete, soll er
wissen.

DONNA BEATRIZ
Oh, wie sie mir durchgeht!

DONNA ANGELA *geht auf Don Manuel zu*
Ihr erzürnt Euch über mich,
weil ich Euch unfaßlich scheine.
Rein und fest seid Ihr, ein Mann,
und ich bin voll Widersprüchen.
Was ich anfing, schien ein Spiel,
und ich setzt es fort, sehr ernsthaft,
was verboten tu ich, zittre
doch zugleich vor meinen Wächtern:
Schein und Sein geht nicht zusammen,
alles blickt Euch doppelt an.
Höret mich: an alle dem
ist mein Schicksal schuld, Gesetze,
meinem Wesen auferlegt,
fremd der innersten Natur.
Dieses Unglück schuf mich doppelt:
Träumerin und dennoch munter,
frech und ängstlich, feig und mutig,
weh, und daß ich doppelt bin,
schafft mir nun das größte Unglück,
da es Euch von mir entfremdet.

DON MANUEL

Süße Rede, wie Musik!
O Sirenen! Hab ich nicht
so gehört? Sie singen, singen
bis der Nachen elend strandet.
Wachs, o Wachs in meine Ohren!

DONNA ANGELA

Glaube mir, zerspalten war ich
in zwei ganz verschiedne Wesen.
Meine Munterkeit und meine
Schwermut hausten wie zwei Schwestern,
die nicht miteinander reden,
unter einem Dach, und wenig
fehlte, daß ich mich verlor
in so halb und halbem Leben.
Aber ein gewaltig Feuer
hat die Teile eingeschmolzen
und ein neu Geschöpf stieg auf
aus den Flammen wie ein Phönix.
Was ist denn ein Name? Gebt
Ihr ihm einen, der Euch lieb ist,
und es wird ihn willig tragen.

DON MANUEL

O verlarvte Dame, wer
sagt mir, daß Ihr nur für mich
also gütig –

DONNA ANGELA

Grausam Wort!
O mein armes Herz!

DON MANUEL Ihr handelt
so geübt, so überlegen –

DONNA ANGELA

Beatriz! Er stößt mich von sich!
Wie konnt ich mich so verstricken –
weh!

DON MANUEL *ohne sie anzusehen*

Ich hätt Euch lieben können.

DONNA ANGELA
Wahn verdunkelt ihn!
DON MANUEL *vor sich* Mein Herz
wär Euch in die Hand geflogen –
DONNA ANGELA
Beatriz, er hört mich nicht!
DON MANUEL
Jetzt die Freundin vorgeschoben!
Immer andrer Dienste! Nie
zahlen wollen mit sich selber!
DONNA ANGELA
Was hat er gesagt?
Es pocht an der Mitteltür.
DONNA BEATRIZ Es klopft.
Stärkeres Pochen. Alle erschrecken.
DON JUAN *draußen*
Isabel, mach auf, ich bins.
ISABEL
Ich bin tot!
DONNA ANGELA
Das ist mein Bruder.
Oh, nicht das im Augenblick,
da mein Alles auf dem Spiel ist!
DONNA BEATRIZ
Ruhig, ruhig!
DON MANUEL *greift an den Degen*
Gut, o gut!
DONNA ANGELA
Herr, es muß mein Vater sein.
Unerwartet ist sein Kommen.
DON MANUEL
Was befehlt Ihr, daß ich tue?
DONNA ANGELA
Euch verbergen. Isabel,
führ ihn dort hinüber, dort –
du verstehst mich!
DON JUAN *klopft wieder*
Werdet ihr
endlich öffnen?

DONNA ANGELA *vor sich*
Böser Traum,
drein ein süßer Traum sich wandelt!

DON MANUEL *vor sich*
Finster endet hier im Licht,
was im Dunkel hell begonnen.
Ab mit Isabel durch die Türe links.

DON JUAN *draußen*
Schnell, sonst geht die Tür in Trümmer!

DONNA ANGELA *zu Beatriz*
Geh du auch, er darf nicht wissen,
daß du da bist.
Beatriz und die übrigen laufen durch die Tür zur Rechten. Isabel hat vor dem Weggehen den Schlüssel zur Mitteltür Donna Angela in die Hand gegeben. Diese sperrt nun auf und Don Juan tritt ein.

DONNA ANGELA Was ruft dich,
Bruder, daß mit solchem Schrecken
du uns aufpochst?

DON JUAN Aus dem Schlaf?
Angela – was haben diese
Prunkgewänder zu bedeuten,
diese Kerzen?

DONNA ANGELA Ich ertrag nicht
ewig gehn im Trauerkleide,
ewig in der Witwenhaube.
Ich bin jung. Ich hab einmal
vor dem Spiegel sehen wollen,
daß ich kein Gespenst bin.

DON JUAN Schwester,
nicht! Nicht dies!

DONNA ANGELA Da ich allein
und kein Mensch mich sieht –

DON JUAN Nicht dies!
Denn es ziemt sich nicht. – Nach Hause
ist Beatriz? Wie?

DONNA ANGELA Vor Abend.

DON JUAN
Ohne Botschaft, ohn ein Wort?
Ich will gehen, ob ich dort
sie nicht sprechen kann. Du bleib.
Bleib mit Gott.
Vor sich Wie? Ohne Zeichen?

DONNA ANGELA *verneigt sich*
Gehe Gott mit dir.

DON JUAN *bleibt stehen*
Nicht dies,
Schwester, bitte, tus nie wieder.
Denk der Ehre. Laß mich nie
auch nur fürchten, daß dein Sinn
jemals sich erniedern könnte
zu Leichtfertigem, Gemeinem.

DONNA ANGELA
Zu Gemeinem nie, mein Bruder.

DON JUAN
Das ists, was wir an euch lieben,
Schwester, dieses Heilige ist es,
das wir Männer bei euch suchen,
dies, wofern ihr davon wichet,
wäre diese unsre Welt
nicht mehr. Oh, ein Wort zuviel,
ein so kleiner Schritt vom Wege
kann eur Bild in unsrer Seele
ganz verderben. Laß michs nie
denken, Schwester.
Geht ab.

DONNA ANGELA *vor sich*
Wenn er so
zu mir spricht, dann steht mein Vater
vor mir. O wie wahr! So denken
alle Männer, und das Spiel,
wie der Leichtsinn es begonnen,
wird die bittre Reue enden.

DONNA BEATRIZ *läuft zu ihr*
Auf! Er kommt nicht wieder!

DONNA ANGELA
Weh!
kommt nicht wieder!

DONNA BEATRIZ
Wie? Was ist dir?

DONNA ANGELA
Wehe, dein prophetischer Mund!
Er kommt mir nicht wieder.

DONNA BEATRIZ
Oh,
die Verzagte! Schnell hinein
und beraten, wie der Knäuel
mit geschickter Hand zu lösen.

DONNA ANGELA
Wozu noch das Gift des Zweifels
saugen aus der bösen Wunde,
das schon kreisend fieberschnell
in so reinen, offnen Adern
frei den Weg zum Herzen fand!
Wozu ringen, da der Himmel
schon verscherzt ist, schon verschlossen?
Nie, was hier sich angesponnen,
dürfen meine Brüder wissen.
Nie von der verborgnen Schwester
hier im Haus wird er erfahren.
Doppelt fallen Eisentüren
hinter mir und vor mir zu,
und im Kerker lieg ich ewig.

DONNA BEATRIZ
Aus dem Kerker, lesen wir,
sind die Heiligen geradwegs
in den Himmelsglanz gegangen.

DONNA ANGELA
Freilich, durch die Tür des Todes.

Donna Beatriz zieht sie mit sich nach dem Zimmer rechts.

Zimmer des Don Manuel. Dunkel.

Isabel und Don Manuel kommen durch die heimliche Tür.

ISABEL
Hier verweil und rühr dich nicht,
bis ich wiederkomme.

Sie geht wieder durch die heimliche Tür.

DON MANUEL *allein*
Durch geheime Gänge kam ich,
lautlos eine schmale Tür
tat sich auf. Was der Palast
einer solchen großen Dame
für verborgne Winkel hat!
Alles für dergleichen Fälle.
Gräßlich. Gräßlicher für mich,
daß sie schön ist wie die Sonne
und daß alle meine Mannheit
schwach wie Schnee hinschmelzen möchte,
wenn sie auf mich scheint. Was wird nun?

COSME *sperrt hinten auf und tritt ein*
Gott sei Dank, ganz munter tret ich
ein. Der Kobold ist beschäftigt,
hat doch am Sebastiansfriedhof
durch zwei schwarz vermummte Diener
meinen Herrn abholen lassen.
Gut, den hat er in den Klauen,
was soll er von mir noch wollen?
Er geht durch das Zimmer und stößt auf Don Manuel
Und doch will er noch – etwas!
Wer da? Wer ist hier?

DON MANUEL *flüsternd* Du schweigst,
wer du sein magst, oder dieser
Dolch da sitzt dir in den Rippen.

COSME *ebenso*
Gerne, wie ein armer Vetter
in des Reichen Hause, schweig ich.
Soll ich stehen oder sitzen?

DON MANUEL *ebenso*
's wird ein Diener sein. Gib Antwort.
Wessen ist dies Haus?

COSME *ebenso* Des Teufels.
's ist ein Teufel in Gestalt
einer Frau.

DON MANUEL *ebenso*
Wer bist denn du?

COSME *ebenso*
Ich? Oh, nichts. Ein Untergebner,
ein Lakai, ein Kammerdiener.
DON MANUEL *ebenso*
Und wer ist dein Herr?
COSME *halblaut* Das ist
ein gewaltiger Narr, ein Pinsel,
ach, ein Geck, ein Laff, ein Dummkopf,
der an eben diese Hexe
hat sein Herz gehängt. Er heißt –
DON MANUEL
Nun?
COSME Don Manuel Enriquez.
DON MANUEL
Hei, und du?
COSME Mein Nam ist Cosme,
einfach Cosme.
DON MANUEL Himmel! Hölle!
Cosme, wie kommst du hierher?
Ich bins doch, dein Herr, gib Antwort!
Schnell! Liefst du der Sänfte nach?
Und bist irgendwie in dieses
Haus geschlüpft? So steh doch Rede.
COSME
Das sind angenehme Scherze.
Wie kommst du hierher? Du gingest
doch mit den zwei Sänftenträgern
keck genug dort hin – nun, wo man
eben hin dich haben wollte.
Wie zurück? In solcher Eile?
Und wie kamst du hier herein?
Da doch ich den Schlüssel habe.
DON MANUEL
Wie? Wes Zimmer ist das? Rede!
COSME
Deines, oder das des Teufels.
DON MANUEL
Gottes Tod! Du lügst. Ich war

eben, eben weit von hier,
noch in diesem Augenblick –

COSME
Wo?

DON MANUEL
In einem andern Haus.

COSME
Koboldstreiche.

DON MANUEL Willst du mich
närrisch machen?

COSME Geh hinaus
bis zur Treppe. Sehen wirst dus.

DON MANUEL
Ja, das will ich.
Geht zur Mitteltür hinaus.

ISABEL *kommt durch die heimliche Tür*
Endlich ging uns unser Herr
von der Falte. Pst, Herr, pst.

COSME
O mein Heiland, dieses Psten
ist die Pest.

ISABEL Komm schnell mit mir.
Endlich hat der Herr zur Ruh
sich begeben.

DON MANUEL *im gleichen Augenblick eintretend, vor sich*
In der Tat, das ist mein Zimmer.
Alles flüsternd.

ISABEL *zu Cosme*
Bist dus?

COSME Ja, ich bins.

ISABEL So komm.
Sie faßt Cosme an der Hand und zieht ihn nach der heimlichen Tür. Beide ab. Der Schrank wird vorgeschoben.

DON MANUEL
Cosme! Wer kann das erklären?
Cosme! Hier gibts einen Herrn,
der sich jetzt zur Ruhe legte.
Wie ist das? Gib mir doch Antwort!

Warum sprichst du nicht? Bei Gott,
nichts berühr ich als die Wand.
Wie verschwand er? War ers gar nicht?
Der, mit dem ich sprach? So soll ich
wirklich den Verstand verlieren?
Ruhig! Hier in dem Alkoven
leg ich mich in Hinterhalt
und ich will der Stärkre sein
und will wissen, wer das Weib ist,
das mit mir dies Spiel zu spielen
sich getraut.

Zimmer der Donna Angela. Hell erleuchtet

Donna Angela und Donna Beatriz kommen von rechts.

DONNA BEATRIZ
Mut, nur Mut! So lächle doch.
Horch, sie kommen.
Sie läuft an die Tür links.

DONNA ANGELA Isabel
kommt allein, mir sagts mein Herz.

DONNA BEATRIZ
Nicht allein, ein Männerschritt,
deutlich.

DONNA ANGELA
Liebste!

DONNA BEATRIZ Jetzt im Vorsaal.

DONNA ANGELA
Geh ihm du entgegen, sag ihm –
lös ihn von dem bösen Wahn,
daß er wieder mir ins Auge
sieht, nicht so den Blick zur Seite,
Beatriz.

DONNA BEATRIZ
Die Liebe ist
wie der Krieg: sie duldet keinen
Stellvertreter.

DONNA ANGELA *horcht*
O mein Gott,

das ist nicht sein Schritt.
Tritt ängstlich nach rechts zurück.

DONNA BEATRIZ *horcht* Was ist das?
Tritt zu ihr.
Isabel kommt durch die Türe links, den Cosme nach sich ziehend.

COSME *im Eintreten*
Weh mir Armen! Wohin geh ich?

ISABEL *wird den Irrtum gewahr*
Wie? Was ist das?

COSME Das? Ein Spaß
von sehr schlechter Art!

DONNA BEATRIZ *an der Tür rechts*
Ihr Mädchen!
Schnell heraus und macht den trunken,
und dann legt ihn irgendwo
weit von hier in eine Gosse,
seinen Rausch ausschlafen. Flink!

ISABEL *gleichzeitig zu Donna Angela*
Es war dunkel, ihn ergriff ich
statt des Herrn.

DONNA ANGELA Oh, weh mir!
Nun ist alles bald am Tage.
Die Dienerinnen treten heraus mit den Erfrischungen.

DONNA BEATRIZ *zu Donna Angela*
Du nimm dich zusammen, komm.

COSME *für sich*
Dumm sich stellen, hat mich meine
Großmutter gelehrt, kann noch
nützen, wenn der Teufel dich
schon beim Schopf hat.

DONNA BEATRIZ Hierher, Cosme!

COSME
Nein!

DONNA BEATRIZ
Komm näher.

COSME Gut, hier bin ich.

DONNA ANGELA
Fürchte nichts.

COSME Wie werd ich fürchten?

Er weicht vor ihr zurück.

Donna Beatriz winkt den Dienerinnen, ihn zu umgeben, sie ergreift einen gläsernen Krug und schenkt ihm Wein ein.

DONNA BEATRIZ *mit dem Becher auf ihn zutretend*
Trink ihn auf das Wohl der Dame.

Cosme summt ein Liedchen.

DONNA BEATRIZ *auf ihn zutretend*
Wenn ich selbst ihn Euch kredenze?

COSME
Lieber noch von dieser Hand!

Deutet auf Isabel.

Isabel bringt ihm den Pokal, indem er kein Auge von Donna Angela verwendet.

Isabel gibt den Pokal an Beatriz, die ihn gleich wieder vollschenkt.

DONNA BEATRIZ
Ist der Schrecken nun gelinder?
Trink noch eins und reizend wird sie
dir erscheinen.

COSME Äußerlich
ist sie nicht so schreckbar.

DONNA BEATRIZ Also
trink noch einen.

COSME Liebe Jungfer,
ich bin von besondrer Art,
müßt Ihr wissen: mein Gemüt
ist sehr zart und kitzlich, ja,
Schreck, der fährt mir in die Glieder
bis ins innerste Gedärme
und heraus bring ich ihn nicht mehr.
Dieser wohlgeborne Kobold
könnte meine angetraute
Frau sein, aber – Ihr versteht mich:
nachts, wenns dunkel wird, da könnt ich,
nein, da müßt ich mich bei ihr
schon entschuldigen, da könnt ich
nicht bei ihr verbleiben. Nein,

so bin ich einmal. Es gibt ja
Menschen von verschiednen Sorten.
Ich bin zart. Erschrecken trag ich
nach. Ich bin nicht von der Sorte,
wie mein Vetter Vinzenz!

DONNA BEATRIZ Wer?

COSME
Nun, mein Vetter. Ei, der Schäfer
Vinzenz.

DONNA BEATRIZ
Wie war der?

COSME Ein Mordskerl!
Ist zu ihm der Teufel doch
nachts gekommen an die Hürde,
der leibhaftige, er selber!
In Gestalt von einer hübschen
blanken Jungfer, so wie Ihr da.
Und der Vinzenz gleich in Flammen
und die beiden recht vergnügt
miteinander. Da, im Nu
nimmt der Satan seine grause
Ungestalt, Hyänenrachen,
borstig Haar, die Feueraugen,
alles an und brüllt auf ihn:
»Frevler! Hund! Da sieh den Leib,
der dir Liebe und Verlangen
hat erweckt! Nun stirb vor Grausen!«
Doch der Vinzenz, ohne nur
mit dem Maul zu zucken, gibt ihm
Antwort: »Was du mir da aufspielst,
ist mir ein Ding, denn an das,
was ich untern Händen hatte,
halt ich mich, und das war gut,
und nun leck ich mir die Lippen.«
Seht, sehr wohlgeborne Dame,
so bin ich nun nicht. Ich kann
so was recht bewundern. Mut
wie ein Vieh gehört dazu.

Das ist nicht mein Fall. Mir geht
Zutraun über alles. Schrecken
fährt mir gräßlich in die Glieder
und besonders bei der Liebe.
Es pocht heftig.

DONNA ANGELA
Da, schon wieder!

COSME
Ah!

DONNA ANGELA
Mein Gott!

DON LUIS *draußen*
Isabel, ich bins, mach auf.

ISABEL
Herr Don Luis.

DON LUIS *klopft wieder*
Bist du nicht da?

DONNA BEATRIZ
Ich verberg mich.
Läuft rechts ab.

DONNA ANGELA *für sich*
Ganz erniedern willst du mich,
mein Geschick, und ganz beschämen.

COSME
Noch ein Kobold.

ISABEL
Komm mit mir!
schnell!
Beide ab durch die Tür zur Linken.
Donna Angela sperrt die Mitteltür auf, Don Luis tritt ein. Er hat den Hut auf dem Kopfe und trägt den Degen samt Scheide und Koppel in der Hand.

DONNA ANGELA
Was wünschest du, Don Luis?

DON LUIS *ohne sie anzusehen*
Mein verhaßtes Unglück will,
daß mir andres nicht beschieden
als zu stören: sei es denn.

DONNA ANGELA
Was ist dein Begehr, Don Luis?

DON LUIS *für sich*
Eine Sänfte kam, die brachte
sie, dann ging der Bruder, denk ich,
hier hinein.

DONNA ANGELA
Was willst du endlich?

DON LUIS
Wissen, wohlerzogne Dame!
Will rechts eintreten.

DONNA ANGELA *vertritt ihm den Weg*
Hier bin ich zu Hause!

DON LUIS *schiebt sie weg* Fort!
Fort die angeseilte Närrin!
Er schiebt den Vorhang weg, Donna Beatriz tritt hervor. Don Luis zieht den Hut und grüßt sie mit übertriebener Ehrerbietung.

DONNA BEATRIZ
Hier bin ich.

DON LUIS Bei Gott, unmöglich,
etwas Wahreres zu sagen!
Und da spricht man, Eure Gnade
bleibe selten bei der Wahrheit.

DONNA ANGELA
Wiederkommen mußte sie,
da ihr Vater ihr aufs neue
zürnte.

DON LUIS
Still, der Papagei
mit den eingelernten Reden.
Was ist da für Wirtschaft? Wie?
Wie? ein kleines Fest?
Sieht ihr lange starr in die Augen, ohne zu sprechen.

DONNA ANGELA Don Luis!
Sprich! Ich fürchte mich vor dir!
Geräusch im Zimmer zur Linken.

DON LUIS
Ich vor dir! – Da geht ein Mensch.
So verkriecht sich Don Juan

nicht vor mir, das ist ein Fremder.
Welche von den beiden Damen
spielt die Kupplerin und welche
ist die Geberin des Festes?
Gottes Tod! Das wird sich finden.
Alles findet sich bei Licht,
nur die Ehre geht verloren.

Er geht ins Zimmer links, den Leuchter in der einen Hand, den bloßen Degen in der andern.

DONNA BEATRIZ
Seine Augen!

DONNA ANGELA Diese Miene
sah ich einmal nur an ihm,
und der Tag, da ich sie sah,
ists, der Don Felipes Leben
kostete.

DONNA BEATRIZ
Wir sind verloren,
wenn er ihm begegnet.

DONNA ANGELA Hin!
Du! Ihm nach! Du kannst ihn halten,
Du allein! Mein Gott, so lauf doch!

DONNA BEATRIZ *schon links*
Aber du?

DONNA ANGELA
Wenn sie den Eingang
nicht versperrt hat –

DONNA BEATRIZ Fort mit dir!

DONNA ANGELA
Du hinüber!

DONNA BEATRIZ
Aus dem Haus,
Du!

DONNA ANGELA
Wohin?

DONNA BEATRIZ
Zu meinem Vater!

Läuft links ab, Angela rechts.

Zimmer des Don Manuel. Dunkel.
Isabel und Cosme kommen durch die heimliche Tür, gleich darauf Don Manuel aus dem Alkoven.

ISABEL *zu Cosme*
Schnell herein!
Sie läuft zur Mitteltür hinaus, ohne den Schrank an seine Stelle zu schieben.

DON MANUEL *lüftet den Vorhang*
Schon wieder Schritte!

DON LUIS *das Licht in der Hand, kommt durch die heimliche Tür*
Deutlich sah ich einen Mann.

COSME
Das ist übel!
Er duckt sich hinter den Tisch.
Don Luis sieht sich um.

COSME Ich will fortgehn!
Er kriecht unter den Tisch.

DON MANUEL *im Alkoven legt die Hand an den Degen*
So. Nun muß ein Ende werden.
Tritt hervor.

DON LUIS
Ah, Don Manuel!

DON MANUEL Wie, Don Luis?
Was ist das?

COSME *unter dem Tisch leise*
Ich habs, ich habs.
Wie man hier hereinkommt.

DON LUIS Was?
Ihr, Don Manuel! Ihr! Betrüger
Ihr am Gastrecht! Ihr Verräter!
Was? Die Ehr beschmutzen Eures
besten Freundes! Was, Ihr Ritter
ohne Scham! So zieh doch! Zieh doch
dein ehrloses Eisen!

DON MANUEL Ziehen
will ich, doch nur mich zu schützen.
Daß ich dich hier sehen muß,
ist für mein Gemüt ein ärgrer

Tod, als den du mir kannst geben.
In mir ists ganz starr. Ich möchte
jetzt nicht fechten.

DON LUIS Wenig Worte,
wenn ich bitten darf!

DON MANUEL Bleib stehn!
Wenn es möglich ist, Don Luis,
dir auf irgend andre Weise
hier genugzutun –

DON LUIS Genugtun?
Weiberdieb!

DON MANUEL So soll dein Degen
mir das Herz durchbohren, wußt ich,
daß dort eine Tür und daß sie
führ in andre Wohngemächer.

DON LUIS
Und was machst du hier, versperrt,
ohne Licht?

DON MANUEL *für sich*
Verfluchte Frage!

Laut
Hier auf meinen Diener wart ich.

DON LUIS
Also lügen meine Augen,
die dich hier herüberlaufen
sahen.

DON MANUEL
Ja, sie lügen, leichter
lügen sie als andre Sinne.

DON LUIS
Und mein Ohr? Mein Ohr lügt auch?

DON MANUEL
Euer Ohr lügt auch!

DON LUIS Am Ende
lügt denn alles, außer –

DON MANUEL Schweig!
Tu den Mund nicht auf, sonst bist du
hin, bevor du es geredet,

ja, bevor du es gedacht!
Ist Verhängnis in dem allen,
nun so bin ich mir der Nächste,
muß gefochten sein, so sei
denn, wie sichs gebührt, gefochten!
Teilen wollen wir das Licht,
daß es beide gleich erhelle.
Er stellt das Licht auf einen Sims
Du verschließe dort die Tür,
die da hinten, ich die andre.
Er tut es und zieht den Schlüssel ab
Auf der Erde liegt der Schlüssel,
rette sich, wer übrigsein wird.

DON LUIS
Gut. Den Schrank da fest zu machen,
daß von dort uns niemand störe,
stell ich diesen Tisch dagegen.
Er hebt den Tisch auf und findet Cosme.

COSME
Dieses Kunststück ist mißlungen.

DON LUIS
Wer ist hier?

DON MANUEL O ganz unselige
Fügung!

DON LUIS Ist dies der Bediente,
den hier zu erwarten Eure
Gnade vorgab?

DON MANUEL
Darauf schweig ich.
Glaub du, was du willst. Tritt an.
Wer der Stärkre ist, wird leben.

DON LUIS *springt zurück*
Ei, so schlagt doch zu, ihr beiden,
worauf wartet ihr?

DON MANUEAL Ah, dies
glaubst du jetzt von mir. – Ich denke
nach, was machen mit dem Kerl?
Er ist nicht ganz nüchtern. Schick ich

ihn hinaus, so kann er schwatzen,
bleibt er hier, bin ich im Vorteil,
denn er springt mir bei, sobald mirs
schlecht geht.

COSME Oh, darüber macht Euch
keine Sorgen.

DON LUIS Im Alkoven
ist ein Wandschrank, eine Art von
Nische ohne Ausgang. Dort
schließ ihn ein, dann stehn wir gleich.

DON MANUEL *nickt*
Vorwärts, Cosme!

COSME Sollt ich fechten,
wäre Vorbereitung nötig,
mich am Fechten zu verhindern,
braucht es nicht besondrer Künste!
Sie gehen in den Alkoven, man hört einen Riegel vorschieben.

DON MANUEL *heraustretend*
Jetzt sind wir allein, wir beide.

DON LUIS
Nun denn, wie es Euch beliebt.
Sie fechten.

DON MANUEL
Niemals sah ich festre Hand!

DON LUIS
Und ich nie so große Stärke!
Er verliert das Stichblatt seines Degens
Ich bin wehrlos. Hier am Boden
liegt mein Stichblatt.

DON MANUEL *senkt seinen Degen*
Hol dir einen
andern.

DON LUIS Eure Gnade fechten
als ein edler Gegner.
Beiseite Hölle,
die beständig mich umstrickt.
Soll ich mir das Leben schenken
und die Ehre nehmen lassen?

DON MANUEL
Holst du nicht den Degen?
DON LUIS Ja,
und bin wiederum zur Stell,
wenn die Gnade hier zu warten
sich herabläßt.
DON MANUEL Ich bin hier,
bin und bleibe.
DON LUIS *für sich* Draußen werd ich
wissen, was ich –
Laut Gott beschütze
Eure Gnade.
DON MANUEL Gott befohlen!
Don Luis hebt den Schlüssel vom Boden auf, öffnet die Mitteltür und geht ab.
DON MANUEL *schließt hinter ihm wieder zu*
Bis er wiederkommt, verschließ ich.
Besser so.
Er steckt den Schlüssel ein
So ist sie denn
andres nicht als dieses Herren
Liebchen. Und durch diese Tür
schlüpfte sie und da man fragte,
log sie mir. O finstre Ahnung,
du allein hast nicht gelogen.
COSME *aus dem Alkoven*
Ach, mein Herr, mein guter Herr,
hört Ihr mich denn nicht, ah, hört Ihr
nicht die Stimme Eures Cosme?
Laßt mich doch hinaus, ich sterbe.
Ich bin hin.
DON MANUEL Oh, jetzt nicht denken.
Denken will ich nicht. Mich ekelt
dieser grause Widerspruch
der lebendigen Kreatur.
Nicht so blicken hätte diese
sollen oder nicht so lügen.
Er geht in den Alkoven.

Die Mitteltür wird von außen aufgesperrt, Don Juan bringt die verschleierte Angela herein. Beide bleiben auf der Seite gegenüber dem Alkoven.

DON JUAN

Du bleibst hier. Dies ist das Zimmer,
das ich meinem Gast Don Manuel
zugewiesen hatte. Draußen
stell ich einen Diener auf,
der Don Manuel, käm er etwa
unversehens an, den Eingang
wehrt. Dich schließ ich hier im Zimmer
ein. Indes verhör ich drüben
deine Leute, untersuche,
was zu dieser nächtigen Stunde
und auf die Art auszugehen
dich veranlaßt.

DONNA ANGELA Tu, mein Bruder,
wie du willst.

Don Juan geht.

DONNA ANGELA *für sich*

Das ist mein Ende.

Don Manuel und Cosme kommen aus dem Alkoven.

COSME *ängstlich*

Schnell hinaus!

DON MANUEL Was hast du, Bursch?

COSME

Was ich habe? Finster, finster!
Dieser Satan, dieses Weib
raschelte im Dunkeln, nahte
sich von hinten, blies mich an!
Plötzlich Angela erblickend
Gott erbarm dich unser, da
steht sie.

DON MANUEL

Weib, bist du ein Blendwerk
oder ein Gespenst, das langsam
mich zu Tode foltern will?
Sprich, wie kommst du hier herein?

DONNA ANGELA *aufschreiend*
Ah, Don Manuel!
DON MANUEL Rede, rede!
Zwar ich weiß –
DONNA ANGELA Don Luis –
DON MANUEL – ich weiß doch!
DONNA ANGELA
– drang bei mir –
DON MANUEL Ich weiß doch alles!
DONNA ANGELA
Hilf mir, Gott! Durch Schweigen hab ich
mich verstrickt, jetzt gilts zu reden.
Ich bin nicht, was ich dir scheine –
dieser Mund, auf den du furchtbar
strenge Richterblicke heftest,
diese Hand, die jetzt so zittert,
haben dir nicht falsch geschworen!
DON MANUEL
Kommt Ihr nochmals mir zu schwören?
daß Don Luis kein Recht auf Euch,
keines hat und keines hatte –
wie wars nur?
DONNA ANGELA O Hoffnungsstrahl,
ist es dies, das so dich quälet?
Und wenn ich dir dies enträtselt,
gibst du wieder sanfte Blicke,
sprichst du mir mit sanfter Stimme,
fragst nie wieder, wer dir bürge,
daß ich nicht für andre noch
gleiche Güte habe? –
DON MANUEL *für sich* Wachs,
Wachs in meine Ohren! – Oder
Stricke her, mich fest zu binden,
sie singt allzu süß.
Zu ihr
Sagt, wie kamt Ihr hier herein,
mich aufs neue zu betören.

DONNA ANGELA
Nicht mein Wille wars, ich wurde
hergeführt.
DON MANUEL Oh, sehr wahrscheinlich.
Mit Gewalt! Von wem?
DONNA ANGELA Von einem,
der dies durfte.
DON MANUEL Hm, sehr glaublich.
DONNA ANGELA
Weil ihm gleiche Rechte zustehn
wie Don Luis –
DON MANUEL Wie? Gleiche Rechte?
Mehreren die gleichen? Lustig.
DONNA ANGELA *tritt nahe zu ihm. Leise*
Komm und führ mich fort, dann sollst du
alles wissen.
DON MANUEL *vor sich*
Das Verhetzte
der ertappten Lügnerin!
Und so süß dabei, so lieblich,
so voll Hoheit. O mein Gott,
deine Kreatur. Mich schaudert,
vor dem Etwas tief in mir,
das sich ihr zu Füßen schmiegen
will, trotz allem!
Laut Ich hab hier
abzuwarten.
DONNA ANGELA
Manuel!
Angst um dich ists, was mich schüttelt,
hilf mir, du! Ich seh nur dich,
weiß nur dich!
DON MANUEL *für sich*
Soll ich es tun?
DONNA ANGELA
Du wirst wunderbar enttäuscht,
lächeln wirst du, Manuel,
lächeln bald, nur bring mich fort,
gleich –

DON MANUEL
Fortschleichen wie ein Dieb?
Nannt er mich nicht so?
DONNA ANGELA *angstvoll*
Wohin
ist Don Luis?
DON MANUEL Du nennst den Namen.
Ich darf hier nicht fort.
DONNA ANGELA *hängt sich an ihn*
Du darfst,
nein, du mußt, o mein Geliebter,
fort mich bringen mußt du eilig,
und ich muß, ich muß dir folgen
und bei dir, bei dir nur atmen,
komme später, was da wolle.
DON MANUEL
Wundervolls Weib! – O Gott,
ungeprüft, wir sind es alle.
Wußte ich vor dieser Stunde,
wer ich war?
Er zieht sie an sich, schlägt den Mantel um sie.
DONNA ANGELA Oh, welch ein Licht
ist bei dir. Welch lichten Himmel
schlägt ein Mann im Nu um unser
zitternd Ich.
DON MANUEL So fahre hin
Freundschaft, Sitte – auch die Ehre?
Weh, auch die? Das will ich nicht
denken! Still – was immer kommt,
dich reißt keiner fort von hier.
DONNA ANGELA *zieht ihn gegen die Tür*
Fort!
DON MANUEL *vor sich*
Im äußersten der Fälle
werd ich tötend sterben.
COSME *an der Tür horchend* Herr,
Herr, man kommt.
DON MANUEL Zu spät. Nur ruhig.
Es klopft.

DONNA ANGELA *fast unhörbar*
Herr im Himmel, jetzt erhör mich!
DON MANUEL
Ruhig, du bist hier geborgen!
O Madrid, o tückisch Wirrsal,
Himmelsluft und Qualm der Hölle
so zu mischen. – Geh und öffne. –
Still, es ist Don Luis, der einen
neuen Degen bringt.
Donna Angela stellt sich hinter Don Manuel.
Cosme öffnet die Tür.
Don Luis tritt ein.
Donna Angela schließt die Augen.
DON LUIS
Ich bin hier –
Er erblickt Angela
Herr, was ist dies?
DON MANUEL
Ruhig, Herr, wir wollen hier
unsre Stimmen dämpfen.
DON LUIS Herr,
einen Degen mir zu holen
ging ich, um, die Kniee beugend,
zu den Füßen Eurer Gnade
ihn zu legen: Hier!
Er tut es Damit
seh ich die Verbindlichkeit
für erfüllt an, die mir Eurer
Gnade Großmut auferlegte.
Nunmehr,
Er springt auf
da Ihr neue Gründe
mir verliehen, Euch zu töten –
zieht und steht!
DONNA ANGELA *tritt vor Don Manuel*
Er ist nicht schuld,
ich allein, ich fing ein Spiel,
ein leichtfertiges, an. Das Schicksal
zog den Knoten zu, mein Bruder!

DON MANUEL *für sich*
Wie sagt sie? Ist sie so listig,
Lüg aus Lüge fortzuspinnen
immer neu?

DON LUIS Wollt Ihr, mein Herr,
Euch von einem Weib heraus-
lügen lassen?

DON MANUEL *hält sich*
Ha!

DONNA ANGELA Beim Grabe
unsres Vaters!

DON LUIS Lügnerinnen,
ist denn euren Lippen nichts
heilig? Hexen ohne Scham,
Weiber, Weiber, Fluch der Erde!

DONNA ANGELA *zu Don Manuel*
Hör ihn nicht, dir log ich nicht!
Dir nicht, Manuel!

DON MANUEL *sehr fest zu Don Luis*
– Zieht nicht, wartet.
Hier im Zimmer harrt ich aus,
bis Ihr wiederkamt. Indessen
trat die Dame hier herein
und, obwohl ich sie nicht kannte,
hat sie mir sich anvertraut.
Das genüge.

DON LUIS Seid Ihr trunken
oder nur zu plump, geschicktre
Lügen zu erfinden?

DON MANUEL Ruhig.
Euren Handel mit der Dame
kenn ich nicht, will ihn nicht kennen.
Sie mag sich verschuldet haben
gegen Euch.

DON LUIS O Angela!
einstens war dein ganzes Wesen
nichts als Scham!

DON MANUEL Sprecht nicht zu ihr,

auch zu mir nicht. Ich bins satt,
den Geduldigen zu spielen.
Gründe such ich nicht und brauche
Eure nicht. Was hier zu reden,
werden diese Klingen sprechen.
Ehrlich, Herr, ich muß das Weib da
haben! Schweiget, Herr! Sie hat sich
mir anheimgegeben. Jetzt
bring ich sie von hier, doch Ihr
wartet, denn ich komme wieder.
Sammelt Kraft. Macht Euch auf solchen
Kampf gefaßt, aus dem nur einer
lebend sich davonmacht. Kommt nun.

DON LUIS
Haben? Meine Schwester haben?
Schluck das freche Wort zugleich
mit der Spitze meines Degens!

DON MANUEL
Du bist seine Schwester?

DONNA ANGELA Bruder,
er hat nichts gewußt.

DON LUIS Du schweige.

DON MANUEL
Seine Schwester!

DON LUIS Ruhig, Herr.
Ruhig Ihr nun. Weiber können
sich erniedern, fort sich werfen,
doch es bleibt, was unverlierbar
nie entwürdigt werden darf,
eines Hauses Nam und Ehre.
Diese Dame wird ein Zimmer
an des Bruders Hand verlassen
oder an der Hand des Gatten –
so Gott will –, an keiner andern.
Komm, Ihr wartet hier!

DON MANUEL *für sich* Die Schwester!

DONNA ANGELA *macht sich los*
Nicht mit dir aus diesem Zimmer

werd ich gehn, Don Luis. Ich bleibe.
Nichts vor Gott hab ich verschuldet,
aber viel an ihm begangen,
doch, weiß Gott, nicht bösen Herzens.
Da ich ihn einmal erblickte,
ihn erkannt als einen Mann,
den mir Gott vom Himmel schickte,
hats mich wie mit Stricken ihm
nachgezogen. Meister war er
über all mein Tun und Trachten,
ob ers wollte oder nicht. –
Und wenn Zaubrer durch den Namen,
den sie flüstern mitternächtig,
sich ein Wesen unterwerfen,
so war er ein größrer Zaubrer
und auf zartre Weise mächtig,
denn er unterwarf sich die,
deren Namen er nicht kannte!
Und wie er aus meinem Kreis
mich an seine Spuren bannte,
bleib ich hier zu seinen Füßen,
und allein wie seine Mannheit
mirs verhängt, so will ich büßen,
oder harren noch und bangen
oder, hab ich Lohn verdient,
auch von ihm den Lohn empfangen.

DON MANUEL *hebt sie auf, da sie vor ihm knieen will*
Auf! Nicht du! Nicht knieen hier,
sondern, wenn hier einer kniet,
sei es ich und, Herr, vor dir!

DONNA ANGELA
Ja, du darfst, denn er ist edel,
und als Wächter meiner Ehre
mußte er mich strafen wollen.

DON MANUEL
Das erklärt Ihr mir, Sennora,
später, wenn Ihr meine Frau seid.

DON LUIS
Bändigt Euch, Sennor.
DONNA ANGELA O Glück.
DON MANUEL
Bändigen? Nein! Jetzt gilts zu werben.
Er wirft den Degen weg und kniet vor Don Luis
Beugtet Ihr vorhin das Knie,
Anstand wars und hohe Zucht,
doch was jetzt mich wirft zu Boden,
das ist Schicksals blinde Wucht.
Heut und hier gehts um mein Leben!
Gebt mir diese da, und mich
will ich Euch zum Diener geben,
denn ich weiß auf dieser Welt
nichts, so würdig zu erstreben,
als dort diese kleine Hand,
die mit Zittern und mit Beben
ihr Geschick an meines band.
Donna Angela tritt zu ihm.
DON LUIS
Ihr seid schnell. O meine Schwester,
also schnell?
DON MANUEL Schnell ist der Tod,
so muß auch das Leben schnell sein,
das mit ihm ringt um die Krone.
War nicht dieses zarte Weib
schnell und wunderbar im Wagen?
Säh ich sonst den gnadenreichen
Himmel hier auf Erden tagen?
Hätt ich je ihr ganzes Wesen
wie ein blitzend Zauberzeichen
auf dem Grund der Nacht gelesen
und erkannt die Herrlichkeit,
nahm sie sich zum Zaudern Zeit?
Schnell hat Gott die Himmelswelt
aus dem Schoß der Nacht gerissen,
schnell aus diesen Finsternissen
will ich diese da ans Licht

tragen, Herr, auf meinen Händen.
Schnell auch Ihr und zaudert nicht,
die Verwirrung der Geschicke
durch ein lieblich Wort zu enden!

Don Juan tritt ein durch die Mitteltür, mit ihm Diener, die Lichter tragen.

Donna Beatriz und Isabel schlüpfen im gleichen Augenblick durch einen Spalt der heimlichen Türe herein.

DON JUAN

Auf, Don Manuel, dies genügt,
fehlt es Euch am Hochzeitsbeistand,
hier bin ich, das Oberhaupt
dieses Hauses. Deinetwegen,
Schwester, kam ich her und hörte
an der Tür und wollte mich
in das böse Spiel nicht mengen,
doch ins gute, o wie gerne
meng ich mich.

Donna Beatriz tritt dicht an Don Juan heran.

Don Luis tritt ins Dunkel und wendet sein Gesicht gegen die Wand.

DONNA BEATRIZ Oh, Lieber du!
Und der Kupplerin? Verzeiht man
dieser auch?

Sie verneigt sich tief vor Don Juan.

DON JUAN *zieht sie empor*
O Augenblick,
der nicht wiederkehrt!

Donna Angela beugt sich zu Don Manuel und küßt ihn.

Don Luis ist lautlos verschwunden.

COSME *zu Don Manuel, der noch kniet*
Mein Herr,
hatt ich recht mit unserm Kobold,
oder war ich trunken? Wie?

Donna Angela zieht Don Manuel empor und lehnt an ihm.

DON MANUEL

Willst du, Isabel, drauf achten,
daß er nie mehr trunken werde?

COSME

Hei, da werd ichs ja sogleich,
doch ich darf nicht.

ISABEL

Wie?

COSME

Nicht jetzt:
Denn jetzt muß ich die fünf Sinne
ganz und gar beisammenhalten,
um in des Verfassers Namen
für die Fehler dieses Stückes
Eure Nachsicht zu erflehn.

Der Vorhang fällt.

BIBLIOGRAPHIE

DER TRIUMPH DER ZEIT (1900/1901). Erstdruck: Die Insel, Berlin, II. Jahrgang, 4. Quartal, No. 12, September 1901. Erste Buchausgabe: Hugo von Hofmannsthal, Gesammelte Werke in Einzelausgaben, Dramen I. S. Fischer Verlag, Frankfurt am Main 1953. Richard Strauss lehnte wegen einer eigenen Arbeit die Vertonung ab. Die Musik zu dem Ballett stammt von Alexander von Zemlinsky. Zu einer Aufführung an der Wiener Hofoper kam es infolge der Abneigung Mahlers gegenüber der Textvorlage nicht.

DER SCHÜLER (1901). Erstdruck: Neue Deutsche Rundschau, Berlin, 12. Jahrgang, 1901, Drittes Heft. Erste Buchausgabe: S. Fischer Verlag, Berlin 1902. Dieses Textbuch für die Pantomime ist in 2300 Exemplaren gedruckt worden, aber nicht erschienen, weil auf Wunsch des Verfassers zurückgezogen. Der Alchimist oder Meister heißt im Entwurf »Rabbi«, der Schüler »Bocher«.

DAS FREMDE MÄDCHEN (1911). Erstdruck: Grete Wiesenthal in ›Amor und Psyche‹ und ›Das fremde Mädchen‹. Szenen von Hugo von Hofmannsthal. S. Fischer Verlag, Berlin 1911. Dieses Textbuch enthält ferner: ›Amor und Psyche‹; ›Über die Pantomime‹ (vgl. Band Reden und Aufsätze I dieser Ausgabe); ›Der Tänzerin Grab‹. Ein Aufsatz von Goethe; ›Aus den Gleichnissen des Tschuang-Tse‹ (Deutsch von Martin Buber); ›Furcht, ein Gespräch‹ (jetzt unter dem Titel: ›Das Gespräch der beiden Tänzerinnen‹ in dem Band Erzählungen – Erfundene Gespräche und Briefe – Reisen dieser Ausgabe.) Erstaufführung zusammen mit ›Amor und Psyche‹ im September 1911 in Berlin.

AMOR UND PSYCHE (1911). Erstdruck: Grete Wiesenthal in ›Amor und Psyche‹ und ›Das fremde Mädchen‹. Szenen von Hugo von Hofmannsthal. S. Fischer Verlag, Berlin 1911.

ZU ›AMOR UND PSYCHE‹
Entwurf zu einer romantischen Oper (1909). Nachlaß. Hier zum ersten Mal veröffentlicht.

JOSEPHSLEGENDE (1912). Erstdruck: Josephslegende. Handlung von Harry Graf Kessler und Hugo von Hofmannsthal. Musik von Richard Strauss. Adolph Fürstner, Berlin, Paris 1914. Die Pantomime wurde für Diaghilews »Ballets Russes« geschrieben und von dieser Truppe in der Pariser Oper am 14. 5. 1914 uraufgeführt. Deutsche Erstaufführung: Berlin, Staatsoper, 4. 2. 1921.

TILL EULENSPIEGEL (1912?). Nachlaß. Hier zum ersten Mal veröffentlicht.

TAUGENICHTS (1912). Szenarium aus dem Nachlaß. Erstdruck: Rudolf Hirsch, Zu zwei Tanzdichtungen Hofmannsthals. In: Hofmannsthal-Blätter, Heft 6, 1971. Das Szenarium zu einem Ballett in zwei Akten ist ein Geschenk des Dichters für Grete Wiesenthal, welches diese 1914 »ganz im Detail ausgearbeitet und ... für den Komponisten vorbereitet« hat, ohne daß es je zur Aufführung kam. Der in Aussicht genommene Komponist war Erich Korngold.

DIE BIENE (1914). Szenarium aus dem Nachlaß. Erstdruck: Rudolf Hirsch, Zu zwei Tanzdichtungen Hofmannsthals. In: Hofmannsthal-Blätter, Heft 6, 1971. Wiederum lieferte Hofmannsthal mit diesem aus der Welt der chinesischen Geister- und Liebesgeschichten kommenden Szenarium in dreizehn Bildern die Grundlage für ein Ballett-Textbuch, das von Grete Wiesenthal gezeichnet und 1916 im Drei-Masken-Verlag, Berlin, veröffentlicht wurde. Die Musik stammt von Clemens von Franckenstein. Zur Erstaufführung kam das Ballett im November 1916 in Darmstadt, unter Grete Wiesenthals Regie.

DIE GRÜNE FLÖTE (1916). Erstdruck: Die grüne Flöte. Ballettpantomime. Musik von W. A. Mozart. Zusammengestellt und bearbeitet von Einar Nilson. Universal Edition, Wien 1923 (= Universal Edition 6031). Erste Buchausgabe: Hugo von Hofmannsthal, Gesammelte Werke in Einzelausgaben, Dramen III. S. Fischer Verlag, Frankfurt am Main 1957. Erstaufführung: Berlin, Deutsches Theater, 26. 4. 1916. Das Ballett wird im Lied des Programmverkäufers in der Schlußszene der Komödie ›Die Lästigen‹ angekündigt.

ZU ›DIE GRÜNE FLÖTE‹

Vorspiel (1916). Nachlaß. Erstdruck: Rudolf Hirsch, Ein Vorspiel zum Ballett »Die grüne Flöte«. In: Hofmannsthal-Blätter, Heft 8/9, 1972. Eine Aufführung im Wintergarten, Berlin, war geplant.

Erstes Szenarium (1916). Nachlaß. Erstdruck: Leonhard M. Fiedler, Hofmannsthals Ballettpantomime »Die grüne Flöte«. Zu verschiedenen Fassungen des Librettos. In: Hofmannsthal-Blätter, Heft 8/9. 1972.

DIE SCHÄFERINNEN (1916). Szenarium aus dem Nachlaß. Erstdruck: Leonhard M. Fiedler, Hofmannsthal, Reinhardt und Molière. In: Hofmannsthal-Forschungen I, Basel 1971. Als Einlage in Molières ›Gräfin von Escarbagnas‹ vorgesehen. Hofmannsthal überarbeitete dieses Stück in der Übersetzung von Wolf Graf Baudissin. Max Reinhardt führte das Ballett zuerst zusammen mit dem ›Eingebildeten Kranken‹ am 16. 3. 1916 in den Kammerspielen des Deutschen Theaters in Berlin auf.

PRIMA BALLERINA (1917). Erstdruck: Jacques Offenbach. Prima Ballerina. Ballett-Pantomime. Zusammengestellt und bearbeitet von Einar Nilson. Klavierauszug zu 2 Händen. Universal Edition, Wien [1923?]. Ohne Namensnennung Hofmannsthals. Die Musik ist von Offenbach. Erstdruck unter Hofmannsthals Namen: Die Neue Rundschau, Frankfurt, 65. Jahrgang, 1954, Drittes/Viertes Heft. Erste Buchausgabe: Hugo von Hofmannsthal, Gesammelte Werke in Einzelausgaben, Lustspiele III. S. Fischer Verlag, Frankfurt am Main 1956.

DIVERTISSEMENT (1920). Erstdruck: Willi Schuh, Ein Ballett-Szenarium. In: Neue Zürcher Zeitung, 30. 1. 1945. Erste Buchausgabe: Hugo von Hofmannsthal, Gesammelte Werke in Einzelausgaben, Aufzeichnungen. S. Fischer Verlag, Frankfurt am Main 1959.

DIE RUINEN VON ATHEN (1922). Erstdruck: Verlag Adolph Fürstner, Berlin 1924. Erstaufführung: Wien, Opernhaus, 20. 9. 1924. Strauss plante seit 1922 in ›Die Ruinen von Athen‹, die einen Kotzebueschen Gelegenheitstext zur Grundlage haben und in der Eroica-Zeit entstanden sind, Beethovens Jugendballett ›Die Geschöpfe des Prometheus‹ als Einlage zu bringen. Hofmannsthal erfand die Gestalt des fremden Künstlers, die diese Vereinigung ermöglichte, und fand für den Es-Dur-Marsch den Panathenäen-Zug.

ZU ›DIE RUINEN VON ATHEN‹

Gang der Handlung. Erstdruck: Berliner Tageblatt, 18. 9. 1924.

ACHILLES AUF SKYROS (1925). Erstdruck: Egon Wellesz, Achilles auf Skyros. Ballett in einem Aufzug. Textbuch, Universal Edition, Wien 1925 (= Universal Edition 8302). Erste Buchausgabe: Hugo von Hofmannsthal, Gesammelte Werke in Einzelausgaben, Dramen IV. S. Fischer Verlag, Frankfurt am Main 1958. Erster Einfall auf der Rückfahrt von Dürnstein mit Reinhardt und Grete Wiesenthal am 20. 4. 1914. 1918 wieder aufgenommen. Auch im Hinblick auf Nijinski hatte ihn der Stoff beschäftigt. Erstaufführung in Stuttgart, März 1926.

PANTOMIMEN ZU ›DAS GROSSE WELTTHEATER‹

[AXT-PANTOMIME] (1923). Filmartige Bilderfolge zwischen dem Erheben der Axt und dem Sinkenlassen seines Armes als Symbol der Wandlung des Bettlers.

[CHRISTIANUS DER WIRT] (1927). Der Stoff war ursprünglich als Mittelstück des ›Großen Welttheaters‹ vorgesehen, dann als selbständige dramatische Arbeit geplant.

[GOTT ALLEIN KENNT DIE HERZEN] (1927/1928). Pantomime für eine Amerika-Tournee Reinhardts.

Erstdruck aller Pantomimen: Hugo von Hofmannsthal, Sämtliche Werke, Kritische Ausgabe, Band X, herausgegeben von Hans-Georg Dewitz. S. Fischer Verlag, Frankfurt am Main 1977.

DANIEL DE FOE (1922). Entwurf zu einem Film. Nachlaß. Hier zum erstenmal veröffentlicht. Teildruck: Corona, München, Zürich, Fünftes Jahr, 1935, Fünftes Heft.

DIE SIRENETTA (1899). Erstdruck: Die Zeit, Wien, 17. 6. 1899. Erste Buchausgabe: Hugo von Hofmannsthal, Gesammelte Werke in Einzelausgaben, Dramen I. S. Fischer Verlag, Frankfurt am Main 1953. Übersetzung der 1. Szene des 4. Akts der Tragödie ›La Gioconda‹ von Gabriele d'Annunzio.

FUCHS (1900). Erstdruck: Fuchs. Von Jules Renard. Deutsch von Hugo von Hofmannsthal. Die Insel, Berlin, II. Jahrgang, 2. Quartal, Nr. 6, März 1901. Erste Buchausgabe: Hugo von Hofmannsthal, Gesammelte Werke in Einzelausgaben, Dramen I. S. Fischer Verlag, Frankfurt am Main 1953. Französischer Titel: ›Poil de Carotte‹. Hofmannsthal sah in Paris im Théâtre Antoine die Uraufführung. Erstaufführung: Wien, Burgtheater, 16. 2. 1901.

KÖNIG ÖDIPUS (1906). Erstdruck: Ödipus, der König. Tragödie von Sophokles mit einiger Freiheit übertragen und für die neuere Bühne eingerichtet. In: Österreichische Rundschau, Wien, Band X, Heft 1 und 2, Januar 1907. Erste Buchausgabe (unter dem jetzigen Titel): S. Fischer Verlag, Berlin 1910. Erstaufführung: München, Neue Musikfesthalle, 25. 9. 1910.

DIE HEIRAT WIDER WILLEN (1909). Erste Vervielfältigung: S. Fischer Verlag, Theaterabteilung, Berlin 1910. Nur als Bühnenmanuskript maschinenschriftlich vervielfältigt. Erste Buchausgabe: Hugo von Hofmannsthal, Gesammelte Werke in Einzelausgaben, Lustspiele II. S. Fischer Verlag, Frankfurt am Main 1948. Erstaufführung: München, Künstlertheater, 20. 9. 1910.

DIE LÄSTIGEN (1916). Erstdruck: Marsyas, Berlin, Erster Jahrgang, Zweites Heft, September/Oktober 1917. Erste Buchausgabe: Hugo von Hofmannsthal, Rodauner Nachträge II, Amalthea-Verlag, Zürich 1918. Erstaufführung: Berlin, Deutsches Theater, 26. 4. 1916. Von Reinhardt mit Hofmannsthals Einverständnis nur unter dem Namen Molières gespielt. In einem Brief bezeichnet Hofmannsthal seine Komödie als »mehr im Geist des XVIII. als des Molièrischen Jahrhunderts«.

ZU ›DIE LÄSTIGEN‹

Eine von Max Reinhardt gestrichene Szene. Erstdruck: Leonhard M. Fiedler, Hugo von Hofmannsthals Molière-Bearbeitungen. Agora-Verlag, Darmstadt 1974.

DER SOHN DES GEISTERKÖNIGS (1916/1917). 1. Teildruck: Eduard und die Mädchen. In: Donauland, Wien, 1. Jahrgang, Heft 6, August 1917, und im Insel-Almanach auf das Jahr 1919. 2. Teildruck: Der Geisterkönig. In: Hugo von Hofmannsthal, Rodauner Nachträge II, Amalthea-Verlag, Zürich 1918. 3. Teildruck: Der Verarmte, in der Festgabe »Kunst und Volk«, Verlag Leopold Heidrich, Wien 1923. Hofmannsthal spricht von seinen »Phantasien über ein Raimundsches Thema«, in Anlehnung an dessen Stück ›Der Diamant des Geisterkönigs‹. Erster Gesamtdruck der drei Bruchstücke: Hugo von Hofmannsthal, Gesammelte Werke in Einzelausgaben, Lustspiele III. S. Fischer Verlag, Frankfurt am Main 1956. Erstaufführung von ›Eduard und die Mädchen‹ am 28. 6. 1957 im Akademietheater, Wien. Hofmannsthal schreibt am 16. 1. 1918 an Pannwitz: »Der Stoff geht ins ganz Große, Faustische im Wienerischen Gewand.«

DER BÜRGER ALS EDELMANN (1917). Erstdruck: Adolph Fürstner, Berlin 1918. Erstaufführung: Berlin, Deutsches Theater, 9. 4. 1918.

DAME KOBOLD (1918). Erstdruck: S. Fischer Verlag, Berlin 1920. Vortitel: Dramen des Calderon, teils in getreuer, teils in freier Übertragung von Hugo von Hofmannsthal. I. Band: Dame Kobold. (Mehr nicht erschienen.) Vor allem die Charakterisierung der Personen und die Sonette ›Die Geständnisse‹ sind Hofmannsthals Eigentum, der sich die Aufnahme gerade dieses Lustspiels in die ›Gesammelten Werke‹ von 1924 vergeblich gewünscht hatte.

LEBENSDATEN

Die in Klammern gesetzten Daten hinter den Bühnendichtungen geben die Zeit von den frühesten Einfällen bis zur Vollendung eines Werks an, bzw. Ort und Tag der Uraufführung.

1874 Am 1. Februar wird Hugo Laurenz August Hofmann, Edler von Hofmannsthal in Wien, Salesianergasse 12 geboren. Als einziger Sohn des Hugo August Peter Hofmann, Edler von Hofmannsthal (1841–1915) und der Anna Maria Josefa von Hofmannsthal, geborene Fohleutner (1852–1904).

1884–1892 Nach gründlicher Vorbereitung durch Privatlehrer Besuch des Akademischen Gymnasiums in Wien (Maturitätszeugnis ›mit Auszeichnung‹ vom 6. 7. 1892).
Mit achtzehn Jahren hatte er alles gelesen, was der großen antiken, französischen, englischen, italienischen, spanischen und deutschen Literatur entstammt – auch kannte er die Russen schon als halbes Kind.

1890 Veröffentlichung des ersten Gedichts, des Sonetts:
FRAGE Weitere Gedichte desselben Jahres:
SIEHST DU DIE STADT?, die Sonette:
WAS IST DIE WELT?
FRONLEICHNAM, die Ghasele:
FÜR MICH, GÜLNARE;
Erste Begegnung mit Richard Beer-Hofmann und Arthur Schnitzler.

1891 Bekanntschaft mit Henrik Ibsen; im Literatencafé Griensteidl mit Hermann Bahr und, am gleichen Ort, mit Stefan George.

Hofmannsthal veröffentlicht unter den Pseudonymen Loris Melikow, Loris, Theophil Morren. Erste dramatische Arbeit in Versen, ein fertiger Einakter (»beinah ein Lustspiel«):

GESTERN (Wien, Die Komödie, 25. 3. 1928). Früheste Prosaarbeiten, vor allem Buchbesprechungen zeitgenössischer Autoren wie Bourget, Bahr, Amiel, Barrès. Zum Beispiel:

ZUR PHYSIOLOGIE DER MODERNEN LIEBE

DAS TAGEBUCH EINES WILLENSKRANKEN

Gedichte u. a.:

SÜNDE DES LEBENS

DER SCHATTEN EINES TOTEN

1892 DER TOD DES TIZIAN. Erstdruck in Georges ›Blätter für die Kunst‹, Heft 1, Oktober 1892. (München, Künstlerhaus, 14. 2. 1901, mit einem provisorischen Schluß und neugeschriebenen Prolog: ›Zu einer Totenfeier von Arnold Böcklin‹).

ASCANIO UND GIOCONDA (Vollendung der beiden ersten Akte einer Fragment gebliebenen »Renaissancetragödie«).

Reise durch die Schweiz nach Südfrankreich, zurück über Marseille, Genua, Venedig.

ELEONORA DUSE (I, II)

SÜDFRANZÖSISCHE EINDRÜCKE. Gedichte:

VORFRÜHLING

ERLEBNIS

LEBEN

PROLOG ZU DEM BUCH ›ANATOL‹

Bekanntschaft mit Marie Herzfeld und Edgar Karg.

1893 ALKESTIS (München, Kammerspiele, 14.4.1916).
DER TOR UND DER TOD (München, Theater am Gärtnerplatz, 13.11.1898).
IDYLLE
DAS GLÜCK AM WEG – AGE OF INNOCENCE (eine stark autobiographische, unveröffentlicht gebliebene Studie). Gedichte:
WELT UND ICH
ICH GING HERNIEDER
Freundschaft mit Leopold von Andrian. Plan eines »ägyptischen Stücks... mit recht tüchtigen, lebendigen kleinen Puppen« (Das Urteil des Bocchoris).

1894 Tod der mütterlichen Freundin Josephine von Wertheimstein.
Gedichte:
TERZINEN I – IV
WELTGEHEIMNIS
Arbeit an einer freien Übertragung der ›Alkestis‹ des Euripides.
Erstes juristisches Staatsexamen.
Ab Oktober Freiwilligenjahr beim k.u.k. Dragonerregiment 6 zunächst in Brünn, dann in Göding.

1895 DAS MÄRCHEN DER 672. NACHT
SOLDATENGESCHICHTE. Gedichte:
EIN TRAUM VON GROSSER MAGIE
BALLADE DES ÄUSSEREN LEBENS
Reise nach Venedig.
Beginn des Studiums der romanischen Philologie.

1896 GESCHICHTE DER BEIDEN LIEBESPAARE
DAS DORF IM GEBIRGE. Gedichte:
LEBENSLIED
DIE BEIDEN
DEIN ANTLITZ...
MANCHE FREILICH...

1897 Erste Begegnung mit Eberhard von Bodenhausen, dem engsten lebenslangen Freund des Dichters.

Im August Radtour über Salzburg, Innsbruck, Dolomiten, Verona, Brescia nach Varese. Hier Aufenthalt von drei Wochen, eine glückliche ungemein produktive Zeit.

DIE FRAU IM FENSTER

DIE HOCHZEIT DER SOBEIDE

DAS KLEINE WELTTHEATER

DER WEISSE FÄCHER

DER KAISER UND DIE HEXE

DER GOLDENE APFEL

1898 Erste Theateraufführung eines Stücks von Hofmannsthal. DIE FRAU IM FENSTER in einer Matinée-Vorstellung der ›Freien Bühne‹ des Deutschen Theaters in Berlin, 15. Mai (Otto Brahm).

Bekanntschaft mit Harry Graf Kessler und erste Begegnung mit Richard Strauss.

Abschluß seiner Dissertation »Über den Sprachgebrauch bei den Dichtern der Pléjade« und Rigorosum im Hauptfach Romanische Philologie.

Radtour mit Schnitzler in die Schweiz, dann allein nach Lugano, später über Bologna und Florenz (Besuch bei D'Annunzio) nach Venedig.

DER ABENTEURER UND DIE SÄNGERIN (zusammen mit der HOCHZEIT DER SOBEIDE, gleichzeitig: Berlin, Deutsches Theater, Otto Brahm, und Wien, Burgtheater, 18. 3. 1899).

REITERGESCHICHTE

1899 Reisen nach Florenz und Venedig.

DAS BERGWERK ZU FALUN

Bekanntschaft mit Rilke.

1900 In München erste Begegnung mit Rudolf Alexander Schröder und Heymel, den Herausgebern der ›Insel‹, in Paris mit Maeterlinck, Rodin, Meier-Graefe u. a.

DAS ERLEBNIS DES MARSCHALLS VON BASSOMPIERRE

VORSPIEL ZUR ANTIGONE DES SOPHOKLES

1901 DIE »STUDIE ÜBER DIE ENTWICKELUNG DES DICHTERS VICTOR HUGO« legt Hofmannsthal der Wiener Universität als Habilitationsschrift vor, verbunden mit dem Gesuch um die venia docendi.

DER TRIUMPH DER ZEIT (Ballett; März 1900 bis Juli 1901, für Richard Strauss bestimmt, der aber wegen einer anderen Arbeit absagt).

Am 1. Juni Eheschließung mit Gertrud Maria Laurenzia Petronilla Schlesinger.

Am 1. Juli Übersiedlung nach Rodaun bei Wien, wo Hofmannsthal bis zu seinem Lebensende wohnte.

Beginn der Arbeit an POMPILIA (dem ersten »großen Trauerspiel... von solchen Dimensionen und von solchen Anforderungen, wie ich sie noch nie gekannt habe«). Das Problem des Ehebruchs, die Geschichte des Guido von Arezzo und seiner Frau Pompilia, findet Hofmannsthal in Robert Brownings ›The Ring and The Book‹.

Erste Pläne einer Bearbeitung von Sophokles' ›Elektra‹ und Calderons ›Das Leben ein Traum‹.

Zum Jahresende zieht Hofmannsthal sein Gesuch um eine Dozentur zurück.

1902 EIN BRIEF (Chandos-Brief)

In Rom und Venedig Vollendung der ersten Fassung des GERETTETEN VENEDIG.

ÜBER CHARAKTERE IM ROMAN UND IM DRAMA

Geburt der Tochter Christiane.

Erste Begegnung mit Rudolf Borchardt.

1903 DAS GESPRÄCH ÜBER GEDICHTE
Erste Begegnung mit Max Reinhardt. Von ihm angeregt schreibt er
ELEKTRA (September 1901 bis September 1903; Berlin, Kleines Theater, 30. 10. 1903, Reinhardt).
Erste Sammlung AUSGEWÄHLTE GEDICHTE im Verlag ›Blätter für die Kunst‹.
Geburt des Sohnes Franz.
1904 Tod der Mutter (22. März).
DAS GERETTETE VENEDIG (August 1902 bis Juli 1904; Berlin, Lessing-Theater, 21. 1. 1905, Brahm).
1905 ÖDIPUS UND DIE SPHINX (Juli 1903 bis Dezember 1905; Berlin, Deutsches Theater, 2. 2. 1906, Reinhardt).
KÖNIG ÖDIPUS (Übersetzung des Sophokles; München, Neue Musikfesthalle, 25. 9. 1910, Reinhardt).
SHAKESPEARES KÖNIGE UND GROSSE HERREN (Festvortrag in Weimar).
SEBASTIAN MELMOTH
1906 Folgenreiche Begegnung mit Richard Strauss, der die ELEKTRA vertonen will.
UNTERHALTUNG ÜBER DEN ›TASSO‹ VON GOETHE
UNTERHALTUNG ÜBER DIE SCHRIFTEN VON GOTTFRIED KELLER
DER DICHTER UND DIESE ZEIT (Vortragsreise München, Frankfurt, Göttingen, Berlin).
Geburt des Sohnes Raimund.
1907 Reise nach Venedig.
Früheste Beschäftigung mit dem ANDREAS-Romanfragment und den Komödien SILVIA IM ›STERN‹ und CRISTINAS HEIMREISE.
DIE BRIEFE DES ZURÜCKGEKEHRTEN (Juni bis August 1907).
»TAUSENDUNDEINE NACHT«

1907 SILVIA IM ›STERN‹ (Abschluß des Fragments).
Mitherausgeber der Zeitschrift ›Morgen‹ (Abteilung Lyrik). Bis 1908.

1908 Reise nach Griechenland (Athen, Delphi) mit Graf Kessler und Maillol.
Scheitern der Arbeit am FLORINDO, der ersten Fassung von CRISTINAS HEIMREISE. Davon erschienen 1909 revidiert im Druck:
FLORINDO UND DIE UNBEKANNTE und
DIE BEGEGNUNG MIT CARLO

1909 Uraufführung der Oper ELEKTRA in Dresden.
CRISTINAS HEIMREISE (Juli 1907 bis Dezember 1909; Berlin, Deutsches Theater, 11. 2. 1910, Reinhardt).
DIE HEIRAT WIDER WILLEN (Übersetzung des Molière; München, Künstler-Theater, 20. 9. 1910, Reinhardt).
Herausgeber des Jahrbuchs ›Hesperus‹, gemeinsam mit Schröder und Borchardt.

1910 Aufführungen der neuen, gekürzten Fassung von CRISTINAS HEIMREISE in Budapest und – mit großem Erfolg – in Wien.
Als Variation eines Komödien-Szenariums entsteht die Erzählung
LUCIDOR (September 1909 bis März 1910).
DER ROSENKAVALIER (Februar 1909 bis Juni 1910; Dresden, Königliches Opernhaus, 26. 1. 1911, Reinhardt).

1911 ARIADNE AUF NAXOS (Februar bis April 1911; Stuttgart, Königliches Hoftheater, 25. 10. 1912, Reinhardt, in Verbindung mit Molières Komödie DER BÜRGER ALS EDELMANN, von Hofmannsthal bearbeitet).
JEDERMANN (April 1903 bis August 1911; Berlin, Zirkus Schumann, 1. 12. 1911, Reinhardt;

1911 Erstaufführung auf dem Salzburger Domplatz unter Reinhardt am 12. 8. 1920).

1912 JOSEPHSLEGENDE (Pantomime für Diaghilews ›Russisches Ballett‹; von diesem uraufgeführt in der Pariser Oper am 14. 5. 1914).

Aufzeichnung einer Übersicht zum ANDREAS-Roman und Niederschrift des Anfangskapitels.

Zusammenstellung und Einleitung des Bandes

DEUTSCHE ERZÄHLER.

1913 Ausführliches Szenarium und Ausarbeitung des ersten Akts zur Oper DIE FRAU OHNE SCHATTEN. Beginnende Arbeit an der gleichnamigen Erzählung. Neues Vorspiel zur ARIADNE und Weiterarbeit am ANDREAS-Roman.

1914 Kriegsausbruch. Einberufung Hofmannsthals als Landsturmoffizier nach Istrien (26. 7. 1914). Durch Vermittlung Josef Redlichs beurlaubt und dem Kriegsfürsorgeamt im Kriegsministerium zugewiesen.

Veröffentlichungen in der ›Wiener Neuen Presse‹ zum geschichtlichen Augenblick:

APPELL AN DIE OBEREN STÄNDE

BOYKOTT FREMDER SPRACHEN

DIE BEJAHUNG ÖSTERREICHS

WORTE ZUM GEDÄCHTNIS DES PRINZEN EUGEN

BÜCHER FÜR DIESE ZEIT

1915 Intensiver Gedankenaustausch mit dem Freund und Politiker Josef Redlich. In politischer Mission Dienstreisen in die besetzten Gebiete, nach Südpolen (Krakau), Brüssel und Berlin. Weitere Äußerungen zur Zeit:

1915 WIR ÖSTERREICHER UND DEUTSCHLAND
GRILLPARZERS POLITISCHES VERMÄCHTNIS
DIE TATEN UND DER RUHM
GEIST DER KARPATHEN
UNSERE MILITÄRVERWALTUNG IN POLEN
ANTWORT AUF DIE UMFRAGE DES ›SVENSKA DAGBLADET‹
Die ›Österreichische Bibliothek‹, mitherausgegeben von Hofmannsthal, beginnt zu erscheinen.
DIE FRAU OHNE SCHATTEN (Februar 1911 bis September 1915; Wien, Staatsoper 10. 10. 1919, Franz Schalk).
Tod des Vaters (10. Dezember).

1916 DIE LÄSTIGEN (Frei nach Molière) und
DIE GRÜNE FLÖTE (Ballett. Beide Stücke zusammen uraufgeführt: Berlin, Deutsches Theater, 26. 4. 1916, Reinhardt).
AD ME IPSUM (Aufzeichnungen zum eigenen Dichten).
ARIADNE AUF NAXOS (neu bearbeitet, uraufgeführt an der Wiener Oper, 4. 10. 1916).
Arbeit am SOHN DES GEISTERKÖNIGS.
Dienstreise nach Warschau.
Vortragsreise nach Oslo und Stockholm. Vergleiche dazu
AUFZEICHNUNGEN ZU REDEN IN SKANDINAVIEN.

1917 DER BÜRGER ALS EDELMANN (erneute freie Bearbeitung des Molière; Berlin, Deutsches Theater, 9. 4. 1918, Reinhardt).
Intensive Arbeit an dem Lustspiel DER SCHWIERIGE; zwei Akte bereits vollendet.
Beginn des Briefwechsels mit Rudolf Pannwitz, den Hofmannsthal »als schicksalhaft für sein Leben bezeichnet«.

1918 Hofmannsthal »beschäftigen fast pausenlos« folgende Arbeiten: das Märchen DIE FRAU OHNE SCHATTEN, der ANDREAS-

1918 Roman, DER SCHWIERIGE, SILVIA IM ›STERN‹, LUCIDOR (als Lustspiel) und eine SEMIRAMIS-NINYAS-TRAGÖDIE. Außerdem systematische Lektüre Calderons im Hinblick auf mögliche Bearbeitungen.

DAME KOBOLD (freie Übersetzung des Calderon; Berlin, Deutsches Theater, 3.4.1920, Reinhardt).

Tod seines besten Freundes: Eberhard von Bodenhausen.

Erste Begegnung mit Carl Jakob Burckhardt.

1919 DIE FRAU OHNE SCHATTEN (Erzählung, Dezember 1913 bis August 1919).

DER SCHWIERIGE (Juni 1910 bis November 1919; München, Residenztheater, 8.11.1921).

1920 Beginn der intensiven Arbeit am TURM.

BEETHOVEN-REDE in Zürich.

1921 Intensive Arbeit am TURM (bis an den 5. Akt) und am SALZBURGER GROSSEN WELTTHEATER.

1922 BUCH DER FREUNDE (Sammlung von Aphorismen und Anekdoten, eigene und anderer).

DAS GROSSE SALZBURGER WELTTHEATER (September 1919 bis Juni 1922; Salzburg, Kollegienkirche, 12.8.1922, Reinhardt).

DER UNBESTECHLICHE (Mai bis Oktober 1922; Wien, Raimundtheater, 16.3.1923).

Als Herausgeber der ›Neuen deutschen Beiträge‹ (1922–1927) schreibt Hofmannsthal ein Vorwort und eine Anmerkung zum ersten Heft.

DEUTSCHES LESEBUCH, eingeleitet und herausgegeben von Hugo von Hofmannsthal.

1923 Der fünfte Akt des TURM wird auf eine »vorletzte« Fassung gebracht, dann aber die Arbeit abgebrochen.

Filmbuch für den ROSENKAVALIER (Ur-

1923 aufführung des Films am 10. 1. 1926 in Dresden).

1924 DIE ÄGYPTISCHE HELENA (Dezember 1919 bis März 1924; Dresden, Oper, 6. 6. 1928). Italienreise, mit Burckhardt in Sizilien. Beschäftigung mit dem Lustspiel TIMON DER REDNER.

DER TURM, 1. Fassung (Oktober 1918 bis Oktober 1924).

1925 Reise über Paris nach Marseille, von dort mit dem Schiff nach Marokko (Fès, Salé, Marrakech):

REISE IM NÖRDLICHEN AFRIKA.

Beschäftigung mit dem ANDREAS-Roman und Vollendung des ersten Akts von TIMON DER REDNER.

1926 DER TURM (Ausarbeitung und Fertigstellung der neuen, fürs Theater bestimmten Fassung; München, Prinzregententheater, 4. 2. 1928, Kurt Stieler).

DAS SCHRIFTTUM ALS GEISTIGER RAUM DER NATION (am 10. 1. 1927 in der Münchener Universität gehaltene Rede).

1927 Reise nach Sizilien.

Fortführung der Notizen AD ME IPSUM und ANDENKEN EBERHARD VON BODENHAUSENS.

Szenarium zur ARABELLA und Niederschrift des ersten Akts der ersten Fassung.

1928 ARABELLA (Nach der Niederschrift der dreiaktigen lyrischen Oper von April bis November 1928 entschließt sich Hofmannsthal, den ersten Akt zu ändern).

1929 Neufassung des ersten Akts der ARABELLA und Übersendung an Strauss. Dessen Antwort-Telegramm: »Erster Akt ausgezeichnet. Herzlichen Dank und

1929 Glückwünsche«, erlebte Hofmannsthal nicht mehr. (Uraufführung der ARABELLA am 1. 7. 1933 in Dresden.)
Am 13. Juli nimmt sich sein ältester Sohn Franz, zuhause in Rodaun, das Leben. Am 15. Juli, beim Aufbruch zur Beerdigung, erleidet Hofmannsthal einen Schlaganfall, an dem er wenige Stunden später stirbt. Er wird beigesetzt auf dem nahen Kalksburger Friedhof.

HUGO VON HOFMANNSTHAL

GESAMMELTE WERKE
IN ZEHN EINZELBÄNDEN

Herausgegeben von Bernd Schoeller
in Beratung mit Rudolf Hirsch

GEDICHTE
DRAMEN I (1891–1898)

Gedichte. Gestalten. Prologe und Trauerreden.
Idylle. Gestern. Der Tod des Tizian.
Der Tor und der Tod. Die Frau im Fenster.
Die Hochzeit der Sobeide. Das Kleine Welttheater.
Der Weiße Fächer. Der Kaiser und die Hexe.
Der Abenteurer und die Sängerin
Band 2159

DRAMEN II (1892–1905)

Ascanio und Gioconda. Alkestis.
Das Bergwerk zu Falun. Elektra.
Das gerettete Venedig. Ödipus und die Sphinx
Band 2160

DRAMEN III (1906–1927)

Jedermann. Das Große Welttheater.
Der Turm. Prologe und Vorspiele.
Dramen-Fragmente
Band 2161

DRAMEN IV (LUSTSPIELE)

Silvia im »Stern«. Cristinas Heimreise.
Der Schwierige. Der Unbestechliche.
Timon der Redner. Mutter und Tochter
Band 2162

DRAMEN V (OPERNDICHTUNGEN)

Der Rosenkavalier. Ariadne auf Naxos.
Die Frau ohne Schatten. Danae.
Die Ägyptische Helena. Arabella
Band 2163

DRAMEN VI
(BALLETTE, PANTOMIMEN, BEARBEITUNGEN, ÜBERSETZUNGEN)

Pantomimen zu ›Das Große Welttheater‹.
Sophokles: »König Ödipus«.
Molière: »Die Lästigen«; »Der Bürger als Edelmann«.
Raimund: »Der Sohn des Geisterkönigs«.
Calderon: »Dame Kobold« u. a.
Band 2164

ERZÄHLUNGEN
ERFUNDENE GESPRÄCHE UND BRIEFE. REISEN

Märchen der 672. Nacht.
Die Wege und die Begegnungen. Lucidor.
Andreas oder die Vereinigten. Die Frau ohne Schatten.
Brief des Lord Chandos. Das Gespräch über Gedichte.
Augenblicke in Griechenland u. a.
Band 2165

REDEN UND AUFSÄTZE I (1891–1913)

Poesie und Leben.
Shakespeares Könige und große Herren.
Der Dichter und diese Zeit. Eleonora Duse.
Schiller. Balzac. Deutsche Erzähler.
Goethes »West-östlicher Divan«. Raoul Richter u. a.
Band 2166

REDEN UND AUFSÄTZE II (1914–1924)

Beethoven. Rede auf Grillparzer.
Shakespeare und wir. Ferdinand Raimund.
Deutsches Lesebuch. Max Reinhardt.
Appell an die oberen Stände. Preuße und Österreicher u. a.
Band 2167

REDEN UND AUFSÄTZE III (1925–1929)
AUFZEICHNUNGEN

Das Schrifttum als geistiger Raum der Nation.
Wert und Ehre deutscher Sprache.
Gotthold Ephraim Lessing. Das Vermächtnis
der Antike. Buch der Freunde. Ad me ipsum u. a.
Band 2168

FISCHER TASCHENBUCH VERLAG

